कहीं कुछ और

कहीं कुछ और

रजनी गुप्त

वाणी प्रकाशन

प्रकाशन के उत्कृष्टतम 63 वर्ष

सजिल्द पहला संस्करण : 2002
सजिल्द दूसरा संस्करण : 2026

vaniprakashan.com

वाणी प्रकाशन

4695, 21-ए, दरियागंज, नयी दिल्ली-110 002

फ़ोन : + 91 11 23273167, 23275710

शाखाएँ

अशोक राजपथ, पटना-800 004, बिहार

कॉफ़ी हाउस कैम्पस, महात्मा गांधी मार्ग, प्रयागराज-211 001, उत्तर प्रदेश

महात्मा गांधी अन्तरराष्ट्रीय हिन्दी विश्वविद्यालय, वर्धा-442 001, महाराष्ट्र

sales@vaniprakashan.in

vaniprakashan@gmail.com

Kahin Kuchh Aur
by Rajni Gupt

ISBN : 978-81-7055-947-4
Novel

मूल्य : ₹ 695

जी.एस. ऑफ़सेट, दिल्ली-110 095 में मुद्रित

वाणी प्रकाशन का लोगो मक़बूल फ़िदा हुसैन की कूची से

भाई डॉ. सुरेन्द्र कुमार गुप्त
की स्मृति में

अनुक्रम

पलकों के अन्दर पसरा अंधेरा

धुंध खायी शाम ने करवट बदल सूरज की तरफ मुंह मोड़ा लेकिन वह अपना साजोसामान समेटे नीचे खोह में दुबकने के मूड में था...अब अकेले रहकर वह क्या करे भी वहां? निराश मन से अपने को समेटती सूरज के रास्ते वह भी कहीं दुबकने के लिए गायब हो गई। अब रात का रास्ता आसान हो गया... सो उसने इत्मीनान से चौतरफा अपने हाथ-पांव पसार लंबी सांस खींचते हुए अंगड़ाई भरी... ताजी हवा को नथुनों में भरा और लंबे-लंबे डग भरते हुए सर्वत्र अपना अड्डा जमाने के लिए उत्सुक हो उठी...हां, एक बार ऊपर निगाह फेंककर यूँ जताया जैसे आसमान के चांद-तारों जैसे साथियों की बाट जोह रही हो लेकिन आकाश में गुलाबी-नीले टुकड़ों के सिवाए अभी कुछ और नहीं था।

रिक्शे की खिड़िर-बिड़िर से बेखबर रचना का ध्यान घर पहुंचने को बेताब लोगों के चेहरों पर टिक गया...आखिर ऐसा क्या मिलता होगा जल्दी घर पहुंचकर इन सबको? 'घर' पर अटका मन उधेड़बुन करने लगा-क्या वाकई 'घर' सर्वसत्तावान है?' 'घर' के बिना 'सब' सचमुच निरर्थक—आधा—अधूरा होता है? सोचकर घटनाओं की पुर्ची दर पुर्ची ख़ुलने को बेताव हो उठी जिन्हें थामना मुश्किल हो गया तो वहां से अपना ध्यान हटाने के लिए रचना ने पेड़ों के हिलते पत्तों और पंछियों की कुलबुलाहट पर मन केन्द्रित किया जो अपने-अपने घरों को वापस लौटने को उत्सुक थे। घूम फिर कर 'घर' का ख्याल रह-रहकर कोंचने लगा...उफ! ये जानलेवा घर... कब तक लिथड़ती रहेगी वह इसमें? आंखें मींच एक पल के लिए महसूस किया कि अब कहीं-कुछ कहने-सुनने की रत्ती भर गुंजाइश नहीं बची... कितनी शांति व्याप गई मन में..., कहीं कोई उठा-पटक नहीं। रिक्शे का धक्का लगने पर आंखें खोली और सामने किसी परिचित चेहरे को देखकर भी अपने को परे झटक दिया...। घड़ी देखी...साढ़े पांच...अनु की इंतजार-जोहती एक जोड़ी आंखों की याद मीठी लगी...

घर पहुंचकर क्या करेगी वह? इस सवाल से साफ-साफ बचना चाहती लेकिन इसी से मुठभेड़ करना पड़ता... कहां है उसका ठिया जहां बेतकल्लुफी से खाया-पिया, उठा-बैठा और चैन से सुस्ताया जा सके। बेफिक्री की नींद में डूबकर तरोताजा हुआ

जा सके। क्या है उसके सिर पर कोई छतरी, कोई अपनी छत? जहां जिंदगी के बेतरतीब टुकड़ों को संजोकर रखा जा सके। उफ! ये नागफनी घर...या ऐसे घर जहां पालतू बनकर दुबकी स्त्रियों के सिर पर छत्ते सा टंगा रहता पुरुषों का हाथ... यही है इस आधी दुनियां की सचाई...। अचानक रिक्शा रुका तो वह चौंकी–'भइयाजी, क्यों रुक गये?' उसकी मुलायम आवाज से बेखबर रिक्शेवाला उखड़कर बोला–'भैन जी, आपको घर का रास्ता नई पता क्या ?'

'क्यों भई बताया तो था, इन्द्रपुरी चलना है...'

'वो तो निकल गया ...आप बोल रईं तीं...रस्ते में बताते चलेंगे लेकिन आपने कुछ बताया नहीं...' उसकी आवाज में तुनक मिजाजी ताड़कर वह बोली–'कोई बात नहीं, पांच रुपये और ले लेना, वापस लौटा लो...' पिण्ड छुड़ाने की गरज से एक ठण्डा जवाब दिया और इस बार चौकस आंखों से रास्ते को नापने-जोखने लगी। दसेक मिनट बाद–'हां, रोक दो...' उसे पैसे थमा झटपट सीढ़ियां लांघते उसने घंटी बजाई। क्रैश वाली अटैण्डैण्ट ने उखड़कर कहा–'आपने देर कर दई ..., लड़का रो रहा होगा मेरा...'

वहीं सोती अनु को आंख भरकर देखते हुए उसके सैण्डिल उतारे, गोद में उठाया और फिर रिक्शे में बैठ गई। घर पहुंच कपड़े बदले और मुंह पर ठण्डे पानी के छींटे मारे...। टपकते पानी वाले चेहरे से लापरवाह किचिन में आई और एक कप पानी हीटर पर चढ़ा दिया। अचानक पछाड़ती बातें याद आईं–'रचना, पहले टॉवल से मुंह पोंछ लो, फिर कुछ करना... यह कौन सी बेहूदगी है जो पूरे घर में पानी टपका रही हो... इत्ते भी मैनर्स नहीं सीखे? बेवकूफ...' आवाजें पिछियाती रहती हैं...हर वक्त...

ईजी चेयर पर सिर टिकाकर बेमन से अखबार पलटने लगी लेकिन सिर में भारीपन महसूसा और चाय की तलब लगी... किचन में जाकर चाय छानी और फिर से ईजी चेयर पर सिर टेककर अखबार देखने लगी लेकिन पांचेक मिनट में ही जी भर गया...। अखबार को एक तरफ सरकाकर दोनों हाथों को सिर के पीछे टिकाकर आंखें मींच लीं–कुछ घटनाएं हमेशा-हमेशा के लिए दर्ज हो जाती हैं ...दिमाग में टंकी अलग-अलग चित्रावलियां भिन्न-भिन्न रंगों...,रूपों...आकारों के साथ बनती-बिगड़ती रहती है...एक वह चेहरा था जिसे देखते हुए खुद के चेहरे की रंगत खिल उठती थी,...आज उसी चेहरे पर चिपकी हैं टूटे कांच की किरचें चिथड़ों के टूटते बिम्ब। जो कितना विकृत बना रहे हैं उसे। हीनता ग्रन्थि से उपजी जड़ता और अवचेतन में जमी कुंठाएं यदि गहरी जड़ें जमा लें तो ठहरे पानी जैसी बदबू फैलनी शुरू हो जाती है...। चाय के घूंट को हलक से उतारती रचना के कानों में अभी भी वही कडुवी बातें कुनैन बनकर मुंह का स्वाद बिगाड़ देती...। वही सब सोच-साचकर सिर भन्नाने लगता और यूँ महसूस होता गोया पैरों के इर्द-गिर्द खूब सारी गंदगी बिछ

गई हो। ऐसा लगा जैसे तूफानी हवाओं से हिलता-डुलता पेड़ बस धराशायी होने वाला है...चंद लमहों बाद ही यह हरा-भरा पेड़ ठूंठ बनकर खड़ा रह जाएगा...एक भी पत्ता नहीं बचेगा..., कुच्छ नहीं बचेगा...

फिर वही सवाल चक्रव्यूह तान देते हैं—'क्योंकर जीवन आज इतना विकलांग और आधा-अधूरा लगता है?... समय जैसे काटे नहीं कटता और इतने दिनों की जमी उदासी ज्यों की त्यों है। आंखें पता नहीं किस तलाश में भटकती हैं इधर-उधर? कितनी ऊंची उड़ान भरते हैं हम? अनंत आकाश में सुदूर छोरों तक उड़ने की आकांक्षा लिए कितने सपने संजोते हैं लेकिन...आज तो यही लगता है जैसे जीवन कोई बैलून हो जिसे फुलाते-फुलाते बीच में ही जोरदार आवाज के साथ फूट गया हो वह..., और पूरा फुलाने का सपना बीच में ही फुस्स हो गया। सवालों की पैनी मार से लहूलुहान रचना के अंदर घुटती लड़की झिंझोड़ने लगी—'दीपक का तेल जब सूख जाये तो वह कैसे जलेगा? लेकिन तेल रहते भी तो दीपक बुझ जाते हैं... फिर क्या किया जाये ? उफ! खुली आंखों से पल-पल सरकते समय को देखना कितना त्रासद अहसास है... सोचती रही वह ! देह का पोर-पोर ततैया के काटे डंक सा दुखने लगा और यादों की धार खूब अंदर तक चीरा लगा गई। खाली आंखों में पीला रंग भरता गया और जमीन पर रखे पांव बर्फ की तरह सुन्न पड़ गये...। हम तमाम भ्रमों के सहारे जीते रहते हैं लेकिन तीखी धूप खिलते ही मिट गया इन्द्रधनुष। ऊलजलूल खयाल उमड़ते-घुमड़ते और खलबलाते...। मन भर बोझ की गठरी सिर पर लदी रहती और भारीपन मिटाने के लिए ऊपर से माटी का लेप लगाकर अंदर की खाई पाटने की कोशिश की जाती लेकिन धूप की पहली मुठभेड़ से वह लेप चटक जाता और ऊपर से थोपी माटी लगाकर समतल बनाने का प्रयास निरर्थक साबित होता।

आहिस्ते से उतरते अंधेरे में खोई शाम की इस घड़ी में पंछियों की कि-की...कुलबुल जैसी ध्वनियां आसमान से जमीन को छू रही हैं... जिसे सुनकर रचना की तल्लीन मुद्रा टूटी और बालकनी में निकल वह इधर-उधर से उड़ते पंछियों को देखने लगी...। इनका मुंह बोलते-बोलते थकता नहीं क्या? निगाहें आसमान की तरफ उठी तो रंग-बिरंगी छींटदार साड़ी लपेटे नवोढ़ा की मुस्कान याद आ गई,... कितने बेजोड़ रंगों को अपने सीने में जज़्ब किये है यह आसमान,... हल्के पीले के बाद क्रीम रंग उससे सटा हल्का सिंदूरी ...फिर लाल...यानी प्रचलित रंगों में से कौन सा रंग कहें इन्हें..., यह तय कर पाना मुश्किल था। आकाश कितने थानों को संजोए है अपने तहखानों में... बिल्कुल अद्भुत और मौलिक रंगों की गठरी हो जैसे। जब जो मन में आया... पहन लिया... कभी मौसम की संगत बिठाते हुए खूब चटकदार ...तो कभी कलफ किए सफेद कपड़ों के बीच बसंती बयार का साथ देने के लिए चंदन वर्णी तो कभी कुछ और...। देखते ही देखते पलक झपकते अंधेरे का पहिया तेजी से पलटकर पूरा घूम गया और उसने उजाले को दूसरी तरफ ओट में सरका दिया।

अरे! यह तो अनु के रोने की आवाज है... पलटकर जल्दी से अंदर गई तो रोते-रोते अनु के मुंह-नाक में लार ही लार बह रही थी जिसे फटाफट पोंछा और जल्दी से अंदर जाकर एक गिलास पानी लाकर पिलाया। बच्ची मां के सीने में दुबक

गई। अपने पुचकारते संस्पर्श से उसके बालों में उंगलियां फिराती वह हल्की-हल्की थपकियां देकर सुलाने लगी। कमरे के चारों तरफ मौन का चंदोवा तन गया और आंखें मींचकर एकाध घंटे लेटने के बावजूद उसे नींद नही आई। अंदर से आती आवाजें लाउडस्पीकर की तरह लगातार बज रही थी जिन्हें रोकना वश के बाहर हो रहा था। ढेर प्रसंगों की छोटी-बड़ी पहाड़ियां बनी थी जिनसे झरती स्मृतियों की चट्टानें तड़ातड़ सीधे सिर पर पड़ती... उनसे राहत पाने वह उठी और एक गिलास पानी पीकर ख़ुश्क गले को तरावट मिली... वह आइने के सामने जाकर खड़ी हो गई---

तो यह है मिसेज रचना वर्मा, कानपुर आई0आई0टी0 की मेधावी स्टूडेण्ट एक अर्धसरकारी विभाग की अधिशासी अभियन्ता! चेहरे पर छाई मुर्दनी पेड़ से झरे पत्तों जैसी बेजान है। कितना-कुछ अंदर गलाया आपने? इन पस्त आंखों में कहां है आत्मविश्वास की भभकती लौ जिससे सामने वाला झुलस उठता था...? इन्हें देखकर लगता है जैसे इनके अंदर अभी भी कोई घरघराती मशीन चल रही हो जो ढेर चीजों को बेरहमी से काटती चली जाये। उम्र का पहला पड़ाव जब पूरी रंगीनियत के साथ जीवन का स्पंदन उसकी हर धड़कन में फड़कता था। उसके हर सपने के नीचे थी उसकी अपनी जमीन जिस पर पूरे जतन से सपनों के बीज बोती थी वह और पकी फसल के स्वाद को चटखारे लेकर चखती..., जिंदगी को भरपूर इंजॉय करने वाली कुदकती-फुदकती लड़की...

हां, यही थी वो लड़की जो पिछले कुछ वर्षों से जिंदगी की आंच में झुलसती-तपती रही। संघर्षों की मार से जिसकी झुकती गई कमर...। अवसाद की तलैया में रोज-रोज डुबकी लगानी पड़ती उसे। धूप में झुलसकर इसका तन-मन सूखी पपड़ी बनता गया। ऊंचे पहाड़ों पर जमी वर्फ में तब्दील हो चुके ठंडे रिश्तों को दूर से देखती पिघलने का इंतजार करती थकी आंखों में सपनों की गुंजाइश ही कहां बची? सम्राट के अधीन रहकर वह धीरे-धीरे भूलती गई अपनी स्वतंत्र इच्छा, इयत्ता और अहमियत के रंग-बिरंगे पंख। उसके पास प्रजा बनने की नियति स्वीकारने के अलावा और कोई चारा भी तो नहीं बचा था... प्रजा सिर्फ प्रजा होती है... इसी सच की चादर ताने रही...लेकिन वह भी कब तक ? यूँ ही चंद लमहे गुजरने के बाद फिर से ईजी चेयर पर बैठ गई और स्टूल पर रखी ब्रेड पर बटर के कतरे डालकर कुतरने लगी...। इतने सालों बाद पहली बार वह महसूस कर रही है ...'जो जी में आया सो खा लिया...' नहीं मन है खाना बनाने का तो आज नहीं बनाएगी, जैसे चाहे खाएगी-पिएगी। अपनी मर्जी से रहने का सुकून और अपनी स्वतंत्र चेतना का स्फूर्त अहसास तरंगित कर

गया मन को... निगाहें कमरे की चारों तरफ फिराई ...हूं...' तो यह वाकई मेरा घर है..., न बाप का-न पति का ...सिर्फ मेरा..., हां मेरा अपना घर। सचमुच इतने सालों बाद रचना को इसका भान हुआ कि वह भी एक स्वतंत्र प्राणी है—बुद्धि, मन, चेतना के साथ अपनी संपूर्ण सत्ता की एक मात्र स्वामिनी...—जीती-जागती...और सांस लेती हुई। गंदी गली से गुजरकर बना यह साधारण दो कमरे का मकान आज कितनी राहत बिछा रहा है...। यह दो जोड़ी कपड़े भी खुद के लिए नाकाफी नहीं हैं जबकि वहां गोदरेज स्टोरवेल में रखी दो दर्जन साड़ियों में से कौन सी पहनी जाये?... किसके संग कौन सा मैचिंग ठीक रहेगा...जैसे सवालों पर ही बहस छिड़ जाती। सादगी पसंद रचना के लिए ये सब करना भारी जान पड़ता। यदि ऑफिस से थकी-हारी लौटकर वह कपड़े चेन्ज करके रिलैक्स होने के मूड में गाउन या ढीले-ढाले कपड़े पहन लेती तो बेसुरे ढोल जैसा रजत का टेढ़ा-मेढ़ा डॉयलॉग सुनना पड़ता—'मैं ऑफिस से लौट रहा हूँ और तुम ऐसी सड़ी सूरत लेकर खड़ी हो सामने...,उफ!' वह हिकारत से होंठ बिदकाकर बोलता और वह अपमान से जल उठती।

तो क्या वाकई उसका चेहरा सड़ा है? लोग तो कहते हैं—'यंग स्मार्ट लेडी...हैविंग ए नाइस पर्सनैल्टी... पांच फिट चार इंच लम्बाई, छरहरी देहयष्टि...कंधे तक कटे बाल उड़ाती जब वह ऑफिस में कदम बढ़ाती है तो लोग ईर्ष्या के मारे लंबी-लंबी सांसें भरने लगते हैं। पन्द्रह हजार लोंगों के बीच सात लेडी आफिसर्स के बीच रचना को कौन नहीं जानता? वैसे भी उसकी काबिलियत के झंडे तो उस संस्थान में पहले से लहरा रहे थे। बजहें थी रचना द्वारा दी गई स्पीच, स्टेज पर गाईं गजलें, उसकी संगीत प्रियता के किस्से, थियेटर से जुड़ाव, कम्प्यूटर में दक्षता और आसपास के लोगों के प्रति सहज-आत्मीय सम्बन्ध... जो एक बार उससे मिलता, उसके सरल मीठे स्वभाव के कसीदे काढ़ा करता। सो घर-बाहर लोकप्रिय व्यक्तित्व की धनी थी वह! 'घर'... पर अटकी सुई फिर थम जाती,... डिनर में ब्रेड-बटर दूध पीने के बाद उसे फिर से वही अहसास हुआ—

सचमुच ! कितना चैन मिल रहा है यहां इस घर में जहां वह पानी के गिलास को अपनी मर्जी से कहीं भी-कैसे भी रख सकती है...सिर पर ओलों की तरह यह बोल नहीं टपकेंगें—'क्या रचना, तुमने गिलास से कितना सारा पानी टपका दिया? फर्श पर देखो... कितनी बूँदें पड़ी हैं ? बिल्कुल फूहड़ ढंग से काम करती हो..., रत्ती भर अकल नहीं है काम करने की... दो कौड़ी की तमीज नहीं सीखी...? हुंह, बेवकूफ औरत...'

तो आज इस वक्त इतने दिनों बाद वह स्वतंत्र चेता प्राणी की तरह सुस्थिर चित्त से कुछ सही-सही सोच पाने की मनःस्थिति में तो है। स्वतंत्रता का मूल्य ताजी हवा सा सुरूर बनकर रगों में दौड़ रहा है। अपने होने का अहसास सिर्फ और सिर्फ अपने बूते रची-बुनी दुनियां। अपनी जिम्मेदारियों की तनी सुकून की ऐसी छतरी जिसकी

मूठ होगी उसके अपने हाथ में। अब वह अपने तरीके से अपने शौक, अपनी अभिरुचियों के लिए जी सकेगी। उसे थियेटर-नाटक का कितना शौक था, यहां इतने सालों में वह भी चुक गया—'हुंह, नाटक-नौटंकी देखने जाना फालतू लोगों का काम है...हां कोई इंगलिश मूवी चलना है तो चल सकता हूं...' यदि वह अखबार के संपादकीय पढ़ने बैठ जाती तो वह बिफर पड़ता—'रचना दो-दो घंटे अखबार लेकर बैठोगी तो नाश्ता-खाना वगैरह कौन बनाएगा? चार लोग ताने देंगे...रजत की बीवी को किचन के कामों में कोई दिलचस्पी ही नहीं...और लाओ पढ़ी-लिखी कमाऊ बीवी..., वो क्या जाने खाना बनाना?'

उफ! चार लोगों के लिए जीने वाला... हर वक्त चार लोगों की चिंता को सिर पर लादकर ढोने वाला रजत कभी उसकी भी फिक्र करना सीख पाया? वह जब भी अपनी अभिरुचियों के लिए मुंह खोलती तो उसे उसी वक्त दबा दिया जाता—'संगीत सीखोगी...हुंह..., क्या करोगी अब इस उम्र में? कहीं नाटक—नौटंकी में शरीक तो होना नहीं है... बोलो, है कोई फायदा? बेमतलब की बेतुकी चीजों का शौक चर्राता है तुम्हें ?' बात चाहे एम0बी0ए0 करने की हो, या थियेटर, नाटक जाने की, या कहीं क्लासिकल म्यूजिक सुनने जाने की... उसकी सिर उठाती इच्छाओं की गर्दन बेरहमी से दबोच दी जाती। कम्प्यूटर की बात पर तुनक पड़ा था वह—'यह क्या नया रोग पाल रही हो तुम? जो कर रही हो वही क्या कम है? सात-आठ घंटे तो बाहर रहती ही हो, और कितना रहना चाहती हो?' ऑफिस से घर लौटकर वह रिलैक्स करना चाहती लेकिन सज-संवरकर रजत की प्रतीक्षा करनी पड़ती...।

तो आज उसे ऑफिस से लौटकर सजना नहीं है... अपनी मर्जी से जीने की तमन्ना बड़ा आकार लेने लगी। बहुत दिनों बाद आसपास फरफराती हवा के मस्त झोंकों को देर तक मुग्धता से देखने और सूँघने की तलब लगी। घंटों आसमान निहारते हुए शिद्दत से कुदरती सौन्दर्य को पीने की इच्छा जगी। अरसे बाद चुप्पी ओढ़े यूँ ही पड़े रहने का सुकून मन में बिछता गया वरना बात-बात में—'यह क्या रचना...अभी से लेट गई..., जाओ जरा एक गिलास चाय बना लाओ ...'। यदि वह देर तक पढ़ने बैठ गई तो दूर बैठा वह फरमान जारी करेगा—'रचना, बंद करो यह...चलो सोते हैं...सोने का टाइम हो गया है...

आज उसे स्वतंत्रता के इस नायाब-नए अनुभव में कितना मजा आ रहा है, बावजूद इस तथ्य के कि इस घर में साधन सुविधाएं वैसी नहीं हैं। आंटी द्वारा दिया गया फोल्डिंग कॉट, दो केन की कुर्सियां, एक ठो चटाई, बच्ची को ओढ़ाने की मोटी चादर और स्टूल पर रखा पानी का जग। सचमुच ! ऐशो आराम से लदी-फदी सुविधाओं की भूमिका जीवन में नगण्य होती है। बुनियादी सच का टुकड़ा है—अपने मन-मुताबिक अपनी मर्जी से जीने की आजादी जिसके सामने बड़े-बड़े महल-अटारियों के सुख भी फीके पड़ जायें। सच तो यह भी है कि रचना को इस तरह घर छोड़कर यहां

चले आने का कतई कोई गिल्ट बगैरह नहीं घेर रहा। न ही रजत को लेकर कोई चिंता, न ही कोई मुगालता कि उसे मेरी फिक्र होगी ...

सो, निश्चिंत मन से उसने जमीन पर चटाई बिछाई। पर्स में रखे सामान को उल्टा-पुल्टा करके फैलाया और खुली अल्मारी में रख दिया-पेन-पेन्सिल, कुछ कागजात, दो-चार अपने पास सहेजे जाने वाली डायरियां, छोटा आइना, एक कंघी...तथा सात-आठ सौ के नोट जो अक्सर अंदर वाली पॉकेट में पड़े रहते थे। कमरे की खिड़की से बाहर झांका तो मस्ती में ताली पीटते पत्तों की मोहक धुन वहां एक जादुई समां बांध रही थी। जगह-जगह घरों में जलती रोशनी और टी.वी. से आती आवाजें कानों में पैठने लगीं। चौतरफा गहराते गाढ़े अंधेरे को पीते हुए एक विचित्र किस्म की बेचैनी घेरने लगी। थोड़ी देर यूँ ही बेमतलब खड़ी कभी यहां-वहां से गुजरने इक्के-दुक्के रिक्शे वालों को, तो कभी ऑटो वालों को, तो कभी तेज हैड-लाइट्स फेंकते ट्रकों की आवाजाही ताकती रही लेकिन कहीं मन नहीं लगा। उसके कंधे पर बेशर्मी से बैठा अतीत का पंछी वैताली भूत बनकर उसका पीछा छोड़ने को पल भर के लिए भी तैयार नहीं था...सो उससे रु-ब-रु होना होना एक तरह से विवशता बनती गई। हाथ-पैरों को चारों तरफ फैलाकर बेफिक्री से लेटने का जी हुआ और पेट के बल लेटकर उन्मुक्तता से ढीला छोड़ दिया खुद को। जमुहाई लेनी हो या बांहें फैलाकर अंगड़ाई लेने का मन हो... रजत का तकियाकलाम–'कितनी बेशऊर हो तुम... किसी के सामने इतना बड़ा मुंह फाड़कर जमुहाई लेने लगती हो... सामने वाला क्या सोचता होगा? दरअसल गलती तुम्हारी उतनी नहीं जितनी तुम्हारे घर वालों की है। ये बातें तो शुरू से ही सिखाई जाती हैं लड़कियों की तरह रहना, वैसे संस्कार डालना...

बीच में बात काटकर वह तुनककर जबाव देती–'लड़का-लड़की जैसे भेदभाव हमारे घर में नहीं किये गये...हम दोंनों ने बराबरी से हर काम किए...'।

दोनों में अंतर तो कुदरत ने रचा है।.. ये बराबरी के खयाली पुलाव तुम्हारे दिमाग का फितूर है, समझी ? जितनी जल्दी इसे दिमाग से उखाड़ फेंको... उतना अच्छा...'

पैर पटकते वह बाहर निकल गया। बचपन से हर काम में लड़कों के बराबर हिस्सा लेने वाली रचना के लिए ये बातें कांटे सी चुभन पहुंचाती...। क्योंकर लड़की को लड़के से कमतर माना जाए भई? बचपन से ही कितने सारे क्षेत्रों में कितना-कितना किया है,-आठवीं से तबला-हारमोनियम सीखना शुरू किया था, दसवीं में डिबेट्स में जिला-स्तरीय प्रतियोगिता में फर्स्ट आई थी। कालेज के वार्षिकोत्सव में मुख्य भूमिका हमेशा रचना की रहती...और क्लास में फर्स्ट पोजीशन पर तो जैसे किसी का अख्तियार हो ही नहीं सकता था। उस छोटी जगह में मेधावी छात्रा का सम्मान मिलना बड़ी बात थी। बावजूद इसके अभिमान उसे छू तक नहीं पाया था और सादगी उसकी खासियत थी। लंबी-पतली लड़की के सधे नाक-नक्श और आत्मविश्वास में डूबी गंभीर बातें

उसके व्यक्तित्व में खासा आकर्षण भर देती। सामाजिक ढकोसलों और अतार्किक रूढ़ियों में कतई विश्वास न रखने वाली रचना का स्वभाव था—कुछ न कुछ नया करते रहना। हां,यह उसके पापा के दिये संस्कारों का प्रतिफल था कि वह सही को सही और गलत को गलत ठहराने में कतई नहीं चूकती। कहीं भी अन्याय होते देखना उसके लिए असहनीय तो था ही...खुद के प्रति भी ऐसा होते देख-पाना तकलीफदेह अहसास था।

हां, कैरियर माइण्डेड गर्ल तो वह थी ही—इसमें कोई संदेह नहीं। इंजीनियरिंग के तुरन्त बाद मिली दो-तीन नौकरियों के बावजूद वह कुछ और करना चाहती थी। सबसे पहला ध्येय था-प्रशासनिक सेवाओं में जाने का उसके बाद कम्प्यूटर और एम. बी.ए. करना। समय को पकड़ना उसका जीवन-दर्शन था। आम लोगों की तरह—'बस नौकरी मिली और खाए-पिए...सो लिए' वाली फिलॉस्फी से दूर रचना हमेशा कुछ नया...कुछ लीक से हटकर करते रहने में व्यस्त और मस्त रहना चाहती थी। जिस लक्ष्य को पाना है—उसके लिए पूर्ण मनोयोग से जुट जाती फिर यह भूल जाती कि आस-पास की दुनियां में कौन-कहां-क्या कर रहा है? लड़कियों की तरह मेक-अप करने या सजने संवरने का शौक कभी नहीं रहा उसे, इसलिए—'यू डाण्ट हैव लेडी-लाइक हैबिट्स' जैसे रजत के बोल सुनकर कोफ्त होने लगती उसे, बल्कि उसे इस बात की हैरत होती कि उसके व्यक्तित्व में जो नया सीखने या अलग हटकर करने की ललक है तो आखिर उसमें क्या बुराई है? रजत इसे क्योंकर कुचलना-दबाना चाहता है? आखिर क्यों? 'तुम्हें घर चलाना नहीं आता ...तुमने गृहस्थिनों जैसे कोई लच्छिन नहीं सीखे...बच्चे का ध्यान क्या खाक रखोगी तुम? तुममें कोई तमीज ही नहीं है...' सुनकर अपमानित होती और ...अन्दर तक गुटकना पड़ता तकलीफ का धुआं। तब सवाल खड़ा होता—'क्यों केवल स्त्री के हिस्से में ही दर्ज है ये गृहस्थी का भार? क्या उसकी अपनी निजी इच्छाएं नहीं हो सकती? उसके खाने-पीने, पहनने-ओढ़ने, सोने-सुस्ताने का अपना अलग ढंग नहीं हो सकता क्या? सिर्फ उसके हिस्से क्यों आती है यह जिम्मेदारी वाली गठरी? वह रजत द्वारा गाहे-व-गाहे होती जलालत और तिरस्कार को झेलती रहती और मन में गहरी हताशा बैठ जाती। उसी क्षण आत्मविश्वास की हवा खिसकने लगती और उदासी का घुप्प कोहरा घंटों जमा रहता। रह-रहकर रजत का व्यवहार अंदर तक कचोटता कि वह कैसे भी बेरहमी से चीख-चिल्ला सकता है, किसी के भी सामने उसे बेवजह डांट-फटकार सकता है, कैसे भी अपमानित करने में उसे रत्ती भर संकोच नहीं होता। तो क्या उसके मन में कहीं कोई लगाव नहीं बचा उसके प्रति? यानी कि वह बन चुकी है महज एक उपभोग्य वस्तु जिससे जी भर जाए या उचाट हो जाए तो ...? तो वह क्या कर डाले? उसके मूड, रुचियां और सरोकारों से रजत कोई वास्ता नहीं रखना चाहता मगर क्यों है ऐसा? 'साथ' के लिए ...यानी साहचर्य सुख के लिए रजत कहां परवाह करता था उसके मूड की ...—'रचना...नींद आ रही है क्या ?'—'हूँ' लगभग अर्धसोई मुद्रा में वह जवाब देती

लेकिन रजत को उसके सोने/ न सोने से क्या फर्क पड़ता था? स्लीपिंग टैवलेट्स की तरह प्रयोग करना रोजमर्रा की आदत बन गई थी। क्यों वह तरसती रही प्यार के दो बोलों के लिए? जितनी बार सोचती उतनी ज्यादा आपस में गुंथी गुत्थियों से खुद को उलझता पाती—एक रेशा दूसरे में गुंथा था...। कहां—कैसे गलती हुई उससे? क्योंकर दामन से छिटकता गया प्यार...?...

नजरों के सामने रह-रहकर रजत का घर घूम जाता...हां, उसका घर तो वह बिल्कुल नहीं था। बल्कि शुरू से ही नहीं था...। उसे कब यह अधिकार था कि वह अपनी मर्जी से किसी को भी अपने घर बुला ले? उसे तो इत्ती भी छूट नहीं थी कि वह घंटों बैठी अपनी सहेली रागिनी के साथ गपियाती रहे? अपने मायके वालों यानी भाई/ पापा बगैरह के लिये कुछ भी कर सकने का हक कहां था उसे? एकदम 'नहीं'। स्त्री होने या पत्नी होने से ही क्या सारे अधिकार छूट जाते हैं...और पति ही मालिक...और सर्वेसर्वा बनता चला जाता है... स्त्री को क्यों दोयम दर्जे का माना जाता रहा है? फिर...फिर कहां है उसकी अपनी हैसियत अहमियत...या अस्मिता...? कैरियर वगैरह की बातें करना तो बहुत दूर की बातें होती गई।

इस नौकरी से क्या मिलता था?...पैसा...हां खूब सारा पैसा घर लाती रही वह। महीने की पूरी तनख्वाह निकालकर रजत को थमा देती। जब भी खर्चे की बावत चर्चा हुई...उसका तर्क होता घर के खर्चे तय करूंगा मैं '...घर में क्या-क्या सामान आना है ? इसकी जानकारी होती है मुझे ...तुम क्या जानो? मन में चक्की चलती रहती-निर्णायक होने के सुख में जीता मालिक ही क्यों तय करता है सब कुछ? घर में कब-किसे-कैसे बुलाना है? किसे क्या नाश्ते /खाने में देना है? छोटे से लेकर बड़े प्रसंगों तक हर फैसले पर मुहर लगेगी तो मालिक की ही। वह उसे महज सूचित करता था...बस्स इससे ज्यादा सरोकार नहीं था। अधीनता की स्थिति में आखिर कब तक घुट-घुटकर जीती रहे वह? कैसे भूल जाये वह भाई के पैर टूटने के प्रसंग को जब वह अकेली उसे रिक्शे में बिठाकर डाक्टरों के पास ले जाती रही ? रजत के पास फिएट कार होने के बावजूद वह क्यों दर-दर भटकती रही अकेली? सवाल का जवाब दे सकता है कोई? रजत के पास न तो कोई टाइम है, न कोई मतलब है उसे 'इन पचड़ों' में पड़ने से समय जाया क्यों करूं मैं? ये तो इनके रोज के चक्कर हैं?...ये जानें इनका काम जाने...' कहकर साफ-साफ मना करने में रत्ती भर संकोच नहीं होता उसे। लेकिन इस कटु सचाई से वाकिफ होने के बावजूद क्यों वह उससे उम्मीद करती है—सहृदयता की...या इसकी कि वह पलटकर हालचाल तो पूछ सकता है... डॉक्टरों के बारे में तो बता सकता है...फिर...फिर कहां स्टैण्ड करता है वह? कहां...का...कैसा पार्टनर? लाइफ पार्टनर का क्या मतलब निकाला जाए? हुंह! उसने मुंह बिदकाया और बेचैनी की उमड़न-घुमड़न से पेट में दबाव बनता महसूसा। बच्ची बगल में बेफिक्री की नींद सो रही थी। शीतलहर को अपने आगोश में समेट अंधकार

अपने एकछत्र साम्राज्य में विचर रहा था।

तो क्या है स्त्री जीवन का अर्थ? और कैसे ढूंढे वह पूर्णता बोध को? क्या सार्थकता है? उसका अपना सुख...उसका मान और निजत्व क्योंकर विलुप्त होता गया उस घर में? ऐसा घर कहां है जिसकी खूटी पर टंगी हो उसकी निजता? है कोई ऐसा ठौर जहां हर कोने में उसकी इयत्ता की महक फैले? पूरे पच्चीस साल बिताए बाप के घर...हालांकि वह घर फिर भी कुछ मायनों में 'अपना' सा लगता था ...जहां कम से कम चैन की सांस तो मयस्सर थी उसे...। खिड़की से बाहर खड़ी होकर ताजी हवा में जब तक मन किया... खड़ी तो रह सकती थी लेकिन यहां तो—'इतनी देर से बेवजह क्यूं छत पर खड़ी हो... खामहखां टाइम बर्बाद करती रहती हो ...फिर गाना गाती हो कि टाइम नहीं हमारे पास...डिनर की तैयारी क्यों नहीं की गई अब तक ?'

मुंह बाए काटने को दौड़ते सवाल दर सवाल। उसकी शिक्षा, कैरियर या महत्वाकांक्षाओं का तो कोई मतलब ही नही था रजत के पास। पढ़ाई माने नौकरी जो उसके पास थी ...' अब और क्या चाहिए तुम्हें?' और किसलिए भई? क्या पैसों की कोई कमी है?... यह सब करके क्या मिल जायेगा तुम्हें?' कैरियर का मतलब वह जानबूझकर नहीं समझना चाहता था—'बेकार के कामों में माथापच्ची करती रहती हो। घर-गृहस्थी के कामों में मन लगाना सीखो...' जब-तब उसकी हिदायतों की पोटरी खुल जाती। जहां उसके अकाट्य तर्कों और तथ्यों को सुनकर सामने वाला निरुत्तर हो जाता, वहीं उसकी मेधा और क्षमता से लोग खुश होते और प्रभावित भी लेकिन रजत की ठंडी प्रतिक्रिया होती—'खामहखां सर खपाती हो बेकार की बातों में। इन राजनैतिक-सामाजिक मुद्दों पर बहस करने से है कोई फायदा ? लेडीज होने की वजह से लोग तुम्हारी तारीफ कर देते हैं, बस्स... और तुम हो इतनी बेवकूफ जो कि उनकी झूठ-मूठ तारीफों में बहक जाती हो... समझी?'

कार्यालय में अपने कुशल व्यवहार और त्वरित कार्य करने से जहां वरिष्ठ अधिकारी खुश रहते, वहीं अधीनस्थ भी उसके हंसमुख स्वभाव की सराहना करते लेकिन रजत को कहने का एक और मौका मिल जाता—'तुम्हें मर्दों से बात करने का खासा शौक है... मत भूलो कि लोग अपने मतलब से तुम्हारी तारीफ करते हैं...जानती—समझती तो कुछ हो नही..., कौन सर खपाए तुममें...'

बातें सुनकर खून खौल जाता, भावशून्य चेहरे पर बेरुखी की चादर लिपट जाती। उसके व्यवहार से सौम्यता और शालीनता जहरीले सर्प की तरह छिटक जाती। क्रमशः रजत के प्रति नेह के छींटे दामन से सूखते गए। गाहे-व-गाहे उसके आत्मविश्वास को चोटिल करके वह विचित्र तरह का सुख महसूसता। वक्त-बेवक्त कडुवी बातों का कोड़ा फटकारता रहता...लेकिन उसके पास चुप्पी साध कर उन बातों को गुटकने के सिवाए और कोई चारा भी तो नहीं था। उछलती-कूदती चंचल हिरणी सी डग

भरती रचना कछुए की तरह सिकुड़कर एक बार पुनः जीने की कोशिश करती। लहुलुहान होकर टूट-टूटकर जीने के लिए ताकत जुटाने में झोंक देती खुद को...उफ! फिर वही भारीपन...पीठ पर लदी बीते समय की भारी भरकम गठरी को कहां फेंक दे वह? कितनी बार सोचा इसके चिथड़े-चिथड़े करके फेंक दूँ किसी नदी-नाले में लेकिन पता नहीं क्यों इसे वह पालतू जानवर की तरह ढोती रहती है? क्यों नहीं निर्मोही बनकर फेंक पाती? जबकि सहेजने का रत्ती भर मन नहीं है लेकिन सवाल यह है कि वह क्या कर डाले इस गठरी का जिसके बोझ से उसके कंधे झुके जा रहे हैं..., जिसे उठाते-उठाते वह थक चुकी है। क्यों न इसे कंधे से उतार कर एक बार फिर उलट-पुलट कर देखा जाये... शायद कोई ऐसा सूत्र या सुराग मिले जिससे बिगड़े जीवनवृत्त को दोबारा खींच सके वह। अल्मारी में रखी चीजों को आंखों में भरते हुए अपनी नीली डायरी को खोजने लगी जिस पर अपने मन का गुबार हल्का करने के लिए कभी-कभार पेन चलाकर यूँ ही वह कुछ न कुछ बेतरतीबी से लिखा करती थी और लिखने के बाद पर्स के अन्दर छिपा देती थी... लेकिन पर्स से निकाले अल्लम-गल्लम सामानों के बीच तो वो डायरी नहीं दिखी फिर कहां छूट गई? अरे! बाथरूम की खूंटी पर टंगे बैग में शायद पड़ी हो...सोचकर वह इधर-उधर टटोलने लगी..., यहां भी नहीं, फिर कहां होगा? एक बार फिर पर्स के अंदर वाली तह को टटोला।... हाथ से भारीपन छूते हुए अचानक मन सुखद विस्मय से भर गया ...' हूं...खुद के दबावों को हल्का बनाने के खातिर उसने इत्ता सारा लिख डाला...। डायरी निकाल कर उसमें लिखे शब्दों से लगाव महसूसते उसने चैन की साँस ली-अरे! इसमें तो एक बहुखंडीय इमारत खड़ी कर ली है उसने, जिसके हर फ्लोर पर दर्ज हैं उसके जीवन के बहुरंगी परिदृश्य। अपने लिखे शब्दों को आंखों से छूते हुए उसे लगभग वैसी ही अनुभूति हुई गोया वर्षो से बिछुड़ा कोई अंतरंग मित्र कहीं रास्ते में अनायास टकरा गया हो...। पुलकित मन से कभी वह डायरी को बीच से खोलने लगती तो कभी आखिरी तारीख पढ़ने लगती तो कभी पहला पृष्ठ पलटने लगती... उसने इसमें हर जगह तारीखें दर्ज की हैं... कब-कहां-कैसे-क्या हुआ ? सबका ब्यौरेवार वर्णन है... उत्सुकता-जिज्ञासा के पंछियों ने कुलबुलाहट भर दी अंतस में...। विस्मय विमुग्ध मन से कभी वह हाथ से डायरी के पन्ने उड़ाने लगती तो कभी उसे सूंघने लगती, तो कभी सहलाने लगती। इस तरह के नितान्त निजी क्षणों /अपने बिताए क्षणों से रु-ब-रु होना उसे प्रीतिकर लगने लगा... एक तरह के रोमांच से भर गया मन...तो कहां से पढ़ना शुरू करूं? इस उहापोह से बचने के लिए उसने आंखें मींचकर कहीं से कोई भी पन्ना खोलने की ठान ली गोया यह कोई छुटपन का खेल हो कि यदि कोर्स पूरा हो गया हो और कहां से कैसे रिवाइज करना शुरू करूं..., यह समझ में न आए तो भगवान के भरोसे कोई पन्ना कही से भी खोल दो और 'खुल जा सिमसिम' वाले स्टायल में जो भी पन्ना सामने आ जाए, इम्तहान में वह जरूर आएगा...

2 फरवरी 1985, सुल्तानपुर

बी0ई0 फाईनल इअर खत्म होने के तुरन्त बाद खाली बैठने से अच्छा है–'कुछ भी करना' सोचकर मैंने के0एन0आई0टी0 में टीचिंग जॉब ले लिया। ज्वाइन करने के हफ्ते भर बाद ही इलेक्ट्रिकल विभाग प्रमुख का नजरिया पता चलने लगा...। मुझे देखकर ही लार टपकाने वाला रवैया खासा तकालीफदेह था–'व्हाट ए प्रिटी गर्ल ! यू आर रियली ब्यूटीफुल एण्ड स्मार्ट...जैसे लफ्जों का मेरे ऊपर कोई असर नहीं पड़ता था क्योंकि कोएजूकेशन में पढ़ने से मैं ये सब सुनने की आदी थी। क्लास लेने जाते वक्त जैसे ही लैब या विभागीय काम से डिपार्टमेण्ट जाती वे गिड़गिड़ाती मुद्रा में पीछे-पीछे पहुंच जाते और मुझे देखते ही फिल्मी गाने गुनगुनाने लगते...। फिर एक दिन ...'हो जाएगा संगम' गाते हुए उन्होंने जो हरकत की...काण्ट फोरगेट दैट...। दुपट्टा हटाते हुए वे मुझे अपने पास खींचने लगे तो मैं जोर से चिल्ला पड़ी। उन्होंने मेरे मुंह पर हाथ रखना चाहा तो मैंने पूरी ताकत लगाकर उन्हें परे धकेल दिया और झपट्टा मारकर बाहर निकल आई। मैंने उसी पल निर्णय ले लिया–'मुझे यहां काम नहीं करना, नतीजा चाहे जो भी हो मैं रिजाइन कर दूँगी।' मैं रजत से कई बार कह चुकी थी–'यहां का माहौल सही नहीं लगता, मैं यह जॉब छोड़ना चाहती हूँ' लेकिन रजत का कहना था–'इतनी जल्दी मत छोड़ना क्योंकि मेरी पोस्टिंग एच0ए0एल0 कोरबा में हो चुकी है हम दोनों को आगे साथ-साथ रहना है इसलिए फिलहाल रिजाइन मत करो।'

लेकिन अंदर भभकते आक्रोश को और दबा पाना मेरे लिए मुश्किल था, सो आव देखा न ताव और तैश में आकर रिजाइन कर दिया। किस्मत अच्छी थी कि बस अगले ही दिन एक दूसरी नौकरी की चिट्ठी (जलसंस्थान में सहायक अभियन्ता) मिल गई...और मैंने राहत की सांस भरी। लगभग पन्द्रह दिन वाद रजत मिलने आया तो खासा नाराज हुआ-क्यों ज्वाइन कर लिया वहां यूँ अचानक? और वो भी बिना मुझे बताए..., बचकानी हरकतों की उम्र नहीं है यह तुम्हारी...बहुत इम्मैच्योर्ड लड़की की तरह बिहेव किया है...। तुमसे ऐसी उम्मीद नहीं थी... ''कतई नहीं''...

-तुमसे कितनी बार तो मैंने अपने कालेज के हैड के लूज कैरेक्टर की बाबत चर्चा की थी लेकिन तुमने ध्यान ही नहीं दिया तो फिर मैं क्या करती? कब तक उसकी ऊलजलूल हरकतें सहती? उसने बदतमीजी की तो,...हाउ आई कैन टॉलरेट दैट...मैं तुनक पड़ी।

–'अब जलसंस्थान में काम करोगी तो हम लोग इकठ्ठे कैसे रह पायेंगे? बोलो...'

–'देखो, शादी के बाद जब तक कोई और व्यवस्था नहीं हो जाती, मैं छुट्टी लेती रहूंगी और सुनो, मेरे लिए एच0ए0एल0 में नौकरी की व्यवस्था नहीं

हो सकती क्या?'

सुनते ही रजत चौंक पड़ा बुरी तरह फिर बोला—'वहां का चीफ मुझसे कह रहा था एच0ए0एल0 से रिजाइन मत करो बल्कि अपनी बीवी को ले आओ यहीं, मैं उसे तुरन्त एकोमोडेड कर लूंगा...'

—'तब तो ये बहुत अच्छा रहता, नया जॉब ढूंढने का कोई रिस्क नहीं उठाना पड़ता और यूँ हम दोनों एक जगह साथ-साथ रह भी सकते थे...' मैंने चहकते हुए अतिरिक्त स्फूर्ति और उत्साह से भरकर कहा।

—'मैं नहीं चाहता तुम वहां नौकरी करो... वहां के लोग ठीक नहीं हैं...' रजत की दो टूक लहजे में सीधी-सपाट बात सुनकर मैं स्तब्ध रह गई। ठीक से कन्विंस न होने के बावजूद चुप बनी रही—'चलो, जैसा रजत ठीक समझे करे...हालांकि छोटे-छोटे सवाल सिर उठा रहे थे—'जब यही बात मैं उस इंजीनियरिंग कालेज के हैड के बारे में कह रही थी तब रजत की समझ में क्यों नहीं आया? जब एक ही संस्थान में एक जैसे आफिसर रैंक में हम दोनों साथ-साथ काम करते तो किसकी मुझसे गुस्ताखी या बदतमीजी करने की हिम्मत पड़ती?

फिलहाल रेस्टोरेण्ट से चाय पीकर हम दोनों खुली सड़क पर हवा के मस्त झोंकों के संग टहलते रहे। हल्की सर्दी की सरसराहट माहौल में थी और धुंध ने अपनी पोटली को पेड़ों जमीन से आकाश तक फैली पगडंडियों पर खुले मन से खोल दिया था। देखते ही देखते कोहरे के बादल बनते गए। हम दोनों एक दूसरे के हाथ में हाथ डाले चल रहे थे। थोड़ी देर बाद ही अंधेरा घिरने लगा था।

होंठों पर वही नेचुरल शेड्स, माथे पर छोटी सी काली बिन्दी और लूज टी-शर्ट ...के साथ जीन्स पहने मैं अपनी सदाबहार हंसी के साथ चल रही थी। अच्छी लम्बाई और छरहरी देहयष्टि की वजह से मेरी चाल में बेशक अतिरिक्त चुस्ती और फुर्ती शुमार थी। रजत ने अपने दाहिने हाथ को मेरे कंधे पर रखा और मुझे अपने पास खींचना चाहा... एकांत पाते ही जल्दी से मुझे चूम लिया। उसके आगोश में सुध-बुध बिसराए मैं मुग्ध मन से चल रही थी... गुनगुना रही थी। शादी के पहले वाली यह हमारी आखिरी शाम थी।

27 फरवरी 1986—

इंजीनियरिंग के दौरान ही मेरा सपना था—'आई0ए0एस0 बनना और यह मेरी प्राथमिकता थी—इसके लिए जी जान से जुट जाना। इस बावत पापा हमेशा हौसलाआफजाई करते रहते बल्कि उन्होंने तो इसी की खातिर मुझे शादी करने से भी रोका था—'बेटा, शादी के बाद दस झमेले होते हैं, कहां पढ़ पाती हैं लड़कियां

फिर ? बेटा... शादी तो देर-सबेर होती रहेगी लेकिन पहले जिन्दगी के उद्देश्यों के बारे में तो सोचो...ये समय लौटकर नहीं आता। सोचो यदि तुम्हारा चयन नहीं हो पाया तो किस पर ब्लेम लगा पाओगी?' मैंने सपाट लहजे में जवाब दिया था—'जाहिर सी बात है ...इन्हीं लोगों पर।' 'कुच्छ नहीं होगा बेटा ब्लेम करके भी...कुछ महीने और रुक जाती...' लेकिन मैंने उनकी बातों पर तवज्जो नहीं दिया और फल भी भुगता बल्कि पछतावा भी हुआ।

शादी के बाद मैंने साफ-साफ नोटिस किया कि—रजत कतई नहीं चाहते थे कि मैं आई0ए0एस0 की तैयारी करूं। मुझे येन-केन प्रकारेण समझाते रहते कि मुझे आई0ए0एस0 के चक्कर में नहीं पड़ना चाहिए...। हम लोगों का अच्छा खासा इंजीनियरिंग कैरियर है, उसी पर ध्यान लगाना चाहिए। जब इन सबका मेरे ऊपर कोई असर नहीं पड़ा तो रजत के अंदर खींझ, अनकहा गुस्सा और जबरदस्ती वाला रवैया शुमार होता गया। किसी न किसी बात की आड़ लेकर सबके सामने डांटने-फटकारने में कोई परहेज नहीं था। मैं अगर रात में जागकर पढ़ना चाहूं तो भी सबकी आंखों में हिकारत भरे भाव भरे रहते...हां यह सच है कि सबमें रजत के घर वाले भी शामिल थे। कई सारे वाकये हैं...कहां से शुरू करूं? ऑफिस जाने से पूर्व मैं घर का झाड़ू-पोंछा लगाकर जाती थी ताकि साथ रह रही जिठानी को अकेले पूरा काम न करना पड़े। चूंकि सुबह का खाना जेठानी बनाती थी, जाहिर सी बात है कि शाम का खाना बनाना मेरी ड्युटी थी...इन्ही एब घनचक्करों में मुझे 'टाइम जाया' होने का अपराध—बोध सालने लगता और तनाव पसर जाता। हां, यह सच है कि मुझे खाना बनाने का कतई कोई शौक नहीं था। शुरुआती दिनों में चूंकि मैं पूरी तरह पढ़ाई पर अपना ध्यान केन्द्रित करना चाहती थी लेकिन उसी दौरान शाम को खाना बनाने जुट जाना मजबूरी था। खाना बनाने का अभ्यास न होने की वजह से कभी सब्जी काटने में उंगली कट जाती तो कभी दाल छोंकने में तेल के छींटों के निशान यहां-वहां चिपक जाते। सबसे ज्यादा तकलीफदेह अहसास था—आई0ए0एस0 प्रिलिम्स के लिये एकाग्र न हो पाना। रजत से जिक्र करती तो वह तुनक पड़ता—'भई, तुम कोई अनहोनी लड़की तो हो नहीं जो खाना बना रही हो...हिन्दुस्तान की सारी लड़कियां बनाती हैं...थोड़ा बहुत करना भी पड़ता है तो कौन सा पहाड़ तोड़ने जैसा क्रेडिट पाना चाहती हो ? बोलो...'। 'लेकिन मैं थक जाती हूँ और फिर पढ़ाई नहीं हो पाती,...टाइम वेस्ट इसी में हो जाता है।' वह सुना-अनसुना करके सोने चला जाता। चूंकि रजत को कमरे में रोशनी पसंद नहीं थी तो मैं बाहर बरामदे में टेबललैम्प जलाकर पढ़ती थी। रजत को मेरी पढ़ाई से कोई मतलब नहीं था बल्कि वह तो—'कम ऑन यार...बाद में पढ़ लेना ...' सुनकर मैं सोचती चलो किसी तरह ये काम भी निबट जाये और रजत सो जाये फिर पढ़ लूंगी। भावना में डूबे मीठे बोलों की जगह महज दैहिक रस्म अदायगी को प्यार कहते

हैं क्या? चंद लमहों बाद ही रजत के खर्राटे कमरे में भरने लगते...तो क्या वह वाकई प्रयोज्य वस्तु है स्लीपिंग टैबलेट्स जैसी ?

ऑफिस से लौटने के बाद अक्सर ही चाय-नाश्ता तैयार करते-करते पूरे छह बज जाते। थोड़ी देर अखबारों की कटिंग संभालती...पत्रिकाएं उलटती-पुलटती कि देखते ही देखते आठ बज जाते और डिनर की तैयारी में जुटना पड़ता। साढ़े नौ बजे फ्री हो पाती और मात्र दो-तीन घंटे वड़ी मुश्किल से वह अपनी पढ़ाई के लिए निकाल पाती। फिर एक दिन मैंने सोचा—'अगर सुबह का झाड़ू-पोंछा करने वाली मिल जाये तो मैं सुबह आराम से तीन-चार घण्टे एकाग्र होकर पढ़ सकती हूँ।' रजत से पूछने पर उसका दो-टूक जवाब था—'ऐसी कोई नौकरानी मिलेगी नहीं लेकिन जब मैंने जोर देकर पूछा कि घर की महरी से ही बात करके देखते हैं तो जवाब मिला—'मम्मी ने उससे बात कर ली है, उसने मना कर दिया...' फिर उसने थोड़ी ऊंची आवाज में पूछा—'अच्छा, एक बात बताओ,...क्या तुम इतना भी नहीं करना चाहती...? घर की कुछ जिम्मेदारियां तो लेनी चाहिए...' कहने के बाद उसने मेरी तरफ यूँ देखा मानो कहना चाह रहा हो—'लैट्स फिनिस दिस टॉपिक एण्ड स्लीप विथ लव...'—रजत, प्लीज ट्राई टु अण्डरस्टैण्ड द प्वाइंट...' बात पूरी होने के पूर्व ही रजत ने मुझे अपनी तरफ खींच लिया और लाड़ जताते हुए बोला—'लीव दिस टॉपिक यार...इंजीनियरिंग कैरियर में भी कोई बुराई नजर नहीं आती मुझे तो...' कहकर उसने लाइट ऑफ कर दी थी।

लेकिन मेरी आंखों में नींद कहां? बेचैनी और ऊहापोह से घिरी रात भर करवटें बदलती रही। चारों तरफ से शीतलहर टुकड़ों-टुकड़ों में कमरे में घुसती हुई कंपाए दे रही थी। बेडरूम में डार्क ब्राउन कलर के मोटे-मोटे पर्दे लटके थे... कमरे में अटैच टॉयलेट की लाइट रात भर जलती जिसे देख-देखकर जाड़े की लम्बी रातें काटना भारी पड़ता। अनायास रजत के साथ बिताए पुराने दिन फड़फड़ा उठते—'रचना, आइ0ए0एस0 तो तुम वहुत आसानी से एक बार में ही निकाल सकती हो...ऑफकोर्स यू कैन...' तब उसकी आंखों में सपने कौंध उठते थे।

चिड़ियों की चांय-चांय से नींद टूटी ...पर्दा हटाकर आसमान की तरफ देखा—'भूरा, सफेद और हल्का नारंगी रंग यहां-वहां बेतरतीबी से लुढ़का पड़ा है...भूरे-भूरे गोले सफेद नन्हे खरगोशों के पीछे दौड़ लगा रहे हैं,... खामोशी के माहौल में सोती दुनियां सचमुच कितनी बेफिक्र है...' यह देखती-गुनती मैं महरी के आने का इंतजार करने लगी। ठीक साढ़े छह बजे वह आई—मूंज जैसे उलझे बाल, सांवला रंग...और मैली-कुचैली सी दिखती उससे मैंने पूछा—'सुनो क्या तुम सुबह एक घंटा काम बढ़ा सकती हो..., तुम्हें 100 रुपये और दे दूंगी...सफाई के लिए...'

—बहूजी, पइसा खातिर तो हमने पैलेई बात करी थी परन्तु माताजी कछू बोली नाहीं... पइसा बढ़ाहौ तौ काहे नहीं करिहै काम..., बिल्कुल करबौ करै...'

—तो ठीक है...तुम आज से ही शुरू कर दो ...' मुझे यह सोचकर धक्का लगा कि मम्मी ने झूठ बोला! क्या यही वो मम्मी हैं जिन्होंने मुझे आश्वासन दिया था कि शादी के बाद भी मैं पढ़ सकती हूं...कोई दिक्कत नहीं होगी और अब वे नहीं चाहती कि मैं पढ़ूं और उसके लिए इतने लचर बहाने ...उफ! कोई नहीं चाहता कि मैं आइ0ए0एस0 बनूं... सोच-सोच कर मेरा दिमाग चकरा गया। शायद यह डर कि यदि मैं बन गई तो दिमाग चढ़ जायेंगे मेरे ...कितनी घटिया और कितनी ओछी सोच है... उफ!' सोच-सोच कर मुझे तनाव होने लगा...। कैसे निबटूं इन सबसे ?

यदि उन्हें अपने घर में तकलीफ हो रही थी तो मुझसे कह सकती थीं कि मैं अपने मायके जाकर पढ़ूं। मैंने गौर से मम्मी को लेकर सोचा—मंझोला कद, गेहुंआ रंग वाली मध्यमवर्गीय संस्कारों से लदी सामान्य गृहणी जिन्हें इस बात का गर्व भी था कि उनकी बहू इंजीनियर है और सुन्दर भी और वे तमाम रिश्तेदारों के बीच मुझे दिखाना चाहती थीं लेकिन 'जून की परीक्षाओं के बाद देखेंगे' सुनकर वे बुरा मान गईं और उन्होंने रजत से नमक-मिर्च लगाकर कहा भी...क्योंकि रजत उस दिन इसी बात को लेकर बहस करने के मूड में था जबकि मैं उस वक्त सामान्य ज्ञान की पुस्तकों में डूबी रहना चाहती थी... क्या विडम्बना है ? ऐसे माहौल में हो पायेगी तैयारी मेरी ? सवाल घेरे रहते 'चलो ये झमेले छोड़कर पढ़ते हैं ...' सोचकर मैं फिर-फिर पढ़ने की कोशिशों में जुटी रहती।

8 अगस्त, 1983

'तुम्हारे हर आक्षेप का स्वागत ...हर सुझाव सर आंखों पर ...तुम्हारे अनुसार बदलकर अच्छा लगेगा मुझे! मैं कभी किसी की भावनाओं तथा विश्वास को ठेस नहीं पहुंचा सकता...यकीन करो और ठीक यही चीज खुद के साथ भी यानी अपनी भावनाओं तथा विश्वास पर किसी की हल्की सी ठेस भी बर्दाश्त से बाहर है...फिर तुम तो सिर्फ तुम हो, मेरा अपना अंश ...,मेरी स्वीटहर्ट...!' रजत द्वारा लिखी चिट्ठी की कुछ पंक्तियां इतनी अच्छी लगी थीं कि मैं उन्हें कई-कई बार पढ़ा करती। पूरा मन ही नही भरता था एक बार पढ़कर। जितनी बार पढ़ती, उतनी बार डेढ़ इंची मुस्कान खिल उठती—'रचना, तुम्हारी चिठ्ठी पढ़ने से जिस आनन्दनुभूति व स्फूर्ति को महसूस करता हूँ वह किसी पवित्र नदी में स्नान करने वालों को भी नसीब नहीं होती होगी...पूरा पत्र जैसे इन्द्रधनुष बन जाता है...जिसमें दृश्य रंगों के साथ-साथ अदृश्य किरणें भी शुमार हैं...'

डायरी को उल्टा रखकर उसने कुनमुनाती बच्ची को दूध पिलाया। दूध पीकर उसके चेहरे पर तृप्ति की मुस्कान बैठी और वह फिर से नींद में चली गई। अल्पविराम

के उन क्षणों में वह आंखें मींचे सोचने लगी...कितने रहस्यों से भारी पिटारी है यह डायरी जिसे पिछले कई वर्षो से सीने से चिपटाए घूमती रही है वह। तमाम दोस्तों के बावजूद जो किसी से नहीं कहा गया वह आकार लेता गया इस डायरी में। तमाम रिश्तों में जब घुन लग जाए... दम तोड़ती दोस्ती के बीच ऐसा लगे कि मैं कहीं नहीं हूं... जहां लोगों की महत्वाकांक्षाएं धीरे-धीरे स्वार्थ में बदलने लगें और उनके बीच मेरा अकेलापन उदासी की बांह थामे धकेलता हुआ मुझे कमरे तक खींच लाता और यह अहसास कचोटने लगता कि इस मित्रमंडली में किसी को मेरी जरूरत नहीं है...तमाम संबंधों की नींव पोली है जो एक बार में ही भुरभुराकर ढह जाएगी तो हॉस्टल के लोगों से क्रमशः कटने लगी थी मैं... फुलझड़ी बनकर फुदकते हंसी के कहकहे भी राख बनते दीखते ...तो शिद्दत से अहसास हुआ कि क्यों इस खुशफहमी में जिया जाए कि लोग मुझे चाहते हैं, बकवास हैं ये बातें, खुद को भरमाने का शगल है ये तो...उन संबंधों में न गहराई नजर आती है न ही विस्तार...

ऐसी सोच की परतें जड़ें जमा पाती तभी रजत से दोस्ती हुई। रजत आई0आई0टी0एम0टेक0 का स्टूडेण्ट और मेरा बी0टेक0 फाइनल ईयर था।...हम लोगों की दोस्ती बढ़ाने वाला सूत्र था पत्राचार। मेरी निगाहें डायरी में लिखी चंद पंक्तियों पर ठहर गई–"एक मीठा–अविस्मरणीय दिन... सुखद अहसासों भरी शाम... अंतरंगता से लकदक मन... दोस्ती की गहन अनुभूति का विलक्षण और अद्भुत अहसास... एक दूसरे के क्रिया कलापों को मापती-जोहती दो जोड़ी आंखें और स्नेहिल तागों से गुंथे दो मन... क्या ये प्यार है? अगर हैं तो लगता है जिंदगी की तमाम आपाधापियों के बावजूद सिर छुपाने को एक पसंदीदा कोना मिल गया है।"

आगे पढ़ने को उत्सुक आंखों ने अपनी पसंदीदा जगह चुन ली–"याद हैं वे दिन जब शरीर के अंग-अंग में चंचलता का साम्राज्य था। याद है वह मौसम जिसके स्वागत में डायरी का प्रत्येक पृष्ठ शब्दों और भावों के मुखड़े को सजाने के लिए आड़ी-तिरछी लकीरों में खड़ा मुस्कराता था जिस पर प्रत्येक तारीख रत्नजड़ित अंगूठी जैसी चमचमाती थी जो ऋतुओं के आगमन के विश्लेषण में मौसम विभाग की सूचनाओं को भी मात देने में सक्षम था। हवा के हर झोंके में भरी होती थी ताजगी की लहर जिससे तन-मन में अजीब सी मचलन और थिरकन ठुनकने लगती थी। स्फूर्ति से रोयां-रोयां चिटककर खिल उठता था। हवा से झड़कर सड़क पर बिछे पत्तों पर राह चलते लोगों की पदचाप से होती खरखराहट भी दिलचस्प लगती–नीचे लुढ़कते हवा से उछाल मारते पत्तों के बीच से गुजरती हवा की सरसराहट, बादलों का मद्धिम गति से हाथ-पैर फैलाकर अंगड़ाई भरना और हवा से झूमते-दोहरे होते पेड़ों के तांडव नृत्य को आंखों में भरते मचलते मन की बात किससे शेयर करे वह ? शब्दों की रेलमपेल...ढेर शब्द तेज गति से इधर-उधर सफेद पन्नों पर बिछ जाने के लिए आतुर-व्याकुल रहते। कुदरती करिश्मों को छूने के लिए सचेष्ट मेरे कान पंछियो के

सुरों को सुनने लगते।...कभी लहर-दर-लहर में लिपटी साड़ियों की प्लेट्स खोलती नदी की सरगम सुनने लगती और उस सुर-संगम में ताल बिठाकर गुनगुनाने लगती। मन करता कि हाथ-पांव फैलाकर आंखें मीचे उसी नदी के विस्तार और गहराई में विसरा दे अपने आप को...दोनों किनारों को जोड़ते पानी में डुबकी लगाने का मन करता ! काश ! कोई नेचुरल सेतु होता और वह इस लहरदार नदी पर सैरकर ओर-छोर छूकर आती हवा की मनोरम-सोंधी गंध को अपने अंदर स्थाई बास दे पाती...।

हां...डायरी ...यही वह निर्जीव वस्तु है जिससे अपना सब-कुछ कहकर हँस सकती है वह...तनावमुक्त हो सकती है वह...। अपने भारी बोझ को उतारकर हल्का हो सकती हैं जिसे पढ़ते हुए पुराने समय को फिर से हरा-भरा कर सकती है वह जिसमें बीते समय की भौगोलिक...सांस्कृतिक एवं निहायत व्यक्तिगत जीवन के टुकड़े दर टुकड़े अपनी सम्पूर्ण स्वायत्तता के साथ विराजमान है। सचमुच ! कितनी अंतरंग मित्र है यह डायरी जिसके साथ सुभीते से अपने जिये हर क्षण को मूर्त आकार-प्रकार देती रही वह। एक तरफ तो सपनीले संसार की चमक-दमक पूरे ठाट-बाट के साथ विराजमान है तो दूसरी तरफ बचपन से अल्हड़ता भरे प्रसंग भी जब वह पीछे से कुर्ता खींचकर चलती थी। पता नहीं क्यों राह चलते ऐसा लगता था कि कुर्ता पीछे से मुड़ गया है! आंखों में शर्म का पुलन्दा भरा रहता और किसी भी लड़के को देखते ही पलकें कभी संस्कारवश तो कभी शर्मवश झुक जाती लेकिन मन खरगोशी उछाल लगाता रहता। चेहरे पर बिछी मासूमियत देख लड़के कोई कमैण्ट पास करते तो मुस्कान भरते होठों को चबाना पड़ता और जोरदार हंसी पर ताला लगाने के लिए जीभ को दांतों से काटना पड़ता। क्लास में किसी बेढ़ब टीचर को देख किसी लड़की की पीठ पर पेन्सिल से उल्टा-पुल्टा लिखने का वह दौर...

तो ,कितनी घटनाओं की एकमात्र गवाह रही है यह डायरी जिसके पन्नों मे दर्ज है उसकी आकांक्षाएं भी हताशाएं भी किलकती हंसी तो घोर निराशा से उपजा रुदन इससे बेहतर मीत कोई और भी हो सकता है भला? 'किसी से कुछ उगल न दे'-जैसा डर भी नहीं। जिस पर सौ फीसदी भरोसा किया जा सके। जिसे अपने पर्स की निचली तह में छिपाकर बेफिक्री की नींद सोया जा सके।

देह से मन तक की यात्रा में कितना साथ दिया है इस डायरी ने...कहना मुश्किल है। इसे पता है मेरा पहला दोस्त ...और...मेरे हुलसते मन का ब्यौरा—वह शर्मीला, नीचे सिर झुकाकर चलने वाला सीधा सा लड़का...जिसका नाम मैं कभी नहीं भूलती। उसके साथ आठवीं में पढ़ता था। फर्स्ट आने पर मेरा हाथ मिलाने के लिए पहली बार उस शर्मीले लड़के ने अपना हाथ बढ़ाया था... उसकी नाजुक कलाई और नर्म हथेली की वो छुवन जैसी की तैसी क्योंकर दर्ज रह गई अब तक दिलो दिमाग में? अपनी तकलीफों, सुखों, पारिवारिक-सामाजिक विसंगतियों से उपजे तनावों और अनायास मिली पुलक के कितने रेखा चित्र खिंचे हैं इसमें...। कभी

इसमें सामाजिक निषेधों-वर्जनाओं को अनावृत करती रही मैं, तो कभी मन की अन्दरूनी अंधेरी बंद गुफाओं में से पानी की धार को बहाया है पन्नों पर-जैसे गहन सुरंग के बीच किसी सुराख ने रोशनी भर दी हो अंदर। कभी झूलती-झूमती पेड़ की टहनियों, ऊंचे-सघन देवदार-चीड़ों के सबसे ऊंचे कोनों पर चुपके से अपने प्रेमी के संग बैठी घंटों उड़ती रही है वह खयालों में...।

हां, इसमें दम तोड़ते-सड़ांध मारते रिश्ते ढोने की विवशता और पस्त-थके मन की स्याह परछाइयां दर्ज है तो कभी इन्हीं के बीच दूर से झकझोरती हवा की मस्ती भरी खुनक भी है जबकि वह घर-बाहर के मित्रों से हुई चर्चा/ परिचर्चा में से अपने लिए प्राप्त नेहरस को सोखती जाती और अपनी इच्छाओं को साकार रूप देती जाती। अद्‌भुत रोमांच हो रहा है इन्हें पढ़ते हुए ..., उन लमहों को दोबारा जीने जैसा स्वतः स्फूर्त अहसास... नई ताजगी से भरा...। मन हुआ कि देर तलक इसके पन्नों को सूंघती रहूँ।...सूँघने पर एक विचित्र प्रकार की खुशी घेर रही है उसे कि कब क्या कैसे-कैसे होता गया अब तक?

20 जनवरी 1985–

रजत मुझसे मिलने मेरे घर आते-जाते थे। चूँकि मेरे पापा जानते थे रजत से मेरी दोस्ती की बात..., फिर किसी से क्या डरना? मैं कुछ मायनों में शुरू से ही बोल्ड रही हूं कि मुझे जो ठीक लगता है, वह करने में मैं न समाज से डरती हूं, न ही समाज को कैफियत देने की जरूरत समझती हूं। एकाध बार पापा ने दबी जुबान से रजत के यूँ बार-बार आने-जाने की बाबत टोकना चाहा तो रजत ने कहा था–"मैं आपसे झूठ बोलकर फिर चोरी-चोरी उससे मिलूँ, उससे क्या फायदा ?" पापा निरुत्तर हो गये थे।

उस दिन सेकेण्ड सैटरडे था और अगले दिन रविवार की छुट्टियां जोड़कर पापा मेरी बुआ से मिलने पास के गांव गये थे। सुबह से बादलों की उछलाकूदी हवा के संग कुलांचे भर रही थी लेकिन कोहरे में लिपटा सूरज दिन भर सुस्त नजर आता रहा। धूप न निकल पाने की कसमसाहट के बावजूद शाम को खुलती सफेदी सुकून बिछा रही थी क्योंकि वासंती हवाओं के संग उड़ते हुए मेरे मन में कुछ टूटी-फूटी पंक्तियां कौंध जाती-

'छा जाते पनियारे बादल
कुहरे बन फिर-फिर भरमाते
मूक, शांत-स्तब्ध राह पर
बिखरे हैं ये छुट-पुट मोती...

अंधेरे की नीरवता में ट्रांजिस्टर से निकलती कर्णप्रिय स्वर लहरियां मन को तरंगित कर उछाल देती...। मैं अपने ख्यालों में खोई चाय पीते हुए अखबार पलट रही थी कि दरवाजे की घंटी बजी–'कौन हो सकता है? सशंकित मन से दरवाजे से झांकने लगी कि रजत की आवाज सुनाई दी–'रचना ...मैं...' दरवाजा खोलते वक्त मन में एक अज्ञात किस्म की पुलक के साथ ही थोड़ा सा डर भी लगने लगा क्योंकि रजत ने छूटते ही पूछा–'पापा कहां हैं?'–'मौसी के यहां ...पास में ही ...लेकिन रजत के हाव-भाव और व्यवहार कुछ अजीबो-गरीब से थे उस दिन। जैसे ही उसे पता चला–पापा नहीं हैं..., वैसे ही–'मैं यहीं रुकूँगा ' की जिद करने लगा।

ठीक है, मैं मिलती-जुलती थी लेकिन हमारे संबंध शारीरिक सीमाओं से परे थे। पता नहीं क्यों मुझे यह डर लगने लगा कि बात सिर्फ साथ बैठकर एक दूसरे की कंपनी इंजॉय करने के आगे भी जा सकती है, शायद रजत की गतिविधियों को ताड़कर ऐसा आभास हुआ क्योंकि आते ही उसने मुझे अपने आगोश में ले लिया और ताबड़तोड़ किस लेना शुरू कर दिया। बात-बात पर कंधे पर हाथ रखे जाने को 'अच्छा फील' करते हुए भी मेरा मन संस्कारवश निषेध करने पर अड़ा हुआ था...। जितना कसकर वह जकड़ता मैं उतनी ही ताकत से परे छिटकना चाहती–रजत, मेरे पापा इसे कतई पसंद करेंगे कि तुमने रात में यहां स्टे किया और यदि वे देर रात तक आ गए तो तुम्हारा आना-जाना भी ठप्प न कर दें वे...' मैंने तटस्थता दर्शाते हुए थोड़े गुस्से में कहा लेकिन रजत पर तो जैसे भूत सवार था--'सुनो, मुझे सुबह चार बजे वाली ट्रेन पकड़कर एक इण्टरव्यू देने दिल्ली जाना है, इसलिए रुकूंगा तो जरूर ...रिलैक्स यार..., हम लोग शादी करने वाले हैं...तुम्हारे पापा से बात भी कर ली है फिर क्यों इतनी नर्वस हो रही हो? कहते हुए रजत ने फिर से मुझे पास खींचकर गोदी में बिठा लिया।–'लेकिन रजत ये ठीक नहीं है' मैंने प्रतिरोध जताया तो मेरे चेहरे को ऊपर उठाते हुए रजत ने कहा–'मैं जो भी करता हूं, खुलकर करता हूँ... सब कुछ खुली किताब की तरह सामने रखकर जीने में भरोसा है मुझे...' फिर उसने अपने जूते उतारने शुरू कर दिये–'वैसे इस सफेद गाउन में तुम जम रही हो डियर...'

मेरे मन में तमाम विचार तेजी से आते–जाते रहे...। मैंने जैसे निर्णय सुनाते हुए कहा–'सुनो... मैं सामने वाले अंकल के यहां चली जाती हूँ ...अब तुम आराम से यहां रहो...'

जूता उतारते-उतारते अचानक उसके हाथ रुक गये और नाराजगी भरे लहजे में बोला–'देखो, यदि यूँ बेगानों जैसा व्यवहार करोगी तो मैं अभी चला जाता हूँ यहां से..., ठीक है...भरोसा नहीं है न मुझपर ...तभी पराये अजनबी जैसा व्यवहार कर रही हो ...' कहकर वह फिर से जूते बांधने लगा। थोड़ी देर माहौल में चुप्पी तनी रही जिसे तोड़ते हुए बोला–'तुम यही आराम से रहो, कही किसी अंकल के

यहां जाने की जरूरत नहीं ...मैं ही चला जाता हूं...स्टेशन तो इतना बड़ा है ही सोने के लिए...' कहकर वह जाने के लिए खड़ा हो गया तो मैंने खुद को लताड़ना शुरू किया कि सच तो कह रहा है रजत...हम लोग शादी करने जा रहे हैं और मैं खामखां रजत पर शक कर रही हूं... उसे कितना बुरा लगा होगा...खुद को कन्विंस करने के बाद बोली--तुम तो सचमुच जाने लगे रजत...

—'और क्या करूं? तुम्हारा घर है भई... तुम भगा दोगी तो जाऊंगा नहीं क्या? जहां संबंधों में भरोसा न बचा हो,वहां...' आधी बात कहकर उसने छोड़ दी।

—'देखो, ऐसी बात नहीं है रजत..., बात भरोसे की नहीं है...' मैं थोड़ी भावुक हो उठी थी-ठीक है, तुम यहीं रहो ...खैर ये बताओ, खाओगे क्या? भूख तो लगी होगी...

—'नहीं यार, तुम्हें कतई-कतई परेशान नहीं करना चाहता, ब्रेड-बटर हो तो वही चलेगा..., आगे की सारी जिंदगी तो तुम्हारे हाथों बना ही खाना पड़ेगा फिर क्यों अभी से मोहभंग करूं? है न?' अपनी शर्ट के बटन को खोलते हुए रजत ने पीछे आकर मुझे अपनी बांहों में जकड़ लिया—'आई लव यू स्वीटहर्ट ...' रजत की बांहों की जकड़ देखते-देखते अनचाही दिशा में जाने लगी—'क्या कर रहे हो? छोड़ो मुझे...' मेरे शब्दों का कहीं कोई अर्थ वहां नहीं रह गया था। मेरे मन/देह के पोर-पोर में रजत का संस्पर्श बढ़ता गया। डाइंगरूम में पड़ा दीवान हमारे इस मिलन का मूक साक्षी का जिसके सिरहाने बने दोनों शेर जैसे मुंह चिढ़ा रहे हों...। उड़ते कलेण्डर की खड़खड़ाहट, पढ़ने वाली मेरी मेज और उस पर रखा टेबललैम्प... और बगल में रखा ट्रांजिस्टर ...आंखें इन्हें देखते हुए नम होने लगीं। मैंने भरे गले से कहा—'तुमने ठीक नहीं किया रजत..., शादी से पहले ऐसा कतई नहीं करना चाहिए था तुम्हें...कहकर मैं रो पड़ी।

'डोण्ट बी सिली डियर, मैं कोई भागे थोड़े ही जा रहा हूँ, तुम्हारे पास ही तो रहता हूँ तुम्हारे इस दिल में ...' कहकर रजत ने मेरे गाल थपथपा दिये और कंधे पर हाथ टिकाते हुए बोला—'इतनी पढ़ी-लिखी होकर भी इन छोटी-मोटी चीजों का गिल्ट पालती हो भला? फॉरगेट इट...' रजत ने फिर से मुझे अपने सीने में भींच लिया—'अब तो तुम्हें छोड़ने की कल्पना भी नहीं कर सकता... तुम्हारे बगैर नहीं जिया जा सकता रचना। तुम सचमुच मेरे अंदर रच-बस गई हो मेरे रोम-रोम में हो तुम...हर लमहा तुम्हारे बिना आधा अधूरा है। मेरी देह हर वक्त तुम्हें मांगती—चाहती रहती है...प्लीज, भरोसा करना सीखो रचना-आई डू प्रामिस...हम लोग अगले माह शादी करने जा रहे हैं...' रजत की आंखों में विश्वास की चमक देखकर मैंने हल्का महसूस किया और रजत के सीने में अपना सिर छुपा दिया। मैं सुन रही थी रजत के हृदय की धड़कनों को,सूँघ रही थी सीने से आती अलग तरह की खुशबू को। रजत ने मेरी आंखों में नेह का काजल लगाते हुए माथे पर चूमा फिर बोला—'फोन

पर शादी की डेट फिक्स करके बताऊंगा। अपनी सेहत का ध्यान रखना...खूब-खूब चहकती रहना चिरैया जैसी समझी ? जल्द ही आऊंगा...ओ0के0 ...' मैं सब सुनती–गुटकती जा रही थी ...घूंट-घूँट करके।

दरवाजा खुलने के साथ सरसराती सोंधी हवा की गंध नथुनों में घुसी। सामने खड़े हरे-भरे पेड़ झूमती मुद्रा में थे। आकाश में छुटपुट तारे अभी भी चमक रहे थे और सुबह की सफेदी फैलने में अभी देर थी। आसपास कुत्तों की भों-भों सन्नाटे को तोड़ रही थी बाहर की स्ट्रीट लाइट्स लगातार रोशनी फेंकती थी। दरवाजा बंद करने के बाद मैं सोने का उपक्रम करने लगी लेकिन नींद तो कोसों दूर छिटककर बैठी थी। रजत की तस्वीरें बनती-बिगड़ती-नया आकार लेती रही। बार-बार न चाहते हुए भी हाल में हुई घटना के एक-एक सूत्र को फिर से पिरोने लगती...। शादी के पूर्व तमाम लड़कियां क्या सिर्फ इसी रात के लिए ...इतनी तकलीफदेह अहसास के लिए ही इतने सपने संजोती हैं? क्यों वो सपने इतने रंगीन लगते हैं। जबकि वस्तुस्थिति तो कल्पना से कोसों दूर है। कहां गए वह मादक ...उत्तेजक और वायवी सपने? रह-रहकर यही कचोटता कि सब कुछ कितना यांत्रिक सा...कितना क्षणिक...और अल्पजीवी होता है...क्या यही सुख था? अचानक लगा मानो एक बहुत बड़े रहस्य के पर्दे को किसी ने पूरी ताकत से एक ही बार में उघाड़ दिया हो। सचमुच जीवन के जो पक्ष अनजान रहते हैं, हम उनके बारे में कितनी भ्रांतियां पाल लेते हैं, पूर्वग्रहों में जीने लगते हैं जोकि अज्ञान से जन्मते हैं। दुर्भेद्य दीवारों से निकला सच का टुकड़ा मुंह बाए सामने खड़ा हो गया।

पता नहीं हवा किस दिशा की ओर रुख कर ले? पता नहीं नदी कब अपने छोड़े हुए तट को दोबारा प्राप्त कर ले? पता नहीं सृजन का प्रथम बीज कहां से अंकुरित हुआ होगा? संसार की अनजान पहेलियां...जैसेकि उफनती नदी के बीचोंबीच पड़ी चट्टान पता नहीं कितनी गहरी है? रजत की धुंधलाती तस्वीर आती-जाती रही देर तलक...

न चाहते हुए भी मन कहीं से दरक गया... एक तरह की वितृष्णा भर गई अंदर। कितना त्रासद लग रहा है यह सब? ये माहौल ये किताबें और बनाए नोट्स छूने का मन नहीं कर रहा। मन में खालीपन पसरा है, बस्स सिर्फ और सिर्फ यही अहसास हो रहा है कि न तो ऐसी स्थितियों में हम तार्किक हो सकते हैं, न ही बुद्धि से काम लेकर सुसंगत फैसले लेने जैसी मनःस्थिति में रह पाते हैं हम सिर्फ और सिर्फ इमोशनल बने रह जाते हैं। मुझे याद आया, मेरी सीनियर ने एक बार कहा था–'कोरी भावुकता को इस जमाने में बेवकूफी कहा जाता है और ऐसी बेवकूफी जी का जंजाल बन जाती है ...' इस पेन से ये पंक्तियां भी बड़ी मुश्किल से लिखी जा रही हैं मनःस्थिति तो बस ऐसी है कि यूं ही बिस्तर पर पड़ी रहूँ और हे भगवान...मुझे पूरे दिन-रात की लंबी-चौड़ी नींद दे दें। झुंझलाहट से भरे मन से मैंने पेन-डायरी समेटकर

सिरहाने रख दिया और सोने की चेष्टा करने लगी।

16 अप्रैल 1986

रजत के जीवन में भौतिकतावादी दर्शन हावी रहता। विषय कैसा भी हो वह सब चीजों को सबसे पहले आर्थिक हानि-लाभ के नजरिए से नापता-जोखता। अर्थ के इर्द-गिर्द ही चीजों व व्यक्तियों की गतिविधियों की जाँच-पड़ताल करता। जीवन के जुड़ा कैसा भी पहलू हो, पैसों की गणना करने में माहिर रहा है वह। घर में ऐश्वर्य और भोग विलास से जुड़ी सभी चीजें हों मसलन एवन फर्नीचर हो, नई-नई कारें हों, कारें बदलने का खासा शौकीन था रजत! इसी पैटर्न पर शुमार थी, सजी-सँवरी मॉडर्न बीवी जो उसकी पार्टियों में सबके सामने छा जाए जिसे देखते ही लोग रश्क करने लगें—भई वाह! क्या बीवी है रजत की। सोशल स्टेटस से जुड़े आडम्वरों या दिखावा करने में उसे खूब मजा आता और वाहवाही भी लूटता। कभी-कभी मुझे लगता जैसे मुझसे शादी करने के पीछे कहीं यह खयाल तो काम नहीं कर रहा था कि चलो इसे पाकर अपनी तमाम ख्वाहिशों को साकार करने का रास्ता अपने आप खुलता चला जाएगा, यानी इसकी हर माह आने वाली तनख्वाह से तमाम चीजें खरीदना आसान होगा। हाँ यह सच है कि मुझे सांसारिक जीवन की जटिलताओं और अर्थागम के गूढ़ पहलुओं की ज्यादा समझ नहीं थी और शुरू से ही अपनी पूरी तनख्वाह निकालकर बेहिचक रजत को दे देती थी। घर में आने वाली किसी न किसी नई चीज का भुगतान मेरे वेतन से होता और रजत के पैसों से ऊपरी खर्चा। चूँकि मेरा वेतन रजत पूरा खर्च कर डालता, सो मेरे पास अपने ऊपर खर्च करने तक के पैसे नहीं बचते और बड़े सामानों के आने से मेरा सारा पैसा खर्च हो जाता लेकिन कहीं तो कटौती करनी थी। जो बचता भी था उससे ससुराल वालों के लिए अपनी तरफ से मैं तमाम सामान खरीद लाती क्योंकि मैं सोचती थी ऐसा करने से मेरा पति खुश व संतुष्ट रहेगा और मुझे ज्यादा प्यार करेगा। हाँ, मैं मन से जुड़ी गहरी चाहत की भूखी थी। लेकिन यह भी सच है कि रजत ने कभी मेरे भाई या मेरे लिए कोई गिफ्ट वगैरह खरीदने की पेशकश नहीं की। पता नहीं क्यों बार-बार यही अहसास कचोटता कि मुझसे शादी के पीछे मुझे आर्थिक उपादान के रूप में सहजता से प्रयोग करने वाली बात जरूर रजत के दिमाग में काम कर रही होगी... सोचा होगा, इंजीनियर लड़की खाली तो बैठेगी नहीं, दोनों की कुल आमदनी 30 हजार से ऊपर ही बैठेगी और इतने पैसों में ठाट-बाट से रहेंगे। शायद ऐसा हो यही सोचकर ढेरों प्रसंग याद आते रहे। मेरे बेढब तरीके से रहने पर वह खासा खीजता, उसके अनुसार तो कमरे की हर चीज साफ-सुथरी सलीकेदार होनी चाहिए, यानी सर्वत्र खूबसूरती बिछी हो,

नुमाइशनुमा घर सजा रहे, लेकिन कामकाजी पत्नी की समस्याओं को न तो वह सुनना चाहता था, न ही शेयर करना चाहता था। अमूमन लड़कियाँ तो सीधी-सादी, बेवकूफ होती है जिन्हें कैसे भी मोड़ा जा सकता है—ऐसी सोच उसके दिमाग में पनपती रहती। व्यावहारिक जीवन जीने का आदी रजत अपनी हर सोच को झटपट पूरा करने में जुटा रहता। जब भी उससे प्राकृतिक सौंदर्य, आध्यात्मिक चर्चा या सोशल-पॉलिटिकल मुद्दों पर मैं चर्चा करना चाहती, उसे चिड़चिड़ाहट होती, ऊब होती और खीझ भी सब अपना उल्लू सीधा करने में लगे हैं कहकर वह पल्ला झाड़ लेता और अपने पैरेण्ट्स व भाई से भी वह मतलब भर की ही बात करता था। हाँ, शेयर व्यापार में जरूर उसकी दिलचस्पी होती। कभी-कभी तो मुझे लगता कि पैसों के अलावा उसे दुनिया की किसी भी चीज से कोई सरोकार नहीं था... खबरें भी पढ़ता तो बिजनेस स्टैण्डर्ड या इकोनॉमिक टाइम्स की। कुछ-कुछ ऐसा स्टाइल था कि घर में हर वक्त अनुशासन बना रहे और सब कुछ उसके अनुसार तय हो...। वह हमेशा निर्णायक की हैसियत में जीना चाहता। मुझे इसकी चुभन तब हुई जब मेरा भाई रीतेश कंपटीशन की तैयारी करने मेरे पास लखनऊ आया। सुल्तानपुर जैसे छोटे कस्बे में कैरियर बनाने हेतु कंपटीशन की तैयारी करने का माकूल माहौल नहीं था। चूँकि मुझे सरकारी फ्लैट मिल गया था इसीलिए मैंने उसे अपने पास रखकर पढ़ाई करने की सलाह दी। यदि वो अलग कमरा लेकर पढ़ता तो रहने के खर्च के अलावा खाने-पीने की भी बड़ी समस्या खड़ी हो जाती। बी.ई. करने से पहले मिल रही स्कॉलरशिप में से मैं उसे हर माह दो सौ रुपया दिया करती थी। बाद में तीन सौ देना शुरू कर दिया। रजत ने एकाध दो मौकों पर टोका भी, 'इस वार बजट थोड़ा टाइट है, न भेजा जाए तो कैसा रहेगा', सुनते ही तन-मन में अपमान की आग लग जाती। लगभग बारह हजार रु. महीने कमाकर रजत के हाथों में देने वाली, मुझसे भाई के लिए मात्र तीन सौ देने के लिए रजत का ऐसा रवैया खासा तकलीफदेह होता। सच बताएँ तो मेरा स्वाभिमान वे तीन सौ देने के लिए भी मुझे रोकता लेकिन रीतेश की मजबूरी देख मैंने अपने स्वाभाविक के उस फन को बेरहमी से कुचला।

चूँकि रीतेश अब आई.ए.एस (प्री.) की तैयारी में जुटा था, इसलिए तमाम पत्र-पत्रिकाओं को खरीदने के लिए पैसों की जरूरत पड़ती जिसे मैं बड़े आराम से पूरा कर सकती थी और करना भी चाहती थी, परंतु भाई के प्रति रजत का उपेक्षित व्यवहार देखकर मन में कोफ़्त होने लगी। उसके दो-चार दिन रहने के दौरान ही मुझे इस बात का अहसास होने लगा कि यहाँ उसकी पढ़ाई कतई नहीं हो सकती। रजत का व्यवहार खासा अपमानित करने वाला होता—वह ड्राइंग रूम से ही चिल्लाने लगता—देखो, ये देखो पूरे घर में अखबार ही अखबार फैले हैं, ये घर है या कबाड़ी की दुकान! भवें चढ़ाए गुस्से से भरी आँखों से चिनगारियाँ निकालती, ऊँची आवाज सुनकर मेरे पेट में खलबली मच गई। मैं चटपट अखबार समेट कर रख ही रही

थी कि पाँच मिनट बाद फिर मिर्ची जैसी तीखी आवाजें कानों में पड़ीं—"यहाँ आओ।" मैं अखबार बेडरूम में पहुँची तो रजत मेरा हाथ पकड़कर अपनी आँखें निकालते हुए बोला—"इस बेडरूम में भी ये कंपटीशन मास्टर और जी.के. की किताबें डोल रहीं हैं। समझाती क्यों नहीं रीतेश को—यह घर है, कोई सराय या मुसाफिरखाना नहीं है। और साफ-साफ सुन लो उसे यदि यहाँ सिर टिकाना है तो कायदे से रहे... ऐसे तितर-बितर सामानों के बीच खानाबदोशों के ढंग से रहना मैं कतई नहीं झेल सकता, समझी!" वह सब कुछ जल्दी-जल्दी उँड़ेल देना चाहता था। रजत के उबलते बोलों की भाप से मेरा रोम-रोम झुलस गया। उसके सपाट चेहरे पर टँगी आँखों में भरा आक्रोश और विरूप होंठों की उठा-पटक देख मेरी देह एक पल के लिए तो काठ बन गई थी। ठंडी और बेजान आवाज में सिर्फ इतना ही मुझसे कहा गया—"ओ.के. रजत, रीतेश यहाँ नहीं रहेगा अब एक पल भी..., मैं आज ही उसके रहने का बंदोबस्त कहीं और किये देती हूँ...। उसने तो पहले ही न-नुकुर की थी वो तो मैंने ही जबर्दस्ती करके..." बोलते-बोलते मेरा गला भर आया और जुबान जैसे तालू से चिपक गई।

"कितना बेशऊर लड़का है... कायदे से रहे तो कोई बात नहीं... तुमने खुद बाथरूम जाकर देखा है? साबुनदानी में पानी भरा है... कोई भी काम ठीक से नहीं सीखा। तुम्हारे घर में क्या सभी में एक जैसे लच्छन हैं?" उसने मुझे भी निशाना बना लिया। रजत ने जानबूझकर ऐसा कहा या आवेश में आकर—लेकिन मुझे नीचा दिखाकर वह अपनी बात को सही साबित करना चाहता था। खैर, जो भी हो, मैंने प्रतिवाद में तत्क्षण अपना निर्णय सुना दिया—"रजत, हरेक के रहने का अलग-अलग तरीका होता है, हर आदमी का अपना अलग व्यक्तित्व होता है, अलग स्वभाव होता है... उसका अपना मिजाज जो अपने रास्ते चलता है... किसी के हँकाए नहीं चलता ...सब एक जैसे नेचर के कैसे हो सकते हैं भला?"

"तुम बेवकूफाना हरकतों को नेचर कहकर डिफेण्ड कर रही हो... क्यों भई? मैं कहे देता हूँ, जिसने उठने-बैठने या किसी के घर ठीक से रहने के मैनर्स ही न सीखे हों, वह आगे की जिन्दगी में खाक आगे बढ़ पाएगा? देख लेना..., तुम उसे बढ़ावा दे रही हो बेवजह..., यह कुछ नहीं कर पाएगा।"

"रजत, किसी के बारे में उलटे-सीधे कमेण्ट मत करो और आइन्दा इस टॉपिक पर कभी कोई बात नहीं होगी, बस..." अपने गुस्से को घूँट-घूँट गुटकते हुए मैंने तटस्थ लहजे में जवाब दिया। हालाँकि मेरा दिमाग यह सोच-सोचकर परेशान था कि रीतेश से क्या कैसे कहूँगी मैं? खासतौर पर ऐसे टाइम जब उसके एक्जाम में कुछ ही दिन बाकी हैं। उस दिन मैंने खुद को लज्जित और अपमानित महसूसा...। आँखों में भर आए डबडबाते हुए आँसुओं को तीन-चार गिलास पानी पीकर गले के नीचे उतारा, फिर बाथरूम में जाकर रोती रही। रीतेश इस वक्त अपने दोस्त के घर नोट्स लेने

गया था। सुबह-सुबह हुई इस तकरार से मन खिन्न हो उठा... कहाँ शिफ्ट करूँगी रीतेश को..., डंक निकालता सवाल काटने दौड़ रहा था...।

किसी तरह नहाकर बाहर निकली और डाइनिंग टेबल पर नाश्ता लगाया। रजत भी तब तक नहा-धोकर गीले बालों में हाथ से कंघी करते हुए बोला—"नाश्ते में क्या बनाया है?" मैं प्याज, टमाटर, खीरे के टुकड़े काटने में मशगूल थी...। मेरा ध्यान रीतेश में ही उलझा था। तब तक रजत लॉबी के बीचोंबीच रखी डाइनिंग टेबल तक पहुँचा। ब्रेड-बटर, सलाद के टुकड़े और एक-एक गिलास दूध को उचटती निगाह से देखकर मुँह बिदकाते हुए बोला—"यह क्या? रोज-रोज वही ब्रेड-बटर... कुछ अच्छा सा नाश्ता नहीं बना सकती क्या? हमारे घर में कभी आलू की पकौड़ियाँ, कभी आलू के पराँठे, कभी ब्रेड-पकौड़े तो कभी चाट-मटर बनती रही है। इसे नाश्ता कहोगी तुम? इतना सूखा नाश्ता...", रजत उसी टोन में लगातार बोलता रहा।

"आज टाइम कहाँ बचा था?" मैंने घड़ी देखकर निर्लिप्त भाव से जवाब दे दिया। "हूँ टाइम कहाँ है तुम्हारे पास? ये तो रोज-रोज की मुसीबत है..." उसने विकृत भावों को चेहरे पर चिपकाया और उलाहना उँड़ेलती टोन में बोला—"गले की हड्डी बन जाती है औरतों से नौकरी करवाना... न निगलते बने..., न उगलते...।" रजत ने यूँ उपेक्षित ढंग से मेरी तरफ देखा मानो मैं नौकरी न करके कोई अपराध करने जाती हूँ ऑफिस...।

हवा धीमी गति से चल रही थी लेकिन अंदर से मुझे उमस और घुटन महसूस हो रही थी। हम दोनों चुपचाप खाते रहे तभी रजत को अचानक से कुछ याद आ गया—"सुनो, तुम निकल जाओ रिक्शे से, मुझे तो 11 बजे निकलना है..."

"तो मुझे छोड़ते जाना, मैं भी थोड़ी देर से चली चलूँगी..."

"अब चली भी जाओ। क्या फर्क पड़ता है? जाती तो हो ही..." उसकी बेरुखी वाली आवाज में टरकाने वाला भाव देखकर मैं चुप बैठी रही।

"सुनो तुम्हारी तनख्वाह बैंक में तो पहुँच गई होगी।"

"क्यों?"

"सोच रहा हूँ इस फिएट को बेचकर मारुति ले लूँ... तुम्हारे खाते में 15-20 हजार तो होंगे ही। पिछले महीने तो खर्च हुए नहीं थे और लीव इनकैशमेण्ट एप्लीकेशन भी दे देना, आज ही...। मारुति से आराम भी रहेगा और पेट्रोल भी कम खर्च होगा। इस तरह कंपनी के कामों से आसपास का मेरा टूर भी होता रहेगा।" फिर जैसे सारा फैसला खुद ही करके आखिर में कुछ पूछने की फार्मेलिटी भी पूरी कर ली—"तुम बताओ, क्या ठीक रहेगा? नई मारुति लूँ या सेकेण्ड हैण्ड?"

"मेरे हिसाब से कार तो नई ही लेनी चाहिए... वैसे भी तुम्हारी सेकेण्ड हैण्ड फिएट आए दिन कोई न कोई प्रॉब्लम क्रिएट करती थी... फिर से सेकेण्ड हैण्ड लोगे तो फिर वही झंझट-झमेले..."

"लेकिन पैसों का इंतजाम कहाँ से होगा?" उसने मेरी बात को बीच में काटते हुए मेरे मुँह से छूटे तीर को उल्टा मुझी पर चलाते हुए पूछा—"अपने पापा से माँग सकती हो?" "नहीं, एकदम नहीं..." कहकर मैं टेबल से उठ गई और बेडरूम में रखे पर्स को टाँगा पैरों में सैंडिल घसीटते हुए बाहर की ओर जाने लगी।

"उफ! क्या-क्या सुनना पड़ता है? जिस आदमी ने हमारी शादी में एक पैसा न देकर बेइज्जती कराई हो, चार लोगों के सामने हमारी नाक कटाई... ऐसा पैसा पकड़ आदमी मैंने कहीं और नहीं देखा..." उसने पूरी हिकारत से अपने शब्दों को गोल-गोल भँवर में घुमाते हुए फेंका जिसे मैं सुना-अनसुना करती हुई बाहर निकल आई खुले गगन के नीचे।

लेन-देन जैसी बातों पर कई बार हम दोनों के बीच गर्मागर्म बहसें हो चुकी थी लेकिन रजत उसी बात को घुमा-फिराकर नई चाशनी में लपेटकर परोसता जो किसी डायबिटिक की तरह मेरे लिए जानलेवा सिद्ध होती। हर बार की तरह फिर वही तनाव उपजता और उन्हीं बातों पर बहस छिड़ जाती। कायदे से बूँद-बूँद हलाहल पीते जाने का अभ्यस्त हो जाना चाहिए था लेकिन ऐसा लगता है गोया वे जिन्दगी में पहली बार आए हों। हर बार मैं उनमें फड़फड़ाकर कैद हो जाती हूँ और वे उतने ही जानलेवा होते हैं, जितने पहली बार थे।

मैं स्मृतियों के ध्वंसावशेष में लिथड़ती रहती और अफसोस के तालाब में डुबकी लगाती। डायरी पलटकर आँखें मींचे सोचने लगी—जिंदगी वह नहीं होती जो हम उपन्यास में पढ़ते हैं या फिल्मों में देखते है या ख्वाबों में सजाते हैं बल्कि जिंदगी वह होती है जिसे हम जीते हैं। रोमांस को जिंदगी में उतारिए फिर देखिए कितनी तेजी से उसके चमचमाते मुखड़े फीके पड़ जाते हैं। यूँ तो आज भी ठंडी हवा का स्पंद है, सड़क की उन्हीं पगडंडियों पर चलकर ऑफिस पहुँचती हूँ लेकिन देखते ही देखते मन में एक विचित्र प्रकार का ठंडापन घर करता जाता है, गाने की गुनगुनाहट में वह गूँज, वह तरन्नुम क्यूँकर गायब होता गया?

19 अप्रैल 1985

आज पापा ने रजत को लेकर दो टूक बात की। उन्होंने दरअसल मुझे रजत के साथ स्कूटर पर सटकर बैठा देख लिया था। मैं बातों में इतनी खोई थी कि मेरा ध्यान पापा पर गया ही नहीं और पापा बिना मुझे बताए रजत के पैरेण्ट्स से बात करने चले गए। उनके चेहरे पर तनाव की बदली छाई थी। अपनी बेचैनी से निजात पाने हेतु उन्होंने सिगरेट का पैकेट निकाला। गहरी साँस भरते हुए मेरी तरफ यूँ देखा जैसे उनकी सारी तकलीफ की वजह एकमात्र मैं ही होऊँ। नाराजगी भरे लहजे में

बोले—"तुम्हें मालूम है जिससे तुम शादी करने के पर लगाकर उड़ने लगी हो, उसके माँ-बाप दहेज की लंबी-चौड़ी रकम माँग रहे हैं और वो भी गिफ्ट का नाम देकर?"

"लेकिन रजत ने तो ऐसा कुछ भी नहीं कहा..." मैंने खनकते सिक्के की तरह ठुनकते हुए जवाब द्रिया।

"तो क्यों नहीं वह अपने माँ-बाप से बात करता कि हम लोग लेन-देन के खिलाफ हैं...।" खिसक आए चश्में को चढ़ाते हुए पापा ने ऊँची आवाज में कहा—"दहेज के नाम पर सीधे-सीधे 2-3 लाख की लिस्ट पकड़ा रहे हैं वे...। हमारी इंजीनियर लड़की और तीन लाख का सौदा..." पापा का गला रुँध आया...। वे उदासी में लिपटे पुतले बन गए थे।

पापा... उनके पास खिसकते हुए मैंने लड़ियाती आवाज में कहा—"पापा... हम लोग एक पाई नहीं देंगे..., फिर चाहे यह शादी हो या न हो...! रजत चाहेगा तो शादी कोर्ट या मंदिर में सादे तरीके से होगी, लेकिन पैसों से नहीं...कतई नहीं..., यह मेरा पक्का निर्णय है। हाँ शादी मैं रजत से ही करूँगी...।" पता नहीं कैसे यह आखिरी बात कहने का साहस जुबान पर बैठ गया था।

"बेटी..., अभी भी सोच ले...। कुछ नहीं बिगड़ा है तेरा...। तू जानती है न... गुड़ पर मक्खी बैठती है... यही बात दिमाग में जमाकर रखना। यदि आई.ए. एस. निकाल लेगी तो रजत जैसे ढेरों लड़के तेरे आगे-पीछे घूमेंगे...। सच बताऊँ रचना..., रजत मुझे अच्छा भी नहीं लगता...। कतई प्रोग्रेसिव नहीं लगता तेरी तरह. ..। आखिर बताओ... भला ऐसी क्या खास बात है उसमें? लंबा वो है नहीं...। तेरे बराबर पढ़ा-लिखा है। घर परिवार का स्तर भी साधारण है परंपरागत है फिर... फिर" पापा ने तर्कों की झड़ी लगा दी। कँटीली बाड़ बनाकर वे रोकने की पुरजोर कोशिश करने लगे।

"पापा इस टॉपिक पर अब और... बात नहीं। शादी का कमिटमेंट एक बार ही होता है... बस्स..." कहकर मैंने चुप्पी ओढ़ ली। पापा मेरी बदलती मुद्रा और रजत के प्रति मजबूत निर्णय को देखकर चुप लगा गए परंतु मुझे तो इस वक्त अपने स्वप्निल संसार में रजत के अलावा कोई और नजर ही नहीं आता था...। सबसे पहले शादी... कंपटीशन की तैयारी तो बाद में भी हो सकती है। मैं कहीं न कहीं रजत की कही बातों को ही उधेड़ती-बुनती रहती।

20 जनवरी 1986

चूँकि पापा रजत से शादी के पक्ष में ज्यादा नहीं थे इसलिए रजत ने तभी से पापा के प्रति दुश्मनी की गाँठ बाँध ली थी। वो भी इतनी ज्यादा कि उन्हें पापा

के पास मेरा जाना कतई पसंद नहीं था। मैं अपना मन मारकर रह जाती लेकिन पापा को कभी असलियत नहीं बताई ताकि उन्हें कम से कम इतना सुकून तो रहे कि हम दोनों की जिंदगी हँसी-खुशी बीत रही है। पापा को याद कर मैं वहाँ बार-बार जाना चाहती लेकिन रजत की रूखी बातें सुनकर—"मैं नहीं चाहता कि तुम ऐसे घटिया आदमी के घर बार-बार जाओ..." मैं मन मसोसकर रह जाती। लेकिन एक दिन अचानक रात को 10 बजे खबर मिली कि पापा का एक्सीडेंट हो गया है दोनों पैरों में गहरी चोटें आई हैं...। भाई के साथ स्कूटर पर पीछे बैठे थे कि सामने से आते मोटरसाइकिल वाले ने धक्का दे दिया... हाँ..., खतरे से बाहर हैं...।

सुनकर मेरे चेहरे पर हवाइयाँ उड़ने लगीं! आँखों में डबडबाते आँसू झरने लगे। उफ! कैसे फुर्र से उड़कर पापा के पास पहुँच जाऊँ? जी घबड़ाने लगा और मैं रजत से जिद करने लगी कि मुझे अभी इसी वक्त सुल्तानपुर छोड़ आओ फिएट से...। लेकिन रजत ने उल्टी नसीहत दे डाली—"सुबह चली जाना, भाई तो है न पापा के पास...। तुम भला आधी रात को वहाँ पहुँचकर भी क्या कर लोगी?" सुनकर आग लग गई जैसे—"रजत... तुम कैसे इंसान हो? कितनी आसानी से यह सब कह रहे हो? मानवीयता है भी तुममें? क्या तुम नहीं जानते कि कितनी बड़ी मुसीबत में हैं वो। उन्हें इस वक्त सिर्फ और सिर्फ मेरी ही जरूरत पड़ेगी..." बोलते-बोलते मैं जोर-जोर से रोने लगी।

"देखो रचना... इतना नाटक करने की कोई जरूरत नहीं है। सुबह तुम आराम से निकल सकती हो...। इतनी रात गए मैं तुम्हें लेकर वहाँ नहीं जा सकता...। वैसे भी खतरे जैसी कोई बात नहीं है, फिर काहे की इतनी हाय-तौबा मचा रही हो।" उस ठण्डी और निर्लिप्त आवाज में तटस्थता महसूस कर मैं बिफर पड़ी अचानक—"इसे तुम हाय-तौबा मचाना कह रहे हो...? सैण्टीमैण्ट्स की कद्र करना भी नहीं जानते तुम...? ठीक है मैं अकेले ही चली जाऊँगी। तुम्हारे जाने की कोई जरूरत नही है..."

"जाना ही है तो जाओ, वहाँ रुकने की कोई जरूरत नहीं है, समझी? ऐसे लोगों से संबंध रखने में मेरी कतई कोई दिलचस्पी नहीं...।" उसने अपना हुकुम फरमाया।

एक समंदर आँसुओं का तैरने लगा आँखों में...। मैंने खुद को बहुत असहाय स्थिति में पाया। पहली बार इस बात का बोध हुआ कि पराधीनता की बेड़ियों में बेबस व्यक्ति को कैसी छटपटाहट होती होगी...। अन्तर्वेदना की अतिशयता में रोम-रोम जल रहा था मेरा। पापा के एक्सीडेंट से मन में बुरे-बुरे खयाल तेजी से आते जा रहे थे! शुरू से ही उन्मुक्त माहौल में पली-बढ़ी मुझे आज इस बात का शिद्दत से अहसास हुआ कि लड़के लड़कियों पर सिर्फ इसलिए शासन कर सकते हैं कि वे लड़के हैं। वह फलाँ-फलाँ काम इसलिए नहीं कर सकती क्योंकि वो लड़की है। बिस्तर

के सिरहाने हाथ से चेहरा ढांपे मैं पता नहीं कितनी देर रोती रही। मुझे खूब जोर से पापा की याद आ रही थी। थोड़ी देर बाद रजत ने पूछा—"खाना नहीं खाना है क्या?"

"नहीं... मन नहीं है..."

"सुनो, सुबह का नाश्ता तैयार करके ही जाना और लौटने में ज्यादा देरी मत करना।" तेल भरी कढ़ाई में पड़े पानी की तरह छुन-छुना गए वे शब्द।

मेरी जैसी लड़की के लिए यह भयानक आघात था। मुझे मायके में बचपन से ही कभी इसका हल्का सा भी आभास नहीं कराया गया कि लड़कियाँ किसी भी मामले में लड़कों से कमतर होती हैं, लेकिन वह सब सुनने के अलावा और चारा भी क्या था मेरे पास? चूँकि रजत खुद तो जाने को तैयार नहीं था, बस किसी तरह मैं पापा को देखने जा पाई। मुझे अच्छी तरह याद है रातभर अनिद्रा की स्थिति में रहने के बावजूद सुबह का काम निबटाकर ही मैं घर से निकल पाई थी। मुसीबत में पड़े मेरे पापा पर रजत का न पसीजना मुझे बहुत अखरा। मुझे इस बात से परेशानी होती कि मतभेद अपनी जगह है और इंसानियत अपनी जगह। मुसीबत पड़ने पर तो आदमी अपने मतभेद भूलकर सबसे पहले मदद करने की बात सोचता है लेकिन ये कैसा व्यवहार है रजत का?

डायरी आगे न पढ़कर मैं आँखें मींचे सोने की चेष्टा करने लगी। पापा की रीढ़ की हड्डी में चोट लगी थी...। उन्हें कम्प्लीट बेड-रेस्ट बता दिया गया था। उनकी दिली ख्वाहिश थी कि मैं कुछ दिन उनके पास रहूँ लेकिन..., उफ!

मेरी पलकों के अंदर पसरा था ढेर सारा अँधेरा। खिड़की से आती हवा से बच्ची की चादर खिसक गई थी लेकिन वह बेसुध सोई थी। सोने की तमाम कोशिशें बेकार हो जाती हैं जब हमारे अगल-बगल बैठा हो दमघोंटू अकेलापन और तनाव! मुझे हर बात पर नाकारा सिद्ध करने वाले रजत के व्यक्तित्व से कोमलता यूँ छिटक जाती गोया वह कोई जहरीला साँप हो। नागफनी बने रहने में ही खासा सुख महसूस करता हो शायद वह।

सर्र से हवा की लहर आई और डायरी के 2-4 पन्ने इधर-उधर उड़ गए। कभी-कभी मुझे ऐसा भी लगता कि रजत ने दरअसल शुरू से ही अधिकारों की पोटली अपने बगल में दाब रखी है। उसका कब प्रयोग करना है—यह राज भी वह अपने तक ही सँभालकर रखता आया है। इसे प्रयोग करने की छूट मुझे नहीं थी। हाँ, यदि मैं उसके अहं को सान पर चढ़ाते हुए उसकी हाँ में हाँ मिलाती चलूँ तो बेशक वह पोटली में रखे एकाध रत्न को खोलकर दिखा दे..., शायद यह भी दूर की कौड़ी हो। यह महज भ्रम था कि वह कभी अपने मन की गाँठ मेरे सामने खोलेगा।

मुझे नीचा दिखाने और कमतर सिद्ध करने के लिए वह या तो मेरे पापा को कोसने बैठ जाता या भाई को गरियाने लगता। कभी-कभी तो आसपास के परिचितों

को मिले दहेज विषयक लंबे-चौड़े चिट्ठों को बढ़ा-चढ़ा कर सुनाने बैठ जाता... जिसमें प्रत्यक्ष या अप्रत्यक्ष रूप से मेरे यहाँ से कुछ न मिलने की उलाहना देने की मंशा रहती उसकी। इन बेतुकी बातों से उपजी कहा सुनी से चारों तरफ तनाव के बादल छा जाते। आधे आकाश में सफेदी तो आधे आकाश में नीलिमा छाई रहती। कुछ ही माह में घटित तमाम प्रसंग सोच-सोचकर मन में वेदना की मोटी काईनुमा परतें जमती जातीं। फिर इधर-उधर खिंचती जातीं अवसाद की नई-नई लकीरें। इस शादी के निर्णय पर धीरे-धीरे अफसोस भी सालता रहता। सचमुच! जिंदगी में क्या से क्या हो जाता है? हम सोचते कुछ और है, और होता कुछ और है। साथ-साथ रहना शुरु करने के रंगीन सपने क्या इस प्रताड़ना झेलने के लिए बुने थे मैंने? आखिर क्यों? क्यों होता है ऐसा? कथनी-करनी में इतनी बड़ी दीवार क्यों बनती गई?

"सुनो, अपने घर में कुछ लेना-देना मत"... सुनकर मन में खीज और झुँझलाहट भरती जाती। साफ-साफ मतलब था कि मैं न अपने भाई के लिए कुछ करूँ, न पापा के लिए... यानी मेरी सारी कमाई, मेरी सारी स्वतंत्रता, मेरे समस्त अधिकारों-हैसियत के कॉपीराइट्स सिर्फ और सिर्फ रजत के पास रहेंगे। रजत गाहे-ब-गाहे याद दिलाता रहता—"किसी के लिए ज्यादा करने या सिर खपाने से कुछ होता-वोता नहीं है। सब साले स्वार्थी हैं टुच्चे हैं। तुमसे कुछ पाने की जुगत में तुम्हारी तारीफ करते रहते हैं... समझ में आया? वैसे भी तुममें तो दो कौड़ी की अक्ल तो है नहीं, सो जिस-तिस की बातों में आ जाती हो। यदि मैं पलटकर पूँछूँ—रजत मेरी अपेक्षाओं का क्या होगा फिर? तुम तो मेरी हर इच्छा का स्वागत करने जैसी बातें किया करते थे, और अब...? आज यदि मैं जरूरतमंद-पराधीन पापा के लिए कुछ करना चाहूँ तो तुम्हारा इतना रूखा जवाब सुनूँगी—"रचना, सुबह सब काम करके जाना और शाम छः बजे तक हर हाल में लौटना है... समझी? देर तक गपियाने की कोई जरूरत नहीं...।" कितनी कठोरता वरती है रजत ने, यानी दस-ग्यारह बजे चलकर एक-दो बजे तक पहुँच पाऊँगी और घण्टे-डेढ़ घण्टे बाद वापस चल भी दूँगी...। ओफ! क्या विडम्बना है? ऐसी विचित्र स्थितियों में जीने की मजबूरी क्यों ढो रही हूँ मैं? भला क्या तुक है? अथाह समन्दर में सिर डुबोकर भी भला क्या मिलेगा? खारा नमक ही न? क्यों मेरे हिस्से आता है यह खारापन? जिसके साथ छलकती प्यालियों में मदहोश करने वाले प्यार के घूँट पिए हों, जिसकी कल्पना मात्र से भूकम्प मच जाता था इर्द-गिर्द... पंद्रह-बीस दिन चिट्ठी न मिलने पर बेताबी और अधीरता से छटपटाहट होने लगती थी... बुरे खयाल परेशान करने लगते थे, वहीं रजत आज सीधे-सीधे मेरी कनपटी पर बन्दूक तानकर कहता है—"क्या सीखा है तुमने अपने घर से? काश! कुछ तो लड़कियों जैसे लक्षण सीखे होते...? यह क्या है? ये लूज कपड़े पहनकर चलोगी मेरे साथ? ये सपाट चेहरा? तैयार होना तो सीख लो पहले..., साड़ी पहनने से क्यों परहेज है...क्यों एलर्जी है? बोलो..." उफ! वह अपमानित करने वाला बर्ताव भूले नहीं भूलता।

कहाँ-कहाँ तक क्या-क्या याद रखूँ? रजत का स्वभाव, खयाल, जीने का नजरिया या सोचने का तरीका बदलना सबसे जटिल सबसे दुरूह कार्य है। हम दो भिन्न-भिन्न प्रकृति के लोग एक साथ रहने की विडंबना ढोने के लिए अभिशप्त हैं...। हम दोनों की मानसिक बनावट व बुनावट में ही बुनियादी फर्क है। एक तरफ थी मैं—खुलकर साँस लेने वाली यानी स्वच्छंदताप्रिय... खुलते जीवन को पोर-पोर में सँजोने वाली..., औरों के लिए जी-तोड़ मेहनत करके या जान-लड़ाकर काम में जुटने वाली...फिर चाहे वे मेरे घर वाले हों या रजत के या ऑफिस का ही कोई जरूरतमंद क्यों न हो। रजत के बड़े भाई बिजनेस ठप होने पर कितना परेशान थे। जब रजत ने मुझसे कहा तो मैंने झटपट प्रस्ताव रख दिया—"यदि हालात सचमुच बर्दाश्त से बाहर है तो मेरे गहने क्यों नहीं बेच देते?"

रजत ने तब भी मेरी तारीफ नहीं की। बीवी होने के नाते इतना फर्ज बनता ही है। क्या विडंबना है मेरे साथ हमेशा फर्ज का लेबल जोड़ा जाता। ऊपर से तुर्रा यह कि—"गहनों के लिए मैंने रचना को कन्विंस किया था—", पता चला तो रोम-रोम सुलगने लगा था मेरा... धुआँया सा मन हो गया था। विपत्ति में पड़े मेरे पापा के लिए रजत का ये रवैया देखकर कँटीली बाड़ इर्द-गिर्द तन गई। मैं इसे शायद ताउम्र न भूल पाऊँ। सचमुच... उत्तरी और दक्षिणी ध्रुव जैसी विषमताएँ जब पैदा होने लगें, वहाँ समरसता या समानता जैसी बातें सोचना भौंड़ी कल्पना ही कही जाएगी। इन सबको सोच-सोचकर गले में कुनैन जैसी कड़वाहट घुलने लगी। क्या होगा आगे आने वाले समय में? आरोपों-प्रत्यारोपों का ये दौर कब थम पाएगा? बेतुकी बहसों की सीरीज और इनसे उपजा भारीपन कभी दूर होगा भी क्या? कब होगा?

सिर की चरचराती नसों को हाथ से दबाते हुए मैं आँखें मींचे सीट पर बैठी रही—सुल्तानपुर... सुल्तानपुर बार-बार कंडक्टर चिल्लाकर कहने लगा तो हड़बड़ाहट में उठी और पापा को देखने की तीव्र इच्छा मेरे कदमों में बैठ गई...। लंबे-लंबे डग भरते मैंने अपने घर का रास्ता पकड़ा। रास्ते का एक-एक मिनट भारी पड़ रहा था। घर से सीधे अस्पताल। मैं हड़बड़ाहट में पूछ-ताछ कर रही थी कि मौसी ने दूर से मुझे देख लिया और चिल्लाती हुई मेरे पास आई—"क्या रचना? तुम इतनी बदल गयी हो शादी के बाद? पापा हर वक्त तुम्हारे नाम की माला जपते रहते हैं और तुम हो कि पूरे चौबीस घंटे बाद आ रही हो... क्यों? तुम तो एक जिम्मेदार लड़की रही हो?" उनकी डाँट चुपचाप सुनती रही मैं...। गनुहगार तो थी ही..., भला क्या जवाब देती? मैं बिस्तर पर पड़े पापा से चिपट गई और देर तक बिलख-बिलख कर रोती रही। उस वक्त वैसी स्थिति में पापा को छोड़कर वापस लौटने का टेंशन बराबर परेशान करता रहा मुझे! कितनी बेबस थी मैं? वरना क्या करती? फिर से एक और बखेड़ा?

3 जून 87

ऑफिस आते ही मैंने सबसे पहले अपने सहकर्मियों से रीतेश को शिफ्ट कराने की बात की कि एक ऐसे कमरे का बंदोबस्त करना है जो मेरे घर के पास ही हो। मैंने अधीनस्थ स्टाफ से बात की। मैं इस तथ्य से बखूबी अवगत थी कि ये लोग तहेदिल से वक्त-बेवक्त मदद के लिए तैयार रहते हैं, और मेरा अनुमान सही निकला। लेखा विभाग में कार्यरत चन्द्रभूषण वर्मा थोड़ा संकोच दर्शाते हुए बोला—"मैडम, आपके घर के पीछे दो कमरे का क्वार्टर है मेरा। मैं अकेला ही रहता हूँ वहाँ। फेमिली गाँव में है, सो आप चाहें तो भैयाजी मेरे यहाँ रहकर बड़े आराम से पढ़ाई करें। यह मेरा सौभाग्य होगा, यदि वे मुझ नाचीज के यहाँ ठहरें...।" लंबा-पतला चन्द्रभूषण एक तरह से मेरा भक्त जैसा था। कैसा भी काम हो, भाग-दौड़कर मेरे लिए वक्त निकाल ही लेता।

उसी दिन शाम को लौटते वक्त मैंने रीतेश को वहाँ शिफ्ट करवाने का काम शुरू कर दिया। कमरा देखकर 500 रुपए अग्रिम थमाए... जो उसने ना-नुकुर करते हुए बड़ी मुश्किल से रखे। रीतेश को वहाँ शिफ्ट कराकर मैंने बड़ी राहत की साँस ली। उसके लिए खाने के कुछ सामान उसी वक्त खरीदे। काजू, नमकीन, बिस्किट्स के पैकेट, खस्ता वगैरह मैं बीच-बीच में दे आती थी। मुझे हमेशा चिन्ता रहती—रीतेश क्या खाएगा वहाँ? मुझे यह सब करते देख रजत चिढ़ जाता--"तुमने मेरा कभी इतना खयाल नहीं रखा जितना रीतेश के लिए मरी जा रही हो।" कई बातों का जवाब देना मैं मुनासिब नहीं समझती और चुपचाप पेट में डालती जाती।

इधर गर्मियों की तीखी आँच दिन-ब-दिन बढ़ती जा रही थी। चारों तरफ से लू के थपेड़े बदन को झुलसा देते। इस प्रचंड गर्मी में भाई के पास कूलर भी नहीं था—सो मुझे यह चिंता खाए डालती कि कैसे पढ़ता होगा वह वहाँ? कई बार सोचा कि एक फालतू कूलर पड़ा है, उसे ठीक करवाकर रीतेश के कमरे में लगवा दें, लेकिन हिम्मत नहीं जुटा पाती। कोई भरोसा नहीं, वह कब किस बात पर बिगड़ जाए? रजत के अंदर इतनी गाँठें उलझी रहतीं..., बताना मुश्किल था। वह कब किस बात पर नीचा दिखाकर खुद को कई सीढ़ियाँ ऊपर बैठा महसूस करने लगे..., अनुमान लगाना आसान नहीं था। भाई के प्रति मेरा लगाव देखकर वह गरियाने बैठ जाता—"मुझे कभी तुम्हारे बाप ने दामादों जैसा सुलूक नहीं किया...दूध में पड़ी मक्खी की तरह निचोड़कर फेंक दिया मुझे तो।"

मैं इस कड़वे घूँट को गले के नीचे उतारकर पी जाती। रीतेश अपनी तैयारी में पूरे मनोयोग से जुटा हुआ था। रजत ने एक दिन मुझे अच्छे मूड में देखकर कहा—"जाकर अपने भाई से पापा की प्रॉपर्टी में से अपना हिस्सा लेने की बात करो..." सुनकर अचानक नीचे से ऊपर तक आग लग गई बदन में—"क्या कहते

हो? किस चीज का हिस्सा और क्यों? उन्होंने मुझे पढ़ा-लिखाकर अपने पैरों खड़ा कर दिया...। मैं हजारों रु. हर महीने तुम्हें देती रहती हूँ और... और क्या चाहिए तुम्हें? क्यों लूटना चाहते हो?" मैं आवेश में आकर जोर-जोर से कहती गई। गला भर आया बोलते-बोलते।

"सुनो बको मत, इतनी जोर से क्यों चिल्ला रही हो? सही तो कह रहा हूँ... उन्होंने फूटी कौड़ी भी नहीं दी तुम्हें और तुम हो इतनी बेशर्म और बेशऊर कि रीतेश के लिए कुछ न कुछ करने के लिए मरती-खटती रहती हो। क्या जरूरत है उसके लिए यह सब करने की? ऐसे घटिया लोगों के साथ कोई भी मतलब नहीं रखना चाहता मैं... किसी कीमत पर नहीं...। कान खोलकर साफ-साफ सुन लो..., बस्स... कह दिया सो पक्की गाँठ बाँध लो...

"तुम्हें नहीं रखना तो मत रखो! ठीक है लेकिन मैं अपने घर वालों को नहीं छोड़ सकती।" दो टूक जवाब सुनकर वह भड़क गया और तैश में आकर बोला—"इससे ज्यादा की उम्मीद नहीं थी तुमसे... जैसा तुम्हारा खानदान वैसी तुम...। अपने घर से जैसे संस्कार मिले, वैसे ही बिहेव करोगी तुम...। स्वार्थी, टुच्चे और दो कौड़ी के लोगों के लिए जान खपाती रहती हो। उसके चेहरे पर विकृत भाव आते गए फिर वह सर्र से बाहर निकल गया।

उस दिन बहुत अकेलापन महसूस किया। अपना मतलब साधने यानी पैसा लेने के लिए रजत इस स्तर पर उतर सकता है—कल्पनातीत बात थी। पापा की प्रॉपर्टी में से अपना हिस्सा माँगने जैसी बात सोचना भी मेरे जैसी स्वाभिमानी लड़की के लिए तकलीफदेह और अपमानजनक बात थी। रजत पैसे के प्रति इतना लोलुप हो सकता है... उफ! सोच-सोचकर जहर भरा घोल जीभ पर फैलता गया। आधिपत्य जमाते सम्राट की पोजीशन पकड़कर बनाए रखने वाला रजत का यह व्यवहार अंदर तक छीलता गया मुझे और ऐसा लगा जैसे वह मुझे अपने अधीन पलने वाला गुलाम या पालतू बकरे से ज्यादा नहीं समझता जो यदि उसके बताए हुए रास्ते पर न चलकर इधर-उधर अपनी मर्जी से कूद-फाँद करने लगे तो सम्राट बौखला पड़ते हैं।... खून गर्म हो जाता है, कनपटियाँ लाल हो जाती हैं और भवें सिकुड़ने लगती हैं आँखों में हिंसा भाव जाग जाता है और यदि अपने तर्क से उन्हें निरुत्तर कर दिया जाए तो अंदर ही अंदर खौलकर उफन पड़ते हैं वे, दबे ज्वालामुखी फट पड़ते हैं। आज्ञा पालन न हो तो ये कुछ भी करने को उतारू हो सकते हैं..., सचमुच! इनका सम्राट भाव पुष्ट होता रहे... इन्हें सिर्फ और सिर्फ इसी की फिक्र सताती रहती है, कि कोई इनके सिंहासन को हिलाने वाला इर्द-गिर्द मौजूद न रहे... सोच-सोच कर रजत के प्रति विरक्ति जैसे अहसास पुख्ता होते गए।

प्रसंगवश याद आया—एक दिन बगल वाली पड़ोसन के साथ मैं हँस रही थी जोर-जोर से, कि रजत ने टोक दिया था—"शालीनता नाम की कोई चीज नहीं है

तुम्हारे अंदर...। क्या जरूरत है इतनी जोर से ही-ही-ठी-ठी करने की?...बेशऊर हो क्या? स्त्रीसुलभ मर्यादाएँ तो होनी चाहिए..."

सीधे कनपटी पर पड़ते सवालों की बौछार को सहते हुए कैसे सामान्य व्यवहार करूँ? फिर वही मेल इगो..., वही सम्राट वाला स्टैंड—"तुम्हें मिश्राजी के लड़के को बर्थडे विश करने की क्या जरूरत थी? बोलो...?"

"तो इसमें क्या हो गया भई? यह तो एक सामान्य सी औपचारिकता भर है...", मैं सिटपिटा गई।

"सोबर तरीके नहीं सीखे क्या तुमने? यदि उन्होंने हम दोनों को बुलाया होता तो घर जाकर कायदे से विश करना अच्छा लगता है...। यह क्या, राह चलते कोई दिखा तो ठोक दिया विश..., फूहड़पन की भी हद होती है भई...।" वह तीर कमान लेकर पिल पड़ा।

दिन पर दिन सरकते जा रहे हैं और मैं तो बस प्रत्यक्षदर्शी की तरह स्थितियों का आकलन करती रहती हूँ। कई बार तो लगता है कि काश! पड़ी रहूँ एकदम शांत और निर्विकार मुद्रा में... शायद कहीं से कोई रास्ता खुद-ब-खुद निकल आए, लेकिन यह खामखयाली ही थी कि कुछ अपने आप हो जाएगा...। रास्ते हमें खुद निकालने पड़ते हैं लेकिन इस परंपरागत ढाँचे की बुनियादी सोच में कैसे बदलाव लाया जाए? जिसकी जड़ों में है—बीवी को दबाकर रखना चाहिए। जब ऐसा नहीं होता तो वह भुनभुनाने लगता है... कुड़कुड़ाने लगता है और शुरू हो जाता है फिर वही अभद्र सुलूक। मुझे अपमानित व नीचा करने का कोई नया तरीका ईजाद कर लेता है वह और जबर्दस्ती अपनी बात को मनवाने की ढेर सारी कड़ियाँ बनती चली जाती हैं लेकिन इनसे उबरने का कोई तरीका नहीं ढूँढ़ पाती मैं? बस पंख फड़फड़ाकर पिंजड़े में ही बन्द रहकर छटपटाती रहती...।

26 मई, 1986

अगर कुछ न करूं तो समय मुझे किसी भी कोने में धकिया देगा—यह बोध होते ही मैं पढ़ाई में जुट जाती। प्रिलिम्स निकल जाने का भरोसा तो था लेकिन मैं इसके साथ-साथ मुख्य परीक्षा की तैयारी के लिए अभी से जुट जाना चाहती थी। चूंकि यह मेरा सेकेण्ड चांस था इसलिए मैं पूरी मेहनत के साथ खपा देना चाहती थी खुद को...लेकिन जिन परिस्थितियों से लगातार जूझना पड़ा मुझे...,सोच-सोच कर हैरानी होती है। अप्रैल 96 में ससुर को दिल का दौरा पड़ा सो भागदौड़ करके मेडिकल कालेज में फाइनल ईयर में पढ़ रही सहेली रागिनी की हैल्प ली और कई एक डॉक्टर्स से कंसल्ट करते रहे। तय समय पर दवा देने के साथ-साथ रात भर

जागकर उनकी देखरेख करनी पड़ती...। दुर्भाग्य देखिए...उनके घर आने के हफ्ते भर बाद ही मेरी सास को हार्निया का आप्रेशन कराना पड़ा यानी अप्रैल और 15 दिन मई के इन्ही की तीमारदारी में गुजर गए।

अब मेरे पास चंद दिन बचे थे पढ़ने के लिए इसलिए मैं अब से हर पल पढ़ाई को देने के लिए तत्पर रहती। इन दिनों मैं रजत से महज इतनी अपेक्षा करती कि कम से कम वह मेरी पढ़ाई के दौरान कतई-कोई बाधा खड़ी न करे लेकिन रजत का तटस्थता दर्शाता रवैया कचोटता रहता। घर-बाहर के कामकाज से बेफिक्र मैं दिन–रात की पढ़ाई में डूब जाना चाहती लेकिन जिन दिनों मैं छुट्टी लेकर चौबीसों घंटे कमरे में बंद रहकर पढ़ना चाहती–वे उसी समय घर का कुछ न कुछ काम पसारकर मेरे रूम के पास ही बैठी रहती और उस खटर-पटर से मेरा ध्यान टूटता। उनकी आंखों में अपने प्रति उपेक्षा भाव देखकर मैं खीझती, बावजूद इसके मैं अपनी पढ़ाई में एकाग्रता लाने की कोशिशें जारी रखती। उनका असहज रवैया पढ़ाई के लिए कभी अनुकूल माहौल नही बना पाता क्योंकि दोपहर में पास-पड़ोस की कोई न कोई स्त्री टपक पड़ती जिनके साथ गपियाने में उन्हें बड़ा मजा आता बल्कि एकाध बार वे मुझे भी चाय पीने के बहाने बुलाना चाहती। एक दिन एक प्रौढ़ा ने मेरी तरफ इशारा करते हुए उन्हें टोका–

–'बहू, ऑफिस नहीं जा रही अम्माजी..., क्या बात है?...'

–'इम्तहान हैं...' पान-सुपाड़ी चबाते हुए उन्होंने आवाज में कुछ और भाव घोलने की कोशिश की...

–'हूं...,मैं सोचूं... कोई खुश-खबरी है...बहू की शादी को काफी टैम बीत गया...छह-आठ महीने से ऊपर हो रहे होंगे अम्माजी। क्यों? उन्होंने तह में जाकर कुरेदा...

–'आजकल कौन किसी सुनता है रत्ना की मां? सब अपनी मन-मर्जी की करते हैं...जी के जी में जो आवै...करवै करै...' उनके बोले व्यंग्य-बाण इतने तीखे थे और वे इतने जोर से इसलिए बोली थीं कि ये आवाजें मेरे कमरे तक साफ-साफ सुनाई पड़ें। बरामदे से सटे मेरे बैडरूम में दरवाजा आधा बंद रखने के बावजूद सारी बातें कानों में गर्म तेल की तरह पड़तीं जिन्हें न चाहते हुए भी सुनना पड़ता और 'डिस्टर्ब' होती रहती। फिर से उतनी ही लगन और तत्परता से पढ़ाई करने में संलग्न हो जाती। मन के आकाश पर छाए तमाम चित्रों/ चेहरों को परे धकेलकर मैं सामान्य ज्ञान की पुस्तकों में आंखें गड़ाए रहती। फड़फड़ाते पन्नों के ऊपर तमाम बिम्ब-प्रतिबिम्ब बनते-बिगड़ते। पंखा पूरी स्पीड पर चलता रहता।... सामने टंगी दीवाल घड़ी देखकर खयाल आया–रजत आने वाला होगा और फिर से घंटा-डेढ़ घंटा उसके साथ चाय-नाश्ता करने में बर्बाद होगा। कमरे में छाई अजीब तरह की खामोशी को चबाते हुए बेमन से एक पत्रिका को पलटना शुरू किया और मेज पर पैर फैलाकर कोहनी

के नीचे बड़ा सा तकिया रखकर पढ़ाई में जुट गई। थोड़ी देर तक लास्ट ईयर के अनसाल्व्ड प्रश्नों को सौल्व करती रही।...फिर थोड़ा रिलैक्स होने के लिए पीछे सिर टिकाकर आंखें मींच लीं और पत्रिका के अधखुले पन्ने वैसे ही तकिये पर पड़े रहे। रजत की बातें पछुआ हवा के झोंके की तरह मन की परतों पर लपेट लगाती जाती...

—'रचना, तुम्हारे पेपर्स तो निबटने वाले हैं, अब हमें सीरियसली बच्चे के बारे में सोचना चाहिए'... कमर में हाथ से घेरा बनाते हुए रजत ने मुझे अपनी तरफ खींचा।

—'लेकिन, अभी मेरा एक चांस बाकी है...मैं सोच रही थी ...अगले साल जून के प्रि के बाद ठीक रहेगा... मेन्स की तैयारी तो मैटरनिटी लीव लेकर भी होती रहेगी'...

—'लिसन, वी आर बीइंग टू लेट... पढ़ाई बगैरह तो होती रहती है लेट होने पर उम्र बढ़ेगी और इस बजह से खामहखां कॉम्प्लीकेशंस भी पैदा हो सकते हैं...यू नो वेल...'

ऐसे प्रसंग आए दिन छिड़ते रहते। कभी रजत कहता—'रचना..., देखना... हमारे तो लड़का ही होगा बिल्कुल मेरे जैसा...' कहकर वह गर्वोन्मत्त होता।

—'क्यों..., क्या किसी पंडित वगैरह ने बताया है कि लड़का ही होगा, लड़की नहीं'... मैंने तर्क दिया...

—'चलो भई..., लड़की ही सही लेकिन होनी चहिए गोरी और सुन्दर सी डॉल..., वह भावुक हो उठता।

धीरे-धीरे मुझे लगने लगा कि अब इसे और ज्यादा नही टाला जा सकता। कहीं लेट होने पर वाकई कोई परेशानी न खड़ी हो जाये तब तो रजत फटाफट इल्जाम जड़ देगा मुझ पर, 'चलो इस बार का मेन्स लिख लूं फिर आगे की बात सोचूंगी' सोचकर ताजी हवा नथुनों में भरी। मन में लिए फैसले से घुलते सुरीलेपन को ताजी हवा से संगत दिलवाने के मूड में सोचा—'चलो, एक चक्कर छत का लगा लूं..., पढ़ते-पढ़ते थकान भी हो रही थी ! छत पर चढ़ते हुए इधर-उधर से आती आवाजें कानों में पड़ रही थीं। देखते-देखते अंधेरा भी रेंगने लगा। हवाएं पेड़ों को समूचा हिला देने पर आमादा थी। चन्द्रमा बादलों के घेरे से निकलने की जद्दोजहद कर रहा था।

अचानक कंधे पर रखे स्पर्श से मैं चौंक पड़ी—'अरे ! तुम..., कब आए? चौंकती आवाज मेरे कंठ से बाहर निकली...

—'बस्स, अभी...अभी..., तुम यहां अकेली खड़ी-खड़ी क्या कर रही हो?'

—'कितना प्यारा मौसम हो रहा है रजत..., हवा जैसे जीवन दे रही है..., सो मूड फ्रैश करने आई थी ...'

—'रचना, नीचे घर कितना गंदा और अस्तव्यस्त पड़ा है और तुम यहां निठल्ली

खड़ी हो..., क्यों? कोई अचानक अगर घर आए तो क्या सोचेगा?' बीच में मेरी बात काटते हुए बोल पड़ा वह...

—'कितनी सफेदी फैली है इस छत पर ..., रजत...कितना अच्छा ...कितना मक्खनी चांद निकला है आज... मैं अभी भी उमंगित मूड में चहक रही थी।

—'रचना, ये खयाली पुलाव खाली दिमाग की उपज है। फालतू बातें हैं..., चलो नीचे और देखो जरा, घर कूड़ाघर जैसा लग रहा है' आवाज में उलाहना और बेरुखी फिर से बैठ गई।

—'आती हूं अभी..., वैसे क्या बिखरा पड़ा है वहां?' मैंने हल्के ढंग से जबाव दिया।

—'रचना'...रजत अचानक जोर से चिल्लाने लगा—'तुम जानती हो सफाई और मेन्टिनेन्स को लेकर तुम्हारा रवैया बेहूदा और गैरजिम्मेदाराना है। हद से ज्यादा केयरलेस हो तुम। और एक सीमा तक बेशर्म भी...' रजत की आवाज में चिड़चिड़ाहट और झुंझलाहट बढ़ती ही जा रही थी।

—'रजत, क्यों छोटी-छोटी चीजों के पीछे हाथ-धोकर पड़ जाते हो? टेक इट इजी...' बात को दूसरी दिशा तरफ मोड़ते हुए मैंने हल्के ढंग से बोल दिया जबकि रजत उफनते मूड में फिर से उखड़ पड़ा—

—'अच्छा..., तो अब तुम मुझे समझाओगी कि टेक इट इजी...। एक तो खुद कुछ करना-धरना नहीं चाहती, ऊपर से तुर्रा यह कि उल्टा मुझे समझा रही हो...। यहां फालतू खड़े होने में टाइम वेस्ट नहीं हो रहा तुम्हारा? वैसे तो घर के कामों में टाइम वेस्ट होता है, डिस्टर्ब होता है...' रजत का बड़बड़ाना लगातार जारी था...

'बात कहीं और आगे न बढ़ जाये' सोचकर मैं चुपचाप नीचे उतर आई। सोफा के बीचोंबीच रखी टेबल पर बिखरे अखबारों को समेटा। टी0वी0 ट्राली के नीचे रखे सामानों को पता नहीं किसने तितर-वितर कर दिया था। याद आया फोटो दिखाने के चक्कर में सासो जी ने ऐसा किया था। ड्राइंगरूम में टंगे पर्दे का एक छल्ला निकला पड़ा था और सबसे ज्यादा अखरने वाली बात थी—मेरे कपड़े, किताबें और पत्रिकाएं इधर-उधर बेतरतीबी से फैली थीं।

यह सच है कि बेतकल्लुफी में जीने में मजा आजा था मुझे लेकिन क्या विसंगति है कि रजत के अनुसार कायदे-कानून वाली अनुशासन की परिधि में रहना नहीं आता था मुझे। चाहकर भी उसकी अपेक्षा के लेबल पर खरी नहीं उतर पाई मैं ! दो भिन्न-भिन्न स्वभाव-संस्कार वाले लोग एक साथ रहने की विडम्बना से जूझ रहे थे। उफ! कैसे गुजरेगी आगे की जिंदगी? मैं चिंता में पड़ गई और नस-नस में तनाव भर गया।

—'रचना, चाय नहीं बनाई अभी तक ? क्या करने लगी?'

—'तुमने चाय बनाने की बात कब कही थी?'

—'अरे! यह भी कोई कहने की बात है...अण्डरस्टुड है... ऑफिस से लौटने के बाद चाय तो पिऊंगा ही...' करकर वह बाथरूम में घुस गया।

ऐसी ही, एक के बाद एक घटने वाली तमाम घटनाओं ने मुझे जमीन पर पैर टेककर चलाना सिखाया ! कल्पना लोक में सैर करने वाली लड़की शादी के चंद महीनों बाद ही व्यावहारिक जीवन के सूत्र हल करना सीखने लगी। प्रकृति के स्वर्गिक सौन्दर्य में घंटों मस्त रहने वाली मुझे हर रोज कोई न कोई नया सबक सीखना पड़ता। अपनी पढ़ाई और रजत के साथ पार्टियां अटैण्ड करनी पड़ती। ठण्डी-दिलकश हवाओं से उन्मत्त पेड़ों की लटों को देख झूमने की इच्छा का गला घोंटकर मैं कूलर की हवा में जीने की कोशिश करती बहुत मन करता... फुहारों में भीगने का लेकिन यहां फिर वही मर्यादा के मकड़जाल तन जाते...। अनुशासन की अदृश्य जंजीरें पैरों में बंध जाती ! क्रमशः अपने सोचने विचारने का तरीका बदलने की कोशिश करती। हालांकि इस प्रक्रिया में ऊबन होती और घुटन भी। कभी लगता जैसे ढेर सारी औपचारिक मुस्कानों की लिपिस्टिकें चिपका ली हों होठों पर बहुत तेजी से तटस्थता को जीवन का हिस्सा बनाने में जुटी थी लेकिन इसके संग-संग आती गई तमाम अनचाही बातें और स्वभाव में उगती गई बेरुखी और उदासीनता। ठण्डे रिश्तों को ढोते-ढोते मन बैठने लगता। यूँ लगता जैसे ये सारे ओढ़े हुए रिश्ते बेमानी हैं..., आत्मकेन्द्रित लोगों के व्यवहार में स्वार्थ की रेखाएं साफ-साफ दिख जाती...। इनके बीच रहकर सोचती-कहां खो गए वे खुशबू फैलाने वाले आत्मीय संबंध? अल्पावधि में ही मैंने इस दुनियां की छानबीन कर डाली...। हर जगह व्यवसायिक रिश्ते मतलब वाले। घर का संतुलन साधती महिलाओं को देखती जिन्हें पति की हां में हां मिलाने में ही अपना 'सौभाग्य' नजर आता है या उन्हें ऐसा 'ट्रेण्ड' कर दिया है शुरू से ही कि वे इसके अलावा कुछ और सोच ही नहीं पातीं...।

25 जून, 1985-

कुछ दिनों तक किसी न किसी वजह से टलती रही शादी—आखिरकार मेरे पापा की अनिच्छा के बावजूद यह शादी सम्पन्न हुई बिल्कुल सादे समारोह में। हल्की सी सजावट, क्लब का छोटा सा लॉन, परिचित—चंद चेहरे...छोटे-छोटे बल्बों की जगर-मगर रोशनी और हम-दोनों के दोस्तों का हंसी-मजाक...हल्के शोरगुल के दौरान चलता रहा। खाने-पीने के बीच-बीच में कुछ खास दोस्तों की आवाजाही लगी रही। शादी की रस्म-अदायगी में दो-तीन घंटे लग गए और शाम खत्म होते-होते रात सात-आठ बजे तक मैं ससुराल पहुंची। भाई ने खासी भाग-दौड़ कर डाली और पापा की नाराजगी के बावजूद मेरे लिए तमाम सामान बाजार से खरीद लाया—बैडिंग साड़ी

वही लाया था। कुछ और भी छुटपुट सामान एवं खाने-पीने की व्यवस्था उसी ने की।

मेरी खीझ, असहमति और परंपरागत तौर-तरीकों पर नानुकुर को देख रजत समझाता। अपने घर परिवार की इज्जत का हवाला देता—'पैरेण्ट्स के सैण्टीमेंट्स का खयाल तो रखना पड़ता है... फिर यह सब तो थोड़े दिनों की बातें हैं, बाद में सब ठीक हो जायेगा...'

—'हां, बाद में सब ठीक हो जाएगा'...लाइन पर अटक जाती मैं। क्या वाकई बाद में सब ठीक हो पाता है? हो पाएगा? हो सका है?...साड़ी-गहनों से लदी-फंदी में भटक रही थी तमाम बातों में कि... रजत आ गया... मुझे थोड़ी देर गौर से देखता रहा..., फिर चंद मिनटों बाद बोला—'ओहो तो जनाब यह साड़ी लाए थे तुम्हारे लिए ..., दो टके की साड़ी है ये तो..., मेरी इज्जत का कुछ तो खयाल रखा होता...' हमारी पहली रात में रजत का यह पहला डॉयलॉग सुनकर मैं चकित थी...

—'ठीक तो है ...क्या खराबी है इसमें? पर्पल कलर तो मेरा फेवरिट कलर है,' मैंने सहजता से बोल दिया।

—'सो व्हाट? कितनी हल्की साड़ी है ये... जानती हो, पांच सौ से ज्यादा की नहीं होगी...' लगभग मजाक उड़ाते हुए रजत ने कहा जिसे सुनकर मैं वाकई आहत हुई। कौन बहस करके अपने मूड को खराब करे? सोचकर मैंने चुप्पी साध ली। शादी के ठीक पहले 'आई लव यू' पचीसों बार एक ही दिन में दोहराते हुए नहीं थकता रजत। शी इज वंडरफुल...,शी इज माई फर्स्ट लव...' दोस्तों के बीच कहता हुआ गर्व से सीना चौड़ा करता रजत इस सुनहरी रात में लगातार अपने तानों से अपमानित करता रहा-

—'रचना, तुम्हारे पापा ने यह ठीक नहीं किया...तुम्हें एक भी गहना नहीं दिया...कहां ले जायेंगे वे यह सब? वह बार-बार झींकता-खीझता कुड़कुड़ाता रहा जिसे सुनकर मेरा गला भर आया...फिर मैंने कहा-

—'रजत, लीव दिस टॉपिक प्लीज...मैं भी स्वाभिमानी रही हूं शुरू से ...मैंने तो भाई का मन रखने के लिए ली थी साड़ी वरना मैं तो कुछ भी लेने के मूड में नहीं थी...

—'तुम्हें साड़ी भी लौटा देना चाहिए था...तब उन्हें पता चलता कि हम कोई भिखमंगे नहीं हैं... हमारी भी कोई हैसियत है...' रजत ने फिर उसी आग उगलने वाले अंदाज में भरसक उपेक्षा दर्शाई।

मेरा मन कर रहा था कि रजत इस वक्त इन बातों को छोड़कर मुझसे प्यार के दो बोल बोल दे जिसे सुनकर सूखा मन हरा-भरा हो उठे। शादी के पहले वाला जादुई स्वर्गलोक इस वक्त कहीं नहीं दिख रहा था। कमरे तक भेजने वाले चंद दोस्तों ने खूब हंसी-मजाक किया था लेकिन रजत का ध्यान तो शादी के दौरान हुई कमियों

को ही एक-एक करके गिनाने में लगा रहा और इससे भी बड़ी बात तो यह कि इन कमियों के लिए जिम्मेदार पापा और भाई रीतेश को लांछित करने में उसे पता नहीं कौन सा सुख मिल रहा था। वह बोलता ही जा रहा था लेकिन जब मैं कुछ न बोली तो उसे कुछ अहसास हुआ और मुझे बांहों में कसते हुए इतना भर कहा था—'रचना, हमेशा...मेरे अनुसार मेरी तरह बनकर रहना...समझी?'

10 अक्टूबर, 1985-

दिन यूँ ही एक-एक करके निकलते जा रहे थे। शरद ऋतु की ठण्डी-ठण्डी हवाओं के साथ गुलाबी जाड़ों की शुरुआत होने लगी। शाम होते ही मन में एकाग्रता बैठ जाती और तमाम ऊलजलूल बातों की उधेड़बुन करती रहती। धीरे-धीरे नीचे सरकता सूरज अचानक पेड़ों की ओट लेकर चुपके से गोल हो जाता और देखते ही देखते खो जाता कहीं। ढलती शाम को कलरव करते पंछियों को सुनने के लिए मैं आंखें मींचकर ईजी चेयर पर टेक लगाकर बालकनी में बैठ गई।

रजत की कही बातें—'तुम मेरी जान हो रचना...तुम्हारे बिना यह देह महज एक ढांचा है हाड़-मांस का..., बिना जान के जैसे खोखा होता है, वैसा ही...ठूंठ ...समझती हो न?' इस तरह की स्मृतियों के ढेरों कपड़े सम्बन्धों की रस्सियों पर झूलते पींग बढ़ा रहे हों जैसे। हवा के झोंकों के बीच नीरवता को हिला देने वाले प्रसंग रह-रहकर याद आते रहे। तभी शाम वाला अखबार आया और मेरा ध्यान अखबार में सिमट गया। पढ़ते-पढ़ते पता ही नहीं चला कि गहराती शाम ने कब चुपके से रात का बाना पहन लिया था। शादी से जुड़े झमेलों की लंबी श्रृंखला थी। ऊपर से नौकरी और घर के कामों में हाथ बंटाना जैसे कि शाम का खाना वनाने का काम मेरा था। ऑफिस से थकी-हारी जब मैं रजत से इस बाबत चर्चा करना चाहती तो वह तुनक पड़ता—'छोड़ो भी इन बातों को..., बेवजह टैन्स होती रहती हो और मुझे भी करती हो। कम आन यार..., क्या कर रही हो? लीव इट। पढ़ना-लिखना तो लगा ही रहता है..., जल्दी आओ...

दिन भर की थकान के बाद मेरा मन करता रजत से प्यार भरे मीठे दो बोल सुनने का लेकिन भावनात्मक लगाव की जगह दैहिक रस्म अदायगी यानी मांग और पूर्ति—क्या यही प्यार है? क्या वह महज प्रयोज्य वस्तु बनकर रह गई है ? ऐसे कंटीले सवाल बिस्तर पर उग आते और मैं रात-रात भर करवटें बदलती रहती...

क्यों बाहर से मर्दो को स्त्री महज एक जादू लगती है जिसे हाथ से छूते ही जैसे उसका आकर्षण एकदम से खत्म हो जाये। पत्नी पद पाने पर वह सुनहरी चमचमाती जादुई छड़ीनुमा स्त्री माटी का लोंदा बनकर क्यों रह जाती है।

कभी-कभी यह भी सोचती तो क्या सचमुच शादी एक ऐसा स्पीड ब्रेकर है जहां वह निर्बन्ध गति से दौड़ नहीं सकेगी कभी? कहां गये उसके कालेज के दिन जब वह सुनहरे पंख लगाकर नील गगन को छूते हुए लंबी उड़ान भरा करती थी...। दिन-रात यूँ जुटी रहती जैसे सिपाही जुटा हो पूरी मुस्तैदी से युद्ध के मैदान में। सभी मेरी शोखी, चंचलता और ऊर्जस्वित व्यक्तित्व के प्रशंसक थे और यह रजत कम था क्या? मेरी एक झलक पाने के लिए कितना आकुल-व्याकुल बना रहता। मैं भी जब तक दिन में एक बार रजत से मिल न लूँ तो यूँ लगता था जैसे सारे काम आधे-अधूरे हैं या कोई जरूरी काम छूट गया हो। अब...महज चंद महीनों में हालत इस तरह की हो गई है उसे देखते ही सुन्न पड़ जाती हूं...एकदम ठंडी देह में जाम हो जाती हैं सभी भावनाएं ! मेरी महरी तो गाहे-ब-गाहे अपने मर्दुआ की बुराई करके अपने दुखते मन का गुबार निकाल लेती है लेकिन मैं किससे कहूँ अपना दुख? मेरे द्वारा चुने गये साथी का दुखड़ा किससे शेयर करूं?

ऑफिस पहुंचते ही काम में जुट जाती और सहकर्मियों से मतलब भर की बातें होती। एक दिन मेरे सीनियर अनुराग मिश्रा ने मुझे देखते ही कहा—'रचना...भई आज तो हम आपके साथ ही चाय पियेंगे...' फिर मेरे चेहरे को पढ़ते हुए बोले—'जानता हूँ काफी कंजूस हैं आप मगर एक कप चाय तो चल जायेगी न? मेरे द्वारा हां करने की प्रतीक्षा किये बगैर वे अपनी कुर्सी खींचकर मेरे सामने बैठ गये—'सुनो..., आपको देखते हुए लग रहा है कि सचमुच आपको इस वक्त चाय की सख्त जरूरत है...है न?

मैं उन्हें कैसे बताती कि मेरे पर्स में रिक्शे वाले को देने के दस रूपये के तुड़े-मुड़े नोट के अलावा भी कुछ और पैसे होंगे..., कहना मुश्किल था और पैसे न निकले तो भद हो जाएगी, पर चाय लाते चपरासी पर नजर पड़ी तो समझ गई कि अनुराग ने चाय लाने की बात पहले ही बता दी होगी !

—'मैं चाय तो पीती नहीं और आपने बिना मुझसे पूछे चाय मंगा ली है—'मैंने एक नया बहाना गढ़ा।

—'क्या स्टाइल है! भई वाह, मान गये हम भी...मैं तो भूल ही गया था कि आप एक नन्ही सी बच्ची हैं और आपको शायद दूध पसंद होगा, है न ? उन्होंने चुहल करनी चाही।

'आप भी...सर..., चलिए पिऊंगी चाय...' अनुराग की मुस्कान मेरे चेहरे पर टिकी थी।

अनुराग के चेहरे पर बैठी आसक्ति मैंने पहले भी कई बार नोट की लेकिन प्रकट रूप में कभी इस संबंध में कोई बात नहीं हुई। जो भी हो परन्तु मेरा मन नहीं हुआ कि मैं अनुराग से यहां से उठकर चले जाने को कह दूं। बस इतना कहते बना—'अनुराग सर, कुछ रिश्ते ऐसे होते हैं जहां फायदा-नुकसान नहीं सोचा जाता।

शायद यह दुनिया ही खेल-खिलौना है। कभी पसंदीदा खिलौना मिल जाने पर हम खुशी से इतराने लगते हैं...बिना आगा-पीछा सोचे उसे हर हाल में पा लेना चाहते हैं...लेकिन कैसी विचित्र विडम्बना है कि पाने के बाद पता चलता है कि वह खिलौना सिर्फ दुकान पर ही जादुई करिश्मा दिखा पाता है... घर ले आने पर वही सोना माटी में तब्दील हो जाता है... हमारे पास वैसे करिश्माई हाथ नहीं होते न? या शायद वैसा हुनर ही नही सीखा हमने ?'

—'रचना...अपनी कला और हुनर से खिलौने की करिश्माई ताकत को वैसा ही बनाए रखने की कुव्वत है आपमें। यह अलग बात है कि खुद पर भरोसा इतना न हो जितनी सक्षम आप हैं। मुझे यकीन है आप अपने हुनर में कामयाब होंगी... आई नो योर कैपेसिटी..., योर विल पावर..., तुम्हारी जैसी पढ़ी-लिखी लड़की के लिए कुछ भी नामुमकिन नहीं है... यस...' अनुराग के बोल अन्तस में खोए आत्मविश्वास को लौटा रहे थे। इस वक्त मेरे दिमाग में यही सवाल इर्द-गिर्द घूमते मच्छर की तरह घुनघुना रहा था कि क्योंकर दूर से हर पुरुष के लिए स्त्री एक जादुई खजाना नजर आती है? फूल को तोड़कर जैसे कोई बच्चा उसे फेंक देता है, बस वैसे ही पुरुष के हाथ में आने के बाद स्त्री का समस्त आकर्षण एक पल में छूमंतर हो जाता है जैसे जादूगर अपना जादू उड़ेल चुकने के बाद बाद में सिर्फ समेटता-बटोरता वापस लौटता है...वैसे ही है क्या स्त्री की स्थिति? वह अपने जादू को बिखरने के बाद या तो रूई की गठरी बन जाती है या फिर मांस का लोथड़ा भर जिसकी जरूरत सिर्फ विस्तर पर ही पड़ती है... उफ!

—'गुमसुम ही बैठी रहोगी क्या? अच्छा सच-सच बताओ, क्या सोच रही हो इस वक्त?' अनुराग ने मुझे चेतनावस्था में लाते हुए पूछा।

—'कुछ खास नहीं...बस यह सोच रही थी कि प्रि के बाद सिविल सर्विसेज की तैयारी ठीक से जम नहीं पा रही... घर में काम के अम्बार लगे रहते हैं...बेवजह की व्यस्तता लील लेती है समय और ऊर्जा भी...' आगे कुछ और कहने से मैंने खुद को रोक लिया।

—'जितना टाइम आप सुबह उठकर निकाल पायेंगी, उतना रात में मुश्किल होगा,... सुबह का समय इतना डिस्टर्ब भी नहीं करता...फिर से हौसलाआफजाई करते हुए उन्होंने जोर देकर कहा—'रचना, आपके लिए कुछ भी मुश्किल नहीं है... बिरलों के पास होती है ऐसी मेधा..., ऐसी स्ट्रांग विल पावर। यदि कोई आपको आम स्त्रियों की कैटेगरी में रखने की कोशिश करता है तो मैं कहता हूं...बेवकूफ है वह..., सबसे हटकर हैं आप...'

—'चलते हैं सर...'कहकर मैं तो उठकर खड़ी हो गई और 'कम्प्यूटर कक्ष में जाना है' बहाने से निकल ली।

हालांकि अनुराग की बातों में ज्यादा दिलचस्पी नहीं थी फिर भी मैं उनकी

इज्जत करती थी। कैसी भी जटिल बात को वे तार्किक ढंग से समझाया करते थे। उनका कहना सही था कि मैं आम औरतों की तरह कपड़ों-गहनों की शौकीन कतई नहीं थी। पैसा मेरे लिए वाकई अहमियत नहीं रखता था...तभी तो पैसों का पूरा मैनेजमेंट रजत के सुपुर्द कर दिया था मैं दिल से चाहती थी कि रजत अपनी प्राइवेट नौकरी में एकाग्रचित्त होकर नौकरी करे...जल्दी से जल्दी ऊंचा उठे ...आगे बढ़े और तरक्की करे।

लेकिन शायद मेरी यह 'सोच' गलत निकली। धीरे-धीरे रजत के बारे में ऐसा लगने लगा कि वह मध्यमवर्गीय सोच में रचा-गढ़ा ऐसा पुरुष है जिसने आगे बढ़ने के लिए या तो मुझे महज सीढ़ी समझा था या एक सेतु जिस पर पांव रखकर वह बड़ी सहजता से दूसरे किनारे तक पहुंच सकता था। शायद इससे ज्यादा प्रयोजन नहीं था...। यदि कोई मेरी तारीफ कर देता,...मेरी कला..., या मेरे गायन की, तो वह झट से जड़ देता—'लोग सिर्फ अपना उल्लू सीधा करने के लिए तुम्हें इस्तेमाल करना चाहते हैं...तुम जैसी पढ़ी-लिखी लड़की भी उनकी बातों में आ जाती है। आश्चर्य होता है मुझे...क्या वाकई औरतों में बुद्धि नहीं होती?' ऐसे-हाव-भाव दर्शाकर वह हिकारत से बोलता और तन-मन सुलग उठता मेरा... लेकिन फिर वही रस्सी गले में पड़ी रहती समाज की... मर्यादाओं की..., संस्कारों की...यानी बहस करने से अपने सिर में चोट ज्यादा लगती है...वह तो करवट बदल कर सो जाता लेकिन मैं ही रात-रात भर सोचती रहती...।

11 अगस्त, 1986

इधर-उधर से भागते-दौड़ते गर्जन करते 'की-कू' की किलकारी मारते बादल आसमान जैसे लंबे-चौड़े मैदान में मानो गेंद खेलने का लुत्फ उठा रहे हों। रोयां खड़ा करने वाली ठंडी हवाओं से सिहरन होने लगी और अजीब सी अनुभूतियां पेट में खौलने लगी। कड़कड़ाहट के साथ-साथ आकाश में कौंधती बिजली देख मेरा तन-मन थोड़ी देर के लिए अचानक हिल गया...फिर वही गड़गड़ाहट और उसके बाद आसमान की गोदी में दुबकते बादलों को देखकर यूँ लगा जैसे कूक मारकर कोई बच्चा अपनी मां की गोदी में दुबक गया हो। बेशक मेरी आंखें मौसम की खूबसूरती पर अटकी थी लेकिन मन कहीं और था। आई0ए0एस0 प्रि में ही सिलेक्शन नहीं हो पाया... सोच-सोचकर मुझे रंज होता और डिप्रेशन बढ़ता जाता। इतना छोटा टैस्ट तक क्वालीफाई न कर पाई जबकि पिछले साल तो चलते-फिरते पढ़ाई की थी और हो गया था चयन लेकिन इस बार..., सोच-सोचकर अकेलापन महसूसा और सबसे बड़ी तकलीफ की बात तो यह थी कि रजत को इन सबसे कोई खास मतलब नहीं

था। उसका तो यही कहना था—'ऐसा होता रहता है...कोई बड़ी बात नहीं ...तुम्हीं इसके पीछे पड़ी थी वरना तुम्हारे अपने कैरियर में कौन सी बुराई है?' तटस्थ जवाब सुनकर और ज्यादा बेचैनी घेरे रही मुझे।

एक के बाद एक परिस्थितियां आती जाती हैं कि इंसान मजबूर हो जाता है और छटपटाता हुआ कभी अपने दुर्भाग्य को कोसने लगता है तो कभी हालातों को कुसूरवार ठहराकर खुदको जस्टीफाई करने लगता है कि ऐसा-ऐसा होने पर पढ़ाई नहीं हुई...तो क्या वाकई पढ़ाई हो पाई थी ठीक से? कांच के असंख्य टुकड़ों में झांकती जिंदगी की सचाई मुंह चिढ़ाती नजर आ रही थी। जितने टुकड़े थे उतने ही चेहरे...वीभत्स और विद्रूप ...मैंने बहुत अकेला पाया था उस दिन खुद को। रजत ने बड़े ही चलताऊ ढंग से टिप्पणी की थी—'चलो..., अब यह जिम्मेदारी भी खत्म हुई...सुनकर मुझे लगा कि सुनसान रास्ते पर अकेले चल पड़ना ही एकमात्र सचाई है...और कोई विकल्प नहीं ...सोच-सोचकर पुरानी बातें कचोटती रहीं। काम के दिनों दिन बढ़ते बोझ से दिमाग में भारीपन बना रहता। अवसाद की टूटी लकीरों पर माटी का लेप लगाकर मिटाने की कैसी भी कोशिश की जाए लेकिन यदि अंदर से गहरी दरार है तो वह धूप की पहली मुठभेड़ से चुटूट होकर टूट जाएगी। ऊपर से थोपी गई माटी बेकार है..., निरर्थक है।

जहां पैसा ही एकमात्र निर्णायक रोल अदा करने लगे वहां रिश्तों में घुन तो लगनी ही है देर-सबेर। पैसा और मालकियत के बीच संबंधों में से कोमलता के रेशमी पंख यूँ छिटक जाते गोया कोई जहरीला नाग देखकर ही भाग खड़ा हो। जिस परिवार को मैं सुखी-संतुष्ट करने में पूरे जतन से जुटी रहती हूँ उसी परिवार के सदस्य मेरी रुग्ण मानसिक स्थिति पर तरस खाने के बजाए गुस्सा करते रहते हैं आए दिन ऐसे प्रसंग सिर उठाने लगे—

—'रचना, देखो जो मैंने एक बार कह दिया, सो कह दिया बस्स। मुझसे एक ही टॉपिक पर बहस करके बार-बार परेशान मत करो। वैसे भी मुझे कल सुबह जल्दी उठना है। पापा की जिम्मेदारी—तुम्हारे भाई की है मेरी नहीं..., समझी ?' रजत ने साफ-साफ बात कह दी।

—'लेकिन रजत...उन्हें इस वक्त मेरे साथ की सख्त जरूरत है। मां के बाद से वह मुझ पर ज्यादा आश्रित हो गये थे... प्लीज रजत ट्राई टु अण्डरस्टैंड द प्वाइंट...' पापा को यहां मेरे पास इलाज करवाने दो... इससे बढ़िया जगह और कहीं नहीं हो सकती...' लगभग गिड़गिड़ाती आवाज मेरे गले से निकली और मैं रो पड़ी भरभराकर।

चाहकर भी पापा से कभी यह कहने का साहस नहीं जुटा पाई कि अपनी इस शादी में मैं खुश नहीं हूँ। दो वजहें थी-पहली तो यही कि इस शादी से जुड़ी थी पापा की अनिच्छा और असहमति...दूसरी वजह यह थी कि मैं जानती थी मेरा दुख पापा को अंदर तक तोड़ देगा। मां के न रहने पर हम दोनों भाई-बहिन ही

पापा की एकलौती पूँजी थे जिन्हें उन्होंने खूब जतन और नेहरस से सींचकर पाला-पोसा था। लेकिन अफसोस ! कि एक पौधे को उखाड़कर जिस दूसरी जमीन पर रोपा गया...उसमें वह पनप नहीं सका...माकूल हवा-पानी ही नहीं था। था तो कोहरा और ठण्ड..., दूर-दूर तक धूप का नामोनिशान तक नहीं...पौधा असमय मुर्झाता गया...

मेरी अंतर्रात्मा बार-बार मुझे धिक्कार रही थी जब पापा ने आंखें मिलाकर मुझसे पूछा था—'तो रचना, मैं यहां से जाऊं?'

—'हां पापा, वहां रीतेश के कलीग्स हैं...अच्छे डाक्टर हैं, ठीक रहेगा वहां... मैं अगले हफ्ते जरूर आऊंगी' पता नही कैसे मैंने यह सब सपाट लहजे में कह दिया—ताज्जुब होता है।

पापा के सवाल में छिपे अनुरोध लेकिन इसके बावजूद उनके आत्मसम्मान को देखा। मैंने यह भाव जानबूझकर अनदेखा कर दिया कि वे चाहते थे कि रजत उन्हें रोके...रचना उनसे जबर्दस्ती करके यहां से जाने न दे लेकिन बेटी के पिता होने के बोध के चलते उनके संस्कारशील मन ने उनकी जुबान पर ताला ठोक दिया था हालांकि उनकी आंखों से टपकती निरीहता छुपी न रह सकी कि उनसे रोकने का आग्रह किया जाए लेकिन मैं उन्हें कैसे बताती कि रजत एक रात पहले ही मुझसे साफ-साफ बात कर चुका है—'पापा के हार्निया का आपरेशन लखनऊ में उसके घर में रहकर नहीं होगा...चूँकि मैंने निर्णय ले लिया है इसलिए उन्हें वापस भेजना होगा...' रजत की तनी भौंहों से चेहरे की कठोरता कैसे छिप सकती थी भला? धीरे-धीरे मुझे इसका अफसोस गहराने लगा कि हम दोनों के बीच दिनोंदिन ऊंची-ऊंची दीवारें और गहरी खाइयां बनती जा रही हैं। जंगली खरपतवार से अटी इन खाइयों को भर पाना आसान नहीं।

इस उम्र में इस छोटे संसार में ही मैंने सब देख लिया था। स्वार्थ पर टिके रिश्ते सड़ांध मारते दिखे। कहां गई वो खुशबू बिखेरने वाली चिट्ठी—"मैं तुमसे कभी नाराज रह ही नहीं सकता... इतनी हिम्मत ही नहीं है कि तुम्हारा उदास उतरा चेहरा देख सकूं। हे ईश्वर... मेरी रचना को कभी मुझसे जुदा मत करना..., मैं और कुछ नहीं मांगता...कोई चाह शेष नहीं सिवाए इसके कि तुम कभी परेशान मत रहना... तुम्हारे आंसू कतई नहीं देख सकता मैं..., किसी कीमत पर नहीं...रचना... तुम्हें पाकर तो बस यूँ लगेगा कि जैसे इस नश्वर संसार में मेरा आना सार्थक हो गया..., सच रचना...यकीन करना..., हंसो मत..., ये कोरे डॉयलाग्स नहीं हैं.प्लीज ...यकीन करो मेरा तो क्या यही वह रजत था? यही बोल थे उसके? रह-रहकर पापा से जुड़े खयाल अपराध बोध को गहरा बनाते जाते। मेरा संस्कारी मन बार-बार यह समझाने की कोशिश में जुटा रहता कि प्यार तो समर्पण की मांग करता है...इसी में स्त्री की गरिमा छिपी है। स्त्री की अपेक्षाएं खुद-ब-खुद पूरी होती जाएं ...मुंह से कुछ कहना न पड़े...। जिंदगी कहीं न कहीं तालमेल बिठाने का नाम है...समझौतों के

रास्ते पर चलना पड़ता है सभी को...लेकिन रजत के लिये स्त्री के समर्पण जैसे भावों का कोई मतलब नहीं था। उसके लिए मेरे से जुड़ी हर चीज / प्रसंग—'टेक फॉर ग्राण्टेड' हो जाती और वह बड़ी सहजता से मेरे सवालों और अपेक्षाओं को तहस-नहस कर डालता। तब मेरे अंदर बैठी इंसानियत कराह उठती,... घाव पड़ने लगे थे जिन पर मरहम पट्टी करने वाला साथी कहां मिलेगा मुझे ? मैं वाकई हताश हो चुकी थी।

ऑफिस के कलीग्स से डिसकस करती तो वे मुझे समझाते—'तमाम छोटे-बड़े मतभेद सबके घरों में होते रहते हैं...धीरे-धीरे समय के साथ-साथ दूर होते जायेंगे।' मैं ऐसा मान लेती और कई विवादास्पद मुद्दों पर भी चुप्पी की लक्ष्मण रेखा खींच लेती। खुद को मारकर मूक समझौतों के रास्तों पर चलती रही लेकिन इसके बावजूद परिणाम इतना भयानक होगा—कौन जानता था? मुझे रह-रहकर पापा का चेहरा याद आने लगता कि क्यों मेरे कहने के बावजूद वे यहां आना टालते रहे। शायद बिना बताए भी मेरे चेहरे को पढ़कर वे अंदाजा लगा लेते थे कि पति के घर में मेरी हैसियत क्या है? कितनी बड़ी विडम्बना है कि जिस लड़की से लोग ससुराल में यह उम्मीद रखते हैं कि वह सभी को अपना समझे...उसी लड़की के खून के रिश्तों तक को सड़क पर मरने छोड़ देने में वो तनिक भी नहीं हिचकिचाते ...उफ! कितना बड़ा अपराध है यह तो जिसे दण्डनीय तक नहीं समझा जाता...किसी भी कोर्ट-कचहरी में,...रह-रहकर मेरा मन चीत्कार कर उठता। आंसू ज्यादा परेशान करने लगे तो उठकर चार-पांच गिलास पानी गटागट पीती गई।

कहते हैं अच्छी शिक्षा आदमी को बेहतर इंसान बनाती है लेकिन अच्छी शैक्षिक पृष्ठभूमि वाले रजत ने क्या सीखा है इस शिक्षा से ? जो शिक्षा इंसानियत जैसे गुणों को न पनपने दे...तो धिक्कार है ऐसी पढ़ाई-लिखाई को? मन में रजत की बातें हथौड़े की तरह टुकटुकाती रहती—"बहुत जुबान चलने लगी है तुम्हारी...बहुत अकलमंद समझती हो खुद को...क्यों?

कड़वे पाग में पगे बोल सीधे गले में जहर उतारते जिसे धीरे-धीरे गुटकने की कोशिश में दांतों से होठों को काटती जाती। खुद को बार-बार कसम दिलाती—"नहीं, तुम्हें उत्तेजित नहीं होना है... जरा भी..." लेकिन शांत-निर्विकार मनोभूमि में रहने से भी कोई हल नहीं निकलता। मन के गहरे कुएं में रजत के प्रति नेहरस को सूखा पाती! धीरे-धीरे उदासीनता मेरे जीवन का अभिन्न हिस्सा बनती गई। मैं अक्सर यह सोचती—'कहीं यह मेरे समूचे जीवन को दीमक की तरह न चाट डाले। पता नही क्यों मैं सबसे कटती जा रही थी... बहुत तेजी से तटस्थता मेरे स्वभाव में शुमार होने लगी थी...।

आज कुदरत की विविध वर्णी छवियां आसमान में कतार बनकर बिछी हुई हैं। ठण्डी हवाओं से झूलती पेड़ की लटें...बारिश की फुदकती फुहारों से भीगने का

लुत्फ उठाते पत्ते और उनसे आती खुशनुमा हवाएं मन में व्यग्रता और चंचलता भरती जा रही हैं जिन्हें सूंघते हुए अंतस में समन्दर सी उछाल भरती है... किससे शेयर करूं इस व्यग्रता को ? यहां तो बस मैं हूं, मेरा अकेलापन..., मेरा पेन..., मेरी डायरी और बिखरे सपनों के कतरे सूखे पत्ते बनकर उड़ रहे हैं जिन्हें बार-बार पकड़ने और सहेजने की कोशिशों के बावजूद हासिल कुछ भी नहीं होता।

27 जून 1987

आज बेहद हल्का-फुल्का महसूस कर ही हूं मानो सिर से एक बहुत बड़ा बोझ उतर गया हो। 21 जून को जब मैं पापा के पास पहुंची तो मेरी बिगड़ी हालत देखकर पापा ने फौरन डा0 कमल बवेजा को दिखाया। डॉक्टर ने साथ गए भाई को भी खूब डांटा। तीन दिन तक लगातार आयरन के इंजेक्शन दिए गये और फिर नर्सिंग होम में भर्ती कर लिया। उस वक्त मेरे पास पर्याप्त पैसे नहीं थे लेकिन अपने घर में रहते हुए मैं बेफिक्र थी। क्रमशः तीन-चार दिन घर और नर्सिंग होम के इर्द-गिर्द बीते। लगातार ऊहापोह, तनाव और बेचैनी बढ़नी एक बार शुरू हुई तो फिर बढ़ती ही गई लेकिन 24 जून को इस ऊहापोह भरी मानसिकता से मुक्ति मिली। सुबह लगभग चार बजे के करीब मुझे होश आ गया होगा तो एक लेडी डाक्टर से सूचित किया—'रचना, तुम्हारी एक प्यारी सी बिटिया हुई है...' मैंने ये अल्फाज सुने जरूर लेकिन पूरे बदन में दर्द ही दर्द पसरा था। उसी वक्त नर्स ने आकर कहीं इंजेक्शन ठूंसा और मैं फिर से सुप्तावस्था में चली गई थी।

सुबह सात बजे चैतन्यावस्था महसूसी और लड़की को देखा। हालांकि उसे उठाने की स्थिति में तब भी नहीं थी। मातृत्व सुख या गरिमामय पद जैसे शब्दों में से कहीं कोई मतलब नहीं निकाल पा रही थी। अनुभूतियां कुछ-कुछ निरुद्वेग सी थी... शायद असहनीय दर्द के कारण। रजत की मां का तना-तना सा भावशून्य सा चेहरा मैंने गौर से देखा—'शायद खुश रहना या हंसना उन्होंने जिंदगी से सीखा ही नहीं। लालची के साथ-साथ दूसरों के सामने दयनीय भाव दर्शाते हुए यूँ कहना—'हमारे पास क्या है? राजू(रजत) ने तो कभी हाथ पर तनखा नहीं रखी...। वे दीन-हीन मुद्रा में कातर ढंग से यूँ कहती जिसे सुनकर लगता कि दुखों का लबादा ओढ़कर दूसरों से सहानुभूति बटोरने की कला में वे खूब माहिर हैं। लड़की होने की खबर सुनकर तो उनका चेहरा फक्क पड़ गया जैसे जलती लौ को किसी ने फूंक मारकर बुझा दिया हो—वैसा ही था चेहरा। खैर—मुझे सही समय पर मेडिकल हैल्प मिल जाने से मैं और बच्चा खतरे से बाहर थे—पापा के चेहरे पर इसीलिए खूब सारा सुकून बिछा था वरना 'जितने दिन मैं ससुराल में रही...मेरी तबियत बिगड़ती चली

गई। ब्लड लेबल पहले से कम हो गया था। मेरे पैर काफी सूज गए थे और लूजमोशंस भी शुरू हो गये थे। ऐसे नाजुक समय में किसी से कुछ भी कहने में मुझे संकोच होता। मैं किससे कहती कि कौन सी दवा कहां से लानी है? क्या खाना-पीना है? रजत तो था ही नहीं। दुर्भाग्यवश उस समय शहर में तनाव व्याप्त हो गया तो मैंने अपने ससुर से कहा कि वे मुझे पापा के पास भेज दें तो बेहतर होगा क्योंकि डर था कि पता नहीं कब कर्फ्यू लग जाये... यह सोचकर रजत के पापा राजी हो गये और मुझे मायके छोड़ आए।

रजत यहां दो दिन बाद पहुंच पाया। पापा ने रजत को देखते ही उसकी लापरवाही के लिए डांटा। रजत ने बच्चे को ध्यान से देखा और जब सब लोग कमरे से बाहर चले गए तो छूटते ही मुझसे कहा—'तुम्हाने पापा ने आते ही मूड खराब कर दिया।' सुनकर मैं भी बिफर पड़ी—'रजत, तुम अपने पैरेण्ट्स की जिम्मेदारी पर मुझे छोड़ गए थे। उन्होंने बिना एक भी पैसा दिए मुझे यहां भेज दिया। फिर मैंने सिलसिलेवार पूरी घटनाएं एक के बाद एक सुनानी शुरू कर दीं—'रजत, पैरों में सूजन होने पर पैर उठाकर लेटने की डॉक्टरी सलाह को अनदेखा कर मैं वहां खाना बनाती रही। उस वक्त तुम्हारी मां को इसका रत्ती भर अहसास नहीं था कि वे मुझसे आराम करने को कहती। मैं घंटों खड़ी रहती थी... थककर निढाल हो जाती। तुम्हारी मां का यह तर्क रहता कि उन्होंने भी घर का सारा काम करते-करते ही बच्चे जने हैं। रजत, ऐसे में मैं फिर कैसे क्या करती ? लेकिन मेरे पापा तो ऐसे नहीं हो सकते थे न? यह सब तुमसे नहीं बोलना चाहती थी पर चूंकि तुम्हें पापा की डांट बुरी लगी इसलिए बताना जरूरी लगा मुझे...' बोलते-बोलते गला भर आया था मेरा रजत थोड़ी देर रुककर लौट गया।

मां बनना कोई तरंगित करने वाला या आनन्दबर्धक अहसास जैसा कुछ है—ऐसा तो मुझे अब तक नही लगा। ये सब चीजें शुरू से ही 'झमेलों' से ज्यादा मायने नहीं रखती थीं मेरे लिए और पता नहीं क्यों मैं इन्हीं घनचक्करों में उलझाती जा रही थी खुद को? मन अशांत स्थिति में बना रहता और रह-रहकर उधेड़बुन करती रहती कि किस तरह एक सामाजिक संरचना व्यक्ति को निगलती जाती है ...अपने आप में और व्यक्ति का विलय हो जाता है उसी पितृसत्तात्मक ढांचे में...। उन्हीं सरोकारों के बीच बिल्कुल वैसे ही व्यवहार करने लगता है यानी उसका एक और प्रतिरूप तैयार होता जाता है। यह कैसी विडम्बना है कि पुराने मूल्यों की वजह से व्यक्ति के मन में पैठे परंपरागत संस्कार दिनों दिन मजबूत होकर आज भी कायम है।

'लड़की' हुई सुनकर रजत को अच्छा नहीं लगा—इसका अहसास तो मुझे पहले से ही था लेकिन इन संस्कारों से निजात पाना कोई आसान कार्य है क्या? धीरे-धीरे हमारे इर्द-गिर्द सामाजिक बंधनों का ऐसा ताना-बाना बुनता चला जाता है कि हम

खुद को घिरा पाते हैं इससे बाहर निकलने की जबरदस्त छटपटाहट के बावजूद नहीं निकल पाते। मैं बार-बार खुद को समझाती कि सामने दिख रही जिम्मेदारी से निबटने हेतु मुझे जुझारूपन से काम लेना पड़ेगा। बच्ची पर केन्द्रित ध्यान में ढेर कामों की चित्रावलियां बनती जाती कि क्या-क्या कैसे-कैसे करना पड़ेगा। हफ्ते भर बाद लखनऊ लौट आए। हां यह अच्छी बात हुई कि भाई ने एक अदद नौकर जरूर ढूढ़कर मेरे साथ लखनऊ भेज दिया ताकि मैं अपनी पढ़ाई और नौकरी को ठीक से संभाल सकूँ।

अब यहां से शुरू हुआ फिर से मेरी परेशानियों का नया सिलसिला। सारा दिन बच्ची की देखभाल के बाद घर पर ध्यान नहीं दे पाती थी। छोटू (भाई द्वारा भेजा नौकर) भी थोड़ा अनाड़ी किस्म का था। यदि छोटू किसी काम को ठीक से न कर पाए और मैं डांटू तो मेरे ससुर के सोचने का ढंग था कि 'मैं अपने मायके के नौकर से उनकी बेइज्जती कराती हूँ।' उनकी ऐसी बातें सुनकर रजत मुझसे जब चाहे तब डांटते-चिल्लाते रहते। इससे भी बड़ी तकलीफदेह बात यह थी कि रात में बच्ची के साथ जागने में न तो रजत ने न ही मेरे सास-ससुर ने कभी कोई सहयोग किया। बच्ची के बढ़ते काम थमने का नाम नहीं लेते थे। उसके सारे गंदे कपड़े मुझे ही धोने पड़ते क्योंकि इसके लिए कोई महरी उपलब्ध नहीं थी। मेरा बदन जो पहले से ही कमजोर था,... अब थका-थका सा रहने लगा। अनायास मैरिड स्कालर्स हॉस्टल में रह रही अनुष्का दीदी की कही बात स्मृति पटल पर घूम गई। उन्होंने अपने को केन्द्र में रखते हुए कहा था—'रचना... बमुश्किल साल भर टिक पायेंगी ये खूबसूरत प्रेम कहानी और इसी बीच आ जाता है बच्चा...फिर तो जीवन बिल्कुल उलट-पुलट हो जाता है। पति-पत्नी के बीच बचा-खुचा नेहरस सोख लेता है बच्चा... फिर दोनों का ध्यान बच्चे पर केन्द्रित हो जाता है और इस तरह ताउम्र हम एक दूसरे के साथ एटजस्ट ही करते रह जाते हैं।' उस वक्त हवा में उड़ा दिया था इस प्रसंग को लेकिन आज वही सच आंखों के सामने मूर्त हो उठा है। पीछे मुड़कर देखती हूं, बमुश्किल दो साल गुजरे होंगे लेकिन लगता है जैसे वो युगल हम दोनों नहीं थे बल्कि कोई और ही रहे होंगे... क्या यही वो रजत था जिससे मैंने प्यार किया था?

बच्ची की व्यस्तताओं के चलते पता ही नही चला कि कब मैटरनिटी लीव खत्म हो गई और तुरन्त बाद समस्या आन खड़ी हुई-आगे कैसे क्या होगा? घर-आफिस के बीच अनु की व्यवस्था एक बड़ा सवाल थी। कितनी बड़ी विडम्बना थी कि जब मुझे सास-ससुर की सख्त जरूरत थी तो उनके वापस जाने का टाइम आ गया जबकि मैंने उसी वक्त रजत से साफ-साफ कह दिया था—'अभी तो लीव पर हूं ही—बाद में बुलवा लेंगे अम्मा-पिताजी को...' लेकिन रजत ने तुरन्त झिड़क दिया—'तुम उन्हें डिक्टेट करना चाहती हो? उनकी जैसी मर्जी होगी ...करेंगे फिर बच्चे की समस्या तो हर वक्त रहेगी...हमें कोई न कोई व्यवस्था करनी पड़ेगी...तुम जानो...' मैंने भी यही सोचकर खुद को समझाया कि बच्चे की जिम्मेदारी वाकई मेरी है लेकिन

देखते-देखते छुट्टियां खत्म हो गई और ऐन मौके पर समस्या मुंह बाए सामने खड़ी हो गई कि मुझे ऑफिस जाना है..., तो क्रैश ढूढ़ने में जुट गई मैं...जगह-जगह जाकर पता लगाना शुरू कर दिया। कई जगह ढूंढ़ने पर एक क्रैश सबसे अच्छी लोकेशन पर नजर आई-जो मेरे घर और ऑफिस के बीच में थी। उस प्रधान डाकघर स्थित बालबिहार में बच्चों की देख-भाल भी ठीक से होती थी—सोचकर मैंने अनु को वहीं डालने का निर्णय लिया। उस दिन मन बहुत भारी था। मैं बड़ा असहज महसूस कर रही थी। अनु को गैर और अजनबी लोगों के पास छोड़कर जाना मन पर पत्थर रखने से ज्यादा यातनादेह था। ऐसा लग रहा था जैसे किसी मेमने को शेर की मांद में छोड़कर जाना पड़ रहा हो मुझे। दिल-दिमाग में संतुलन बिठाने की कोशिश में सुबह से ही जुटी थी। जैसे ही अटेण्डैण्ट के हाथों अनु को दिया... अनु ने तुरन्त मुंह बनाकर बुक्का फाड़कर रोना शुरू कर दिया...' अरे...अरे...इसे क्या हो गया? रास्ते भर तो खूब खुश थी ...' मेरे मुंह से निकला तो अटेण्डैण्ट दीदी ने मुझे आश्वस्त करते हुए कहा—'कुछ दिन तो बच्चे रोएंगे ही... कहकर वह उसे लेकर अंदर चली गई। लेकिन अनु के रोने की आवाजें लगातार दिल में हथौड़े की तरह ठुक-ठुक करने लगीं। मैं क्रैश के बाहर खड़ी रही जहां चारों तरफ धूप के कतरे पेड़ों की फुनगियों पर बैठे हुए थे। अनु के रोने की आवाजें कम हुई लेकिन पूरी तरह खत्म नहीं। मैं बाहर बैठकर इंतजार करने लगी कि जैसे ही अनु शांत होगी, चल दूंगी लेकिन उसका रुक-रुककर रोना अभी भी जारी था। स्कूटर पर बैठे-बैठे आधा घंटा बीत गया लेकिन मन वहीं हिलगा रहा। अनु किसी तरह चुप होने का नाम ही नहीं ले रही थी। उसकी आवाजें एक पल के लिए भी दिमाग से हट नहीं पा रही थी... फिर मैं इसे अपनी नियति मानकर खुद को कई तरह से कन्विंस करके भारी कदमों से ऑफिस के लिए चल पड़ी। मैं बार-बार खुद को सान्त्वना दे रही थी। मजबूत भी बनाती जा रही थी कि देर-सवेर तो अनु को एडजस्ट करना ही पड़ेगा तो क्यों न अभी से, आज से ही शुरुआत हो? लगभग साढ़े ग्यारह बजे ऑफिस पहुंची और किसी तरह डेढ़ घंटा बिताकर वापस जाने के लिए चल पड़ी। मुझे किसी भी तरह चैन नहीं पड़ रहा था...चटपट वहां पहुंच गई... देखा कि अनु अब भी हिचकी लेकर रोए जा रही थी। मैंने उसे लपककर गोदी में उठाया और उसे लेकर बाहर घुमाती रही तब भी उसकी हिचकी आती रही। अपनी विवशता और बच्ची को वहां रखने की मजबूरी देख मन रो पड़ा।

उसी वक्त सड़क पर दो-तीन कुत्तों को देखकर मैंने उससे—'अनु...कुक्का...कुक्का' कहकर उंगली से दिखाया। इस बार उसने चौंककर कुत्तों को देखा और रोना भूलकर उसका ध्यान कुत्तों की तरफ चला गया। तमाम क्रैश के खिलौनों की तरफ न देखकर अनु को इन कुत्तों ने आकृष्ट किया और किसी तरह मेरी प्यारी बच्ची वापस अपनी सामान्य स्थिति में लौट पाई...। इस वक्त उसके चेहरे पर बिछी खुशी देखकर इत्मीनान

की गहरी सांस ली मैंने।

जबकि रजत तो सुबह नौ बजे ही घर छोड़ देता था। मेरा सोना-उठना अनु के साथ ही फिक्स था। घर पर छोटू जरूर कई कामों में मदद करता था लेकिन सोसाइटी में रजत के साथ घूमने-फिरने के लिए मैं एक अल्ट्रामॉर्डन बीवी नहीं बन पाई थी। इसका अहसास रजत जब-तब कराता रहता था। घर ठीक से रखना मेरे वश की बात नहीं थी-यह निष्कर्ष भी रजत अपनी तरफ से निकाल चुके थे। कभी-कभी तो मुझे सचमुच यही महसूस होता जैसे अपने पर ही मेरा भरोसा चुकता जा रहा हो लेकिन मैंने खुद को कम्प्यूटर में दक्षता हासिल करने के लिए कसना शुरू कर दिया। मैंने सोचा शाम साढ़े चार से साढ़े पांच का टाइम कम्प्यूटर ट्रेनिंग इंस्टीट्यूट में बिताऊंगी-सोचकर वहां के डायरेक्टर से बात की। मैंने मेन फ्रेम पर काम किया था लेकिन पी0सी0 के बारे में मेरी जानकारी जीरो थी। मैंने डायरेक्टर से कहा—कोर्स ज्वाइन करने से अच्छा है, मैं खुद पढ़ाऊं तो खुद-ब-खुद सब सीख जाऊंगी। क्लास लेने मैं अनु को लेकर जाती थी। अनु को मैंने शुरू से ही इस तरह पाला था कि उसे ढेर सारे खिलौने देकर बिठा देती। उसका पेट भरा रहता तो वह मुझे कतई डिस्टर्ब नहीं करती बल्कि आंखें फाड़कर टुकुर-टुकुर निहारा करती इधर-उधर। वह मस्त रहती।

लेकिन घर आकर फिर वही जानलेवा तनाव घिरने लगा क्योंकि रजत इससे कतई खुश नहीं था। उसके हिसाब से आई0ए0एस0 के बाद अब मुझ पर ये नया भूत सवार हो गया था। रोज शाम को किसी न किसी वजह से लड़ाई होने लगती—'रचना, देखो, अनु के पैर गीले थे और तुमने उसे कार्पेट पर बिठा दिया, रचना देखो उसने यहां गीला कर दिया...चेन्ज करो कपड़े ...क्या कर रही हो?' यदि कभी उससे पलटकर कहती-तुम जरा अनु को संभालो, तब तक मैं चार-छह परांठे सेंक लूँ तो उसका जबाव होता—'तुम उसे छोटू को दे दो'। कभी-कभी अनु को प्यार से गोदी में बिठाता और गोदी में अनु ने सू-सू कर दिया तो फिर शामत थी। वह चिल्लाएगा—'रचना... जल्दी से आओ..., देखो तो यह क्या कर दिया इसने? यानी यूँ व्यवहार करेगा जैसे किसी और की बच्ची हो वह। अलग-अलग तरीकों से मेरी आलोचना करके मेरे आत्मविश्वास को गिराना रजत का शगल बन गया था। क्या वह शुरू से ही ऐसा ही था? कौन जाने? लेकिन हमारे मतभेद बढ़ते ही जा रहे थे। धीरे-धीरे मुझे यह बात कचोटने लगता कि रजत एक कैरियर माइंडेड लड़की और एक कमाऊ बीवी में फर्क नहीं कर पा रहे हैं और न ही कभी कर पाएंगे। रजत का कहना था कि कभी मुझे आई0ए0एस0 तो कभी पापा की बीमारी तो अब ये कम्प्यूटर का नया बखेड़ा ...हर वक्त कोई न कोई रोग पालती थी मै...। घर में बच्चे को पालना पिता का भी दायित्व होता है—इस बात को न तो वह जानता था, न जानना चाहता था बल्कि रात में भी वह यही चाहता था कि मैं किसी तरह

अनु को सुलाकर उसका 'साथ' दूँ लेकिन वह यह नहीं समझना चाहता था कि इसके लिए मेरी मदद करनी चाहिए थी उसे...

अक्सर फील होता कि क्यों ठंडे पड़ते गये वे आत्मीय लपट से गर्माते रिश्ते? साफ-सुथरे हरे-भरे तन मन क्योंकर ठूंठ बनते गये? मुझे लगता जैसे मैं जर्बदस्ती सिर भिड़ाकर अपनी जगह बनाने की कोशिश में जुटी पड़ी हूं। रजत के बोल होते—'रचना, वूमेनहुड के गुणों से कोसों दूर हो तुम...। न बच्चा पालना जानती हो, न ठीक से खाना बनाना, न ठीक से घर-गृहस्थी चलाना...कुच्छ भी नहीं आता है तुम्हें...' आपसी बहस से लहुलूहान मुंह में खारा पानी भर जाता जिसे तुरन्त थूकना पड़ता। मैं उसी में जीने को मजबूरी समझती तो कभी भाग्य को कोसती तो कभी सोचती कि क्या खुद को 'एनालाइज' करने का टाइम आ गया? नए सिरे से रिश्तों की प्रासंगिकता की पड़ताल करनी पड़ेगी क्या? कभी-कभी तो बहस इतने उत्तेजक मोड़ पर पहुंच जाती कि मुझे लगने लगता कि आखिर बिना मुकम्मल ठीक-ठिकाने के जर्बदस्ती बनाई जगह में कब तक पैरों के बलबूते खड़ी रह पाऊंगी मैं? सोच-सोच कर दिमाग में तनाव के काले बगूले गोल-गोल बनकर घूमने लगते।

28 फरवरी, 1988–

रात दस बजे भाई का फोन आया—'पापा को मैसिव हार्टअटैक पड़ा है...दीदी तुरन्त आ जाओ... कैसे भी...अभी...इसी वक्त...' थरथराते बोल सुनकर पेट खौलने लगा।

उसी वक्त रात को ही अनु को पड़ोसी के यहां छोड़कर मैं सीधे इलाहाबाद जा पहुंची पापा के पास। मेरे हंसते-बोलते पापा इंटेसिव केयर यूनिट में बेहोश पड़े थे। मुझे देखते ही भाई रो पड़ा। उसे अपने से चिपकाते हुए मेरे मुंह से एक बोल भी नहीं फूट रहा था। अपराध—बोध की फांस मुझे अंदर तक चुभने लगी। बेचैनी और नर्वसनैस ने जकड़ लिया मुझे।

इंटेसिव केयर यूनिट के दूसरे बैड पर पड़े व्यक्ति ने उसी वक्त दम तोड़ किया। किसी गांव का देहाती परिवार था। पांच मिनट बाद करुण क्रन्दन करती उसकी बेटी आई और पार्थिव शरीर से लिपटकर रो पड़ी—'हमका माफी दै दो बापू...हम तोहका देखिबे भी न आ पाएब'—उसका चीत्कार, उसकी व्यथा... और हृदय हिला देने वाली पीड़ा को सुनकर मैं तड़प उठी। उसके बापू कई दिनों से बीमार थे परन्तु उसकी फसल कटनी थी इसलिए उसके पति ने फसल काटने का काम पूरा होने के बाद ही उसे वहां भेजने की इजाजत दी... वह बेबस थी..., सुनकर सुन्न सी पड़ गई थी मैं। भाई को आहिस्ते से सब बातें समझा कर मैं वहीं पड़े स्टूल पर

धम्म से बैठ गई। हाथ-पैरों में जैसे जान ही नहीं बची। ठण्डी देह के साथ निर्जीव जैसी मनःस्थिति थी मेरी...सैकड़ों सवाल मेरे अंदर के कोलाहल से उमड़-घुमड़कर आंखों के रास्ते बहते जा रहे थे। यह लड़की तो गांव देहात की है लेकिन मैं तो पढ़ी-लिखी आत्मनिर्भर क्लास टू ऑफीसर...क्या मुझे यह अधिकार मिल पाया था कि मैं समय से अपने पापा को अपने पास ही रखकर उनको बेहतर मेडिकल हैल्प उपलब्ध करवाती? नई सदी की तरफ तेजी से कदम बढ़ाती हिन्दुस्तानी समाज में स्त्रियां क्या अभी भी अपनी मर्जी से निर्णय ले सकती हैं कोई? अभी भी अपने पति की मर्जी के खिलाफ एक कदम भी आगे बढ़ सकती हैं? अपने बूते चलने की हिम्मत कर पाएंगी? अपने खून के रिश्तों का भी संग-साथ पाने के लिए अपने पति/ ससुराल वालों से इजाजत पाने की बाट जोहनी पड़ती है,... क्यों?... मैं नागफनी सवालों के चक्रव्यूह में भटक रही थी... बाहर निकलने का कोई रास्ता नहीं सूझता था मुझे...

दूसरे दिन पापा की तबियत थोड़ी संभली तो मैंने अपने ससुराल फोन करके पापा के बारे में बताया पर किसी ने भी बच्ची को रखने की खातिर हामी नहीं भरी। लेकिन मैं उस स्थिति में पापा-भाई को छोड़कर वापस आने की स्थिति में नहीं थी क्योंकि पापा की जान अभी भी खतरे से बाहर नहीं थी। मैं लगातार पापा के पास ही बनी रही। रात को आठ बजे उन्हें दोबारा घातक दौरा पड़ा और अचानक एक हिचकी लेकर पापा का स्पंदित हृदय विरल होता हुआ थमा। डॉक्टर आर्टीफिशियल रेस्पिरेशन एवं लाइफ सेविंग इंजेक्शन का सहारा ले रहे थे पर मुझे लगने लगा था कि बीमारी में अपनी बेटी के घर से इस तरह मायूस और हताश लौटे पापा की सांसे अब वापस आने वाली नहीं हैं। लखनऊ में उन्हें अपने पास न रख पाने की अपनी असमर्थता पर मैं रो पड़ी। मुझे कैसे भी चैन नहीं पड़ रहा था। मैं और भाई जिन्हें पापा ने मां की मौत के बाद मुर्गी की तरह अपने पंखों में छिपाकर जतन से पाला-पोसा था—उनकी एक-एक छवि के सैकड़ों चित्र एक के बाद एक तेजी से आते जा रहे थे... घबड़ाकर मैंने आंखें मींच लीं। मां के न रहने पर पापा ने ही अपने सीने से लगाकर हम दोनों को बड़े लाड़-दुलार से बड़ा किया था। मेरी पढ़ाई में मदद करते पापा...सुबह मुझे पढ़ाई में व्यस्त देख भाई को नहलाते-धुलाते पापा... शाम को थककर घर लौटने पर गुनगुने फेनिल दूध का गिलास पकड़ाते पापा...और कभी रात में मां की पसंदीदा सितार की धुन पर रो पड़ते पापा... ओ मेरे पापा ! कैसे भूल सकती हूं तुम्हें ? संडे की सुबह—सुबह लंबी सैर पर निकलकर मां पर लिखी अपनी कविताएं सुनाते पापा ...क्या-क्या याद नहीं आ रहा है इस वक्त।

अचानक ...वर्षो की सहेजी यादों की गठरी सर्र-सर्र खुलती चली गई ...धड़धड़ाकर ईंटें गिरने लगी जैसे बनी बनाई वर्षों पुरानी इमारत ढह रही हो।

सामने थी पापा की ठंडी देह...उनका विरल स्पंदित हृदय जो किसी भी पल कभी भी सदा के लिए शांत हो सकता था। इंटेसिव केयर यूनिट के घबड़ाए चेहरे और सांस रोककर मन ही मन ईश्वर से प्रार्थना करती मैं... हे भगवान ! ऐसा नहीं हो सकता..., मेरे पापा को कुछ नहीं हो सकता...हे प्रभु... आप तो जानते हैं मैं तो पापा को इस तरह असहाय अवस्था में नहीं छोड़ना चाहती थी पर पता नहीं क्यों रजत के कठोर निर्णय के सामने मैं बेबस और कमजोर पड़ती गई... कहीं न कहीं डर भी गई थी मैं...। मेरी अंतर्रात्मा मुझे धिक्कारने लगी इस समय ...काश ! पापा को उसी वक्त लखनऊ में भर्ती करा दिया होता... मैंने क्यों रजत के निर्णय के सामने हथियार डाल दिये थे..., क्यों..., क्यों मैंने विरोध नहीं किया?

हर बात में चुप्पी साधे रहना और खुद को समझौतों के रास्तों पर चलाते रहने का अंजाम इतना भयानक होगा? इतनी त्रासद स्थिति होगी? ये दुष्परिणाम देखने को मिलेगा..., मैं वाकई नहीं जानती थी...सोच-सोचकर आंसू बिना रोके अपनी दिशा में बहते चले जा रहे हैं। अचानक बचपन में हुई एक दिल दहला देने वाली घटना याद आ गई। बाथरूम की बाल्टी में गौरैया के नन्हे-नन्हे दो बच्चे पानी में डूबकर मर गए थे। बाल्टी के चारों ओर चक्कर लगाती असहाय गौरैया की बेबसी देखकर मैं फूट-फूटकर रो पड़ी थी। अपने बच्चों को बचा पाने में असमर्थ उसका नन्हा वजूद कितना तड़पा था... तब पापा ने ही मेरे ढुलकते आंसुओं को पोंछा था... अपनी गोद में मेरा मुंह छिपाया था... प्यार से मेरे लंबे-लंबे बालों में अपना हाथ तब तक फेरते रहे जब तक कि मैं सो न गई। आज कौन है मेरे दुख में मेरे साथ? रजत का कहीं कोई अता-पता नहीं...आज किससे शेयर करूं मैं अपना दुख? गौरैया जैसी बेबस बनी मैं भी कहां बचा पाई अपने पापा को?

पापा के बिना सारी दुनियां आधी-अधूरी और बेजान लगती है मेरी स्थिति वैसी ही थी जैसे कोई कोरा कागज धूल-हवा के संग फड़फड़ा रहा हो। इस वक्त दिमाग में इतनी सारी बातें हलचल मचा रहीं हैं... कि दूर-दूर तक कहीं कोई सुकून की छांह नहीं दिख रही...। चारों तरफ तीखी धूप के उठते बगूले सीधे-सीधे आंखों में चुभन भर देते। मैं असहाय बनी पापा को अपने से दूर...दुनियां से दूर जाते देखती रही... सब कुछ छिन गया हो जैसे भरे बाजार में सरेआम लुट गई होऊं। हम भाई-बहन मौत का ताण्डव होते देखते रहे। कितना कठोर बनकर इस दारुण यंत्रणा को झेलते रहे हम... लगातार रोते बिलखते रहे। फूट-फूटकर रोती रही...कलपती रही मैं। कैसे भी कहीं से भी चैन नहीं पड़ रहा था।

दूसरे दिन सुबह अखबार पढ़कर मेरे ससुराल वालों को पापा की मौत का पता चला...बस मेरी सास आई...जेठ नहीं आए...और रजत भी तब तक नहीं आ पाये थे। सास का कहना था कि मेरे ससुर खुद हार्ट पेशेण्ट हैं—इस हादसे से उनकी तबियत गड़बडा गई है...वे बर्दाश्त नहीं कर पाएंगे। अनु जरूर मुझे रोता देखकर

खूब घबड़ा गई थी...अपने नन्हे-नन्हे हाथों से मेरे आंसू पोंछने लगी--उसका कोमल संस्पर्श खूब अंदर तक सोखती रही मैं... । पापा का दाहसंस्कार एक मार्च को दोपहर दो बजे के आसपास इलेक्ट्रिक क्रिमेटोरियम में किया गया । मैं चीखना चाहती थी...अरे ...कोई रोको उन्हें...देखो...तो पापा को कोई बड़ी जीभ अपने अंदर खींचे ले जा रही है...मैंने घबड़ाकर आंखें मींच लीं और वह चीख गले में ही घुट कर रह गई ! पापा ...पापा मेरी जोर से चीख निकल पड़ी तो बगल में खड़े बुजुर्ग सज्जन ने समझाना शुरू किया—'बेटी..., मृत्यु तो होती ही है... मृत्यु पर किसी का वश नहीं... हम सभी को एक न एक दिन काल के ग्रास में जाना ही है...' इन बातों से बेखबर उस लपलपाती जीभ की याद मेरे जेहन से निकल ही नहीं पा रही थी । उफ ! कितनी जल्दी चला जाता है व्यक्ति इतिहास के पन्नों में : सिमट जाता है महज एक नाम बनकर...बस्स यही शेष रह जाता है । वर्तमान को विगत बनने में चंद सेकेण्ड्स लगते हैं...उसके बाद सब स्वाहा...सब खत्म...मैं दोनों हाथों से चेहरा ढांपे हुए लगातार सुबकती रोती जा रही थी... बेचैनी का धुआं चारों तरफ सघन होता जा रहा है...

रह-रहकर पापा की आवाज—'रचना, बेटी..., मेरी रानी बिटिया...शब्द कानों से टकरा रहे थे । मैं भूल ही नही सकती थी उस मनुहार भरी लड़ियाती—दुलराती आवाज को—'बेटा, तुम आती हो तो लगता है आंधी-तूफान आ गया है घर में... घर जैसे बजने लगता है... गुनगुनाने लगता है...तरंगित होने लगता है...'

—'क्या पापा...आप तो बस कविता करने लगते हैं...शायरी गाने लगते हैं' मैं चिढ़ाते-चिढ़ाते कहती—'पापा...प्लीज प्याज वाली रसेदार आलू की सब्जी बनाओ न,... महीनों से नहीं खाई...

—'हूं...मुझे ठुनकता देख पापा खूब खुश होते फिर अनु को देर तक गोदी में बिठाए रखते ...पापा...ओ मेरे पापा...उफ ! कहां चले गये तुम पापा? उनकी मुखमुद्रा, उनकी हंसी, उनसे शेयर करती अपने दुख-सुखों को, उनसे जुड़े किस्से काल के गड्ढे में समा जायेंगे क्या? बस हमारे पास शेष रह जाती है स्मृतियों की धुंध...एक सुदीर्घ सुरंग ...अंधेरी ...काली और गुमनाम सी । बूंद-बूंद करके जीवन बनता है...फिर गति पकड़ता है लेकिन पलक झपकते ही मौत का पंजा लपक लेता है जिंदा आदमी को...और जीता-जागता वजूद माटी बन जाता है...उफ ! चलते-फिरते पापा की जगह क्रिमेटोरियम से दो फूल मिल पाए मुझे जैसे बच्चों के मरने के बाद गौरैया हर समय उसी गड्ढे के चारों तरफ चक्कर लगाया करती थी जिसमें उसके बच्चों को पापा ने दफनाया था । मैं भी उसी घायल-तड़पती गौरैया की तरह क्रिमेटोरियम से मिली हड्डियों से अपना ध्यान हटा ही नहीं पा रही थी ।

हम आने वाले कल के लिए कितना-कुछ सोचते हैं...ढेर योजनाएं बनाते हैं परन्तु वैसा कहां हो पाता है? अकूत धन-सम्पत्ति जोड़कर बड़ा आदमी बनने की चाह क्यों करते हैं हम? क्या मिलता है बड़ा बनकर भी? लेकिन लोग हैं कि अंधाधुंध

भागे जा रहे हैं इस तरफ... लगातार रोते-रोते आंसू सूख चुके थे मेरे...आंखें सूज गई थीं लेकिन कैसे भी नींद नहीं फटक रही थी मेरे पास... जैसे सब उजड़ गया हो मेरा... वैसी वीरानगी और विरक्ति जैसे भावों से बोझिल था दिमाग...

सब कुछ गुजर जाने के बाद देर रात तक रजत आए। मैं फफक-फफककर रोती हुई रजत से लिपट गई लेकिन जुबान से यह लफ्ज नहीं निकाल सकी कि रजत तुमने पापा को लखनऊ में नहीं रहने दिया इसी वजह से ...। होंठों को सिले रही मैं लगातार। 3 मार्च को आर्यसमाजी विधि से हवन किया गया। पंडित जी समझा रहे थे—'वक्त के लंबे पांव ही यादों को धुंधला कर पाते हैं और तुम्हें प्रतीक्षा करनी पड़ेगी उसी बेरहम वक्त की... समय का बीतना तो युगधर्म है... सब कुदरत का खेल है...किस्मत है... जो भाग्य में जैसा लिखा कर लाता है, उसे इस दुनियां में आकर वही भोगना पड़ता है... फिर वे गीता पढ़ने लगे।

मैं जवाब देना चाहती—'भाग्यवादी दृष्टिकोण से क्या वाकई रिलीफ मिल सकता है? किस्मत को कोसकर सो जाइए चैन की नींद... पर कौन जाने कल क्या होगा? अनिश्चितता का एक गहरा कुआं खुदा है आंखों के सामने ...जहां है चौतरफा घुप्प अंधेरा... आगे क्या कैसे होगा? कोई थाह ले पाया है ठीक-ठीक ? ले सकता है कभी?

बच्ची अनु को देखती तो ध्यान में आता कि जिजीविषा भी एक बड़ी सच्चाई है...कौन मरना चाहता है? प्राणों का मोह किसे नहीं होता? यह नन्हा शिशु भी जीने के लिए हाथ-पैर पटकता रहता है। दिमाग में बैठे तनाव को हल्का करने की कोई तरकीब नजर नहीं आती... कही कोई सुराख नहीं, जहां से आती ताजी हवा को नथुनों में भर सकूँ। अपने अंदर गहराई से झांकती हूं तो कुएं की तल्ली में नजर आती है मोटी-मोटी चट्टानें...टूटी-दरकी दीवारें ...पानी का कहीं कोई नामोनिशान नहीं, बस सूखी काई से कालिख पुती दीवारें देखकर मन खिन्न होने लगता...इतना अवसाद...इतना अकेलापन...और इतनी उथल-पुथल जो संभाले नहीं संभलती...जैसे कोई वजनी चीज हर वक्त सिर पर लाद दी गई हो।

4 मार्च को जब रजत मुझे वापस ले जाने लगा तो मैंने रजत से इजाजत नहीं मांगी बल्कि रजत को अपने निर्णय से अवगत करा दिया कि भाई को मैं अपने साथ ले जा रही हूं, उसे यहां अकेला नहीं छोड़ना चाहती—यह मात्र सूचनार्थ बता दिया मैंने। लखनऊ में घर आकर भी मेरा मन नहीं लग रहा था। कई पड़ोसिनें मुझसे मिलने आई और मेरे दुख को बांटते हुए समझाती रहीं तरह-तरह से।—'इन दिनों खुद को अकेला मत रखो ...' कहती हुई मिसेज अग्रवाल मुझे अपने घर ले गई और दिनभर बच्ची को एवं मुझे खिलाती-पिलाती रहीं...। शाम को जब रजत ने घर पर ताला लगा पाया...तो भड़क उठा। हालांकि मिसेज अग्रवाल की बेटी ने रजत को बता दिया था—'आंटी आ रही हैं अंकल..., जस्ट वेट...' लेकिन मुझे देखते

ही बुरी तरह डांटने लगा—"तुम सारे दिन वहां बैठी रहीं...घर तक साफ नहीं कर सकती थीं? कितना कूड़ा हो रहा है यहां..., देखा है ठीक से ? क्या कर रही थीं तुम वहां ?"

सुनकर मैं सन्न रह गई ...ये आदमी घर की सफाई के लिए इस हद तक सनकी हो सकता है। रजत का भाई के सामने कैसे भी डांटना—फटकारना चालू रहता लेकिन अब सहन शक्ति जबाब देने लगी थी मेरी...'क्यों पति-पत्नी के रिश्ते रेगिस्तानी दूब की तरह असमय ही कुम्हलाने लगते हैं ? शायद पानी न छिड़को तो कैसे भी पौधे को देर-सबेर सूखना ही है। जिंदा रहने के लिए कुछ तो चाहिए मुझे। आज पहली बार शिद्दत से अहसास हुआ कि इस वक्त तो मुझे सांत्वना के सिर्फ दो बोल चाहिए फिर चाहे वे कैसे भी होते ...झूठ-मूठ के ही क्यों न हों...। मेरी दुखद मानसिक स्थिति पर तरस खाने के बजाए रजत को गुस्सा आता है ...क्या यह भी नियति चक्र है? महज चार दिन पूर्व हुई पापा की मृत्यु को विस्मृत न कर पाने की अपनी असमर्थतता पर मैं रो पड़ी जबकि होठों को चबाते... चेहरे पर निर्लिप्तता के भावों को टांकता रजत कितने आराम से कहता रहा यह सब—'तुम दिन भर क्या करती रहीं ? खाना तक नहीं बनाया गया, क्या पंचायत छांट रहीं थी वहां ?' उफ ! यह आदमी है या पशु? पहली बार ऐसा सवाल कौंधा। जैसे किसी ने धीमी जलती लकड़ियों पर जमी राख की हल्की सी परत को फूंक मारकर जलाने की कोशिश की हो लेकिन जलने के बजाए वह बुझ जाए और उड़ती राख सीधे मेरे चेहरे पर पुत गई हो... वैसा धूसरित चेहरा लिए मैं बच्ची को दूध पिलाने की कोशिश करने लगी... तो क्या रजत के लिए मेरे दुख की प्रासंगिकता सचमुच खत्म हो गई थी ? मेरे दुख से कतई कोई सरोकार नहीं रह गया था उसे..., लेकिन क्यों?

दिमागी उथल-पुथल से राहत पाने को मैंने ऑफिस ज्वाइन कर लिया। अभी कुर्सी पर बैटी ही थी कि अनुराग मेरे सामने आकर खड़ा हो गया और पापा की मौत पर सहानुभूति जताने लगा। एक बारगी तो यही खयाल आया कि कहीं मेरे मानसिक बिखराव का फायदा उठाकर मुझसे संबंध बढ़ाने की खातिर तो नहीं चला आया...बावजूद इसके उसका आना अच्छा लगा मुझे। वह महज पांच मिनट मेरे पास बैठा होगा लेकिन इन पांच मिनटों में उसके बोले गए शब्दों में इतनी ताकत थी कि मैं यह सोचने पर मजबूर हो गई कि शायद मेरे मन की गाड़ी जो पटरी से उतर गई थी..., पटरी पर वापस आ सकती है। सचमुच मुझे इस वस्तुसत्य का ज्ञान हुआ कि जीने-मरने पर तो किसी का कोई वश नहीं चलता फिर क्यों वह रजत को दोषी ठहराए? सदियों से यही परंपरा चली आ रही है। किसी के मरने के बाद यही सोचकर संतोष और धीरज रखा जाता है कि शायद उसका अंत इसी तरह होना बदा था, यही कालचक्र है, यही नियति है, ईश्वर को यही मंजूर था इस तर्क में कोई और दम हो...न हो...बावजूद इसके यही एकमात्र ऐसा तर्क है जो किसी की

पटरी से उतरी हुई गाड़ी को वापस जिंदगी की राह पर बिठाकर चला सकता है तो क्या रजत इतना नासमझ है कि वह मुझे इतना भी नहीं समझा सकता था?

दोपहर तक भी चौतरफा छाए तनाव को झटकने की कोई तरकीब नजर नहीं आई तो अनुराग को इण्टरकॉम मिलाने की बात सूझी। मुझे इस वक्त सिर्फ एक बूंद तृप्ति मिल जाये बस..., मेरी आंखों के सामने दोपहर की तेज धूप खिड़की के कांच से छनती हुई गुजर रही थी। रोते-रोते अन्दरूनी ताकत निचुड़ गई थी मेरी...लगने लगा जैसे सब कुछ चुक गया हो। घर पहुंचते ही बच्ची और घर से जुड़े कामों में फड़फड़ाते रह जाओ ! यहां आने पर भी वही बेचैनी, दुश्चिंताएं सालती रहतीं। कितनी बड़ी विडम्बना है...यूँ तो कहने–दिखने को क्या नहीं है मेरे पास? ...नौकरी,पति, बच्ची और बना-संवरा आधुनिक घर लेकिन जो चीज सबसे अहम है वही न रहे तो ये सब भी क्या दे पायेगा किसी को? कहां गए वे नेह से लिपटे संबंध? रोने के लिए कोई कंधा ही नहीं है यहां? अगर मैं रात-रात भर रोती रहूँ तो भी रजत अनदेखी करके सो जाता और यदि मेरे आंसू और भी ज्यादा परेशान करने लगते तो रजत उठकर बाहर निकल जाता था–'आई काण्ट हैल्प यू'... वाले अंदाज में !

पता नहीं क्यों धीरे-धीरे ऐसी स्थिति आती जा रही थी कि रजत से बोलने की इच्छा खत्म होने लगी। पथरीले रिश्तों के बीच जीते हुए कहीं कोई हरी-भरी उम्मीद का टुकड़ा नजर नहीं आता...फिर मैं करूं तो क्या करूं? मैं वाकई कटे पंख वाले पक्षी की तरह फड़फड़ा रही थी इन दिनों।

2 अप्रैल-88

जहां तक निगाह फेंको दूर-दूर तक सब खाली-पीला लगता है। पापा की स्मृतियां,...उनके साथ जिए लमहे बार-बार जिंदा होने लगते और हम कुछ नहीं कर पाते। कितनी बेबस हूँ मैं। नियति की इस क्रूर विडम्बना को ढोते रहने के सिवाए कोई चारा नजर नहीं आता। क्या बचा रह जाता है जिन्दगी में? धन दौलत, भोग-विलास, महल-अटारी सब यहीं धरा रह जाता है बचे रह जाते हैं सिर्फ प्यार के दो बोल लेकिन रजत को देखकर लगता है जैसे उसने संवेनशीलता की तरफ जाने वाले रास्तों को पूरी ताकत से मूंद दिया हो जैसे सूखी नदी या पोखर वक्त-बेवक्त बारिश से भले ही पल भर के लिए भर जाए लेकिन इसमें हर वक्त भलभलाते पानी का अन्दरूनी स्रोत तो है ही नहीं। शून्य का एक बड़ा सा गोला उठता और सोचने लगती–रिश्तों को बनाने और साधने की जिम्मेदारी सिर्फ मेरे मत्थे क्यों? जो संवेदनशीलता देखी थी, क्या वह दिखावा था ? या मुझे पाने का स्वार्थ भर? क्या वहां भी जोड़ घटाव का गणित काम कर रहा था?

भाई को मेरे पास रहते देख वह किसी न किसी बात पर तनतनाता रहता। भाई को टाइम पर चाय, नाश्ता या खाना देते देखकर वह भुनभुनाता, कुढ़ता और मौका मिलते ही बिफर पड़ता-तुम भाई का जितना ध्यान रख रही हो उतना इतना मेरा तो कभी भी नहीं रखा। वह जानबूझकर 'जितना' पर अतिरिक्त बल देता। मेरे मुंह में तुरन्त जवाब भरता–'मैंने कभी इस तरह नहीं सोचा कि जब तुम अपने पैरेण्ट्स के पास रूपये-पैसे या सामान देने जाते हो ...' लेकिन खामहखां और तनाव बढ़ सकता है–यही सोचकर मैंने चुप्पी का पुराना बाना पहन लिया। कुछ दिन पूर्व कहीं से एक अल्सेसियन नस्ल का कुत्ता ले आया जिसे वह बड़े प्यार-मनुहार से तरह-तरह की चीजें खिलाता रहता लेकिन भाई को कुछ खाते-पीते देखकर कुढ़ता और किसी न किसी वजह को खोजकर झल्लाता। हर चीज को तराजू में तौल कर नाप-जोख करना रजत के स्वभाव का अभिन्न हिस्सा था। छोटी से छोटी चीजों पर अपने एकमात्र निर्णायक होने के सुख में जीते रहना उसकी फितरत बनती गई।

ऐसे ही एक दिन मौसी का फोन आया–'रचना, तुम्हारे भाई की बेटी हुई है, हम लोग दस तारीख को नामकरण संस्कार कर रहे हैं। तुम जरूर आना। रीतेश, रजत सभी को लेकर...शाम पांच बजे तक,...ठीक है?' रजत से पूछने पर उसने उसी वक्त साफ मना कर दिया था–मेरे पास ऐसे लोगों के यहां जाने का टाइम नहीं है।' मैंने सोचा कि भाई के साथ जाऊंगी। उस दिन उसकी बेटी के लिए गिफ्ट ले जाना था, समस्या थी–पैसे ही नहीं थे। रजत से गिफ्ट के लिए पूछा तो उसने तड़ से जवाब दे दिया–'गिफ्ट वगैरह ले जाने की जरूरत नहीं है..., बेकार में पैसों की बरबादी होगी।

अंदर खदबदाते उबाल को थामे मैंने प्रतिकार किया–'ऐसा क्यों कह रहे हो ? गिफ्ट ले जाना तो जरूरी है... फंक्शन हो रहा है...मैं तुम्हारे भैया-भाभी के बच्चों के लिए ले जाती हूं...'

'बहस मत करो..., बहुत दिमाग खाती हो। मायके-ससुराल की तुलना मत किया करो, समझी?' टेढ़ा जवाब देकर वह चलता बना फिर मैंने अपने पुराने बक्से को टटोला जिसमें पंद्रह-बीस चांदी के सिक्के पड़े थे। उन्हीं में से सात सिक्कों को बेचकर बच्चों के कपड़े खरीदे और रीतेश के साथ मौसी के घर पहुंची।

रह-रहकर मुझे कसक होती रहती कि हमारे आपसी संबंधों में खटास की वजह से मेरा मनोबल गिरता जा रहा है। कहीं न कहीं पापा की असमय मौत के लिए मैं खुद को कुसूरवार ठहराती थी। मुझे यह अपराध बोध काटने लगता कि पापा यदि यहां रह कर इलाज कराते तो वे बच सकते थे। यही सोच-सोचकर मेरी नींद गायब रहती और मैं बिस्तर पर पड़ी-पड़ी करवटें बदलती... उठकर पानी पीती...अनु को संभालती लेकिन कैसे भी चैन नहीं पड़ता था। रजत से शेयर करने का सवाल ही नहीं उठता था। वह सुनना ही नहीं चाहता।

सुबह जब सोकर उठी...धूप लुढ़क चुकी थी। घर के दरवाजों को लांघकर ऊंची-ऊची दीवारों पर चढ़ती गई—'अरे..., आज यह क्या हो गया?' मैं हड़बड़ाकर उठी और घरेलू कामों में जुट गई। काम करते-करते सोचती जाती—कंधे पर बोझ बढ़ने से कंधे जल्दी ही उन्हें सम्भालना सीख जाते हैं। बरबस मां की याद आ जाती। वे अक्सर कहा करती—'इस लड़की ने जरा भी घर के काम-धाम नहीं सीखे। कैसे कटेगी इसकी जिंदगी? लड़कियों को काम करना ही पड़ता है।' पापा अपने बचाव तर्क से उन्हें निरुत्तर करने की कोशिश करते—'ये बातें तुम साधारण घरों की लड़कियों जैसी कर रही हो...हमारी रचना औरों से हटकर है, देखना ये बहुत तरक्की करेगी, ढेरों पैसे कमाएगी, कुछ समझ में आया?'

—'अरे, पैसों को कोई पेट में थोड़े ही डाल लेगी? खाना बनाना तो सीखना ही पड़ेगा। कितना भी पढ़-लिख जाए, खाना तो खुद ही बनाना पड़ता है... लड़कियों को सब काम करने आने चाहिए... भले ही यहां करे... न करे... चल जायेगा, दूसरे घर में कैसे चलेगा?' मां का लेक्चर चालू रहता तो पापा रचना का पक्ष लेकर साफ-साफ कह देते—'सुनो, घर-गृहस्थी के काम-धंधों के लिए बिल्कुल थोड़ी सी बुद्धि की जरूरत पड़ती है और इसके पास है इतनी बड़ी खोपड़ी ...' पापा दोनों हाथों को फैलाकर बड़ा आकार देने लगते तो मुझे हंसी का दौरा सा पड़ जाता। मां चुपचाप किचन के कामों में लगी रहतीं। आज सोचती हूँ कि काश ! मां होती तो देखती ...कितना सारा काम संभालने लगी हूँ मैं। दिनोंदिन बढ़ते काम के बोझ को फुर्ती से हल्का करने में जुटी रहती हूं...'

'यहां बैठी-बैठी क्या सोच रही हो? ऑफिस नहीं जाना है क्या? फिर अभी देर होने लगेगी तो भागमभाग मचाओगी...' चुपचाप चाय पीते अखबार पढ़ते देखकर रजत ने पूछा ...।

अखबार छोड़ मैं फुर्ती से उठी और तेजी से सारे काम निबटाने लगी फिर अनु को तैयार करके क्रैश ले जाने के सामान रखने लगी।

—'आज मैं तुम लोगों को छोड़ दूँगा...' रजत ने फरमान जारी किया..., सुनकर सोचा—'चलो आज ये महाशय अच्छे मूड में होंगे तो ऑफिस तक छोड़ेंगे।

सफेद रंग के प्लेन सलवार सूट पर प्रिन्टिड चुनरी ओढ़े मैं कार के बगल वाली सीट पर बैठ गई। पूरी बांहों की टी शर्ट और जीन्स पहने रजत की तरफ मैंने ध्यान से देखा और बस यूं ही कह दिया—'बहुत जम रहे हो इस ड्रेस में...'

—'देखो अनु को तुम्हीं छोड़ देना... मैं तुम्हें ऑफिस तक छोड़ आऊंगा बस्स...' मेरी बात की अनसुनी करते हुए उसने फिर वही रोब वाला मुखौटा पहन लिया।

—'अरे...अरे..., यह क्या कर रहे हो ? पहले अनु को क्रैश छोड़ना है, बाद में ऑफिस तो मैं खुद ही जाऊंगी...' मेरे गले से मरियल बिल्ली जैसी आवाज निकली।

—'ये तो तुम्हें पहले ही बताना चाहिए था? सोचती रहती हो क्या?' रजत

को मुझे झिड़कने का एक चांस और मिल गया जिसे सुनकर मन एकदम से बुझ गया। मेरी सारी खुशी, रजत के बोलने के लहजे से खिन्नता में बदल गई।

—'ठीक है... तुम्हें जहां छोड़ना है छोड़ देना, मैं रिक्शा कर लूंगी...' मैंने तटस्थतापूर्वक कहा। पता नहीं क्या सोचकर शायद मेरी चुप्पी भांपकर रजत ने पहले अनु को क्रैश छोड़ा, मेरा वहां से लौटने का इंतजार किया और फिर मुझे ऑफिस छोड़ा। बहुत दिनों बाद बमुश्किल सहृदयता का एक छोटा सा कतरा मेरे हिस्से दर्ज हो पाया।

2 अप्रैल 88

साफ-सुथरे आसमान से छिटकती धूप जगह-जगह छोटे-छोटे गोल घेरों में सुनहरे रंग भर रही थी। लेकिन हवा के झोंके बार-बार उसे डिस्टर्ब कर देते। निगाहें उठाकर आसमान को देखा तो देखती रही गई। क्षितिज से निकलती दो सफेद समानांतर रेखाएं सर्पिणी के समान घुमावदार पहाड़ों जैसा टेढ़ा-मेढ़ा रास्ता निकालती जाती और बादलों के इधर-उधर हिलने-डोलने से ऐसा आभास होता मानो नदी के तट पर पानी की लहर बार-बार तट को छूकर नदी में फिर-फिर विलीन होने वाली हो। खूबसूरती पर विस्मय-विमुग्ध मन में कोई गाना गुनगुनाते हुए लिफ्ट पर चढ़ने के लिए कदम बढ़ाए ही थे कि अनुराग मिश्रा कहीं से टपक पड़े...

—'हैलो रचना..., कैसी हो...?' चिरपरिचित मुस्कान लिए होंठों ने सहजता से जवाब दे दिया—'फाइन सर... लैट्स गो...'

लिफ्ट पर साथ-साथ दोनों दसवीं फ्लोर पर उतरे। अनुराग ने तपाक से प्रस्ताव रख दिया—'रचना...चाय तो आज पीनी पड़ेगी। सुबह से ही तलब लगी हुई है...'

—'एक मिनट रुकिए... पहले पल्लवी को जाकर अल्मारी की चाबियां दे आऊं ताकि वो अपना काम शुरू कर सके... वरना खामखां मेरा इंतजार करेगी।'

—'क्यों परेशान होती हो? सरकारी काम तो देर सबेर होते ही रहेंगे... बैठो यहीं... अभी चाय मंगाता हूँ। फोन पर चाय का आर्डर करते हुए उन्होंने पूछा—'कैसा है रजत? कैसी चल रही है गृहस्थी ?'

—'बस ...चल रही है, कट रहा है टाइम...' न चाहते हुए भी चेहरे पर म्लान रेखाएं बनने लगीं और सुबह वाला प्रसंग उछलकर सामने आ गया—'हमारी बिल्ली हमीं को आंखें दिखाए, बहुत जुबान चलने लगी है तुम्हारी..., तीखी आवाज से मन में जलन होने लगी। वही कडुवी जहर बुझी बातें रोजमर्रा के जीवन को प्रभावित कर रही थीं। लाख संतुलन बनाते रहिए, सामंजस्य बिठाते रहिए लेकिन रजत के बोलने का ढंग कभी भी नहीं बदल सकता। उसकी चौकस आंखें हर वक्त मेरे पीछे

चिपकी रहतीं—'बहुत होशियार बनती हो तुम, फ्रिज के नीचे वाला पीस लगा दो, देखूँ तो सही कितना हुनर है तुममें?' इंजीनियरिंग डिग्री पर बड़ा घमंड है तुम्हें, ऐं? आक्रोश से सुलगते मन में ढेर जबाब आते लेकिन बहस बढ़ाने से क्या फायदा? सोचकर चुप्पी का टेप चिपका लेती...। अनुराग ने फिर से कुरेदते हुए पूछा—'फिर वही चुप्पी,...रचना, तुम्हारे जैसी बुद्धिमान और हंसमुख लड़की के चेहरे पर इतनी गंभीरता के कवच-कुंडल जंचते नहीं सचमुच...'

अचानक मेरी रुलाई फूट पड़ी। दुपट्टे से आंसू पोंछते हुए बोली—'एक्सक्यूज मी सर, बहुत डिस्टर्ब्ड हूँ इन दिनों। पापा का चेहरा नहीं भूल पाती' न चाहते हुए शब्द भिंची हुई आवाज में गले से निकलकर इधर-उधर छिटक गए।'

—'रचना, छोटी-मोटी चीजों को लेकर यूँ भावुक नहीं बनते। जिंदगी में हर चीज बोल्डली फेस करना सीखो... यू डिजर्व फॉर दैट आफ्टरआल यू आर ए बोल्ड गर्ल...'

—'कतई कुछ डिजर्व-इजर्व नहीं करती मैं... एकदम बोल्ड नहीं हूँ मैं ...' बोलते-बोलते आंसुओं का सैलाब फिर से उमड़ आया। इस नीरस, उबाऊ और अकेले जीवन से जी भर गया है मेरा। न मैं अच्छी पत्नी बन पाई न शायद अच्छी मां। पता नहीं कैसा 'लक' है मेरा? जीने की इच्छा ही मरती जा रही है' कॉटन के दुपट्टे से आंसू पोंछते हुए मेरी हिचकियां अभी भी थमती नजर नहीं आ रही थीं। आंसू बार-बार भर आते...निकलते, फिर से भर आते। तब तक चाय वाला लड़का दो कप चाय के साथ एक प्लेट में बिस्किट भी रख गया।

—'ऐ लड़के... पहले दो गिलास पानी लाओ फटाफट...' मिश्राजी ने बड़े ध्यान से मेरी तरफ देखते हुए कहा—'देखो रचना...छोटी-छोटी चीजों का लंबा-चौड़ा अर्थ निकालकर परेशान मत हुआ करो। जीवन अविरल चलने वाले संघर्ष का ही दूसरा नाम है...'

—'शायद रजत को मुझसे न तो कोई सरोकार है, न ही कोई इंटरेस्ट बचा है। मोहभंग हम दोनों का ही होता जा रहा है' थोड़ी संतुलन साधती आवाज गले से निकली।

—'ये तुम्हारा भ्रम है रचना। हर प्राप्त वस्तु को संजोकर जतन से संभालकर रखने के लिए मेहनत करनी पड़ती है। यू नो, हम लोग क्या करते हैं, कोई दुर्लभ चीज अनायास मिल जाए न तो फिर उसके महत्व को भूलने लगते हैं, बजाए इसके कि उसे इंजॉय करें। हम आपस में ही प्रतिद्वन्द्वी बन जाते हैं और सुनो यूँ निराश मन में पलायनवाद ओढ़ने से जीवन नहीं कटता क्योंकि अभी तो शुरुआत है जिंदगी की। आगे पहाड़ सी लंबी जिंदगी तुम्हारे सामने पड़ी है, रचना, तुम सचमुच ज्यादा भावुकता से सोचती रहती हो...

माहौल में सन्नाटा पसरा रहा। लोगों की आवाजाही शुरु होकर बढ़ती जा

रही थी लेकिन चैम्बर में बैठे मिश्रा जी इससे लापरवाह मुद्रा में लगातार बोलते रहे—'हो सकता है उसके मन में तुम्हें लेकर या अपनी महत्वाकांक्षाओं को लेकर कोई कुंठा घर किए हो जो तुम सोच रही हो, वह सम्पूर्ण सच तो नहीं है। हर पहलू को उसकी सापेक्षता में मापना सीखो। अरे...मैं तो भूल ही गया था कि तुम तो वैसे भी साइंस—मैथ्स की टॉपर स्टूडेंट रही हो। मत भूलो कि हर आदमी अपने परिवेश और संस्कारों की उपज भर होता है...'

—'लेकिन हर बात में नुक्ताचीनी, हर जगह इंसलटिंग ढंग से विहैव करते हुए मुझे नीचा दिखने में सुख महसूसना, सुई से लेकर कार तक सर्वत्र आर्थिक आंकड़ों को फिट करते रहना, छोटी-छोटी बातों पर भी वो इतना चुनचुनकर व्यंग्यवाण छोड़ता है कि पुराने जमाने की सास की तस्वीर भी रजत की तस्वीर में फिट कर दो, तो कोई फर्क नहीं...

—'अच्छा चलो, पानी पिओ, चाय-बिस्किट लो और फ्रैश हो जाओ। देखो रचना, यह जो जीवन है न, इससे हर वक्त लड़ना पड़ता है। गप-गप खाने वाला हलवा-पूड़ी नहीं है यह। तुम रजत की कही बातों की एनालिसिज करो, जैसे यदि उसे लगता है कि तुम ऑफिस के बाद घर जाकर सड़े कपड़े पहनकर घूमती हो तो तुम खुद को चेन्ज करने की कोशिश करो। अच्छा ये बताओ इस सफेद रंग के सूट पर हरी चुनरी कहां चल रही है फिर भी तुम पहने घूमती रहती हो। मैं मानता हूँ तुम एक इंटेलिजेण्ट लड़की रही हो लेकिन ये तुमसे किसने कह दिया कि बुद्धिमान लड़कियां यूँ लापरवाही से रहें। अपने पहनावे-ओढ़ावे में और रहने के स्टायल में चेन्ज लाओ। पढ़ी-लिखी होने का मतलब यह कतई नहीं होता कि तुम ठीक से तैयार ही न हो। लेडीज लाइक हैबिट्स एडॉप्ट करने में क्या जाता है तुम्हारा? दूसरी बात, वहस के बाद खुद को हार-जीत की तराजू पर मत तौलो, समझ रही हो न?'

तन-मन डूब गया उनकी बातों में। ध्यानस्थ मुद्रा में घूँट-घूँट पीते हुए पुलकित हो उठी। मन में आत्मविश्वास की हिलोरें उठने लगीं। एक पुरुष की अवहेलना लेकिन दूसरे से जीवन-रस सोखती मैं सोचती रही कि मैं ही कहीं न कहीं गलत थी। खुद को बदलूँगी मैं ..., नए सिरे से गढ़ूंगी। वस्तुस्थिति के बारे में तार-तार करके समझाने से मुझे अपने खोए आत्मविश्वास की अनूठी कुंजी मिल गई। सिर्फ और सिर्फ बच्ची और रजत के अलावा अब और कुछ नहीं देखना। कम्प्यूटर के बारे में बाद में सोचूँगी। महत्वाकांक्षा को परे झटक नए सिरे से घर संभालूँगी...ढेर सारी बातें तय करती बैठी रहीं।

19 जून, 88

बोले रे पपीहरा...पपीहरा...

नित घन बरसे, नित मन प्यासा...नित मन प्यासा ...नित मन तरसे...

वाणी जयराम द्वारा गाई पंक्तियों को बाथरूम में गुनगुनाती मेरा उद्वेलित मन बार-बार यही सोचता जाता...क्या विधाता स्त्रियों के हिस्से में पपीहे की तरह अतृप्त रहना ही लिखकर उन्हें इस संसार में भेजता है? सारी दुनियां जब गजरते बादलों एवं इठलाती हवा संग वर्षा का लुत्फ ले रहा हो तो ऐसे भरे-पूरे आनन्दमय परिवेश के बावजूद जिस तरह पपीहा अपने मन की प्यास बुझाने के लिए पी कहां...? पी कहां...? की रट लगाता रहता है ठीक यही स्थिति एक भरे-पूरे हंसते-खेलते परिवार में क्या स्त्री की नहीं होती? जिस परिवार को स्वस्थ संतुष्ट रखने में मैं पूरी ताकत झोंक देती हूँ वही लोग मुझ पर बात-बेबात ताव खाते रहते हैं... पी कहां? प्रश्न का उत्तर विवाह के बाद से अब तक नहीं जान पाई मैं।

मेरे अन्दर तो अनुराग के कहे बोल उछाल मार रहे थे—'रचना, यदि वह नासमझ है तो तुम्ही समझदार होकर दिखा दो। शाम को ठीक से तैयार होकर कोई अच्छा सा नाश्ता बनाकर रखा करो। रचना तुम भी कहीं न कहीं जिम्मेदार हो थोड़ी-बहुत...। इतने दिनों तक अबोला ओढ़ने की क्या जरूरत थी? अब तुम कोई नासमझ बच्ची तो हो नहीं...प्लीज...थोड़ा तुम भी बदलो खुद को'

जब रजत घर में घुसा तो किचन से कबाब सिंकने की लज्जतदार खुशबू आ रही थी। बिना जूता उतारे वह ड्राइंगरूम से निकल लॉबी की तरफ चला आया...। चेहरे पर कुछ ऐसे भाव बिछे दिख रहे थे ...जो थोड़े राहत भरे थे—'अच्छा तो आज महारानी जी का मूड ठीक है...' लेकिन यह क्या? ड्राइंगरूम में घुसते ही—'सबसे पहले इसे ठीक किया करो। रचना, कब समझ पाओगी तुम यह सब मैनर्स? फिर पानी लेने फ्रिज के पास गया और डाइनिंग टेबल को देखते हुए फिर उसी लहजे में—'रचना...देखो, सुबह के खाने के बाद के बर्तन अभी तक वैसे ही पड़े हैं... देखो...जरा इधर आओ...कितनी धूल जम गई है इधर-उधर...'

—'रजत, सुबह डस्टिंग करके जाती हूँ तो शाम तक फिर से धूल जमेगी ही... तुम्हारे दोस्तों को पता है ...मैं ऑफिस जाती हूँ... तुम बेकार में ही कांशस रहते हो...' मैंने आहिस्ते से कहा।

—'जब देखो तब तुम अपने ऑफिस का पिटारा खोलकर बैठ जाती हो। दुनिया में और भी लेडीज जाती हैं ऑफिस... कोई तुम अनोखी तो नहीं जाती, लेकिन वो अपना घर यूँ नेगलैक्ट करके नहीं छोड़तीं जैसा तुम करती हो... काटती आवाज अंदर तक भेदती गई...

—'चलो छोड़ो भी ..., मैं अभी साफ किए देती हूँ मेज को..., बस हाथ-मुंह

धोकर फ्रैश होकर आ जाओ, तब तक गर्म-गर्म नाश्ता लाती हूँ...' मेरे अंदर से निकली आवाज में कितना जादू था? खुद भी अचंभा हुआ फिर हम दोनों देर तलक इधर-उधर की बातें करते रहे। थोड़ी देर बाद ही रजत ने प्रस्ताव रखा—'चलो, आज कोई मूवी देखने चलते हैं... फिर बाहर ही खा भी लेंगे... वैसे भी घर पर कोई और तो है नहीं जिसके लिए खाना बनाकर रखना जरूरी हो...। ओ0के0 ...गैट रेडी...'

मेरा मन गुनगुना उठा... ठहरे पानी में जैसे तुरन्त लहरें बननी शुरू हो गई। चलो, रजत को कुछ तो,... कभी तो मेरा ध्यान आया। कहीं ये मेरे ही बदले मूड का कमाल है क्या? इतना अच्छा रिस्पांस पहले तो कभी नहीं दिया रजत ने... ध्यान से कल ऑफिस जाकर सबसे पहले अनुराग को पक्का थैंक्स कहूँगी... उसी का जादू है यह सब जो मेरे घर में फिर से बहार आई लगती है। तुरन्त मन के दूसरे कोने ने दस्तक दी—'थैंक्स कहने पर अनुराग का मन बढ़ जायेगा फिर कहीं वह कुछ और न सोचने लगे मुझे लेकर... न बाबा,?..., न ...ये रिस्क तो कतई नहीं...कतई नहीं ले सकती मैं... क्या भरोसा किसी का?...'

'इधर आओ रचना ...' ड्रेसिंग टेबल के सामने कुछ सोचती हुई मुझे देखकर रजत ने देखा कि मैं चौंक पड़ी। सामने रजत खड़ा था—'क्या बात है..., बड़े रोमांटिक हो रहे हो..., मैंने थोड़ा छेड़ते हुए चुहल करना चाही...

—'क्यों नहीं... सामने जब तुम हो... क्या गाना है ? बताओ न... तुम्हें ज्यादा गाने आते हैं...' रजत की आवाज में जैसे कहीं से शहद घुल गई थी।

—'अच्छा बाबा चलो...वरना टिकट नहीं मिलेगा ...' मैंने हंसते हुए कहा।

...मुद्दतों बाद ऐसी तरोताजा शाम मिली मुझे...। पिक्चर के बाद रेस्टोरेंट...वहां चलते ए0सी0 की शीतलता से तन-मन में अपूर्व शांति और राहत बिछती जा रही हो... गोया वह कोई बड़ी छांह लेने वाला वृक्ष हो जिसके तले बैठकर मैंने बिसार दिया खुद को ...फिर यूँ लगा जैसे अगले ही पल कहीं से पनीली हवा का झोंका आएगा और मेरी गोदी में फल-फूल डालकर चला जाएगा..., आशीषों का फल-फूल ...। बस यही तो है जीवन। नेह की सरसता में भीगते रहे तन-मन। रजत जल्दी-जल्दी खाने की चीजें मंगाता जा रहा था। अनु रेस्टोरेंट की हर चीज को टुकुर-टुकुर देखे जा रही थी ...फुदक-फुदक कर किसी न किसी की मेज के पास जा पहुंचती ...थोड़ी देर रुकती फिर ठुमक-ठुमक कर मेरे पास वापस लौट आती। उसके पैरों में बजती पाजेब की धुन वहां के शांत माहौल को बजा रही थी। इन दिनों उसे चलकर दिखाने में कुछ ज्यादा ही मजा आता था...। जबसे चलना सीखा... वह थोड़ी देर कहीं से चलकर कहीं जा पहुंचती ...फिर मेरे पास और थोड़ी देर बाद फिर कहीं...

—'रचना...सुनो... तुम अपने भाई से प्रॉपर्टी का अपना हिस्सा क्यों नहीं

मांगती ?' रजत ने जैसे मुझे छोटा बच्चा समझ बहलाती—लाड़ उड़ेलती आवाज में कहा।

—'क्या ?...क्या कह रहे हो तुम ? किस बात की प्रापर्टी ? ले-देकर एक ही मकान बचा है मेरा और भाई अपने पैरों पर खड़ा नहीं है ...' बोलने में आवेश आ गया। मुझे लगा जैसे अभी-अभी देखा हरा-भरा सीन अचानक ठूंठ में बदल गया हो, पिक्चर के बदलते सीन की तरह यानी बाहर निकलो और सब खत्म। खुद की आवाज अंदर ही अंदर सिमट गई धीरे-धीरे ...और मैं फिर से अपने कुएं में लुढ़क खामोश हो गई। सारी खुशी कर्पूर की तरह पल भर चमककर गायब ...अंदर से कुछ-कुछ डूबता हुआ महसूसा। मुझे लगा कि ये सामाजिक बंधनों के दिखावे इतनी मोटी-मोटी बाधा वाली रस्सियों से पैरों को जकड़ देते हैं कि चाहकर भी चल नहीं पाती जैसे चिड़ियाघर में हाथी के पैरों को मजबूत जंजीरों से जकड़ दिया जाता है फिर वही अनुराग की चमकती दोनों आंखें याद आने लगी जिसमें झलकती हैं अंदर की सचाई और ईमानदारी। गहरी पारदर्शी आंखों में शुमार है जीवन की चुनौतियों से रू-ब-रू होने का जज्बा। संघर्षों से तपने और उबरने की कला भी आती है उसे। उसने साफ-साफ कहा था—'रचना, इतनी जल्दी किसी निर्णय पर मत पहुंचा करो... नो हड़बड़ी... छोटी-छोटी बातों पर बड़े-बड़े निर्णयों तक पहुंचने की बेताबी मत दिखाओ..., प्लीज हैव पेशेन्स।' डूबती शाम के स्याह आवरण में लिपटी उदासी और अकेलेपन को ढोती कसमसाती रही मैं। अपनी खामोशी को निगलती अपने में तल्लीन। मन में धुंध और अंधेरा बढ़ता रहा। रिहायशी इलाकों के इर्द-गिर्द छाती धुंध-अंधेरे में डूबती शाम थी वह। देह-दिमाग जैसे किसी शिकंजे में डूबता जा रहा था। मैं रजत को सुनकर भी नहीं सुन पा रही थी-

—'सुनो, मैं सोच रहा था कार में ए.सी. लगवा लूं। सबके भले के लिए ही सोच रहा था मैं तो ...तुम पता नहीं क्यों मेरी बातों को लेकर सीरियसली नहीं सोचतीं?...वह मुझे तमाम तर्कों से फुसलाने की चेष्टाएं करता रहा और मैं निरुत्तर बनी रही। मेरे गले से कोई बोल नहीं फूट पा रहे थे। मुंह में खारा पानी बार-बार भर आता। क्या से क्या हो जाता है? मैं हर बार जिंदगी के टूटते ताने-बाने को नए ढंग से गूंथने की कोशिश करती लेकिन नतीजा फिर वही...। वैसे का वैसा जीरो मेरे हिस्से आ जाता। क्यों अनचाहा अवसाद मेरे मत्थे बार-बार आता है? रजत फिर से कुछ कह रहा था—'रचना, बेवजह मुंह मत फुलाया करो। मैं जो कह रहा हूँ इस घर के भले के लिए ही तो कह रहा हूँ ट्राई टु अंडरस्टैंड द प्वाइंट...'

मेरा गला रुंध गया जैसे कोई फांस अटक गई हो। बड़ी कठिनाई से कुछ कड़वे घूँट भरे और अंदर गुटकती गई। घर आकर तीन-चार गिलास पानी पीती रही गटागट...फिर जवाब दिया—'क्या इसी दिन के लिए पापा ने पाल-पोसकर बड़ा किया था? मुझे इंजीनियर बनाया था कि जब मैं अपने पैरों पर खड़ी हो जाऊं तो छोटे

भाई को अनाथ बनाकर छोड़ दूँ, सब कुछ छीन लूँ उससे...? क्यों ऐसी ऊंटपटांग बातें तुम्हारे दिमाग में उपजती हैं? निगाहें क्यूँ पैसों पर टिकी रहती हैं तुम्हारी ?

—'रचना, बकवास बंद करो। तुमने भाई को यहां रखा तो था उसका प्रि में हो गया तो तैयारी करने बाहर चला गया। तुम निभा रही हो उसकी जिम्मेदारी...। शादी के बाद कौन सी लड़की करती है यह सब? बताओ मुझे...' रजत फिर से परंपरावादी पुरुष के चोले में खड़ा हो गया।

—'तो इसलिए उसकी कीमत वसूलना चाहते हो तुम?' मैं एकदम से उखड़ पड़ी और आपे से बाहर होकर बोलने लगी। गुस्से से बदन कांप रहा था मेरा...

—'फिर वही बकवासबाजी...पैसा ही वसूलना होता तो ज़ब वो यहां रहा था, तभी मैं कुछ कहता लेकिन मैंने उससे तो कभी कुछ नहीं कहा...' रजत ने शालीनता का ढोंग किया इस बार।

—'झूठ बोल रहे हो कि कुछ नहीं कहा...। रीतेश से सीधे न कहकर मुझसे तो कितना कुछ कहते रहे तुम लगातार कि 'तुम इसका कुछ ज्यादा ही खयाल रख रही हो... सिर पर चढ़ा रही हो...देख लेना ये कुछ नहीं कर पायेगा...ज्यादा भाव देना ठीक नहीं है... तुम अपने कुत्ते को प्यार से खिलाते थे जबकि रीतेश खाता था तो तुम्हारी आंखें उसकी थाली पर ही टिकी रहती थीं..., मेरा मुंह न खुलवाओ अब...'

—'कितना बदतमीज लड़का है वह भी... न खाने की तमीज, न उठने-बैठने-पढ़ने-लिखने या बात करने की... दो कौड़ी की अक्ल नहीं सीखी उसने... मैं आज भी दावे के साथ कह सकता हूँ ऐसा लड़का कुच्छ नहीं कर सकता...आगे..., देख लेना...

उत्साह भरा झूमता मन खिन्न-भिन्न हो गया और धम्म से बैठ गई जहां खड़ी थी वहीं। उल्टा-पुल्टा कुछ भी मुंह से निकालकर मुझे निरुत्तर करना शगल बनता जा रहा है रजत का। कटुक्तियों की पैनी मार से तड़क उठे कान जैसे उबलता तेल डाल दिया हो किसी ने। नसों में खौलन होने लगी। पिघलते लोहे की तरह मेरा मान-सम्मान—स्वाभिमान रोंदकर जमीन में बिछाने में उसे बहशियाना सुख मिलता होगा शायद...। शब्द चोटिल करते रहे रात भर...

लेटते ही अनुराग मिश्रा चुपचाप पलकों के अंदर अनायास बैठ गये कि पता ही नहीं चला। मौसम अचानक इतना शानदार हो उठा था। बदली की काली घटाएं हवा के चलते झोंकों के संग इधर-उधर झूमती हुई नृत्य करने लगी। हलकी फुहारों के बीच गिरते पत्तों का भीगना कितना रोमांचक लग रहा है। अपने संगी साथियों के संग ताल से ताल बिठाते पत्तों को देख खयाल आया कि ऊपर टंगे-टंगे पत्ते जरूर जमीन छूने के लिए मचलते होंगे। एक साथ पूरी ताकत से झूमते ...आसमान की ऊंचाइयों तक लहराते हरे-भरे पेड़ पूरी मस्ती में पानी टपकती बूंदों के संग लुत्फ

उठा रहे हैं। गर्मी को धोती फुहारें तेज हवा के संग संगत बिठाती हुई तन-मन को तरंगित करने लगीं। ध्यान में बचपन का देखा दृश्य कौंधा—झूमते पेड़ पर बैठे मोर ने बार-बार अपने पंखों को फैलाकर अंगड़ाई भरी थी फिर समूचे पंखों को फैलाकर नाचने लगा था... कितना-कितना सुन्दर दृश्य था वह...। कितनी खुशी से तालियां पीटती रही वह। हल्की रोशनी बिखेरते आसमान में चांद—तारे कहीं किसी खोह में दुबक गए थे। फिर पता नहीं कब आंख लग गई...।

दूसरे दिन सुबह-सुबह अनुराग का फोन आया—कहां हो भई?...क्या हाल है?

—'यहीं हूँ...और कहां जाऊंगी भला?'

—'लगता तो नहीं है कि यहीं हो...कब से दीदार नहीं हुए तुम्हारे? कल से कितना मिस कर रहा था तुम्हें...डियर...एक बात कहनी थी, आज ग्यारह बजे एक सेमीनार है—ऊर्जा संरक्षण दिवस है न? उसमें पहुंचना है तुम्हें ...याद आया कुछ?'

—'हां-हां बिल्कुल याद आया... मिनिस्टर को भी तो आना था शायद...' बोलते-बोलते होंठों पर मुस्कान की नदी थिरकने लगी। नेहासिक्त आवाज सुनकर मुर्झाया मन खिल-खिल उठा अनायास। सिकुड़ी पंखुड़ियां फैलती गई। रिमझिमी फुहारें अभी भी टप-टप कर रही थीं।—'दैन...आई विल वेट फॉर यू..., ओ. के...' आवाज सुनकर सोया मन जाग्रत हो उठा। सोते होंठ जैसे खिलखिला उठे बेवजह। कामों में खूब सारी चुस्ती और सक्रियता भरती गई...जल्दी-जल्दी घर के कामकाज निबटाने लगी। पैरों में जैसे चकरी लग गई हो। हर काम फुर्ती से होता जा रहा था। कोमल संवेदनाओं के गीले पंख फिर से नई उड़ान भरने के लिए तैयार हो उठे अचानक। टिमटिमाते सितारों की तरह मद्धिम ही सही—अनुराग के व्यक्तित्व से फिकती रोशनी को लपकने के लिए मैं बेकाबू हो उठी। मन की गति सचमुच पकड़ में नहीं आ रही थी... शायद उत्ताल तरंगों वाले समुन्दर की उठती-गिरती हिलोरों की तरह होती है मतवाले मन की गति जो जितनी प्रबलता, जितने आवेग और जितनी आतुरता से उछाल लगाने की बेचैनी से बेकाबू होकर किनारे तक आती लेकिन वहां से फिर बेदम होकर एक और उछाल लगाने की उद्याम लालसा संजो लेती...तो क्या इस नैसर्गिक नियम को खुद पर लागू करके मैं कहीं खुद को जस्टीफाई तो नहीं कर रही हूँ? लेकिन कुछ ऐसा है जरूर कि अनुराग के व्यक्तित्व में, ...बोलचाल...,व्यवहार और आचरण में कि मैं खिंची चली जाती हूँ उसकी तरफ अदृश्य डोरी से बंधकर समुंदर सी उछाल लगाकर कूद पड़ती हूँ फिर... किनारे से लौटकर पस्त होकर फिर एक नई उछाल लगाने की आतुरता संजोए हुए। यहां भी कोई कुदरती नियम लागू होता है क्या?

11 मई, 88

अचानक रजत के बोल मेरे आसपास आकर चिपक गये...और मुंह का कौर मुंह में ही अटका रह गया... जब मैंने सहज ढंग से बताया—'रजत, मैंने अपनी सहेली रागिनी को सपरिवार खाने पर बुलाया है परसों...'।

'रचना... उसने बाज की तरह झपट्टा मारने वाले अंदाज से जवाब दिया—'खुद ही निर्णय मत ले लिया करो सारे के सारे। क्यों खामहखां यह नये झमेले मोल लेती हो? वैसे तो ऑफिस से लौटकर थकी होने का रोना रोती रहती हो और अब रागिनी के लिए छप्पन भोजन बनाओगी तो इसमें नहीं थकोगी क्या?'

—'कभी-कभी की बात और होती है रजत...' इसके आगे कुछ भी बोलने का मन नहीं हुआ और ऐसा लगा जैसे मुंह से बजती बांसुरी के सारे छेदों को बड़ी बेदर्दी से मूंद दिया गया हो...

—'उस दिन मेरा दोस्त फैजाबाद से आया था तब तुमने खाना बनाने की तमाम तकलीफें दर्शाई थीं। मुझे सब याद है... ऐसा नहीं है कि मैं भूल जाता हूँ...' वह गुर्राहट निकालते हुए बोलता रहा...

—'रजत... तब मैं फेमिली वे में थी ...आठवां माह पूरा हो चुका था... मुझमें खड़े होने की भी हिम्मत नहीं थी... ट्राई टू अंडरस्टैण्ड दैट प्वाइंट टू... बोलते-बोलते मेरी आवाज निकलनी बंद हो गई और मैं पस्त पड़ने लगी थी। अवसन्न मनःस्थिति में तनाव चटचटाने लगा और इस सचाई का अहसास गहराने लगा कि मैं बेशक इस घर में सिर टिका लूँ लेकिन सिर टिकाने की शर्तें मालिक यानी रजत ही तय करेगा और खाना-पीना तभी मिल पायेगा जब मालिक की सेवा में पूंछ हिलाती घूमोगी। जब सेवा मांग देने के लिए प्रस्तुत रहो और यदि ऐसा नहीं करोगी तो भी तुम्हारी परवाह किसे है? वह जैसे चाहे वैसी सेवा तो तुमसे ले ही लेगा।

यानी मालिक अपने हाथ में ही रखेगा अधिकारों की लाठी जिसे जैसा चाहेगा प्रयोग करेगा या कोने में टिका देगा अपनी सहूलियत के हिसाब से। यदि मैंने इसे छूने की कुचेष्टा की तो झिड़ककर दुत्कार दिया जायेगा। उसी क्षण सचाई का भान हुआ कि जिंदगी का आधा समय ऑफिस में और बचा समय घर पर रहकर खीझने-झींकने या कुढ़ने में बीतता। अक्सर बुरे-बुरे खयाल परेशान करते रहते...फिर संज्ञा शून्य स्थिति में यूँ ही बैठी रहती। लगता जैसे समय कहीं थम गया हो। रजत जब कभी चार-छह दिनों के टूर पर जाता तो कुछ दिन चैन से कटते लेकिन आते ही फिर वही कांटों की बाड़ इर्द-गिर्द तन जाती हम दोनों के बीच। किसी भी बात पर उलझ पड़ता वह—

—'यह क्या रचना...फिर वही कम्प्यूटर रोग पाल लिया... कितनी देर घर से बाहर रहना चाहती हो?' तनतनाते हुए यूँ बोला जिसे सुनते ही भीतर हड़कंप

मच जाता।

—'यह कोई रोग नही रजत ...मुझे ऑफिसियली कम्प्यूटर क्लास लेने के लिए डेप्यूट किया गया है ...' एक-एक शब्द पर आत्मविश्वास की खड़ई पोतते हुए कहा मैंने।

—'तो तुमने मना क्यों नहीं किया ?' ऊंची आवाज के थपेड़े तड़ातड़ पड़ रहे थे।

—'इतना अच्छा चांस मिस कर देती... न करने की कोई तुक नही थी ...' मैंने जैसे पूरी बात बताने की जिद ठान ली।

—'बस यही सब करती रहो ...,, और रहो खूब-खूब देर बाहर...बच्ची बेचारी नाहक बर्बाद होगी तुम्हारे चक्कर में...'

—'उसे साथ लेकर जाऊंगी...' बुझते अंगारे को फूंकते हुए जलाने की नाकाम कोशिश करती जा रही थी...।

-तुम्हें कौन समझाए ? माथापच्ची करे, हमेशा अपनी मर्जी चलाना चाहती हो... अजीब औरत हो...

वह अब भी बड़बड़ाता जा रहा था—'तुमने जरूर अपना इंटरेस्ट शो किया होगा...बात इतनी सरल नहीं जितनी तुम बता रही हो... मैनिपुलेट करके बताती हो तमाम बातें...'

-आखिर कहना क्या चाहते हो? क्या बुराई है इसमें? मैंने आखिरी बोल पूरी ताकत से उड़ेल दिये।

-सवाल अच्छाई-बुराई का नहीं है। अच्छा तो यह बताओ, कम्प्यूटर सीखकर कौन सा तीर चला लोगी तुम? कमाई का नया जरिया तो इससे बनेगा नहीं...तुम्हारे यहां लोग कितना-कितना कमा रहे हैं, इसका अंदाजा है तुम्हें ? क्यों नहीं ऐसी जगह पोस्टिंग लेती जहां ऊपर से चार पैसे भी हाथ में आएं ...' इस दफा सधी आवाज में एक-एक शब्द को ठीक से बिठाते हुए बोलता रहा था वह बेहिचक।

—'मैं नहीं चाहती इस ढंग से पैसे कमाना... यह न तो मेरे नेचर में है, न ही मेरे उसूलों में...'मैंने उखड़े मन से जवाब दिया।

-बेकार की बहस करती हो... मालिकी झाड़ने की आदत पड़ती जा रही है तुम्हारी ..., हमेशा अपने मन की करना चाहती हो, फालतू की बातें करती हो उसूल-फिसूलों की ...टोन में फिर वही हिकारत भरती गई।

सुनी-अनसुनी करके मैं वहां से उठकर किचन में चली आई और प्लेट-चम्मच में केला काटकर खिलाने लगी अनु को। उदासी से पुते चेहरे पर कोई फिर रंग नहीं आ सका। एकाध घंटे बाद रात के खाने की तैयारी की और मेज पर निकालने लगी...।

—'यह क्या? शिमला मिर्च इतनी काली कैसे हो गई? तेज आंच में जला दी न? कोई स्वाद ही नहीं बचा होगा इसमें...' उसने फिर से मुंह बिचकाते हुए नफरत

उड़ेलते ढंग से कहा—'हर काम हड़बड़ी में करती हो न? आधा घंटे में ही सब निबटाने की पड़ती है', होंठ कठोरता से टेढ़े करते हुए बोलता रहा...।

सुनते ही सारा स्वाद स्वाहा हो गया। खाने की इच्छा ही मर गई अचानक ! किसी तरह पांचेक मिनट खाते रहने की रस्म अदा की। रजत की बातों का चीरा अंदर लग चुका था जिसने अंदर ही अंदर लहूलुहान होती रही मैं। धीमी गति से चलते पंखे और निस्तब्ध माहौल में अनु गोद में ही सो गई थी जिसे लिटाने के लिए उठी तो फिर कुछ और खाने का मन नहीं किया। मन में रजत से बात करने की इच्छा चुकती जा रही थी... शिकायतें और अपेक्षाएं तो पहले ही दबा दी गई थीं। खुद को इधर-उधर तिनकों-तिनकों में उड़ता महसूसती और समझ नहीं पाती कि कैसे सहेजूँ खुद को? इसी उधेड़बुन में नींद नहीं आ रही थी। विश्वास,नेह और आत्मीयता की सुगंध अचानक दुर्गन्ध में बदल गई। रजत के दिमाग में पैसों का हौवा बैठा रहता। हर वक्त पैसा नोंचने की फिराक में तरकीबें बनाया करता। न चाहते हुए भी मन बुझता जाता और अंदर से ऐंठन होने लगती। रहन-सहन की आधुनिकता में भरोसा करके जीने वाला...लेकिन अंदर से उतना ही बौना, उतना ही संकरा और उतना ही सामंती...। बाहरी मुल्लमा उतार दो अंदर से सौ प्रतिशत दकियानूसी पुरुष का खोखल...यही सब सोच-सोच कर मेरे स्वभाव में बसी चंचलता, चुहलबाजी और अपनेपन को असमय सूखा रोग लग गया था।

—'रचना,' जैसे नींद में डूबी आवाज उभरी हो कहीं से...मेरा ही भ्रम होगा...सोचकर चुपचाप लेटी रही। एक पल के लिए हिलते पर्दे देखकर लगता कि फुर्र से उड़कर ऐसी जगह पहुंच जाऊं जहां कोई मनचाहा मीत हो खिड़की से आती स्वच्छन्द हवा के अंधड़ों जैसा ही मनमौजी और उठा ले जाये मुझे जहां कहीं भी...

—'सो गई क्या?' रजत के हाथ का स्पर्श थोड़ा बढ़ने लगा तो मैंने चौंककर आंखें खोल दीं ...

—'हूँ... सो गई थीं ...' सपाट और निर्लिप्त सी आवाज गले से निकली...

—'इधर आओ जरा...' अनु को दूसरी तरफ खिसकाते हुए रजत मुझे अपने आगोश में खींचता गया... पता नहीं किस खाई, किस अंधेरे में। दो विपरीत मनःस्थिति में जीते इंसान का यहां भी प्रयोज्य वस्तु की तरह इस्तेमाल..., मैंने बोलने से खुद को रोक तो लिया लेकिन अंदर से आती आवाजों को रोकने की सामर्थ्य मुझमें नहीं थी। मन की बेकद्री और देह का इस्तेमाल दोनों कितनी अलग-अलग चीजें हैं। मन और देह का जुड़ाव होने पर संगत बैठती है लेकिन यहां तो विपरीत परिस्थितियाँ थीं फिर भी देह का प्रयोग महज नींद की खातिर ? उफनते सवालों पर पानी उड़ेला ...पानी शांत होकर सतह पर बैठ गया ! न साथी, न सहचर, न प्रिया जैसा लाड़-दुलार ..., मान-मनुहार... कुछ नहीं ...सीधा अपना काम पूरा किया और निभ गये पति-पत्नी के संबंध... रस्म अदायगी जैसी औपचारिकता ...आपसी

संबंध क्या देह तक ही टिके हैं? मन कहां है फिर ? मन-आत्मा जैसी बातें चुपचाप एक कोने में टिका दी गईं... तो क्या यही है दाम्पत्य की परिभाषा?

25 जून, 88

लगातार दोस्तों और रजत के घर वालों की प्रबल इच्छा के चलते अनु का बर्थ डे खूब जोर-जोर से मनाने की प्लानिंग हुई। मैं भला कैसे भूल सकती हूँ अनु का बर्थ डे? मेरे ऑफिस के तमाम लोगों की शिकायतें बराबर बनी रही—'कोई पार्टी दो भई, रचना मैडम..., बड़ी कंजूस होती जा रही हैं आप...प्यारी सी बिटिया हुई है लेकिन अभी तक कोई पार्टी नहीं करी...' यही सोचकर मैंने अनुराग सहित ऑफिस के आठ-दस लोगों को अनु के बर्थ डे पर आमंत्रित किया था। मेरी दो जूनियर्स, एक स्टैनो और बाकी पुरुष सहकर्मी थे। कालोनी के पांच-छह पारिवारिक मित्र, रजत के घरवाले और रजत के चार-छह दोस्त भी आए थे। हमारे पड़ोसी की बेटी पूजा इधर-उधर फुदक रही थी... कभी वह अनु के साथ खेलने लगती तो कभी रजत से बतियाती तो कभी मेहमानों के लिए कुछ न कुछ पानी, कोल्डड्रिंक वगैरह सर्व करने में जुटी थी। कुछ दिन पहले ही मैंने इसका कम्प्यूटर कोर्स हेतु एडमीशन कराया था। पूजा पढ़ाई में तेज थी और हमारे घर खूब आती-जाती थी। उसके घर में कुछ फर्नीचर का काम चल रहा था तो यहां आकर वह मुझसे कम्प्यूटर विषयक जानकारी बटोरती। हां यह जरूर है कि जिस दौरान वह कोर्स कर रही थी, रजत उसे सुबह सेण्टर तक पहुंचाने में कार से लिफ्ट दे देता...।

खामखां किसी संबंध में शक करना मेरे स्वभाव में कभी नहीं रहा। पता नहीं कब—कौन-किसकी पर्सनैल्टी से प्रभावित होने लगे—कुछ भी कहा नहीं जा सकता इस बारे में। मैं यही सोचती। अमूमन मैं शाम के समय किचेन में नए-नए डिशेज बनाने की तैयारी में जुटी रहती और रजत पूजा के संग वी.सी.आर. पर पिक्चर देखते रहते। कभी-कभी मेरे सास-ससुर भी उसी कमरे में पहुंच जाते और चारों ताश खेल रहे होते। मेरी सास मुझे और पूजा को तरह-तरह के अचार और मेवे के लड्डू बनाना सिखाया करती। हालांकि मैंने यह जरूर नोटिस किया था कि पूजा के आने से रजत का चेहरा खिल उठता है चहकने लगते हैं वे फिर मैंने खुद को कन्विंस किया—इतनी पढ़ी-लिखी और खुले दिमाग की होकर भी संबंधों को बिला वजह शक की निगाहों से क्यों देखूँ मैं? यह दृष्टिकोण ठीक नहीं है...चलो रजत खुश रहता है...यही क्या कम है? इस घर में चैन मिले यही सबसे जरूरी है। हां एक बात जरूर खटकती थी कि यदि मैं रजत से बाजार से कोई चीज लाने को कह दूँ तो वह या तो टालामटोली कर देगा या सीधे-सीधे मना कर देगा लेकिन यदि पूजा कह दे तो रात के समय

भी तैयार। पूजा भी मेरे घर आंधी-पानी कुछ भी आए...नियम से आती रहती थी...।

तकलीफ का एक दूसरा दौर तब से शुरू हुआ जब रजत पूजा के सामने मुझे डांटना शुरू कर देता या अपमानित करने में भी हिचक नहीं होती उसे बर्थ डे वाले दिन भी यही हुआ—'पूजा, केक लाओ..., पूजा, पानी...जल्दी-जल्दी ...' सारे मेहमानों के सामने वह पूजा को आवाज देता जा रहा था...। कुछ लोगों ने तो इसे नोटिस भी किया। रजत की पूजा पर टिकी निगाहें आसक्ति की थी या नहीं कह सकती लेकिन मेरे कुलीग्स बेचारे बने एक तरफ मुंह लटकाए बैठे रहे। रजत ने उनसे कोई भी बात करना मुनासिब नहीं समझा। चढ़ी हुई भवों के साथ देखा भर...फिर मुंह मोड़ लिया। उसे शायद इस बात की कुढ़न खाए जा रही थी कि मेरे ऑफिस के एस0ई0, एक्स0ई0एन0, यहां तक कि चीफ इंजीनियर भी सपरिवार पार्टी में आए थे... और वे मेरी तारीफ... विशेष तौर पर मेरे काम की तारीफ किये जा रहे थे—'कुछ भी कहो रचना बहुत मेहनती लड़की है। ऑफिस में अपने परफेक्शन से..., डिवोशन से एक अलग तरह की इमेज बनी है..., इनफैक्ट शी इज ए इंटैलिजेंट लेडी...' उनकी पत्नी ने अनु की तरफ देखते हुए कहा—'बहुत प्यारी बच्ची है भई 'क्या नाम है आपका' ...उस समय तक अनु भी थोड़ा-बहुत रिस्पांस करना सीख गई थी...उसने फट से मुस्कान बिखेरते हुए कुछ ऐसा कहा कि उन्हें हंसी आ गई। मैं अंदर-बाहर आती-जाती व्यस्त थी...तमाम कामों में।

तेज गर्मी के मारे किचन में खड़ा होना मुश्किल था और मैं वहां खड़े-खड़े पूड़ियां निकाल रही थी। हमारी मेड बेलती जा रही थी और मैं सेंकती जाती। मैं पसीने से बिल्कुल सराबोर हो गई तभी बीच में पड़ोसन मिसेज दत्ता सीधे किचन में आ टपकीं और थोड़े नाटकीय हाव-भाव दर्शाती हुए बोलीं—'रजत पर निगाह रखा करो। मुट्ठी में बंद करके रखा जाता है मर्दों को...वरना वो छुट्टर हो जाते हैं...देखा नहीं पूजा में कितनी दिलचस्पी ले रहा है, वे गोल-गोल आंखें घुमाते—हंसते हुए बोलती जा रही थीं। मैंने भी उसी लहजे और लाइट मूड में जवाब दे दिया—'नहीं भाभी जी...ऐसा—वैसा कुछ नहीं होता यूँ बात कर लेने से। हम लोग हमेशा ट्रेडीशनल तरीके से रिश्तों को देखते रहने के आदी हो चुके हैं इसलिए खामहखां शक करते लगते हैं...यदि उसे कोई अच्छा लगता है तो तारीफ करेगा ही...अरे...इसमें कौन सी बुराई है?

—नहीं रचना, बात को इतने सरल तरीके से मत उड़ा दिया करो। तुम वैसे बहुत सीधी-सादी लड़की हो। दुनिया के छल-छत्तर नहीं जानती। संभलकर चलना पड़ता है, जमाना बहुत खराब है...।'

—'रचना...क्या कर रही हो? कहां हो? रजत इतनी जोर से चीखा कि उपस्थित मेहमान भी चौंक पड़े।—'देखो ...अनु ने यहां गीला कर दिया...इसके कपड़े चेन्ज करो और केक कटवाओ जल्दी से...तुम कर क्या रही हो अंदर घुसी-घुसी?' उसने

खाए जाने वाली निगाह से यूँ घूरा-रौब जमाते हुए इस अंदाज में बोलता रहा जैसे सबके सामने महज यह दिखाना चाह रहा हो कि देखो...यूँ बीवी को मुट्ठी में रखता हूँ, उंगलियों पर नचाता हूँ... होगी इंजीनियर-फिंजीनियर...हुंह...मेरी बला से ..., बस वो मेरे लिए तो सिर्फ मेरी बीवी है... बस्स...।

मैं काठ की बुत बनी वैसे ही खड़ी रह गई। इतने लोगों के सामने क्या इमेज बनी होगी?—इससे बेखबर मैंने केक कटवाया। बच्चों ने गाना गाया और टोपियां पहनकर देर तक उछलते—कूदते रहे। मुझे यह बात पैर के अंदर ठुकी पिन की तरह चुभती रही कि रजत ने मेरे ऑफिस के सहकर्मियों से ठीक से बात नहीं की, न ही खाने को पूछा। मैं अकेले ही सब करती रही। जैसे ही मेहमान गए मैं सब फैले सामान को समेटती रही। इस दौरान भाई आया और उसने रजत को पापा द्वारा दिया गया दस हजार का चेक सौंपा, जो उन्होंने कभी रजत को देने के लिए काटा होगा लेकिन उनका अचानक बीमार पड़ जाना और इस दुनिया से रुखसत हो जाने की बजह से वे दे नही पाए। रजत ने चुपचाप चेक लेकर जेब के हवाले कर दिया। मुंह से एक भी शब्द नहीं निकाला। मुझे लगता था 'चलो अच्छा है यदि रजत सारे पैसों की व्यवस्था करता रहे क्या बुराई है? लेकिन शर्त यही है कि पति-पत्नी में आपस में प्यार हो, एक दूसरे के प्रति सम्मान भाव हो और एक दूसरे से, एडजस्ट करने की चाहत हो लेकिन यह वाकई तकलीफदेह बात थी कि रजत में इन सबका पूर्ण अभाव था। हमारी बहसें और ज्यादा तेज होने लगी थीं। गुस्से में मैं किसी प्रकार खुद को संयमित करने की कोशिश करती लेकिन रजत को तो जैसे मुझे हमेशा नीचा दिखाने का शौक हो गया था... एक तरह से जुनून सवार हो जाता उस पर... फिर वह ऊलजलूल कुछ भी बड़बड़ाने लगता।

15 सितम्बर, 88

रजत के हिसाब से मैं मॉडर्न बीवी बन नहीं सकती... मैनर्स, कर्टसी, स्टायल वगैरह सब देहाती था मुझमें। उसका यह वाक्य तकियाकलाम था—'यू आर लूजिंग मी...'। मैं समझौते पर समझौते किए जा रही थी लेकिन वह मेरी परिस्थितियों (बच्ची प्लस घर को व्यवस्थित रखना प्लस ऑफिस के कामों) के साथ कैसे भी तालमेल बिठाने के मूड में नहीं रहता। मैं थकी-थकी रहने लगी जिस पर रजत का जवाब मिलता—हुंह... तुम तो रोज थकी रहती हो। मैं क्या कर सकता हूं? तुम जानो तुम्हारा काम... आई कांट हेल्प यू मोर... जैसे जुमले फेंकने का अभ्यास होता गया। इन्ही सब झमेलों के बीच एक और वाकये का भंडाफोड़...

रात लगभग नौ बजे किसी अपरिचित व्यक्ति ने फोन किया—'आप मिसेज

रचना जा हैं न...

'हां ...बताइए...'—'मैडम, एक बात बहुत दिनों से दिमाग में खटक रही थी,...फिर सोचा आपकी भलाई की बात है तो मैं क्यों न बताऊं? दरअसल मैं रजत साहब के ऑफिस में स्टैनो हूँ। वह मेरे बॉस हैं, फिर भी मैं कुछ कहने की जुर्रत कर रहा हूँ हालांकि मेरी आपसे विनती है कि आप साहब को कुछ न 'बताएं' इस फोन के बारे में...

—'लेकिन क्या बात है? क्यों इतनी भूमिका बना रहे हो?' मैं प्रश्नातुर हो उठी...

—'मैडम, मैं आपके पापा को जानता था वर्षों से ..., सो मैंने अपना यह फर्ज समझा कि आपको बता दूं साहब के पास किसी लड़की के ढेरों फोन आते हैं... आप साहब को नहीं बताना...वरना मेरी नौकरी खतरे में पड़ सकती है...' अभी मैं फोन पर बात कर ही रही थी कि बीच में रजत कही से टपक पड़ा—'किससे बात कर रही थीं?' तुनककर पूछने लगा...

—'होगा किसी का ...तुम्हें क्या करना? तुम्हारा नहीं था ...वस्स...' मैंने बेरुखी से टालना चाहा

—'मैं पूछ रहा हूँ किसका था?' इस बार की आवाज काट खाने को दौड़ पड़ी लेकिन गुस्से की वजह से मैं भी किसी अड़ियल बच्चे की तरह जिद करने पर उतारू हो गई—'कोई जरूरी है तुमसे बताना?' तुम बताते हो अपना सब कुछ?... मैं नहीं बताना चाहती..., कह दिया बस्स...

—'होगा किसी यार-दोस्त का' उसने एक लचर सा आरोप जड़ दिया तो मैं बिफर पड़ी—'रजत... मैं तुम्हारे जैसी नहीं हूँ...'

—'क्या कहा? उसने चबा डालने वाली आंखों से घूरते हुए टेढ़े होंठ बिदकाते हुए कहा, फिर मेरे पास आकर सिर के बाल पकड़ते हुए कहा—'क्या कहा? फिर से बोलना जरा...

—'हां ...तुम्हारे जैसी नहीं हूँ...इस बार मैं—पूरे तैश में आ गई। मेरा तन-मन रजत के इस रूप को देखकर थर्रा गया था...फिर मैं गुस्से से उफनती नदी बन गई...

—'चटाक'... रजत ने सीधा वार मेरी कनपटी पर किया। सुन्न...अवाक रह गई मैं कुछ पलों के लिए, फिर जोर से चीखते हुए बोली—'जानना चाहते हो न... किसका था? तो सुन लो किसका था...तुम्हारे दफ्तर से था...मैं तो टाल रही थी कि क्या फायदा मुंह लगने से और तुम उल्टा आरोप मुझ पर जड़ रहे हो... किस लड़की के पच्चीसों फोन दिन में आते हैं? बताओ जरा...मैं भी सुनूँ ...' तेज-तेज बोलने से मैं हांफने लगी थी...

—'तुम्हें मतलब किसी के भी आते हों... किन्ही मिसेज जैन से फोन पर बातें होती थीं...'

—क्या नंबर है उनका? मैंने तुरन्त पूछा तो रजत हकलाने लगा और कोई झूठ-मूठ नंबर बताया। मैंने उसी वक्त उसके बताए नंबर पर फोन मिलाया तो उन्होंने रजत जैसे किसी व्यक्ति से किसी भी संपर्क से साफ इंकार कर दिया...यानी उसका झूठ साफ-साफ पकड़ा गया।

—'रजत, तुम इतने झूठे और गैर भरोसेमंद आदमी हो। शर्म आनी चाहिए ऐसी ओछी और घटिया हरकतों पर। क्यों नहीं बताते साफ-साफ किसके फोन आते हैं? मेरा पलड़ा भारी होने से मेरा बोलना वजनी होता जा रहा था।

—'क्या कहा ओछी हरकतें ? क्या बक रही हो? है कोई सुबूत तुम्हारे पास जो यूँ बेहूदा बातें कर रही हो?'

तभी रोती अनु दौड़ती हुई मेरे पास आई और मेरी बांहों में समा गई। इस नन्ही जान के दिमाग में कहीं रजत को लेकर कोई डर या दहशत न बैठ जाए—सोचकर मैं उसे फिर से सुलाने अंदर चली गई। मारपीट के इस वाकये को याद करके मैं वाकई बेचैन हो उठी और मैंने मानसिक रूप से खुद को रजत से अलग-थलग खड़ा पाया ! पहली बार रजत के प्रति बढ़ती खाई को खूब गहरा होते महसूसा। इतना बड़ा धोखा? इतना दुराव? इतना छल-कपट? सोच-सोच कर मुझे रजत के प्रति चिढ़न होने लगी। मैं फील कर रही थी कि रजत के प्रति मेरी रुचि तेजी से घटती जा रही है। वह किससे,कब, क्यों, क्या बात करता है... इन सबसे ज्यादा मतलब ही नहीं रहा मुझे। पड़ोसन सही कह रही थी—'रचना, दुनियां बहुत खराब है और आप हैं सीधी-सादी...' मैं वाकई बेवकूफ औरत रही हूँ जिसने अब तक हर संबंध को स्वस्थ नजरिए से देखा लेकिन इसका परिणाम इतना भयानक होगा...कौन जानता था?...वह किससे-कब से कैसे इनवॉल्व्ड है? भाड़ में जाए...

इतना अपमान झेलकर भी आदमी जिंदा बना रहता है... कितनी बड़ी चीज है यह जिजीविषा भी? लगातार एक जैसी मनःस्थिति में डूबे रहने से खीझ, ऊब और चिड़चिड़ाहट भर गई है। रजत कितनी बदतमीजी से सुलूक करने लगा है। उसका भावहीन सपाट चेहरा देखकर दहशत होने लगती है। खामहखां बर्र के छत्ते पर हाथ डालने चली थी मैं। अंदर की पूरी ताकत निचुड़ती जा रही थी धीरे-धीरे। पत्थर पर सिर पटकने से अपनी ही खोपड़ी लहूलुहान होगी न? पत्थरों से बचकर न चलो तो मुंह के बल धड़ाम गिर पड़ोगे स्थितियां तीन-साढ़े तीन साल में इतनी जटिल और भयानक हो जायेंगी...कौन जानता था? रजत इतना अमानवीय बिहैव करेगा, कोई कल्पना कर सकता था क्या? सोचकर मन में कड़ुवा घोल घुलता रहता। किस तरह भावनाएं अर्थकेन्द्रित होती गईं? धीरे-धीरे संबंधों की गर्माहट चुकती गई...और संवेदना के परखचे उड़ते गए। ऐसे में लगता है जैसे जीने का कोई मकसद ही नहीं बचा। कितना बेस्वाद होने लगा है जीवन...। एक-एक पल बिताना भारी लगने लगा...फिर सोचने लगी-क्यों जिऊं? किसके लिए? किसे जरूरत है मेरी? सवाल

टकरा-टकराकर दिमाग में ठुकठुकाता रहता। रजत के मेल ईगो का कहीं कोई इलाज है क्या? हो सकता है क्या? नहीं न...? हर वक्त खुद को ऊंचा दिखाने की तरकीबें टोहती आंखें कि कब मुझे आरोपों के कटघरे में बंद करके नीचा साबित कर दे।

मुझे लगता, मैं मुंह बाए चीते के सामने बेवजह दया की भीख मांगने वाली मिमियाती बिल्ली बनती जा रही हूँ। कहां तक लड़ती रहूँ ऐसे समर से जिसका कोई भी सिरा पकड़ में नहीं आता था...। फिर किस तरह कैसे...कब तक चलता रहेगा यह समर? कहां तक झेलती रहूँ मैं यह नरक?

थकान, कमजोरी और पैरों में दर्द बढ़ता गया। कभी-कभी यूँ लगता जैसे अन्दरूनी शक्ति निचुड़ती जा रही है। मुझे लगता कि इस मानसिक उत्ताप की चरमावस्था से गुजरा मेरा दिमाग शून्य की तरफ ले जा रहा है मुझे। कहीं कोई सूरज उगता नहीं दिखता। इस रेतीली भूमि पर कोई हरा-भरा पेड़ नहीं उग सकता। कोई नहीं है इस दुनियां में? पापा तो पहले ही चले गए। बच्ची को सीने से चिपकाए मैं रात भर रोती-तड़पती रही। सर्वत्र गहराता काला अंधेरा था जिसे पारकर बाहर की जिंदगी का रास्ता नहीं सूझता था। डबडबाती आंखों से आंसू गुटककर सामान्य बनाने की प्रक्रिया में होंठों को काटती जाती... नसों का खदबदाता तनाव पूरे देह में फैलता जाता। इस संत्रास को किससे कहूँ ? आंखें मींचे हुए आंखें खुली रहीं रात भर। तनाव की पराकाष्ठा से गुजरते हुए ऊलजलूल खयाल बार-बार घेरने लगते जिंदगी से पलायन करूं तो बच्ची का क्या होगा? न... न... यह तो घोर अनैतिक होगा...फिर जब मेरा यहां रहना रजत के लिए इतना महत्वहीन है, तो क्यों रुकूँ यहां? तिक्त मन में जिजीविषा सोती जा रही थी। शिक्षित—स्वावलंबी महिलाओं को भी इस तरह की प्रताड़ना झेलनी पड़ती है। बीवी का मुंह डरा-धमाकाकर बंद करवा दो और यदि वह बंद न हो तो कुचल डालो उसे... रौंद डालो भावनाएं और तानाशाही रवैए से कर दो आक्रमण। दूर-दूर तक कोई सहारा नहीं दिखता... जीवन में सर्वत्र शून्य भरता जा रहा है... इस कठिन और नाजुक दौर से कैसे बाहर निकल पाऊंगी?

अनमनी सुबह हुई..., होनी थी। रजत ने तो रात में हुई मारपीट के बाद भी खाना खाया-तृप्ति की डकार ली लेकिन न मैंने खाया... न ऐसी इच्छा जगी। घर में मुर्दनी छाई रही। न रजत की तरफ देखने की इच्छा हुई, न काम करने की। अनु के होने से जरूर घर में हलचल होती रही अन्यथा तनाव के मोटे पर्दे पूरे घर में टंगे हुए हैं जहां से आर-पार का कुछ भी नहीं देखा जा सकता। देह-दिमाग में भारीपन लादे हुए करीब दस बजे सुबह घर से निकली। अनु को क्रैश छोड़ा और ऑफिस में जाकर अपनी सीट पर बैठ गई। मन में जमी उदासी की धुंध को तोड़ने के लिए दूर-दूर तक कोई सूरज नहीं दिख रहा था।

मैं तो कल रात की घटना का तार-तार करती रही। इसके बाद भी रजत के साथ रहने की विवशता क्यों ओढ़े हूँ मैं? जीने की इच्छा को कुचला है उसने ...उफ !

सिर में बैठे बोझ को कहां फेंक दूँ मैं? अंतस में जमे भीषण कोलाहल को सुनते हुए मैंने अपनी थकी-हारी दृष्टि सहकर्मियों पर डाली लेकिन बार-बार आंखें छलछला आतीं। फिर बार-बार पानी पीती जाती। रह-रहकर अपमान बोध से चोट खाए मन में बेचैनी भरने लगती। रजत का मारपीट करके सो जाना, सुबह खुद ही चाय बना कर पीना और रोजमर्रा के कामों में यूँ मशगूल हो जाना जैसे कुछ हुआ ही न हो... और सच बताएं तो रजत के लिए क्या हुआ? पुरुष के लिए क्या हुआ? तो क्या इस आदमी को मेरी तकलीफ का रत्ती भर अहसास नहीं है...जरा भी पछतावा नहीं है। बेचैनी से परेशान मेरे चेहरे पर सूजी आंखें टंगी थीं जो बेजान थीं। चेहरे का रंग उड़ चुका था और गले की आवाज सुनकर लगा मानो संसार के सारे रस सूख गए हों मेरे भीतर।

मेरे जीवन के श्वेत-श्याम चित्रपट में कहीं से भी श्वेत रंग जैसी धवलता और उजास नहीं था...तो केवल श्यामपट के सहारे कैसे जीने के लिए रस उपजेगा? ऐसा क्यों होता है जो किसी समय मेरे अंग-प्रत्यंग में हलचल मचा देता था... आज वही इतना अप्रासंगिक और अर्थहीन हो उठा है। सवालों के चक्रव्यूह में घिरी हुई मैं अपना रास्ता भटक गई। सौन्दर्य, प्रेम और आनन्द रस से सराबोर मन का उछाह यूँ इरेज हो गया जैसे देखते ही देखते सुबह का मनभावन मौसम चंद मिनटों बाद ही तेज धूप के आगोश में विलुप्त हो जाता है वे अद्भुत सुबह के बादल चंद मिनट बाद ही पता नहीं कहां गायब हो जाते हैं। बोलने की इच्छा शक्ति चुकती गई और मन के कपाट यूँ जाम हो गए जो हिलाने-डुलाने पर भी हिलते नहीं... खुलना तो बहुत दूर की बात है। डबडबाती आंखों से बार-बार आंसू पीने की कोशिश करती और खुद को सहज बनाने की प्रक्रिया में होठों को काटती...थूक निगलती लेकिन पेट की खदबदाहट थमने का नाम नहीं ले रही थी। पानी के कई गिलास पानी के बावजूद मनोमालिन्यता खत्म होने का नाम ही नहीं ले रही थी।

सवाल यहां अस्तित्व का है... सोच-सोच कर पोर-पोर में तनाव की लकीरें छप गई। बार-बार आंसुओं को गुटकने और घंटों सोचते रहने की वजह से सिर पर मोटी गठरी जमा होती गई। इसे कहां छिटक दूँ? समझ नहीं पाती। पता नहीं क्यों आज किसी से भी मिलने की इच्छा नहीं जगी। ...अनुराग से भी नहीं...न ही जूनियर महिला सहकर्मियों से...न किसी और से।

जैसे-तैसे शाम ढली और मैं ऑफिस से बाहर निकली। सड़क पर स्कूटर-रिक्शे वाले अपने-अपने रास्ते से आ-जा रहे थे। आसमान में असमय छाई बदली ने सफेदी का घोल चौतरफा फैला दिया। धीरे-धीरे गहरा भूरा अंधेरा गाढ़ा होने लगा। हवा के शीतल-शांत झोंके अवसाद की गठरी को लपकने की आतुरता दर्शा रहे थे। मन में थोड़ी देर के लिए पुलक भरती लेकिन चंद लमहों बाद फिर वही डुबोने वाला अझेल तनाव।

कई कोणों से खुद को जांच-परखकर तौलती रही, कैसे संतुलित रहकर नॉर्मल जिंदगी जीने की शुरुआत करें? खुद के लिए सुकून कहां से बटोरें? इतनी ऊर्जा कहां से भर लूँ अपने अंदर कि जीने का कोई बहाना मिल जाए। पता नहीं क्यों आज उस घर में जाने की ...हां रजत के घर में जाने की इच्छा ही नहीं हो रही थी। घर का मालिक वही है... हर निर्णय वही करेगा...फिर मैं क्या करूंगी वहां जाकर?—'दो कौड़ी की हैसियत है तुम्हारी...' रजत के बोल अंदर से बजने लगे तो फिर कहां जाऊं? सवाल फुंफकारने लगे... तो क्या कहीं भी ऐसा कोई ठौर नहीं हो सकता जहां सिर टिका सकूँ। भाई इलाहाबाद में है, मौसी सुल्तानपुर में है और इनके पास जाकर तो खामहखां हो हल्ला होगा... बदनामी होगी वो अलग से, तो कहां जाऊं?

सहेलियों के नाम याद करने की कोशिश की—रागिनी इस वक्त इलाहाबाद से एम0एस0 कर रही है, मेधा दिल्ली में जॉब कर रही है...फिर अचानक दिमाग में आया रागिनी के घर जाते वक्त उस पतली गली में मुड़ते ही मिसेज पांडेय रहती थीं जो बहुत होशियार और दबंग लेडी थीं। तीनों बेटियों की पढ़ाई पर खासा ध्यान देतीं। जब हम रागिनी साथ पढ़ते तो बीच-बीच में उनकी कोई न कोई लड़की कुछ न कुछ पूछने जरूर आती थी। बाद में पता चला था कि दोनों लड़कियां किसी अच्छी लाइन में निकल गईं...अब शायद तीसरी बची हो। कितनी बार उनके यहां जाती रही मैं...। वे भी बीच-बीच में आती रहीं...तो अनु को लेकर आज उन्हीं के पास जाऊंगी। जीवट व्यक्तित्व की धनी मिसेज पांडेय का व्यक्तित्व एकदम से याद आ गया—'चलो, कुछ दिन वहीं रहूँगी... सोचकर मेरे कदम अनु को लेने पहले क्रैश की तरफ मुड़ गये। थोड़ी सी भी देर होने पर क्रैश की अटैण्डैण्ट कहने लगेंगी—'आप बहुत देर से आती हैं, देखो सब बच्चे चले गए... एक यही बच्ची है... मैं कब से बहला रही हूँ मम्मी आने वाली हैं... आने वाली हैं... 'सोचकर मैं तेज कदमों से क्रैश की तरफ बढ़ने लगी। पहुंचते ही अनु सब-कुछ छोड़कर दौड़ती हुई मेरी बांहों में सिमट गई...। मुझे देखकर क्रैश की अटैंडैंट की तरफ पल भर के लिए भी देखना गवारा नहीं होता अनु को। मजबूरी खत्म होते ही बच्चे एक क्षण के लिए भी समझौते बर्दाश्त नहीं करते... लेकिन मेरे साथ तो ऐसी कोई भी मजबूरी नहीं है फिर भी मैं कब से बर्दाश्त कर रही हूँ रजत का साथ...?

. मैंने अपना रिक्शा गोखले बिहार मार्ग की तरफ मुड़वाया और सीधे जाकर मिसेज पाण्डेय के दरवाजे की घंटी बजाई। शाम के लगभग छह-साढ़े छह का वक्त रहा होगा। चारों तरफ स्याह-भूरे रंग की बदली छाई थी... बीच-बीच में गुलाबी-पीच का मिला-जुला रंग भी यहां-वहां सीढ़ियां बनाता हुआ दृश्य पैदा कर रहा था आसमान में। मन में रह-रह कर वही खयाल आते। अदृश्य पाबंदियों की किलेबंदी के बीच रहते हुए भी मै रूपहली दुनियां में उड़ान भरने का ख्वाब क्यूँ देखती हूँ?

—'ओ...हो... आज अचानक कैसे खयाल आ गया मेरा? आओ रचना...अंदर आओ...अनु तो कितनी बड़ी दिखने लगी है...' मिसेज पांडेय मुस्कारती हुई मुझे अंदर ले गईं। उनकी छोटी बेटी निक्कू ने दौड़कर अनु को उठा लिया—'हाऊ क्यूट...' कहकर गोद में उठाने लगी ...मेरे चेहरे की तनी मुख-मुद्रा को गौर से देखते हुए मिसेज पांडेय ने मेरे सिर पर स्नेह भरा हाथ फेरा फिर पूछा—'रचना... तू कितनी पतली हो गई है... कैसी आंखें लग रही हैं ...क्या हो गया है तुझे? बहुत मेहनत करती होगी घर-दफ्तर...बच्ची को संभालना कोई हंसी-खेल है क्या?'

और मैं टूटते पहाड़ सी भरभराकर ढहने लगी। बड़े जतन से बांधा सेतु पल भर में टूटने-बिखरने लगा। मुझे रोते देखकर उन्होंने मुझे अपने सीने से सटाया। मेरे सिर पर स्नेह भरा लेप लगाया फिर अंदर से जाकर पानी की ठण्डी बोतल और बर्फी के चार-छह टुकड़े रख लाईं। शांत चित्त होकर मैंने शुरू से अब तक की पूरी दास्तान उन्हें सुना डाली। ध्यान से सब-कुछ सुनने के बाद बोलीं—'ठीक है, तुम यहीं रहो। कुछ दिन क्या जब तक चाहो तब तक रहो...' सधी-संतुलित आवाज थी उनकी खूब अंदर तक उतरती हुई...

—'मुझे यहीं एक कमरा किराए पर चाहिए...बस्स' मैंने अपने निर्णय को दोहराते हुए कहा...

--'ठीक है लेकिन इस वक्त तो रजत को फोन करना पड़ेगा कि तुम यहां हो...'

—'मैं नहीं बात करना चाहती...' फिर से कठोर लहजा था मेरा...

—'मैं कह दूँगी... तुम चिंता न करो...और चलो अब कुछ खा-पी लो...देखो तो कैसा मुंह सूख रहा है। कल से कुछ खाया-पिया नहीं होगा...।

तभी निक्कू अनु को लेकर आ गई। मिसेज पाण्डेय ने अनु के सिर पर हाथ रखते हुए कहा—'खूब बड़ी हो जाना मेरी बिटिया ...फिर उन्होंने हाथ फैलाकर बड़ा करके दिखाया तो अनु ने तुरन्त मेरे सिर पर हाथ रखते हुए नकल करते हुए कहा—'बड़ी...अम्मा..., उसे यूँ रिपीट करते देखकर हम सभी हंस पड़े और मैंने अनु को खूब-खूब प्यार किया। मिसेज पाण्डेय ने उसे गोदी में बिठाया...। निक्कू उसके लिए चॉकलेट बगैरह ले आई जिन्हें लेते हुए वह बहुत-बहुत खुश हो उठी।

रात्रि 11.45

मैंने पहली बार घर छोड़ा था लेकिन अपने लिए गए निर्णय पर रत्ती भर अफसोस नहीं था, न ही कोई अपराध बोध। बस अनु को देखती तो जरूर चिंता में पड़ जाती—काश ! ये बच्ची मेरी जिंदगी में न आई होती। मेरे जीवन की स्याह रेखाएं

कहीं इसे भी अपने साए में न लपेट लें...। मेरी परछाई इस पर न पड़ जाये...फड़फड़ाती हवाओं की तरह फड़फड़ाता सवाल चारों तरफ से मुंह बाए खड़ा था। मिसेज पांडेय के सधे बोल—'अलग रहने के निर्णय को सोच-समझकर उठाना। रचना मैं तुमसे सहमत हूँ जो तुम कर रही हो वह बुरा नहीं है...लेकिन आगा-पीछा सोचकर ही कदम उठाना। रचना, दूर-दूर तक आंखें फाड़कर देखो, तुम्हें दोस्त तो बहुतेरे मिल जायेंगे ...तुम्हारे निर्णय की तुम्हारे मुंह पर तारीफ भी कर देंगे। तुम्हारी सहमति में हां की मुहर भी लगा देंगे लेकिन सच्चा दोस्त मिलना आसान नहीं होता... मैंने दुनियां देखी है। तुम्हारे इर्द-गिर्द मंडराने वाले जुगनू तो बहुतेरे मिल जायेंगे लेकिन मन में चांद सा मीठा सुकून भरने वाला साथी मिलना बड़े भाग्य की बात है। वैसे तुमने यहां आकर बहुत अच्छा किया। बेटी कोई किसी का लम्बे समय तक साथ नहीं दे पाता... यह मेरा तजुर्बा है।' नाटे कद की चुस्त काठी की मिसेज पांडेय की बड़ी-बड़ी आंखों में आत्मविश्वास का समुन्दर हिलोरें लेता रहा। अमूमन वे न तो आम औरतों जैसी भावुकतापूर्ण बातें करती, न समाज से डरने-डराने वाली बातें बल्कि अन्दरूनी ताकत से सबल उनकी तार्किक बातों को सुनकर तपते मन पर ठण्डा लेप लगता रहा। पढ़ी-लिखी होशियार महिला जैसी पैनी बुद्धि की धनी थीं वे...। उनकी बातों में जीवन-दर्शन था और व्यावहारिकता भी—'रचना, खुद को सिरे से नकारकर जैसी-कैसी भी जिंदगी काट देने को नियति समझकर जीना एकदम गलत है। ऐसा बंधन निभाने से भी क्या मिलेगा तुम्हें? मरियल सी जिंदगी जीना बेकार है अपने कंधों पर लदा सौ मन का जुआं उतार फेंको और खुद को पहले जैसी चुस्त-दुरुस्त—फड़कती लड़की जैसा महसूसो...। रचना, जीने की आकांक्षा बचाकर रखना सबसे जरूरी है मतलब कि एक गहरी जिजीविषा को नकारना जीवन से पलायन करने जैसा है, कोई रास्ता तो खोजना होगा।'

'—लेकिन कैसे?' मैं याचक की निगाहों से उन्हें ताकने लगी।

—'रचना, जब हम बियाबान जंगल में भटकने लगते हैं तो चलते-चलते कोई न कोई रास्ता कहीं से सूझ ही जाता है...लेकिन इसकी अनिवार्य शर्त है, चलते रहना खुद के बूते पर । रचना, जिंदगी का कद हमेशा से आदमियों से बड़ा रहता आया है...तो तुम खुद को बचाती रहो ऐसी आंच से। तुम रहोगी तभी तो जिंदगी का रास्ता ढूँढोगी..., है कि नहीं?

मैं मंत्रमुग्ध बनी उनकी बातों से जीवन का रस निचोड़कर पीती रही घूंट-घूंट। वे काफी देर मेरे पास बैठी रहीं... खाना खिलाती रहीं। अनु को दूध पिलाकर सुलाया फिर मैं उनके पीछे-पीछे चल दी किसी शिष्या की तरह। थोड़ी देर बाद वे कमरे में जरूरी सामान दे गईं। बच्ची के ओढ़ने-बिछाने के कपड़े, मेरे लिए गाउन और पानी की दो-तीन बोतलें।

तो अब मैं कमरे में अकेली थी और यह थी मेरी इयत्ता ? मैं मिसेज रचना

वर्मा जो अपना सरनेम तक छोड़ आई अपने पीछे...। नया मोनोग्राम... नया लेबल चिपका दिया गया—मिसेज रचना वर्मा का। कहां खो गई मिस रचना शाश्वत? पापा शुरू से ही जाति-पांति के विरोधी थे सो उन्होंने सरनेम लगाने पर आपत्ति की थी। 'श्रीवास्तव' की भला क्या तुक है? तुम सिर्फ अपने नाम से जानी जाओ—यही सबसे ज्यादा जरूरी है...सोचकर पापा ने 'शाश्वत' शब्द जोड़ा था।

रात्रि 2 बजे :

बिल्कुल अकेली मैं। कमरे को चारों तरफ से देखा-पीली दीवारों पर टिमटिमाता नाइट बल्ब, खुली अल्मारी, एक तख्त, ईजी चेयर और वहां पड़ा था कोई पुराना अखबार जिसमें भारत और श्रीलंका की समस्या पर बड़ा सा लेख था। राजीव गांधी द्वारा किया गया हस्तक्षेप सही था या गलत—इसी पर लंबा लेख था। उसे देखते—पढ़ते ध्यान आया-कई दिनों से मैंने अखबार तक नही पलटा। फंसी मकड़ी की तरह एक दीवार के कोने में बने छोटे से घेरे में ऊपर—नीचे, दाएं-बाएं गोल-गोल घूमती फड़फड़ाती रही। घंटों पढ़ती रही डायरी में से आधे-अधूरे जीवन के बीते पन्ने।' बीते समय पर चहलकदमी की कोशिश भर थी यह...रुक—रुक कर चलना और पीछे मुड़-मुड़कर देखने की लालसा को नहीं रोक सकी।

इस तरह यूँ अचानक घर छोड़कर चले आने पर रजत की क्या प्रतिक्रिया होगी? बार-बार घूम-फिर कर इसी बिन्दु पर सोचती जाती। आते ही भुनभुनाएगा, तनतनाएगा फिर पैर पटकते हुए मेरे लिए ढेर सारी गालियों के छर्रे निकालेगा जो किसी के भी सीने से आर-पार होने पर उसके प्राण हर लें। उफ ! ये जानलेवा तनाव। खिड़की पर टंगे पर्दे को हिलते देख मैं पास गई और हवाओं से ताकत बटोरकर मस्ती से दोहरे होते पेड़ों को देखती रही। फिर उसी घर की याद आ गई। घुप्प अंधेरे में डूबे बैडरूम में मैंने कई रातें आंखें मींचे-मींचे बिना सोए बिताईं। उन गीली आंखों में नए सपने, नई आकांक्षाएं और नए संकल्प संजोने की कोशिश करती लेकिन सुबह होते ही सब सपने सूख जाते सूखे आंसुओं की तरह। रजत के हाव-भाव देखकर कभी कुछ कहने या खुलकर अपने को रख देने की हिम्मत ही नहीं पड़ती...।

सुबह 7 बजे :

सुबह होनी थी...हुई... उदास और अनमनी सुबह। आंखें खोले-खोले लेटी रही ...फिर थोड़ी देर बाद मिसेज पांडेय नॉक करते हुए आईं—'रचना, नींद आई

ठीक से, ...चलो उठो..., चाय तैयार है।'

—'हां,...आती हूँ ...' कहकर मैं उठी और बाथरूम में जाकर फ्रैश होने लगी... दिमाग में फिर छोड़े हुए घर और रजत का चित्र बनने लगा है—'क्या कर रहा होगा वह? अखबार पढ़ने में डूबा होगा... खुद उठकर चाय बनाई होगी... न चाहते हुए भी क्यों याद आता है वही सब?

अनु गहरी नींद में अपनी निश्चिंत मुद्रा में दोनों हाथ-पैर बेफिक्री से फैलाए हुए सोई थी। ...कितनी प्यारी है यह जिंदगी भी...

—'रचना...आओ न..., चाय ठण्डी हो जायेगी...' मिसेज पाण्डेय ने दोबारा आवाज लगाई।

—'आती हूँ... कहकर मैं उनके पास बैठ गई और चाय की प्याली हाथ में लेते हुए बैठी रही ...।

—'ऑफिस जाओगी क्या?' उन्होंने मेरा मुंह देखते हुए पूछा।

—'सोच तो रही हूँ...'

—'रचना... कल रात रजत को मैसेज दे दिया था मैंने।

—'क्या रिएक्शन था?' मेरे मुंह से निकल गया अनायास...।

—'वह बड़बड़ाता रहा देर तक—'बेवकूफी की हरकतें करती है... लाइक दैट...' उन्होंने टालना चाहा।

—'इससे ज्यादा की उम्मीद नहीं की जा सकती उससे... मुंह से प्रकट रूप में इतना भर कहा लेकिन अन्दर और भी कुछ चल रहा था—'हां, अब मुझे कुछ निर्णय लेना पड़ेगा..., जो हो सो हो...' सोचती-गुनती मैंने चारों तरफ निगाहें दौड़ाईं और बालकनी में रखे गमलों में लगे फूलों को हवा संग इतराते—देखती रही। हवा अब भी पूरे सौन्दर्य के साथ किसी अनजान धुन पर थिरक रही थी।

ऑफिस जाने के लिए तैयार होने का उपक्रम करने लगी... फिर से उसी साड़ी को पहन लूँगी—यह सोचा भर था कि थोड़ी देर बाद मिसेज पांडेय कपड़े लेकर आ गईं—'रचना, देखो कौन सी साड़ी ठीक से मैच करेगी तुम्हारे ब्लाउज के साथ ...कहकर उन्होंने तीन-चार साड़ियां फैला दीं।

—'मैं वाकई आपको बेवजह तकलीफ में डाल रही हूँ...' संकोच से भर गया मन...

—'नहीं रचना..., ऐसा नहीं है... तुम्हें इतना चहकता-खिलता देखा है कि आज तुम्हें इस रूप में इतनी बिखरा देखकर मन रो रहा है मेरा...। तू तो एक उड़ती तितली थी रचना...' बोलते-बोलते उनकी आंखें भर आई फिर समझाने लगीं—'रचना, खूब स्थिर मन से सोचना और बस खास लोगों से ही डिस्कस करना। मैं चाहती हूँ जो भी जैसा भी फैसला करो... हमें कल के दिन उसके लिए पछताना न पड़े क्योंकि हमारे सामने 'अनु' भी है, इसे लेकर भी सोचना होगा।' वे चिंता में पड़

गईं...।

—'दीदी... आप चिंता न करें..., मैं एकाध व्यक्ति से ही चर्चा करूंगी बस्स...' मैंने एक-एक शब्द पर संतुलन साधते हुए कहा और उनके मन में उफनते सवालों पर पानी उड़ेलते हुए कहा—'माई डियर दीदी, आप हैं न मेरे साथ..., बस यही संतोष बहुत...बहुत गहरा है...' कहकर मैंने अपने दोनों हाथ उनके गले में डाल दिए और लड़ियाती बच्ची की तरह बोली—'आप मेरी मां जैसी हैं..., बस जैसा आप कहेंगी—मान लूँगी बिना नानुकुर किये..., ओ.के.?'

नहाकर तैयार होने के बाद अनु को दूध पिलाया और उसका बैग लगाने लगी। अनु के कपड़े तो हैं ही नहीं चलो, खाने—पीने का सामान रखे देती हूँ... सोचकर मैंने बिस्किट्स के पैकेट रखे। मिसेज पांडेय से दूध लेकर रखा और घंटे भर बाद चल दी ऑफिस के लिए। अनु खुश थी, पूर्ववत। रिक्शे से चलते हुए चारों तरफ निगाहें फैलाई। मन में राहत होने के बावजूद एक अनजाना डर बैठा था कि अभी कही रजत आ गया तो खामहखां हंगामा खड़ा कर सकता है, शायद बीच सड़क पर ही चिल्लाने लगे—'स्टुपिड लेडी...' भी कह सकता है ...उफ ! फिर से याद आने लगे वे चुभते बोल...।

क्रैश पहुंचकर मैंने अटैंडेंट से कहा—अनु के एक जोड़ी एक्स्ट्रा कपड़े लाना भूल गई हूँ, अभी दो घंटे बाद लाकर दे दूँगी, तब तक किसी तरह मैनेज करना...'

—'ठीक है...' कहकर उन्होंने दरवाजा बंद कर लिया। बाहर धूप के कतरे चारों तरफ अलग-अलग मुद्राओं में फैले थे। ऑफिस में जाते समय सोच रही थी—'आज अनुराग से बात करूंगी... पता चले कि उसकी क्या प्रतिक्रिया है? अनु के कपड़े खरीदना है तो बैंक से पैसा निकालूँगी... देखूँ तो सही कितना बैंक बैलेंस है..., है भी या रजत ने सारे पैसे खर्च कर दिए।

खट-खट सीढ़ियां चढ़ते हुए मैं पांचेक मिनट में दफ्तर पहुंच गई। इस वक्त ठीक दस बज रहे थे... यानी आज रोज की अपेक्षा इत्मीनान से आ गई। कोई हड़बड़-तड़बड़ नहीं थी। इस वक्त कम लोग ही अंदर-बाहर हो रहे है... उड़ती नजर से इधर-उधर देखते हुए सोचा—'चलूँ अपने केबिन में जाकर चैन से बैठूँगी...सोचूँगी...बिचारूंगी... यही तो कर रही हूँ पिछले चौबीस घंटों से ...कुछ निर्णय लेकर ऑफिस में ऊपर दसवीं फ्लोर तक जाने के लिए लिफ्ट की तरफ मुखातिब होने लगी।

—'यह सब तुम क्या करने जा रही हो रचना? क्या अंजाम होगा? सोचा है? इतनी छोटी सी बच्ची को उसके बाप के साए से वंचित करने का दुष्परिणाम जानती हो? उसकी नेचुरल ग्रोथ रुक जायेगी... वो दब्बू हो जायेगी... यस इट्स ट्रू ...' अपनी सहेली सौम्या को बताया तो उसने तमाम नसीहतें दे डालीं... फिर दूसरी टोन में बोली—'रचना, जिताना आसान समझ रही हो तुम यह सब..., दरअसल यह उतना

है नहीं...शादी कोई गुड्डे-गुड़ियों जैसा खेल नहीं होता मैडम...और सुनो, शादी के पूर्व मर्द का रंग-ढंग कुछ और होता है और शादी के बाद कुछ और। बाद में तमाम आदमी एक जैसे ढंग से बिहैव करने लगते हैं इसमें कौन सी अनहोनी बात है भई ? रचना..., प्लीज,, ट्राई टु अंडरस्टैंड माई प्वाइंट...

उसकी दो-टूक बात सुनकर तो मैं सचमुच हैरान हो उठी और अंदर से डर गई। पहली बार ऐसा अहसास हुआ कि आत्मशिवास के बावजूद अपने-आप में अकेली स्त्री कितनी कमजोर होती है... बात के बीच में सीनियर कलीग्स आई... पांचेक मिनट बाद जब वो चली गई तो फिर से सौम्या ने अपने तरीके से समझाना जारी रखा—'बस, इतनी सी बात पर घर छोड़कर चली आई... तुम भी रचना... खामहखां उलझ पड़ती हो..., बात का बतंगड़ बनाने में कितनी देर लगती है...

—'सौम्या, मगर बात इतनी हल्की नहीं है जितना तुम समझ रही हो। इतनी सी ही बात होती तो कुछ नहीं था... मेरे भाई से मिसबिहैव, पापा को यहां न रख पाने की मजबूरी... पापा का मौत से उपजे डिप्रेशन में कहीं कोई कंधा नहीं था रोने के लिए... हर वक्त पैसे पर टिकी निगाहें और मुझे दोयम दर्जे का सिद्ध करते रहने में सुख महसूसना... यह लंबी सिरीज कम है क्या? बोलते-बोलते भड़क पड़ी मैं।

—'देखो रचना...सीधी सी साफ बात है कि भाई की जिम्मेदारी वह क्यों उठाए ? यह उसकी प्रॉब्लम नहीं है... बाकी बातें मायने रखती हैं लेकिन यह 'मेल ईगो' है बस्स... और कुछ भी नहीं। रचना, इतनी बड़ी दुनियां में अकेले रह पाना बहुत मुश्किल है... और फिर वह फूल सी बच्ची...बहुत बुरा असर पड़ेगा उस पर... सच कह रही हूँ...' अच्छी कद-काठी वाली उनकी देह पर टिकी सांवली सूरत की बोलती आंखों को पढ़कर मैं सोच में पड़ गई और खुद को अंदर से दरकता हुआ महसूसा। थोड़ी देर के लिए ऐसा डर व्यापने लगा जैसे मेरा भविष्य कहीं सचमुच अंधकारमय तो नहीं होने जा रहा। जिन्हें मैं अपना 'खास' समझती थी ...लगभग सभी की यही एक राय थी—'तुम ठीक नहीं कर रही रचना... सिर्फ अपना हित सोच रही हो। बच्ची के एंगिल से तो सोचकर देखो जरा...' तो कोई कहता—'देखो, तुमने आपनी जिंदगी जी ली जितनी जीनी थी, अब बच्ची की खातिर थोड़े-बहुत समझौते करना सीख लो। उसकी जिंदगी क्यों बर्बाद करने पर तुली हो?...मारपीट किस घर में नहीं होती? हां, जब पढ़ी-लिखी लेडीज के साथ होती है तो उन्हें औरों से ज्यादा तकलीफ सालती है। फर्क सिर्फ इतना भर है, क्यों नहीं तुम्ही थोड़ा झुकना सीखतीं? हम तुम्हीं से कह सकते हैं...' इस पर मैंने विफरकर कहा—'और रजत की निगाहें हर वक्त मेरे पैसों पर टिकी रहती हैं... वह भी सही है क्या? मैं उस घर में कैदी बनकर रह गई हूँ घुटन होती है उस जेल में। किसी के लिए कुछ भी करना चाहो तो पहले उससे पूछो..., उसे सफाई देते फिरो। खुद हजारों कमाती हूँ लेकिन उसे पाई—पाई का हिसाब देते रहो यह ...यह सब कब तक सहती रहूँ मैं? बताओ... सारी जिंदगी

क्या यही झेलना पड़ेगा? मैंने अंदर का सारा गुबार उड़ेल दिया।

—'जीने के और भी कई तरीके हैं... यह सब बातें तुम हम लोगों से डिस्कस किया करो। अरे कौन साला कहता है कि हसबैंड को सब बताकर ही खर्चा करो। जितना जरूरी होता है उतना ही उससे बताया जाता है...और भी तरीके हैं... अब से हम गाइड करेंगे तुम्हें... ओ.के...?

-अपनों के लिए बाजिब जगह पैसे खर्चने के लिए झूठ बोलने का सहारा लूँ... आखिर क्यों? क्यों छिपाऊं रजत से? कोई चोरी तो नहीं कर रही मैं ? मैं पूरे आवेश में हांफते हुए बोल रही थी।

अभी यह सब बातें हो ही रही थी कि इंटरकाम आ गया—'रचना, क्या कर रही हो? आ रही हो नीचे या मैं ही आ जाऊं?' यह अनुराग मिश्रा की आवाज थी।

—'आ रही हूँ सर...' कहकर मैंने फोन रख दिया। फिर अपनी सहकर्मियों की तरफ यूँ देखा कि मुझे नीचे जाना है काम से...। उनकी बातें सुनकर कहीं से कोई आश्वस्ति महसूसने की स्थिति में नहीं थी मैं, बल्कि पहले से दरकी मनोभूमि को और ज्यादा गहराई से दरकता महसूसा।

—'चलती हूँ... फिर बाद में डिस्कस करेंगे...' कहकर मैं उठ खड़ी हुई। मन में कहीं से आशा की डोर हिलगी थी जिसे थामे मैं नीचे उतरी। कोई अंदरूनी शक्ति जरूर ऐसी थी जो दबाव बनाए थी कि अनुराग से मिलकर ही कोई ठीक रास्ता निकल सकता है मन में यह भरोसा पुख्ता होता जा रहा था कि वही है जो समस्या की तह में जाकर तार-तार करके तार्किक ढंग से समझेगा ...और कोई राह निकलेगी शायद...।

—'गुड मॉर्निंग सर...

'मार्निंग, हाऊ आर यू ...?

बात करने के पूर्व ही आंखें डबडबाने लगीं मेरी। बार-बार आंसू भर आते...।—'क्या हुआ ? पानी पिओ पहले...फिर बताना सब कुछ'...

जब हिचकियां थमीं तो शुरू से लेकर आखिर तक सारा किस्सा सुना डाला...और प्रश्नातुर निगाहों से देखते हुए बोली—'अब आप बताएं ...क्या करूं मैं? उस घर में जाने के नाम पर ही दहशत होने लगती है अंदर से नर्वसनेस होती है। पता है पिछले हफ्ते से इसी बात पर अड़ा है कि भाई से पापा की प्रापर्टी में से अपना हिस्सा मांग लूँ... यानी अधिकारों की लाठी अपने हाथ में पकड़कर चौतरफा चलाते रहो लेकिन कर्त्तव्यों की बारी आए तो पीठ फेरकर पटखनी दे दो अगले को...। कहता है कोई ऐसे नियम हैं कि लड़की भी अपना हिस्सा मांग सकती है...' मैं थोड़ा तेज बोलती जा रही थी तो उन्होंने इशारा किया—'और भी लोग सुनेंगे... थोड़ा आहिस्ते से बोलो...।' उनके ऐसा कहने पर मैं एकदम से चुप हो गई तो उन्होंने कहा—'सुनो... उन्होंने मेरी आंखों में झांकते हुए आवाज में मिठास घोलते हुए समझाना शुरू

किया—'रचना औरतें चुपचाप सहती आई हैं यह सब वर्षों से। झुककर समझौता करते रहने को अपनी ड्यूटी समझकर निभाती रही है...इसलिए पुरुष का यह स्वभाव बनता गया कि कैसी भी स्थिति में पुरुष की भूमिका एक मात्र निर्णायक होने की रहेगी। अंजाम चाहे जो भी हो इस एक क्षत्र साम्राज्य का एकलौता वारिस बनकर राज्य वही करता रहेगा...। उसके जेहन में बचपन से ये बातें ठुंसी है कि बीवी को अपनी मुट्ठी में बंद करके रखना है इसलिए अधिकारों की लाठी चारों दिशाओं में भी घुमाते रहना उसने शुरू से सीखा है... वह उसके खून में है जबकि महिलाएं शुरू से ही आर्थिक, सामाजिक, पारिवारिक सभी मोर्चों पर पराधीनता और गुलामी की जंजीरों में जकड़ी रहीं। कोई न कोई डर उन्हें हर वक्त सताता रहा... इसलिए वे कहीं न कहीं भावनात्मक रूप से भी कमजोर पड़ती गई। मुझे लगता है कि आर्थिक पराधीनता के चलते वे बेबस पड़ती गई और धीरे-धीरे सहते रहने को उन्होंने अपनी नियति स्वीकार कर लिया। इसके विपरीत शासन करना पुरुषों के लिए बिल्कुल सहज व्यापार बनता गया। हां, यदि विरोध का बिगुल बजाने की स्थितियां कभी पैदा भी हुई तो या तो समाज ने उन्हें चुप करा दिया या परिवार वालों ने। जिसने अकेले अपनी दम पर विरोध में बिगुल बजाने का झंडा उठाया भी, तो उन्हें समाज के झंडावरदारों ने अलग-थलग करके एक कोने में धकिया दिया और बहिष्कृत करके तमाम तरह की लांछनाएं देकर कलंकित-अपमानित किया। तो रचना यही वजह है स्त्री की मौजूदा हालातों की हालांकि ...और भी तमाम कारण हैं... खैर... वो सब छोड़ो लेकिन तुम्हें खुद ही एनालाइज करना पड़ेगा। अपने मन से तय करना पड़ेगा कि कैसे-कब-कहां-क्या-क्या करना है... कहने के बाद वे थोड़ी देर रुके... और मुझे गौर से देखते रहे...

—'आखिर मैं कब तक सहती रहूँ यह सब? आप ही बताएं मैं कहां गलत हूँ?

—'रचना, गलती तुम्हारी है—ऐसा मैं नहीं कह रहा हूँ लेकिन तुम घर तोड़ने पर उतारू हो जाओ तो यह भी नहीं चाहता मैं, फिलहाल। अभी और भी रास्ते हैं जिन पर चलकर देखना होगा तुम्हें। रचना, तुम इसका मतलब यह कदापि नहीं निकाल लेना कि मैं तुमने आम औरतों की तरह इस प्रताड़ना में जीने को अपनी नियति मानने के लिए वाध्य कर रहा हूँ लेकिन अभी तो यह कोशिश भी करनी है कि सीधे-सीधे मुठभेड़ की मुद्रा एडाप्ट न की जाये यानी जी.टी रोड पर सीधे न चलकर इधर-उधर के शार्टकट्स के थ्रू मेन रोड पर पहुंचकर देखो। हमारी तमाम कोशिशों के नाकामयाब होने के बाद कुछ सोचा जाएगा लेकिन प्लीज जस्ट मेंटेन योर कान्फीडेन्स एण्ड लीव दिस डिप्रेशन। 'लाइफ पटरी पर चलने दो...भले ही धीमे-धीमे चले ओ.के.?... अनुराग ने फिर से स्नेह का लेप लगाते हुए कहा—'रचना अपना व्यक्तित्व निखारने पर विशेष ध्यान दो। नए-नए कपड़े खरीदो। घरेलू कामों को सीखने के लिए कुकिंग क्लासेज ज्वाइन कर सकती हो। विशेष तौर से रजत की इच्छाओं पर फिट बैठने की कोशिश

करके देखो... शायद हालात पकड़ में आ जाएं ...'

बीच में बात काटते हुए मैंने अपना प्रश्न रखा—'मैंने सिर्फ और सिर्फ रजत की खातिर ही अपनी महत्वाकांक्षाओं का गला बेरहमी से घोंटा है। बच्ची का मुंह देखकर खुद को काफी बदला है लेकिन वह तो जैसे कुछ समझना ही नहीं चाहता। बच्ची की पूरी की पूरी जिम्मेदारी सिर्फ मेरे मत्थे..., ये तो कोई तरीका नहीं हुआ। मैंने अपनी बौखलाहट पर हल्का विराम दिया, तो उन्होंने कहा—'रिलैक्स रचना... थोड़ा अपना एट्टीट्यूड भी बदलकर देखो। हर वक्त निगेटिव मत सोचो। आई मीन, रजत की कही गई छोटी-छोटी बातों को नजरअंदाज करने की कोशिश किया करो। उन्हें तूल देना बंद कर दो।... एक कान से सुनकर दूसरे से उड़ा दो...। घर इतना जल्दी न टूटे तुम्हारा... मैं बस यही चहता हूँ, वैसे तो तुम्हारे साथ हूँ हमेशा। खुद को कभी अकेला मत समझना डियर..., कहकर उन्होंने मेज पर रखे मेरे हाथों पर हल्का सा दबाव बनाया और बोलना जारी रखा—'अपने प्रति इतनी लापरवाही क्यों करती हो? रचना, लेडी लाइक हैबिट्स मेंटेन करो। इसमें क्या हर्ज है? बताओ...

मुझे लगा कि कुछ हद तक अनुराग ठीक ही कह रहे हैं। उनकी बातों से ढेर सारा आत्मविश्वास भरता गया पोर-पोर में ...लगा जैसे महीनों से सूखे मन को सींच दिया हो किसी ने ढेर सारा पानी उड़ेलकर। उनकी आखिरी बात—'खुद को हर हाल में खुश रखना है तुम्हें...कैसे भी..., इसलिए छोटे-छोटे सुखों की तलाश करती रहो और बस चहकती-फड़फड़ाती चिरैया बनती घूमती रहो..., ओ.के.?

—'ओ.के. सर... आई विल ट्राई माई बेस्ट ...कहकर मैं उठने का उपक्रम करने लगी...—'और सुनो यदि रजत का यहां कोई फोन आता है या वह तुम्हें लेने आता है तो शांतचित्त से बैठकर सारी बातें करना...। भड़भड़ाकर या उत्तेजना में तीखी बातें करके रिएक्ट मत करना। यू पुट योर प्वाइंट कूली... डियर रचना, तुम्हारे भले के लिए ही कह रहा हूँ देखते हैं आगे-आगे होता है क्या-क्या...खुद को उसके लिए भी तैयार करती चलो...'

उनकी बातें सुनकर संतप्त मन को ठण्डक मिली ओर शिद्दत से अहसास हुआ कि जीने के लिए कितना चौकस रहना पड़ता है हमें। इतने तनावों के बावजूद जिजीविषा की लौ जल्दी बुझती नहीं। अनुराग की बातें सुनकर इस सचाई का भान हुआ कि जीने के लिए और भी पहलुओं पर तार्किक ढंग से सोचा जाना जरूरी है। मिसेज पांडेय के घर की तरफ लौटते हुए लगा जैसे कोई एक हाथ पीछे से मेरे सिर पर रखा है जिससे मैंने बिखरा आत्मबल हासिल होता महसूसा। यहां भी पुरुष... यानी एक से संबल टूटा तो दूसरे से जुड़ता महसूसा। कभी-कभी सोचती हूँ मैंने बहुत ताकत से बांध लिया है खुद को जैसे बहते पानी के तेज प्रवाह को ढेर कपड़ों से मूंद दिया जाये लेकिन बंद करने पर भी क्या वह बंद हो पाता है? फिर दूसरा प्रवाह दुगुनी ताकत से आएगा और सारा मूंदना व्यर्थ...। रास्ते में अनु के लिए

दूध का पैकेट, बिस्किट्स वगैरह खरीदती हुई मैं लौटी।

शाम का गहराता अंधेरा असमय घिरी बदली की बजह से तेजी से बढ़ता जा रहा था। पंछियों का झुण्ड अपने-अपने घरों की तरफ रुखसत होने लगता था। निष्प्रभ सूरज जल्दी-जल्दी साजोसामान लपेटे नीचे अपनी खोह में सरकने के मूड में था। हां, आसमान में बचे रह गये बादलों के छोटे-छोटे टुकड़े जो इधर-उधर कूदते-फांदते खेल रहे थे। पेड़ों के पत्ते अब हल्की हवा के संग शांत मन से संगत करने लगे।

घर पहुंचकर मैंने अनु को दूध पिलाया तो वह जल्दी ही बेफिक्री भरी नींद में चली सो गई,...हाथ-पैरों को उन्मुक्त लय से फैलाए हुए। एक मैं ही थी जो बैठी देर तलक सोचती रही... पलटती रही विगत जीवन के पन्नों को। रात का खाना मैं पैक कराकर लाई थी क्यों कि मिसेज पांडेय को मैं तकलीफ नहीं देना चाहती थी। वैसे भी आज उन्हें अपनी बड़ी बेटी के पास अचानक जाना पड़ गया। अब मेरे पास पसरा था खूब सारा अकेलापन जिसे भरता रहा मेरा बीता समय और मौजूदा समय के अच्छे-बुरे क्षण। सोते-जागते बीच-बीच में अनुराग मिश्रा के बोल चमक उठते तो कभी रजत का कठोर चेहरा। इन्ही के बीच बादलों का उमड़ना-घुमड़ना और तलवार की तरह कौंधती बिजली के बाद बूँदा-बांदी भी सुनाई पड़ी। पता नहीं कब डायरी के पन्ने पढ़ते—पढ़ते आंख लग गई। हां, रिमझिमी फुहारों के बीच चलती मोहक हवा जरूर खिड़की से सर्र-सर्र आकर सहलाती रही अंतस को।

कहां से दिखेगी रोशनी?

कि-डिं-ग...ग... एक तेज चुभती हुई आवाज कानों को बेधती आर-पार हुई। नींद में खोई मुद्रा में लेटे-लेटे सोचा—'रजत खोल देगा अपने-आप... लेकिन पल भर बाद फिर वैसी ही आवाज। इस बार आंखें मींचे नहीं लेटा गया...अलसाकर आंखें खोलीं—'अरे ! ये तो मिसेज पांडेय का घर है... होगा कोई उनसे मिलने वाला...'सोचकर निर्लिप्त भाव से फिर से मैंने अपनी आंखें मींच लीं और अंधेरे के बीच पलकों के अंदर आंखों ने संगत जमा ली।

चंद लमहों बार फिर से दरवाजे पर ठुक-ठुक सुनाई पड़ी—'कौन होगा इतनी सुबह-सवेरे? रात में बमुश्किल नींद पूरी न होने से बोझिल व थकी आंखें खोलने की कोशिश की...और उठकर दरवाजा खोल दिया—'खोलने के बाद सारा आलस्य यूँ छिटक कर दूर भाग गया गोया नीद में बेखबर सोते-सोते हाथ पलंग पर पड़े जिंदा सांप पर चला गया हो... आंखें चीते जैसी चौकन्नी होकर खुद-ब-खुद फैलकर चौड़ी होती गईं...। रजत मिसेज पांडेय को लेकर सामने खड़ा था। मुझे देखते ही सांप की तरह फन निकालते हुए बिफर पड़ा—'तो मन भर गया यह सब तमाशा खड़ा करके? होंठों से टपकती वितृष्णा देखकर गले में खट्टी डकारें आने लगी और वो पैना व्यंग्य आहत कर उठा तभी मिसेज पांडेय सुरक्षा कवच की तरह बीच में आते हुए बोलीं—'रजत ...प्लीज... 'कायदे से बात करो रचना से'

—'भाभी जी, आप ही बताइए... इसे ये सब तमाशा खड़ा करने की कोई जरूरत थी क्या? चार लोगों ने क्या इमेज बनाई होगी इसे लेकर और मुझे लेकर भी क्या-क्या अनर्गल नहीं सोच रहे होंगे वे? बताइए..., मैं गलत कह रहा हूँ क्या? आवाज में अभी भी नुकीलापन था—'रजत क्यों हर वक्त हांकते रहना चाहते हो रचना को..., यह ठीक नहीं है। उसके मन को समझने की कोशिश क्यों नहीं करते? तुम्हारे गले में से एक दोस्त की नहीं बल्कि किसी रोबीले पति की आवाज निकल रही है इस वक्त...' मिसेज पांडेय की सधी आवाज में आक्रोश भाव घुला हुआ था !

—'देखिए भाभीजी... आवाज में भरसक मिठास मिलाते हुए रजत सामान्य

टोन में उतरने कोशिश करते हुए बोला—'इसे यूँ तमाशा करना शोभा देता है क्या? पढ़ी-लिखी इंजीनियर ओहदे पर काम करने वाली लड़की की ये हरकतें?' चार लोगों के सामने कितनी बदनामी... कितनी थू-थू होती है? इसका अंदाजा भी है क्या इसे ?' थप्पड़ चटकाती आवाज सुनकर मैं सकते में आ गई और भीतर का रहा-सहा उत्साह सूखने लगा। आंखें पनीली हो उठीं और भर्राए गले से आवाज निकली—'रजत मुंह से कैसी भी उल्टी-सुल्टी बातें तुम इतने दिनों तक बकते रहे हो—वहां तक तो मैंने फिर भी सह लिया... लेकिन ये हाथा-पाई करने की जंगली कल्चर हमारे यहां नहीं है..., मैं नहीं सह सकती यह सब... कतई नहीं... किसी कीमत पर नहीं... इसलिए मैं सब छोड़छाड़कर और खूब सोच-समझकर यहां आई थी,... यदि तुम अभी भी ...आगे की दूसरी सनसनाती आवाजों को मैंने दबा दिया क्योंकि मिसेज पांडेय अंदर से चाय लाने चली गई थीं। आकर जाने लगी तो मैंने हाथ दबाकर उन्हें रोक लिया और उनकी तरफ जुड़ाव की नजरों से यूँ निहारा यानी मुझे उनका 'साथ' चाहिए था इस बातचीत में भी।

—'दीदी, मैं मारपीट के उस माहौल दोबारा नहीं जाना चाहती..., अपनी इस दो टूक बात पूरी कहते ही मेरी गीली आवाज़ गले में ही सूखने लगी भी गोया हल्की बारिश से गीली ज़मीन फ्ररफराती हवा के पहले ही झोंके से सूख गई हो।

—'आंखिर तुम चाहती क्या हो? रजत की काटती आवाज में कही कोई उतार-चढ़ाव भले ही नहीं था लेकिन चेहरे पर प्रश्नों की आड़ी-तिरछी रेखाएं भवों के बीच उठान का छोटा सा पहाड़ बनाने लगीं।

—क्या तुम्हें यह लगता है कि किसी जीते जागते इंसान की तरह एक स्त्री का भी मान-सम्मान होता है...? मैंने पूछा

—'तुम कितनी इज्जत करती हो, बोलो?' बात काटते हुए वह बीच में ही तुनक पड़ा। मुझे लगा वह मछुआरों जैसा जाल लेकर मुझे चारों तरफ से बांधने आया है, आप भाग ही नहीं सकते उससे... जहां भी जाएंगे, वह वहीं पहुंचकर दबोच लेगा। फिर भी मैंने अपनी बात पूरी करनी चाही—'रजत, मैं तुमसे बहस नहीं करना चाहती, सिर्फ एक बात कहनी है। यदि तुम मुझे दोस्त की तरह इज्जत बख्श सकते हो तो बात करो अन्यथा तुम्हें जैसा अच्छा लगे... वैसा कुछ भी करने कि लिए तुम स्वतंत्र हो। पता नहीं कहां से मेरे गले में आत्मविश्वास रूपी मजबूत रस्सी आ गई जिसके सहारे मैं अंदर भरे कुएं में से आसानी से पानी खींचकर अपनी प्यास बुझाने में सक्षम थी। मुझे लगा रजत मन ही मन बड़बड़ा रहा होगा—'ओ... हो...तो तुम्हारा दिमाग फिर गया है अब...' खैर, थोड़ी देर वहां शांति व्याप गई। पंखे की आवाज इस निस्तब्ध सन्नाटे को तोड़ रही थी।

—'यह क्या बचपना है ! क्यों बच्चों जैसी बहकी-बहकी बातें कर रही हो? चलो उठो..., घर चलो...' रजत मुझे छोटे बच्चे की तरह बहलाने-फुसलाने में जुट

गया,' चलो भी यार...

मुझे लगा रजत कभी भी मुझसे सम्बन्धित प्रसंगों / घटनाओं को गंभीरता से नहीं लेता...शायद उसे इस बात का रत्ती भर अंदाजा नही रहा होगा कि मैं रिएक्ट करना भी जानती हूँ। वह यह सब सोच ही नहीं सकता था कि मेरे ऊपर किस बार का कितना गहरा कितनी दूर तक असर पड़ सकता है। मैं अड़ियल बच्चे की तरह आराम से फैल कर बैठी थी। अनु अभी भी गाढ़ी नींद में डूबी थी—'उठाओ बच्चे को और चलो घर...' रजत के गले में फिर से विरासत में मिली पौरुषीय आवाज बैठ गई लेकिन मैं पूर्ववत बैठी रही जैसे कोई असर ही न पड़ रहा हो। इस बार मिसेज पांडेय बोली—'रचना, जबाव दो... रजत क्या पूछ रहा है?'

—'देखो रजत... सबसे जरूरी शर्त है—मेरी बातों को हल्का-फुल्का समझकर मत उड़ाना। मैं जो कुछ भी क़ह रहीं हूँ, उसे ध्यान से सुनो। तुम अगर यह सोचते हो कि मुझसे किसी भी तरह की बदतमीजी करते रहोगे और मैं आम औरतों की तरह गुपचुप तरीके से सुनती—सहती गुटकती रहूँगी... तो दैट आई कांट...

—'तुम्हें समाज की भी कोई परवाह है क्या? बोलो..., आखिर क्यों नहीं है ? क्यों सिर्फ अपने ही बारे में सोचती रहती हो?

—'रजत, यह मेरी बात का जबाव नही है... वैसे यह कहने में मुझे कोई गुरेज नहीं कि हर वक्त समाज की या औरों की परवाह करते रहना और उसे गले में ढोलक की तरह लटकाकर उनकी यशगाथा सुनते रहना मुझे पसंद नहीं। तुम चाहो तो यह भी अर्थ निकाल सकते हो कि इस सोकाल्ड सोसाइटी के लिए जीने में मेरा भरोसा नहीं। मैं शुरू से ही धता बताकर चलती आई हूँ उसे... ऐसे...' कहकर मैंने बड़ा सा अंगूठा दिखाया और झटकेदार लहजे में जवाब दिया!

—'रचना, क्या तुम्हें अंदाजा है इस बात का कि तुम्हारे यूँ घर छोड़कर चले आने की बात को लोगों ने किस तरह किस अंदाज में देखा होगा? सुनना चाहती हो? तुम्हारा ऐसा करने की जड़ में क्या है? तुम्हारी ये नौकरी जिसका इतना बड़ा खामियाजा भुगतना पड़ रहा है मुझे... हां सिर्फ मुझे...' रजत के चेहरे पर अहंनुमा सांप के आहत होने के भाव झलके जैसे यह सब देखना उसके लिए बड़ा भारी पड़ रहा हो।

—'रजत, बात नौकरी की नहीं है... इसे तो मैं किसी भी वक्त छोड़ने को तैयार हूँ घर पर रहकर आम औरतों की तरह सज-संवरकर रह सकती हूँ लेकिन इस तरह का दोयम दर्जे का रवैया और दुर्व्यवहार अब और नहीं झेल सकती। हां, मैं समझती हूँ हिन्दुस्तानी समाज में स्त्री-पुरुष दोनों को अलग-अलग नजरिए से, अलग-अलग खांचों में फिट करके देखने के लिए लोगों के पास अलग-अलग चश्मे हैं..., मैं आवेश में बोलती जा रही थी लेकिन मेरी बात को पूरी सुने बगैर रजत ने बीच में ही अपना फरमान जारी कर दिया—'अच्छा उठो... बच्ची को उठाओ और

चलो घर...' कहने के साथ ही मेरे चलने की प्रत्याशा में खड़ा भी हो गया फिर थोड़ी देर बाद बोला—'चलो भी यार... खामहखां देर कर रही हो... उठो भई... बहुत फिलॉस्फी बघारना सीख गई हो...' उसने सामान्य ढंग से बात कही...

—'देखो रजत..., आइन्दा फिर कभी तुमने इस तरह की बदतमीजी या किसी भी तरह का मिसबिहैव किया तो फिर मैं कभी नहीं रह पाऊंगी तुम्हारे साथ... चाहे कही भी रहूँ लेकिन तुम्हारे संग नहीं... मेरी इस बात को हल्का-फुल्का मत समझना..., मैं इसे पूरी गंभीरता से कह रही हूँ... मैं वाकई तुम्हें आखिरी मौका दे रही हूँ ...ओ0के0 ?

रजत ने बांहों का सहारा देते हुए मुझे खड़ा किया तो अचानक मेरी आंखों में पानी भर आया और मैंने कातर निगाहों से मिसेज पांडेय की तरफ देखा। उनकी आंखों में भी आंसू झिलमिला रहे थे। उन्होंने सोयी अनु को गोदी में उठाया और उसके गालों पर दुलार करते हुए बोली—'मेरी राजा बिटिया... फिर मेरे कंधे पर हाथ रखकर स्नेहासिक्त लहजे में बोलीं—'रचना, जीने के लिए कहीं न कहीं से कोई न कोई बहाना या संबल ढूँढ़ना पड़ता है और अनु कोई छोटा-मोटा संबल नहीं है... इसे ऐसे भी कह सकती हो कि जीने के लिए कई बार छोटे-मोटे समझौते मन मारकर भी करने पड़ते हैं—'हूँ...मैंने हुंकारा भरते हुए उनकी तरफ कृतज्ञतापूर्ण नजरों से देखा—'दीदी... मैंने उनके दोंनों हाथों को अपनी मुट्ठी में बंद करना चाहा तभी उन्होंने अनु को मुझे थमा दिया। मेरी गोद में आते वक्त वह थोड़ा कुनमुनाई लेकिन मेरी थपकी देने पर फिर से सो गई। उस कमरे पर पलटकर निगाहें फेरी और वापस मुड़ने तक फिर-फिर देखती रही—हल्के नीले रंग से पुता वह खुला-खुला सा कमरा आंखों में बस गया था जैसे। एक अजीब सा जुड़ाव हो गया था उससे। सीढ़ियां उतरते पैर यंत्रचालित ढंग से चल पड़े। अंदर की खलबलाहट को थामना मेरे वश से बाहर होता जा रहा था।

नीचे तक मिसेज पांडेय आई जिन्होने मेरे संताप को पूरी ईमानदारी और स्त्री सुलभ संवेदना के साथ जुड़कर शेयर किया था। मेरे दहकते अंगारों पर पानी छिड़कते हुए सुकून बख्शा था मुझे। मैं वहां से आखिरी वक्त चलते हुए छोटे बच्चे की तरह उनसे ठुनकने लगी—'दीदी ...जल्दी ही आना...प्लीज...' मेरी आंखों के चमकते आंसुओं को देखकर उन्होंने अपना सबल हाथ मेरे कंधे पर रखा और समझाते हुए बोलीं—'आऊंगी रचना। समझ लो कि तेज गति से आया तूफान शांति से दूसरी तरफ मुड़ गया। अब तुम्हें तूफान के बाद आसपास फैले कचरे को साफ कर के नए सिरे से नई शुरुआत करनी है... कठिन है लेकिन दुर्गम नहीं सो डियर रचना... कभी-कभी बड़े-बड़े थपेड़ों को सहकर भी नाव किनारे लग जाती है..., डूबती नहीं। तुम्हें भी ऐसा ही बनना है खुदमुख्तार और मजबूत...रजत गली पारकर कार में बैठा-बैठा हार्न देने लगा तो मैं तेज कदमों से जल्दी-जल्दी आगे बढ़ने लगी। मिसेज पांडेय के

जीवन से भरे बोल मेरे अंदर नई शक्ल अख्तियार करने लगे थे। उनकी जीवटता सचमुच सराहनीय है और अनुकरणीय भी... फिर मैं उन्हीं के बारे में सोचती रही।

कुछ दिन यूँ ही सर्र-सर्र भागते-दौड़ते बीतते गए। कभी सुबह उठने में देर हो जाती तो हड़बड़ाते हुए देखती—उफ ! इतनी धूप चमकने लगी आज तो... फिर ऑटोमेटिक मशीन की तरह सब काम निबटाती जाती... अनु को तैयार करना, उसके सामान बैग में रखना..., नाश्ता करना, टिफिन रखना... रजत की जरूरतें पूरी करना और हड़बड़ाते हुए चल पड़ना दफ्तर के लिए। यकीनन जब जिम्मेदारियां बढ़ती हैं तो तदनुरूप मानसिक-शारीरिक ऊर्जा भी बढ़ती जाती है और क्रमशः यही रुटीन बन जाता। तो बस क्या इतना भर करना था मुझे? सवाल फिर से लिपट जाता पैरों में..., बस यही है जीवन? क्या ध्येय था? क्या कर रही हूँ? ईजीचेयर पर पीछे सिर टिकाए अखबार उलटते-पुलटते भी मैं इस उधेड़बुन में फंसी रहती... कि दिन का अपनी गति से एक नई सुबह लेकर हर रोज आना..., उसी गति से शाम का ढलना और रोज यूँ ही करवटें बदलते रहना...प्रकृति में कितना कुछ नियत होता है...

—'रचना... ऑफिस नहीं जाना है क्या? क्या सोच रही हो इतनी देर से यहां बैठी-बैठी?

—'हां..., जाना तो है...' मैंने अनमने ढंग से जबाव दिया...

—'तो क्योंखामहखां टाइम बेस्ट कर रही हो? फिर देर हो जाएगी और भागमभाग शुरू कर दोगी। तुम्हें याद है न, आज शाम को होटल ताज चलना है डिनर पर..., मैं शाम को आऊंगा लेने... तुम नीचे ही मिलना ...मैं ऊपर नहीं आऊंगा...'

—'इतना कष्ट काहे को भई?' मैंने हल्के-ढंग से पूछा...

—'शाम को ऑफिस से घर लौटते वक्त वहीं से ब्यूटीपार्लर चलना है तुम्हें...'

—'ओ... आई सी... ये सोचकर मैं उसी समय उठी और फुर्ती से घर के काम-काज निबटाने लगी। नीचे रजत कार का हॉर्न पर हॉर्न बजाते हुए जल्दी नीचे उतरने का सिग्नल दे रहा था और इधर मुझे अपनी सलवार-सूट की चुनरी नहीं मिल रही थी, फिर वहीं पड़ी जैसी जो भी चुनरी मिली मैं ओढ़कर खट-खट करती अनु की उंगली थामे नीचे उतरने लगी।

—'रचना, तुम अक्सर देर लगाती हो... कितनी देर हो जाती है मुझे ..., तुम्हें इसका कुछ अंदाजा भी है ?

—'कोई बात नहीं...' मैंने बिना रिएक्ट किए सहजता से जबाव दिया और चुप्पी पहन ली। कार फरफराती हवा के संग बातें करते हुए चल पड़ी। चंद मिनट बार रजत ने कहा—'तुम ऑफिस उतर जाओ... अनु को मैं छोड़ दूंगा...' सुनकर मैं खुशी से रोमांचित हो उठी... चलो कभी तो नेक खयाल आया रजत को। मैंने मुदित मन से ऑफिस में कदम रखे और दिमाग में अनुराग मिश्रा की बातें मेढ़क

की तरह कूदने लगीं। राजनैतिक-सामाजिक मुद्दों पर उनसे खूब बहस होती। उनकी बेबाक/तार्किक बातें सुनकर मेरी धुंधली सोच साफ-साफ चमक उठती। लंबे-स्वस्थ और साफ रंग वाले अनुराग मिश्रा का स्वभाव मुझे बहुत मजेदार लगता। छोटी-मोटी घरेलू उलझनों पर उनकी साफ-साफ राय सुनकर यूँ लगता—'अरे ! इतनी पेचीदा गुत्थी को इन्होंने पल भर में तार-तार करके यूँ चुटकियों में सुलझा दिया। चूँकि वे इंजीनियरिंग एसोसियेशन के जनरल सेक्रेटरी थे, शायद इसी बजह से नेताओं जैसी वक्तृता शक्ति उन्हें प्राप्त थी। बोलते इतने अच्छे से थे कि सुनने वाला सचमुच ठगा सा ताकता रह जाए उन्हें। वाकई यह उन्हीं की बातों का असर था कि मेरा खोया आत्मविश्वास मुझे वापस मिला और नए सिरे से कुछ करने का जोश और तरंग से भर उठी थी मैं दिनों दिन !

—'लड़कियों को तो तितली बनकर रहना चाहिए...रंग-बिरंगी तितली। रचना... तुम नई पीढ़ी की प्रतिनिधि हो। छोटी-मोटी बातों से या जिम्मेदारियों से क्यों भागना चाहती हो? अपनी अंदरूनी ताकत को पहचानना सीखो रचना...। एक उद्देश्यपूर्ण जीवन जीना चाहिए... बात-बात पर तुम निराश होने लगती हो... डिप्रेशन ओढ़ने लगती हो..., अरे काहे को भई? तुम्ही ऐसी बातें सोचोगी फिर किससे उम्मीद जोड़ें? सोचो जरा ..., यदि थोड़ा बहुत त्याग भी करना पड़े ..., वैसे इसे त्याग कहना भी गलत है..., जीवन मूल्य क्या कहते हैं तुम्हारे? तुम्हारी जैसी सिन्सियर लड़की को कोरी भावुकता में बहने की कतई जरूरत नहीं है...

उनके बोल अंदर किसी मनपसंद धुन की तरह बज उठते जिन्हें जब-तब गुनगुनाती रहती मैं। वे मेरे कपड़ों की मैचिंग पर खासी नजर रखते और जब भी कुछ ऊंटपटांग पहन लेती—वे तुरन्त टोक देते—'यह क्या? कुछ भी उल्टा-सुल्टा पहन लिया और चल दी दफ्तर। जब सीरत ठीक है तो सूरत पर क्यों बारह बजाती रहती हो?... सुनते ही मेरी हंसी छूट जाती। जबकि रजत को इन सबसे कोई मतलब ही नहीं था। मैं कभी कुछ नया पहन भी लूँ तो देखकर भी अनदेखी कर देगा। सुबह उठते ही—'क्या रचना..., सोती रहती हो इतनी देर तक ...जल्दी से चाय बनाकर नहीं दे सकतीं? जबकि मेरे ऑफिस पहुंचते ही अनुराग के शब्द मुझे पकड़ लेते—'क्या कर रही हो रचना? जब तक तुम्हारे साथ सुबह की चाय न पी लूँ तब तक ठीक से दिन नहीं कटता मेरा..., दिन की शुरुआत ही नहीं होती... सीट पर बैठने का मन ही नहीं करता...।' अनुराग से रोज ही अनगिनत बातें होती ...बल्कि हमारी टेबल-टॉक्स में मेरी दिनचर्या की चर्चा जरूर होती—'आज घर में क्या हुआ?' बातों का सिलसिला यहीं से शुरू होता। अनुराग मेरी गलतियां भी खूब गिनाता—'ये कोई तरीका है... किसी भी साड़ी पर कैसा भी शॉल डाल किया। ठीक ही तो कहता है रजत, उसके लिए समय क्यों नहीं निकालती ? हर वक्त पढ़ाई-पढ़ाई की माला क्यों जपती रहती हो तुम? उसके संग हल्के-फुल्के लमहों को भी जिया करो भई...।

शाम को रोज तैयार होती हो या नहीं? लिपिस्टिक क्यों नहीं यूज करती? रजत सालों से कह रहा है तो कोई गलत तो नहीं कर रहा वह...। रचना, तुम्हें भी बच्चों की तरह समझााना पड़ता है... हद है भई ! रजत सिस्टैमेटिक बने रहना चाहता है तो ठीक तो है...कहां गलत है वह? अब तक तुम्हीं उसकी हर बात में खोट निकालती रही हो रचना। बेकार की बातें करती हो। आई डोण्ट एग्री विद यू...' अनुराग ऐसा बोलकर मुझे ठीक से रहना सिखाना चाहता। हालांकि मेरे लिए खुद को बदलना कष्टप्रद लगता लेकिन अनुराग के कहने का लाजबाव ढंग यानी अपनत्व दर्शाता सहज बर्ताव मुझे खुद को बदलने पर मजबूर कर देता। उस दिन तो ऑफिस के कामों में वाकई इस कदर डूब गई कि ध्यान ही नहीं रहा कि आज रजत लेने आएगा। मैं अनुराग के साथ नीचे उतरी तो देखा—'रजत बाहर खड़ा इंतजार कर रहा था।

—'सॉरी रजत... आज तो काम में इस कदर... तभी पीछे से आते मिश्रा जी भी प्रकट हो गए और रजत से हैलो किया। रजत ने बिना उनकी परवाह किए उनके सामने ही मुझे लताड़ दिया—'अब चलो भी... वैसे भी इतनी देर हो चुकी है तुम्हें तो कुछ भी होश नहीं रहता, पता है, कब से वेट कर रहा हूँ?'

मैं चुपचाप कार में बैठ गई। रजत ने बोलना शुरू किया—'यू शेप में बाल कटाना, आई ब्रो और फेशियल बगैरह सब करवाकर आना...मैं अनु को लेकर आता हूँ जब तक...'

ब्यूटी पार्लर में बड़ी-बड़ी चार-छह कुर्सियां, दो लड़कियां, एक मोटी महिला और वहां बैठे ग्राहकगण। दीवाल पर सर्वत्र बड़े-बड़े आदम कद आइने जड़े थे तभी वह मोटी महिला आई—'क्या कराना है ?' उससे अपना थुलथुल शरीर संभाले नहीं संभलता था लेकिन चेहरे पर मेकअप की मोटी-मोटी परतें साफ दिखाई दे रही थीं।

—'हेयर कट यू शेप ...' किसी सुन्दर लड़की ने सफेद चादर चारों तरफ फैलाई और बाल कटने लगे। इस देश में अमीरी-गरीबी के बीच कितना बड़ा गैप है एक तरफ ऐसे लोग जिन्हें दोनों टाइम की रोटी मयस्सर नहीं दूसरी तरफ ऐसा वर्ग जो सैकड़ों रुपये इसी ऐयाशी में लुटाते-उड़ाते रहते हैं क्यों इतने कृत्रिम ढंग से जीने में यकीन करता है रजत? उफ ! ये कैसी विडंबना ढोती हूँ मैं भी? बालों पर चलता हेयर ड्रायर... इनर फोल्ड्स द्वारा कर्ली बनाए जाते बाल और फेस पर चिपका फेस पैक लिए मैं देर तक बैठी रही वहीं।

बाहर निकली ठंडी हवा पूरी मस्ती से विचर रही थी। पेड़-पौधे किसी मधुर धुन में में गुनगुनाते...किसी अदृश्य संगीत की ताल में झूमते मस्ती के मूड में थे। भागती कार ने दस मिनट में घर पहुंचा दिया। वहां जल्दी-जल्दी तैयार जो होना था मुझे। ब्राउन कलर की प्लेन साड़ी और गले में सादा सफेद मोतियों का हार पहना। रजत ने एक नजर मुझ पर डाली लेकिन कहा कुछ नहीं मुझे तत्काल अनुराग की याद आ गई... उसी के बोल कानों में बजने लगे—'रचना, यू आर लुकिंग

स्मार्ट...यस...' कहकर जैसे वे मुस्करा दिए हों आंखों ही आंखों में...सोचकर मन में आत्मविश्वास की तरंगें ऊपर तक उठने लगीं।

अब सोती अनु को जगाकर तैयार करूं? मैंने रजत से पूछा तो जूता बांधते-बांधते उसने टालने वाले अंदाज में जबाव दिया—'

—रचना, भई जल्दी करो... जो भी करना हो..., आठ तो यहीं बज रहे हैं...' मैंने अनु की फ्रॉक बदलनी चाही तो उसने कुनमुनाना शुरू कर दिया। मैंने रजत से हैल्प चाही तो वह झल्लाने लगा—'रचना, मैं तैयार हो चुका हूँ ...जल्दी करो... जल्दी..., उफ ! इत्ती सी बच्ची भी नहीं संभाली जाती तुमसे? नौकरी करने वाली सारी औरतें क्या ऐसी ही होती हैं?' मौका मिलते ही फिर वही ताने...

अनु के कपड़े बदलवाने में मेरी साड़ी यहां-वहां से तुश-मुश गई। उसका रोना बड़ी मुश्किल से चुप करा पाई थी कि वह ऐन चलते वक्त बोली—'मम्मा...पॉटी... कहकर वह मेरी उंगली पकड़ टॉयलेट तक ले गई तभी रजत की झल्लाहट फिर से बढ़ी—'रचना, क्या कर रही हो? जल्दी आओ भई... ।'—'रजत..., जस्ट ए मिनट..., अनु टॉयलेट में है...'

—'रचना...' वह फिर से कुछ बोलने ही वाला था कि अनु बीच में बोल पड़ी

—'पापा...पुप...' अरे ! अरे इसने 'चुप' बोलने जैसा शब्द कहां से सीखा? मैं आश्चर्य कर ही थी कि अनु ने मेरे होंठों पर अपनी उंगली रखते हुए कहा—'मम्मा पुप...' मुझे हंसी आ गई... । थोड़ी देर सोचते रहने के बाद याद आया—'ओ हो..., कल इसने चिंकी के घर पर कुछ सीखा होगा... वहीं घंटे भर खेली थी ...चिंकी ने सिखाया होगा...

जल्दी-जल्दी उतरते हम लोग कार में बैठ गए और चंद मिनट बाद होटल ताज में थे। ताज के अंदर सर्वत्र भव्यता का विराट साम्राज्य पसरा था। उस विशाल हॉल में बिखरी खूबसूरती किसी की आंखों को विस्मय-विमुग्ध कर दे। सर्वत्र तेज रोशनी का समंदर बह रहा था। रंग-बिरंगे तैल चित्रों से सजी दीवारें, शानो शौकत बढ़ाती बड़ी-बड़ी पेंन्टिग्स, उत्कृष्ट नमूने के बेजोड़ फर्नीचर और कुदरती घास की झलक देता वाल टु वाल कार्पेट जिस पर पैर रखते ही घास जैसी कोमलता की छुवन तलुवों को महसूस होने लगी। सिर के ऊपर झाड़फानूस... राजसी लुक्स वाली... रोशनी में नहायी हुई ! थोड़ी देर के लिए सम्मोहन की मुद्रा में डूबने लगा तन-मन। विलक्षण और अद्‌भुत दृश्यों की भरमार थी वहां।

कई लोगों से परिचय... हाय-हैलो... खाना-पीना और फिर ड्रिंक्स का दौर देर रात तक चलता रहा। ढेर औपचारिकता और कृत्रिमता ओढ़े लिपे-पुते चेहरों पर आत्मीय संस्पर्श और संबंधों की गर्माहट दूर-दूर तक नजर नहीं आयी। हां, अनु जरूर वहां खूब देर तक उछलती-कूदती फुदकती बॉल की तरह खुश-खुश डोलती रही इधर से उधर... ।

इधर जब से काम का दबाव मेरे पास बढ़ता गया, मुझे एक फुलटाइम कामवाली की जरूरत बढ़ने लगी...। ऊपर से इधर सर्दियां अपनी उठान पर थीं कोहरा दिनों दिन चरमावस्था पर पहुंचकर धरती से कई फीट ऊपर तक अपनी मोटी परत चढ़ाता जाता कि किसी को दो-तीन फिट की दूरी से ही पहचाना जा सकता था। कोहरे को मिटाने के लिए सूरज अपनी पुरजोर ताकत लगाने में कई-कई घंटे लगा देता लेकिन वह कुंडली मारे अपनी जगह से इंच भर भी नहीं खिसकता। ऐसी कड़कड़ाती ठंड में काम वालियों को आते–जाते देखती... छोटे से पतले शॉल में किसी तरह अपनी देह को लपेंट वे सिकुड़ते हुए काम करने आती। एक दिन मैंने एक महरी से बात की। सफाई के दुई सौ लूँगी...' मैंने हामी भरी लेकिन उसे देखकर मन में टीस होती, पता चला कि वह चार बच्चों की मां है। वह ज्यादा बोलती नहीं थी लेकिन उसकी आंखों में छिपी थी पीड़ा... और गरीबी की मार। एक दिन मैंने दबी जुबान में उससे साफ रहने की बातें समझानी चाही तो उसका जबाव था–'हमारे पास खाने तक को पैसे नहीं बचते..., साबुन तेल कहां से जुटाएं?

मैंने तुरन्त उसे साबुन पकड़ाते हुए कहा–हर महीने तुम्हें साबुन-कपड़े दूँगी। उसी वक्त मैंने उसे अपना स्वेटर दे दिया। कुछ महीनों में ही उसकी कायापलट होती दिखी... उसके चेहरे पर थोड़ी रंगत भी चमकी। एक दिन वह अपनी बच्ची भी ले आई... दिखने में भोली-भाली सी थी वह। मैंने पढ़ाई की बाबत पूछा तो बोली-पहले मामा के पास रहती थी, वहां पांचवी में पढ़ रही थी कि इन्होंने बुलवा लिया। उन्हें काम पर आना पड़ता और घर पर भाई बहिनों की देखरेख के लिए कोई था ही नहीं। मैंने जोर देकर पूछना चाहा-यहां बगल के स्कूल में क्यों नही जाती? मैंने उस लड़की से पूछा-पढ़ना चाहती हो? मन है?' उसने गर्दन झुकाकर हामी भरी लेकिन आंखें भर आई तो मैंने कंधे पर हाथ रखते हुए कहा–तुम जरूर पढ़ोगी लेकिन कुछ और तरीके भी मैं तुम्हें समझाऊंगी खर्चे निकालने के लिए। मैंने उसकी मां से कहा–'सुनो, इसे स्कूल भेजना शुरू करो... शुरू-शुरू में कुछ माह तक खर्च मैं उठाऊंगी, बाद में कोई और इंतजाम हो जाएगा... समझ गई? फिर मैंने उसका नाम पूछा तो बोली-रेखा...। 'अच्छा रेखा, मां को जाने दो, तुम्हारा एक छोटा सा टेस्ट लेती हूँ देखती हूँ क्या-क्या सीखा है तुमने अब तक?'

–'कल आ जाऊं सुबह?'

–'हां यह ठीक है... तुम कुछ रोज मेरे पास आकर पढ़ो। तभी मैं तुम्हें कुछ बता पाऊंगी कि आगे क्या-क्या कैसे-कैसे करना है..., ठीक है?' एक सप्ताह के अंदर ही मुझे इस सचाई का अहसास हो गया कि यह बच्ची पढ़ने में बुरी नहीं है हिन्दी-अंग्रेजी और मैथ्स की काफी प्रॉब्लम सॉल्व करना आता है इसे। तभी मेरे दिमाग में बिजली की रफ्तार से एक विचार कौंधा–'रेखा, तुम एक काम कर सकती हो... उसने अपनी सिकुड़ी आंखों को फैलाया जिसे देखकर मुझे हंसी आ गई फिर मैंने

उसके कंधे पर हाथ रखते हुए कहा—'सुनो... यहां से सीधी गली में लाल रंग वाला स्कूल देखा है? वहां पर तुम छोटे-छोटे बच्चों को पढ़ा सकती हो... मेरे खयाल से दूसरी तक तो बहुत आसानी से...' वह सहमी अवाज में बोली—'दीदी लेकिन मैं इंग्लिश कहां बोल पाती हूँ?...वो तो इंगलिश मीडियम का स्कूल है, वैसे एकाध—दो बच्चों को ट्यूशन तो पढ़ाती थी मैं... मामा के यहां...

—'देखो, तुम इसकी चिंता न करो... इसके बारे में मैं खुद सोचूँगी... बात करके देखती हूँ शायद कोई रास्ता निकल आए..., वैसे यहां इंगलिश में बोलना जरूरी नहीं होता होगा। आजकल तो सभी जगह लिखा रहता है इंगलिश मीडियम... लेकिन कहां होते हैं वे सचमुच वैसे?

अगले दिन मैं स्कूल की प्रिन्सिपल से मिली। पहले तो उन्होंने नो वैकेन्सी वाला तख्ता दिखाया फिर उसकी क्षमता पर शक की सुई घुमाते हुए मुझे उल्टा समझाने लगी—'देखो ये कुछ करना-धरना तो चाहते नही... बस यूँ ही सहानुभूति बटोरना चाहते हैं... मेहनत नहीं करते, मैंने बीच में बात काटते हुए कहा—'एक चांस तो आप दीजिए..., प्लीज ..., बाद में पसंद न आए तो कोई बात नहीं...'। उन्होंने टालामटोली करते हुए कहा—सोचेंगे..., बताएंगे...। जाते-जाते जब मैंने उनका नाम पता नोट किया कि शायद डोनेशन वगैरह देने से ये रख लें। मैंने यूँ ही कहा—'अच्छा आप इंदिरानगर सेक्टर-2 में रहती हैं...वहां मेरी एक बहुत अच्छी दीदी रहती हैं मिसेज सुरभि पांडेय होशियार और सोशल एक्टिविस्ट हैं..., उनकी दो-तीन बेटियां हैं... बड़ी बेटी का नाम स्मिता है शायद...'

—'क्या? ...आप उन्हें जानती हैं? मगर कैसे?' वह प्रश्नातुर हो उठीं।

—'अरे भई, मैं उनके घर में रही हूँ कुछ दिन..., मेरी उनसे खूब पटरी खाती थी...'

—'ओ..., रचना दीदी..., सॉरी... मैं आपको पहचान नहीं पाई, मैं स्मिता ही हूँ। मैंने मम्मी के मुंह से आपके बारे में बहुत कुछ सुना है, जैसा आप कहेंगी... वैसा हो जाएगा... कैसे भी मैनेज कर लूँगी...' उसकी उतरती आवाज में मिठास आ गई—'मैं पहले से बहुत ज्यादा मोटी हो गई हूँ इसलिए आप पहचान नहीं पाईं मुझे। वैसे मैंने एक बार देखा था आपको बहुत पहले...' मैंने फिर से रेखा को लेकर कहना चाहा—'स्मिता ..., ये वाकई होशियार लड़की है... एकाध मौका दो..., हां यदि फिर भी पिकअप नहीं कर पाती ...तो कोई बात नहीं ...' मैं जाने लगी तो बोली—'चाय मंगा रही हूँ..., पीकर जाइए न...'

'फिर कभी...' कहकर मैं मुड़ने लगी...।

महीने भर बाद मैं जब उससे मिली तो उन्होंने रेखा की मेहनत और लगन की खासी तारीफ की। पढ़ाने के साथ-साथ वह खुद भी पढ़ने लगी... धीरे-धीरे उसने अपनी मेहनत से स्कूल में अपनी जगह बनाई और पहचान भी। उसकी आंखों में

चमकते सपनों को देखकर मैं आत्मसंतुष्टि से भर उठी। आज उसकी जिंदगी का पहिया बड़ी सहजता से सरक रहा है। मैं वाकई खुशी से पुलकित हो उठी जब महीने भर बाद रेखा अपनी तनख्वाह से मेरे लिए एक छोटा स्वेटर बनाकर लाई। उसकी उंगलियों का स्नेहिल संस्पर्श महसूस करके मैं अंदर ही अंदर भीग उठी।

अक्सर अनचाहा ही भुगतना पड़ता है...क्या से क्या हो जाता है जिंदगी में? कड़वे-कसैले अहसासों की फांस गले में ऐसी अटक गई जिसमें से कोई आवाज नहीं निकल पा रही। बमुश्किल उन कड़वे घूँटों को अंदर तक गुंटकती गई। दिमाग में गोल चक्कर घूमता गया और पेट में खौलन मचने लगी। कड़वी बात चाहे जितनी मिठास घोलकर कही जाए... सारे करे-धरे पर पानी फेरने के लिए बहुत है वह... । रजत के सनसनाते बोल नसों में फैलते जाते—

—'तुम तो कोई भी काम नहीं करना चाहती...'

—'क्यों करती तो हूँ...इतना सारा, वरना कौन संभालता है घर, बच्ची और दफ्तर ?'

—'कुच्छ नहीं करती तुम... सिवाए अखबार-पत्रिकाएं पढ़ने या कम्प्यूटर की किताबें चाटने के... रजत ने हिकारत दर्शाते विरक्त भाव से कहा।

—'तो ठीक तो है, वह तो अच्छा काम है, क्या बुराई है उसमें? कैरियर है वो तो मेरा...'

—'कोई कैरियर-बैरियर नहीं बनता ये सब पढ़ने से...घर जरूर बर्बाद कर रही हो तुम...'

—'क्या...क्या कहा ? अनु ठीक से पल-बढ़ रही है ...क्या बर्बादी दिख रही है तुम्हें...? बताओ तो जरा... बोलते-बोलते मैं हांफने लगी। 'बर्बाद कर रही हो...' शब्द गर्म तवे पर पड़े पानी के छिंटे की तरह छन्न से कानों में टपके एवं जहां की तहां खड़ी रह गई मैं। घर बर्बाद... घर बर्बाद... शब्द पूरे दिलो-दिमाग में—देह में रेंगने लगे। बलात मेरे मुंह से निकल पड़ा—'रजत, मैंने तुम्हारा घर बर्बाद नहीं-आबाद किया है। याद करो मैंने तुम्हारे भाई का ठप्प पड़ा बिजनेस शुरू कराया था जिसकी बदौलत वे आज ऐश की जिंदगी जी रहे हैं।

—'क्या कहा? ऐश कर रहे हैं वे... लगभग झपट्टा मारने के अंदाज में रजत ने कहा ओर अपनी दायीं कोहनी से ताकत लगाते हुए मुझे पीछे की तरफ धकिया दिया।

अचानक विक्षिप्त मन की सैकड़ों किरणें जमीन पर बिछ गई। यह देह जैसे कोई मरियल-बेजान बैल हो जिसे कहीं भी ला पटको। गले में जैसे कोई आवाज ही न रह गई हो। अपमानित होना सबसे त्रासद अहसास होता है... मेरी आंखों से झरते आंसुओं को देखकर अनु मुझसे चिपक गई... और मैं उसे लेकर सीधे छत पर निकल गई। अनु अपने नन्हे हाथों से मेरे आंसू पोंछने लगी। मैं जितना आंसुओं

को रोकने-पीने की कोशिश करती—वे और वेग से टपकते। अनु और ज्यादा चिपटती जाती। अब वह काफी कुछ बोलने लगी थी—'मम्मा पुप हो जाओ...' कुछेक मिनट बाद रजत भी छत पर आ गया और अनु की दूध की बोतल थमाते हुए बोला—'लो, इसे दूध पिला दो... खामहखां बच्ची के सामने नाटक कर रही हो...' मैं चुपचाप बैठी रही तो फिर से तमककर बोला ऊंची आवाज में—'मैं कह रहा हूँ दूध दो इसे, सुनती क्यों नहीं?'

उसी वक्त पड़ोसन दत्ता भाभी जी किसी काम से छत पर आई थी। हम-दोनों को देखकर और रजत की ऊंची आवाज सुनकर बोली—'क्या बात है भई? क्यों नाराज हो रहे हैं? जबाब रजत ने दिया—'भाभी जी आपको पता है आज इसने क्या कहा मेरे भाई को ? वो ऐयाशी कर रहे हैं... ऐश काट रहे हैं मेरी बदौलत... यदि बुरे वक्त में हमने कोई मदद कर दी तो इसे यूँ कहना चाहिए था...' उन्होंने मेरी तरफ देखते हुए कहा—'रचना, तुम्हें ऐसा नहीं बोलना चाहिए था... ससुराल वाले कैसे भी हों—मुंह से ऐसे शब्द शोभा नहीं देते। तुम तो वैसे भी पढ़ी-लिखी समझदार लड़की हो...' ऐसी बात कैसे कह दी?' अभी मैं उनको जवाब दे ही नहीं पाई थी कि रजत फिर से चिल्लाने लगा—'मैं कब से कह रहा हूँ लड़की को दूध दे दो... तू सुनती क्यों नहीं?' रजत इस बार काट खाने वाले अंदाज में गर्म-गर्म शब्द कानों में उड़ेलता जा रहा था जिसे मैं सह नहीं पा रही थी।

—'तुम्हीं क्यों नहीं दे देते... इतने फिक्रमंद हो तो खुद ही दे दो...' आवेश में बोल पड़ी मैं।

और बस यह सुनना था कि उसने पूरी ताकत से खींचकर जोरदार थप्पड़ मेरे सिर पर दे मारा... उन्ही मिसेज दत्ता के सामने बिना कोई लिहाज किए। बिलबिलाते घायल जानवर की तरह मेरे दिमाग का चक्का पूरा घूम गया। अपमान की जानलेवा तकलीफ से आहत तन-मन में गर्म खून उफनने लगा। मैं जड़वत बैठी रही। दिमाग-दिल सभी कुछ शून्याकाश में पता नहीं कहां थे ? कुछ भी नहीं सुनाई नहीं पड़ रहा था। पीड़ा से आहत मैं लटपटाती शेरनी की तरह भौचक खड़ी रह गई ऐसा लगा जैसे अचानक पीछे से हुए वार से मुझे किसी ने घायल कर दिया हो। इतना अपमान इतनी जलालत...और जिल्लत झेलकर भी आदमी कैसे जिंदा बना रहता है? उफ ? इतनी मार सहकर भी क्यों मैं उसी चहारदीवारी में सिर छुपाने को अभिशप्त हूँ? क्यों इस घर में रहने की मजबूरियों को ढोती रहती हूँ? रजत का ऐसा क्रूर व्यवहार सहकर भी मैं उसी के साथ रहने को नियति मानकर क्यूँ इतने दिनों से झेलती आ रही हूँ? सब छोड़-छाड़कर कहां भाग जाऊं? कहां सिर छुपा लूँ? है कोई ऐसी जगह, जहां मुझे दो पल सुकून भरे-शांति भरे-संतोष भरे मिल सकें?

फिर वही पुरुष की पैंतरेबाजी। शिकार करने को आतुर पुरुष घायल-छटपटाती स्त्री को पंजों से दबाकर चुभलाए जाने को लालायित है..., वह बेचारी कहां भागकर

जान बचाए? तो क्या उसी के चरणों में दासी बनकर जीने की विवशता में लिथड़ती रहे? क्या ये..., ये... वही रजत है जो सप्ताह भर मुझे न देखे तो बेचैनी से पागल हो उठता था–'रचना, तुम कितनी कठोर लड़की हो, इतनी भी फिक्र नहीं करती। एट लीस्ट मुझे फोन ही कर देतीं...। मैं मरा जा रहा हूँ तुम्हारे दीदार के लिए। तुम्हारा खत पढ़ा तो जान में जान आई... तो क्या मुझे इम्प्रैस करके मुझे पाने के लिए रजत अपने व्यक्तित्व का श्रेष्ठतम भाग ही दर्शाता रहा? आज जबकि श्रेष्ठता की वो दिखावटी परत खुरच गई तो अंदर की कलई खुलनी ही थी। इस पल मुझे अहसास हुआ कि दीवार से झड़ती कलई और भुरभुराती माटी से मेरा घर ही नहीं, मैं भी बदरूप होती जा रही हूँ। इस कचरे में अब और नहीं रहना मुझे... इसके तले समूची सत्ता दब जाएगी मेरी... कैसे बचा पाऊंगी मैं खुद को साबुत?

रजत तो अपेक्षाओं की मोटी-मोटी चट्टानें जब तब मेरे ऊपर पटक देता है परंपरागत संस्कारों की मोटी-मोटी जंजीरों से हाथ-पैर बांध देता है... कैसे आगे कदम बढ़ा पाऊंगी मैं इन्हें लादकर? हर वक्त हवाला देता रहेगा मर्यादाओं का और सामाजिक उसूलों का लेकिन खुद का चेहरा कभी नहीं देखना चाहेगा। उसी आइने में एक पति से पत्नी की सामाजिक अपेक्षाएं क्यों होती है? चालाकी, धूर्तता, पाखण्ड, कंजूसी और काइयांपन की ढेरों लकीरें खुदी हैं उसके चेहरे पर। स्वार्थनुमा चेहरा मंजे बर्तन में साफ-साफ झलक जाता है... देर-सवेर सचाई सामने आ ही जाती है... आखिर कब तक छुपेगी हकीकत? रजत की पैसों पर लपलपाती जीभ और मर्यादा-परंपरा की खाल में बिछा अहं मुझे जब-तब आहत करता रहता। वक्त-बेवक्त टुच्चई और खुदगर्जी को पकड़कर रखने वाला रजत... मेरी कद्र करना भला कैसे जानेगा? काहे मैं उम्मीद करती हूँ उससे प्यार की? शायद यह उम्मीद उतनी ही व्यर्थ और हास्यास्पद है जितनी किसी पागल के मुंह से यह कहलवा पाना कि उसका दिमाग खराब हो गया है। वह यह कभी स्वीकार नहीं करेगा कि वह सिर्री हो गया है... तो मैं क्यों अपेक्षाएं करती हूँ उससे सहृदयता की, उदारता की... कोमलता की? तो फिर मैं करूं तो क्या करूं? खुद को खाली बर्तन सा ढकढकाते रहने से भी क्या हासिल होगा मुझे? बल्कि ऐसा करने से मैं कहीं न कहीं खोखला बनाती जा रही हूँ खुद को... उम्मीदें जब चरमराकर टूटती है तो खुद पर भी भरोसा ढहने लगता है... तो क्या मेरे अंदर मेरा 'अपना' कुछ भी नहीं बचा? ऐसा क्यों हो रहा है मेरे साथ? आखिर क्यों? कहां चूक हो रही है मुझसे..., जाने-अनजाने?

अपने चुने रास्तों पर बार-बार धचकोलें खाते हुए ऊबड़-खाबड़ पगडंडियों-गड्ढों पर आगे बढ़ने की कोशिश में मुंह के बल औंधी गिर पड़ूँगी मैं... सोच-सोचकर इस बात की चिंता घेर लेती कि जिस नाव में मैं बैठी हूँ, वह कहीं पलट न जाए... मेरा पूरा ध्यान सिर्फ इसी बात पर केन्द्रित रहता और इसके लिए मैं तत्पर, चौकस और चौकन्नी भी रहती हूँ। कभी-कभी यह खयाल उद्वेलित करता है कि मैं ही क्यों

ओढ़ूं यह जिम्मेदारी हमेशा और यही सोच-सोच कर परेशान होती रहूँ? नाव को डूबना ही है तो डूब जाये मेरी बला से...केवल मेरे सहारे ही टिकी रहेगी नाव क्या? कब तलक? मेरे अकेले हाथ इसे खीचते-खीचते थक गए हैं...।

अंदर से ढेरों खदबदाते सवालों के बुलबुले उठते-गिरते...बनते—बिगड़ते। धीरे-धीरे अंधेरा गाढ़ा होता गया और रात की चादर फैलती गई। हवा से झूमते—सिर हिलाते अपने दूसरे साथी को छूने की होड़ में पेंग बढ़ाते पेड़ों को देख खयाल आया-क्या आपस में एक दूसरे के को छूने की ललक इनके अंदर भी मौजूद रहती होगी? ताली पीटते पेड़ों की डगालों, एवं पत्तियों की सरसराहट से समां खुशनुमः बनता जा रहा है। पेड़ों की यह जुगलबंदी बढ़ती गई और ताण्डव करते पेड़ों ने अपने प्रेमी बादल को नीचे झुका लिया। वे खूब उमड़-घुमड़कर गरजे फिर झमाझम् शुरू। इतनी सरसता...देख मन भीगने लगा। तन्मयता से देखती रही लगातार...। अंदरूनी पुलक से संतृप्त पेड़... खिले-खिले खूब-खूब भरे-भरे...और ताजातरीन चेहरा लिए अपने अद्भुत सौन्दर्य से चारों तरफ जादू बिखेरने लगे। ...क्या पी मिलन के बाद का जादू है ये ?

—'अंदर आओ रचना... बाहर क्यों भीग रही हो? रजत ने बालकनी में भीगते हुए देखकर मुझसे मनुहार की आवाज में कहा और हाथ पकड़कर अंदर की तरफ खीचने लगा...

—'तुम जाओ...मैं थोड़ी देर बार आऊंगी...' मैंने निर्लिप्त स्वर में रूखा सा जवाब दे दिया।

—'अनु सो गई है ...'कहकर वह वापस मुड़ा लेकिन मेरे दिमाग में वही उमड़न-घुमड़न ...वही भारीपन छाया था। अन्दरूनी कोने—'इतने' दरक गए थे जिन्हें ऊपर की माटी थोपकर कितना ही मिटाने का भ्रम पैदा किया जाए लेकिन दरकन मिटती नहीं। थोड़ी देर बाद लैटमी ट्राई टु स्लीप' सोचकर अंदर आई लेकिन रजत के बोल घिसे टेप की तरह बेढब तरीके से बज रहे थे—'जिंदगी बर्बाद कर दी तूने... मेरे घर की परिस्थितियां कुछ ऐसी है वरना मैं तुम्हें अपना 'असली' रूप दिखा सकता हूँ... समझी?'

यानी रजत का 'असली रूप ' अभी और देखना बाकी है? सवाल चबा गई थी मैं। उफ ! ये खदबदाहट और इतनी बेचैनी कि पेट में जबरदस्त दबाव बनता जाता गोल-गोल भंवर बनकर। कैसे रहूँ इस निर्मम दुनियां में? इस उथलपुथल को कैसे शांत करूं? कौन ठंडा लेप लगाएगा? जैसे पूरा रास्ता ही सघन कोहने से घिर जाए और आगे जाने का कोई तरीका ही समझ में न आए। ये सब कब तक? क्यूँ ? चीखते-चिंघाड़ते—डराते काले बादलों से लगातार होती बारिश से आज ये पूरी धरती ही कीचड़खाना न बन जाए... ऐसी वारिश जो थमने का नाम ही न ले तो उसमें सौन्दर्य की जगह वीभत्सता ही नजर आएगी न...?

कैसे कटेगा ये काली घटाओं से घिरा घटाटोप अंधेरा? क्यों प्रकृति इतनी मनमानी करती है और क्यों झेलने को अभिशप्त है यह धरती? नहीं-नहीं जब ये ताण्डव असाध्य होता है तो बेबस धरती बीच से कही चटक जाती है... फट जाता है उसका कलेजा...चिर जाते हैं दो फांक... लेकिन मेरी नैया कहां पार लगेगी? दूर-दूर तक कोई ठिकाना नहीं दिखता। कभी कल्पना नहीं की थी कि रजत के साथ जीवन इतना यातनाप्रद शिविर में तब्दील हो सकता है? संबंधों में पसरी जड़ता-कब और कैसे टूटेगी ? कहां से जीवंतता, स्फूर्ति और जीवटता बटोर लूँ अपने अंदर? इस सूखी-सपाट मनोभूमि में कहां से उपजेंगी सरसता? सब कुछ निरर्थक और बेमतलब लगता है।

—'रचना... आई एम सॉरी...' रजत ने लेटे हुए मेरे पास खिसकते हुए थोड़ा सहलाने के अंदाज में यूँ कहा जैसे उसे कहने के लिए जोर पड़ रहा हो। मैं चुप बनी रही हालांकि अंदर सवालों की झड़ी लगी हुई थी। उस घने अंधेरे और सन्नाटे में मुझे समेटते हुए रजत ने मुझे अपने अंक में भरना चाहा लेकिन हिमशिला सी मनोभूमि वाली मेरी देह पिघलने को कदापि तैयार नहीं थी—'रजत... लैट मी स्लीप... एकदम ठण्डी और बुझी आवाज में नकार का भाव पसरा था तभी खिड़की का पर्दा हवा से हिला और देह में ठण्डी सिहरन भरती गई। मेरी आंखें उस अंधेरे के पार खिड़की के बाहर हिलते पेड़ों को देखने की कोशिश करने लगी। हवा से फड़फड़ाते तन-मन में अनायास अनुराग की आकृति उभरी और एक पल के लिए तो ऐसा लगा मानो मेरी गाड़ी टेढ़ी-मेढ़ी होकर एक बड़ा धचकोला खाकर किसी गहरे पहाड़ी गड्ढे में गिरने ही वाली थी कि अनुराग ने तुरन्त तेज छलांग लगाकर खूब बड़ा सा पत्थर गाड़ी के पहिए के पास लाकर रख दिया और भुरभुराती गाड़ी में अचानक ब्रेक लग गया ...और वह एक ही झटके से रुक गई..., गिरने से बच गई...।

लेटे-लेटे आंखें मींचे-मींचे पलकों के अन्दर कभी पुलक तो कभी गुस्सा हावी रहता। हिलते पर्दों से अंदर घुसती सनसनाती हवा जैसी हुलस अंदर-अंदर भरती जा रही है। पता नहीं नींद में हूँ या सपनों में लेकिन लग रहा है जैसे खूब लंबा-चौड़ा रास्ता फलांगते हुए दौड़ती जा रही हूँ मैं किसी चमकदार चीज को पकड़ने के लिए... भाग रही हूँ मैं तेज...तेज...तेज..., बेतहाशा...दौड़ रही हूँ। जब भी घर में कुछ अनचाहा घट जाए तो तनाव की मोटी परत मेरे चेहरे पर छप जाती। कितने आश्चर्य की बात है कि हम समस्या की तह में जाकर ऑब्जेक्टिव नजरिए से कार्यकारण संबंध की तलाशकर स्थितियों को जांचते-परखते हैं लेकिन नतीजा सिफर रहता। हर बार वही जहर अपनी गिरफ्त में मुझे उतनी ही तीव्रता से जकड़ लेता जितनी तीव्रता से पहली बार महसूसा था। रजत के व्यवहार के बदलने को सच मानना एक बड़ी भूल थी मेरी।

अगले दिन सुबह जल्दी नींद खुल गई तो बालकनी में पड़े स्टूल पर बैठे-बैठे नीचे झांकती रही... बारिश के बाद की शांति छाई है। रात में देर तक हुई बारिश

के बाद खामोश—नीचा मुंह किए पेड़-पौधे देखकर लगता है जैसे वे धरती-आकाश के मिलन के बाद की संतृप्ति में झुक गये हों। सर्वत्र शांतिकुंज सा माहौल था। जमीन से उठती सोंधी महक सूँघकर थका तन-मन भी खिल-खिल उठे। वहां रखे गमले को देखकर सुबह से ही अनुराग के बोल बजने लगे—'रचना, गमले की वर्षों पुरानी जमी माटी को हटाकर नई माटी डालना बहुत-बहुत जरूरी होता है। पौधों को भी नई जमीन, नई माटी पर पड़े नए छींटे भाते हैं। जरा लॉजिकली सोचकर देखो तो, खरपतवार हटाना कितना जरूरी होता है...

—'आप जो कहना चाहते हैं, मैं समझ रही हूँ लेकिन ये खरपतवार तभी हट पाएगी जब दोनों तरफ से बराबर के प्रयास हों।' मैंने सफाई देनी चाही।

—'रचना, ऊपर-ऊपर खुरचने से काम भले ही चल जाए लेकिन जीने का मजा तभी आएगा जब अन्दरूनी परतों को उलट-पुलटकर नए सिरे से माटी बदली जाए...यू कैन डू दैट...'

-कुच्छ नहीं होगा मुझसे। दिन का एक तिहाई भाग ऑफिस में और बाकी समय घर पर बैठकर कुढ़ने में बीत जाता और रात होते-होते फिर किसी न किसी बात पर तनातनी शुरू... आई कांट हैल्प माई सैल्फ...'

—'रचना... रिलैक्स... वह तुम्हें रोज शाम को बनी-संवरी गुड़िया की तरह देखना चाहता है न... तो क्या बुराई है इसमें... यू डू दैट... ?'

बीच में बात काटते हुए मैं बिफर पड़ी—'आपको बताऊं—जब भी खूब अच्छे से तैयार होकर रहूँ और अनु कुदकती-फुदकती आकर कहने लगे—पापा, कही बाहर चलो न... और यदि मैं भी अनु के साथ कह दूँ—चलो न...' तो कोई न कोई बहाना करके टाल देगा—'क्या करोगी वहां जाकर? सब तो टी.वी. पर आता है, क्यों देखना चाहती हो बाहर की मूवीज? थोड़ा सा पैसा और बच जाए तो कार के लिए म्यूजिक सिस्टम खरीद लेंगे..., अब बताइए, जहां पैसे ही एक मात्र निर्णायक भूमिका में खड़ा हो वहां रिश्तों में घुन तो लगता ही है देर-सवेर। पैसों और मालिकियत के नीचे कोमलता तो उल्टे पैर भाग खड़ी होती...

तभी अनु के कुनमुनाने की आवाज आई तो मैं झटपट अंदर गई और उसे दूध दिया। रजत भी उसी वक्त उठा—'रचना... चाय बनाओ भई...' आवाज में रस था।

चुपचाप दो कप चाय बनाकर मैं अखबार पढ़ने बैठ गई। आज की सुबह खूब शांत और ठण्डी लग रही थी। घने बादल समूचे आसमान में लामबंद होकर घेराबंदी किए हैं और चीं-चीं करते पंछी मानो धूप पर पहरा दे रहे हों। आकाश गंगा भागीरथी सा नीचे उतरने का दृश्य बांधता सूरज कहीं से भी बाहर न निकल पाने की विवशता में छटपटा रहा है। सचमुच कुदरत का ये समां इतना मोहक, और इतना रमणीय लगा रहा है कि मन नहीं करता कि सूरज निकले और इस

इंद्रधनुषी–मौसम को क्षणभर में गायब कर दे। बाहर लोगों की आवाजाही शुरू हो गई। मेरी उदासी भांपकर रजत मेरे पास आया और मेरी तरफ ध्यान से देखते हुए बोला–'रचना... आई एम रियली सॉरी..., कभी-कभी इतना गुस्सा आ जाता है कि होश नहीं रहता कि मैं क्या-क्या कहे जा रहा हूँ... लैट्स स्टार्ट ए न्यू बिगनिंग...'

मैंने चुपचाप सुन लिया और मेरी आंखें भर आई–'रचना, प्लीज मैं प्रॉमिस करता हूँ अब कभी नहीं ऐसा होगा...। रात भर मैं भी नहीं सो सका मुझे भी यह करना अच्छा नहीं लगता लेकिन पता नहीं कैसे क्या हो जाता है मुझसे रजत की आवाज में पछतावे की भावना थी...।

–'रजत... क्या ऐसे ही चलती रहेगी हमारी जिंदगी? बोलो?'

–'नहीं यार..., मैं कह रहा हूँ ...न..., भरोसा रखो मुझ पर... रजत ने मेरी हथेलियों पर अपने दोनों हाथ रखे और प्यार जताते हुए बोला–'मैं अभी चाय बनाकर लाता हूँ..., चाय पीकर फ्रेश हो जाओ। देखना मैं कितनी अच्छी चाय बना सकता हूँ...' कहकर वह सचमुच अंदर चाय बनाने चला गया। एक बोझ जो धीरे-धीरे हल्का होता गया...

रजत की तरफ से सुलह की यह पहल सचमुच चमत्कारिक थी मेरे लिए। मन सुखद विस्मय से भर गया, ऐसा कायांतरण किस बजह से? तभी रजत चाय के दो कप लिए हुए आ गया। चाय खत्म करके अखबार की सुर्खियों पर निगाहें फेंकती हुई मैं बाथरूम में घुस गई। तैयार होते-होते अनुराग का टेप ऑन हो जाता–'रचना, ठीक से तैयार हुआ करो। साड़ी के रंग से चूड़ी के रंग का मैचिंग कराओ न गले में चेन और हाथों में कुछ भी नहीं पहना? हमेशा हड़बड़ी में रहती है ये लड़की भी...'

इधर अनुराग के डिटेल्स याद आ रहे है वहीं रजत की आवाजें–'रचना, मेरा खाना पैक कर दिया न? पौने दस बज रहे हैं मगर तुम कभी सही वक्त पर तैयार नहीं हो सकती। हर काम स्लो करने की आदत रही है तुम्हारी और देर होने पर हड़बड़ी इतनी कि खाना ठीक से निगला नहीं जाता, मैं जा रहा हूँ...'

मैं जानती थी कि मुझे तैयार होने में थोड़ी सी भी देर होने पर रजत कतई वेट नहीं करेगा इसलिए मैंने इत्मीनान से अनु को तैयार किया फिर नीचे उतरकर रिक्शा किया। साढ़े दस बजे तक भी धूप का नामोनिशान नहीं था सो सुबह की भीनी खुशबू अभी भी नथुनों में ताजगी भर नही थी... चहकती सीढ़ियां फलांगती (बिना लिफ्ट का इंतजार किए) मैं सीधे अनुराग मिश्रा के चैम्बर में पहुंच गई...

–'ओ... हो... तुम तो वाकई जम रही हो... लवली गर्ल... ऐसे ही खिली-खिली रहा करो न...ये हुई न अच्छे बच्चों बाली बातें मैचिंग चूड़ी-हेयर क्लिप... और कड़े भी... भई वाह ! आई एम रियली हैप्पी टु सी यू..., ए वेरी गुड मॉर्निंग फॉर दिस चहकती 'बर्ड...'

ठीक उसी वक्त रजत को याद करने की कोशिश भी की—यही सब उसके सामने पहन चुकी हूँ परन्तु उसने तो ठीक से देखा तक नहीं, कहना तो बहुत दूर की बात है...।

—'चलो भई..., आज इतना प्यारा मौसम हो रहा है, कुछ गर्मागरम खाते हैं क्या चलेगा? अच्छा ये बताओ, सुबह-सुबह क्या खाकर आई हो?'

—'बस्स दो चाय... एकाध ब्रैड पीस...'

—'अरे... इतनी देर तक नाश्ता भी नहीं किया। रचना, मैं देख रहा हूँ तुम खाने-पीने पर जरा भी ध्यान नहीं दे रहीं। सुनो ध्यान से मेरी तरफ देखो जरा, सुबह उठकर सबसे पहले एक गिलास दूध पिया करो... समझ गई न?

सुनते ही मुझे हंसी आ गई जोर से और मैं बत्तीसी फाड़कर हंसने लगी।

—'अरे ! इसमें हंसने की क्या बात है? मजाक उड़ा रही हो दूध पीने का, रचना इस तरह से तुम खुद को नेगलेक्ट करती रहोगी तो कमजोरी आ जाएगी और जानती हो कौन भुगतेगा इसे? तुम्हारी वो फूल सी बच्ची कौन देख भाल करेगा उसकी? यकीनन, तुम बड़ी जरूर हो गई हो लेकिन हो बिल्कुल बच्ची...वैसी ही हरकतें करती हो...'

—'हूँ...करती तो हूँ...' मैंने ठुनकते हुए कहा !

—'चलो, खुश तो हो... यही क्या कम है? वरना तुम्हारी सूरत पर अमूमन बारह ही बजते रहते हैं...एनी वे, टुडे इज ए गुड डे फॉर मी एज यू आर वेरी हैप्पी... बस ऐसी ही बनी रहना... अनुराग ने नेहरस लपेटते हुए कहा।

फिर हम दोनों कैण्टीन की तरफ कुछ खाने-पीने बढ़ गए।

अनुराग के साथ लंबे समय गप्पें लड़ाते टाइम का बिल्कुल पता ही नहीं चलता। धीरे-धीरे मैं बेवजह हुए छोटे-मोटे तनावों से खुद को उबारने की कोशिश में कामयाब होने लगी थी। अच्छा मौसम देखकर खुशियों भरे गाने के बोल होंठों से निकलने लगते। कभी रोने-पीटने वाले जिन दर्द भरे गानों को सुनकर दिल को चैन मिलता था लेकिन अब हंसी-खुशी वाले गीत भाने लगे थे। सफेद रंग या हल्के रंग चुनकर पहनने की वजह से मुझे टोका जाता—'यह क्या फिर वही सफेद या क्रीम या ये ग्रे कलर उठा लाई। रचना, तुम गोरी हो तो कभी-कभार ब्राइट कलर्स भी पहना करो लेकिन बाजार जाते ही मेरी निगाहें सफेद या क्रीम को पकड़ लेती लेकिन रंगों के चुनाव को लेकर इधर मैं अपने अंदर एक बदलाव महसूस कर रही हूँ। अब मैंने पीले, लाल, बैंगनी और यहां तक कि औरेन्ज कलर्स की साड़ियां और सलवार कमीज बनवानी शुरू कर दी है। इसे रुचियों का परिष्कृत होना कहें या जो भी कहें लेकिन औरों के अनुसार मेरे व्यक्तित्व में खासा निखार आना शुरू हो गया है। मैं दिनोंदिन अपने अंदर नयापन महसूस करती और ऐसा लगता कि मेरे इर्द-गिर्द खुशियों के स्फुलिंग फूट रहे हैं..., हां सब-कुछ बहुत-बहुत अच्छा लगने लगा है... खूब-खूब

हरा-भरा, नीला-पीला और खिला-खिला। कभी-कभी खुद पर आश्चर्य भी होता कि मैं कोई टीनेजर्स तो हूँ नहीं लेकिन भावनाएं उसी वेग से उफनती। मार्केट में नए स्टायल का ड्रेस देखकर खयाल आता—'क्यों न इसे भी पहनकर देख लूँ? ट्राई कर लूँ?

बेशक रजत के दबाव तले अभी भी रह रही हूँ लेकिन लगता है जैसे उसके कहने का कुछ खास असर नहीं पड़ता मेरे पर। फोर्सफुल रिएक्शन करने की बजाए मैं उसकी बातें सुनती-गुटकती घूँट दर घूँट—'रचना, पानी फैल रहा है किचन में...क्या कर रही हो तुम? कहां हो? उसक तुनकना और झल्लाना बदस्तूर जारी रहता लेकिन उसके कहे शब्द हवा में घुलकर किसी दूसरी दिशा में रुखसत कर जाते। रजत अपनी अपेक्षाओं की पोटली जब-तब खोलकर बैठ जाता—'रचना... रोटियां बहुत तेज आंच में जला डालती हो, देखो कितनी जल गई है। मेरे पास आकर देखो तो...। 'ठीक है, मैं आंच कम किए देती हूँ'—'मैं आराम से कह देती। जाड़ा हो या गर्मी या उमस या बरसात मैं पूर्ववत पसीना चुआती खाना बनाती रहती—कभी मन से तो कभी बेमन से। रजत सास का मुखौटा पहनकर उलाहना देने से बाज नहीं जाता—'कैसी सब्जी बनाई है? न इसमें मिर्च है, न मसाला बस उबालकर रख देती हो मेरे सामने। क्यों ? बता सकती हो?' वह घोंपती नजरों से घूरता...

—हमारे घर में कटहल उबालकर फ्राई करते हैं। अनु मिर्ची नहीं खा पाती इसलिए नहीं डाली मैं संतुलन साधती नरम आवाज में बोली जिससे तनाव न उपजे।

—'कुच्छ नहीं सीखना चाहती तुम। हर वक्त पढ़ाई...पढ़ाई इससे फुर्सत मिले तो किचन में झांकने का टाइम मिलेगा। दरअसल नौकरीशुदा औरतें घर को ताक पर रख देती हैं...' रजत के शब्द जाड़े की ओस की तरह सिहरन पैदा कर देते लेकिन मैं चुपचाप सुनती रहती। धीरे-धीरे चुप रहने का अभ्यास करती जा रही थी मैं। अपेक्षाओं को मारकर रहने की कोशिश करती थी लेकिन उसी दिन अचानक आधी रात के बाद मुझे बहुत तेज ठण्ड लगी। सारा बदन कंपकंपा रहा था अंधेरे में टटोलते हुए मैंने कहा—'रजत... बहुत कंपकंपी लग रही है...

—'तो ओढ़ लो न चादर...' उसने लेटे-लेटे लापरवाही से जबाव दिया।

—'रजत, मुझसे उठा नहीं जा रहा, मुझे रजाई ओढ़ा दो प्लीज...'

—'खामहखां नींद खराब कर रही हो... भुनभुनाता रजत उठा और पास पड़ी चादर उढ़ा दी।

लेकिन सर्दी थी कि बढ़ती ही जा रही थी बल्कि पहले से और भी ज्यादा...

—'रजत...

-अब क्या है?

-तुमने रजाई तो ओढ़ाई नहीं... मुझे बहुत तेज ठंडी लग रही है... प्लीज ओढ़ा दो... अपलक छत की दीवार ताकते हुए मेरी कंपकंपाती आवाज में अनुरोध था।

—'यहां-वहां बेकार ही भीगती खड़ी रहती हो बारिश में और इस वक्त नींद खराब कर रही हो'... रजत के चाकू तरह शब्द खूब अंदर खुपते गये। रजाई निकालकर रजत ने मुझे ओढ़ा दी लेकिन उसकी निर्ममता से कही बात से कोमलता के रेशे-रेशे कटकर फिकते गए। मेरी सांसें छोंकनी की तरह गर्म-गर्म चलने लगी। समूचा बदन कंप रहा था।...तप रहा था। बुखार बढ़ता जा रहा था लेकिन इसके बाद रजत से कुछ भी कहने की हिम्मत नहीं पड़ी। रिश्तों को जोड़ता अदृश्य तार नंगा होकर करेंट की तरह धकेलने लगा मुझे पीछे की तरफ। आंखें जलने लगीं। इसी बीच अनु कुनमुनाई लेकिन रजत से कैसी भी हैल्प लेने के लिए मुंह से कुछ भी कहते नहीं बना। जैसे-तैसे खुद को समेटकर ताकत लगाकर उठी और उसके लिए दूध लाई। वह खर्राटे भरकर सोता रहा। आक्रोश बूँद-बूँद करके बहता रहा आंखों के रास्ते। ऐसे में कभी मां का तो कभी पापा का हाथ आंसू पोंछने लगता जो कब का हमारा साथ छोड़कर जा चुके थे। कमरे का गाढ़ा नीला रंग अंधेरे में तमाम आकृतियां बनाता रहा। यूँ पूरी रात खुली आंखों में गुजार दी। सुबह भी उतनी ही बेचैनी घेरे थी। थकान से तन-मन निढाल पड़ा था। याद आते गए अनुराग के बोल—'इस तरह से कमजोरी आएगी रचना जिसे भुगतेगी वह बच्ची बेचारी जानती हो न? फिर भी क्यों करती हो इतनी लापरवाही खुद के प्रति? प्लीज रचना अपना खयाल खुद करना सीखो यू नो यू आर द बैस्ट फैण्ड ऑफ योरसेल्फ...'

जलते तन-मन के साथ लेटी रही पूर्ववत। सुबह होनी थी... हुई भी। रजत उठा और पेपर पढ़ने में डूब गया। मेरे लेटे रहने पर ध्यान न देते हुए रजत ने कहा—'रचना उठो भई, चाय वगैरह बनाओ... आठ बजने वाले हैं...'

—'रजत, तबियत ठीक नहीं है मेरी उठा ही नही जा रहा' मेरी आवाज सुनकर बोला—'अच्छा'... फिर थोड़ी देर बाद बोला—'चाय पिओगी क्या?'

—'हूँ' सुनकर रजत ने चाय बनाकर मुझे पकड़ाई और अखबार पढ़ता रहा।

—'तो आज ऑफिस तो नहीं जाओगी न?' रजत ने ठण्डा सा सवाल पूछा।

—'नहीं बहुत कमजोरी लग रही है डॉक्टर को दिखाना पड़ेगा।'

—'रचना, मुझे तो आज नौ बजे ही निकलना है, ऐसा करते हैं, तुम्हें डॉक्टर के पास छोड़ता तो जाऊंगा। वहां से दवा लेकर लौटने में तुम रिक्शा कर लेना... ओ.के. ?'

—'ठीक है...' कहकर मैं चाय पीती रही और थोड़ी देर लेटी रही। अपनी कमजोरी के बारे में सोचती रही। जब से अनु हुई है तभी से हड़बड़-तड़बड़ के चलते जब भी जो भी जैसा भी उल्टा-पुल्टा मिल गया, खाकर चल देती ऑफिस यानी ठीक से न ब्रेकफॉस्ट लेती न ही लंच। डिनर जरूर ठीक से लेती थी। आज पोर-पोर से दर्द चटक रहा है आंखों में नींद भरी होने के बावजूद नींद पास नहीं फटक रही। डॉक्टर से दवा लेकर घर लौट आई। अनु को बगल वाली पड़ोसन के यहां छोड़

गई थी। उसे लेने गई फिर घर तक पहुंचते-पहुंचते थकान से पैर भारी हो उठे। सांस फूलने लगी थी। बदन टूट रहा था। आइने में उदास ओर मुरझाए चेहरे को देखा फिर चाय चढ़ा दी। थोड़ी देर बाद गर्म चाय के लंबे-लंबे घूँट भरते हुए दो बिस्किट्स निगलने लगी। डॉक्टर ने कहा था कि–'जल्दी से कुछ खाकर दवा तुरन्त लेना है..., ब्लड टैस्ट कराना पड़ेगा कि वायरल है या मलेरिया। इतना पीला चेहरा हो रहा है तुम्हारा। कभी बी.पी. चेक कराया? खूब खाया करो भई... वेट कांशस तो नहीं हो न? चुपचाप सब सुनती-गुनती रही। सूने घर में मैं थी इस वक्त अपने साथ। खिड़की से बाहर दाएं-बाएं सिर हिलाते पेड़ों को देखती दवा गुटकी। तभी फोन की घंटी सुनाई दी–'हैलो...,...

'मि. रजत इज देयर...'

–'नो, ही मस्ट बी इन द ऑफिस...

-ओ सॉरी भाभी जी...आप आज घर पर हैं क्या? मैं रजत का कलीग... उसके लिए बरेली से अर्जेण्ट काल है... बता दीजिए उसे...'

फिर देर तक लेटे-लेटे खिड़की से सुदूर आसमान में फैलते मन-भावन दृश्यों को देखती रही अनु कलरिंग करने में व्यस्त थी। रजत के न रहने पर भी रजत की तस्वीर दिमाग में टंगी रहती या तो वह किसी किताब में आंखें गड़ाए पैर फैलाए सोफे पर विराजमान रहेगा या मुझमें छिद्रान्वेषण करके कुछ-न-कुछ खोट निकालकर सुनाता रहेगा–'रचना, क्या कर रही हो? बच्ची के सोने का टाइम हो गया है, सुलाओ इसे, ले जाओ यहां से, देखो इसने कार्पेट पर क्या-क्या फैला रखा है...

पेंसिल-कलर्स...खेल खिलौने...' रजत की सोच को झटककर मैं एक आवेग से उठी और बालकनी में खड़ी होकर देखने लगी–माहौल में हल्कापन तो था लेकिन अंदर से उमस बरकरार थी। यह क्या ? फिर से फोन की किडिंग..., थोड़ा चिढ़कर फोन उठाया–'हैलो... यस...'

–'रचना...ऑफिस क्यों नहीं आई? क्या बात है? आज तो सुबह से चाय ही नहीं पी गई तुम्हारे बगैर...'

–'कल रात से बहुत तेज बुखार आ गया था। खूब कंपकंपी हुई और फिर...

–'कोई दवा वगैरह ली ? डॉक्टर को दिखाने गई?'

–'हां ली है..., अभी वही ले रही थी...

-सुनो, तीन बार खानी पड़ती है। पता है न, ठीक से खाना, समझी? खुद का तो कभी ध्यान रखती नहीं हो इसलिए ऐसा हुआ है' उन्होंने स्नेहासिक्त डांट पिलाई और मेरे 'हूँ-हां' कहने पर फिर से पूछताछ करने लगे–'फल वगैरह रखे हैं, दूध गिलास भरकर पिया या नहीं? जवाब दो भई, चुप क्यों हो ? रचना डियर, इतनी बड़ी हो गई हो, लेकिन खुद अपना ही ध्यान नहीं रख पाती जबकि तुम्हारे ऊपर एक नन्हीं जान की जिम्मेदारी भी है...

—'ले लूँगी दूध—अभी चाय-बिस्किट्स लिए हैं केले रखे हैं...'

—'कल भी आराम करना...संडे है वैसे भी, सोमवार तक आ पाओगी क्या?'

—'बिल्कुल...वैसे भी यहां मन तो लग नहीं रहा। समझ में नहीं आ रहा, क्या करूं ?'

—'कुछ' भी अच्छा सा पढ़ो...टी.वी. देखो अनु के साथ कोई गेम खेलो और सबसे बड़ी बात...रैस्ट करना ओ.के. दैन... टेक केयर डियर...'

उस दिन यूँ ही ऊंटपटांग सोचते-सोचते सारा दिन बीत गया। अगले दिन दवा लाने की याद ही नहीं रही, हां शाम पांच बजे ध्यान आया जब मैंने रजत से कहा लेकिन वह छूटते ही बोला—'क्या अपनी दवा खुद नहीं ला सकती थी? सुबह से क्यों नही ली दवा? आधी बीमार तो तुम वैसे ही बनी रहती हो कभी सिर दर्द तो कभी कमर दर्द तो कभी पेट दर्द... तुम्हारा तो हर वक्त का रोना लगा रहता है...

विकृत होंठों से निकले बोल सुनकर यूँ लगा गोया उबलते पानी में हाथ डाल दिया हो मैंने और जलती जगह पर तुरन्त फफोले पड़ गए हों। 'ठीक है... तुम्हें चिंता करने करने की कोई जरूरत नही' बोलते-बोलते गला रुंध गया। फांस अटक गई कि आवाज ही नहीं निकली। किचन में जाकर दो-तीन गिलास पानी के साथ उस बात को भी गुटकती गई। क्यों अक्सर अनचाहा भुगतना पड़ता है? बार-बार उसी जहर को पीते हुए अभ्यस्त हो जाना चाहिए था लेकिन क्यों नही हो पाती अब तक? अंतस में फिर वही कसैलापन भरता जाता कैसे भी चैन नहीं मिलता। पेट में उतनी ही तीव्रता से खौलन उमड़ती और मुंह में खारा पानी बार-बार भरता जाता। क्या करूं ? कहां जाऊं? रजत के बोलने का ढंग इतना पैना होता कि सुनते ही कान तड़क उठें। मेरा वजूद रोंदकर पल भर में जमीन पर ढहा देने में वह कतई नहीं हिचकिचाता।

यह सोच-सोचकर घबड़ाहट होती कि क्या हमेशा यही स्थितियां रहेंगी? क्या रजत ऐसे ही व्यवहार करता रहेगा ? आखिर कौन सा ऐसा ठिया है...कौन सा ऐसा रास्ता है जहां से गुजरते हुए महसूस हो कि उनकी खुशबू वाला क्षण यहीं ठिठककर आपका इंतजार कर रहा है जिससे रू-ब-रू होते ही ये सारा धुआं छूमंतर हो जाएगा और खुशबू से लबरेज ताजी हवाएं बहने लगेंगी।

इस जड़ता, इस ठहराव, इस मानसिक प्रताड़ना से मुक्ति का कौन सा ऐसा मार्ग है जहां से गुजरकर महसूस हो कि...हां...हां यही वो मंजिल थी जिसकी तलाश थी मुझे और फिर इस उबाऊ सफर का सारा तनाव फुर्र से खत्म। शायद रजत की कटुक्तियां अंदर ठुके तीर की तरह चुभती। बात-बात पर उसका झल्लाना और बड़बड़ाना धीमे ठुकती कील की तरह आहिस्ते से अंदर गहराई तक जाता रहता और अंत में पीड़ा की तेज लहर उठती। सांय-सांय करता मन हाहाकार करने लगता। उफ ! क्या करें? कहां जाएं?

यह भी सच है कि एक जैसी मनःस्थिति में लगातार डूबे रहने से बहुत कोफ्त होने लगी और चिड़चिड़ाना स्थायी स्वभाव बनता जा रहा है। रजत के मन में पुरुष अहं, आधिपत्य और सामंती परम्पराओं के इतने सघन जाल फैले हैं जिन्हें काट पाना मेरे बूते से बाहर होता जा रहा था। अंदर पैठी ईर्ष्या और कुंठाओं ने उसे कहां से कहां पहुंचा दिया? इन्हें झेलने के सिवाए कोई और चारा नहीं दिखता। शायद ताप और आंच सहकर ही कुछ नया आकार नया सांचा या नया स्वरूप निकलकर आए। सुबह जल्दी आंख खुल गई। बालकनी में खड़ी होकर भोर का नजारा आंखों में भरती रही आसमान में खिंची एक मोटी सफेद रेखा, नीली साड़ी पर सफेद रंग की लकीरों वाला पल्ला हो जैसे। धुंध में अजीब सी शांति का आभास देती सुबह। चिचियाते पंछी उजड़े पेड़ पर ही क्यों बैठते हैं ज्यादातर? मेरे सपने इन्ही बादलों की तरह उमड़-घुमड़कर बिना बरसे ही दुबक जाते हैं कहीं किसी कोने में। अंदरूनी इच्छाएं बिजली की कौंध जैसी चमककर छिप जाती और सपनों का अक्स ठीक से बन ही नहीं पाता बल्कि बनने के पूर्व ही मिट जाता है सुबह के इन रंगीन बादलों की तरह। छोटे तलैयों में पड़ती बूँदों की मानिन्द मन में उठती हिलोरों को देखने की फुर्सत किसे है? कितने आश्चर्य की बात है कि किलेबंदी के बावजूद भी सपने किसी अड़ियल बच्चे की तरह बार-बार नए अक्स बनाने लगते हैं। यह दीगर बात है कि वे ठहर नहीं पाते जैसे ढीठ बच्चों की जिद दरकिनार कर दी जाती है।

थकान के बावजूद ऑफिस जाने की इच्छा बलवती होने लगी। दूसरे शब्दों में कहें तो अनुराग से मिलने-बतियाने का मन करने लगा। अनुराग का व्यक्तित्व है ही ऐसा... हंसता, मुस्कराता, जोशीली बातें करता, ताजी हवा की तरह स्वतः स्फूर्त-चेतना जगाता और सद्यस्नाता की तरह तन-मन को स्फूर्ति से लबालब करता। बात–बेबात मुस्कराती आंखें और हंसी की फुलझड़ी बिखेरते होंठ याद करते ही मुर्झाया मन खिल उठा। अनुराग के जीवंत मीठे बोल याद करके अंदर से कुछ बजने लगता। मन कल्पना के सतरंगी पंख लगाकर सुदूर आसमान की सैर कर आता। वही चेहरा वही ठुड्डी और दो चमकती आंखें मेरी पलकों के अंदर बैठ जातीं पालथी मारकर। आंखों में सपनें की फौज देखकर अंदर से सवाल उछलता–हर वक्त अनुराग... अनुराग की माला जपना कहीं अपने खालीपन को भरने की कोशिश तो नहीं है? मन सिर्फ अनुराग से निकटता की चाह में बौराया रहता है। अनुराग के आगोश में सिमटने के लिए आतुर मन में हर पल यही खयाल घेरे रहते–'अनुराग होता तो ऐसा हो जाता, वैसा हो जाता। रोजमर्रा के कामों में डूबे हुए भी अनुराग-राग अलापती रहती। उसे छूने और पाने की कल्पनाएं मन में एक लंबी उछाल भर देती बल्कि कई बार तो रजत के साथ अंतरंग क्षणों में भी अनुराग की कल्पनाएं–यह सब क्या हो रहा है मुझे? इनका कोई अंत है?

शादी के इतने सालों बाद ऐसा पहली बार महसूसा कि अनुराग के अलावा

मुझे कोई और नहीं सुहाता। तमाम नैतिक–सामाजिक बंधन और वर्जनाएं बेमानी लगने लगती है। उसके भोले चेहरे पर बिछी निश्छल हंसी सुनने के लिए कान तरस जाते। मैं धीरे–धीरे यह महसूस करने लगी थी कि यह क्या मेरे वश में है कि मैं यह सोचूँ–वह न सोचूँ या यह करूं–वह न करूं। सब कुछ स्वतः स्फूर्त चेतना की तरह अनायास होता जा रहा है जिसे रोकने की ताकत नहीं बची मेरे अंदर। कई बार लगता है जैसे खाली दिमाग में टुक-टुक करने के लिए कोई खिलौना मिल गया हो मुझे। जो हो सो हो लेकिन यह है सम्पूर्ण सच।

इधर रजत के साथ दिनोंदिन गहराती खाई कहीं से भी भरने का नाम नहीं ले रही। उसकी तनी मुख मुद्रा देखकर मन में उगते कोमलता के रेशे नीचे दब जाते। दबी-मुंदी चोटें रहरहकर टीसने लगती। क्रमशः रुटीन काम निबटाकर चल दी दफ्तर बल्कि समय से कुछ पहले। दस मिनट यूँ ही सीट पर बैठी रही फिर बेमन से अखबार पलटा और खबरें टोहती रही तभी इंटरकॉम बज उठा–'हां, आ रही हूँ'... जैसे पैरों में अचानक ताकत भर दी हो किसी ने और सारी कमजोरी छूमंतर। मैं फुर्ती से उठी और खिली-खिली सी नीचे उतरने लगी बिना लिफ्ट रुकने का इंतजार लिए। मेरे लिए ये तीन दिन अनुराग को देखे बगैर बिताना भारी पड़े थे।

–'यार तुम तो बीमार होने के बाद भी अच्छी दिख रही हो...क्यों?'

–'नहीं भई ऐसा कैसे हो सकता है ? मुझे वाकई फीवर था...

–थोड़ा पीलापन है चेहरे पर लेकिन एक बात बताऊं रचना इस पीलेपन से तुम्हारी रंगत खिल उठी है मुर्झाई नहीं है, यकीनन...

सुनकर मुझे तेज हंसी आ गई,' पूरी उन्मुक्तता से हंसी ही हंसी सर्वत्र फैल रही थी। उत्फुल्लित गले में गोया कोई चिड़िया बैठ गई हो खुशी से चिचियाती रही लगातार...

–'रचना, अच्छा एक बात बताओ, इतनी जोर से अपनी संपूर्ण दंत पंक्तियों के दरवाजों को हवा खिलाती कभी पहले भी हंसी हो?

–'क्यों नहीं? कॉलेज में खूब हंसा करती थी। मैं और रागिनी दोनों ही बात-बात पर हर वक्त खी-खी करते रहते थे हमारे साथ एक नाटा सा लड़का पढ़ता था आशुतोष जो तुतलाता था जिसका हम लोग खूब मजाक उड़ाते थे।'

–'खैर, एक जरूरी बात... ये बताओ कि सुबह की दवा खाकर आई हो? दूध-ब्रैड यानी नाश्ता लेकर आ रही हो या नहीं?

–'अरे ! फिर भूल गई दवा लेना, अब?

–'पागल लड़की। तुम चुपचाप यहीं बैठी रहो तब तक मैं तुम्हारे लिए दवा और फल लेकर आता हूँ इतना कहकर वे झटके से सर्र-सर्र हवा की लकीर बनाते हुए चल दिये। मैं कहती ही रह गई–'रुकिए तो मैं लंच में नीचे जाऊंगी तो लेती आऊंगी।' अनुराग को कितनी फिक्र है मेरी। बैठे-बैठे खयाल आया जैसे किसी खुरपी

का मँड यदि किसी कुल्हाड़ी में फिट करने की कोशिश करो तो या तो कुल्हाड़ी टूट जाएगी या मूंड... तो क्या ऐसी ही स्थिति हमारी है? सच बताएं तो हम लोग अपनी–अपनी स्थितियों में कितने अनफिट हैं ! कभी-कभी तो यह भी लगता है कि जैसे अलग-अलग बुनावट वाले स्त्री-पुरुष का...ताउम्र साथ रहना अप्राकृतिक है। रजत और अनुराग की बुनावट का फर्क देखिए, सारी उदासी और बीमारी से उपजी सारी थकान अनुराग से बातें करके फुर्र से गायब हो गई मानो हवा की एक ही लहर कई दिनों की उमस को पलभर में उड़ा देती है...

लगा जैसे जीवन में सिर्फ यही नहीं है और भी बहुत कुछ है करने को देखने को। अनुराग के साथ अंदर की सारी कोमलता उघड़कर सामने आ जाती और मन बल्लियों ऊपर उछाल लगाने लगता। इस 'साथ' से जो खुशियां हासिल हो रही हैं, इन्हें सिर्फ महसूस किया जा सकता है। ठीक-ठीक शब्दों में बांधकर व्यक्त नहीं किया जा सकता, तो क्या यही प्रेम के स्फुलिंग हैं? जो भी हो लेकिन इन खुशियों की कोई कीमत नहीं, कोई मोल नहीं, बस ईश्वर का दिया नायाब तोहफा है यह तो। अनुराग को जाते देखकर ऐसा लगता है जैसे जिंदगी कितनी हल्की-फुल्की हो उठी है। अचानक कुछेक पल खूब तृप्ति भरे महसूस होते हैं छलछलाती खुशियों का प्रवाह भिगो जाता है तलुवों को मन जैसे चहक-चहक पड़ता है किलकारी मारता हुआ, जैसे दूर बोलती चिड़िया एक दम पास आकर कंधे पर बैठ गई हो और चीं-चीं करती हुई बिल्कुल कान में चिचियाने लगी हो। इतना मधुर संगीत पहले क्यों नहीं सुना? जब ऐसे पुलक भरे क्षण दस्तक देने लगें तो कित्ती-कित्ती ताजगी भर उठती है तन-मन में। यूँ लगा कि रंगीन शॉवर की खुशबू में डूबकर उसके जादुई संजाल में सम्मोहित होकर सुधबुध पूरी तरह खो बैठी हूँ मैं कहीं। इस मायावी दुनिया का मादक प्रभाव कितना–कितना उन्मत्त कर देनेवाला है...

तभी बाहर से आवाज '...रचना है क्या ?' ओहो...तुम अचानक यूँ प्रकट हो जाती हो भई कहां हो इतने दिनों से ? कब से फोन मिला रही थी तुम्हें कोई उठाता ही नहीं था...

–'रागिनी... इतने दिनों बाद यूँ अचानक धावा बोल देती हो चल मेरी सीट पर फिर सब सुनाती हूँ...' हम दोनों जैसे ही चलने को मुखातिब हुए सामने से अनुराग मिश्रा पॉलिथिन में दवा-फल बगैरह लेकर चले आ रहे थे। 'जस्ट ए मिनट मैंने रागिनी से कहा और अनुराग से परिचय कराया–'अनुराग जी, मेरी दोस्त रागिनी हम लोग कॉलेज में पढ़े हैं साथ-साथ...'

–'जानता हूँ आपके किस्से सुने हैं लेकिन कहां ले जा रही हो इसे? यहीं बैठो न।

–'रागिनी कैसी चल रही है तेरी नौकरी और बच्चे-वच्चे?'

–'एकदम टनाटन्न देख रही हैं न, पहले से मोटी हो गई हूँ।'

—'हां, वो तो मैं देख रही हूँ शिखर कैसा है? कहां छोड़ती है उसे ? कैसे मैनेज करती है घर' अपनी पुरानी आदत के मुताबिक मैं एक बाद दूसरा सवाल दागे जा रही थी...

—'सुनो, सवाल-जबाव बाद में लैट्स गो टू कैण्टीन...ओ0के0? वहीं कुछ खाते-पीते भी रहेंगे और इत्मीनान से होंगी गप्पें।

कहते हुए हम तीनों चहकते मूड में कैण्टीन जा पहुंचे। बातूनी रागिनी की जुबान तो बोलते-बोलते थकती नहीं थी। कभी भी, कोई भी, कैसी भी बेतुकी बात पूछ बैठेगी—'मिश्रा जी आपकी मिसेज भी जॉब करती हैं क्या?'

सुनते ही मुझे जोर की हंसी आ गई। लेकिन जबाव दिया अनुराग ने ही।

—'रागिनी जी मैं फिलहाल तो अकेला ही हूँ। डिटेल में नहीं बताऊंगा। हां यदि कोई ठीक-ठाक लड़की दिखे तो जरूर बताना'

—'यस बेटर लेट दैन नेवर... समोसे का कौर मुंह में रखते हुए रागिनी ने काउण्टर सवाल जड़ दिया—'मिश्राजी, हमारा ये सोशल वैल्यू सिस्टम इतना जटिल है इसके रिश्तों में इतनी परतें है इतने—इतने जाल हैं जिन्हें सुलझाकर हम किसी भी कोमल संबंध को ठीक से डिफाइन नहीं कर सकते...

बीच में बात काटते हुए अनुराग ने कहा—'लेकिन हमीं क्यों उनके पीछे पड़ जाते हैं? कोई जरूरी तो नहीं कि हमारे सारे सामाजिक मूल्य या समस्याएं हमारे व्यक्तित्व को इनरिच ही करें। बेशक इस सच से हम आंखें नहीं चुरा सकते कि हमें इसी समाज के बीच में अपना सिर टिकाना पड़ता है। दूसरे शब्दों में कहूँ तो इसमें रहने के आदी जो गए हैं हम पालतू पशु जैसे, फिर इसी में बंधे रहने, इन्हें ढोते रहने के अलावा जाएं भी तो कहां जाएं? और दूसरा रास्ता ही नहीं सूझता, तो लौट-लौटकर यहीं आते हैं, इन्हीं खूँटों पर बंधने।

—'बस...बस रहने दीजिए आज के लिए इतना ही लेक्चर बहुत है' लेकिन रागिनी ने मेरी बात को जरा भी तबज्जो नहीं दी। वह कहां रुकने वाली थी—'मिश्राजी एक बात बताइए, लोग क्या कहेंगे, हम क्यों इसका बोझ अपने ऊपर डालकर जी हलकान करते रहें? लोग क्या सोचेंगे, क्यों यही वैताली भूत हमारे कंधे पर टिका रहेगा क्या? हम क्यों दूसरों के कहने पर झटपट अपना रास्ता बदल लेते हैं?

—'बिल्कुल सही फरमाया आपने, मेरा भी यही मानना है कि यदि मेरी सोच पाक साफ है, कहीं कोई अपराध बोध नहीं है तो हमें खुद अपने अभीष्ट अपने वांछित लक्ष्य को पाने के लिए जुट जाना चाहिए। अपने मन मुताबिक जो भी निर्णय करें उस पर हर हाल में अमल भी करें राइट?' मिश्राजी के खनकते सिक्कों जैसे सच्चे बोलों में गजब का आत्मविश्वास था। तब तक सबकी कॉफी खतम हो चुकी थी। हम लोग उठने वाले थे कि मिश्राजी बोले—'स्वीट्स आ रही है। मीठा-मीठा बोलते रहो तुम लोग। बहुत दिनों बाद रचना के चेहरे पर खिलखिलाती हंसी उगी

है...'

—'ये न..., बहुत इमोशनल लड़की है, छोटी से छोटी बात को दिल से लगाकर बैठ जाएगी लेकिन ये तो छोटे से ही इतनी 'टची' है। यदि हंसी-हंसी में ही इससे किसी ने जरा भी कुछ कह दिया न, तो टप-टप आंसू शुरू हो जायेंगे...

—रागिनी, ये जो हमारी जिंदगी है न, घड़ी की सुइयों पर टिकी है, सुबह इतने बजे उठना ही है, इतने बजे से ये, फिर ये यानी सब फिक्स है, 'क्या करें? कैसे कुछ ऐसा करे जिसे करके बहुत-बहुत अच्छा 'अहसास हो।'

—'रचना, सुनो, जीवन को एक मशीन की तरह मत बनाओ प्लीज। अपने मन में सुर-लय-ताल की संगति बिठाती चलो कैसे भी और सुरीला बनाने की कोशिश करो। बहुत फर्क महसूस करोगी खुद में। अनुराग की बात सुनकर मन में आया कि कह दूँ—'तब बज उठेंगे मन के तार झंकृत होने लगेगी झंकार' लेकिन नटखट रचना का मुंह दबा दिया मैंने और प्रकट रूप से कुछ नहीं कहा लेकिन रागिनी कहां चुप रहने वाली थी? वह तो शुरू से ही तेज-तर्रार रही है। इण्टर कालेज में स्पोर्ट्स गेम्स क्लब की सेक्रेटरी रही है। फटाफट गोली दाग दी धांय-धांय—डियर, जिंदगी से दो-दो हाथ होना पड़ता है चौकस रहना पड़ता है। ये जो जिंदगी है न, ये ईश्वर द्वारा बख्शी गई सबसे प्यारी चीज है इसे बूँद-बूँद पीना सीखो तन्मय मुद्रा में डूबकर रस लो इसका। मौज-मस्ती करो लेकिन कमाण्ड अपने हाथ में रखो। फिर मेरे कंधे पर हाथ रखते हुए बोली—'डियर, इंजॉय योरसेल्फ समस्याएं या विषम परिस्थितियां कहां नहीं हैं? लेकिन इनसे जूझने का हौसला जुटाना पड़ेगा हमें।

हम लोग खड़े हो गए तो पूछा मैंने—'अच्छा ये बता अभी मेरे घर तो चलोगी न ? क्या प्रोग्राम है?'

—'बिल्कुल चलूँगी रजत से मिलना है और कैसी है गुड़िया हमारी?'

क्रमशः हम लोग चलने लगे। जाते-जाते अनुराग मिश्राजी के बोल सुनाई पड़े—'रागिनी इन्हें सिखाओ कि खुश कैसे रहा जाता है? जो जीने का सबसे जरूरी सूत्र है हर हाल में खुश रहना हम लोग हाथ हिलाते हुए 'बॉय' करते अलग-अलग रास्तों पर चल पड़े।

हम दोनों अनु को लेकर रिक्शे से घर पहुंच गए। घर पहुंचते ही हम लोगों ने चाय पी। हमारी बातों का तूफानी सिलसिला और खिल-खिल हंसी वाली आवाजें पूरे घर में थिरक रही थी। साथ-साथ खाना भी बनाते रहे हम दोनों। रागिनी बीच-बीच में अनु के साथ खेलती रही। अनु ड्राइंग रूम में तमाम फोटो एलबम फैलाए बैठी रही फिर उठकर एक बड़े से डॉगी को गोद में लेकर हाथ से थपकाते हुए कहती जा रही थी—सो जा... सो जा..., बिल्कुल वैसे ही जैसे मैं उसे सुलाती हूँ। जब खाना बन गया तो मैंने पूछा—'अनु मटर-चावल खाओगी?' उसने सादा चावल पर उंगली दिखाते हुए कहा—'वो वाला नहीं...ये वाला... व्हाइट वाला...

—'रचना... धीरे-धीरे ये तो पूरा संटेंस बोलना सीखती जा रही है इसके मुंह से कुछ भी सुनना अच्छा लगता है। कैसे बच्चे नकल करके सारा सीखते हैं है न?' हां मैं इसे गुनगुनाते हुए सुलाने की कोशिश करूं तो यह भी आंखें मटकाते हुए नकल उतारते हुए वैसी ही गुनगुनाने लगती। एक दिन यूँ ही रजत से बोली—'पापा, एक बात बताएं' इस स्टायल से बोलना सुनकर हमें खासा आश्चर्य हुआ उस दिन खूब-खूब खुश थी वह। भले ही ठीक से वाक्य बनाना अभी उसे न आता हो लेकिन कान्फीडैण्ट खूब है ये।

'लाइक यू...' रागिनी ने चिढ़ाते हुए कहा। तभी जोर की घंटी बजी—'रजत ...होगा...।' हैलो रजत, पहचाना?' रागिनी ने प्रफुल्लित आवाज में पूछा।—'हां भई, क्यों नहीं? अभी मेरी मेमोरी इतनी वीक तो नहीं हुई ? कैसी हैं आप?'

—'फाइन' तभी अनु पापा...पापा कहकर चिपट गई। थोड़ी देर बाद मैं चाय बनाने किचन में चली गई। अनु रागिनी के संग बातें करने लगी। दसेक मिनट बाद फ्रेश होकर रजत ड्राइंगरूम में आया और बिखरे फोटो एलबम देखकर भवें चढ़ गई—'रचना... अनु ने कितना गंदा कर रखा है ड्राइंगरूम ? यहां आओ देखो जरा सारे खिलौने फैला दिए इस कार्पेट पर ..., जगह-जगह...'

—'अभी, ठीक करती हूँ दरअसल हम दोनों बातों में इतना खो गए कि ध्यान ही नहीं गया उस तरफ' फिर से मेरी सफाई देने वाली 'टोन' गले में फिट हो गई।

ध्यान वाली कौन सी नई बात कह रही हो तुम ? कब ध्यान जाता है तुम्हारा? ये तो तुम्हारा रोज का काम है। जब-तब बच्ची रोती रहेगी, घर भिनकता रहेगा बर्बादी है इस घर की' रजत ने फिर वही उपेक्षा भरी हिकारत को उड़ेला। सामने बैठी रागिनी ने लाइट-मूड में कहा—'रजत जी, टेक इट इजी इट्स ए पार्ट ऑफ लाइफ।

—'रागिनी जी इन्हें इस बात से तो कभी कोई मतलब ही नहीं रहता कि घर को कैसे ठीक से रखा जाए? किससे किस ढंग से बातें की जाएं? दो कौड़ी की अक्ल है इसमें' रजत ने अपने अंदर सुलगती आग को हवा दिखाते हुए धधका दिया।

—'सो व्हाट ? घर की जिम्मेदारियां तो दोनों को बराबरी से उठानी पड़ती हैं, एनी वे, इफ यू डॉण्ट हैव टाइम कीप ए फुलटाइम सर्वेण्ट इट्स ओनली सोल्यूशन—'रागिनी ने चुटकियों में सवाल हल करते हुए कहा।

—'रागिनी जी, बातें सिर्फ काम की ही नहीं और भी हैं। आई मीन टु से। रत्ती भर सौम्यता या स्त्रियोचित मर्यादाएं नहीं हैं इसके अंदर जैसे मेरे दोस्त के बेटे का बर्थडे था। उसको फोन पर विश करने की क्या जरूरत थी, वो क्या समझ रहा होगा ? क्या सोचेगा इसे लेकर?'

बीच में बात काटते हुए रागिनी ने जवाब दिया—'रजत, इसे तो मैनर्स कहना चहिए बर्थडे विश करने में क्या बुराई है भई?'

दोनों बहस करने के मूड में आ गए। मैं अनु को दूध पिलाने लगी। रजत

के अंदर दबी कुंठाएं किसी लाइलाज पुराने रोग की तरह फिर से एक-एक करके उखड़ने लगी। मुर्झाए महत्वाकांक्षाओं के बुलबुले उठते-गिरते, बनते-बिगड़ते रहे। प्रतिकार करती रागिनी के सटीक तर्क बीच-बीच में एक बड़ा उछाल लगाते–'क्या रजत, आप भी छोटी-मोटी चीजों के पीछे पड़े रहते हैं तिल का ताड़ ऐसे ही बनता है हम दोनों को देखो। फिलहाल तो अलग-अलग जगहों पर काम कर रहे हैं लेकिन वीकएंड्स पर मिलते हैं, खूब मौज-मस्ती करते हैं, कभी वह आ जाता है तो कभी मैं चली जाती हूँ। जब साथ में होते हैं तो रोज शाम को घूमने कहीं न कहीं निकलना ही है–कभी बाजार में यूँ ही विण्डोशॉपिंग या मूवी देखना या बस यूँ ही घूमना-फिरना।

रजत ने रागिनी की बातों को भाप की तरह उड़ा दिया। अपने अड़ियल रवैये से उसकी बातों को खारिज करते हुए अपने तर्क को पेश किया–'रचना ने कभी ठीक से खाना बनाने या सीखने की कोशिश ही नहीं की। यू नो मैंने वर्षों से ढंग का खाना तक नहीं खाया...'

–'व्हाट नॉनसेन्स ? फिर वही खाने-पीने की बातें... रागिनी पूरी बात कह ही नहीं पाई थी... कि फोन की घंटी बजी–'हैलो... मे आई टाक टु रागिनी...'

–'यस... होल्डआन प्लीज... योर फोन... कहकर रजत ने फोन रागिनी को पकड़ा दिया ...

–'हाय... हाऊ आर यू? आई एम मिसिंग यू टू डियर, आज यहीं रचना के साथ रहूँगी। कल मिलती हूँ सुबह... ओ. के. ? आठ बजे के आस-पास ..., क्या कहा? मैं ले लूँगा... अरे नहीं...बाबा आ जाऊंगी मैं खुद ही। परेशान मत होना खामहखां नींद खराब करोगे सुबह की ओ. के. रिलैक्स एंड इंजॉय योरसेल्फ।' इसी बीच रजत किसी काम से अंदर गया और पांचेक मिनट बाद फिर वहीं बैठकर बातचीत का छूटा सिरा पकड़ते हुए बोला–'देखा? कितनी इज्जत से बात करती हैं आप फोन पर... जबकि रचना के मुंह से तो हर वक्त कड़ुए बोल ही निकलते हैं और तो और ये तो महरियों के सामने भी चीख-चिल्लाकर बातें करती है...'

सुनकर अब तक बांधा सब्र का बांध भरभराकर टूट पड़ा–'रजत, ठीक से बिहैव तुम नहीं करते और इल्जाम मुझ पर लगा रहे हो। बदतमीजी से कौन बोलता है? कौन जलील करता है मुझे सबके सामने ? किसी भी आने-जाने वाले के सामने जली-कटी सुनाने...और अपनी भड़ास निकालने कौन बैठ जाता है?' अंदर जमा आक्रोश उखड़ पड़ा अचानक और आंखों से क्रोध की लपटें छूटने लगीं।

–'देखा आपने?, रागिनी जी कैसे बिहैव करती है ये? कैसे रिएक्ट करती है? वैसे बाल उड़ाए बेशऊर की तरह घूमती रहती है जिस किसी के सामने...कहीं भी...' रजत ने मेरी बात से झुलसे बगैर तटस्थतापूर्वक कहा।

–ठीक हूँ... जैसी भी हूँ, हू केयर्स फॉर मी?'

एक असहज सी स्थिति पैदा हो गई थी उस वक्त। मन में आया कह दूँ–'इसने

जीवन में सपनों की जमीन तैयार ही नही की... बल्कि मेरे इर्द-गिर्द उग आए कंटीले पौधे। मेरे उगते छुटपुट सपनों को बेरहमी से रौंदता रहता है–'क्या करोगी कंप्यूटर करके ? क्या मिलेगा यह करके या वह करके? काहे को जब-तब पिटारा लेकर बैठ जाती हो कैरियर का? जो है...सो ठीक है..., घर और बच्ची तक तो संभलती नहीं, तुमसे जैसी यथास्थितिवादी सोच हिकारत से उड़ेल देता मेरे ऊपर

–'रचना, चलो खाना खाते हैं...' रागिनी ने टॉपिक बदलते हुए कहा। बहस के दौरान कभी अनु मेरा मुंह ताकती तो कभी रजत का फिर पता नहीं कब मेरी गोद में आकर लेट गई और सो गई। सोते हुए उसका गुदगुदा बदन और मासूम चेहरा बहुत प्यारा लग रहा था। उसे देखकर खूब लाड़ आया और खयाल कौंचने लगा–'नन्हे शावक की तरह इस नन्हीं जान को बहलाकर जब ऑफिस में कदम रखती हूँ तो मन तड़प उठता है। घर पर रहकर इसके साथ गेम्स खेलने और मस्ती में उछलकूद करने से अनु का चेहरा कितना खिल उठता है, जैसे गमले के खिलते फूल पर किसी ने पानी छिड़ककर सौन्दर्य व जीवन बढ़ा दिया हो...।

–'क्या सोच रही हो?

–'कुछ खास नहीं यार, बस अनु को लेकर बहुत इमोशनल हो जाती हूँ। रात में नींद टूटने पर यह बच्ची मुझे टटोलने लगती है फिर छूकर निश्चिंत होकर दोबारा सो जाती है। छुट्टी के दिन घर पर रहूँ और यहां-वहां दो-चार मिनट के लिए कहीं चली जाऊं तो घर के कोने-कोने में ढूँढ़ने लगती है, रागिनी, सच बताऊं, अपराध-बोध की बड़ी सी ताबीज लटकाकर करनी पड़ती है ये नौकरी, उफ ?' ऊपर से घर का ये घुटन भरा... जानलेवा माहौल, क्या करूं ?'

बोलने के साथ ही आंखों में आंसू भर आए जिन्हें दो गिलास पानी के साथ गुटकती गई। इस बीच रजत शायद नहाने चला गया था। रागिनी ने सधे ढंग से जवाब दिया–'इन फैक्ट, ही हैज दैट टाइप ऑफ मेल ईगो, जो धीरे-धीरे हेकड़ी और पौरुषीय अभिमान की तरफ चला जाता है। सच बताऊं, मुझे लगता है तुमसे ईर्ष्या करता है वो। यह छलकता रहता है जब-तब ! रचना, इट्स ए सीरियस प्राब्लब...तुम जानती हो ये कुंठाएं और ईर्ष्या भाव व्यक्तित्व की तमाम अच्छी खूबियों को चाट लेते हैं...'

–'रागिनी कभी तो ऐसा लगता है जैसे रजत के बोल आसपास की दीवारों से टकरा-टकराकर लहुलुहान कर रहे हैं मुझे। जलते अंगारे के चिटचिटाते टुकड़े सीधे मुंह पर चिपकने लगते है और मैं असहाय बनी देखती रहती हूँ। इस दम घोंटू माहौल को देखकर बेचैनी होती है...' तभी हमने रजत की पदचाप सुनी और मैं सोती अनु को लिटाने बैडरूम में जाने लगी। निश्चिंतता से सोती अनु के सिरहाने छोटा सा तकिया रखा और दोनों हाथों से दुलारकर लिटा दिया। इत्मीनान की नींद में बेखबर सोती अनु को देखकर दो-तीन बार उसका चुम्बन लिया मैंने।

हम लोग डाइनिंग टेबल पर बैठे-बैठे खाना खाते रहे, लगभग चुपचाप। कभी बर्तनों की खटर-पटर होती तो कभी—'और लीजिए न' रजत रागिनी से कहने लगता तो कभी रागिनी मुझे व रजत से कुछ कहने लगती। बीच-बीच में मुझे लगता जैसे रजत के अंदर का सच बाहर निकलकर आने के लिए जमीन तलाश रहा है या मेरे अंदर का सच अनायास हमारे मुंह में बैठकर निकलना चाहता है लेकिन मैं रोक लेती हूँ—'खबरदार, जो तुम बाहर निकले ' और वह टुकड़ा कहीं छिप जाता है।

—'रजत, एक आइडिया है, क्यों न कुछ दिन रचना मेरे साथ रहे। संबंधों में कुछ दिनों की दूरी जरूरी है। इससे आपसी संबंधों में ज्यादा मधुरता आती है। हम दोनों के बीच एक अहम् कारण यह भी है कि हम एक दूसरे के अभाव को महसूस करते हैं और जब इतने दिनों बाद मिलते हैं तो 'इट गिब्स, ए फ्रैशनैस, डू बिलीव मी...'

—'इस तरह की बेवकूफाना फिलॉस्फी में रत्ती भर यकीन नहीं है मेरा। बकवास है यह सब बातें। क्या होगा इन सबसे भी? पहले ये खुद को सुधारने की कोशिश करें तभी कुछ संभव है अन्यथा हमारे घर में यही सब होता रहेगा।'

रजत के बोल सुनकर लगा जैसे गैस भरे बैलून को किसी ने सुई से छेदकर बदबू फैला दी हो और वैसे ही जहर बुझे बोल उसकी जुबान से बाहर निकलते रहे। लेकिन मैं चुप बनी रही—'क्या फायदा? खामहखां फिर से बहस लंबी खिंचेगी...'

—'रजत, एक दूसरे के प्रति बराबरी वाला आदरभाव एक दूसरे के अंदर बने रहना जरूरी है इस तरफ सीरियसली सोचो...'

—'रागिनी, लीव दिस टॉपिक अच्छा ये बताओ, खाने के बाद टहलने तो चलोगी न चौराहे तक'

'यस... यस... श्योर ...' कहकर वह खड़ी हो गई तुरन्त...।

हम दोनों लंबी सड़क पर दूर तक...देर तक टहलते रहे। रात के अंधेरे में कुत्तों के भोंकने की आवाजें आ रही थीं लेकिन शीतल बयार अंदर की तहों तक ढेर पुलक भरती जा रही थी। एक दूसरे के कंधे पर हाथ रखे हम दोनों ने साथ गुजारे लमहों की लंबी-लंबी बातें की—पुरानी सहेलियों, पुराने दोस्तों के बार में। कभी हमें कॉलेज कैम्पस से लाइब्रेरी जाने की जल्दी होती तो रागिनी चिल्लाती—'रचना... जल्दी आ...' और मैं रूमाली रोटी पर नमक लगाकर दौड़कर आ जाती बीच में खाना छोड़कर। फिर रास्ता चलते-चलते खाते-रहते, हंसते रहते। क्या दिन थे वे भी? क्यों हर वक्त यही उधेड़बुन रहती है कि रजत ऐसे बिहेव करे या वैसे फिर ख्यालों मे आ जाते अनुराग। वह है तो सर्वत्र रोशनी चमक उठती। सारे सूखे अहसास हरे-भरे हो उठते। पोर-पोर रोमांचित हो उठता। देह चिटकने लगती और अनुराग की आवाज की लय में डूबे रहने की इच्छा उमड़ने लगती। पागलपन है ये शायद। उद्विग्न मन में मेंढकी सवालों की टर्र-टर्र को रोकना मुश्किल होने लगता लेकिन अनुराग के पास

मेरे लिए वक्त है कहां? बिना बताए 15 दिन की ट्रेनिंग पर बाहर चला गया।

आसमान में कड़कड़ाती बिजली और चिंघाड़ते बादलों की गर्जना सुन सोचती बादलों को धरती से मिलने की इतनी बेताबी है क्या यह ? बादलों को क्योंकर इतना गुस्सा आ रहा है कि वे पूरी ताकत से चीख रहे है और फिर बरसने लगे—तड़-तड़ की आवाजों के साथ। धरती फूली नहीं समा रही है अपने मीत की आवाज सुनकर उसे महसूसती-संजोती हुई। बादलों ने अपनी चकाचौंध से धरती के सौन्दर्य को द्विगुणित कर दिया। शायद अपनी प्रिया को बखूबी निहारने के लिए फैलाई है ये रोशनी आसमां ने। ऊँची छलांग लगा रहे रोमांचित मन में जैसे किसी ने अचानक ब्रेक लगा दिए हों—'रचना..., रचना... कहां हो?'

—'यहां पीछे वाली बालकनी में...'

—'क्या कर रही हो इतनी देर से? पता है अनु कितनी देर से ढूढ रही है तुम्हें। रो रही है। दूध दो उसे। नींद तोड़ दी मेरी उसने... रजत की आवाज में झुंझलाहट भरती गई।—'आ रही हूँ'—मेरी आवाज में मिमियाहट थी। दूध लेकर बैडरूम में गई।

—'जल्दी से चाय बनाओ भई' कहकर रजत अखबार में डूब गया। अखबार में सिवाए इकॉनोमिक खबरों के उसे दूसरी-तीसरी खबरों में दिलचस्पी नहीं थी।

मैंने उसे चाय पकड़ाकर खुद भी चाय ली और कुछ न कुछ पढ़ने बैठ गई। अनु तीन की होने वाली थी, इसलिए उसे घर के पास वाले नर्सरी स्कूल में भेजना था। वह रोज जाने की रट लगाती। आज तो सुबह से ही जाने के लिए मेरे पीछे-पीछे घूम रही है। 'मुझे स्कूल जाना है... मानसी जाती है..., मुझे भी जाना है' रजत ने सुनकर रियेक्ट किया—'यह उसके स्कूल जाने के दिन नहीं हैं। समझी? तुम्हारी जैसी मांए अपनी बला टालने की गरज से उसे स्कूल भेज देती हैं, यह उसके खेलने के दिन हैं लेकिन तुम हो बेवकूफ।

—'रजत, इसी उम्र के और बच्चे भी तो जाते हैं स्कूल...

—'जाते होंगे तुम्हारे जैसे बेवकूफों की कमी है क्या? बच्चे का सबसे अच्छा विकास मां के साहचर्य एवं सानिध्य तले होता है, जानती भी हो कुछ?' आंखें गड़ाते हुए होठों को गोल-गोल घुमाकर बोला।

—'रजत, मैं जानती हूँ यह सब लेकिन अनु तो पड़ोस की मानसी को स्कूल जाते देख रोज रोने लगती है उसे कैसे चुप कराऊं? कौन संभाले उसे? तुम बहला लाओ जरा बाहर।

—'उफ! एक बच्ची को नहीं समझा सकती तुम? इतनी हाय तौबा मचा रही हो।

लेकिन अनु का जोर-जोर से रोना देखकर भी वह नहीं पिघला। मैं जितना अनु को प्यार से चुपाने की कोशिश करती वह उतनी ही ताकत से पैर पटकने लगती।

कुछ भी सुनने को तैयार नहीं हो रही थी। घंटे भर तक मैं उसे मनाती रही, रजत सब तमाशा देखता रहा। फिर मुझे ही फैसला लेना पड़ा—'रजत, मैं जा रही हूँ एडमीशन कराने। दो घंटे का प्ले ग्रुप वाला स्कूल है, खेलते-कूदते हैं बच्चे क्रेश में रहने से तो अच्छा विकल्प है।

—'पैसे निकाले थे बैंक से?'

—'पैसे तो तुम्हीं निकालते रहे हो हमेशा से?'

—'फिर? बिना 2-3 हजार रूपए लिए कैसे चल दी एडमीशन कराने? थोड़ी अक्ल भी लगाया करो यूँ तो बहुत अक्लमंद बनी फिरती हो...'

उसने फिर उसी तरकस से एक और व्यंग्यबाण निकालकर फेंका मेरी तरफ।

—'तुम्हारे पास से ले लेती हूँ।'

—'मेरे पास भी नहीं हैं। अब आज ही क्यों कराने के पीछे पड़ी हो? बच्ची रोए तो उसकी जिद क्यों आज ही पूरी की जाए?

यह सुनकर अनु और भी तेज-तेज रोने लगी। मैं क्या करूं, क्या न करूं? की कशमकश में उलझी थी। अनु मेरे से चिपटकर आंखों से मोटे-मोटे आंसू बहा रही थी।

—'चलो अच्छा आज तुम्हें स्कूल ले ही चलते हैं, यूँ ही घुमाकर वापस लेती आऊंगी, सुनकर अनु ने रोना तुरन्त बंद कर दिया। आंसू बहाते चेहरे पर चटपट खुशी बैठ गई।

स्कूल का खुला लम्बा-चौड़ा मैदान और तमाम तरह के झूले देखकर अनु चहकने लगी। मैं सीधे प्रिन्सिपल के रूम में पहुंची। उन्होंने एक नजर मेरी वेशभूषा पर डाली लेकिन जब मैंने अंग्रेजी में बोलना शुरू किया, अपना प्रोफेसन बताया तो वे प्रभावित हुई और खुशी जताते हुए बोलीं—'ओ0के0 रचना जी... यू कैन लीव योर डॉटर हियर।' उन्होंने एडमीशन फॉर्म थमाते हुए अनु को टॉफी दी और पूछा—'क्या नाम है आपका?' अनु थोड़ी शरमाई फिर मेरे पास चिपकते हुए धीमे से बोली—'अनु'। अचानक सोचना पड़ा—'इसका क्या नाम रखा जाए? मैंने यूँ ही बोल दिया—'अनुष्का'—'एण्ड सर नेम?'

—'कुछ नहीं, मैं ख़ुद नहीं लगाती' कहकर मैं चुप हो गई। चूँकि हम दोनों का सरनेम अलग-अलग था, इसलिए आगे खामखा मेरा तेरा जोड़ने वाला बवाल पैदा करने से अच्छा है कि सरनेम जोड़ा ही न जाए। अनु स्कूल के ग्राउण्ड में खेलने लगी। कभी इस झूले पर तो कभी उस झूले पर, कभी सी-सा पर तो कभी लकड़ी के घोड़े पर। थोड़ी देर के लिए उसे क्लासरूम भी भेजा और मैं बाहर खड़ी रही। लॉन के सुन्दर-सुन्दर फूलों को देखती और सोचती रही। 10-15 मिनट बाद मैंने अनु से पूछा—'अच्छा अब चलें... कल आयेंगे फिर से।' वह तुरन्त मान गई। लौटते-लौटते नौ बज गए। घर पहुंचकर देखा कि रजत के पास 2-3 लोग बैठे हैं।

मुझे देखते ही रजत ने कहा—'जल्दी से चाय भिजवाना।'

तुरत-फुरत चाय बनाकर दे आयी और जल्दी-जल्दी अनु व खुद तैयार होने व किचन के कामों को निपटाने लगी। मुझे हर हाल में साढ़े दस तक निकलना पड़ता था और रजत को 10 बजे। मैं किचन में सब्जी छील रही थी कि रजत की ऊंची आवाज सुनाई दी—'रचना'।

—'हां, बोलो क्या है? उबले आलुओं का भुर्ता बनाते हुए मैं बोली।

—'तुम क्यों हर वक्त मेरी बेइज्जती कराती रहती हो? बताओ... ?

—'क्यों, क्या किया मैंने?

—'मेरे मिलने वालों के संग ऐसा सुलूक किया जाता है क्या? उन्हें यूँ टरकाने की अच्छी चाल चली तुमने।'

—क्या मतलब? टरकाने की चाल, मुझे वाकई कुछ समझ नहीं आ रहा...

—देखो, बनो मत। सुबह-सुबह जो लोग आए थे उनसे ऐसे बिहेव किया जाता है? क्या सिर्फ मेरे मिलने वालों के लिए चाय अकेली भेजी जाती है?

—देखो रजत, बेकार की बातों में मत उलझो सुबह-सुबह। इस वक्त इतने काम है कि मुझे सांस लेने की फुर्सत नहीं मिलती। देखते नहीं दो दिन से बर्तन वाली नहीं आ रही। झाड़ू पोंछा से लेकर बर्तन धोने, खाना बनाने तक के लंबे कामों की फेहरिस्त है।' सब्जी में टमाटर डालते हुए मैं बोलती जा रही थी।

'रचना, मुझे अपनी रामायण मत सुनाओ...ये सब बहाने गढ़कर किसी और को वरगलाया करो। समझ गई। बेशर्म इतनी हो कि अपनी गलती तक स्वीकार नहीं करती। कहकर वह नहाने घुस गया।

उफ! कैसा है ये? क्या हमेशा इसकी निगाहें सिर्फ मेरी खोट पर ही टिकी रहेंगी? कभी मेरी अच्छाई पर भी नजर ठहरती हैं? आज सुबह-सुबह ही तनाव व्याप गया गोया तेज चलते वक्त रास्ते का कांटा अंदर घुसकर गड़ने लगा हो। पांचेक मिनट बाद बाल झाड़ता बाहर निकला और नथुने फुलाते हुए फरमाया—'रचना, खाना तैयार है? टिफिन लगाया?'

अनु उसी वक्त बोली—'मम्मा, पॉटी जाना है... तवा जलता छोड़कर मैं उसे टॉयलेट में बिठाकर किचन में भागी और रजत को खाना देने लगी। रजत ने फिर लताड़ना शुरू कर दिया—'देखो रचना, रोटी जल चुकी है तुम्हारी। इतने काम एक साथ करोगी तो ऐसा तो होगा ही इस मेज पर जमी धूल को पोंछा तुमने? कितनी परतें जमी हैं धूल की? इसी के ऊपर खाने की प्लेट्स भी रख दीं। सलाद तक नहीं काटा गया तुमसे। बेगार समझकर निबटाती हो कामों को। रत्ती भर तमीज नहीं है तुममें... दो कौड़ी की अक्ल नहीं है...'

—'मम्मा... हो गया...' अनु उधर बाथरूम से चिल्ला रही थी।

—'आ रही हूँ...' कहकर मैंने गैस बंद कर दी और बाथरूम की तरफ भागी।

अचानक कहीं पानी पर पैर पड़ गया और पैर फिसल गया, फिर संभलती हुई उठी और अनु को साफ करवाकर बाहर निकली। लेकिन पैर में दर्द बढ़ने लगा, ठीक से चला नहीं जा रहा था...

—'रचना...रोटी देना...देखो तो चावल कच्चे रह गए, अरे...अरे...हीटर पर चढ़ा दूध गिर रहा है। क्या रचना... कितना गड़बड़ होता है इस घर में...कितना नुकसान होता है। उफ! कब सीखोगी तुम घर संभालना? रजत का बड़बड़ाने वाला टेप फिर से चालू हो गया।

—'रजत मुझसे चला नहीं जा रहा, पैरों की उंगलियों के पास सूजन बढ़ने लगी थी।

—'देखकर नहीं चलोगी तो यही सब बबाल होते रहेंगे...' कहकर वह उठा, यहां-वहां देखा—'पता नहीं कहाँ रखी है दवा? देखो, पौने दस बज रहे हैं मुझे जाना है अभी इसी वक्त...टिफिन लगाया तुमने मेरा?'

—'भाड़ में जाए तुम्हारा टिफिन...मुंह तक भर आए शब्दों को मैंने जुबान से काटकर गुटक लिया। मेरी आंखें छलछला आई। अनु पास में आकर बैठ गई—'मम्मा... दर्द हो रहा है क्या? मैं दवा लगा देती हूँ। वह नन्हे हाथों से पैर को दबाने लगी तो मन में उसके प्रति दुलार उमड़ आया—'बेटा देखो, फ्रिज पर रखी होगी वह डार्क ग्रीन कलर की दवा। अच्छा रहने दो...मैं उठाती हूँ...' लंगड़ाते हुए मैंने यहां-वहां देखा फिर अलमारी में रखी दवा लेकर मलती रही। दर्द बढ़ता ही जा रहा था लेकिन मन की पीड़ा का क्या करूं? उस पर कौन सा मरहम काम करेगा? बड़बड़ाता रजत बिना टिफिन लिए चला गया। लेकिन क्या खुद नहीं लगा सकता था टिफिन?

आज ऑफिस कैसे जाऊंगी? सोचकर मैं आराम करने के लिए अंदर जाने लगी तो अनु बोली—'मम्मा, कुछ खाना है मुझे...'

—'हां देती हूँ कुछ उफ! अंतहीन कामों की ये श्रृंखला कब थमेगी? यह प्रक्रिया तो खत्म होने का नाम ही नहीं लेती।'

हमारी पड़ोसन की लड़की पूजा हम लोगों के घर अक्सर अनु के साथ खेलने या टाइम पास करने आती-जाती थी। ग्रेजुएशन करने के बाद वह खाली थी तो मैंने एक दिन उससे पढ़ाई से जुड़ी कई बातें समझाई मसलन वह यूँ टाइम वेस्ट न करे। कोई न कोई प्रोफेसनल कोर्स कर ले। सुनकर वह तैयार हो गई और अगले दिन मेरे साथ चलकर कम्प्यूटर के पी.जी. डिप्लोमा कोर्स में एडमीशन ले लिया। अपने इस कोर्स के दौरान भी कुछ न कुछ पूछने वह मेरे घर आया करती। कभी अनु के साथ गेम्स खेलने बैठ जाती तो कभी मेरे साथ किचन के कामों में थोड़ी बहुत हैल्प कर देती या कभी कोई नई चीज बनवाने में मेरा साथ देती। इस तरह हम सबसे घुली मिली थी वह। चूँकि मेरी सहेली रागिनी लखनऊ मेडिकल कॉलेज

से पी.जी. कर रही थी इस आधार पर मैने उसे आश्वासन दे रखा था कि जैसे ही तुम्हारा कोर्स पूरा होगा तुम्हें पैथालोजी विभाग मे एडॅाक बेसिज पर एकाध साल का जॉब मिल जाएगा।

पूजा का स्वभाव था किसी न किसी बात पर हंसना हंसाना और हरदम चहकते रहना। तब हमारे घर में पूजा के आने जाने से खिलता माहौल पनपने लगता। रजत को भी उसके आने से खुशी मिलती-ऐसा मैंने कई दफा नोट किया। एकाध दो दिन न आने पर उसने टोका भी–'क्या बात है पूजा नहीं आ रही आजकल? मैं यूँ ही बोल देती आती होगी, काम क्या है उसके पास? मटर गश्ती करती रहती है, कहीं किसी से चटकती मटकती बतिया रही होगी।'

'–ऐसी बात नहीं है बल्कि यही तो उसकी खूबी है। तुम जैसी नहीं है वो। देखा कितना मस्त स्वभाव है उसका, कितना हंसाती रहती है अनु को।

–'अनु को या तुम्हें? मैने चुटकी लेते हुए कहा।

–'बकवास बंद करो। उल्टी खोपड़ी है तुम्हारी। अक्ल में सीधी बात तो घुसती नहीं। किसी भी बात में शक करने की आदतें हैं ये तो।

–'नहीं रजत ऐसा कतई नहीं है मैं तो बस मजाक कर रही थी। अभी मैं बोल रही थी कि धमक पड़ी पूजा।

–'रचना दीदी...देखो तो मैं क्या लाई हूँ? टाइट जीन्स पर ढीला कुर्ता पहने हुए वह खासी प्रफुल्लित दिख रही थी। 'क्या है ? बताओ जरा...'

दीदी सेकेण्ड सेमेस्टर में मुझे 90% मार्कस मिले हैं देखिए तो। बोलने में उसकी अतिरिक्त खुशी टपकती थी। रिपोर्ट कार्ड हाथ में लेते हुए मैंने खुशी जताते हुए कहा–गुड ए ग्रेट वर्क यू हैव डन।

'कांग्रेचुलेशन्स लैटस सैलिब्रेट इट'। रजत ने अपनी खुशी जाहिर की तो मैं थोड़ा चौंकी। चलो शाम को कोई छोटी मोटी पार्टी हो जाए, क्यों अनु? रजत ने गोद में अनु को उठाया और हवा में उछालते हुए यूँ कहा जैसे वह सब समझ गई हो। मैं सोच रही थी रजत और पार्टी, क्या सचमुच?

–'कहां चलेंगे?' पूजा ने पूछा।

–'जहां भी तुम कहो। इट्स योर च्वाइस। अनु को गोल-गोल घुमाते हुए उसने बड़े सरल ढंग से कह दिया। मैं सोच रही थी कितने दिनों बाद रजत ने अनु को लाड़ जताया है।

–'अच्छा तो अंगीठी रेस्टोरेन्ट चलते हैं। क्यों दीदी ? ठीक है न? मन में आया इतने मंहगे रेस्टोरेन्ट में जाने के लिए रजत क्या तैयार होगा?

लेकिन यह क्या सुन रही थी मैं ? हां भई चलो अभी चलते हैं इसी वक्त सब तैयार होकर फटाफट पन्द्रह मिनट में निकलते हैं ओके?

मैने यूँ सोचा कि कब किसी की पर्सनैल्टी पर किसका क्या असर पड़ जाए।

इसके बारे में तो कुछ भी कयास नहीं लगाया जा सकता। वैसे भी मेरी आदत किसी भी संबंध को बिना वजह शक की निगाहों से देखने की है नही बल्कि मैंने इसे दूसरे नजरिए से यूँ लिया कि चलो शायद इसी बहाने हमारे सूख रहे संबंधों को हरी भरी जमीन मयस्सर हो जाए।

वैसे भी पूजा हमारे घर के लिए कोई नई या अनजान लड़की तो थी नही। कभी-कभी तो जब मेरे सास-ससुर हमारे बीच होते तो ये चारों ताश खेलते रहते और मैं किचन में जुटी रहती। मेरी सास और पूजा के बीच तो इतना अपनापन था कि वे पूजा को तरह-तरह के मेवे के लड्डू अचार वगैरह बनाने के तरीके सिखाती रहती थी। पूजा भी जब-तब धड़धड़ाते हुई किचन में घुस जाती और—'लाइए दीदी मैं ये कर देती हूँ... आज शाम की सब्जी में बनाती हैं...' उसका बातूनी स्वभाव मुझे भी पसंद आता था। 'चलो न मम्मा...' अनु ने ध्यान खींचा...' 'हूँ चलते हैं...' मैंने अपनी सोच को झटका दिया और अनु को तैयार करने लगी।

यह क्या? अभी मैं ठीक से तैयार भी नही हो पायी थी कि पूजा टपक पड़ी। पूजा की तरफ बरबस मेरा ध्यान चला गया—नीली जीन्स पर कसा हुआ क्रीम कलर का जालीदार टॉप खूब फब रहा था। बंगालियों जैसी बड़ी-बड़ी आंखें और तीखे कटाव वाला चेहरा सांवली रंगत के बावजूद आकर्षित कर रहा था। कंधे तक लहराते बाल उभरे माथे पर फब रहे थे। लंबाई जरूर पूजा की ज्यादा नही थी लेकिन छरछरी होने से स्मार्ट लग रही थी। 'क्या बात है? बहुत जम रही हो।' मेरे मुंह के बोल पीछे से आते रजत के मुंह से निकल पड़े। वह बड़े गौर से उसे देखने लगा फिर मिठास घोलती जुबान में पूछा—'आगे क्या करने का इरादा है पूजा? नौकरी वगैरह के झमेले में पड़ने की सोच रही हो या एक सीधी-सादी जिंदगी जीने के बारे में सोचा हैं?

—'अभी तो कुछ भी नही सोचा पहले कोर्स तो पूरा हो जाए फिर सोचेंगे...' कहकर वह अनु को सैण्डिल पहनाने लगी। जब तक मैं अंदर साड़ी पहनने गई। रजत और पूजा आपस में बाते करने में मशगूल थे। रजत पूजा की हॉबीज, रूटीन, रूचियों के बारे में बड़ी दिलचस्पी से पूछ रहा था।

इधर आत्म-प्रशंसा में मुग्ध पूजा खुशी से दोहरी होती जा रही थी। उसे चिड़ियों-तितलियों की तरह बातें करते देख अनायास एक फड़फड़ाती फुदकती शाम की याद आ गई। अमूमन लोग इस उम्र में इस तरह से बातें करते हुए खुशी से क्यों कूदते-उछलते रहते हैं? मैं भी तो बात-बात पर हंसती रहती थी। मां कहती भी थीं—'ये लड़की हर बात पर खींसें निपोरती रहती है, कुछ ज्यादा ही बोलती है तो पापा कहते—'ठीक है इसकी शादी किसी कम बोलने वाले से करायेंगे। ये उसे वाकई बोलना सिखा देगी।' लेकिन मां कहती—थोड़ी तमीज सीख ले मेरी बच्ची। लेकिन मैं कहां सीख पाई तमीज?

पूजा के मुस्कान बिखेरते होठों पर लगी लिपिस्टिक और बोलते-बोलते भवों को ऊपर की तरफ़ खींचते हुए ले जाना, फिर आहिस्ते से थोड़ा ठहर-ठहरकर बोलने का अंदाज सामने वाले को प्रभावित कर सकता था। बात करते-करते कभी अपना सिर मेरे कंधे से टिका देगी तो कभी दोनों हाथों से गोल घेरा बनाकर अनु को चिपका लेती। कुल मिलाकर उसका शरीर अपनी जगह काम करता रहता है, मुंह अपनी जगह..., हाव-भाव अपनी जगह। उसे गौर से देखते हुए एक लंबी सांस खीचीं और कार के पीछे सिर टिका दिया मैंने। कार सर पट दौड़ने लगी।

—'दीदी, कैसेट लगाओ न? 'कहो न प्यार वाला...' पूजा ने कहा।

—'क्यों, मुकेश के गाने पसंद नहीं तुम्हें?' रजत ने मुझे लक्षित करके व्यंग्य कसा।

—'जो भी चाहो, लगा लो अपनी पसन्द से...' मैंने सहज ढंग से कह दिया।

सचमुच वह एक महकती शाम थी। कभी-कभी जीवन इतना सरल लगने लगता है फिर भी हम किसी न किसी उधेड़बुन में फंसाए रखते हैं खुद को। पहले से बेहतर पाने की कोशिश में जुटे रहते हैं। ज्यादा महत्वाकांक्षाएं पालना यानी ज्यादा कामों को ओढ़ना फिर चाहे वह हमारे बौद्धिक विकास के लिए कितना ही जरूरी क्यों न हो? कभी-कभी सोचती हूँ क्या ये बढ़ती वांछाएं कहीं मरीचिका तो नहीं ? जितना मिलता है, उसकी हम कद्र नहीं करना चाहते और जो नहीं मिलता उसी के पीछे बौराए रहते हैं। क्यों है ऐसा? क्यों नहीं हम संतोष सुख को अपना मीत मानकर गले लगा लेते?

रेस्टोरेण्ट का चलता ए0सी0 पूजा, रजत, खेलती अनु और वहां चलते पुराने फिल्मी गानों की धुन को सुनती रही—'आसमां के नीचे... प्यार का जहां बसाते चलें। धीरे-धीरे ठण्डक सी महसूस होने लगी थी। बाहर निकलकर देखा अरे ये क्या? देखते ही देखते बारिश शुरू हो गई। बादलों के संवलाये टुकड़ों ने आधे आसमान में गुम्बद की शक्ल अख्तियार कर ली थी। आकाश की छतरी में टंगे नारंगी, नीले, पीले और बैंगनी फूलों के गुच्छों को आंखों में भर लेने का मन होने लगा। हवा से हिलते-ठुमकते बच्चों की तरह आहिस्ते-आहिस्ते पानी का रस पीते हुए पेड़-पौधे झूम रहे थे। फुहारों के बीच भीगने का मन हो उठा लेकिन रजत की चीरती आवाज—'रचना, क्यों कार की खिड़की खोले बैठी हो? कार की सीट गीली हो रही होगी। बंद करो। इसे पूजा के सामने झिड़कने में उसे यूँ भी संकोच वगैरह नहीं होता।

भीड़-भाड़ में ढेर चेहरे, विविध रंगी परिधानों में लिपटे स्त्री-पुरुष और बच्चे। रजत ने पीछे बैठी पूजा और अनु को मुड़कर देखा और एक्सीलेटर दबाते हुए बाएं मोड़ लिया। तेजी से स्पीड पकड़ती कार सड़क पर दौड़ने लगी।

इतने दिनों बाद खुद को हल्का-फुल्का और उड़ता महसूस किया। कार स्टीरियों

पर—'आओ मिल जाएं हम सुगंध और सुमन की तरह...' चलते गाने को सुनकर फिर से ख्यालों में तैरने लगे अनुराग। रास्ते टेढ़े हों या सीधे लेकिन यदि हमारी निगाहें अपने लक्ष्य पर टिकीं रहें तभी मंजिल को छू सकेंगे। लेकिन हम क्यों भटकाते रहते हैं खुद को इधर-उधर भटकती मतवाली हवा की तरह जो कभी शांत तो कभी अंधड़ बनकर उथल-पुथल मचाती रहती है। सुखों की छांह पाने के लिए क्यों उतावले बनें डोलते रहते हैं?

पिछले कुछ दिनों से मैं किचन में शाम के समय नए-नए डिशेज बनाने में जुटी रहती। इधर पूजा और रजत बेडरूम में बैठे-बैठे टी0वी0 देखते रहते या वी0सी0आर0 पर कोई न कोई पिक्चर। पूजा और रजत के बीच तैरती खिलखिलाहट उछाल लगाती किचन तक घुसी आती—'देखो तो कितना अच्छा सीन है' मैं तरसती रहती काश! रजत कभी रुचि लेकर कहता—'यार! तुम भी बैठो न।' बल्कि उल्टे वह तो इस वक्त फरमाइश के मूड में रहता—'रचना, जरा दो कप चाय बना लाना यार। जरा गर्मा-गर्म पकौड़े बना डालो। इतना अच्छा मौसम हो रहा है।' एकाध बार पूजा ने कहा भी—'मैं लाती हूँ बनाकर' लेकिन रजत ने बैठा लिया उसे—'तुम बैठो और अपनी पढ़ाई करो।'

जब वह मेरे घर आती तो कभी-कभी अपनी किताबें भी पढ़ने ले आती। कभी कभार वह रजत से भी कुछ पूछती थी। रात में हमारे सम्बन्ध नॉर्मल थे। हां बीच-बीच में किसी बात पर रजत मुझसे कह देता—'रचना, यदि तुम खुद को जरा भी नहीं बदलोगी। तो देख लेना, अंजाम सही नहीं होगा। यू आर लूजिंग मी' उसके फेंके जुमलों को मैं परे झटक देती। हालांकि मुंह में तुरन्त जवाब भर आता—'मैं तुम्हारी खातिर। सिर्फ इस शादी को बचाने की खातिर इतने सारे समझौते करती आ रही हूँ और उस पर तुम्हारा यह जवाब कि कभी सुधरोगी नहीं' लेकिन चुप्पी का मोटा टेप होठों पर चढ़ा लेती।

धीरे-धीरे इस शादीनुमा बंधन से मैं वाकई ऊबने लगी थी। इतनी नीरसता और इतनी घुटन थी कि क्या बताएं। हम दोनों का एक दूसरे के प्रति बचा-खुचा प्यार दिनों दिन फीका पड़ता जा रहा था। हमारे बीच एक दूसरे की इज्जत भी घटती जा रही थी। मुझे लगता जैसे अपने कंधों पर समझौते का भारी-भरकम बोझ ढोए जी रही हूँ मैं। हमारी बहसें कभी-कभार इतनी आक्रामक होने लगती कि लगने लगता जैसे सिर फट जाएगा। मेरे किसी भी सहकर्मी का घर आना उसे पसंद नहीं था। न ही रजत मेरे साथ कहीं जाने को तैयार होता। उसका सीधा सा तर्क था—'मैं नहीं जाता तुम्हारे ऑफिस वालों के घर। तुम्हीं क्यों जाना चाहती हो? वहीं जाना मुझे ठीक लगता है जहां मेरे खास लोग हों। औरतें क्यों किसी मर्दों के घर जाएं? कोई तुक नहीं है। न ही मुझे उन लोगों से बात करने में कोई मजा आता है। तुम्हीं क्यों बातें करती रहती हो पुरुषों से? क्या जरूरत है?

—'रजत, जिस ऑफिस में 7-8 घंटे बैठना पड़े और इतने पुरुषों के बीच एक मात्र मैं ही लेडी ऑफिसर हूँ तो बातचीत तो करनी ही पड़ती है चुपचाप कब तक बैठा जा सकता है?

—'अच्छा?' उसने चौंकने वाले लहजे में तीर छोड़ा—'कोई जरूरत नहीं है मर्दों से चकर-चकर करने की। तुम्हारी आदतें ठीक नहीं हैं। क्या-क्या नहीं सोचते होंगे लोग तुम्हें लेकर...?

ऐसी बातें सुनकर तकलीफ का लावा उठता और सुलग उठता अन्तर्मन। झर-झर आंसू आंखों में भर आते जो थमने का नाम नहीं लेते। उफ! कहां गया वो सपना... बराबरी का...प्यार का? कितनी बड़ी खाई है सपनों और हकीकत के दरम्यान? फिर कैसे मिलेगी वो उर्वर सपनों की जमीन?

कितना कम जान पाते हैं हम जीवन के बारे में। हर लम्हा हम इस उम्मीद में बिताते हैं कि शायद आने वाला पल खुशगवार होगा। हमारे खालीपन को भर देगा, हमारे अंदर की सूखती नदी को अजस्र धार से भर देगा लेकिन नहीं, कंटीले अहसासों की जड़ से जकड़ जाती हूँ मैं। इतनी चुभन होती है कि लहुलुहान होकर बाहर पैर बढ़ाना खासा तकलीफदेह होता है। रजत को पिछले 4-5 सालों से जानती हूँ लगता था जैसे मुझसे ज्यादा कोई भी उसे ठीक से नहीं समझता होगा। लेकिन उसके अंदर कितनी गांठें, कितनी परतें तुड़ी-मुड़ी दबी हैं—कुण्ठा, हताशा या श्रेष्ठता ग्रन्थि कहूं'—'हां, मैं हूँ ही अच्छा, कितनी सहजता से बिना किसी अपराध बोध महसूसे वह एक बड़ा सा चांटा फेंकता है मेरी तरफ। जिसके साथ जिंदगी के इतने सारे दिन गुजार दिए हों, हम उसे ही नहीं समझ पाते। इससे बड़ी विडम्बना भी दूसरी कोई हो सकती है भला? ऊपर से दिखते आधुनिक चोले के बावजूद उसके अंदर क्या-क्या मनोभाव दबे पड़े हैं, कितनी दुर्भावनाएं, ईर्ष्या-द्वेष, दुराव-छिपाव पनपते रहते हैं, ठीक से जान पाई क्या मैं? ऊपर से हंसते-खिलखिलाते भंवरे की तरह गुनगुनाते व्यक्ति के अंदर कितनी तरह के उठा पटक चलते होंगे, बूझ पाना तो सचमुच टेढ़ी बात है। अपने को हर पल हर स्थिति में सही मानकर चलने वाला रजत जैसा इंसान दूसरे को कभी सही मान ही नहीं सकता। हमें जोरदार धक्का लगता है जब हमें पता चलता है कि हमारा सबसे नजदीकी, सबसे आत्मीय व्यक्ति भी इतना चालाक, इतना स्वार्थी और धोखेबाज निकला। लोग तो मुझे ही दोषी ठहरा रहे हैं,—'तुम हो पहले दर्जे की बेवकूफ, किताबी कीड़ा रत्ती भर दुनियादारी की समझ नहीं है तुममें। तुमसे अच्छी तो वे घरेलू औरतें हैं जो पति की खांसी, छींकने और खर्राटों के भी निहितार्थ समझ लेती हैं जबकि तुम तुम्हारी आंखों के सामने 'सब' चलता रहा और तुम जरा भी नहीं चेती। रचना क्या कहूँ तुम्हें? नाक के नीचे हाथी घूमता रहा और तुम सोती रही। इस वक्त तो मुंह बाए सच का सामना करने के अलावा कोई और रास्ता ही नहीं है।

हां यह सच है कि मैंने पूजा-रजत संबंधों पर कभी शक नहीं किया। दरअसल स्त्री-पुरुष संबंध को मैं शुरू से स्वस्थ नजरिये से देखती हूँ। मुझे हमेशा से यही लगता रहा है कि दोस्ती ईश्वर का सर्वश्रेष्ठ वरदान है जो कभी भी, किसी के भी बीच हो सकता है फिर चाहे वे किसी भी उम्र के या किसी भी जाति-धर्म के हों। हां, यह सच है कि दोनों खूब-खूब देर तलक गपियाते, गाने सुनते, टी0वी0 देखते और देर रात होने पर रजत उसे छोड़ने भी जाता लेकिन इस दौरान दोंनो के बीच कुछ और भी पकता रहा है। इस ख्याल को मैं परे झटक देती। छिः रचना... तुम भी आम औरतों की तरह ऐसा-वैसा सोचती हो, ये छिछले दर्जे का सोचना है। वगैरह-वगैरह तर्कों से समझाती रहती।

उस दिन ऑफिस में बैठे-बैठे थोड़ा चक्कर सा आ गया। जी मिचलाने लगा। अचानक लगा जैसे सिर घूमने लगा हो कई गिलास पानी पीने के बावजूद चैन नहीं मिल पा रहा था। मैंने रजत को फोन मिलाया तो पता चला वह ऑफिस में नहीं है। मैंने इण्टरकॉम से अपने बॉस को इन्फार्म किया कि तबियत अचानक बिगड़ने लगी सो मैं घर जा रही हूँ। उन्होंने अपनी कार से छोड़ने का ऑफर भी दिया लेकिन—'नो, थैंक्स' कहकर मैं लिफ्ट से नीचे उतरी और रिक्शा लेकर घर की तरफ मुड़ने लगी। अनु स्कूल में ही थी। दोपहर का 1 बजा था, चारों तरफ तेज-तेज तपती धूप सीधे सिर पर पड़ रही थी। पेट का दबाव इतना बढ़ने लगा कि रास्ता चलते-चलते ही एक उल्टी हो गई। मैं तो उड़कर घर पहुंचना चाहती थी। धूप में झुलसते पेड़-पौधों का हवा सें हल्का-फुल्का हिलना डुलना भी नहीं सुहा रहा था। लग रहा था चारों तरफ मनहूसियत पसरी हो। मरघटी सन्नाटा बिछा हो। मेरे लिए रास्ते का एक-एक मिनट भारी पड़ रहा था। पेट का दबाव बढ़ता जा रहा था। जल्दी-जल्दी रास्ता लांघते हुए मैंने पर्स से घर खोलने की चाबी निकाली और एक ही सांस में दो-दो सीढ़ियां लांघते हुए ऊपर पहुंच गई। लेकिन यह क्या? दरवाजा तो अंदर से बंद था। कौन होगा? कहीं कोई चोर-उचक्का तो नहीं? मैं थोड़ा डरी फिर सोचा शायद रजत किसी काम से आया हो। उधेड़बुन में आधा मिनट के बाद मैंने घंटी पर हाथ रख दिया—'कौन है? रजत की आवाज सुनकर राहत मिली 'जल्दी खोलो... मैं हूँ...'

'वेट प्लीज' अंदर की हड़बड़ाहट से बेखबर मैं अपनी तबियत से बेचैन और परेशान थी। जी मिचला रहा था और ऐसा दबाव फिर से बनने लगा जैसे अभी एक और उल्टी होने वाली है। बेसब्र होते हुए मैंने दोबारा घंटी पर हाथ रखा। फिर से दरवाजा नहीं खुला तो मुझे तेज गुस्सा आ गया और मैं उबल पड़ी—'दरवाजा खोलो, जल्दी'—कहकर मैं बाहर ही बैठ गई। मुझसे खड़ा नहीं हुआ जा रहा था। पेट में भूचाल मच रहा था। थोड़ी देर बाद रजत ने दरवाजा खोला—'इस वक्त... तुम?' उसके चेहरे पर जैसे हवाइयां उड़ रही थीं। थोड़ा सकते में आ गया वह। चौंकने के भाव खत्म थे बल्कि फक चेहरे पर रंगे हाथों पकड़े जाने का खौफ बैठ

गया अचानक।

—'हां मेरी तबियत अचानक बिगड़ गई, उल्टियां होने लगीं और चक्कर आ गया। मुझे जल्दी से एक गिलास पानी दे दो। मैं वहीं चटाई पर बैठ गई लेकिन यह क्या देख रही थी मैं? मेरे बैडरूम से बाहर निकलती पूजा...

—'तुम..., तुम यहां..., इस वक्त..., अकेली..., क्या करने आई थी? इस तरह चोरों की तरह छिप-छिपकर...' मैं अपने खोए होशोहवाश को बटोरने में जुटी थी। दिमाग सुन्न पड़ गया।

—'इंस्टीट्यूट से लौटते हुए रास्ते में रजत जीजाजी ने लिफ्ट दे दी फिर घर लाने की जिद करने लगे कि चाय पिलाकर जाना।'

मुझे जैसे कुछ भी नहीं सुनाई पड़ रहा था। मैंने अपनी पैनी निगाहों से उसी वक्त यह भांप लिया कि दोंनो के बीच नाजायज संबंध है। मैंने अपनी आंखों से अपने बैडरूम में वैसी 'कंप्रॉमाइजिंग पोजीशन' देख ली। बस मेरे सब्र की वो आखिरी घड़ी थी। मैंने तभी तय कर लिया कि मुझे ऐसे आदमी के साथ नहीं रहना।

—'तो पूजा... यह सब कितने दिनों से चल रहा है?' बिना किसी लाग लपेट के मैंने सीधे-सीधे पूछना उचित समझा। उसके चेहरे पर चोरी पकड़ने जैसे हाव-भाव झलके। थोड़ी घबराई और नर्वस भी हुई लेकिन लड़की साहसी क्या शायद दुःसाहसी थी। जवाब रजत की तरफ से आया—'रचना, क्यों उससे बकवासबाजी कर रही हो? क्या ऊल जलूल बक रही हो? चुप रहो' उसने हमेशा की तरह मुझे झाड़ने की कोशिश की लेकिन मेरी आवाज में दो-टूक फैसला भरता गया—'रजत, सामने आए अंधड़ से बचने की कोशिश करना अब बेकार है और खुली आंखों में धूल झोंकना संभव नहीं है, मेरे बैडरूम की दशा इस बात की गवाह है कि तुम लोग वहां क्या कर रहे थे अभी? पूछना नहीं चाहती तुमसे, रजत, लेकिन एक बात साफ है कि मैं तुम्हारा साथ अब और बर्दाश्त नहीं कर सकती किसी कीमत पर साथ नहीं रह सकती। समझ गए न? तुम चाहो तो पूजा से शादी करके चैन से रहना शुरू कर दो। बट आई कांट...। अब चुपचाप अलग होने में ही भलाई है। मेरी सारी तकलीफ कहीं छूमंतर हो गई और पता नहीं कहां से बोलने लायक ताकत गले में भरती गयी।

इस बीच पूजा चुपचाप बाहर निकल आई बिना मेरी तरफ देखे और एक शब्द भी कहे सुने बगैर। रजत बिल्कुल नाटकीय अंदाज में बोला 'मुझे माफ कर दो रचना, आई एम रियली सॉरी...' कहने के बाद लाड़ जताने का अभिनय करता हुआ थोड़ा रंग फेंकने वाला जुमला—'थोड़ी सी भूल हो गई मुझसे। तुम तो बड़े दिल वाली हो रचना... माफ नही करोगी क्या? मेरा हाथ पकडकर मुझे अपने सीने से सटाने की कोशिश करने लगा। मैने छिटकते हुए दो टूक जबाब दिया—'तुम सबसे पहले पूजा से अपने संबधों के डिटेल्स बताओ। आई कान्ट लिव इन दीज सिचुएशंस...

'रचना', अचानक रजत की आवाज में गर्मी भर आई—'तुम मुझे छोड़कर कहीं

नहीं जा सकती कभी भी...मैं जान दे दूँगा तुम्हारे बगैर।'

उस वक्त पहली बार मैने खुद को दुनियां से अलग-थलग खड़ा पाया जैसे समंदर के बीचोंबीच बने किसी निर्जन टापू पर खड़ी होऊं मैं। वैसे भी मानसिक रूप से मैं खुद को पहले ही रजत से अलग कर चुकी थी अब शारीरिक रूप से भी खुद को परे पाया।

हाँ, उसी दिन शाम को अकेले ही डॉक्टर के पास दिखाने गई। उल्टियाँ थम नही रही थी और जी मिचला रहा था। जिस बात का डर था। वही आंशका सच निकली। डॉक्टर ने चैकअप करने के बाद गोला फेंक दिया बारूद का—'रचना, यू आर प्रेग्नैण्ट।' सिर पर आग की चिंगारियां छूटने लगी यूँ लगा जैसे रास्ता चलते ऊपर से धड़धड़ाती चटटानें गिरने लगी हों। जीवन के ऐसे नाजुक मोड़ पर यह प्रेग्नैंसी...काण्ट टॉलरेट...' यस मैं जानती थी रजत की इच्छा कि दूसरा बच्चा हो। वह मुझे चारों तरफ से मोटे-मोटे रस्सों से बांधकर जकड़ना चाहता था। दूसरे बच्चे के बाद मैं और ज्यादा बंध जाऊंगी। जिम्मेदारी की कटीली बाड़ से घिर जाऊंगीं। खास तौर पर ऐसे नाजुक समय में जब रजत ने मेरा भरोसा ही चकनाचूर कर दिया हो। सोचकर मैंने खुद पक्का निर्णय लिया। अंदर से मजबूत इच्छा पनपी और मैंने तत्काल वहीं बैठे-बैठे तय कर लिया कि मुझे तुरन्त एबॉर्शन कराना है। रजत से कहने का अंजाम क्या होगा? यह मैं पहले से जानती थी इसलिए दूसरे बच्चे की रजत की इच्छा को बेदर्दी से ठुकराने का मुझे कतई कोई मलाल नहीं हुआ—'यस डॉक्टर...मुझे एबॉर्शन कराना है दिस टाइम आई एम नॉट रेडी फॉर दिस इशु।

—'सोच लो रचना ठीक से...पहले बच्चे को कंपनी चाहिए होती है फिर तुम तो जॉब करती हो, बाहर काफी समय देना पड़ता है, दो रहेंगे तो आपस में खेलेंगे...कूदेंगे।

नहीं अभी नहीं फिर कभी देखा जाएगा...मैंने तत्काल फैराला ले लिया और दूसरे दिन का एप्वाइंटमैंट लेकर वापस घर चल दी। अंदर से इतनी टूटी थी जिसे जोड़ पाने के लिए कोई भी सेतु दूर-दूर तक नही दिखता था। पहली दफा इस निर्णय से मन में कहीं कोई अपराध बोध नहीं पनपा। दुख-पछतावे जैसी कोई छाया दूर-दूर तक नहीं दिखी बल्कि एबार्शन के बाद खुद के लिए निर्णय पर संतोष हुआ। हाँ यह सच है कि मैने इसे रजत से शेयर नही किया क्योंकि मैं जानती थी इसका दुष्परिणाम। रजत की कहा सुनी यानी ढेर झमेलों की सीरीज। अनु को खाना खिलाकर खुद भी दवा ली। पिछले दिनों एक बात नोट करती रही कि घर में जो भी फोन आते थे, उन्हें सिर्फ वही अटैण्ड करता था। यदि भूल से कभी मैं उठा भी लूँ तो फोन तत्काल डिस्कनैक्ट हो जाएगा। शायद पूजा ही हो—सोचकर एक ख्याल मन में पुख्ता होता रहा—क्यों न पूजा से ही सीधे-सीधे बात की जाए? देखें, वह क्या कहती है? कितने आगे बढ़ी है? क्या प्लानिंग है दोनों की? सोचकर मैंने राहत की

सांस ली—'चलो सुबह होने पर मैं सीधे-सीधे पूजा के घर जाकर बात करूंगी।'

फिर अचानक एक दिन मैं सुबह-सुबह पूजा के घर पहुंच गई। वह मुझे देखकर एकदम से घबड़ा गई। थोड़ा सा डर भी गई लेकिन मैंने उसे देखकर आंखों-आंखों में आश्वासन दे दिया—'मुझे सिर्फ तुम्ही से बात करनी है...अकेले में...तुम्हारे पैरेंटस से कुछ भी कहने नहीं जा रही। मैं जानती थी ऐसे मामलों में मां-बाप को लाने से कोई फायदा नहीं होता। खामहखां ऐसा बदबूदार कीचड़ उछलता है जिसके छीटें खुद के दामन पर तो पड़ते ही है चौतरफा भी फैलते जाते हैं।

'जस्ट वन मिनट...कहकर वह अंदर गई। मैं वहीं खड़े-खड़े सोचने लगी कि यह लड़की अपनी कम उम्र, कम अक्ल एवं रजत की एक्सट्रा स्मार्टनैस की शिकार हुई हैं। जब इसे असलियत का पता चलेगा कि रजत शादी-वादी के मूड में कतई नही है बल्कि 'जस्ट फॉर फ़न, जस्ट फॉर चेन्ज' सोचकर इसे यूज कर रहा है तो ये ठीक हो जाएगी या संभल जाएगी। कम से कम खुद का नुकसान तो नहीं करेगी।

दो मिनट बाद वह चेन्ज करके आई और हम लोग बाहर खुली सड़क पर हवा के संग चलने लगे। मैंने सीधे-सीधे उसकी तरफ देखते हुए पूछा—'पूजा, यदि तुम लोग शादी की लिमिट तक पहुंच चुके हो तो मैं तुम दोनों के कहने पर बीच रास्ते से हट जाऊंगी...' जवाब में वह कुछ नहीं बोली। थोड़ी देर बाद मैंने जोर देकर कहा—'पूजा ऐसे आदमी का भरोसा करना ठीक नहीं। यदि तुम वाकई सीरियस हो तो मैं तुम्हारे साथ हूँ।

'ऐसा वैसा कुछ नही है दीदी, हमारे आपस में कोई ऐसे-वैसे संबंध नही हैं...' कहकर वह साफ मुकर गयी।

मुझे लगा पूजा मुझ पर विश्वास नहीं कर पा रही सो अर्जुनबाण की तरह मैंने अपना आखिरी हथियार भी इस्तेमाल किया—'पूजा अभी तुम्हारी उम्र भी ज्यादा नहीं है सो एक बात साफ-साफ बता दूँ—यदि तुम्हें वाकई रजत से प्यार है तुम्हें उस पर भरोसा है कि वह तुम्हारी जिंदगी में नया अर्थ, नया रंग भर सकता है तो इसमें कुछ भी गलत नहीं है। रत्ती भर बुराई नहीं है। शायद हम दोनों गलत सॉकेट में फिट हैं। इधर मैं कैरियरिस्ट बनकर रह गई जिसके चलते उसकी वे परंपरागत अपेक्षाएं पूरी नहीं हो पायीं तो उधर वो मुझमें वैसी मोहक घरेलू स्त्री की छवि खोजता रहा। शायद वैसी छवि तुममें खोज पाया हो वो, बोलते-बोलते मेरा गला भर्राने लगा लेकिन खुद पर काबू रखते हुए मैंने आगे जोड़ा—'पूजा तुम मेरी बहिन की तरह हो...।'

इस बार पूजा पर मेरी बात का कोई असर जरूर पड़ा। उसने मेरी तरफ पलटकर देखा—'दीदी, आई एम सॉरी... आप तो बेकार में ही इतना सोच लेती हैं' कुछ और आगे बोलते-बोलते वह रूक गई। फिर बोली—'आइन्दा आपको कोई शिकायत नहीं होगी, अब चलें वापस।'

हम लोग अपने-अपने घर की तरफ मुड़ने लगे। पता नहीं मेरे कहने का क्या

अच्छा-बुरा असर पड़ेगा? इस उधेड़बुन में लौटते हुए घर आ रही थी। घर पहुंचते ही रजत ने पूछा—'कहां गई थी सुबह-सुबह बिना बताए।'

—'यूँ ही सैर करने' मैंने लापरवाह ढंग में जवाब दिया और ऑफिस जाने की तैयारी करने लगी। किचन के काम करते हुए सोचने लगी। आज 10 अगस्त है, अनुराग ट्रेनिंग से लौट आया होगा। कितना कुछ घटित हो गया इस बीच। कहां से कहां पहुंच गई जिंदगी? ऊपर से तो सब साबुत दिखता है...लेकिन अंदरूनी तौर पर देखो तो अहसास होता है अरे! यह तो नीचे धसकती पोली जमीन है, जहां पैर रखते ही आप सीधे गड्ढे में चले जायेंगे। आंख में इर्द-गिर्द उड़ती धूल-मिट्टी और रेत के बगूलों से किरकिरी होती और पेड़ों से झरते सूखे पत्तों का ढेर पैरों तले इकट्ठा हो रहा था। बालकनी में रखे गमलों में बड़े जतन से रोपे पौधे को ठीक से धूप-पानी न मिले तो देर-सबेर मुरझा जाएंगे वे। तो इसे नैसर्गिक विधि-विधान मान लूँ क्या? कभी लगता है जैसे ताल में ताल साधती हवाएं चल रही हैं शांत और मंथर गति से। कभी लगता है यही हवाएं अंधड़ बनकर चारों दिशाओं में गोल-गोल बनकर उमड़ती-घुमड़ती हैं। तो हमारे वश में तो कुछ भी नहीं है। फिर भी हम क्यों सोचते रहते हैं कि हमारे अनुसार चले दुनियादारी?

गाहे-बगाहे अनुराग के ही संदर्भ में क्यों गढ़ती जा रही हूँ मैं ये बातें? यह ठीक है कि उसने मेरे अंदर जिजीविषा जगाई। मन के तार झंकृत किए। लेकिन मैं क्यों कर अपेक्षाएं पालती रहती हूँ उससे? बेशक उस स्फूर्त अहसास का कोई मूल्य नहीं...कोई लक्ष्य भी नहीं और स्वार्थ तो हो ही नहीं सकता। बस एक ऊर्जा का स्रोत है वह तो। बेशकीमती अहसास। जादुई असर छोड़ता है उसका व्यक्तित्व जिससे सम्मोहित होती रहती हूँ मैं। अंदर से उठती आवाजों का मुंह दबा नहीं पा रही थी मैं—'अनुराग! तुम हवा के रूप में हर वक्त मेरी सांसों के अंदर बहते रहते हो।

सब तरफ खूब-खूब उमस भरी थी। सुबह से ही जमीन का अंग-प्रत्यंग तप रहा था। जमीन अपनी गर्मी चारों तरफ फेंक रही थी। पेड़-पौधे, फूल-पत्तियाँ सब जैसे बुत बने खड़े हो गए हों। वे अपनी जगह से टस से मस होने को तैयार नहीं थे। जल्दी-जल्दी सारे बिखरे कार्यों को समेटती मैं ऑफिस पहुंची ही थी कि फोन की लंबी आवाज सुनाई दी—'हैलो'

—'रचना...'

—'यस...'

—'तो अब पहचानोगी भी नहीं? ये बात है, इतना गुस्सा, इतनी नाराजगी...'

—'मैं क्यों नाराज होऊंगी?' भरसक तटस्थता बरतने की कोशिश की मैंने।

—'तब तो ये और भी खराब बात है, आ रही हो नीचे?

—'अभी तो नहीं...' कहकर मैंने फोन काट दिया। हुंह, जब इन्हें फुर्सत मिली...बुला लिया। कोई खिलौना हूँ क्या? जी चाहा तो मन बहला लिया। मेरी

इतनी ही फिक्र थी तो बाहर से फोन नहीं करना चाहिए था? क्या सारे पी.सी.ओ. मालिक कब्रिस्तान में दफना दिए गए? हुंह! भाड़ में जाए। मैं ही क्यों बेवकूफों की तरह बेकार की अपेक्षाएं पालती रहती हूँ उससे ? वी आर जस्ट सिम्पल फ्रैन्डस नथिंग एल्स...नथिंग मोर...मन को कई कोणों से समझाती जाती और पास रखी पानी की बोतल से पानी गुटकती जाती। बीच-बीच में पूजा के चेहरे के हाव-भाव ज्वार भाटे की तरह उतरते-चढ़ते स्मृति में कौंधते। 'रजत ने ऐसी क्या खास बात देखी होगी उसमें? भोली भाली शक्ल? कमसिन चेहरा? एक नई अनछुई देह का जादुई संजाल...? अभी मैं कुछ भी ठीक से तय नहीं कर पा रही थी कि...

—'हैलो...हाउ आर यू? अनुराग की उछलती बॉल सी आवाज मेज पर कूदी।

—'फाइन' आंखें उठाकर मैंने उसे देखा और फिर चुप्पी का बाना पहन लिया।

—'रचना...ऐ...क्या हो गया है तुम्हें? नाराज हो क्या? लेकिन क्यों भला? अनुराग ने नाटकीय अंदाज में अपने सिर को इधर-उधर झटका फिर दोनों कुहनियों को मेज पर टिकाते हुए बोला—'रचना, चलो चाय पीते हैं, वहीं बातें करेंगे।'

—'मन नही है...'

—'ऐ, क्यों मन नहीं हैं? क्या हो गया है तुम्हें? उठो न, इतने दिनों से फिक्रमंद था कि कैसी होगी तुम? क्या चल रहा होगा ? लेकिन यहां तो हाल ही बेहाल है। प्लीज रचना...लैट मी लिसन फ्राम यू...' किसी अड़ियल बच्चे की तरह वह वही पड़ी कुर्सी पर पसर गया—'बहुत कुछ हो गया जिंदगी में, ऐसा जो आज नहीं कल होना ही था या जो नहीं होना था।

—'क्या फिलासफी बघार रही हो? अरे! उठो न!...कैंटीन चलकर खाते हैं कुछ। मेरे पेट में मोटे-मोटे चूहे दौड़ रहे हैं। पता है सुबह से कुछ भी नहीं खाया।

मन में आया कह दूँ—'जाकर खा लो, कौन रोकता है? लेकिन जुबान तक यह बोल नहीं ला पाई। अनुराग के बिना यह वक्त कैसे काटा है, मैं ही जानती हूँ। अंदर तक अनुराग को महसूसना और लगातार उसी की आवाज, उसी लय में मुग्ध रहना मेरी आदत या शायद कमजोरी बनती जा रही है। अनुराग को सामने देखकर तन-मन रोमांच से चिटक रहा है तो मैं किस मुंह से कहती—'जाइए'। मैंने कितनी शिद्दत से अनुराग को लेकर ख्याल बुने हैं हर बार पैरों में कोई न कोई मोटी जंजीर डाल दी जाती है जिसके चलते मैं इस रास्ते चल नहीं पाती। अनचाहे ही सही एक बीमारी सी पाल ली है मैंने सोचते रहने की। खूब गहराई में डूबकर सोचने के इस रोग को क्या नाम दूँ मैं?

—'कहां खो गई तुम? और यह क्या...इतना सड़ा सूट पहनकर ऑफिस चल दी और वो भी बिना प्रेस किया हुआ।

—'सब ठीक है...सब चलता है।' मैंने टरकाऊ जबाब दिया।

—'ऐ रचना, कहां हो भई? सच-सच बताओ। मुझे 'मिस' किया है न ? थोड़ी

बहुत याद आई या बड़े जोर से झटक दिया था तुमने? अनुराग के चेहरे पर गुलाबी रंग दिपदिपाने लगा।

—चलिए कैंटीन।...आप पहले कुछ खा-पी लीजिए। तभी खाइए मेरा भेजा भी ...

कैंटीन की तरफ चलते-चलते सोच रही थी—क्यों इसके साथ घनीभूत तनाव चुटकियों में फुर्र हो जाता है धुएं की लकीर बन कर हवा में कहीं गायब हो जाता है जबकि अकेले में वही तनाव जले दूध का बदबूदार गोल बनकर घर में गोल-गोल घूमता रहता है और इर्द-गिर्द अपने जले जाने का देर तक अहसास कराता रहता है। मेरा तनाव भी हवा में गायब होने की बजाए रह-रहकर जले धुएं की तरह मंडराता रहता है।

—'हां तो भई, कैसे बीता इतना समय? रजत कैसा है? मस्त और खुश तो रही होगी न?' अनुराग ने अपने स्वाभाविक अंदाज में पूछा।

एक साथ मन में न जाने कितनी लहरें उठती-गिरती, ऊंची-नीची होती रहीं। कभी लगता मानो अभी एक जोरदार लहर आएगी जिसमें तमाम तटबंध ढह जाएंगे...भरभरा पड़ेंगे लेकिन मैं चुपचाप बैठी-बैठी घूंट-घूँट भरते हुए पीती रही कॉफी।

'आज तो वाकई तुमने मौनव्रत धारण कर लिया है। यानी सचमुच बोलोगी नहीं, बस सुनती रहोगी...' अनुराग के चेहरे पर बिछी मुस्कान और चहलपहल को नोट करते हुए मैं सोचे जा रही थी कि ऐसा क्या है इसमें जिसे देखकर मुरझाया मन तत्काल हरा-भरा हो उठता है क्या महज उमड़ते बादलों को देखकर ही खिल उठती है धरती?

—'अच्छा बाबा कान पकड़कर माफी मांगता हूँ, उठक-बैठक भी लगा सकता हूँ...अब तो खुश हो न? लेकिन बताओ तो सही क्या कसूर है मेरा ? अनुराग इस बार सचमुच गंभीर था।

—'तुम्हें फोन तो करना चाहिए था।' अब तक रोकी आवाज आखिर में निकल पड़ी।

—'कहां करता? तुम्हारे घर ? लेकिन कब? कैसे? रजत का टेढ़ा दिमाग कि किस बात का कब क्या अर्थ निकाल ले ? कौन जानता है? देखो रचना...तुम्हें लेकर मेरे दिमाग में हमेशा यही बात जमी रहती है कहीं होम करते हाथ न जल जाएं। आई डू केयर फॉर यू। ऑफिस में हां कर सकता था लेकिन उसी टाइम क्लासेज रहती थी। अच्छा एक बात बताओ—क्या हमारे सम्बन्धों की जमीन सचमुच इतनी कच्ची है कि एक फोन न करने से धसक जाएगी? एक-एक बात को करीने से तर्क की तहें लगाते हुए कहता जा रहा था वह। मेरे मन में रह-रहकर कुछ बोल मेंढक की शक्ल में टर्रा रहे थे। 'आई मिस यू डियर एवरी मूमैन्ट' लेकिन शब्दों को बाहर निकलने का रास्ता नहीं मिला। अनुराग के पारदर्शी बोल अंदर उतरते

जा रहे थे–रचना कान्ट टेल यू, इतना अच्छा मौसम था वहाँ...इतने दिलकश नजारे थ,। क्या बताऊं? तुम्हें हर वक्त मिस करता रहा। इनफैक्ट तुम्हीं तुम सवार रही हो दिमाग में और सुनो। एक पेन लाया था तुम्हारे लिये, पता नहीं तुम्हें कैसा लगेगा?

–सब कुछ..., हां समूचा बांध मुठ्ठी में बंधी रेत की तरह नीचे सरसराकर गिरता जा रहा है। क्यों गिर रहा है यह? क्यों नहीं बन्द कर पा रही हूँ इसे? मैं पूरी ताकत से अपने बिखरे वजूद को सम्भालने की कोशिश में जुटी रहती हूँ लेकिन यूँ लगता है जैसे मेरे हाथ में कुछ भी नहीं बचा, सब फिसलता जा रहा है। मैं जितनी ताकत से इस गुत्थी को परे छिटकने की कोशिश करती, उससे ज्यादा रेशमी गुच्छे मेरे पैरों में इधर-उधर लिपटते जाते। तो क्या यह कभी न सुलझने वाली डोर है?

–'कैसी हो तुम?' अनुराग ने मेरी तरफ आंखें गड़ाते हुए गहराई से और थोड़े लगाव से पूछा।

–'कैसी दिख रही हूँ ?' मैंने पूछा?

–'ठीक तो नहीं दिख रही। चेहरे की रंगत फीकी पड़ गयी है,..शायद धूप बढ़ने से।'...हंसी आ गयी यह सुनकर लगा जैसे आत्मीयता के ढेरों रंग बिरंगे फूल बिखर गये हों पैरों के नीचे, नीले, पीले, लाल, गुलाबी और खुशबूदार फूल। मीठी बातों की चाशनी में डूबने लगी। इतना उफान। इतना उद्दाम वेग कि लगा सारे सींखचे खुद व खुद टूट जायेंगे एक झटके से हाथ रखते ही। छूते ही जैसे सोते प्राण जाग जाएं। तो यह है अनुराग की सत्ता। क्यों इतना विराट साम्राज्य बनाता जा रहा है मेरे अन्दर?

–'रजत के क्या नये समाचार हैं ?

तत्काल मन में पूजा एपीसोड घूम गया। फिर सोचा, छोड़ो, बाद में देखा जायेगा।

–'ठीक ही है सब, नया क्या होना है हमारे यहाँ ? न चाहते हुए भी उखड़ी आवाज निकली।'

–'तुम कुछ छिपा रही हो?' उसने कुरेदा...

–'नहीं तो, कहकर मैं जाने के लिये उठ खड़ी हुई–'अरे... अरे..., बैठो ना..., इतनी जल्दी क्या है ?

–'कुछ काम है... शायद रजत का फोन आए' मैंने यूँ ही झूठ मूठ बहाना बनाया।'

–'ओहो..., तो यह बात है... गुड...' अनुराग ने व्यंग्य भरे लहजे में कटाक्ष किया।

तो यह है अनुराग...जिसे देखने–बात करने के लिये कब से कचोट रहा था मन। लेकिन आज मिलकर भी मन में वैसा सुकून। वैसी प्रफुल्लता नहीं आई। पता नहीं क्यों ? हालांकि सच तो यह है कि धीरे-धीरे मैं महसूस करने लगी हूँ कि मेरी डोर को पूरी ताकत से पकड़े हुए यह जहाँ कहीं भी मुझे खींच ले जायेगा। मैं उसी

अदृश्य डोर से बंधी-बंधी पीछे-पीछे चल पड़ूंगीं। तभी रागिनी के बोल याद आ गये—रचना, साइकिल के पंचर को कितनी बार ठीक कराती रहोगी? बार-बार कराने पर वह कहेगा—इसे बदलवा डालो, यानी पूरी साइकिल का टायर ही चेंज कराना पड़ सकता है-—फिर धीरे-धीरे यह भी लगेगा, क्यों न नई साइकिल ही ले लें? '

—'लेकिन नई साइकिल लेकर भी यही अहसास हो कि अरे! कोई भी फर्क नहीं लग रहा। बैठकर चलाने में बिल्कुल पहले जैसा ही अहसास हो रहा है, तो, तो क्या फायदा होगा? बोलो।'

—'ऐसा नहीं है, बैठने वाले को फर्क तो जरूर महसूस होगा। तुम खुद को झुठला रही हो यार।

यहीं इसी बिंदु पर आकर सुई अटक जाती। सोचते-सोचते यहीं थम जाता मन। कहीं बैठकर वैसा ही लगे... तो... तो क्या होगा? क्यों न पुरानी साइकिल को ही बार-बार ठीक कराती रहे वह? कामचलाऊ जीवन गुजारती रहे? लेकिन कब तक? रजत और पूजा दोनों ही पिछले दो महीने से यही कहते आ रहे थे कि दोनों में कोई सम्बन्ध नहीं थे। अलबत्ता पूजा से मेरे बात करने का इतना असर जरूर हुआ कि उसने रजत से शादी के लिये जोर डालना शुरू कर दिया। मैं जानती थी कि शादी की बात सुनकर ही रजत भड़क जायेगा, या उसके बाद कुछ दूसरी ही कहानी शायद बन जाए, क्योंकि मेरी रीडिंग के मुताबिक वह अपनी कम अक्ल व कम उम्र की शिकार हुई थी। जब पूजा को रजत की असलियत का पता चलेगा कि यह आदमी शादी की बात सुनकर ही भड़क सकता है तो हो सकता है धीरे-धीरे बात करने या मिलने से भी कतराने लगे, और शायद इसी से पूजा संभल जाए।

ऐसा शायद हुआ भी क्योंकि तीन माह बाद पूजा ने एक चिट्ठी लिखकर मेरे पास भिजवाई—'दीदी, आपका अनुमान सही था। रजत शादी-वादी करने के मूड में कतई नहीं है। जबसे उससे शादी की बात शुरू की है, वह मुझसे मिलने तक में हिचकिचाने लगा है। हालांकि कहने को तो वो आज भी यही कहता है कि चूँकि रचना नहीं चाहती इसलिये मैं तुमसे नहीं मिल पाता लेकिन मैं तो आपको जानती हूँ न। आपने तो मुझसे साफ-साफ कहा था कि आप बीच से हटने को तैयार हैं लेकिन रजत यह मानने को तैयार ही नहीं। कहता है—'रचना डबल गेम खेल रही है। एक तरफ तो तुमसे ऐसा कहती रहती है दूसरी तरफ मुझ पर चौबीस घंटे की पहरेदारी करती रहती है, कौन कहां तक सच है? समझ में नही आ रहा...

पढ़ते-पढ़ते मेरा खून खौलने लगा—यह आदमी इस कदर झूठ बोल सकता है ऐसी बातें गढ़ सकता है, उफ ! कान्ट बिलीव हिम...। मैंने उसी वक्त पूजा को फोन मिलाया और साफ-साफ कह दिया—'पूजा, ऐसे आदमी का कतई कोई भरोसा नहीं करना चाहिए' सुनकर उसने तपाक से वही पुरानी बात दोहराई—'दीदी, हमारे आपस में कोई भी सम्बन्ध न है और न ही हो सकते हैं।'

यहीं से हमारे-रजत के बीच जो दरार पड़नी शुरू हुई, वह धीरे-धीरे खाई बनती जा रही थी। मुझे रजत पर दोबारा भरोसा करने का कतई मन नहीं हुआ और न ही पूजा की बातों में कोई दिलचस्पी रह गई थी। दोनों के आश्वासनों के बावजूद मैं मानसिक रूप से खुद को जंगल के बीच अकेला खड़ा पाती। जब से रजत पर से भरोसा हिला, तभी से खुद के प्रति भी एक तरह की हीनता ग्रन्थि महसूस करने लगी। मेरा ख्याल था कि ऐसी घटिया मानसिकता का आदमी फिर किसी और को बीच में डालकर मुझे फिर से किसी नई मुसीबत में फंसा सकता है। मेरी इस मनोदशा का गहरा असर हमारे सम्बन्धों पर पड़ता जा रहा था। रजत ने कहना शुरू कर दिया—तुम बिस्तर में ऐसे विहेव करती हो जैसे कि पैसे लेकर ये सब करने वाली भी नही करती' सुनते ही मैं विफर पड़ती। गुस्से से सुलगती आग भभक पड़ती।

यह सच है कि इस एपीसोड के बाद रजत से सम्बन्ध रखने में मेरी कतई कोई रूचि नहीं रह गई थी। मैं मानसिक रूप से खुद को पूर्णतः काट चुकी थी रजत से। जरा-जरा सी बात पर मुझे गुस्सा आने लगता। और मैं भड़क पड़ती। उस दिन घर पर बिखरा सामान देख रजत चिल्लाने लगा—'यह क्या रचना? इतना समय साथ रहते-रहते बीत गया। तुमने कभी इस घर को घर समझा है ? तुम्हारे लिये तो यह सराय है, बस।

—'रजत, लेकिन तुमने मेरा विश्वास तोड़ा है, इससे भी बड़ा गुनाह करेगा कोई? बोलो, मेरी आवाज में फिर से वैसा आवेश भरता गया।

—'तुमने भी तो ऐसे न जाने कितने विश्वास तोड़े होगे... उसने तपाक से प्रतिवाद किया।

—'बताओ तो जरा, मै भी सुनूँ। मैं जैसे लड़ने पर उतारू हो गयी।

—'हाँ'...चीखो मत, न जाने कितनी ऐसी घटनाएं हुई हैं जिससे मेरा भरोसा टूटा है तुम पर।' रजत पूर्ववत अपनी उसी उत्तेजना, उसी रौ में जहर उगलता रहा।

—'बकवास कर रहे तो तुम। जिन्दगी में समझौते पर समझाते मैं करती आ रही हूँ तुमने क्या किया है? तुम तो मौके का फायदा उठाने में भी नहीं चूके।' मेरी आवाज ऊंची थी।

—'क्या कहा? सोच-समझकर बोलना आता है तुम्हें ? ऊपर से तो खोपड़ी खाली है। तुम्हीं मेहरबानी करके बता ही दो कि ऐसे कौन से समझौते करने पड़े हैं तुम्हें? 'उसने ऐंठकर कहा।

—'पूजा के साथ अपने सम्बन्धों को कितने दिन छुपाते रहे तुम? बोलो न। न मेरी अचानक तबियत खराब होती, न मुझे पता चलता। मेरी आँखों के सामने धूल झोंकने की कोशिश नहीं की तुमने ? अन्दर से समूची ताकत लगाकर बोलते बोलते मेरी आंखों से आंसू बहने लगे।

—'औरतें तो एक्टिंग करने में उस्ताद होती हैं और तुम उनमें से नम्बर वन

हो।' कहकर पैर पटकता रजत वहां से उठकर तुरन्त बाहर निकल गया। बालकनी में खिलौनों से खेलती अनु ठुमक-ठुमक कर चलती हुई कब मेरे पास आकर खड़ी हो गई, मुझे पता नहीं चला। मुझे तब अहसास हुआ जब वह मग के पानी में से अपने हाथ गीले करके मेरे आंसुओं को पोंछने लगी। मैंने लाड़ में उसे इधर-उधर चूमा।

अनु अब काफी कुछ समझने लगी थी। बोलने में चंट तो वह पहले से ही थी। अपनी बड़ी-बड़ी गोल-गोल आँखों से मुझे टुकुर-टुकुर निहारा करती और उसकी मीठी-मीठी बातों से मेरा सारा तनाव उड़ जाता। उसकी सबसे प्यारी चीज जो मुझे मोह लेती–वह थी कि अनु मुझे रोता नहीं देख पाती। तुरन्त कह उठती–मम्मा, पापा गंदे हैं, मम्मा अच्छी है। 'कितनी अच्छी?' बिना पूछे ही वह दोनों हाथों को बड़ा-बड़ा फैलाकर कहती–'इतनी ज्यादा। मैंने उसे सीने से लिपटाकर ढेर सारा प्यार किया। फिर थोड़ी देर बाद कहा–'चलो, सामने वाली आंटी के पास चलते हैं। उनकी छोटू के संग खेलेगी न ? मैने मूड बदलने के लिहाज से सोचा। रास्ते में वह चहक-चहक कर अपने स्कूल की बातें बताती रही अपने फ्रैंडस के नाम किसको स्टार मिला है, या किसको क्या प्राइज मिला है ? एक बच्चा मैम का भी है जिसे वो बहुत प्यार करती है,' ढेरों बातों की पिटारी खोले अनु का चहककर बातें करना मेरे मन में इत्मीनान बिछाता जा रहा था।

बाहर का ठंडा मौसम मन में सन्तोष भरने लगा। कहीं से फूलों की महक हवा में घुली हुई थी। हल्की गति से हवाएं विचर रही थी। ऐसे में यदि आकाश में बदली छा जाए तो पूछना ही क्या? चारों तरफ हल्का अन्धेरा पसरने लगा, थोड़ी देर के लिये ही सही–मेरा शहर एक पहाड़ी स्टेशन में तब्दील होता नजर आने लगा। लेकिन अन्दर छाया था खूब-सारा अकेलापन। अनायास अनुराग की कहीं बात याद आ गई–'रचना, मिलन-विरह, खुशी-गम, हंसना-रोना सबका मजा अकेले लेना सीखो। धीरे-धीरे आदत पड़ जाएगी। अकेलेपन को अपना सबसे अच्छा दोस्त समझने लगोगी तो इससे आत्मविश्वास बढ़ेगा तुम्हारा। तुमसे बेहतर और भला कौन सा दोस्त हो सकता है तुम्हारा?

उस दिन शाम को आसमान मिनट-मिनट पर परिधान बदलता किसी पिक्चर के रंगीन दृश्य की तरह लग रहा था जैसे किसी गाने के दृश्य में नाचती लड़की पलक झपकते ही भिन्न-भिन्न कपड़ों में सजी-संवरी दृश्य पटल पर नमूदार हो रही हो... ठीक वैसे ही कभी तो बादल हल्के गुलाबी परिधान के ऊपर नारंगी रंग की ऊंची कलगी लगाए सजकर खड़ा था, जिसके इर्द-गिर्द फैली थी समंदर जैसी विशाल जलराशि तो कभी सफेद बादल मेमने की शक्ल में आकाश जैसे विस्तृत मैदान में इधर-उधर लोटते नजर आ रहे थे। अभी इस नजारे में आँखें गड़ाये मुग्ध तंद्रा में डूबी मैं लगातार गोते लगा रही थी कि अगले ही पल दूसरा मोहक दृश्य–गाढ़े नारंगी

रंग की छींट पहने किसी ग्रामीण बाला की भोली-निश्छल छवि आँखों के सामने बिछ गई जिसके इर्द-गिर्द हल्के पीले बैंगनी और क्रीम रंग का दुपट्टा हवा में लहरा रहा हो...। आँखें मींचे कल्पना करने लगी... देखो...अब शायद ग्रे रंग की साड़ी पहले कोई शहरी वाला मूर्ति की तरह अपने बन्द होठों की नेचुरल लिपिस्टिक के सोबर लुक्स लिये मुस्कान फेंकेगी व अन्दर उमड़ती हंसी को होठों-दातों व जीभ से दबाकर थाम लेगी... लेकिन आंखे खोलीं तो रंग बदलते आसामान के ढेरों टुकड़े टूटकर इधर-उधर छितरा गये थे। क्रमशः गोल-गोल उड़ते बादल सफेद से स्याह रंग में बदलते चले गये। बीच-बीच में ठण्डी हवा सांसों में ताजगी उड़ेलती जा रही थी जीवन से टिकी सांसें या कि सांसों पर टिका जीवन।

बालकनी में बैठी एकांत के इन लमहों में रह-रहकर मुझे यही महसूस होता कि कितनी अकेली हूँ मैं। यथार्थ की खुरदरी जमीन ही जिन्दगी का कठोर सच है, इन ऊबड़-खाबड़ रास्तों पर कितनी मजबूती से पैर जमाकर चला जाए लेकिन फिर भी कदम लड़खड़ाने लगते हैं और यह डिप्रेशन, छोटे बच्चे की तरह अपने आप दौड़कर मेरी गोदी में दुबक जाता जिसे सहलाना मेरी मजबूरी बनती जा रही थी। धीरे-धीरे हालत इतनी तेजी से करवट बदलते जा रहे थे कि बड़े आहिस्ते से जमाकर रखे गये मेरी कोमलता के परखचे मेरी आँखों के सामने ही हवा में उड़ते जा रहे थे। खुद के बारे में यही सोचकर आश्चर्य होता है कि हम इतने कठोर होने लगते है कि हमें पता ही नहीं चल पाता और हमारे इर्द-गिर्द मोटे-मोटे कांटे उग आते हैं। हमारे अपने ही बदन में कांटों की एक नई खाल चढ़ती जाती है और हमारा अपना साया हमारा साथ छोड़ने लगता है। तो क्यों होता है ऐसा? क्यों इतनी निमर्मता पनपती जाती हैं हमारे भीतर और हम परवाह ही नहीं करते इस बात की कि रजत कब घर आकर गया, क्या खाया-पिया, कितनी देर बाहर रहा? ऐसी स्थितियों का पैदा होना बेशक जिन्दगी में गम्भीर मोड़ ला सकता है... लेकिन करे तो क्या करें?

रजत के बोले गये वहीं अपशब्द, बार-बार उसी बदतमीजी से पेश आना—घूम फिरकर हर बार फटकारने वाला अन्दाज-—चुप्प रहो अब! बहुत पलटकर जुबान चलाती हो। सरेआम बेइज्जती कराती फिरती हो। कभी नहीं सोचा था कि तुम ऐसी निकलोगी। जाहिलपना तो तुम्हारे खून में है। इतना भी नहीं देखती कि घर में क्या बचा है क्या नहीं ? अंधी हो क्या? क्यों रंडियों जैसा बकर-बकर मुंह चलाती हो? कुछ तो औरताना गुण सीखो। घर साफ करना, किचन चमकाने जैसे काम तो तुमने कभी किये ही नहीं। हुंह! नौकरों के भरोसे घर चलता है कहीं? तुम यह मानकर चलती हो कि तुमने जो इतना पढ़ लिख लिया है इसलिये अब काम धाम करने की क्या तुक है? क्यों है न यही सच ? घूम फिरकर वहीं स्थितियाँ, वैसी ही घटनाएं जैसे किसी ने घर में फिर से वही पुरानी रील चला दी हो। एकाध बार मैने गुस्से में कहा भी—'रजत इन बातों पर इतनी बार बहस हो चुकी है, कोई नतीजा तो निकलता

नहीं, तो क्यों बार-बार खुचड़ पालते हो?'

—'मै..., मै... खुचड़ पालता हूँ...? बात करने की तमीज है तुममें..., ऐसे बात की जाती है... ऐसे..., बोलते-बोलते दांत पीसने लगा वह और देखते ही देखते कोहनी से पीठ पर वार करते हुये मारने का तत्पर हो गया-—'रचना..., बदतमीजी से बोलना मुझे भी आता है, समझी?'

—'रजत देखो बर्दाश्त करने की भी हद होती है। समझ लो इसे भी कि मैं किसी भी वक्त तुम्हारा ये घर छोड़ सकती हूँ लेकिन, सिर्फ तुम्हारे माँ-बाप की भावनाओं को चोट नहीं पहुंचाना चाहती थी, इसीलिये रूक जाती हूँ वरना'। मेरा गुस्सा खौलने लगा।

—वरना...क्या? क्या कर लोगी...? ऐं?... बोलो..., कहते हुए उसने मेरे चेहरे को अपनी तरफ खींचते हुए जोर से कहा—'ज्यादा ऐंठना नहीं सहता मैं किसी का भी, भाड़ में जाओ तुम, जो दिखाए, सो करो...।'

रजत का वही हिकारत भरा बर्ताव। गुस्से में चढ़ी लाल-पीली आंखों में रेंगती बेरूखी और अवमानना देखकर नसों में गर्माहट रेंगने लगती। खौलते पानी के छींटे खाल में इधर-उधर चिपक जाते और छिल जाती खाल। मैं सोचती-एक बार रजत की नजरों से गिरने का मतलब ही है अपना अस्तित्व मिल गया खाक में। इससे बड़ी बेइज्जती और क्या हो सकती है भला? रजत को देखकर सोचती यह तो प्रभुता के दंभ में डूबा, आत्मप्रशंसा की गहरी चाहत संजोए, अपने को श्रेष्ठता के मद में डुबोए रखने वाला ऐसा इंसान है जिसे बाहर से नये-2 पौधों को लाने को तो शौक है लेकिन रोपे गये पौधे में खाद-पानी देने की कतई परवाह नहीं। जाहिर है वे देर-सबेर सूख जाएंगे। सूखने पर भी ये खुद को जिम्मेदार नहीं मानेगा, बल्कि हालतों—परिस्थितियों को दोषी ठहराकर खुद को बरी कर लेगा।

इसे घर की छोटी-छोटी बातों में टांग अड़ाने की आदत कहूँ या पुरुष आधिपत्य वाला रोब लेकिन रजत के हाव-भाव देखकर ही मन में दहशत होने लगती है। फिर काहे का साथ और कैसा प्यार? इन का तो अर्थ ही गायब है यहाँ। हाथ दिखाने से जैसे सौ-सौ कोड़े फटकार दिये उसने।

धीरे-धीरे मैं महसूस करने लगी थी कि मेरा मन ही नहीं करता अब यहाँ इस घर में रहने का। एक दिन काटना भरी लगने लगा। कुछ न कुछ करना होगा मुझे वरना यूँ तो सारा समय बर्बाद होता जा रहा है। आई.ए.एस. की तैयारी छोड़ी, कम्प्यूटर छोड़ा, एम.बी.ए. छोड़ा... आखिर कब तक इतना सारा सामंजस्य बिठाती चलूँ? नहीं, नहीं अब तो कुछ न कुछ निर्णय लेना है आर-या पार वाला। सारी जिन्दगी यहाँ ऐसे ही बैठकर बर्बाद नहीं करनी। कितनी देर वहाँ बैठी-बैठी कितना सारा सोचती रही। अनु सो रही थी और मैं तैर रही थी अपने ही इतिहास-भूगोल में।

मै कुछ अच्छा सा करना चाहती हूँ जिसे करके मुझे संतुष्टि मिले चैन मिले।

मेरी ऊर्जा को सही दिशा मिले। सार्थक करने का अहसास मेरे अन्दर जीने की शक्ति भर देता है। हाँ, मुझे कुछ न कुछ अलग हटकर करना पड़ेगा। मेरी बुद्धि मुझे बार-बार कोंचती, सचेत करती-रचना जीवन यूँ ही सर्र-सर्र बहता जायेगा। पकड़ो इसे, सम्भाल लो इसे वरना ये तुम्हें कहीं भी पटक देगी। कभी-कभी ऐसे सवाल भी परेशान करने लगते। मेरे लिये जिन्दगी का क्या अर्थ? जिऊं किसके लिये? अनु के लिए, वह भी तो एक दिन बड़ी होकर अपने पति के घर चली जाएगी। बेटी है मेरी... बेटी के साथ रिश्तों की एक निश्चित आयु सीमा होती है तो फिर ऐसा क्या करूं मै जिससे कि अपने होने का अहसास होता रहे—कुछ अच्छा सा गुजरने का बोध होता रहे।

क्यों बार-बार अपने अकेले पड़ते चले जाने के कठोर सवाल मुझे अपने जबड़े में निगल लेना चाहते हैं? क्या मन की उलझनों को हर वक्त शेयर करना जरूरी है? चूँकि अनुराग कई दिलों से अपनी मां के पास बाहर गया है तो उससे शेयर करने की ललक सिर उठा रही है। शिद्दत से मिस कर रही हूँ उसे? आफिस में आते ही सबसे पहले अनुराग के साथ सुबह की चाय पीती थी। इस समय वो है नहीं...इस सच को पचाकर फिलहाल सुबह की चाय निरस्त। चलो अब, दफ्तर के कामों का सिलसिला शुरू किया जाय।

मेरी स्टेनो इधर काफी दिनों से परेशान थी—कोई चालीस-पचास पन्नों का एग्रीमेन्ट टाईप किया जाना था। थोड़ी सी गलती होते ही पूरा-पूरा पेज फिर से टाइप करना पड़ता था। हालांकि दफ्तर में कम्प्यूटर रखा था लेकिन स्टेनो तो क्या मैंने भी उसे कभी आपरेट नहीं किया था। शामें खाली थी इसलिये मैं माइक्रोसाफ्ट वर्ड नामक कम्प्यूटर पैकेज पर किताब ले आई। पता चला—'अरे! यह तो कितना आसान हो गया। कम्प्यूटर पर एग्रीमेन्ट टाइप करना कितना आसान है। यदि कोई गलती हो भी गई तो स्क्रीन पर ही सुधार लो, फिर तो चालीस पन्नों का काम मुश्किल से एक दिन में ही पूरा हो जाना था। यह समस्या यूँ चुटकियों में हल हो जायेगी—सोचा नहीं था मैंने। तुरन्त मैंने स्टेनो को बुलाकर नये ढंग से काम समझाया और स्टेनो की उंगलियाँ कम्प्यूटर की की-बोर्ड पर तेजी से चलने लगी तो मेरा दिमाग भी घोड़े की तरह सरपट दौड़ने लगा। यदि आफिस के सभी स्टेनो ट्रेन्ड कर दिये जायें तो कितना अच्छा हो। मगर कार्यालय के 'रेड-टेप' का क्या किया जाये? ट्रेनिंग की जरूरत समझकर सेक्रेटिएट में फाईलें दौड़ाते-दौड़ाते कम से कम 6 माह तो लग ही जायेंगे और इस पूरी बिल्डिंग में सौ से ज्यादा स्टेनो होंगे। मुझे लगा यदि आपस में कन्ट्रीब्यूट करके कम्प्यूटर क्लब खोला जाय तो रेडटेप के घनचक्कर से बचा जा सकता है।

यह सच है कि मेरे व्यक्तित्व या प्रतिभा से आफिस के तमाम लोग प्रभावित थे। फिर इसी बाबत एक मीटिंग बुलाई और सभी ने खुले दिल से कम्प्यूटर क्लब वाले सुझाव का स्वागत किया। इस तरह देखते ही देखते हफ्ते भर में क्लब की

गहमा-गहमी शुरू हो गई। हाँ, शायद यही था वह छोटा सा पड़ाव जहाँ से मैंने जिन्दगी को नया मोड़ देने की हल्की सी कोशिश की। अगर करने को सोचें तो आज पूरादेश तैयार खड़ा है। यदि एक व्यक्ति भी कुछ मौलिक या ठोस कामों को सही दिशा की तरफ अमल करने का रास्ता सुझाए तो सभी उसकी पहल का स्वागत करने के लिये उत्सुक बैठे हैं। वाकई लोगों में अभी जोश बाकी है सिर्फ हौसलाआफजाई करने की जरूरत है। यह कड़ुवा सच है कि लोगों का राजनैतिक पार्टियों से विश्वास उठ गया है। उनकी बातों की पोल वे जानते हैं, ऐसी हालत में लोग किसी व्यक्ति की ईमानदारी से प्रभावित होकर चुम्बक की तरह खिचे चले आते हैं। हाँ, यदि मेरे अन्दर वाकई वैसी काबिलियत है (जैसा कि मेरे दफ्तर के लोग कहते हैं) तो इसका सदुपयोग करना होगा मुझे...

यही सोच-सोचकर मेरा मन आलोकित हो उठा। अन्दर की बुझी हुई लौ खुद ब खुद जगर-मगर करने लगी। बेशक अनुराग भी तो ऐसी ही शख्सियत है जिसके पीछे मै खिंची हुई चल पड़ी थी फिर मेरे पीछे क्यों न हो ये सारी दुनिया? और मैं ऐसी मूर्खानन्द जो अनुराग जैसे तेजस्वी व्यक्तित्व के गुणों का लाभ न उठाकर उससे रिश्ता जोड़ने–बनाने की दिशा में एक और भूल करने जा रही थी। अपनी बेवकूफी समझ में आते ही मेरा मन मस्तिष्क तेज हवा की तरह स्पंदित हो उठा। एक उजली धुली सुबह की बहती हवा जैसा संतुलन साधे मन में तमाम उद्देश्यों पर काम करने की योजना बनने लगी।

वाकई यह अन्दरूनी अदृश्य उजास स्वर्णिम सूर्य किरणें बनकर मेरे जीवन में सर्वत्र सोना फैला देना चाहती है–उन्हें बटोरने सहेजने की कला सीखनी होगी मुझे जिसकी कौंध से दुनियां भर में रोशनी भर जाय। हां, अंधेरे कोनों को मिटाने की कूबत रखने वाला सूरज बनना होगा मुझे। इस धूप भरे आकाश तले विचरने के लिये फिर किसी छत्र-छाया की जरूरत नहीं पड़ेगी मुझे। यह ताप...यह लौ...यह प्रखरता...यह उजास... यही मेरा पाथेय है, पूँजी है, एकलौती सम्पत्ति है और सब कुछ है। जीवन में कभी-कभी कुछ ऐसा अनायास ही घट जाता है जो खोल जाता है हमारे सामने सोचने का एक नया प्रवेश द्वार जहाँ घुसते ही हमें पता चलता है... कि अरे! क्या यही है सच्चाई ?

अनु का ख्याल मुझे काम करते हुए कभी-कभी आतंकित करता था। किसी भी किस्म के असुरक्षा बोध से मै उसे बचाने की कोशिशों में लगी रहती। भावनात्मक सुरक्षा की मजबूत दीवार बनाना चाहती उसके लिये जिसके भीतर वह मजबूती से खुद को 'ग्रो' कर सके।

इस प्रक्रिया में अनुराग भी मेरा साथ देता था। मै सोचती थी पता नहीं अनु को यह अनुराग अंकल पसंद आयेंगे या नहीं ? एक खांचा दूसरे में फिट बैठता है तो मशीन अच्छा काम करती है यानी मेरे दिमाग का खांचा अनुराग के साथ ठीक

ढंग से सेट होकर बढ़िया काम करता है लेकिन कोई जरूरी नहीं कि मेरी बच्ची भी उसके साथ खुश रहे। मैं इस बारे में सोचती भी थी कि और चौकन्नी थी। मैं रजत के दोस्तों की पत्नियों की बकवासबाजी झेलती रहती हूँ लेकिन रजत मेरी खातिर इतना भी नहीं कर सकता। वह क्यों विफर उठता है मेरे परिचित के घर आने पर ? क्या मेरा इस घर पर कोई भी अधिकार नहीं था? यह मान लूँ कि यह मेरा घर है नहीं वरना क्योंकर वह मेरे सहकर्मियों के प्रति इतनी उपेक्षा... इतनी अवमानना दर्शाता है? क्यों? सवाल चोट पहुँचा रहे थे...।

मै अपने मित्रों के घर बहुत ही कम मौकों पर जा पाती थी यानी जब जाना बहुत ही जरूरी हो जैसे कि किसी के बच्चे का जन्मदिन वगैरह। चूँकि रजत मेरे परिचितों/दोस्तों से राह चलते अजनबियों की तरह व्यवहार करता था इसलिये चाहकर भी अपने किसी मित्र को मैं घर पर कभी नहीं बुला सकी क्योंकि एकाध दो मौके ऐसे आए जब कोई भूले-भटके मेरे घर आ गया तो रजत ने कैसे रिएक्ट किया। वह किसी से हैलो करके हाथ तक नहीं मिलायेगा, ठीक से बात करना तो दूर की बात है। कभी कोई 'सर-सर' कहते हुये रजत की ज्यादा कद्र करने लगता तो जबाब में वह हूँ... हाँ... करके चुप्पी का बाना ओढ़ लेता। यदि मैं अपने किसी कुलीग के घर जाने का प्रस्ताव रखूँ तो वह सुनकर ही चिढ़ जाता। भवें चढ़ाता हुआ तुनकती आवाज में बड़ी रूखाई से जबाब देता—'मेरा इंटरेस्ट नहीं है वहां जाने में। खामखां ज्यादा बातें करके तुम उन्हें सिर चढ़ा लेती हो। मैं पसंद नहीं करता ऐसे लोगों को।

वह उपेक्षापूर्ण आवाज में अड़ियल रूख अपना लेता और मैं कटकर रह जाती। कभी भूले—भटके कोई महिला सहकर्मी घर पर बेधड़क आ जाती और फिर अपने घर आने का न्यौता देती तो मै अनु के संग अकेले ही उसके घर जाती। हाँ, उसे वहाँ जाने में खूब मजा आता जहाँ उसके जान-पहचान के लोग होते। फिर तो वह यह भी फिक्र नहीं करता था कि इतनी देर से मैं उन हाउसवाइव्स के फालतू किस्से सुन-सुनकर ऊब रही हूँ...कभी वे बड़ियाँ बनाने की चर्चा करने लगती तो कभी भाँति-भाँति के चिप्स पापड़ बनाने के आइडिया देती तो कभी अपनी नई-नई साड़ियों-गहनों की चर्चाएं। मुझे देखकर बेचारगी भरे लहजे में थोड़े व्यंग्य भाव से कहती—'आप तो सबसे अच्छी है मिसेज श्रीवास्तव...दिन भर मजे से बाहर रहिये तो घर के काम-धन्धों और तमाम झमेलों से छुट्‌टी... वैसे आपके यहाँ तो फुलटाइम सर्वेन्ट होगा..., खाना तो बनवाती होंगी...'

—'नहीं भई..., खुद बनाती हूँ... नौकर टिकते कहां है? पहले एक था...'

—'वैसे भी..., ज्यादा भरोसा नहीं करना चाहिये इन नौकरों पर...' बीच में बात काटते हुये कोई बोल पड़ा—बाई द वे आप तो खुद इतनी बड़ी पोस्ट पर है घर के कामों में तो भाई साहब भी हाथ बंटाते होंगे... है न ? उन्होंने तिर्यक निगाहें घुमाते हुये देखा फिर रोकी मुस्कान खुल पड़ी! मैने कोई जबाव नहीं दिया तो बीच

में कोई और बोल पड़ा—'आप तो बहुत सिम्पल रहती हैं। आप चाहें तो रोज एक नई साड़ी खरीदें भई 15-20 हजार रूपये महीना कमाना कोई मामूली बात है। रजत भाई साहब तो आगे-पीछे डोलते होंगे, कुछ भी कहो, भई ठाट तो इन्हीं लोगों के हैं, मौज ही मौज...

इर्द-गिर्द की आवाजें सुन-सुनकर निष्क्रिय शिराओं में गर्माहट भरती जाती लेकिन इसके ऊपर पानी डालती जाती मैं...। क्या जबाब दूँ? क्या ये ठीक से कभी समझ भी पाएंगी? इनके लिये कामकाजी औरतें या तो पैसा कमाने वाली मशीनें हैं जिनके अन्दर घर-गृहस्थी चलाने के संस्कार-गुर होते ही नहीं है या नौकरी के बहाने बाहर घूम—फिरकर मौज करने वाली समझती है ये। शायद इससे ज्यादा समझ होती ही कहाँ है इनमें ? बिरलों में होती है ये समझ कि नौकरी महज पैसा या मौजमस्ती का पर्याय नहीं है बल्कि स्वाधीन-स्वायत्त व्यक्तित्व के विकास की सीढ़ी मात्र है ये नौकरी तो, महज एक साधन। लेकिन घूँट-घूँट पीती रही मैं उनकी बातों को और सोचती रही इनमें कहाँ से आयेगी वैसी समझ? न तो उतना एक्सपोजर है, न वैसी शार्पनेस और न ही वैसी स्टडी जिससे ये खुद को 'ग्रो' कर सकें। तभी अचानक मिसेज सिंह का चेहरा याद आ गया—कितनी सुलझी समझदार लेडी हैं। हर बात को तार्किक ढंग से सही-सही समझती हैं, लेकिन कितनी हैं ऐसी ? ज्यादातर तो पतियों को अपनी मुठ्ठी में रखने के उपाय ढूंढ़ती रहती हैं। उसी में जीवन की सार्थकता तलाशती हैं और ऐसी-ऐसी तरकीबे खोजने में समय, श्रम, ऊर्जा गंवाती है कि कैसे 'वे' उनके कब्जे में रहें। 'पति' पर केन्द्रित निगाहें इतनी चौकस रहती हैं कि वे न तो अन्यत्र डोलती हैं, न ही कहीं ठहरती हैं गोया पति पति न रहकर कोई बेशकीमती डायमण्ड बन गया हो जिसे हर वक्त पकड़कर सहेजकर न रखें तो गुम हो जायेगा वह... सोचने पर याद आते गये ढेरों प्रसंग जहाँ पत्नियों का एक सूत्रीय प्रोग्राम रहता है पतियों की जासूसी करना। उनके उठने बैठने, खाने-पीने, सोने-जागने से लेकर बाहर निकलने और बाहर से लौटने तक की हर गतिविधियों को सूँघते रहना। क्या यही जीवन है इनका? ऐसा भला कौन सा सुख-सन्तोष पाती हैं वे ऐसी ताका-झांकी करके? कौन सा सुकून बटोरती होगीं वे ऊंची-ऊंची चहारदीवारी खड़ी करके? कौन सा रस मिलता होगा उन्हें यह सब करके...कि यह सिर्फ मेरा ही रहे मेरा। यूँ कह लें उनकी लगभग लगभग सारी जिन्दगी शक-सुबह करते-करते बीत जाती है। हर वक्त असुरक्षा भाव से तनाव ग्रस्त रहती हैं ये स्त्रियाँ। यदि पति के खिलाफ बाई द वे कोई ऐसा प्रमाण मिल ही जाय तो वे पूरे घर में भूचाल मचा देंगी, तूफान खड़ा कर देंगी। उफ्? क्या सतही सोच है इनकी? मेरे अन्दर क्यों नहीं जन्मती ऐसी सोच ? खुद के अन्दर झांकती तो लगता यदि कोई किसी को चाहता है तो वे अच्छे दोस्त बन सकते हैं इसमें भला बुराई क्या है ? पता नहीं कितनी सारी प्राब्लम्स दो सहकर्मी साथ-साथ डिस्कस करके साल्व कर सकते हैं यदि किसी से बात करके

हम खुद को 'इनरिच' कर सकते हैं तो क्यों नहीं स्त्री पुरुष मित्र बन सकते ?

पूजा प्रकरण के बाद भी मैने रजत पर कभी कोई जासूसी वगैरह नहीं की। मेरा मन ही नहीं होता ऐसी हरकतें करने का। असुरक्षा बोध से ग्रस्त ये बेचारी स्त्रियाँ शायद यह ठीक से जानती ही न हों कि जासूसी करके भी नदी के भर भराते प्रवाह को वे रोक नहीं पाएंगीं। (यदि वैसा प्रवाह कहीं है तो) घर में क्लेश वे भले ही बढ़ा लें लेकिन यदि किसी ने बाहर कहीं इश्क का छत्ता तान ही लिया है तो उनके द्वारा खड़े अवरोधों से वह थमता नहीं है बल्कि छेड़ने से तो सीधे बर्रे काटने दौड़ेंगी। फिर भी क्यों रचती हैं वे ऐसी कंटीली बाड़ अपने पति के इर्द-गिर्द? किसी के भी मन को नहीं कोई पकड़कर बांध पाया है कभी? यदि मन में किसी के साथ जुड़ाव के पेंच कस गये हैं तो क्या वे आसानी से टूटते हैं? शायद असुरक्षा की काली परछाई से आक्रान्त रहती होगी वे, खैर—

रजत-पूजा प्रकरण से मन में अकेलापन भरता गया। मैं मानती थी कि यदि दोनों साथ रहना चाहते हैं तो ठीक है लेकिन मै यह भी जानती थी कि रजत इतनी आसानी से मुझे छोड़ेगा नहीं। सामजिक प्रतिष्ठा की घुट्टी पीने वाला मेरे पैसों के चुम्बक से चिपके रहने वाला इन्सान इतना बड़ा दांव पूजा पर नहीं लगाएगा। उसने तो बस्स यूँ ही तफरी के लिये या मुफ्त में मिल रहे माल को क्यों न चखा जाए वाले मूड में पूजा से सामीप्य बढ़ाया होगा। वह बेवकूफ लड़की उसकी इस 'चाल' को भला कैसे समझ पाएगी? आ गई प्यार के झांसे में...गोल-गोल बातों की मीठी चाशनी में मक्खी की तरह चिपकती गई।

मेरे मन में कभी-कभी खूब सारा उबाल भर जाता, आक्रोश से मुट्ठियां खिंच जातीं और न चाहते हुए भी असहज सी स्थिति पैदा हो जाती। ऑफिस की गलत बात के लिए बॉस की बेवजह डांट सुनकर खून खौल जाता मेरा और मैं भी उसी टोन में जवाब देती। इस तरह लोग मुझे दबंग और तेज तर्रार के नाम से जानने लगे। गलत बात को सहन न कर पाने के अपने स्वभाव के चलते मैं सचमुच बहुत परेशान रहती हूँ लेकिन घर जाने पर भी किससे शेयर करूं? किससे कहूँ? किसके कंधे से सिर टिकाकर निश्चिंत हो सकूँ? रजत? उससे कभी कहती तो पलटकर मुझे नसीहतें देने बैठ जाता—'तुम्हीं ने लूज टॉक की होगी वरना लोगों की यूँ बोलने की हिम्मत कैसे पड़ जाती है? तुम्हारे यहां क्यों इस तरह की वारदातें जब तब होती रहती हैं? गलती तुम्हारी ज्यादा रहती है तुम्हीं इस तरह की हरकतें करती होगी चार मर्दों के सामने जबकि तुम्हें मर्यादित रहना चाहिए नाप तौलकर बोलना चाहिए...'

'हूँ, मुझे ही यह सब करना चाहिए था'। वह मेरी गलती गिनाने बैठ जाता। एक-एक बात पर जोर देते हुए मुझे कठघरे में कैद कर देता तब मैं अपराध बोध से भर जाती। मन ही मन खुद को कोसती। आत्मग्लानि से घुटती। उस वक्त भी अपने मन के अंदर कहीं न कहीं अकेलापन महसूसती थी। अनुराग से एकाध बार

यह सब बातें करती तो वह हंसते हुए कहता—'तुम अपने दिल से क्यों लगाती हो ऑफिस की इन बातों को? फूँक मारकर उड़ा दिया करो। रचना एक बात ध्यान से सुन लो—'यहां पीठ पीछे कहने वालों का मुंह तो तुम बंद कर नहीं सकती, जिसकी जैसी मानसिकता होगी वह वैसे ही कहेगा। तुम बस अपने काम से काम रखो। एक बात और, यदि एक बार किसी से कुछ कहा-सुनी हो भी गई और तुमने संबंधित व्यक्ति को लताड़ दिया या डांट फटकार कर चार बातें पलटकर सुना दी तो सुनाने के बाद उस पर अफसोस मत करो। अंदर कोई ग्लानि मत पाला करो। यहां इतने बड़े महकमे में कौन किसकी परवाह करता है?

लेकिन इस वक्त न रजत मेरे पास है, न ही अनुराग। साथ में है तो वही अकेलापन। या पुरानी सहचर डायरी जिससे चार बातें करके खुद को हल्का-फुल्का महसूस कर लेती हूँ। आज फिर ऑफिस में किसी ने मुझे लेकर बॉस से कुछ टिप्पणी कर दी। फिर बॉस ने मुझे बुलाकर बेमतलब मुझे डांट पिलाई। जब मैंने उनसे साफ-साफ कह दिया—'सर..., जो फाइल मेरे पास थी उसे कंपलीट करके मैंने सम्बन्धित लेखा विभाग के पास भेज दी थी। दैट्स ऑल'...

—'रचना, यू शुड नॉट टॉक इन दिस वे... इट मीन्स यू आर नॉट सिन्सियर एण्ड ए रिस्पांसिबल ऑफिसर...' उन्होंने सीधे-सीधे मुझे कुसूरवार ठहराकर अपना पल्ला झाड़ना चाहा।

—'सर..., मैं दोबारा भी यही कहूँगी... वो फाइल मैंने गोयल के पास भिजवा दी थी और उसमें रखे वर्मा कंपनी के टेण्डर के बारे में मैंने मिस्टर दत्ता से डिस्कस भी किया था। डिस्कस करके ही उस पर डिसीजन लिया गया था। हाउ कैन आई बी रिस्पांसिबल फॉर दैट।

—'तो फिर वो टैण्डर नोटिस कहां गुम हो गई? कैसे कोई लैटर इस ऑफिस से गुम हो जाएगा? यू मस्ट नो द थिंग्स... इट्स ऑल ड्यू टू योर केयरलैसनैस...' उन्होंने दोबारा यही बात कही तो मैं पैर पटकते हुए नीचे आई और अपने सीनियर मि० दत्ता को सारी रिपोर्ट दी। उन्होंने कहा—'चलो, मैं तुम्हारे साथ चलता हूँ, इसमें तुम्हारी कहीं कोई गलती नहीं है। वो लैटर मैंने भी देखा था...'

हम दोनों जब चीफ ई. के पास पहुंचे ता चीफ ने मि. दत्ता की तरफ देखते हुए कहा—'मुझे जो कहना था, मैंने मैडम से कह दिया। नाव आई डोंट वांट टु से एनीथिंग यू प्लीज इनक्वार द मैटर एण्ड रिपोर्ट मी।'

उफ! सुनकर लावा धधकने लगा अंदर। मुझसे इतनी तहकीकात करके पेट भर गया और मि. दत्ता से कुछ भी नहीं पूछा। मन में गुस्से का भभूका उठा और मैं तेज चाल से अपनी सीट पर आकर बैठ गई। मेरी असिस्टैण्ट जे. ई. ने आकर पूछा—'क्या हुआ मैडम?'

मैंने थोड़ा सा बताया तो उन्होंने कहा—'इसीलिए तो कहते हैं बॉस इज आलवेज

राइट...' ये सब के सब एक ही मिट्टी के बने होते हैं। साले खुद तो कुछ करेंगे—धरेंगे नहीं ऊपर से सुनाते रहेंगे ढेर सारी बेमतलब की बातें। सच बताऊं मैडम, लेडीज के प्रति इनके मन में कोई खास अच्छी इमेज नहीं रहती। ये अपने आगे किसी को कुछ समझते नहीं। आपके बारे में जरूर यहीं से किसी ने कुछ कान भरे होंगे। तभी उन्होंने यूँ कहा और मैं जानती हूँ कौन कर सकता है ऐसा?

—'जानती मैं भी हूँ... वहीं होगा साला बुढ़ऊ जिसके रिटायरमैण्ट के 4 महीने बचे हैं। कुंठित है साला, दो टके का आदमी जिसे मैं कई बार डांट चुकी हूँ लेकिन है पक्का बेशर्म और मुंहफट। वही बार-बार बॉस के पास जाकर चाटुकारिता करता होगा। ये सब के सब पिट्ठू हैं उनके...।

—'यार, पूरी व्यवस्था ही ऐसी है हम कितनों को ठीक कर पाएंगे? किसी एक को भी नहीं। सो यू रिलैक्स प्लीज।'

—'सच कह रही हो... यही सोचकर कुढ़न होती है। दिमाग में आजकल यही बातें घूमती रहती हैं। ऊपर से आस-पास के लोगों की टीका टिप्पणी, कितना सुनती रहूँ ? एवायड करने की पूरी कोशिश करती हूँ लेकिन तकलीफ होती है इन सबसे।'

—'क्या करेंगी इतना तकलीफ महसूस करके? रचना जी आप अपना दिल मत जलाइए प्लीज' कहकर अनुष्का ने मेरी तरफ स्नेह भरी नजरों से देखा और कहा—'मैं समझती हूँ इन समस्याओं को, लेकिन इसका सबसे कारगर इलाज यही है कि आप न तो किसी की बातें सुनें, न अपनी कहें। बस अपने में मस्त रहें। वैसे आपको क्या समझाना? आप तो होशियार भी हैं और बोल्ड भी।

लेकिन घर आकर भी वे बातें पिछियाती रहती। मन बार-बार उन्हीं बातों में गोल-गोल चक्कर लगाता रहता। सुई के कांटे गोल-गोल घूमते रहते एक ही परिधि में। न चाहते हुए भी मन वहीं लगा रहा। ऑफिस की ऊंट-पटांग बातों में लिथड़ती रहती मैं। किस तरह के पुरुष हैं..., कितना ईगो है उनके अंदर...।

कभी-कभी सोचती मैं नाहक ही इतना खौलती रहती हूँ? इन बातों को इतना तूल देने की सचमुच कोई जरूरत नहीं है। लेकिन अच्छा करने का ये इनाम मिलता है ऑफिस में, सोचकर कोफ्त होती। मैं कितनी मेहनत और निष्ठा से सारे काम निपटाती लेकिन दो कौड़ी के तमाम लोग, कितने टुच्चे और घटिया मानसिकता के हैं। मेरे काम में मीनमेख निकालते रहेंगे। छिद्रान्वेषण करने में पता नहीं कौन सा सुख मिलता है इन्हें? मैं तो इन सालों से बात तक नहीं करना चाहती। याद आया एक बार इसी बुढ़ऊ ने मुझसे कहा था—'मैडम, आज तो वूमैन्स डे' है मैं तो आपसे मिठाई खाऊंगा'। सुनते ही आक्रोश भर गया तन-बदन में सो मैंने पलटकर वार किया—'क्या आप अपनी पत्नी ओर बेटी से 'वूमैन्स डे' पर मिठाई खाकर आए हैं? यदि हां, तो मैं भी खिला दूँगी...'

सिटपिटा गए वो यह सुनकर। क्यों लोग लेडीज से ही-ही, ठी-ठी करते रहते

हैं! क्या समझते हैं ये खुद को? क्यों स्त्री इन्हें मांस का लोथड़ा भर नजर आती है जिसे जी भर कर खा लें, चुभला लें, और डकार भरकर अपनी तोंद पर हाथ फेरते रहें। इसी प्रसंग में याद आया। मेरे ही विभाग का सीनियर था जिससे मैं बड़े सम्मान से बोलती थी। जब मैं नई-नई नौकरी में आई थी तो मुझे रूमाल दिखाते हुए बोला था—'मैडम, बाजार गया था, ये मैं आपके लिए लाया था...'

—'क्या? रूमाल...? मैं क्या करूंगी लेकर? मैं तो रूमाल यूज नहीं करती...' मैंने कितनी बेरहमी से जवाब दिया था उस दिन' तब से वे सीधे हो गए थे। एक बार एक बंगाली बंधु थे, ट्रांसफर पर आए थे। मेरे से परिचय हुआ और एक दिन चाय पर बुलवाया। नयों से परिचय के बाद चाय पीने-पिलाने की सी परंपरा है मेरे ऑफिस में. थोड़ी देर बाद बोले—'मैडम, मुझे गाना बहुत पसंद है सुना है आप अच्छा गाती हैं, मैंने कहा—'बस यूँ ही, जस्ट ए बाथरूम सिंगर'।

तो थोड़ी देर बाद ड्राअर से पर्ची दिखाते हुए बोले—'मुझे यह गाना सबसे पसंद है...' उचटती निगाहों से देखा उसमें लिखा था—'चांद को क्या मालूम, चाहता है उसे कोई चकोर...'

—'हूँ गाना तो अच्छा है'। कहकर मैं चल पड़ी वहां से। तो इतने-इतने किस्से हैं इन लंपट, दंभी, अहमक और कुंठित पुरुषों के। कहां-कहां तक क्या-क्या ब्रताऊं! ज्यादातर खुद को 'सुपर' समझते हैं।

हालांकि कुछेक अच्छे लोग भी मिले। पुराने बॉस बहुत अच्छे थे। एस. ई. साहब अच्छे हैं। अग्रवाल साहब बहुत अच्छे हैं जिन्होंने मेरी पिथौरागढ़ पोस्टिंग के समय बहुत मदद की थी।

यह सच है कि इस ऑफिस में अपने फ्लोर के 50 पुरुषों में से मात्र 3 लेडीज हैं, जिसमें ऑफिसर एकलौती मैं ही हूँ सो काफी फूँक-फूँककर कदम उठाना होगा। चौकस, चुस्त और हर वक्त चौकन्ना रहना पड़ेगा वरना ये सब चट कर जाएंगे मेरा वजूद।

क्या है ये जिंदगी भी? हर वक्त शेर की तरह चौंकन्ने रहो, कुत्ते की तरह कान खड़े रखो, चीते की तरह चुस्त और फुर्तीले बने रहो। तभी बचाकर रख पाएंगे इस भेड़िया धसान पुरुषों की संगति में खुद को साबुत। हां, खुद को मजबूत बनाना सबसे जरूरी शर्त है, बाहर से भी और अन्दर से भी।

अनखिंची डोर के चलते हमारे ढीले सम्बन्धों में ढब-ढब की आवाजें भरती जा रही थी। कितनी भी ताकत और कलात्मक हुनर से आपको ढोलक बजानी आती हो लेकिन जब डोर ही दोनों तरफ से समानान्तर न खींची जाए तो सुर कहां से फूटेंगे। एक उछलती-कूदती नदी का वजूद धीरे-धीरे ठहरी झील में बदलता जा रहा था। मेरा मन तमाम अंधकूपों और जंगलों में भटकता रहता। कभी-कभार मित्रों से बातें करके ताजी हवा जैसी खुशबू महसूसती लेकिन घर आते ही सब कुछ सर-सर

बिखर जाता सेंमल की रूई की मानिन्द। ईर्द-गिर्द उगता जा रहा था कांटों का जंगल। कभी-कभी तो ऐसा लगने लगता जैसे चारों तरफ घने कोहरे की चांदी जम गई है जिसे भेदकर मैं कैसे अपने गन्तव्य को ढूढ़ पाऊंगी? चलते-चलते बीच में ही कहीं मेरा रास्ता नजर आता लेकिन मंजिल दूर-दूर तक नहीं। पता नहीं क्यों तमाम बातें हरवक्त साथ-साथ सफर करती रहतीं। मेरे स्वभाव की कोमलता और सौम्यता की जगह आक्रामकता ने ले ली थी और मैं घुप्प अंधेरों में अपना रास्ता टटोलती हुई जमीन पर पैर टिकाने की कोशिश में जुटी रहती। हालांकि यह काम आसान नहीं था।

रजत की आवाजें यानी चाकू के पैने फलक जैसे तेज चुभते बोल कहीं भी मेरा पीछा नहीं छोड़ते। कभी लगता जैसे मेरे जीवन का रस भरा घड़ा बीच रास्ते में ही गिरकर फूट गया हो और सर्वत्र बिखर गई मेरी जीवितेष्णा लेकिन अब कहां से कैसे बटोर लाऊं उसे दोबारा? बेशक अनुराग मेरा भरोसेमंद दोस्त है लेकिन क्या मैं अभी उसे संपूर्णता से बूझ पाई हूँ? जीवन लय को साधने की कितनी कुव्वत है उसमें ? है भी या नहीं? यह ठीक है कि जब हम दोनों नहीं मिलते तो एक दूसरे के साथ के लिए परेशान रहते हैं। एक दूसरे को शिद्दत से 'मिस' भी करते हैं लेकिन ऐसा रिश्ता क्या आगे भी चलता रहेगा? कौन किसे जान पाया है ठीक से? सुनते हैं कि उसकी पत्नी उसका साथ छोड़कर अपने प्रेमी के साथ भाग गई थी। इसकी सच्चाई से ही मैं अभी तक ठीक से वाकिफ नहीं। क्यों हुआ था ऐसा? कहां कितनी अफवाह है? सच की जमीन क्या है? मैंने तो कभी पूछा ही नहीं। पूछने की मंशा भी नहीं हुई। क्या पता कौन जाने कहीं यह मुझे बेवकूफ तो नहीं बना रहा। मेरी अस्थिर मनःस्थिति का फायदा तो नहीं उठा रहा अन्यथा क्यों इतना सामीप्य, या इतना आकर्षण या इतनी रूचि जगी उसके अंदर?

तभी मन के दूसरे कोने से आवाज उभरी—अनुराग ने तो कभी कोई फायदा नहीं उठाया। हम दोनों ने कभी अकेले बाहर जाकर साथ-साथ मूवी वगैरह नहीं देखी। कहीं बाहर घूमने भी नहीं गए। लेकिन फिर भी ऐसे सवाल रह-रहकर क्यों घेरते हैं मुझे? क्यों खामहखां तर्क-वितर्क-कुतर्क में माथा पच्ची करती रहती हूँ?

हां, सच का एक टुकड़ा तो यह है कि अनुराग के संग बातें करके मैं खुश होती हूँ। पता नहीं कहां से अनायास कितने झरने एक साथ फूट पड़ते हैं, कुम्हलाएँ अहसास हरे-भरे हो उठते हैं। धुंधलाएं चित्र चमक उठते हैं, गले में चिड़ियाँ जैसी चहचहाहट बैठ जाती है। क्यों संदेह के कीड़े पालूँ? जीवन वैसे भी एक रेखीय कहां होता है?

ऑफिस में आते ही किसी ने कहा—'मैडम, आपको पता है अनुराग सर हॉस्पीटलाइज्ड हैं... उनके सिर में गहरी चोट लगी है।'

—'क्या...क्या? कब...? कहां...? किस हॉस्पीटल में हैं?' मैं भौचक्की सी

सामने वाले को ताकती रही।

—'सिविल में हैं किसी कार वाले ने पीछे से उनके स्कूटर में टक्कर मार दी शायद कान से खून निकला था, अब ठीक है...होश में आ गए हैं।'

सुनते-सुनते मुझे घबराहट होने लगी। उफ! क्या करूं? किसके साथ देखने जाऊं? अचानक याद आया, अनुराग ने कहा था—'रचना, मैं तुम्हें किसी मुसीबत में नहीं डालना चाहता कहीं कोई हमारे संबंधों को गलत ढंग से नैरेट करे यह तो मैं सह ही नहीं सकता इसलिए मैं कहीं नहीं ले जाता तुम्हें। खामहखां तुम्हारी बदनामी होगी।' तुम्हारे बारे में उल्टी-सीधी बातें मैं बर्दाश्त नही कर पाऊंगा! एक बार मैंने कहा था मैं आपके घर आऊंगी—सुनकर वह जोरों से हंसा था 'नो, रचना ऐसी बेवकूफी कभी मत करना। पागल हो गई हो क्या? दुनिया वालों की निगाहें हमेशा अकेले रहने वालों पर जमी रहती है। उनकी क्या सर्किल हैं, किनके बीच उठते-बैठते हैं। तुम्हें मेरे घर आते किसी ने यदि देख लिया तो बाहर जाकर यही लोग सब जगह ऑफिस में पोस्टर चिपका देंगे कि इनके बीच क्या-क्या चल रहा है? समझ रही हो न? रचना फिर कभी भी ऐसी-वैसी बात दिमाग में मत लाना, मैं चेता रहा हूँ...

--'तो क्या करूं फिर?' सोचती हुई सीट पर आई और ऐसे लोगो को फोन मिलाने लगी जो अनुराग के इर्द-गिर्द रहते थे। पता चला कि अनुराग पहले से बेहतर है और ऑफिस के तमाम लोग वहीं गए हैं—सुनकर मैंने खुद को वहां जाने से रोका और खुद को समझाया कि उसे मेरा वहां पहुंचना बहुत खलेगा। तो फिर करूं तो क्या करूं? डावांडोल मन में उथल पुथल मच रही थी। 2-3 गिलास पानी गुटका फिर सोचा चलो अनुराग के घर फोन मिलाते हैं। शायद वहां कोई न कोई मिल जाए, लेकिन देर तक रिंग जाती रही...किसी ने नही उठाया। कोई होगा नहीं।

उफ! क्या करूं? समझ में कुछ नही आ रहा था। रजत से कहूंगी तो वह छूटते ही मना कर देगा, कहेगा—क्या जरूरत है जाने की? फिर भी एक बार फोन पर बात करके देखते हैं सोचकर फोन मिलाया—'हैलो...कौन?

'मैं उनकी वाइफ...रचना ...'

'ओ...सॉरी, वह बाहर निकले है बस 10 मिनट पूर्व ही, एनी मैसेज?

'नो थैंक्स, किसी जरूरी काम से गए है क्या? कब तक लौटेंगे?

'पता नही किसी मैडम के साथ गए हैं। थोड़ी देर पहले किसी मैड़म का ही फोन था।'

मैं हक्की-बक्की वैसी ही बुत बनी खड़ी रह गई फोन पकड़े-पकड़े। समझ में नहीं आ रहा था क्या करूं? यानी पूजा और रजत दोनों ही झूठ बोलते आ रहे थे। क्या किसी पर भरोसा नहीं किया जा सकता? आज शाम दोनों से साफ-साफ बात करूंगी अन्यथा मैं ही क्यों बीच रास्ते का रोड़ा बनी रहूँ? मुझे हटना पड़ेगा। इतना अविश्वास ! उफ ! दिमाग चकराने लगा। समझ में नहीं आया क्या कर डालूँ?

किसे सही समझूं किसे गलत? पूजा को या रजत को? और यह अनुराग तो अस्पताल में पड़ा हैं मुझे सीधे उसी को देखने जाना होगा इसी वक्त ओफ ! मैं सिर पकड़कर बैठी रही कुर्सी पर कुछ भी समझ में नहीं आ रहा था।

हॉस्पीटल मे मुझे देखते ही मुस्कान उग आई। कुम्हलाया चेहरा खिल उठा जैसे तेज गर्मी और उमस के बाद अचानक ठण्डी बयार चलने लगी हो। 'कैसे हैं आप ?' पूछने पर बोले 'बिल्कुल ठीक हूँ कल ही पहुंच रहा हूँ घर। मुझे कुछ भी नहीं हुआ है...' बैड के पास खड़ी नर्स ने चुप रहने का संकेत दिया तो बोला 'रचना...ये लोग मुझे बोलने नहीं देते। आवाज में हठीले बच्चे जैसी टोन थी।

—'आप चुप रहिए...कहकर मैं पास पड़े स्टूल पर बैठ गई और साथ लाया जूस गिलास में उड़ेलने लगी। अस्पताल की भीड़-भाड़, वहां पसरी वो अजीब सी गंध सूंघकर मन में मटमैले भाव उमड़ने लगे। सोचने लगी क्या है यह जिंदगी भी? इतने कम समय में क्या-क्या तमाशे दिखाए जीवन ने। कभी इधर को कभी उधर लुढ़कती रही मैं। पहले मां, फिर पापा की मौत देखी। बेचारा भाई जिसका कहीं किसी कंपटीशन में सिलैक्शन नही हो पाया तो बी.एस.सी., के बाद किसी दवा कंपनी में सेल्स रिप्रिजैंटेटिव बन गया। उफ! क्या ख्वाब बुने थे हम भाई-बहिन ने और क्या पाया? मैंने जिस हाल में 3-4 साल पूर्व नौकरी ज्वाइन की थी, आज भी वही एक ढर्रे वाली सरकारी नौकरी जहां पदोन्नति हेतु 15-20 सालों की बाट जोहनी पड़े। मेरे शौक, मेरी महत्वाकांक्षाएं, मेरी नित नवीन जिज्ञासाएं सब धुएं की तरह आसमान में कहीं छूमंतर होती गई और प्रेम ? हां उस प्रेम की परिणति भी देख ली। वे स्वप्न भी पल भर में ढेर होते गए।

रजत-पूजा प्रकरण से मन में इतनी विरक्ति पनप गयी है कि किसी भी नए उगते संबध के प्रति कहीं से कोई 'चाहत' जैसा भाव नही जग पाता बल्कि ढेर सवाल पहले से ही रास्ते में स्पीड ब्रेकर बनकर खड़े हो जाते गोया बर्फ शिला पटक दी हो किसी ने उस नाजुक से प्रेम के बीज पर...जो पनपने से पूर्व ही दब जाए। शून्यता की एक बहुत बड़ी चट्टान मेरे प्रेम के नए रास्ते को बाधित करने लगती और मैं रुक कर सोचने लगती! अनुराग के चेहरे पर बनते-बिगड़ते भावों को देखकर सोचती—कितना व्यावहारिक है ये। दुनियां के लोगों के सामने कुछ और हाव-भाव और मेरे सामने कुछ और इसे देखकर लगता है जैसे संवेदना-भावना के कोमल रेशों से इसका कोई तारतम्य ही नहीं। हंसता चेहरा कभी-कभी इतना मासूम बन जाएगा जिसे देखते ही प्यार करने का जी करने लगे। बैठे-बैठे ऐसे वाहियात ख्याल घेरने लगे और होठों पर मुस्कान बैठ गई तितली बनकर। यह सब मुझे क्या होता जा रहा है? बात-बात पर मैं विश्लेषण करने लगती हूँ।

—'रचना अब तुम जाओ। सीधे घर जाना अनु को लेते हुए...' अनुराग ने जैसे आंखों—आंखों में फरमान सुना दिया। चुपचाप उठकर मैं बाहर निकल आई।

धूप के बड़े-बड़े कतरे इमारतों के बाहर-भीतर गिरे पड़े थे। पेड़-पौधे अपनी-अपनी गर्दन झुकाए मौनी बाबा बन गए थे और उमस इतनी कि पसीना पोंछते-पोंछते बुरा हाल हो गया। थोड़ी दूर में पर ही ऑटो मिल गया और बैठते ही हवा का अहसास ठहरेपन में हलचल भरता गया।

—'यह क्या देखा था मैंने? कौन था? पूजा थी शायद। कहीं मुझे वहम तो नहीं हो गया' अभी अपनी इस सोच को ठीक से झटक भी नहीं पाई थी, तभी रजत की कार पर निगाहें अटक गई मेरी।. मेडिकल कालेज के पास यहां क्या करने आए थे? छोड़ो, भाड़ में जाएं...सोच लेने से भी मैं छोड़ नही पाई इस प्रसंग को।...बल्कि सोच-सोच कर दिमाग भन्नाने लगा। गड़बड़ाते मन का संतुलन साधना मुश्किल हो गया। रह-रहकर वही दृश्य बार-बार साकार होने लगता बावजूद इसके आक्रोश जैसा जज्बा नहीं भड़क रहा था लेकिन निराशा और हताशा का काला आवरण लिपटता जा रहा था मेरे चारों तरफ...

क्या पूजा रजत को चाहती होगी? ये किस किस्म का आर्कषण हैं?रजत को ऐसा क्या खास हासिल होता होगा पूजा से? फिर खुद को भी कई कोणों पर डालकर टटोलती रही। ऐसा लगा जैसे अतल गहराई में डूबी चट्टान हूँ मैं जिसके ऊपर उदासीनता की मोटी काई जम गई हो। कोशिशें निरर्थक हो जाती हैं और काई नहीं हट पाती। ये जो मन की दुनियां है न, इसकी उद्विग्नता तले खुद का कोई जोर नहीं चलता। मेरे प्रति रजत की आवाज में साफ-साफ अवहेलना भरी होती। कभी सोचती जहां महल बनाने चले थे, वहां की नींव से रेत ही रेत निकल रही हैं। मेरे इर्द-गिर्द उड़ रहे है धूप के बगूले, आकाश में चमकती सूरज की आड़ी-तिरछी लकीरों की आंच से सिर पर गर्माहट भरती जाती। यूँ लगता जैसे मेरे नंगे पैर धूल और धूप में झुलस रहे हैं—जिससे बचने के लिए दूर-दूर तक कोई छांह नजर नहीं आती। मेरी आंखों के सामने सूखे पत्तों का ढेर लगा है जिसे हवा कहीं से भी उड़ाकर किसी भी दिशा में धकियाकर कही भी पटक देगी। मुझे कहां ठेल दिया है जिंदगी ने, जिसकी कोई दिशा ही न हो। पता नहीं क्या-क्या खयाल रास्ते भर आते रहे। अनु को लेकर सीधे घर पहुंची और फ्रिज से पानी की बोतल निकालकर जल्दी-जल्दी पानी पीती रही। फिर सुस्ताने बैठ गई सोफे पर।

अब रजत से साफ-साफ बात करनी होगी और पूजा से भी। या तो रजत ईमानदारी से यह स्वीकार कर ले कि वे दोनों क्या चाहते हैं? यदि ऐसा नहीं करता तो मैं ही इनके बीच रास्ते में से हट जाती हूँ। हां, यही रास्ता ठीक रहेगा। बेशक संघर्ष झेलने पड़ेंगे। अकेले रहकर जीवन-समर से लड़ना पड़ेगा, लेकिन अभी भी कौन सा साथ है? इस मानसिक अस्थिरता से बाहर निकलने का कोई शॉर्टकट नहीं सूझ रहा मुझे। किस अंधकूप में जा गिरी मैं?

आज की इस उदासीन शाम में एकदम अकेली हूँ मैं। कहीं कोई हलचल नहीं

सुनाई दे रही। शांत घर में चलते पंखे की घुनर-घुनर, घड़ी की टिक-टिक और पास लेटी अनु की चलती सांसों का आरोह-अवरोह। हां, मैं रजत के आने की प्रतीक्षा कर रही हूं। आज निर्णायक बिंदु पर पहुंचना ही होगा। क्या है मेरा मार्ग? गन्तव्य? अपने लक्ष्य को पाना तो दूर रहा, उसे छूने की भी कोशिश नही कर पा रही मैं। कॉलेज से निकलकर कितना उत्साहित मन था...कितनी तरंगों की लहरें उठती थी। जीवन में कितना-कुछ कर गुजरने की ललक थी, जज्बा था, ऊर्जस्वित मनःस्थिति में कितने सारे सपने तितली बनकर इधर-उधर उड़ा करते थे। कितने हौसलों के जुगनू देह में चिपक जाते थे लेकिन आज?—उफ ! शादी के बाद मैं क्यूंकर ऐसी होती चली गई? कहां गई वो एवर इनरजेटिक, एवरग्रीन, एवर स्माइलिंग लड़की? किसने दिए थे ये टाइटिल?

हिन्दुस्तानी समाज के पारंपरिक सांचे में ढला रजत कभी खुद को बदलने के बारे में सोचने की जेहमत नहीं उठाएगा। न तो उस सामंती मानसिकता से मुक्त हो पायेगा वह न ही पुरुषवादी फ्रेम को तोड़ना चाहेगा, फिर ? क्यों सारी जिम्मेदारी की गठरी सिर्फ औरतों के मत्थे मढ़ दी जाए? समाज के बने बनाए सांचे में फिट होने से तो पुरुष को बहुतेरी सुख-सुविधाएं मयस्सर हैं लेकिन स्त्री की मुक्ति किसमें है? स्त्री को ही क्यों हर वक्त यह कहकर डराया-धमकाया जाता—'देखो, यदि तुम ऐंसी-वैसी हरकत करोगी तो बड़ी बदनामी होगी...फिर बच्चों का क्या होगा? उनका मानसिक विकास रूक जाएगा। उन्हें लेकर कोई भी नसीहत देने बैठ जाएगा।

कभी सोचती हूँ हमारी हिंदुस्तानी शादियां चल ही इसीलिए रही हैं कि औरतें चला रही हैं। इन्ही के बलबूते टिकी है यह संस्था। ठीक है पुरुष भी एडजस्ट करता है लेकिन अपनी सुख-सुविधाएं भोगते हुए। उसे सब कुछ अपनी सहूलियत से चाहिए। विरासत में मिले शादी के इस कॉसेंप्ट को अपने ऊपर लागू करने और ढोते रहने के लिए अभिशक्त है यह स्त्री। यह नियतिवादी सोच ही तो स्त्री के लहू के साथ घुल मिलकर दिमाग में हर वक्त शोर मचाती रहती है। और ये बंधन ? भई वाह, इनके भी क्या कहने? इन्हें महिमा मंडित करके इन्हीं के अंदर सुख ढूढ़ने की सीख स्त्री को दी जाती रही। कितनी अजीब विडम्बना है कि एक स्त्री की पहचान कभी उसके नाम/व्यक्तित्व से न हो कर उसके पीछे जुड़ने वाले तमगों से की जाती है-किसी बेटी हो? किसकी पत्नी हो? वगैरह-वगैरह तो क्या इसी वस्तुसत्य को जीवन की धुरी मानकर जिया जाए कि यह शादी तो आजीवन कैद है, जिससे मरणोपरांत ही मुक्ति मिल पाएगी।

नहीं...बस अब और नहीं। मन में लिया संकल्प सख्त बनता गया। नदी के बीचों बीच पड़ी निस्पंद चट्टान की तरह। तरल मन में ढेर लहरों का शोर हिलोरें ले रहा है लेकिन संकल्प भी उतना ही प्रबल, वैसा ही अटल सांस लेने जैसा जरूरी।

घंटी की आवाज सुनकर दरवाजा खोला। रजत कुछ खाने-पीने का सामान

लेकर अंदर घुसा—'क्या हो रहा है भई? अनु कहां है? सो गई क्या?'

'हां, सो रही है वह...' सीधा सपाट जबाव देकर मैंने चुप्पी तोड़ी। रजत की आवाज में इतनी मिठास क्यूँ? शायद अच्छे मूड में हो—'रचना सुनो आज की एक खास खबर' उसकी आवाज में फिर वही रस था।

—'हां बोलो ...' मेरी उदासीनता मेरी आवाज में घुल गई।

—'कल मेरा बॉस आया था बॉम्बे से। मेरे काम की बहुत तारीफ कर रहा था। कह रहा था—'यू मस्ट गैट इमीडियट प्रमोशन यू डिर्जव फॉर इट।' मेरा मुंह देखकर रजत ने और आगे बोलने से खुद को रोकना चाहा लेकिन फिर से बोलने लगा—'रचना, जब मैंने तुम्हारे बारे में बताया तो वो तो उछल पड़ा एकदम से—'व्हाट ए प्लेजैण्ट सरप्राइज यू हैव गिवन टु मी। वह तुमसे 2 साल सीनियर था तुम्हारे कॉलेज में। तुम्हें अच्छी तरह जानता है।' 'क्या नाम है उसका? थामा गया आवेग पतले झरने की शक्ल में फूट पड़ा।

—'मि. एम.के.देसाई, लंबा सा, अफ्रीकन स्टाइल के बाल हैं।'

—'हां... हां... याद आ गया। पढ़ाकू टाइप का था वो तो' मेरी आवाज थोड़ी उल्लसित हो उठी। ठहरे वातावरण मे थोड़ी सी चहल-पहल की चिड़िया फुदकने लगी हालांकि मन के अंदर सवालों के गोले छूट रहे थे जिससे बैचेनी की चिंगारी सुलग रही थी। जब इनकी दाह से खुद को बचाना मुश्किल हो गया तो मैंने पहल करते हुए पूछा—'रजत आज मेडिकल कालेज के पास किस काम से गए थे तुम?

—'मेडिकल कालेज, नहीं तो मैं तो नहीं गया था।...आज दिन भर तो मैं उन्हीं देसाई के साथ व्यस्त रहा।' रजत ने इतनी विश्वास भरी आवाज में कहा जैसे संदेह की कतई कोई गुंजाइश न बचे लेकिन मैंने फिर से कुरेदा—'मैने तो खुद देखी थी तुम्हारी कार।'

—'कैसे ? कब? तुम वहां क्या करने गई थी।

—'मेरे एक सीनियर का एक्सीडेंट हो गया था, उन्हें देखने गई थी।'

—'अकेले क्यों गई थीं? लेडीज का इस तरह अकेले जाना ठीक नहीं है, क्या इतना जरूरी था? था तो मुझे क्यों नहीं फोन किया?' रजत क्रॉस सवाल करने लगा।

—'तुम रहते कहां हो ऑफिस में? दो-तीन बार फोन मिलाया, पता चला तुम किसी लड़की के साथ अभी-अभी निकले हो।'

—'कौन करता रहता है यह सब बकवास ? सब तुम अपने मन से गढ़ रही हो। किसने कहा था ऐसा? फोन ऑपरेटर ने? बोलो, जबाब दो अब वह बचाव की पोजीशन में आ गया।

—'किसी ने भी कहा हो लेकिन सच यही है कि तुम पूजा के साथ अभी भी इन्वॉल्व हो। मुझसे लगातार झूठ बोलते आ रहे हो। आज मैंने खुद पूजा को तुम्हारी कार के पास आते-जाते देखा था। रजत, मुझे एक बात साफ-साफ बता

दो तुम क्या चाहते हो? मैं जानती हूँ तुम्हें वाकई पूजा जैसी लड़की की जरूरत है जो तुम्हें दोनों टाइम बढ़िया-बढ़िया गर्म-गर्म खाना बनाकर खिलाए और तुम्हारी जी-हुजूरी में ही अपने जीवन का अर्थ/सुख महसूसे। तुम उसके लिए देवपुरुष बने रहो और वह तुम्हारी सेवा टहल को अपने जीवन का एकमात्र उददेश्य समझकर खुश रहे और यही है सच। निचोड़ यही है कि तुम्हारे साथ भी ज्यादती हो रही है इसलिए मैं तुम्हे मुक्त कर देना चाहती हूँ ताकि बाकी की जिंदगी हम दोनों ठीक ढंग से बिता सकें। तेज बोलने और एक सांस में उड़ेल देने से मैं हांफने लगी।

—'लेकिन शादी तो जिम्मेदारी का दूसरा नाम है यह तो एक भरी-पूरी व्यवस्था है इसे तुम खेल-तमाशा समझती हो क्या? यह कोई एक्सपैरीमैण्ट तो है नहीं? यह तो ऐसा बंधन है जिसे ताउम्र निभाना पड़ता हैं, वह जान बूझकर भारी-भरकम शब्दों का इस्तेमाल कर रहा था।

—'ओ.के. एग्रीड, लेकिन सारा दायित्व स्त्री के हिस्से ही क्यों? क्या है पूजा के साथ तुम्हारे संबंध? देखो रजत, एक बार फिर से मैं साफ-साफ बता देना चाहती हूँ कि तुम्हें इस परंपरागत सोच के दायरे से बाहर निकलकर सोचना पड़ेगा कि स्त्री के मत्थे ही सारा दोष मढ़ दिया जाए, तभी पूर्वाग्रह रहित मन से कुछ साफ-साफ बातें होंगी।

—'रचना पूजा के साथ ऐसा-वैसा कुछ भी नहीं हैं। तुम तो खुद उससे बात कर चुकी हो' रजत ने सावधानी बरतते हुए थोड़ी मुलायम आवाज में जबाब दिया जिसे पूरा सुने वगैर मैने प्रतिवाद किया—'रजत मेरे लिए इस बात का कोई मायने नहीं कि तुम पूजा के साथ कहां तक आगे बढ़ चुके हो। मैं इसके डिटेल्स में भी नहीं जाना चाहती लेकिन जब हमने इस चौराहे से अलग-अलग दिशाओं की तरफ रुखसत कर लिया है तो वापस फिर उसी बिंदु पर लौट पाना मुमकिन नही है, कतई नही।'

—'इसके मायने तो यह हुआ कि तुम्हें कोई और पसंद आ गया? तुम्हारी जिंदगी में कोई और भी है क्या? उसने कुरेदकर तल्ली मे झांकना चाहा।

—'तुम जो चाहो मतलब निकालने के लिए स्वतंत्र हो। कोई और पसंद आ गया? क्या कमेंट है तुम्हारा भी? हां, भरोसेमंद दोस्त है मेरा एक।

—'कौन है वो?' रजत जैसे तत्काल सारा राज जानने को बेताब हो उठा।

—'जो भी हो, तुमसे ज्यादा मतलब नहीं है, ये बात तुम्हारे लिए मायने नहीं रखती।

'रचना...' एक जोरदार झटका खाया हो जैसे करंट का। फिर थोड़ी देर बाद ठहरती आवाज नीचे सरकती गई—'रचना यदि तुम कोई ऐसी-वैसी हरकतें करोगी तो बदनामी होगी मेरी ही। जीवन भर के लिए कलंक का टीका लग जाएगा मेरे मत्थे ...' वह फिर कोई तर्क गढ़ने लगा।

—'भई वाह ! यह भी खूब कहा तुमने। कितनी अजीबो-गरीब बात है। कितनी विचित्र विडंबना है। रजत, साफ-साफ बता दूँ—एक स्त्री के नाम के आगे-पीछे जो तमगा लटकाया जाता है उसे मैं समूल उखाड़कर फेंक देना चाहती हूँ। क्यों लादकर घूमूं इस भूतपूर्व पत्नी का टाइटिल? क्यों भला? जीवन भर की इस कैद से मुक्त होकर मैं खुद को पहचानना चाहती हूँ रजत। मैं खुद को जानना चाहती हूँ, हां, अपनी तरह से कुछ अलग हटकर करना चाहती हूँ इस उबाऊ और बोझिल जीवन में नया रस भरना चाहती हूँ...अलग तरह से जीना ...'

—'बेकार की फिलॉस्फी वघारकर तुम मुझे और ज्यादा बेवकूफ नहीं बना सकती। समझी? रचना, तुमने मेरे और पूजा एपीसोड के बारे में इतना बढ़ा-चढ़ाकर बोला और खुद की जिदंगी में किसी और के साथ ऐश करती रही। क्यों ? ऊपर से तो ईमानदारी की दुहाई देती हो और अब ? अंदर से तुम इतनी गिरी हुई नीच औरत निकली। शर्म आती हैं तुम पर, लानत है तुम पर। रजत ने गरियाते हुए झिड़का।

—'रजत, कोई भी किसी को बहुत दिनों तक बांध कर नहीं रख सकता। एक न एक दिन तो तमाम कच्चे बांध खुद-ब-खुद धसकने लगते हैं। हां, यह सच है कि मैने अनुराग के साथ कोई ऐश-वैश नहीं की। वह मेरा अच्छा दोस्त भर है, बस। हमारे बीच देह का कहीं कोई रोल नहीं। मैं तुम्हें धोखे में रखकर उसके साथ घर बसाने के ख्वाब नहीं देख रही, इसलिए तुम्हारा इल्जाम सिरे से गलत है।... मेरे मुंह से अनायास अनुराग नाम निकल गया जिसे बीच में ही लपककर बात काटते हुए वह बोल पड़ा—'ओ...हो! तो ये वही महाशय हैं जिनके बारे में मुझसे किसी ने कहा भी था—भाभी जी के साथ खूब बातें छनती है इनकी। घंटो गप्पें लड़ाते हैं तो मैंने जान बूझकर ओवर लुक कर दिया था। लेकिन बात यहां तक आगे बढ़ सकती है आई काण्ट इमेजिन। मैं तुम्हे ऐसा नहीं समझता था। तुम पर अटूट भरोसा था मेरा।' उसके चेहरे पर थोड़े स्याह बादल घिरे और अब वह यूँ बोलकर मुझ पर हावी होने की कोशिश करता रहा।

—'देखो रजत, कोई भी किसी की निजी संपत्ति तो होता नहीं है जिसे वह पकड़कर-बांधकर रख सके। रहा मेरा सवाल तो मेरा गन्तव्य कुछ और ही है कुछ ऐसी महत्वाकांक्षाएं हैं जो तुम्हारे साथ रहकर कतई पूरी नहीं हो सकती इसलिए मैं अलग'...

-अलग रहोगी तुम ? यह बोलने की हिम्मत कैसे पड़ी? कौन सा तीर चला लोगी अलग रहकर ? जरा मैं भी तो सुनूँ। मैं भी तो जानूं।' वह भड़क पड़ा।

—'इसकी भी चिंता तुम्हें क्यों हो रजत ? मुझे क्या करना है? कैसे करना है? मेरे जीवन का क्या लक्ष्य है? खुद क्या हूँ? क्या कर सकती हूँ? जैसे सवालों की गांठो को मैं खुद ही खोलूँगी। खुद ही जिम्मेदारी से करूंगी सब ...' आवाज में भरोसा था।

—'रचना, ठीक है मैंने माना कि हमने चौराहे से दिशाएं बदली थी लेकिन हम एक बार फिर वापस उसी चौराहे पर लौटकर मिल-बैठकर एनालाइज तो कर सकते है कि हमने जीवन साथ जीने की शुरूआत किस बिंदु से की थी? फिर हम इधर-उधर मुड़े ही क्यों? और अभी क्या बिगड़ा है? हम खुद को बदल सकते हैं और हां एडजस्ट भी करेंगे। हमसे क्या-क्या गल्तियां हुई, इस पर मिल-बैठकर बात कर सकते है। ठीक हैं?... रजत की टोन में पहली बार सहमति के स्वर फूटे। ये शायद विवशता से उपजे थे या मेरे द्वारा अलग होने के प्रस्ताव से यानी सामाजिक प्रतिष्ठा ढ़ह जाने की घबराहट से कहना मुश्किल था। वह सचमुच गंभीर दिख रहा था। थोड़ी देर बाद मैंने संतुलित ढंग से कहा—'रजत सच बात तो यह है कि अब तक तो मुझे ठीक से साहचर्य का मतलब ही समझ में नहीं आया। क्या है ये साथ भी हमारा-तुम्हारा? क्या वाकई हम एक दूसरे की जरूरत महसूसते हैं? एक दूसरे के सुख-दुखों से सरोकार रखते हैं? क्या हम एक दूसरे से ईमानदारी से शेयर करते हैं अपनी समस्याएं ? कही तो डैमोक्रैसी होनी चाहिए? नहीं?

—'तुम्हारे दिमाग में ये तमाम फिलॉस्फी जरूर उसी ने भरी होगी। तुम बेकार में ही ऐसी ऊलजलूल बातें सोचकर दिमाग खराब कर रही हो। कहीं कुछ गड़बड़ नहीं है। रचना, तुम क्यों उसकी बातों में आ गई? रजत ने फिर इस गंभीर बात को परे धकेलना चाहा।

—'देखो रजत मैं इससे सहमत नहीं हो सकती क्योंकि हम नहीं, बल्कि मैं खुद का एनालाइज करती हूँ बार-बार। तुम तो कुछ भी सोचने की जेहमत नहीं उठाते। पिछली बार जब मैं घर छोड़कर निकली थी तो यही सोचा था कि तुम तो हमेशा अपनी सुविधा के हिसाब से इधर-उधर आंकड़े फिट करने में एक्सपर्ट हो।' हर आदमी की नापजोख करते हो मसलन कौन तुम्हारे लिए कितना फायदेमंद है? किसे कैसे यूज करे? यह तुम्हारी अपनी सोच है लेकिन मेरे लिए जीवन की परिभाषा यह कतई नहीं है, हो ही नहीं सकती। दो टूक जबाब देकर मैं चुप हो गई। बीच बहस में अनु थोड़ी देर सोते-सोते कुनमुनाई तो मैने उसे थपकी देकर दोबारा सुलाना चाहा। रजत ने छूटते ही कहा—'इस बच्चे का क्या होगा? इसके बारे में सोचा है कुछ? तुम खुद तो बर्बाद होगी ही इसे भी ले डूबोगी इसका मानसिक विकास रूक जाएगा मैं कहे देता हूँ।'

—'अच्छा, तो अब आज नए सिरे से तुम्हें बच्चे की परवाह हो रही है, क्योंकर होने लगी भई? बच्चे की बाबत सोचने की जेहमत यूँ तो कभी नहीं उठाते, लेकिन आज मेरे जज्बातों से खेलने का माध्यम क्यों बना लिया इसे? 'मैने बीच में ही प्रतिवाद किया।

—'तुमने सिर्फ अपने बारे में ही सोचा है अब तक! कभी इस मुद्दे पर भी गहराई से सोचा कि सिंगल पैरेंटस के बच्चों का विकास आगे चलकर जीरो हो जाता

है? ठीक है मान लिया कि अभी तो वह छोटी है, तुम खिला-पिलाकर, पाल-पोसकर बड़ा कर दोगी लेकिन बाद में जब वह बड़ी होगी, टीनेज में जाएगी, फिर कैसे-क्या संभालोगी उसे? कभी सोचा है? कैसे गाइड कर पाओगी? जानती हो कुछ? आगे चलकर शादी होगी तो उस वक्त बाप के नाम का सवाल पैदा होगा तब तुम्हें ही कटघरे में खड़ा किया जाएगा लेकिन जिंदगी तो इसकी बर्बाद होगी। बोलो...? कैसे निबटोगी इससे?

—'लेकिन जरा दूसरे पहलू पर भी सोचो कि हमारे आए दिन होने वाले इन झगड़ों का बच्ची के मन में कितना गहरा असर पड़ता होगा? यदि हम ताउम्र कुत्ते-बिल्ली जैसी छीना छपटी करते हुए लड़ते-खपते जिंदगी बिताते रहें तो इसका भी कौन सा अच्छा प्रभाव पड़ेगा उस पर? थोड़ी और बड़ी होगी तो वह हमारे झगड़े की समस्या को सुलझाने बैठ जाएगी कि ये लोग लगातार लड़ते क्यों रहते है, आखिर क्यों? फिर क्या करोगे तुम? तुम्हारी तमाम ओछी हरकतें इतने सालों से देखती आ रही हूँ कि मुझे लगता है कि इससे बचने की कोई और तरकीब मेरे पास नहीं है या तो मैं चुप्पी ताने रहूँ हर वक्त तो इससे भी बच्ची परेशान रहती है कि ये हमेशा चुप क्यों बनी रहती है। जहां तक इसकी शादी की बात उठती है तो इसमें मेरी सोच एकदम साफ है। हमारे समाज में जैसी शादियां होती है वो सब भी मैं जानती हूँ अगर इसमें कुव्वत होगी तो यह खुद इससे निबट लेगी। दूर की बात छोड़ो अभी। पहले खुद अपनी बात करो—'तुमने मुझसे क्या देखकर शादी की थी? मेरी नौकरी या शिक्षा? मेरे परिवार के बारे में ध्यान दिए वगैर तुम मेरे करीब आते गए थे। क्या गलत कह रही हूँ मैं?

—'इसके मायने तो यही हुआ कि जो गलती मैंने की, वही ये भी करे। रचना ये इतनी सीधी-सरल बात नहीं है। तुम्हारा इतनी आसानी से यह कह देना कि इसमें पोटेंशियल होगी, समझ होगी तो खुद निबट लेगी—'यह बिल्कुल गलत बात है। बच्चों में कितनी समझ होती है? वे कितनी जल्दी गुमराह हो जाते हैं? तुम बच्ची की जिम्मेदारी से जानबूझकर आंखें मींच लेना चाहती हो? पलायन कर रही हो इस समस्या से। तुम्हें सिर्फ अपना स्वार्थ दिख रहा है इस वक्त। आंखों पर पटटी चढा ली है तुमने।' रजत की आवाज में मिर्च-सा तीखापन मेरी आंखों में घुसने लगा सीधे-सीधे।

—'रजत, तुम क्यों इस मासूम बच्ची को सीढ़ी बनाने पर तुले हुए हो? बोलो ? यूँ बोलते हुए मुझे तेज गुस्सा आ गया और मैने प्रतिवाद करते हुए कहा—'ये बताओ, तुम्हें कब इसकी जरूरत थी? बच्ची की वजह से तुम रात में उठे हो कभी? बच्चे का बोलना, चलना फिरना वगैरह कब इंजॉय किया तुमने? खामहखां उसे बीच में डालकर बहस किए जा रहे हो। रजत, ये सौ फीसदी सच है कि बच्ची शुरू से ही मेरी जिम्मेदारी थी। जब आज तक कभी तुमने उसकी कोई फिक्र नहीं की फिर अब क्यों बातें बना रहे हो? और सुनो, मुझे गैर जिम्मेदार ठहराकर तुम मुझे अब

और नहीं बांध सकते। बच्चे को ढाल बनाकर वार करने की आदत छोड़ दो।'

—'चलो, इस वक्त तुम्हारा दिमाग काफी गर्म हो रहा है फिर कभी बात करेंगे इस पर। चाय वगैरह पी जाए...उठो...' रजत ने इसे यूँ हल्के-फुल्के ढंग से लिया गोया आसमान में उड़ता धुआं हवा से पल भर में गायब हो जाएगा और आकाश फिर वैसा ही साफ-सुथरा हो जाएगा...

—'रजत, एक बार फिर से मैं यही कहूंगी कि रोज-रोज की किच-किच से अच्छा है कि खत्म करो सब दिखावटी बातें ...'

—'रचना, तुम्हारा दिमाग अभी पटरी से उतरा हुआ है बाद में बातें करेंगे। वैसे भी अभी कितना सोचा होगा तुमने आगे-पीछे के बारे में? यदि तुमने तलाक के बारे में सोच लिया है तो जानती होगी कितने साल लग जाते हैं इन सब लफड़ों में। हमारी सारी जिंदगी इसी मुकदमेबाजी में निकल जाएगी! न तुम्हें वह सुख-चैन मिल पाएगा, न मुझे कोई सुकून। मैं तो इस नरक को भोगूंगा ही लेकिन तुम भी बच नहीं पाओगी और खामहखां बीच में पिसती रहेगी यह बच्ची ...'

—'रजत कौन जा रहा है कोर्ट-कचहरी? मैं कहीं नहीं जाऊंगी। वहां मुझे अपनी फजीहत कराने का शौक नहीं है। हां, तुम्हें यदि ऐसा कुछ समझ में आ जाए तो मैं साइन तुरन्त कर दूँगी लेकिन तुम्हारे साथ अब और रह पाना किसी भी सूरत में संभव ही नहीं है रजत।' मैंने अपनी दो टूक बात सुना दी।

—'फिर बच्चे को कौन रखेगा? तुम तुरन्त कहोगी मैं, लेकिन तुम क्या सोचती हो क्या मैं इतनी आसानी से बच्ची को ले जाने दूंगा ? कतई नहीं। अब रजत ने फिर वही तनावपूर्ण मुद्रा वाला मुखौटा पहन लिया।

—'ठीक है, रखो इसे शौक से। कौन रोक रहा है? यूँ कहने के पीछे मेरे दिमाग में यह बात थी कि जिसने बच्चे की कभी कोई परवाह की ही नहीं वह दो चार दिन रख ले वही बड़ी बात है। भले ही इस वक्त यह बच्ची को लेकर ब्लैकमेलर के रूप मे पेश आ रहा है लेकिन यह सौ फीसदी सच था कि बच्ची 2 दिन में वापस कर जाएगा। इतना ज्यादा पैसों को लेकर सोचने वाला आदमी इसे रखेगा ? चूँकि यह लड़की है, सो वैसे भी जिम्मेदारी है। लड़का होता तो बात दूसरी थी।

—'दुनिया क्या कहेगी? इसकी चिंता है तुम्हें? लोग क्या कहेंगे? कैसी निर्दयी मां है जो बच्ची को छोड़कर चली गई? कैसा कठोर कलेजा है...रजत ने सीधे-सीधे वार करना चाहा लेकिन मैंने गर्दन परे झटक कर खुद को बचाते हुए कहा—'इसे रखकर तो देखो। चार दिन में ही समझ में आ जाएगा सब दिन में तारे दिखने लगेंगे।'

—'हां, रहा दुनिया की बातों का सवाल... तो रजत हम किस किसका मुंह पकड़ेंगे? किसे कुछ कहने से रोक लेंगे? जो निर्णय लेना है, वह मेरा होगा। मेरे सुख-दुखों में कौन कितने काम आया है? किसी का मुंह जोहते रहने से किसका भला हो पाता है? सीधी बात है कि दुनिया क्या कहेगी, हर वक्त इसी डर से हम

अपना रास्ता बदलने को मजबूर क्यों होते रहें? क्यों भला? हमारा अपना रास्ता क्या है? हमारी अपनी दिशा क्या हो? इसे तय करने का मूलभूत अधिकार तो मेरा होना चाहिए न। यह जीवन मेरा है रजत... कुदरत के दिए इस शरीर पर भी मेरा अधिकार है फिर क्यों न अपने तरीके से जिया जाए? आखिर कब तक हम यह सब सहते रहें?' बोलते-बोलते मेरी सांसें ऊपर नीचे होती रहीं।

—'ये सब बातें भी तुम्हें उसी ने सिखाई होंगी। तुम्हारे दिमाग में इतनी सारी बातों की घुट्टी जरूर उसी लफंगे ने भरी होगी। मैं सबको जानता हूँ एक-एक को जानता हूँ, साले सब हरामी हैं, बदमाश हैं, लुच्चे हैं। दो टके के हैं। कमीने हैं' रजत के मुंह से ढेर गालियां तड़ातड़ बरसते ओलों की शक्ल में छर्र-छर्र गिरने लगी।

अनु इस बीच उठ गई थी जिसे मैंने दूध देकर सुला दिया। फिर खुद उठकर किचन में आई और 2 गिलास पानी पिया। लौटकर आई तो रजत से पूछा—'चाय पिओगे क्या?'—'बना लो...' रजत ने उचाट सा जवाब दिया। किचन में चाय बनाते वक्त वहां की हर चीज को खूब ध्यान से देर तक देखती रही। सब कुछ यहीं छूट जायेगा। सोचकर एक विचित्र किस्म की भावुकता का भाव तारी होने लगा। उफ! क्या है एक स्त्री का गन्तव्य? क्या है ये जीवन? एक तरफ ढेर बंधनों में जकड़े दोनों पैर जो मुक्ति के लिए छटपटा रहे हैं, बेचैन हैं। अधीर है मन भी कि कब इस जेल से मुक्ति मिले। तो दूसरी तरफ इन बंधनों की प्रासंगिकता से जुड़े सवाल। क्यों होता है ऐसा कि इस परिवार में रहते हुए हम अपना गन्तव्य नहीं खोज पाते? कितनी बार कोशिश की, लेकिन हर मुद्दे पर रजत का नकारात्मक रवैया आड़े आ जाता। ढेर अड़ंगे रास्ते में खड़े हो जाते जबकि मेरे अंदर एक लौ लगातार दिपदिपाती रहती है कि मुझे कुछ करना है। इस ताउम्र कैद में घुटन के सिवाए कुछ नहीं मिला। शादीशुदा होने के लटकते मोनोग्राम से बड़ी चिढ़न और ऊबन होने लगी थी। मैं खुद क्या हूँ? जीवन में किस रूप में कहां, कैसे, क्या दर्ज करना है, मेरी मंजिल क्या है? मुझे अपनी तरह से कुछ अलग हटकर करना है जिसे करके मुझे खुशी मिले, आत्मतुष्टि मिले लेकिन उस मंजिल तक पहुंचने के लिए उन रास्तों पर चलने की आजादी तो हो कम से कम। यहां के बंधनों से दम घुटता है मेरा। इतने सालों से गुटकती रही हूँ उस धुएं को कि बाहर की ताजी हवा सूँघने के लिए छटपटा उठी हूँ मैं। आकुलता चरम सीमा तक पहुंच रही है उफ! कितने स्ट्रांग प्रहरी बन जाते हैं ये बंधन कि इनके साथ रहते-रहते, इन्हें कंधों पर ढोते-ढोते आप इन्हें अपना मीत मानने की आदत डाल लेते हैं, लेकिन आज वही बंधन कितने अप्रासंगिक लगने लगे हैं जैसे अंधड़ की पहली झोंक में ही कमजोर पेड़ चरमराकर नीचे ढह जाएं। ये प्रकृति भी क्या-क्या निराले खेल खिलाती हैं?

अवमानना और तिरस्कार उगलते बोल जब रजत के होठों का रास्ता पारकर बाहर की दुनिया में उड़ते हैं तो आस-पास के सारे माहौल में फैल जाती है गर्दिश।

जहर बुझे बोलों को भीतर सांस लेते वक्त उजले से उजला व्यक्ति भी काला पड़ जाए। किसी का कितना ही रोशनी फेंकने वाला व्यक्तित्व हो लेकिन उस आंच में झुलसकर सारी रौनक सारी उत्फुल्लता और उमंग पल भर में छूमंतर हो जाती है। इसी आग में इन्हीं रास्तों पर चलती रही मैं अब तक। मंजिल की परवाह किए बगैर ऊबड़-खाबड़ पगडंडियों पर चलती रही लेकिन आज तक सुकून हासिल नहीं हो पाया। कुछ और भला क्या हासिल कर पाती?

हां, यह सच है कि सामंजस्य-समझौतों के रास्तों पर चलने की कोशिश करती रही मैं बार-बार लेकिन बावजूद इसके मैं अपनी इच्छाओं, सपनों और महत्वाकांक्षाओं का गला नहीं घोंट पाई। बांधविहीन नदी की तरह बहना मेरा स्वभाव रहा है। ऐसी नदी जो किसी पहाड़ की ओट लेकर बहती रहे, यह मेरे लिए प्रीतिकर अहसास जगाता है लेकिन यदि पहाड़ नदी को समूचा पाट देना चाहे, अपने को ढहाकर नदी को आच्छादित करना चाहे या अपने बोझ से उसके बहने के तमाम रास्ते मूंद दें तो उसी पहाड़ से रास्ता काटकर दोबारा अपना स्वतंत्र स्वरूप व आकार गढ़ लेना नदी को आता है। अकेली बहती नदी पता नहीं कहां किस दिशा में जाकर थमेगी? कोई नहीं जानता..., खुद नदी को भी नहीं पता।

नदी के उस पार : पहाड़ बोलते हैं

मैं अपनी तरह की जिंदगी जीना चाहती हूँ, दम घुटता है यहां मेरा...। इस माहौल में अब और नहीं रह सकती। इस घर में रोज-रोज की चिख-चिख से अच्छा है कि खत्म करो यह सब...' रचना के बोल रह-रहकर कानों में घिसे टेप की तरह बजने लगते। आवाजें बार-बार यूँ बजने लगती जैसे निर्जन मंदिर में टंगे विशालकाय घंटे की जोरदार अनुगूँज देर तक जंगल में बजती रही हो। मुझे शिद्दत से तकलीफ हुई रचना के मुंह से यह सब सुनकर। सब कुछ कितना अकल्पनीय था मेरे लिए और कितना अप्रत्याशित। मैं ठीक से तय नहीं कर पा रहा कि आज रचना से जो गंभीर कहा-सुनी हुई है, क्या वो वास्तव में आने वाली समय की दस्तक है? मन उदास हो उठा। अकेलेपन की परतों में अवसाद की एक और परत जमा होती गई, लगा जैसे इस युद्ध में मैंने मुंह की मार खाई है। पस्त भी पड़ता गया और कहीं न कहीं परास्त भी। तो क्या विरासत में मिले पुरुष वर्ग के मूल्यों-मान्यताओं को ही ढोता रहा मैं अब तक? कभी मैंने उसे समझने की कोशिश नहीं की थी क्या? उसका कहना कि मैं उसके साथ मिसविहैव करता रहा—क्या यह पूरी तरह सच है? वह एक इंजीनियर है—इसे मैं जानबूझकर इग्नोर करता रहा। क्या उसके सामने मैं छोटा फील करता रहा? पता नहीं क्यों मेरा मन यह स्वीकार ही नहीं कर पाता था कि वह बिल्कुल मेरे समकक्ष ओहदे पर है। ऐन उसी वक्त सीने पर पुरुष अहं का सांप लोटने लगता, या कहीं न कहीं मेरी हीनता ग्रन्थि सिर उठाने लगती। ऊपर से उसे डांट-डपटकर मैं भले ही खुद को कितना ही श्रेष्ठ साबित करता रहा लेकिन अंदर ही अंदर इस बात का दंश सालता रहता कि रचना सुन्दर है, स्मार्ट है, पढ़ी लिखी है, ऑफिस में उसके काम की प्रशंसा होती है। सब इसकी इज्जत करते हैं, इसलिए मेरे ज्यादा तारीफ करने का मतलब होगा इसे ज्यादा सिर चढ़ाना, फिर तो यह खुद को सातवें आसमान पर बैठा महसूस करेगी जिसका दुष्परिणाम मुझे ही भुगताना पड़ेगा। मुझे महत्व देना यह सिरे से भूल जाएगी। मुझे कुछ नहीं समझेगी। मुझे नकार देगी, शायद यही डर या एक तरह का असुरक्षा बोध मुझे परेशान करता

रहता कि यह किसी भी मुद्दे पर मुझे पटखनी देकर एक कोने में ताक पर रख देगी। मैं यह बखूबी जानता था कि यह इंटैलीजेण्ट है लेकिन इसी बात का अन्दरूनी तौर पर खौफ सा छाया रहता कि कहीं यह मुझसे आगे न निकल जाए, मुझे अंगूठा दिखाते हुए। शायद इसी बजह से उसकी तमाम योजनाओं को तबज्जो नहीं देता और ओवरलुक करता रहता। आज रजत को टूटे आइने की किरचों में अपने तमाम चेहरे दिखाई पड़ रहे हैं।

हालांकि यह भी संपूर्ण सच नहीं है कि उसकी प्रगति नहीं चाहता था मैं। लेकिन किसी एक चीज को सिस्टैमेटिक तरीके से तो करे। किसी एक काम की योजना बनाकर काम करे लेकिन रचना के अंदर तो महत्वाकांक्षओं के नए-नए बुलबुले जब-तब उठते रहते। कभी कम्प्यूटर तो कभी एम.बी.ए. तो कभी मल्टीनेशनल्स में जाने की बातें करती, तो कभी यह नौकरी छोड़ विदेश में जाकर कोई कोर्स कर लेते हैं। ये सब लंबी-चौड़ी ऊलजलूल योजनाएं बनाती रहती वह। कभी सोशल वर्क का भूत सवार हो जाएगा और चली जाएगी गंदी बस्तियों के मलिन बच्चों के बीच पिकनिक मनाने यानी कभी कुछ तो कभी कुछ। चुपचाप आम औरतों की तरह घर बैठे रहना या बच्चे-घर संभालना तो जैसे उसने सीखा ही नहीं था और न सीखना चाहती थी। मैं यह सब बकवासबाजी नहीं सह पाता था। मुझे उसकी यह ऊलजलूल हरकतें नागवार लगतीं। मुझे लगता इसे सबका ध्यान अपनी तरफ आकृष्ट करने का शौक चर्राता रहता है। एक बार तो इसने हद ही कर दी—दस-ग्यारह गंदे-गंवार जाहिल बच्चों को टैम्पो में भरकर किसी पार्क में घुमाने ले गई और खामहखां खूब पैसा खर्च किया। सच पूछा जाए तो बर्बाद किया। जब मैंने पूछा तो लड़ने बैठ गई। ये सोशल वर्क वालों को तो अपना उल्लू सीधा करना आता है... रचना जैसों को बरगलाना या ठगना इन नालायकों को खूब आता है...। मैं ऐसे कामों पर उसे जरूर रोकता-टोकता, लेकिन उसने तो न मानने की जैसे जिद ठान रखी थी... तब मुझे बहुत तेज गुस्सा आता और कुछ उल्टा-सीधा कहकर भुनभुनाता। बुरा सुलूक भी करता, लेकिन वह फिर भी नहीं मानती, बल्कि मुझे उल्टा लेक्चर झाड़ने लगती और मैं गुस्से से सुलगने लगता।

इसी तरह का एक और वाकया था—ऑफिस की किसी महिला सहकर्मी की लड़की के साथ हुई दुर्घटना को लेकर रचना आक्रोश में भरी हुई तमाम महिलाओं को इकट्ठा करके हंगामा खड़ा करने सड़क पर उतर आई थी। बैनर उठाए नारेबाजी करती रही। रचना को नेतागिरी का ऐसा भूत सवार हुआ कि आगे-आगे चलते हुए उसने अपने पीछे तमाम औरतों का हुजूम लगाकर सड़क जाम कर दिया। फिर दनदनाते हुए एस.पी., डी.आई.जी., आई.जी. से मिलने चल पड़ी और नतीजा क्या निकला? सिफर... यही बात तो मैं इसे समझाना चाह रहा था लेकिन रचना यह बातें ठीक से सुनती ही नहीं थी। आए दिन वह ऐसे ही किसी के फटे में टांग अड़ाती रहती।

उसका यह शौक था या पागलपन? मैं पूछता-क्या जरूरत है यह सब करने की ? दुनिया की समस्याओं का ठेका क्या तुम्हारे ही जिम्मे है? क्यों नेता गिरी करना चाहती हो? भीड़ इकट्ठा करके क्यों तमाशा खड़ा करती हो? जानती हो लोग यह देखने आते हें औरतें खड़ी हैं, बाकी बातों से किसी को कोई मतलब नहीं होता, कुछ पता भी है? तुम जो इतने लोगों के साथ वहां सीन क्रिएट करने गई थी, जानती हो, चार लोग नमक-मिर्च लगाकर क्या-क्या नहीं कह रहे थे—इस का अहसास है तुम्हें? इन लोगों की मानसिकता तुम क्या जानो? इतनी अक्ल ही नहीं है तुममें।

उसका सीधा सा जबाब होता—मुझे समाज वगैरह की परवाह नहीं है। तुम क्यों नहीं समझना चाहते कि बेचारी मीना के साथ कितना बुरा हुआ? उसकी बच्ची...च...च...? कितना बुरा हुआ उसके साथ? कितने गुण्डों ने घेर लिया था उसे,...क्या दुर्दशा हुई उसकी?'

—'लेकिन तुमने क्या सारी दुनिया का ठेका ले रखा है ? वे खुद अपनी हिफाजत करना नहीं जानते क्या? उन्हें खुद अपनी चिंता क्यों नहीं है?'

—'सब तुम्हारे जैसी सोच के नहीं होते' कहकर वह चटपट मेरी सोच को ही गलत ठहरा देती या मुझे घटिया सोच वाला सिद्ध कर देती। सुनकर मैं आगबबूला हो उठता। मुझे इससे भी कोफ्त होती कि हर आने-जाने वाला उसी को ज्यादा तवज्जो देता। कही भी उसके प्रशंसक मिल जाते और इससे वह बहक जाती और उन मूर्खों की बातों में जल्दी से आ जाती। उसे इस बात की रत्ती भर चिंता नहीं रहती कि अगला सिर्फ उसके 'औरत' होने की वजह से तारीफ कर रहा है...। मर्दों को तो वैसे भी औरतों से गपियाने में मजा आता है—इस तर्क को तो वह ठीक से सुनना ही नहीं चाहती थी—समझना तो दूर की बात है। ऑफिस में चार लोगों ने भड़का दिया और यह आ गई उनकी बातों में। अपने तरीके से अपनी बुद्धि से सोचने की अक्ल ही कहां होती है इन औरतों में? ये तो फटाफट दूसरों पर भरोसा कर लेंगी...। कोई भी बुद्धू बना सकता है इन्हें मैं यह बात समझाना चाहता तो वह उल्टा आरोप मुझ पर जड़ देती—'रजत, थोड़ा ब्रॉड माइन्डेड बनो। कितनी संकरी, कितनी दकियानूसी सोच है तुम्हारी' सुनकर मैं जल-भुन जाता, उफ!

कभी लगता उसी अनुराग ने बरगलाया होगा इसे, वरना रचना ऐसी नहीं थी। न ही इतनी बोल्डनैस थी उसमें कि इतना बढ़-चढ़कर बोलती। जरूर साले उसी ने इसके दिमाग में कुछ ऐसी बातें डाली होंगी। नीच और घटिया आदमी है वो तो। हो सकता है दोनों के बीच कुछ ऐसे-वैसे संबंध भी हो गए हों। बिल्कुल हो सकते हैं। वैसे रचना सैक्सुअल लाइफ में कभी इतनी इन्वॉल्व होने वाली औरतों जैसी नहीं थी लेकिन उस कमीने को इतनी सुन्दर पढ़ी-लिखी औरत इस जन्म में तो मिलने से रही। पटा लिया होगा साले ने इसे। वैसे भी कितना दिमाग होता है औरतों में? उस कमीने की तो बीबी भी नहीं है। सुनते हैं छोड़कर भाग गई थी...क्यों भागी?

कब... कैसे? रचना तो इससे ज्यादा या इसके आगे-पीछे सोचने से मतलब ही नहीं। उसे तो सिर्फ तारीफ चाहिए। सुनते हैं अनुराग औरतें पटाने में माहिर है, यह बातें दिमाग में ततैयों जैसा डंक चुभो देती कि अनुराग साला भड़ुओं जैसा बनकर इसके आगे-पीछे मंडराता होगा? इतने सालों से अकेला रहता है इसलिए उसी की यह प्लानिंग रही होगी कि चलो इससे अपना मतलब निकाला जाए। उल्लू सीधा किया जाए। अनुराग साला धोखेबाज...पाखंडी। उफ! इस औरत ने मेरी जिंदगी नरक बनाकर रख दी। कहां इसके चक्कर में पड़ा था। आज तो मैं ही सारी दुनिया से कटा-फटा अलग किनारे पड़ा हूँ।

काश! किसी सीधी-सादी लड़की से शादी करके चैन-सुकून की मीठी नींद सोता। ये पढ़ी-लिखी औरतें तो वाकई जी का जंजाल होती हैं...। नौकरी क्या करेंगी... चार पैसे हाथ में क्या आएंगे...खुद को लाटसाहब समझने लगेंगी। बात-बात पर हुकूमत चलाएंगी घर में। हुंह, भाड़ में जाएं। बाहर वाले तो यह सोचकर चार बातें सुन लेते है कि चलो औरत है... कौन मुंह लगे ज्यादा...? लेकिन घर पर कौन सहे इनकी तानाशाही? और कब तलक?

मैं आज तक इस तर्क से कन्विंस नहीं हो पाया कि औरतें अपना अलग निर्णय ले सकती हैं। शुरू से ही अपने घर और आसपास यही देखता रहा कि घर के हर महत्वपूर्ण मुद्दों पर एकमात्र और अंतिम मुहर पापा ही लगाते है। सभी के घरों में यही होता है। मैं आज भी इस बात पर कायम हूँ कि एक पुरुष ही यह ठीक से तय कर पाता है कि कोई भी निर्णय किस तरह से कब लिया जाए। यह कुदरती रूप से एक अधिकार है। रचना की मुझसे अलग कोई भी इच्छा क्यूँकर पनपती है? उसके सपने मेरे रास्तें से होकर क्यूँ नहीं जाते? जब-तब वह अपनी मर्जी से कुछ न कुछ करने का निर्णय खुद ही लेती रहती है सुनते ही मेरा खून खौल जाता। ऊपर से तुर्रा यह कि इसे वह मेरा 'मेलईगो' कहकर हेय दृष्टि से गरियाती रहती।

मैं मानता हूँ कि वह मेरे समकक्ष इंजीनियरिंग कैडर में है मेरे बराबर कमाती है लेकिन इसका यह मायने तो नहीं वह अपनी मर्जी से स्वच्छन्दतापूर्वक कैसा भी निर्णय लेती रहे। बिना मुझसे पूछे... कहीं भी चली जाये। मैं यह सह ही नहीं पाता था कि उसकी निजी आजादी जैसी कोई चिड़िया भी होती है। होती है तो कहां से जन्मती है? और यही बात उसे खलती थी।

कभी खुद को इस तर्क से जस्टीफाई करने लगता—यह लड़की ठीक नहीं है। संस्कारहीन खानदान की बिगड़ैल औलाद... कहां से सीख पाएगी उसूल? क्या जाने सामाजिक संस्कार और मर्यादाएं ? इसे तो लड़कियों की तरह रहना ही नहीं सिखाया गया। लड़कियों जैसी भावुकता कोमलता और स्वभाव में सौम्यता-नम्रता वगैरह तो है ही नहीं इसके पास। बल्कि इसके विपरीत तेज जुबान और कटखने अंदाज में बोलना उसके स्वभाव में धीरे-धीरे शुमार होता गया। हर जगह खुद को महत्व दिए

जाने की बुरी लत पड़ गई थी उसे। क्यों मैं यह सब सहन करता रहूँ कि सिर्फ उसी की बात मानी जाए? क्यूँ उसी के निर्णय पर मत्था नवाया जाए? क्यूँ करूं ऐसा ? और कब तक? शादी से पहले वाली बातें दूसरी होती हैं। मन लगाने का तब एक ही जरिया था। और कोई काम नहीं थे अब ढेर सारे काम है और पैसा कमाने की भी यही उम्र है। यह सब क्या उसे बच्चों की तरह समझाता रहूँ बार-बार...? कितनी बार समझाने की कोशिश भी की लेकिन।

लोग क्या कहेंगे ? कैसे निबटूँगा बाहर वालों से? यह वाकई गंभीर समस्या है। कोई कहेगा—'अरे ! इसकी तो मां ठीक नहीं थी या पैरेंट्स ने ठीक से संस्कार नहीं दिए... तो कोई कहेगा—'कुछ भी हो यार...रचना को घर छोड़कर जाने की क्या जरूरत थी? झगड़े किस घर में नहीं होते? लेकिन इसका यह मतलब तो नहीं होता कि घर-द्वार छोड़ दिया जाये। मुझे तमाम लोगों की तमाम बातें—कटाक्ष सुनने पड़ेंगे। समझाने वालों की टीम यही कहेगी—'उसे ऐसा नहीं करना चाहिए था।' कोई सहानुभूति तो कोई व्यंग्य-टोन में कहेगा—'रजत बाबू... आप आराम से समझाइए... थोड़ा प्यार-व्यार दर्शाइए। क्या रजत, तुम्हें भी बच्चों की तरह ट्रेनिंग देनी पड़ती है। बीबी को कैसे कब्जे में रखा जाए, ये भी नहीं जानते?' कहने के साथ हो-हो करते हंसी के ठहाके गूँजने लगेंगे...उफ!

और घर वाले तो सीधे-सीधे यही कहेंगे—इंजीनियर से शादी करोगे तो यही सब भुगतना पड़ेगा। देख लिया अंजाम? खुद ही झेलो। तो अब मैं क्या करूं? कहां जाऊं ? लोग कहेंगे—'रचना की खुशियों का ध्यान नहीं रखा मैंने। लेकिन अपनी तरफ से तो कभी कोई कमी नहीं रहने दी। आखिर कहां चूक हुई खुशियां देने में? फिर भी यह सब बदनामी की कालिख मेरे ही मत्थे लगनी थी। मेरे भाग्य में क्या यही सब बदा था? बच्ची खामहखां पिसेगी हम दोनों के बीच। उस बेचारी का क्या होगा? अलग रहकर कितना बड़ा खामियाजा भुगतना पड़ेगा। कितनी चिंताओं से घिरा हूँ मैं। बुरी तरह फंसा फड़फड़ा रहा हूँ। कितनी बड़ी शिकस्त खाई है मैंने। ऐसा लगता है जैसे इस निबिड़ अंधेरे से बाहर आने की कहीं कोई तरकीब नहीं सूझ रही, न ही बाहर आने के लिए कहीं से कोई रोशनी का सुराख ही दिख रहा है। काश! कोई तो हो आसपास। कितना अकेला पड़ गया हूँ मैं।

मैंने उसके ऊपर जुल्म ढाए या वह ढाती रही जुल्म मेरे ऊपर? यह सवाल सांप बनकर चारों ताफ से फुंकारता रहता। हां, मैं यह जरूर चाहता था कि उसमें वे सब खूबियां हों जो आम औरतों में होती हैं मसलन—थोड़ी धार्मिकता भी हो लेकिन पूजा-पाठ, व्रत-उपवास में तो दूर-दूर तक उसकी कोई दिलचस्पी ही नहीं थी। किचन के किसी भी काम में या घरेलू कामों में उसका कतई मन नहीं लगता बल्कि यह सब तो उसे मजबूरी में करना पड़ता हैं, जब तब वह यह कहकर ऐसे हाव-भाव दर्शाती गोया कोई अहसान कर रही हो। स्पेशल डिश बनाकर खिलाओ यार...' कहने

पर उसका सीधा जबाब होता—कौन इतने झमेले पाले? चलो बाहर होटल में खाते हैं। और आउटिंग भी हो जाएगी...' कहकर मेरी फरमाइश को वह हवा में उड़ा देती।

मैं अभी भी ठीक से तय नहीं कर पा रहा था कि मुझसे कहां चूक हुई उसे समझने में? तो इसका निचोड़ क्या यही निकला कि पढ़ी-लिखी कमाऊ बीवियां मर्दों को बेबजह दबाती रहती हैं जो नहीं दबता उसे यह सब झेलना पड़ता है और उनकी शादियां कामयाब नहीं हो पाती, लेकिन मेरे दोनों दोस्तों की पत्नियां नौकरी करती हैं लेकिन वे तो यूँ नहीं करती। उनके हर बोल में तो जैसे फूल झड़ते हों। लेकिन रचना, उसे तो सॉफ्टली बात करना आता ही नहीं। मन के दूसरे दरवाजे पर हल्के से दस्तक हुई—'रजत,... तुम्हारी ज्यादा गलती नहीं थी रचना में ही तमाम खोट थी। औरतें जब एक बार घर की देहरी लांघकर बाहरी दुनियां की हवा खाना सीख जाती हैं तो उन्हें इसका चस्का लगा जाता है और वे मर्दों की परवाह करना भूल जाती हैं। यदि एक बार उन्होंने बाहरी दुनियादारी का स्वाद चख लिया फिर वे पलटकर घर को कभी घर नहीं समझतीं।

धीरे-धीरे याद आता गया—रचना का ऑफिस से घर लौटना। घर के कामों को तुरत फुरत करके निबटा देना। कभी किसी घरेलू काम को उसने खूब मन लगाकर खूब जतन से ज्यादा समय—मेहनत देकर नहीं किया होगा। धीरज तो जैसे उसमें है ही नहीं। हर वक्त हड़बड़ी में रहती। खाना बनाने जैसा गंभीर काम भी बस घंटे भर में खत्म, हो गई ड्यूटी पूरी। ऑफिस से घर लौटकर कोई न कोई किताब /पत्रिका पढ़ने बैठ जायेगी। न टी.वी. का शौक, न ही कोई और। हां,गाना गाने का थोड़ा बहुत शौक जरूर था उसे। कभी-कभार पुराने गाने सुनती। याद आया, एक और शौक था उसे—थियेटर जाने का, उफ! क्या सरदर्दी पाल रखी थी उसने।

लेकिन मैं क्यों इतना याद कर रहा हूँ उसे? मेरी कब परवाह रही है उसे? मैं तो जैसे उसके लिए कोई आउटसाइडर जैसा बना रहा। जबकि अपने भाई की कितनी सेवा—टहल करती थी वह, लेकिन मुझसे गाहे-ब-गाहे कैसी भी बदतमीजी से बात कर लेगी। किसी भी बात का मुंहतोड़ जबाब देने में उसे न तो कोई संकोच होता, न मेरा लिहाज करती। उसकी टोन में स्त्री सुलभ नम्रता की जगह अक्सर आक्रामकता हावी रहती। तो क्या तमाम पढ़ी—लिखी औरतें पति को पति जैसा सम्मान नहीं बख्सती होंगी? क्यों उसके लिए मेरी महत्ता शून्य जैसी थी? सच तो यही है वह मुझे समझती ही नहीं थी... न ही समझने की कोई कोशिश ही की होगी कभी..., बल्कि इसके विपरीत उसके अंदर दूसरों से मिलने / बातें करने का उत्साह खूब-खूब छलकता रहता। मुझे लगता उसके मन की ये उठती-गिरती लहरें क्यूँकर दूसरों के लिए हैं?

उसके अंदर ये स्पन्दन...ये ज्वार भाटा...ये लहरें कभी मेरे लिए क्यों नहीं

उठी? क्यों उसके अंदर दूसरों के लिए जब-तब कुछ न कुछ करने की ललक फड़फड़ाती रहती है? मुझे लगता, वह एक ऐसी चिड़िया है जिसे सिर्फ और सिर्फ आकाश में घूमना आता है अपना घोंसला बनाकर उसमें कायदे से रहना इसकी फितरत में नहीं है।

यह सच है कि जैसे ही मैं उसे किसी से उत्साह-उमंग में भरकर बातें करते देखता—मेरा तापमान चढ़ जाता। मैं यह सह ही नहीं पाता था कि ये ऐसा क्यों कर रही है? सारा निर्णय खुद ही लेते हुए क्यों नहीं सोचती कि मुझसे भी मेरी राय पूछी जानी चाहिए कि उसे कब-क्या कैसे करना है? किससे मिलना है? कितनी बातें करनी हैं? मैं उसे सामाजिक मान-मर्यादा/उसूलों से आगाह कराना चाहता लेकिन उसे तो मेरी हर बात उल्टी लगती बल्कि मेरी कही बात का अनर्गल अर्थ निकालकर उल्टा मुझे ही कठघरे में खड़ा कर देती और कैसे भी अपमानजनक शब्दों को मेरे मुंह पर मारते हुए आखिर क्यों नही परहेज करती?

मैं उसे हमेशा कमतर लगता रहा। गाहे-बगाहे वह सीधे-सीधे मेरे मुंह पर जड़ देती—'तुम्हारे अंदर तो किसी से मिलने का कोई उत्साह ही नहीं है जबकि मुझे लगता यह पूरा सच नहीं है। हा, यह जरूर सच है कि रचना का यूँ बढ़-चढ़कर लंबी-चौड़ी बातें करना मैं पसंद नहीं करता था। मुझे लगता, इसे सामने वाला बेवकूफ समझ रहा होगा। भले ही वह इसके मुंह पर कुछ न कहे लेकिन वह इसे केवल इसलिए झेल ले जाता है कि यह औरत है वरना कोई भी चार बातें सुना देगा इसे। चूँकि सामने वाला जब इससे अपनी बातें शेयर नहीं करता तो यही क्यों इतनी उतावली रहती है कि हरेक से अपना पिटारा खोला जाए। जिस-तिस से मिलने की इतनी ललक क्यों है इसमें? क्यों जरूरी हो संबंधों की मोटी गठरी बनाते जाना जिसे ढोना लादना हमारे लिए भारी पड़े। क्यों ये उछल-कूद कर नए-नए दोस्त बनाती जाती है? जबकि मुझे चुनिन्दा दोस्त ही भाते थे। ढेर लोगों का हुजूम खड़ा करना मुझे कतई रास नहीं आता लेकिन रचना के लिए तो होनी चाहिए लंबी-चौड़ी मित्र मण्डली... जिनके बीच चहकती-फुदकती रंगीन चिड़िया या तितली बनकर डोलती रहे वह। यह मेरा स्वभाव नहीं था क्योंकि ज्यादातर लोग मुझे धूर्त, स्वार्थी, चालाक और बेईमान लगते थे। अधिकांश लोग तो अपना उल्लू सीधा करने के चक्कर में डोलते रहते हैं। लेकिन रचना में कहां इतनी समझ थी? वह तो किसी से भी बातें करने बैठ जाएगी यहां तक कि मेरे दोस्तों से भी वह यूँ आत्मीयता से बातें करती मानो वे मेरे दोस्त न होकर उसके हों। उसकी वे उमंग की लहरें और झलकता उत्साह देखकर मुझे खीझ उठती। उसमें कतई-कतई शिष्टता, सौम्यता और सोबरनैस नहीं थी... न ही वह सीखना चाहती थी। सामाजिक उसूलों व शिष्टता की खिल्ली उड़ाने वाली उसे मैं कब तक झेलता? आखिर कब तक मेरी छाती पर मूंग दलती रहती वह? उसे ढोते-ढोते मेरा सारा खून सूख गया है, निचुड़ गया हूँ मैं। लेकिन आज वही

समाज के सिपहसालार मेरा जीना हराम कर देंगे... पूछ-पूछकर...कि क्यों गई वह...? क्यों? क्यों?

मैं जानता था अपनी तारीफ सुनना औरतों की खास कमजोरी है लेकिन रचना को तो मैं इन औरताना कमजोरियों से ऊपर समझता था। मैं तो इसी इम्प्रैशन में रहा कि वह आम औरतों जैसी कतई नहीं है।

तो फिर ऐसी चूक कहां हो गई मुझसे? क्या उसे भी अपनी तारीफ सुनना पसंद था? यदि मैं उससे ऐसी अपेक्षा रखता कि वह कुछ घरेलू काम सीख ले तो इसमें क्यों वह उल्टा अर्थ निकालने लगती थी? छोटी-छोटी बातों पर जोर से बोलना चीखना-चिल्लाना और मेरे लिए कुछ भी कह देने में उसे क्यों कोई संकोच नहीं होता था? कभी-कभी तो वह इतना तीखा बोलती कि मैं रिएक्ट किए बिना नहीं रहता जबकि अपने दोस्तों की पत्नियों की मीठी-मीठी बातें सुनकर या बढ़िया—बढ़िया नाश्ता/खाना खाते हुए मेरी स्वाभाविक सी इच्छा होती... काश! रचना में भी यही गुण होते। औरों की विनम्रता-सौम्यता देखता तो मेरे मन में भी टीस उठती—'काश! रचना ऐसी होती। कभी-कभी रचना से ऐसी अपेक्षाएं करता तो वह उखड़ पड़ती—'मैं दिन भर ऑफिस से खटकर आती हूँ मेरे वश में नहीं है यह सब करना। क्यों नहीं सब रेडीमेड खरीद लेते? आजकल सब रेडीमेड मिलने लगा है...' उसकी दलील सुनकर मैं बदहवास हो उठता।

बचपन से ही अपने घर में मां को हमेशा पापा के प्रति विनत मुद्रा में देखता आया। मैं इसी अहसास में लिथड़ता रहता—'रचना में ऐसे गुणों का अभाव क्यूँकर है? स्त्री सुलभ भावुकता कहां गई इसकी? वह तो सामाजिक परंपराओं को अंधविश्वास कहकर मजाक उड़ा देती या तार्किक ढंग से लंबी बहस करने बैठ जाती। इससे मुझे बड़ी कोफ्त होती। खाली होती तो यह मुझसे मीठे बोल न बोलकर फोन पर अपने मित्रों से रसभरी बातें किया करती या पढ़ने लिखने बैठ जाएगी या आगे बढ़ने की योजनाएं बनाती रहती जबकि खाली समय में तमाम औरतें घर के आधे-छूटे कामों को पूरा करती है। रचना को तो इतनी भी सुधि नहीं रहती कि घर में क्या चीज खराब हो रही है? उन्हें तो समय-समय पर धूप दिखाते रहना जरूरी है लेकिन उसके पास इसके लिए कहां था समय? खाली होगी तो कहेगी—'चलो कहीं बाहर घूम आते हैं या चलो कहीं हिल-स्टेशन पर घूम आएं ! जबकि मुझे लगता—छोटी बच्ची को वहां ले जाने में ढेर मुसीबतें उठानी पड़ेंगी...। वह प्रतिवाद करती—'नहीं...रजत..., तुम्हीं ऐसा क्यों कहते हो? शेष दुनिया कैसे जाती-आती है? तुम्हारी तरह घर में बंद कोई नहीं रहता।

हां, रचना को पहाड़ों पेड़—पौधों, पत्तों,हवाओं यानी प्राकृतिक चीजों में खासी दिलचस्पी थी। अच्छा मौसम देखकर वह बच्चों की तरह उछलने-कूदने लगती जबकि मुझे यह सब बचपना लगता था। न ही मुझे ये सब चीजें उतनी संतुष्टि दे पाती।

मुझे तो घर पर रहना चैन से अखबार पढ़ना, अंग्रेजी फिल्में देखना या ज्यादा से ज्यादा अपने घर वालों से मिलने चले जाना ..., बस इससे ज्यादा कोई और शौक नहीं था मेरा। मैं अक्सर उसकी तुलना आम हिन्दुस्तानी औरतों के साथ किया करता और मुझे रह-रहकर यही अहसास कचोटता कि रचना क्यूँ है ऐसी? पता नहीं ये किस मिट्टी की बनी है ? क्या संस्कार दिए है इसके मां–बाप ने! किसी के भी साथ कैसे भी खुले ढंग से बतियाने लगेगी। कहीं भी मान मर्यादा का लिहाज नहीं रखेगी..., कोई शऊर नहीं है...सीखना भी नहीं चाहती। कैसे भी बाल उड़ रहे हों रूखा चेहरा हो रहा हो–इसे कोई परवाह नही और वैसे ही बाल उड़ाते–उडा़ते सामने वाले के पास आकर बातें करने लगेगी। अजीब औरत है ! कभी दुपट्टा कहीं किसी तरफ खिसक गया है तो इसका भी होश नहीं रहेगा इसे बल्कि बात-बात पर ही-ही, ठी-ठी करके ठहाके लगाने बैठ जायेगी। इसकी इसी मुखरता और खुलापन देखकर सामने वाला प्रभावित हो जाता। रचना का नेचुरल स्टायल सभी को भाता और अगला खुश होकर रचना के तारीफों के पुल बांधने लगता जबकि यही बात मेरी समस्या की जड़ थी। मुझे लगता रचना का इतना नेचुरल होकर व्यवहार करना गलत है। क्यों रहे यह सबके सामने नेचुरल? इन्हीं बाहरी लोगों ने इसका दिमाग खराब किया है। मैं चाहता कि यह औरों के सामने कम से कम बोले मान मर्यादा की एक निश्चित लक्ष्मणरेँखा के साथ लेकिन रचना को इन सब बातों की न तो रत्ती भर परवाह थी, न ही वह परवाह करना चाहती थी। लापरवाही तो उसकी नस-नस में शुमार थी।

जब कभी उसके ऑफिस या जानपहचान का कोई आता और मैडम-मैडम कहकर सम्मान बख्सता तो इससे मुझे चिढ़ होने लगती। मुझे लगता इन सालों ने रचना का दिमाग सातवें आसमान पर फिराया है। पता नहीं क्यों उसके सहकर्मियों या सीनियर्स द्वारा उसकी तारीफ सुनकर एक अजीब तरह की हीनता ग्रन्थि पनपने लगती और खुद के कमतर होने का बोध गहराता जाता। तत्क्षण अपनी प्राइवेट नौकरी की बातें चुभने लगती। बाहर वाले 'प्राइवेट नौकरी' सुनकर शायद मुझे उतनी तरजीह नहीं देते। कभी ऐसा लगता तो कभी वैसा। कभी यह सुनकर दिल डूबने लगता जब कोई कहता–'रचना मैडम का काम परफैक्ट रहता है... एकदम दुरुस्त...' मैं यह सुनकर ठीक से पचा नहीं पाता और ऐन उसी वक्त एक विचित्र किस्म की आक्रामकता जैसा भाव उपजने लगता।

यही सब एनालाइज करते-करते थक गया हूँ मैं। पस्त पड़ गया हूँ...कहीं कोई रास्ता नहीं सूझता कि आगे कैसे कदम बढ़ाएं जाएं। मेरी जिंदगी तो बर्बाद हो गई। काश ! मैंने रवि की बात मान ली होती। रवि कहता था–'रचना के चक्कर में मत पड़ना रजत। अपने बराबर के स्टेटस की बीवी के साथ रहने से ढेर लफड़े पैदा होंगे। तुम्हें ज्यादा लिफ्ट नहीं देगी वो।' लेकिन मैं अपनी बात पर अड़ा रहा कि

रचना ऐसी नहीं है। तब वह सचमुच कितनी सीधी, कितनी निश्छल और कितनी भोली लगती थी। कौन—कितना नफे-नुक्सान में रहा? कोई भी निष्कर्ष निकाल पाना जटिल पहेली है। ढेर गांठें अनसुलझी ही रह जाएंगी। यदि एक सुलझती भी है तो दूसरी उसी में लिपटकर गुंथती जा रही है। कैसे कटेगी जिंदगी? आगे क्या होगा? तमाम जहरीले सवाल मुंह बाए काटने दौड़ रहे थे जिनसे बच पाना खासा मशक्कत भरा था। आने वाले कठिन समय से कैसे निबटा जाएगा? ओ माई गॉड, दिमाग ही काम नहीं कर पा रहा ठीक से ...

मारपीट का इल्जाम... हां उसका बदतमीजी से बोलना नहीं सह पाता था मैं। उस वक्त खून खौलने लगता था मेरा जब उसने कहा था—'तुम्हारा ऑफिस में किसी और पर जोर नहीं चलता इसीलिए मुझ पर रोब झाड़ना चाहते हो। जाकर बाहर पुरुषों के सामने दिखाओ अपनी अकड़...' सुनकर तो आपा खो बैठा था मैं। अंदर-अंदर आग सुलगने लगी और फिर हाथ उठ गया था मेरा अपने आप। ऐंठन और अकड़न तो मैंने आज तक किसी की भी नहीं सही फिर यह तो मेरी बीवी थी। खामहखां पूजा को लेकर बवाल मचाती रही जबकि खुद के गिरेबान में झांकने की कोशिश तक नहीं की कभी। खुद तो अनुराग के साथ गुलछर्रे उड़ाती घूम रही थी। कितना बेवकूफ बनाया मुझे। मुझे तो इस बात की भनक ही नहीं लग पाई। उफ! कितनी बड़ी गलती थी मेरी। मैंने ही रचना को इतनी छूट दे रखी थी। कितना भरोसा किया उस पर। कभी कोई शक-शुबह नहीं किया और शायद इसी का नाजायज फायदा उठाती रही वह। हां सौ फीसदी सच है ये कि उसकी कही बातों की पट्टी उसी अनुराग ने पढ़ाई होगी। यह भी सच है कि जब से अनुराग से इसका अफेयर डेवलप हुआ है तभी से उसने घर छोड़ने का मूड बनाया होगा। शायद इसी बजह से ये ज्यादा मिसबिहैव भी करने लगी थी और बदतमीजी सीख रही थी।

फिर बीवी पर कौन नहीं हाथ उठाता? यह कोई इतना बड़ा भारी अपराध तो है भी नहीं। मेरे पापा तो बेकार खाना बनने पर थाली उठाकर मां के सामने फेंक देते थे। कौन सा पहाड़ टूट पड़ा इसमें ? इसे ये अत्याचार-शोषण कहती है, जबकि ऐसे मौके बमुश्किल दो-चार बार आए होंगे, जब न चाहते हुए भी मुझसे ऐसा हो जाता था लेकिन बाद में अफसोस भी जाहिर किया था, सॉरी भी कहा था। तो क्या यह सब इंसानियत में नहीं आता था? लेकिन आज तो ये तमाम बातें अनर्गल प्रलाप लग रही हैं। सब बेकार है, अर्थहीन है। हां, यदि फिर से रचना को मनाने जाऊंगा तो इससे और ज्यादा दिमाग चढ़ जाएंगे उसके। जो अच्छा लगे, जो दिखाए सो करती रहे वह। करेगी ही। मैं क्यों लेटे-लेटे अपनी रात खराब कर रहा हूँ? जब जिंदगी के खट्टे-कड़ुए अनुभवों से गुजरेगी या जिंदगी की कठिनाइयों से रु-ब-रु होगी तो खुद ही बच्चू की अक्ल ठिकाने लग जाएगी। तभी खयाल आया लेकिन उसके सिर पर तो अनुराग की छांह है। वह साला जरूर उसे हर कठिनाई से बचाएगा।

प्रोटैक्ट करेगा, उफ!

अकेला तो मैं ही पड़ गया हूँ न? सोच-सोच कर मन में कुंठा और उदासी भरने लगी। पता नहीं कहां से इतने सारे खयाल टुकड़ों—टुकड़ों में बिस्तर में बिछे हैं। करवटें बदलते—बदलते हुए रातों की नींद बर्बाद हो रही है मेरी। कहां जाऊं? क्या करूं? खासी उलझन में जकड़ा हूँ मैं। ये कैसे बुरे-बुरे खयाल घोड़े की तरह सीने पर सवार होकर आगे बढ़ते चले जा रहे हैं जैसे मन पर सौ मन का बोझ लदा हो। इन अंधेरों में दम घुटने लगा मेरा। लेटते-लेटते यूँ लगा जैसे कहीं मैं सोचते-सोचते पागल ही न हो जाऊं। चाहे सैद्धान्तिक रूप से मैं इस बात से कितना ही कन्विंस बना रहूँ कि दोनों कामकाजी हों तो पुरुषों को भी घर के कामों में हाथ बंटाना चाहिए लेकिन मैं यह भी चाहता कि रचना कभी मान-मनुहार से तो कहे—'रजत..., तुम यह कर दो प्लीज। एकाध बार मैं चाय बनाने अंदर किचन में गया भी लेकिन अंदर से यही आवाजें बार-बार उठती थी—काश! कि मुझे यह सब न करना पड़े...काश कि रचना मना कर दे। पता नहीं क्यों घरेलू कामों में शेयर करने की इच्छा होते हुए भी मैं जैसे कुछ भी नहीं कर पाता था। शायद यह एक तरह की विवशता थी या विरासत से मिले संस्कार जो मुझे जकड़ लेते और मैं फिर कुछ नहीं कर पाता।

हां, कुछेक मौकों पर मैंने स्वयं रचना को तवज्जो देनी चाही लेकिन जल्द ही यह सब दूसरी तरफ चला जाता यानी क्रेडिट कभी मुझे नहीं मिल पाया। हर आगंतुक को मैं अटैंड करने की कोशिश भी करता एवं उससे जुड़ाव वाली निगाहों से देखकर गहराई से समझने की कोशिश भी करता लेकिन वही व्यक्ति जब रचना से मुखातिब होकर बातें करने लगता और रचना का उस आगंतुक के साथ आत्मीय रंग में डूबा वार्तालाप सुनाता तो उससे तुलना करते ही मेरे पेट में चूहे कुदकने-फुदकने लगते। मैं कुढ़न से भर उठता। तब मैं तय कर लेता कि जब तुम्हें रचना रो ही बातें करना है तो करो। मैं इससे सहमत हूँ कि हम स्त्री-पुरुष समानता की लाख बातें कर लें लेकिन जब मामला खुद की बीवी—बहिन के साथ फंसता है तो वे कतई नहीं सह पाएंगे। यह सब दोगलापन है, पाखंड है, दिखावा है... जब मैं यह बातें रचना को समझाना चाहता तो वह तुनक पड़ती—'रजत, पढ़े-लिखे होकर भी तुम पन्द्रहवीं सदी वाली बातें कर रहे हो। एक स्त्री की नियति क्या इतनी भर है यानी पिता, पति, पुत्र द्वारा दर्शाए गए रास्ते पर चलते रहना... बस्स इतना भर? इससे आगे कुछ भी नहीं—तो क्या यही है हमारा गन्तव्य? बस्स, क्या यहीं आकर ठहर जाना है हमें? हमारा लक्ष्य क्या वाकई इतना भर था? यानी पढ़ाई, नौकरी और खाना-पीना...इससे आगे, इससे बेहतर कुछ और हासिल करने की इच्छा क्यों नहीं आकार लेती तुम्हारे मन में? आखिर क्यों?

—'रचना, तुम हकीकत नहीं जानती अभी। इम्मैच्योरिटी है तुम्हारे अंदर...'

लेकिन वह मेरे तर्क से भला क्यूँकर कन्विंस होने लगी? उसकी हवाई प्लानिंग, उसकी मुद्रा और हाव-भाव ऐसी जमीन बना देते जहां से हम कहीं नहीं पहुंच पाते। उसे रिलैक्स होकर फोन पर किसी से जोर-जोर से हंसते हुए बातें करता देखकर मन क्षुब्ध होने लगता और मैं जल-भुन जाता। मैं उसे करीने से समझाना चाहता कि रचना इस पाने का कहीं कोई अंत नहीं है। मृगतृष्णा है ये, इसके पीछे भागोगी तो मुंह के बल गिरोगी लेकिन रचना पलटकर वार करती—तो इसका मायने तो यह हुआ कि जीवन भर यूँ ही बैठे रहो हाथ पर हाथ धरे। कुछ करो ही न... कुछ अलग हटकर करने की सोचो ही न।

—'कर तो रहे हैं हम और क्या होता है करना? सारी दुनियां यही सब तो कर रही है ।'

—'रजत, हमें इसके अलावा भी कुछ और करने की सोचना चाहिए। मेरे अंदर दूसरों के लिए कुछ करने की इच्छाएं हिलोरें लेती रहती हैं। इस समाज के प्रति भी हमारे कुछ दायित्व बनते हैं, नहीं?

—'मुझे यह सब भाषणबाजी कोरी बकवास लगती और सुनते ही मेरा आक्रोश भड़क पड़ता।—'तुम कौन सी जिम्मेदारी की बातें कर रही हो? तुमने कभी मेरी मां की चिंता की है? उनका खयाल रखा है? बाहरी लोगों के लिए कुछ न कुछ करने की खयाली बातों में उड़ती रहती हो लेकिन अपने घर की कितनी जिम्मेदारी पूरी की है तुमने? जरा बताओ तो सही...'

—कौन सी जिम्मेदारी पूरी नहीं की? फिर वह अपने किए को सिलसिलेवार गिनाने बैठ जाएगी।

—तुमने कुछ भी अनहोना नहीं किया इसमें। सब औरतें यह सब करती हैं। इसके अलावा मां को जितने सुख एक परंपरागत बहू से मिलने चाहिए वे सब काम किये हैं तुमने? बोलो...

—'रजत, कौन सा नहीं किया, जरा यह भी सुनूँ! बेकार में झूठा इल्जाम मढ़ रहे हो। उनके लिए साड़ी वगैरह खरीदने के लिए कितनी बार कहा है मैंने तुमसे... ।'

—उन्हें तुम्हारी साड़ियों की जरूरत नहीं है। रखो उन्हें अपने ही पास। उनके पास बैठकर कभी तुम प्यार से बतियाई हो? उनके पैर दबाए कभी? कोई सेवा की तुमने? नहीं न तुम्हारे पास इन सबके लिए टाइम ही नहीं रहता हुंह, बेकार का दर्शन परोसती हो मेरे सामने...'

उसकी कमजोरियों पर हाथ रखना मैं बखूबी जानता था। इस तरह हमारे बीच हुई कहा-सुनी का यह असर होता कि हमारे बीच तनाव पालथी मारकर बैठ जाता। और हमारा गैप बढ़ता जाता। मैं उसे चाहता तो था लेकिन दर्शाने में कंजूसी की। फालतू की तारीफ करने से परहेज करता रहा, तो क्या यही गलती थी मेरी?

दूसरे बच्चे की मेरी इच्छा को उसने बेदर्दी से ठुकरा दिया—'अभी पहले की

जिम्मेदारी तो ठीक से उठाई नहीं जाती, दूसरे को पैदा कर लो।' 'मैं ज्यादा से ज्यादा उसके ऊपर जिम्मेदारियां लादकर तमाम बंधनों में जकड़ना चाहता हूँ...' जैसी बातें सुना-सुनाकर वह मुझे संत्रस्त करती रहती। मेरी गलती इतनी भर थी कि मैं उसे एक जिम्मेदार घरेलू पत्नी के सांचे में ढालना चाहता था। मैं उसे दूसरी स्त्रियों की तरह देखना चाहता था। सोचता कि यह वैसी क्यों नहीं है। मुझे जब-तब यह अहसास भी कचोटता कि यह औरों में संबल क्यों ढूँढती है, मुझमें क्यों नहीं? क्या विडम्बना है कि वह अक्सर दूसरों में कुछ न कुछ तलाशती रहती जबकि घर में रहते एक जीते जागते भले इंसान को एक कोने में धकिया दिया उसने, तो यह कहां का न्याय है? ऊपर से तुर्रा यह कि मैं उसे ठीक से नहीं समझ पाया। भई वाह! क्या कहने ? आपकी मर्जी आप जो कुछ भी भला-बुरा कह लें... जुबान तो आपकी ही है न ? कैसे भी हिलाते रहें? वरना हकीकत कौन जानता है? सिर्फ और सिर्फ भुक्तभोगी ही न?

कभी-कभी अपनी तरफ से समूची-कोशिश के बावजूद जिंदगी में काफी कुछ उल्टी दिशा में चलता चला जाता है। मैं क्यूँ बार-बार उसी दलदल में धंसता चला जा रहा हूँ जहां से बाहर निकलने का कोई उपाय ही नहीं सूझता। क्यों मैं रह-रहकर उन्हीं संदर्भो—प्रसंगों की उधेड़बुन में लिथड़ रहा हूँ? क्यों खुद को जस्टीफाई करने में जुटा हूँ? क्या मेरी यह चाहना गलत थी कि मैं उसे एक ट्रेडीशनल ढांचे में फिट कर देना चाहता था जबकि रचना कतई वैसी लड़की नहीं थी। मन के अदृश्य कोनों से आती आवाजों को मैं चाहकर भी नहीं दबा पा रहा था। मैं एक जिद्दी और अड़ियल बच्चे की तरह रचना से उन्ही बातों को मनवाने के लिए जोर डालता रहा जो उसके जैसी खुद्दार लड़की के लिए शायद नामुमकिन था। गले में अपराध बोध की फांस अटकी रह जाती। अंदर से आती आवाजों का गला बार-बार दबाने के बाबजूद वे फिर-फिर सिर उठाने लगती गोया कोई पालतू जानवर हो जिसे बार-बार अंदर जाने का इशारा करते रहें लेकिन वह अंदर जाने के बजाए आंखों के सामने अड़े रहने की जिद ठान ले।

क्यों नहीं मैं ही थोड़ा एडजस्ट करके बना रहता? उसका कहना कि मैंने उसकी खुशी के लिए कभी कुछ नहीं किया—गलत है। मैं जो इतने पैसे कमा रहा हूँ, गाड़ी खरीदी, सामान जुटाए—यह सब उसी के लिए ही न? शायद रचना जैसी स्वच्छन्द तबियत की लड़की को हवा-पानी की तरह कैसे बंद करके रखा जा सकता था?

घर के चारों कोनों में सन्नाटा पसरा है लगता है जैसे किसी कब्रिस्तान में पड़ा हूँ। अकेलेपन का दंश कितना भयानक होता है, अब पता चल रहा है रह-रहकर अनु के मीठे बोल कानों में बजने लगते। रचना अपने चंद कपड़े लेकर गई है बस्स। बाकी सामान यहीं पड़ा है। अचानक कुछ याद आया और लाईट जलाकर देखा-रचना अपनी तमाम साड़ियों की मैचिंग चूड़ियां, बिन्दियां, कड़े, लिपिस्टिक वगैरह छोड़ गई

है। यह सब कितने चाव से खरीदे थे उसने। जहां भी जाती, जो भी भाता, चट से उठा लाती। आज जबकि वो यहां नहीं है, न जाने क्यों उन्हीं जगहों पर मेरे कदम पड़ते थे जहां से उसके कदम गुजरे होंगे। वो जो-जो करती थी, वही सब करने की इच्छा अनायास जगने लगी।

तभी पता नहीं कहां से अनुरागनुमा भीमशिला प्रकट हुई और एक तेज झटका लगा मुझे गोया, तेज रफ्तार ट्रेन अचानक ब्रेक लगने से जोरदार झटके के साथ खड़ी हो गई हो। 'नहीं... नहीं, यह नहीं सह पाऊंगा मैं। यह तो बर्दाश्त लायक है कि वह मेरे से अलग रहे लेकिन यह कतई नहीं सह सकता कि वह किसी और के साथ...' एक गहरी सांस भरी और एकांत के मफलर को चारों तरफ से कसकर लपेट लिया। उठकर स्टीरिओ देखा... याद आया रचना को पुराने गाने सुनने का खासा शौक था। वह वाकई अच्छा गाती थी। शुरू में उसका गाना सुनने में दिलचस्पी लेता रहा मैं, लेकिन जल्द ही यह सब छिन्न-भिन्न होता गया। कितना मोह उपज रहा है आज। मन यह मानने को तैयार नहीं कि वह यहां नहीं है। अभी भी यही आभास होता है जैसे वह बैडरूम से, बाथरूम से, किचन से निकलकर आएगी। काश ! कि वो जल्द लौट आए। मैं वाकई मिस कर रहा हूँ उसे। उफ! यह जानलेवा अकेलापन खाए जा रहा है मुझे। रचना के लिए इस भावुक मुद्दे पर सधे ढंग से यह कह देना आसान था—'हम लोग इस बंधन को ताउम्र अपने कंधों पर शव की तरह ढोते रहें तो यूँ 'साथ' ढोने का क्या औचित्य है? क्यूँ सात फेरे लेने से कैद कर ली हमने अपनी-अपनी जिंदगी? 'ये बोल तीर की तरह चुभ रहे हैं। यह ज्यादती है कोई और औरत होती तो खुश रहती कि इतने कम समय में इतने एसैट्स बना लिए हमने, लेकिन रचना कहेगी कि गलत सॉकेट में फिट हैं दो तार, इन्हें अलग करना पड़ेगा वरना इससे किसी की भी जान जा सकती है। ज्यादा करेंट, यानी ज्यादा तनाव? वह क्यों नहीं बच्ची को लेकर सोचती ? कल के दिन वह बड़ी होगी तो बाप के नाम पर क्या-क्या नहीं सुनना पड़ेगा ? उसे इसकी फिक्र क्यों नहीं है? ओफ! क्या सोचा था, क्या सपने देखे थे और क्या हो गया? चैन नहीं मिलता कहीं भी। कैसे कटेगी जिंदगी आगे की? इतनी ज्यादतियां झेलने के बावजूद मैं रचना को मिस कर रहा हूँ। लग रहा है जैसे चाय लेकर आने वाली होगी। कितनी तलब हो रही है चाय की। सिर दर्द से फटा जा रहा है। चारों तरफ का रास्ता जाम है जैसे, मैं सांस नहीं ले पा रहा यहां पर। दम घुट रहा है मेरा। ऐसे में, लग रहा है कि काश! बाहर निकलकर कहीं से तो खुली और ताजी हवा को नथुनों में भर लूँ जबकि यहां उस हवा को सूंघने के लिए कहीं कोई भी सुराख नहीं दिखता। चारों तरफ अंधेरा ही अंधेरा है, तो कहां से दिखेगी रोशनी?

धूप भरा आकाश

कितनी तेजी से आती है समन्दर की उछाल... अंदरूनी खलल-बलल से बेखबर और भिगो जाती है मन को। एक विचित्र किस्म का अन्तर्द्वन्द्व जकड़ हुए है मुझे। कितनी बेचैनी और कैसी खलबलाहट है ये? उफ! इस उठापटक से कैसे निजात पाऊं? कुछ भी तो समझ में नहीं आ रहा। ढेर सारे रास्ते ही रास्ते दिख रहे हैं—एक दूसरे को काटते...सर्पाकार लिपटे हुए। आगे किस रास्ते चलकर किस चौराहे से होकर कहां पहुँचूंगी, कुछ भी तो तय नहीं है। चारों तरफ धुंध में डूबी काली परछाइयों के सिवाए कुछ भी समझ में नहीं आ रहा इस वक्त।

यही सोच-सोचकर दिल बैठने लगता कि मैं एक हारे योद्धा के समान जिंदगी के रास्तों पर चलते-चलते चारों खाने चित्त पड़ी हूँ। एक हमले के बाद फिर शुरू हो जाता है कोई दूसरा हमला जिससे बनती है फिर एक नई दरार जिसे पाटने की जद्दोजहद में जुटी रही मैं अब तक। बर्फ की वह मोटी परत दिनोंदिन और ज्यादा सख्त होती गई। जिसे पिघलाने के लिए ऊर्जा-ताप का दूर-दूर तक नामोनिशान तक नहीं दिखता जबकि बर्फ के अंदर बैठा मेरा बजूद पानी बनकर बहने को छटपटाता—तरसता, लेकिन पानी बनने की कहीं कोई उम्मीद ही नहीं। कभी सोचती कि अपने इस नदीनुमा वजूद पर कितने दिनों, महीनों, सालों तक ढोती रही मैं शादी जैसे पहाड़ से बोझ को जिसके ऊपर तड़ातड़ गिरते रहे हों ढेले। नदी कैसे बचेगी उससे ? पत्थरों की बौछार झेलने को अभिशप्त नदी बचकर भी भला कहां जाएगी? है कोई रास्ता? जब उसे कहीं कोई रास्ता नहीं सूझा तो नदी पहाड़ के किनारे अपनी समूची ताकत लगाकर अपना स्वतंत्र रास्ता बनाने की कोशिश करने लगी। इसके अलावा और कोई विकल्प भी तो नहीं था। धुएं की तरह मंडराते तनाव को घूँट-घूंट पीते हुए मेरा अस्तित्व बाहर आने के लिए ललकता रहता। निर्बन्ध बहाव के लिए नदी अपना अलग रास्ता अख्तियार करने को मजबूर हो गई थी।

नजर पड़ी सड़क के दोनों किनारों पर लगे पेड़ों पर जैसे आग की आतिशबाजी हो रही थी। आकाश अपने आंच और ताप को धरती पर उड़ेलने पर आमादा था। धूप भरे रास्तों की तपन जलाए दे रही थी। उमस और गर्मी की लपटें जमीन से

ऊंची उठकर तपाने लगती। ऐसे लगता जैसे गर्मी का लावा सड़क को पिघलाकर ही चैन से बैठेगा। धूप के गर्म थपेड़ों से मेरा चेहरा झुलसा जा रहा था जिसे मैंने दुपट्टे से ढांप लिया। जहां तक निगाह फेंकती, पथरीले रास्तों पर उगी सूखी झाड़ियों के अलावा कहीं कुछ और नहीं दिखता था। करीब दसेक मिनट का लंबा रास्ता पार करके मिसेज टंडन का घर दिखाई दिया। यह रास्ता खासा सुनसान था फिर सोचा–जब यहां तक आ ही गए हैं तो उनसे बात करके ही जाएं। उनके घर के पीछे बने खपरैली घरों के ऊपर से धुआं उड़ता दिखाई दिया। इन ऊबड़-खाबड़ रास्तों पर इस धूप में भी नंग धड़ंग बच्चे किसी पाइप के अंदर-बाहर कूद-फांद रहे थे। इन रास्तों को लांघती हुई चलती रही। फिर मैंने सीढ़ियां लांघी और दरवाजे की घंटी बजा दी।

इस तरह दो कमरे वाले किराए का मकान ढूँढने में मुझे जरा भी दिक्कत नहीं हुई। मकान मालकिन कम उम्र की एक सुन्दर सी विधवा स्त्री थी जिनका हंसमुख स्वभाव पहली नजर में ही भा गया। उनके मकान का ऊपर का पोर्शन खाली था जिसे वे मुझे किराए पर देने को तुरन्त राजी हो गई। संभवतः मेरा इंजीनियर ओहदा सुनकर वे प्रभावित हुई थी। तुरन्त निर्णायक लहजे में बोल पड़ी–'चलो, ये अच्छा रहा। मेरे बच्चों को गाइड करने के लिए अब किसी ट्यूटर वगैरह की जरूरत नहीं पड़ेगी। मेरी फैमली ? सवाल पर मैंने अनु की तरफ देखा फिर उन्होंने भी अनु को आंखें भरकर देखा। थोड़ी देर नाप-जोख करती रही। जो भी सोचा-समझा हो लेकिन उनकी बातें मुझे सुकून पहुंचाती रहीं–'तुम चाहो तो आज ही शिफ्ट कर लो।' मैं एडवांस पैसा देने लगी जिसे लेने से मना कर दिया–'रचना, आज से मेरी बहिन भी हो तुम और धीरे-धीरे अच्छी दोस्त भी बन जाओगी।'

दरअसल सड़क दुर्घटना में हुई अपने पति की आकस्मिक मौत के बाद अपने ससुराल वालों से त्रस्त और परेशान मिसेज टंडन अपने दोनों बच्चों के साथ इस शहर में शिफ्ट हो गई थी। तीस साल में विधवा हुई ममता टंडन ने अपने पति की जगह क्लर्क की नौकरी करनी शुरू कर दी थी। बच्चों के साथ अकेला जीवन काट रही थी वे। यही कारण है कि उन्होंने मुझमें एक अच्छा साथी तलाशना चाहा। धीरे-धीरे हम दोनों की खूब छनने लगी। उनके बच्चों के साथ अनु भी घुलमिलकर खेलने लगी। उनकी लड़की बड़ी थी जो दसवीं में थी और लड़का आठवीं में था। घर ढूँढने जैसी बड़ी समस्या यूँ चुटकियों में हल हो जायेगी–यह कल्पनातीत बात थी। भला हो उस चपरासी का जिसने ये पता मुझे थमाया था। इस तरह पहली रात का मेरा पहला नया सफर शुरू हो गया। यहीं से जिंदगी में एक नया चैप्टर खुला।

बेशक सुप्त महत्वाकांक्षा के पर बड़े आकार में फैलते हुए समूचे आकाश को आच्छादित करना चाहते थे लेकिन कभी-कभी उन्हीं परों को सिकोड़कर अनुराग की

छांह में सुकून सूँघने की तलब भी होने लगती। कभी-कभी सोचती-छोड़ो ये सब..., सम्बन्धों की गुत्थियों में न पड़ना ही ठीक रहेगा लेकिन मन की फुलवारी में ढेर रंगीन पतंगे उड़ते रहते जो चैन से नहीं बैठने देते थे। लोगों की चुभती बातें कभी सीधे मुंह पर पड़ती तो कभी पीछे की खुसुर-फुसुर भी दंश पहुंचाती। लेकिन क्या करती? सुनना विवशता थी मेरी। लोगों की टेढ़ी निगाहों या व्यंग्य बिधे बाणों पर पैर रखकर चलने की कोशिश में लहुलुहान होती जा रही थी मैं। शुरू में कई दिनों तक तो यही सब ताने झेलने पड़े। कोई कुछ कहता तो कोई कुछ। हां, ज्यादातर लोग बच्ची को लेकर नसीहतें देने बैठ जाते। कभी मजबूरी में सुनती तो कभी उखड़ पड़ती। भाई से बात की तो उसने भी औरों की तरह दो टूक लहजे में ऐलान कर दिया—'जैसा आपको अच्छा लगे। मैं भला क्या सलाह दे सकता हूँ?' उसका तटस्थ बयान गुटक लिया मैंने चुपचाप। वैसे भी कोई कितनी दूर तक साथ-साथ चल सकता है? मैं क्यों किसी से उम्मीद बांधूँ? बल्कि उम्मीदें बांधो तो और ज्यादा तकलीफें बढ़ती हैं—'यह तुम्हारा व्यक्तिगत मसला है, तुम्हीं को निबटना होगा इससे। यू आर द बैस्ट जज ऑफ योरसेल्फ...' ऐसे जुमले उन खास आत्मीय जनों के थे जिन पर मुझे गर्व था। वक्त-वक्त की बात है, सोचकर चुप रह जाती।

—'जिनके पैर न फटी विवाई, वो क्या जाने पीर पराई... कहकर मकान मालकिन ने जरूर अपनी हमदर्दी जताई और सचमुच एक भरपूर कंपनी दी उन्होंने।

आए—दिन ऊंटपटांग खयाल परेशान करते रहते मुझे। कभी लगता मेरा मन ऐसे पारदर्शी पतले कांच सा है जिस पर छोटे-मोटे कंकड़-पत्थर भी गिरेंगे तो वह कई-कई टुकड़ों में बिखर जाएगा। मैं करूं तो क्या करूं ? कांच की जगह लोहे बनने की कला भी तो नहीं आती मुझे। कांच की किरचों से लहूलुहान देह को देखकर सोचने लगती—'नहीं..., नहीं... इस झुलसी देह के भीतर दुबकी बैठी है एक मजबूत इरादों वाली सख्त औरत, जिसे दूर... बहुत दूर जाना है, बहुतेरा हासिल करना है। सुदूर मंजिल तक पहुंचना ही है..., कैसे भी। जीवटता मेरी मुर्दा देह में नए सिरे से जान फूंक देती।

जब तब यही उधेड़बुन करने बैठ जाती—उस घर में क्या था मेरा? अपने पैसों तक को खर्च करने की छूट नहीं थी मुझे फिर भला किस चीज पर अधिकार होता? अपने तरीके से पहनने-ओढ़ने, किसी से बातें करने या अपने घर के लिए कुछ भी करने की आजादी मयस्सर नहीं थी। रजत के बारे में सोचती तो अंदर ही अंदर आग की ऊंची लपटें उठने लगती जिसकी आंच से भला कब तक बचा जा सकता था? रजत का सारा पौरुषीय दंभ, दर्प और अहं के कई सौ टुकड़े उसके अंदर ही अंदर पिसते रहते जिसकी किरचें सीधे मेरे मुंह पर फिंकती रहती—'जब मुझे जैसा करना होगा, करूंगा, बस्स कह दिया। ज्यादा बहस मत किया करो, समझी?' किसी भी बात में झिड़क देना, बच्चों की तरह दुत्कार देना और डांट-डपटकर गरिया

देना उसके लिए मामूली बात थी। उसे इस बात की रत्ती भर फिक्र नहीं थी कि मुझे खुश रखने के लिए भी कुछ करना चाहिए। फिर कहां से उपजती हमारे संबंधों में नेह की सरसता? कहां से उगता एक नया सूरज?

वह यह सच कभी नहीं पचा पाया कि मैं कमाती हूँ तो इसका मायने यह तो नहीं कि मैं अपने ही पैसों पर अधिकारिक ढंग से निर्णय ले लूँ 'ठीक है..., मानती हूँ, मेरा–तेरा घटिया या टुच्ची बातें हैं लेकिन जब मैं अपने भाई या मित्र या बच्ची के लिए कुछ अलग से खरीदना चाहूँ तो क्यों भड़क पड़ता है वह? समझ में नहीं आता कि आखिर क्या चाहता था वह? मेरा दर्जा समकक्ष रखना तो दूर रहा, वह मुझे इस लायक भी नहीं समझता था कि किसी भी मुद्दे पर मेरी राय मांग ले। मेरे पास अपने नैसर्गिक अधिकार ही नहीं थे, हैसियत वगैरह के बारे में सोचना तो बहुत दूर की बात है। हम कहां अपनी जिंदगी इंजॉय करते हुए बिताते हैं? थोड़ा भी डूबकर सोचूँ तो अहसास होता है कि हमारे जैसे तमाम लोग जिंदगी काटते है बस किसी तरह...। कभी बच्चों के कामों में खुद को हिलगा लेंगे तो कभी घर-परिवार की जिम्मेदारियों का छत्ता तान लेंगे। समस्या असली यही है कि हमारे हिन्दुस्तानी पति-पत्नी रिश्तों में कभी–कोई प्रमोशन नहीं होता। क्यों भला? क्या बजह है? यूँ तो हम तमाम जगहों पर प्रमोशन पाते रहना चाहते हैं चाहे नौकरी हो या कोई व्यवसाय या कैसा भी कामधंधा, हम वहां प्रमोशन पाने के लिए एड़ी-चोटी तक का जोर लगाते रहते हैं और प्रमोशन पाकर फूले नहीं समाते, लेकिन हमारी शादियां क्योंकर सड़ांध मारती हैं? क्यों होता है ऐसा कि हमारे प्रेमी-प्रेमिका पति-पत्नी वाला चोला पहनते ही ताउम्र एक ही जगह ठहरे रह जाते हैं गोया स्टैच्यू बन गए हों कोई। क्यों नहीं वे इससे भी आगे बढ़कर 'मेरे मेहबूब' या 'मेरे खुदाया' तक का लंबा सफर तय करते हुए जीवन बिताते ?

तो क्या महज देह हो पाने भर के लिए की गई जद्दोजहद होती है ये? पाने के बाद हमारे तमाम रिश्ते चुकने लगते हैं गोया रेस फील्ड हो कोई या ऐसी जंग जिस पर फतह हासिल करने के बाद सब कुछ शांत हो जाता है और फिर खेल खत्म। लेकिन तनिक ठहरकर सोचा जाए जिसे आपने जीतकर हासिल किया हो, उसी व्यक्ति की ऐसी बेकद्री? आखिर क्यों? उसे आपने किसी मूर्तिनुमा सांचे में फिट करके अपने घर की दीवारों पर टांग लिया किसी सुन्दर पेंटिंग की तरह और बस्स फिर यदा कदा देखकर या लोगों को दिखा-दिखाकर फतह हासिल करने वाली खुशी का जश्न भी मनाते रहे, तो क्या ये सारी उठा-पटकर सिर्फ उसे पाने भरके लिए थी? इससे दो कदम आगे बढ़कर उसे अपना सच्चा साझीदार बनाते हुए उसके संग जीवन रस की बूँद-बूँद पीते हुए जीवितेष्णा समेटने की तमन्ना क्यों नहीं उपजती हमारे अंदर?

मायने यह कि जो चीज हमें सहज रूप में प्राप्त नहीं है या अपनी नहीं है

हमारी निगाहें वहीं क्यों अटकी रह जाती हैं? तो क्या आकांक्षा या मुट्ठी भर ख्वाब भर है ये जिंदगी? इसे यूँ भी कह सकते हैं कि जो मजा ख्वाब बुनने में है जो मजा जागती आंखों से सपने देखने में है उसे पाकर भोगने में वैसा रस नहीं है। पाने के बाद सब कूड़ा-माटी में तब्दील हो गया कि चलो अब क्या करना ? अब तो ये चीज अपनी हो ही गई, क्या करना है इसे सहेजने का जतन करके? क्या कहें हम इस नजरिए का ? ऐसी निगाहें जो सिर्फ वहां जाकर चमकती हैं जहां सुनहरे कणों को हासिल करना हो लेकिन हासिल करने के बाद स्वार्थ का जाला इतना मजबूत होता चला जाए कि न तो उसे कोई तोड़ना चाहे, न तोड़ने के बारे में सोचे ही! इस जाले में धीरे-धीरे कई और कड़ियां जुड़ती चली जाती है।

वाकई, दूर से चमचमाती चीज को घर लाने का शौक तो बहुतों को होता है लेकिन उसकी चमक और रौनक कैसे आगे भी बरकरार रखी जाए—इसकी उन्हें रत्ती भर फिक्र नहीं हैं। इस अंदरूनी तूफान से गुजरती रचना को कौन बूझ पाया है ठीक से? किसी ने सुधि ली अब तक?

हां, अनुराग की ही बात कर रही हूँ मैं। पिछले कुछ दिनों से अपने घर गया है...। पता नहीं कब लौटेगा? कल उसके मित्र ने बताया। इधर मेरा समूचा संसार ही बदल गया। जीवन का पूरा पन्ना ही पलट गया और उधर महाशय आराम फरमा रहे हैं। पिछले दिनों पूजा-रजत प्रसंग पर अनुराग के विचार थे—'रचना, देखो बिल्कुल सीधा रास्ता गुजरता है तुम्हारे पास से होकर। जब भी हालात सहन शक्ति की सीमा लांघ जाएं और लगे कि तुम्हारी हिलती-डुलती नाव किसी भी पल नदी में डूब जाएगी, तब तुम चटपट कूदकर किनारे पर उतर लेना। बेशक नाव से कूदकर नदी में तैरने की कला है तुम्हारे पास। दोनों ही रास्ते सेफ हैं लेकिन सबसे जरूरी चीज है खुद को 'बचाना'। सोचो, यदि तुम्हीं नहीं रहोगी तो बाकी तामझाम तो बेकार हो जाएगा न। किसी तरह खुद को जिंदा रखना होगा तुम्हें। जिंदा से मेरा मतलब सांसों के आने—जाने भर से नहीं है बल्कि एक भरी-पूरी उस रचना से है जो इस वक्त मेरे सामने खड़ी है। नाव में यदि कोई पूरी ताकत से छेद भी कर दे तो भी तुम्हें छलांग लगाकर कैसे भी अपनी जान बचानी होगी। अण्डरस्टैण्ड और ये रोना-धोना तुम्हारी जैसी दबंग लड़की के चेहरे पर कतई-कतई सूट नहीं करता। यू आर ऐ ब्रेव गर्ल... प्लीज रिलैक्स... अनुराग ने किसी बड़े आचार्य की तरह मेरे सिर पर अपना हाथ रखा और किसी दार्शनिक की तरह तमाम गांठों को सुलझाता रहा।

कहां तो अनुराग की धुन पर थिरकते मन में माधुर्य रस का खजाना भर रहा था तो कहां आग उगलते भट्टी से बाहर चिटचिटाती चिंगारियां ? चेहरे पर पसरे वे रौद्र तिरस्कारी बोल और आंखों के लाल-लाल डोरे जो अगले को देखते ही जला डालें। कहां खुशबू से महकते वे मीठे बोल—'रचना, तुम्हारा एक कोना हमेशा सुरक्षित रहेगा यहां... भरोसा रखना मुझ पर..., प्लीज ...' तो कहां—क्यों मेरा जीवन बर्बाद

करने पर तुली हो? तुमने तो नरक बनाकर रख दी मेरी जिंदगी..., बेहया औरत..., शर्म बेचकर खा ली है तूने तो... मूढ़मति औरतों में दिमाग होता ही कहां है?' लेकिन यह भी सच है कि उफनती दाल पर पानी उड़ेलकर थोड़ी देर के लिए बेशक उसे शांत कर दिया जाए लेकिन दाल पकाने के लिए तो उसे आंच दिखाते रहना जरूरी है। मैं अंदर से जलती धीमी आंच से पूरी तरह पक चुकी थी। तल्ली में बैठी काली दाल का अखाद्य बनने तक का लंबा सफर मैं अब और तय करना नहीं चाहती थी।

लेटे-लेटे अनुराग की आवाज मन में बजने लगी जैसे सन्नाटे के बीच कही से सुख का नन्हा सा पंछी ची-ची करने लगा हो। अंदर से उठती प्रबल आवाजों को रोकना मुश्किल होने लगा। इस गहरी-लंबी रात के अंधेरे में अंदर जमा उदासी भागने के लिए तैयार ही नहीं थी। रात के पैर बहुत-बहुत लंबे हो चले थे। खिड़की खोलकर बाहर देखा तो बारिश की टपर-टपर सुनकर मन में फिर वैसी ही डगमगाहट शुरू हो गई। कभी तो ऐसे में मन पीछे... बहुत पीछे भागने लगता है तो कभी आगे की तरफ उड़ने लगता है बौराई चिड़ियों की तरह। एक ऐसी भीगी रात थी जब मैं पापा और मां के साथ रात के दो बजे तक किस्से–कहानियां एक दूसरे को सुनाते रहे। बूँदा-बांदी होती रही रात भर, कुछ न कुछ खाना-पीना चलता रहा और उसके बाद भी देर तलक पढ़ती रही मैं। सारी रात हम सबने जागकर काटी थी। क्या दिन थे वे भी? स्मृतियां उंगली छोड़ने को तैयार नहीं थीं। उस रात चांद बादलों के फाहों के बीच में से धुंधली चांदनी जमीन पर बिछाता जा रहा था...। न चाहते हुए भी रजत की याद आई और मन सिकुड़ने लगा। देर तक करवटें बदलते-बदलते सोचती रही ऊंटपटांग। मुंह बाए सवालों से आंखें चुराते हुए भी आंखें उन्ही सवालों की तरफ उठती।

अब मुझे अपने कैरियर को उठान पर ले जाने की योजनाएं बनाना पड़ेगा। सबसे पहले कम्प्यूटर खरीदना फिर इसमें दक्षता अर्जित करके कम्प्यूटर सेण्टर खोलना। इन कामों में सबसे जरूरी काम है–इसी संस्थान में कामकाजी मांओं के बच्चों के लिए एक शिशुगृह खोलना। हां, इसमें मेरा भी स्वार्थ है कि अनु यही रहेगी मेरी आंखों के सामने तो बेहतर ढंग से नौकरी कर पाऊंगी। मेरी तरह औरों की भी समस्या है ये तो। दूसरे कामों में हैं–दुर्घटना में घायल/अधमरे लोग सही चिकित्सा के अभाव में यानी ठीक टाइम पर मेडिकल हैल्प न मिल पाने की बजह से असमय ही दम तोड़ देते हैं–इस बाबत कुछ करना। पिछले दिनों रागिनी से इस विषय पर लंबी बात हुई थी कि किस तरह इस शहर में एक मोबाइल वैन का बंदोबस्त किया जाए... कैसे लोन लेकर कुछ किया जा सकता है, इस दिशा में पहल करनी है, नए सिरे से सोचना है।

एक और भी योजना पर दिमाग तेजी से काम कर रहा था। इधर-उधर से

छोड़ी गई छह माह से सोलह साल तक की लड़कियों के लिए 'बालिका कल्याण सदन' जैसी किसी संस्था को मूर्त रूप देना। कितनी बिन ब्याही लड़कियों से पैदा बच्चियां यहां-वहां छोड़ दी जाती हैं। कभी बलात्कार के बाद पैदा बच्चियां बड़ी होकर यहां-वहां या तो कूड़ा बीनती-बेगार करती नजर आती हैं या फिर उन्हें गलत कामों की तरफ धकेल दिया जाता है। कई मामलों में तो उन्हें बाल वेश्यावृत्ति करने को मजबूर होना पड़ता है जबकि वे भी हमारी तरह पढ़-लिखकर इस समाज के लिए या कम से कम खुद के लिए कोई न कोई रोजगार ढूँढकर अपना पेट भर सकती हैं इस तरह गुजर-बसर करने लायक तो हो ही सकती हैं।

आफिसर्स एसोसिएशन के जनरल सेक्रेटरी कितनी बार कह चुके हैं—'रचना, हमें तुम्हारी सख्त जरूरत है। प्लीज हमें कुछ समय दो? बच्ची है, मानते हैं, तो क्या हम सबके बाल बच्चे नहीं हैं? है न? फिर क्यों नहीं साथ देती हमारे संगठन का? इस कारपोरेशन के लोगों की ढेरों समस्याएं सुनने-निबटाने के लिए जिस तरह के धैर्य, जीवटता और जुझारूपन की जरूरत है, रचना, यकीन करो, वैसी सूझ-बूझ है तुममें। सबसे बड़ी बात तो यह कि लोग तुम्हारी बात ध्यान से सुनेंगे। तुम्हारी वक्तृता कला से हम वाकिफ हैं। तुम्हारा भाषण सुना था एक बार। सभी तुमसे प्रभावित हैं। इस कारपोरेशन में तब्दीलियां लानी हैं हमें। सारा बोझ हमारे कंधों पर है। हम इसे शेयर करना चाहते हैं, रचना प्लीज कोआपरेट विथ अस। आपके मित्र अनुराग जी तो यू. पी. जोन के प्रेसीडेंट है। आप भी आ जाइए न। हम अभियंताओं का कितना शोषण होता है। रात-रात भर आंखें फोड़कर शिफ्ट ड्यूटी करनी पड़ती है फिर भी नतीजा जीरो। देखिए, कैसी विडम्बना है कि हमारे भाई-बंधु पन्द्रह-पन्द्रह बीस-बीस साल नौकरी करते हुए भी वहीं अटके पड़े है जहां से नौकरी शुरू की थी। न कहीं कोई प्रमोशन है, न कोई इन्सैटिव ...कही कुछ भी नहीं मिलता हमें। कितने कुंठित, कितने हताश हो गए हैं हम यहां आकर, लगता है जैसे फंस गए हैं किसी भंवर में। कम से कम तुम्हारी आवाज तो वहां बैठे चेयरमैन और मेम्बर्स के कानों तक पहुंचेगी। रचना, बदलाव के लिए तो क्रान्ति ही एक मात्र हथियार है... रचना, गिव अस योर हैंड...।

रचना को चारों तरफ से कई लोगों ने घेर रखा है। उसे बाहर निकलने का कोई भी रास्ता नहीं सूझ रहा फिर मैं शांति से मुस्कराकर जबाब देती हूँ—'मुझे सोचने का कुछ तो वक्त देंगे न आप लोग? जल्दी ही मैं अपने निर्णय से अवगत कराऊंगी, यकीन मानिए... मैं टाल नहीं रही...।' कहकर मैं बाहर निकल आई लेकिन दिमाग में उनके बोल दूर से बजते ढोल की तरह गूँजते रहे—'कुछ तो करना ही होगा रचना... मिल-जुलकर करने से ही कुछ नतीजा निकलेगा।' अनुराग की आंखों में मूकस्वीकृति थी कि रचना इस एसोसिएशन का साथ दे। अनुराग की बातें सुनकर लगने लगता जैसे कितने झरनों का पानी पूरे वेग से एक साथ फूट पड़ा हो और हमारी समझ

में ये न आए कि हम किस जगह से चुल्लू भर पानी पी लें, नहा लें या पानी का लुत्फ लेते रहें। यहां-वहां सर्वत्र सुनहरे रंग बिछे हैं झरनों के अंदर। न आंखों में नींद, न देह में थकान, बस है तो सिर्फ वही अहसास, वही बोल, वही चेहरा और वैसा ही जादू जिसके सम्मोहन में क्यूँ बिछती जा रही हूँ मैं? मेरा और यह भी सच है कि अनुरागनुमा पहाड़ की ओट लेकर टिकना नदी को प्रीतिकर लगता है लेकिन नदी की स्वतंत्र इयत्ता और बहती धारा का स्वतंत्र-स्वरूप भी उतना ही प्रिय है मुझे।

अंदरूनी लहरों के भीतर हो रहे स्पंदन को महसूसती सोचती रही—हां, आज मैं अपनी स्वामिनी हूँ जहां अपने सुभीते से उठा-बैठा, खाया-पिया, सोया-जागा या हंसा-खिलखिलाया जा सकता है। जैसा जी चाहा वैसा करने की स्थिति में तो हूँ। आज यहां इस घर में यह सहूलियत तो है अन्यथा अभी तक तो एक ऐसी जेल में कैद थी जहां चारों तरफ से बंद दरवाजों के बीच था घना अंधेरा, डरावनी रातें, ढेर सारी नफरत के फिंकते गोले। सचमुच इतने लंबे समय तक मैं एक ही करवट तले लेटी रही। अब तो करवट बदलने की तलब इस वक्त मुझे बेचैन करने लगी।

अब जैसा मन चाहे वैसे सपने तो देख सकती हूँ। कही सरसराते पत्तों के संग किसी भी दिशा की तरफ उड़ लेंगे, तो कभी मन में चलता अंधड़ पुराने जमे-जमाए पेड़-पौधों को उखाड़ फेंकेगा। कभी सोचती कि सामने वाले पेड़ पर बैठे पंछियों के संग-संग मैं अनंत आकाश के कोनों—कोनों तक घूम आऊं, उनकी मीठी गुनगुनाहट के संग गुनगुनाती रहूँ, बिखरे सौन्दर्य को अंतस में सहेज लूँ। जी चाहा तो अपने मीत से प्यार वाली मिठबोली हो गई और कभी जी चाहा तो चुपके से अपने फैले बजूद को अपने भीतर सिकोड़-समेट लिया बिल्कुल उस मोर की तरह जो पलक झपकते ही अपने सुन्दर—रंगीन पंखों को अपने भीतर समेट लेता है।

यानी मैं सर्वेसर्वा हूँ यहां। तो इस अंदरूनी कुठरिया को खोलने के लिए उस फड़कती जंगली आदिम हवा सी ताकत चाहिए। मैं आज उस आंधी-तूफान का एक हिस्सा बनना चाहती हूँ। धूल-धक्कड़ की तरह सर्वत्र बिछ जाना चाहती हूँ... खुद को फैलाना चाहती हूँ। अभी तक तो कोठरी बंद थी जिसके बाहर पड़ी रहती धूल की मोटी-मोटी परतें और जब दरवाजे बंद हों तो भला कहां से आएगी उस अंधड़ के बाद की वो सुरीली-सोंधी महक? बूँद-बूँद टपकते मेह का अहसास तो भीतर रहते हुए भी करती थी, लेकिन मैं अपने इस गुफानुमा अंधेरे कमरों से भला कैसे बाहर निकलती? जमीनी दुनियां से रु-ब-रु होने के लिए मेरा जी फड़फड़ाता रहता। पेड़-पौधे, धूल-मिट्टी और भीगी-भीगी फुहारों से रोमांचित मन में खुली हवा के बीच विचरने का मन होता कि देखें तो सही क्या-क्या हो रहा है हमारे इर्द-गिर्द। इसकी महक, पुलक और उन्मादक उल्लास को घूँट-घूँट पीने के लिए जागृत मेरी अभिलाषा प्यासी तड़पती रहती। इस मीठी छुअन की ललक मेरे अंदर जबरदस्त आक्रामकता भर देती। सोचती कि किस तरह दोनों बांहें फैलाकर ताजी हवा को सूँघने के लिए विकल मन

पर काबू पाऊं? यह कैसा अंधड़ है? कैसी विचित्र मनोदशा है! कैसी उठापटक चल रही है अंतस में ? कब तक इससे बच पऊंगी? शायद इससे बच पाना मेरे वश में नहीं रहा—तब ऐसे में अंधड़ के बाद वाली बारिश में भीगने की उदात्त इच्छा रह-रहकर कचोटती कि कब दरवाजा खोलकर सरसराते अंधड़ के साथ मिलकर एकाकार हो जाऊं? बारिश की रिमझिमी फुहारों में भीगते हुए जीवन रस को बूँद-बूँद पीते हुए तृप्ति के समंदर में गोते लगाती रहूँ। बार-बार ऐसी अदम्य इच्छाएं फन फैलाने लगती जिन्हें मैं जबरदस्ती पूँछ पकड़कर उसी के अंदरूनी बिल में घुसेड़ देती। इनका कहीं कोई अंत होता है क्या? हो भी सकता है? इच्छाओं का क्या है, वे तो बड़ा आकार लेती ही रहती हैं।

लेकिन यहां तक आकर कैसा लग रहा है? यहां तो मुक्ति के नाम पर छाया है कुहासा...अंधेरों के बीच टांगें पसारे लेटा है सन्नाटा। लगता है जैसे सजायाफ्ता कैदी कई सालों बाद रिहा किया जाए और रिहा होने के बाद भी उसके दिमाग में जेल में बने रहने का खौफ और आतंक छाया रहे। खुली हवा में रहकर भी वैसी आजादी महसूस नहीं हो रही। शायद आज मुझे इस वक्त अकेले पड़ते चले जाने वाला दंश पीठ पर लदे वैताली भूत की तरह आतंकित कर रहा हैं। आस—पास पसरी वीरानगी के बड़े-बड़े डैने मुझे डराने पर आमादा हैं तो क्या मुक्ति के नाम पर अलग-थलग पड़ जाने वाले अकेलेपन का वरण किया है मैंने ? यह कैसी विचित्र त्रासदी है?

लेकिन वहां तो सिर पर अवसाद की गठरी लदी रहती थी बल्कि यहां यह सोचकर सुकून बिछता है कि चलो, सुबह उठकर जाना है बस। कोई हड़बोंग नहीं है। काम करना और लगातार करते रहने का जुनून मुझे चैन से नहीं बैठने देता। अनुराग की बातें जरूर मेरे बंजर मन में हरा-भरापन भरती रहीं। कभी चुलबुली चिड़ियों की तरह कानों में सुरीला राग छेड़ती रहीं। कहीं अनुराग की छांह में उसके कंधे पर सिर टिकाकर जीने जैसी पराधीनता का दूसरा चुनाव तो नहीं है यह ? सवाल बेचैन करने लगा..., नहीं... नहीं... फिर से उन्हीं रिश्तों के मकड़जाल में नहीं फंसना मुझे। किसी का मुंह जोहते हुए जीना या उंगली पकड़कर बाजू पकड़ने का उपक्रम करना सिरे से गलत है—दिमाग ने देह को चौकन्ना किया, चेताया।

ठीक उसी वक्त एक और खयाल आया—क्यों नहीं मैं अपना हाथ अपने ही कंधे पर टिकाकर कह देती—'रचना, तू खुद मेरी सबसे प्यारी दोस्त है। राह चलते ढेरों दोस्त मिलेंगे तुझे लेकिन मुझसे बेहतर दोस्त तुझे कहीं और नहीं मिलेगा। तू कहां है अकेली? मैं हूँ न हर वक्त तेरे ही साथ, तेरी परछाई भी मैं ही हूँ, तेरा हमसाया भी। यकीन कर ले...' अंदर बजती रागिनी सुनकर उदासी छिटकने के लिए खड़ी हो गई तभी एक और खयाल आया—'रचना, तू तो स्टेज आर्टिस्ट हुआ करती थी। तूने कितने प्ले खुद किऐ थे? डॉयलॉग्स में कितने रद्दोबदल मैं खुद किया करती

थी... यस..., आई विल डू इट अगेन...। शहर की तमाम नाट्य संस्थाओं से जुड़कर फिर से सक्रिय होऊंगी। हां... हां..., यह सब करूंगी मैं जल्दी से जल्दी...

निश्चिंतता और बेफिक्री से पैर फैलाए सोती अनु को अपने सीने से सटाया और दोनों बांहों में भरकर नींद को अपने पहलू में समेटने की चेष्टा करने लगी...।

—'गुडमार्निंग रचना..., कैसी कटी रात? नींद आई ठीक से ? अनु ने परेशान तो नहीं किया ? सुबह-सुबह मिसेज ममता टंडन चाय लेकर आई थी। उनके घंटी बजाने पर ही आंखें खुलीं थी।

—'नई जगह पर जल्दी से नींद नहीं आती मुझे। बाद में पता नहीं चल पाया कि कब सोई थी और बस आपके घंटी बजाने के बाद ही उठ रही हूँ...' मेरी आवाज में थोड़ा ठंडापन ताड़कर वे बोलीं—'रचना, जिस मुट्ठी भर खुशी पाने की ललक में हम इधर-उधर दौड़-भाग करते रहते हैं, मारे-मारे घूमते है, यकीन करो, वो खुशी हमारे ही भीतर है। अब मुझे ही देखो...हस्बैंड की डैथ के बाद ससुराल वालों ने सूप से फिंकने वाली फटकन की तरह बाहर फेंक दिया था मुझे। बार-बार एक ही बात पर जोर देते रहते थे--'पति की जगह तुम मत करो नौकरी। देवर के नाम लिख दो लेकिन मेरे पापा अड़ गए—'नहीं—नहीं दुधमुंहे बच्चे हैं इसके साथ और इतनी कम उम्र, नौकरी नहीं करेगी तो कैसी कटेगी इतनी लंबी जिंदगी? कुछ करेगी-धरेगी—, बाहर निकलेगी तो मन भी लगा रहेगा।' उसी वक्त मेरे ससुर ने साफ-साफ लफ्जों में निर्णय सुना दिया था—'ले जाइए इसे आप यहां से। इसी वक्त ले जाइए। आप इसके हितू बने फिरते हैं तो संभालिए इसे और करवाइए नौकरी। हमारे घर की बहुएं बाहर घूमने-फिरने या चार मर्दों से बतियाने और मौज करने लिए घर की देहरी नहीं लांघती। क्या हमारी कोई इज्जत नहीं है ?' खुद ऑफिसर रैंक के ससुर ने किसी शोकपत्र की तरह अपना संदेशा बांच दिया था, उसी वक्त।

हां, हम तो जहर खाकर जान देने तक की बातें सोचा करते थे लेकिन इन मासूमों ने जिंदगी बख्श दी। चार साल की बेटी के बोल याद है अभी भी—'मम्मी, आप रोया न करें। प्लीज, मैं हूँ न आपकी ...' बताते हुए वे सचमुच रोने लगीं।

तब तक बाहर हल्की पीली धूप ने पेड़ों को सहलाना शुरू कर दिया था। हवा की छेड़छाड़ से पेड़—पत्ते खिल-खिला उठे। मैंने उन्हें साहस बंधाते हुए कहा—'ममता दीदी... हम दोनों मिलकर रहेंगे न। फिर कहीं कोई प्रॉब्लम नहीं रहेगी। तब तक अनु कुनमुनाने लगी और वे अनु को उठाकर नीचे ले गई। इस बीच मैं चाय पीकर तैयार होने लगी। बाथरूम से निकलने के बाद किचन में जाने की सोच नही थी कि ममता जी ने नाश्ता भी भिजवा दिया। कितनी नेक-दिल महिला हैं, मेरे अंदर से आवाज आई। आज तो ऑफिस के लिए कहीं कोई हड़बड़ी नहीं थी। हड़बड़ी और इस शांति में कितना फर्क है? दिमागी सुकून होने पर वही काम कितनी सरलता से सुलट जाते हैं। अनु को स्कूल भेजती हुई दफ्तर की तरफ मुखातिब हुई। अभी

सीढ़ियों पर चढ़ ही रही थी कि अनुराग दिख गए। जिन्हें देखते ही अब तक का दबाया आक्रोश तुरंत बाहर निकलने को बेताब होने लगा जैसे देर से बांधा पानी थोड़ी सी भी जगह पाने पर पूरे वेग से फैलने के लिए उतावला होने लगा हो—'कैसी हो।' मुस्कराते हुए पूछा।

—'आप कहां थे अब तक? इतने दिनों बाद लौटे हैं। इधर मेरी जिंदगी ही पलट गई पूरी। कहां से कहां पहुंच गई हूँ मैं ? मैं जल्दी—जल्दी सब कुछ बताने लगी तो उन्होंने टोकते हुए कहा—'रिलैक्स... अंदर बैठकर बातें करते हैं, कम ऑन।'

हम दोनों आमने-सामने की कुर्सियों पर बैठ गए। थोड़ी देर तक वे यूँ ही मुझे ताकते रहे फिर बोले—'रचना... क्या हुआ? इत्मीनान से सब बताओ लेकिन इमोशनल मत होने लगना...प्लीज...।

—'जो होना था सो हो गया। बस, मैंने अलग रहने का निर्णय ले लिया, या लेना पड़ा दोनों एक ही बातें हैं। रजत की धौंस, रोब गांठता व्यवहार और बात-बात पर आंखें दिखाकर डराने वाला रवैया बर्दाश्त नहीं कर पाई मैं। दूसरों के सामने कैसा भी उल्टा-पुल्टा बोलकर अपमानित करते रहना, उफ! कहां तक सहती ? बोलते-बोलते आंसू डबडबाने लगे फिर भी बोलती रही—'उस दिन सुबह-सुबह चाय बनाने जा रही थी कि देखा... अरे...दूध फट गया है।' उसे देखकर रजत ने पूरी अवहेलना और हिकारत उड़ेलते हुए बड़ी-बड़ी आंखें दिखाईं—'यह... यह ...क्या है रचना...? कब सुधरोगी तुम? हर वक्त पढ़ना ...पढ़ना...पढ़ते रहना आई कांट बियर दिस। फूहड़ हो तुम। फिर मेरा हाथ पकड़कर किचन में ले गया और फटे दूध का बर्तन दिखाते हुए बोला—'कब तक चलेगा यह सब? बोलो ?' मैंने भी उसी टोन में जबाब दे दिया—'रजत पढ़ना-लिखना तो मेरे व्यक्तित्व का अभिन्न हिस्सा है, इसे मैं छोड़ नहीं सकती कभी भी। सुनते ही उबल पड़ा रजत—'रचना, अजीब बेवकूफ हो तुम कुछ करना ही नहीं चाहती और सीखना भी नहीं चाहती, ऊपर से जुबान चलाती हो गज भर की...' गोला बारूद की तरह फट पड़ा वह तो मैंने भी पलटकर कह दिया—'तुम्ही क्यों नही कुछ करते? खुद भी तो कुछ किया करो। दोनों काम करते हैं बाहर। बराबर से थककर लौटते है। तुम्हें भी तो हाथ बंटाना चाहिए ?'

—'ओहो... तो अब तुम डिक्टेट करोगी मुझे। मुझे करने पड़ेंगे ये काम...' फिर होंठ बिदकाते हुए आंखें फाड़ते बोला—'ऐसा है कि यदि यही सब करना पड़ेगा मुझे तो तुम्हें क्यों रखूँ इस घर में... बोलो? सड़क पर नहीं खड़ा कर दूँगा मैं...? औरतें अपनी औकात जल्दी भूल जाती हैं...

—'रजत, तुम क्या खड़ा करोगे मुझे? मैं खुद ही चली जाऊंगी। कोई डिपेंडैंट तो हूँ नहीं तुम पर। तुम्हारा कमाया तो खाती नहीं हूँ।' मैं रोते-रोते बोलती जा रही थी लगातार। रजत के नुकीले बोल कलेजे को बेधते आर-पार हो गए और आंखों के सामने फैलता गया धुंधलापन। उफ! सब खत्म कर दिया इसने सब गलाकर कर

रख दिया। आखिर करूं भी तो क्या करूं ? क्यूँ सहती रहूँ यह सब और कब तक? बस उसी वक्त मैंने फैसला कर लिया—'अब और नहीं रह सकती मैं तुम्हारे साथ।' मैंने रजत से दो टूक बात की। सुनकर खूब बिफरता रहा वह। बच्ची को न ले जाने की धमकी दी। समाज का डर दिखाया लेकिन मेरी सहनशक्ति जबाब दे चुकी थी। इसी ऑफिस के रामगनेश ने दो कमरे वाला एक घर दिलवा दिया। लैंड लेडी भली है, वे भी वक्त की मारी हैं। जवान विधवा हैं उनके बच्चों के साथ अनु भी घुल-मिल गई है,' मैंने सब सुना दिया तो अनुराग ने पूछा—'अनु ने रजत को मिस किया क्या? या उस घर को?'

—'जरूर करेगी वो। कम से कम उस घर को। आज ही कह रही थी—मम्मा वहीं चलो न, वहां सब सामान है, टी.वी. भी नहीं है यहां। मन नहीं लगता...'

—'रचना, इस वक्त तो कुछ भी कह पाना मुश्किल है लेकिन इतना जानता हूँ कि कोई भी औरत आसानी से अपना बसा-बसाया घर नहीं छोड़ती। तुमने वाकई बहुत सहा है तब जाकर यह कदम उठाया होगा।

अपनी बताते-सुनते ही मेरी आंखें में आंसू झर रहे थे लेकिन अनुराग का बोलना जारी था—'रचना, अब तो जो हो चुका, सो हो गया लेकिन अब इस समय जो रास्ता तुम्हाने सामने है, वह जेठ वाली धूप की सीधी तपन वाला मार्ग है, जिसके ऊपर कहीं कोई छत्र-छाया काम नहीं कर सकती। तुम्हारे ऊपर कोई शैडो नहीं रहा तो इस वक्त और ज्यादा सेफ्टी वाल्व की जरूरत है तुम्हें।' कहकर वे चुप हो गए तो भरे गले से मेरी आवाज निकली—'अनुराग, मैंने अपनी तरफ से घर संभालने की पूरी-पूरी कोशिश की है लेकिन... मैं कामयाब नहीं हो पाई, शायद मेरे भाग्य में यही... '

—'नहीं...नहीं, भाग्य वगैरह की बातें मत करो लेकिन इतना इमोशनल होकर भी मत सोचो। थोड़ा तो प्रैक्टिकल बनना होगा तुम्हें। मुझे फिक्र हो रही है तुम्हारी। अच्छा, ये बताओ जो घर तुमने लिया है, वह पूरी तरह सेफ तो है न? ठीक है, मैं खुद देखूँगा। दूसरी बात, लोग तुमसे ढेर सवाल करेंगे फिर वही लोग रजत से जाकर नमक-मिर्च लगाकर कुछ और कहेंगे। सो इस तरफ भी सावधानी बरतनी पड़ेगी और इस वक्त सबसे जरूरी चीज है—खुद को खुश रखना एवं अनु को भी।

—'पता नही क्यों मैं इस वक्त कुछ और सोच ही नहीं पा रही। सोचना भी नहीं चाहती लेकिन मेरे न चाहने के बाजजूद भी...

—'सोचती ही रहती हो..., यही न? तुम इस दिनों यही सब सोचती रहोगी। इससे बचने का एक ही उपाय है कि तुम कुछ दिनों के लिए कोई हॉबी कोर्स या फिर कंम्प्यूटर पर ही काम करना शुरू कर दो। ऑफिस के बाद अनु को लेकर कहीं निकल जाओ। बैटर यू गो फॉर ए म्यूजिक क्लास। अनु को भी मजा आएगा। मेरा मतलब खुद को कामों में व्यस्त रखो ताकि सोचने में फालतू वक्त बर्बाद न हो'

मुझे इस वक्त समझ में नहीं आ रहा था कुछ भी..., न अनुराग की बातें, न सुझाव वगैरह। हम कॉफी दो बार पी चुके थे... दिमाग में तूफान उछाल मार रहा था। अनुराग ने सिर हिलाते हुए कहा–'रचना, सोचो नहीं बल्कि काम में लगा दो खुद को। अपने को यूँ दीन-हीन मत बनाओ, न ही किसी के सामने खुद को कमजोर शो करो। कोई कुरेद-कुरेदकर भी पूछना चाहे तो तुम टालने की कोशिश करो। व्यस्त बना लो खुद को। मैं हूँ न तुम्हारे साथ। इस विकट घड़ी में तुम्हें अपना साहस, धैर्य, जुझारूपन और आत्मविश्वास बनाए रखना है ओ. के.? मैं यह सब सुनती रही और अपने आंसू पानी की तरह पीती जाती। मन में इतनी बेचैनी थी कि समझ नहीं पाती थी कि कहां से कैसे इतनी ऊर्जा अपने अंदर समेट लूँ कि आसपास के कामों को बखूबी कर सकूँ। खुद को संभालूँ या अनु को ? नौकरी को या अपना कैरियर को?–क्या-क्या कर पाऊंगी?

–'क्या सोच रही हो?' फिर मेरे जबाब का इंतजार किए बगैर वे खुद ही बोलते रहे–'खुद को कमतर मत आंकना बल्कि इस वक्त तो तुम्हें खुद के ऊपर विशेष ध्यान देने की जरूरत है। सुबह रिच नाश्ता यानी एक गिलास दूध, एक सेब या केला तो तुम्हें नियम से खाना है। लंच के लिए घर से लाया करो खाना। फिर रात को भी खाना बनाना। अनु के लिए तो थोड़े ज्यादा प्रयत्न करने पड़ेंगे, समझ गई न? उसे ज्यादा से ज्यादा अटैंड करना पड़ेगा। तुम्हारे इस युद्ध में तुम अकेली कतई नहीं हो रचना। जो भी तुम्हारे लिए बैस्ट पॉसिबिल होगा, वही करना तुम। मैं हूँ तुम्हारे साथ, कैसी भी स्थितियां हों, ओ. के. ? अब बस मुस्करा दो थोड़ा सा। रिलैक्स यार, यह तो आज नहीं कल होना ही था। सच कह रहा हूँ–सामान्य से अलग से हटकर कुछ करने वालों को तूफान के थपेड़े सहने ही पड़ते हैं। यह उन तमाम लोगों की नियति है जो अपनी तकदीर को अपने हाथों रचना चाहते हैं और बने-बनाए ढर्रे पर चलने से इन्कार करके अपने लिए खुद कोई अलग राह चुनते हैं। उन फामूंलों में फिट होना तुम्हारी फितरत में नहीं है। हां यह फिर से कहूँगा कि वाकई कठिन है तुम्हारे द्वारा ईजाद किया गया यह रास्ता लेकिन एक बार जब तुमने इस पर चलने की ठान ही ली है तो अब पीछे मुड़कर क्या देखना?

पता नहीं अनुराग क्या-क्या बोलते जा रहे थे और मैंने कितना सुना–समझा, बूझा और कितना पचाया? कह नहीं सकती। बावजूद इसके मन की बेचैनी और विकल ताप पर जरूर ठण्डा लेप लगाया उनकी बातों ने, जिन्हें लंबा घूँट पीकर तृप्ति महसूसी। बिखरे मन को जोड़ने की आखिरी कोशिश में वे बोले–'रचना, अपनी इस बेचैनी को ही जीवन शक्ति बना डालो। इससे निजात पाने का श्रेष्ठ तरीका है–इसी के साथ जीने की आदत डाल लो। इसी को प्रकाश स्तम्भ मानकर अपने तयशुदा रास्तों पर पूरी ताकत और अन्दरूनी मनोबल से चल पड़ो। तुम्हें इसी रास्ते पर चलते हुए रोशनी मिलेगी और यहीं से तुम्हारे आगे बढ़ने का रास्ता भी साफ होगा। इस

तरह तुम्हारी चट्टानी तकलीफें हल्की लगने लगेंगी, यकीन करो। तुम्हें मजबूती से आगे बढ़ाए कदमों के साथ कदम मिलाकर चलते रहना होगा। इस वक्त डिप्रैशन की नही बल्कि खुश रहने की जरूरत है। बिखेरो नहीं, संजोना-समेटना है तुम्हें खुद को। कर्म क्षेत्र में बढ़ने के लिए, मेधा पाटकर, मदर टेरेसा, और खुद इंदिरा गांधी जैसी खुदमुख्तार सख्त महिलाओं ने कितना कुछ झेला है लेकिन खुद के वजूद को भरोसे के साथ जिंदा रखते हुए न ?'

—'नहीं... नहीं... मुझे इतने बड़े लोगों से मत जोड़ो अनुराग। मैं हूँ एक अदनी सी लड़की बस्स, कुछ नहीं कर पाऊंगी आगे...कुच्छ नहीं बन पाऊंगी...'

—भले ही कुछ न बनो लेकिन एक बेहतर इंसान तो बनी रहो। एक सलाह है—कुछ दिन नेचर के करीब जाकर महसूस करो। प्रकृति के सान्निध्य तले विसार दो खुद को। छोड़ दो अपने को कुदरत की गोद में। वाकई इससे राहत मिलेगी तुम्हारे बेचैन मन को। कहीं कोई परिचित-रिश्तेदार पहाड़ पर हों तो वहीं चली जाओ कुछ दिनों के लिए। तुम्हें तुरन्त एक चेंज की जरूरत है...' अनुराग पूरे मूड में बोलते जा रहे थे।

उनकी बातें सुनकर जीवन का स्पंदन और मुर्दा अहसास धड़कने लगे। आंखों में नई रोशनी भरती गई। होठों की नदी फैलती ही चली गई। यह है वैसा अहसास जो कच्ची मिट्टी को किसी भी सुन्दर सांचे में ढालकर नया आकार दे दे। रास्ते में ढेर रोशनियां जगर-मगर हो उठी। यूँ लगा जैसे जीवन अचानक भर गया है। अनुराग की सघन छांह तले विश्रान्ति सुख में आंखें झपकने लगी। उस वटवृक्ष की लटकती शाख को पकड़कर झूलने का मन करने लगा। अनुराग की आवाज अमृत घोल रही थी—'रचना, उस सुदूर मंजिल तक पहुंचने के लिए जरूरत है तुम्हारे धैर्य की, जीवटता की, साहस की, जुझारूपन की और अक्षुण्ण ऊर्जा की, तभी तुम्हें मिलेगा उपलब्धि का अनुठा सुख लेकिन इस यात्रा पर हंसते-हंसते चलती रहो। उस लंबे मार्ग पर चलते हुए मंजिल छूने के लिए सबसे पहली बार और अनिवार्य शर्त है—यात्रा को इंजॉय करते हुए चलते रहना... तभी कुछ बात बनेगी। हवा जैसे बहते रहना भाता है मुझे।... कभी शांत तो कभी अंधड़ बनकर या नदी किनारे बैठकर उठती गिरती लहरों को चुपचाप देखते रहना और कुदरत के खेल में निस्पृह भाव से तल्लीन बने रहने का सुख महसूसना ..., हां यह मेरे स्वभाव के अनुकूल है... पता नहीं अनुराग की कितनी बातें दिमाग में चिपकी रह गई थी जिसकी जुगाली करते हुए मैं अभी अपने में खोई ही थी कि अनु ने चेताया—'मम्मा, आप सोचते बहुत हैं, मेरे से बात नहीं करते, मेरा मन नहीं लगता, मम्मा...' उसने मेरा मुंह अपनी तरफ खींचते हुए कहा।

—'करती तो हूँ लेकिन मेरी बात कहां मानती हो तुम? मैं कह रही हूँ चलो टॉयलेट होकर आओ, सोने के पहले करना जरूरी होता है...'

—'आप डांट रही हैं न... आप तो बस डांटती रहती है। मुझे नहीं जाना, नहीं जाना, कहकर वह मेरे सीने से चिपक गई और दोनों हाथ गले में डालते हुए लड़ियाने लगी—'आपके चेहरे पर गुस्सा चिपका है मम्मा...देखो... देखो... ये है...' सुनते हुए मुझे हंसी आ गई। कितनी जल्दी नकल करना सीख लेते हैं बच्चे। सुबह जगाने के लिए जैसे मैं कहती हूँ...देखो, देखो यहां है नींद..., यहां बैठी है चलो भगा देती हूँ' वैसी ही नकल वह करने लगी। थोड़ी देर बाद फिर अनु बोली—'मम्मा, आप तो हर वक्त लेटे रहती हैं... चुपचाप रहती हैं कोई गेम भी नहीं खेलती मेरे साथ हम लोग बाहर भी घूमने नहीं जाते। पापा वाले घर में भी नहीं ले जाती...' आखिरी बात सुनते ही मैं चौंकी और तुरन्त अलग छिटककर खड़ी हो गई और फिर उसे गोदी में लेकर खूब करीने से चिपटाया। गालों को चूमती रही। बालों पर हाथ फेरा और उसका पसंदीदा गेम ले आई...मिट्टी से जानवर बनाने वाला।

पता नहीं कब और कैसे अनु मेरे चेहरे के हाव-भाव पढ़ना सीख गई थी। यदि मैं गुमसुम लेटी होऊं तो पास आकर चिपक जाएगी। पैरों पर बैठकर झूलने लगेगी। यदि मैं पढ़ाई करने बैठ जाऊं तो वह अपना बस्ता लेकर पास में, बैठ जाती और अपनी किताबें-कापी निकाल कर पेंसिल से कुछ बनाने लगती फिर मुझे दिखाती-कैसा बना है मम्मा?' मुझे रह रहकर यही कचोटता कि इसे कंपनी देना सबसे जरूरी है और मैं उसका हाथ पकड़कर कुछ न कुछ लिखाने—चित्र बनवाने बैठ जाती। उसे खुश रखने का जतन करती रहती बल्कि यही फांस, यही अपराध बोध की गठरी लद जाती। अनु को मां-बाप दोनों की कंपनी देनी है। मुझे ही मकान मालकिन ने एक ट्रांजिस्टर भी मुझे दिया था—'अकेली है न..., घर भांय-भांय करता होगा, इससे भरा-भरा लगेगा।' मैंने मुस्काराकर कहा—'आपने बिल्कुल सही सोचा है बल्कि मैं खुद आपसे मांगने की सोच रही थी। बाद में खरीदने पड़ेंगे तमाम सामान। हमारे बीच काफी बातें खुल गई थी लेकिन ममता जी का इस बात की तारीफ करनी पड़ेगी कि आम घरेलू औरतों की तरह गपियाने की उनकी आदत नहीं थी, न ही वे किसी मसले पर कुरेद-कुरेदकर कुछ पूछती थीं। शायद नौकरी की व्यस्तता रहती हो लेकिन मुझे उनका यह व्यवहार बहुत रास आया। खामखां किसी की जिंदगी में बेवजह दखलंदाजी देना या अपनी राय दूसरों के गले मढ़ते रहना—मुझे कभी नहीं रुचा और न ही यह व्यवहार मैं खुद के प्रति सह पाती थी। शायद इसी वजह से हम दोनों एक दूसरे के नजदीक आते चले गए। हालांकि हम एक दूसरे की व्यथा से बखूबी परिचित थे लेकिन दोनों ही ज्यादा खुलने से बचना चाहते थे लेकिन यह एक ऐसा सेतु था जिस पर संभल-संभलकर चलते हुए आगे चलकर हम दोनों ने एक दूसरे को बेहतर ढंग से समझा भी। उस दिन अपनी पसंदीदा खिचड़ी बनाकर खा ली फिर अनु को दूध दिया। अनु हमेशा सोने के पहले मुझसे कुछ न कुछ सुना करती। कभी कहानियां तो कभी गाने की फरमाइश करती। सो काफी देर इसी में

निकल जाता। घर की खामोशी को भरने के लिए अनु की चहलकदमी, थोड़ी बहुए शरारतें चलती रहती लेकिन उसके सोने के बाद चला आता था अकेलापन मेरे पास और उसके सिर हाथ रखती तो वह और ज्यादा करीब होना चाहता। खासा कचोटता था उसका साथ, लेकिन उसे कहीं भी दुत्कार कर भगा नहीं पाती मैं।

अनु को देखती तो जिम्मेदारी का बोध गहराने लगता। सोचती, हां मुझे इसके बारे में सोचना है। इसके लिए जीना है। घर देखकर हॉस्टल वाले रूम की याद आ जाती, वैसी ही शांति... वही सन्नाटा। हां फर्क है तो इतना कि तब जीवन में कुछ हासिल करने की इच्छा शक्ति थी। जूझने के लिए किताबों की दुनियां थी और इस वक्त साथ में है 'अनु' जो जीवन देती है, मेरे होने का अहसास भी कराती है।

खिड़की से बाहर वारिश की फुहारें पड़ने लगीं। ट्रांजिस्टर से आता गाना पवन दीवानी...' मौसम की संगत करने लगा और मन में पुराने दिन फड़फड़ाने लगे। मां-पापा के चेहरे। मां द्वारा गाये जाने वाले भजनों में श्रीकृष्ण भक्ति संगीत की स्वर लहरियां याद आने लगी। उन्ही की संगति में उनके पास बैठकर मैं भी थोड़ा बहुत गुनगुनाने लगती। यहीं से गाना गाना सीखा। हवा से खिड़की के पर्दे तेज-तेज हिलने लगे। बाहर बारिश बहुत तेज होने लगी थी। यूँ लगता था जैसे इतने दिनों का बूँद-बूँद जमा नेह एक बार में ही धरती पर न्यौछावर कर देना चाहता है आकाश। हवा संग इठलाते-झूमते पेड़ उमंग में रोमांचित होकर कितने पुलक और थिरकन में डूबे हैं। भीगते पेड़ से टपकती बूँद-बूँद पीते हुए विमुग्ध हो रहे हैं पंछी। कितनी संतृप्ति पसरी है पेड़ के पत्तों पर गोया मनमीत से मिलने के बाद प्रिया का चित्त उस अनूठी तृप्ति में गोते लगा रहा हो। तड़ातड़ वारिश घंटे भर से लगातार हो रही है। पृथ्वी की समस्त बनस्पतियों...पेड़-पौधों और चर-अचर में प्राण-वायु का संचार करने वाली वारिश... सबको अमृतपान कराता आकाश, जीवन-जगत में नई ऊर्जा भर रहा है। इतने दिनों से थामा बांध अब और नहीं थमना चाहता बादल। हां आज आकाश अपनी प्रिया धरती को इतना... इतना सजल बना डालेगा ताकि वह महीनों पुराने विछोह और प्यास को भूल जाये। सर्वत्र धरती पर रोमांच, तृप्ति और सुकून बिछ रहा है। ऐसे में भटकते मन को बांधना मेरे लिए मुश्किल होने लगा है। मैं अपनी खलबलाहट पर काबू नहीं कर पा रही हूँ लगता है पंख लगाकर उड़ चलूँ और पहुंच जाऊं अनुराग के पास या फिर बाढ़ से भरभराती नदी बन जाऊं और बहते-बहते समंदर में मिल जाऊं। हां बहना आता है मुझे लगातार बहते रहना, हवाओं के संग ताल मिलाते हुए... बादलों के सुर में सुर साधते हुए...

हां, पत्तों की थिरकन भी मैं ही हूँ, सरसराती हवा की लहर भी मैं ही हूँ, मेघ की गर्जना भी मैं ही हूँ--, धरती की उर्वरा माटी मैं ही हूँ..., बिजली की कौंध में भी मैं ही हूँ..., पानी की फुहारों से पनपते बीज में मैं ही हूँ। मैं सर्वत्र हूँ। प्रकृति के कण-कण में व्याप्त हूँ मैं..., हर बार एक नया रूप, नया रंग और नया आकार

पनपता जा रहा है मेरे अंदर! आंखों के सामने एक नया चित्र साकार होने लगता है। सचमुच! हवा संग झूमती, नदी की सरसराहट वाली धुन में डूबती जीने का लुत्फ उठाने का अद्भुत पल है ये। मन में समाया इतना सारा नेहरस संभाले नहीं संभलता...छलक-छलक पड़ता है। सब रंग बिखरे हैं सामने और समां इतना रंगीन इतना जादुई होने लगा है जिसके विस्तार और स्वप्निल ऐश्वर्य को कोई माप नहीं सकता। इस छलकते सुख-रस के भरे-पूरे प्याले को कहां छिपाकर रख दूँ? प्रकृति प्रदत्त इस अनूठे रस में सराबोर होती जा रही हूँ मैं। इसके अलावा भी कोई और चाह शेष रह जाती है जीवन में?

इस कल्पना लोक में वर्जना रहित उड़ान भरते समय दुनियां कितनी खूबसूरत कितनी मोहक लगने लगती है। अनुराग, हां तुमने जिस रास्ते पर चलने की प्रेरणा दी है—वहां थमना नहीं है मुझे। अनुराग... तुम सहचर हो मेरे। मनमीत हो मेरे। कहते हैं व्यक्ति जब अकेला हो उस वक्त उसे जो सबसे ज्यादा याद आता है, वह उसके लिए सबसे प्रिय, सबसे जरूरी और सर्वाधिक महत्वपूर्ण होता है और मेरा यह अकेलापन जिस तरह से अनुराग की मांग कर रहा है, अपने में आच्छादित करने के लिए मचल रहा है, उससे लगता है...तुम कितने महत्वपूर्ण हो मेरे लिए। कितने जरूरी हो मेरे लिए। अनुराग, तुम वाकई मेरी जिन्दगी का अभिन्न हिस्सा बन गए हो। मेरी जुबान से पता नहीं कितनी बार तुम्हारा नाम निकलता रहता है। तुम्हारे नाम से अनगिनत झरने एक साथ फूट पड़ते हैं मेरी देह से। हां सच कह रही हूँ तमाम धुंधलाए अहसास साफ-साफ चमक उठते हैं मेरे चेहरे पर। बस तुम्हारी वही छवि देखकर...नींद में सोते-सोते तमाम रोके खयाल मूर्त होने लगते हैं। सपने हैं कि थमते नहीं, कि अनुराग आ गया है मेरे बहुत ही करीब कि उसकी बांहों में विसार दिया है मैंने खुद को, कि अपना सब कुछ सौंप दिया है उसे। यह सब क्या-क्या होता जा रहा है मुझे। अनुराग ने मुझे इस तरह सगेटा है, यूँ बाहों में भर लिया है इस तरह से... यूँ... वह अहसास कितना विलक्षण होगा और कितना अनिर्वचनीय? वह पल अविस्मरणीय बन जाएगा। थम जाएंगी सांसें। ठहर जाएगी सृष्टि। ओफ! क्या-क्या सोचती रहती हूँ आंखें खोलो तो कहीं कुछ भी नहीं। एकदम ठण्डी जमीन आसपास पसरा काला रंग और धुंध ही धुंध। पता नहीं क्यों और कैसे मैं इतना 'मिस' करने लगी हूँ अनुराग को, कि वह मेरे बिल्कुल करीब सिमट आया है एकदम पास से देख रहा है मुझे। ऐसी अनहोनी। असंभव कल्पनाएं घेरे रहती हैं मुझे। तब देह में सब कुछ तरंगित होने लगता है। विचलित मनःस्थिति में डोलती रहती हूँ। सपने देखती हूँ जागती आंखों से। जैसे कहीं से भी अनुराग प्रकट हो जाए बस्स और भर दे अंतस को। पाट दे दरारें, तब चोट खाए अहसास उसके संस्पर्श से छूमंतर हो जाएंगे। कितनी ऊर्जा, कितनी रोशनी भर रहे हैं अनुराग के खयाल! मैं खाली कतई नहीं हूँ। उसके बोल जो बजते रहते हैं अनवरत। अचानक कुछ लिखने की

कोशिश की—

> 'ढोते हैं अपनी धुन पर
> सांझ के सोए-सोए से सुर
> सुनते हैं पगडंडियों के कान-
> थके-थके कंठ से-
> गाती चिड़ियों के गान...

लिखकर थोड़ा मन फ्रैश हुआ फिर चाय चढ़ा दी। आज ऑफिस जाकर अनुराग को दिखाऊंगी इन्हें। देखूँ क्या कहता है अनुराग। हां, मेरे होने का अहसास कराया है तुमने। मुझे नए सिरे से नए सांचे में ढालने के लिए कितनी तरह के तर्कों से कन्विंस किया है—'अंधड़ के बाद भी जो ठहरा रह जाए...इसका मायने यही है कि वह ठहरने लायक था। रिश्तों में ठहराव के लिए भावना के साथ बुद्धि का सामंजस्य भी जरूरी होता है।'

रजत के साथ कैसे कब्रिस्तान में मुर्दा पड़ी थी मैं, जिसे जमीन से उखाड़कर नई जान फूंकी है उसने। मेरी सोई चेतना को ऊर्जस्वित किया है। उस स्फूर्त अहसास को जन्म देने वाला है अनुराग। तुम वाकई हवा बनकर बहते रहते हो मेरी सांसों में। एक ताजी हवा का उन्मादक संस्पर्श भर देता है मेरे अंदर एक नई जिंदगी।

ऑफिस के लिए तैयार होते वक्त मैंने एक पुरानी ऑरेन्ज कलर की साड़ी निकाली।' यह क्या प्रेस ही नहीं है।' मैं मिसेज टंडन के यहां से आयरन ले आई। प्रेस किया। फिर सोचा इसके मैचिंग कड़े-बिन्दियां बगैरह भी नहीं हैं। खूब अच्छे से तैयार होने का मन कर रहा था आज। रूमाल देखकर याद आया—'अरे, रूमाल काढ़ने का कितना शौक था मुझे। हूँ...अनुराग के लिए एक रूमाल काढ़कर सरप्राइज गिफ्ट दूँगी उसे। इस वक्त मैं खुद को विविधरंगी तितली जैसा उड़ता महसूस कर रही थी। टीनेजर्स जैसी मनोदशा थी मेरी। वैसी ही आतुरता, वही व्यग्रता और तीव्र आवेग नीचे से ऊपर तक उफनता जा रहा था मेरे मन के समुन्दर में। ऑफिस पहुंचते ही अनुराग से मिलने की इच्छा प्रबल होने लगती। यह लो... ग्यारह बज रहे हैं और साहब नदारद। मन में आया फोन कर लूँ फिर सोचा—चलो छोड़ो, इतनी हड़बड़ी भी ठीक नहीं। जब चारों तरफ से ढेर सारे रास्ते खुलते जा रहे हों...थोड़ा सा आगे चलकर मिलेंगी दो राहें, चौराहे, फिर हम दाएं-बाएं निकल लेते हैं, लेकिन वहां पहुंचकर देखते हैं कि जाएं कहां? नई जमीन...नया धरातल... नई दिशाएं देखकर हम ऊहापोह में पड़ जाते हैं कि रास्ता ठीक है या नहीं? कभी लगता है इन रास्तों पर जोखिम है तो हम फिर से शॉर्टकट तलाशने लगते है ताकि श्रम और समय की बचत हो। लोगों ने उस पर चलने से डरा दिया और हम डर गए। क्यों चुपचाप मानते जाते हैं हम लोगों की नसीहतों को? सच का एक पहलू यह भी है कि खुद के तलाशे रास्तों पर यदि जोखिम होंगे, या चुनौतियां या इधर-उधर फिसलने का डर लेकिन

इन सब कठिनाइयों के बावजूद कुछ नया व अनूठा देखने-सुनने-सूँघने-महसूसने का नायाब रास्ता ढूँढ निकालने की भी तो ख़ुशी होगी। वह पुराने रास्तों की वनिस्बत ज्यादा ताजगी देने वाली ज्यादा आत्मनिर्भरता बख़्शने वाली अमूल्य निधि बन जाएगी लेकिन शर्त वही है। उस तक खुद चलकर पहुंचने-हासिल करने का सुख या लुत्फ वही उठा पाता है जो मेहनत करता है वरना पुराने रास्तों पर तो कुछ भी नहीं मिलेगा, न थ्रिल... न उत्तेजना, न ताजगी, न कॉन्फीडेन्स न अन्दरूनी पुलक।

तभी घण्टी बजी—'हैलो'। हूँ, तो आप आ गए। क्या हो गया था? कहां थे इतनी देर से ?...

'आती हूँ...' अंदर उछलती मछलियों को दबाकर मैं कविता के पन्नों को लेकर नीचे उतरी।

—'गुड मार्निंग रचना... लुकिंग फ्रैश एण्ड प्रिटी...

—हूँ, देखिए। यूँ ही कुछ लिखा था मैंने उल्टा-पुल्टा सा' मैंने पन्ने बढ़ाए उसकी तरफ।

—'ओहो... अनुराग ने लपककर पन्नों को थामा गोया वे किसी नन्हे बच्चे को बड़े चाव से दुलार रहे हों। वैसी ही चमक आंखों में उभरी फिर बोले—'यह काटा-पीटी क्यों।'

—मुझे बेकार लगी थी वे लाइनें...'

—हूँ..., बेकार तो थीं। रोने-पीटने वाली। जैसे दुख की बारिश होने लगी हो। महादेवी वाली नीर भरी... कहकर वे जोर से हंसने लगे फिर गंभीर होकर नीचे की पंक्तियों को बड़े ध्यान से यूँ देखने-पढ़ने लगे गोया डॉक्टर किसी मरीज की जांच कर रहा हो। दो-तीन मिनट बाद बोले—'बढ़िया भाव है। अलग-अलग मूड्स को तुमने एक में ही ठूंसने की की कोशश की है जैसे—

'ढोते हैं अपनी धुन पर
लौटते पंछियों के झुण्ड
सांझ के सोए-सोए से स्वर
सुनते हैं पगडंडियों के कान
थके-थके कंठ से
गाती चिड़ियों के गान...

हम दोनों को कैंटीन तक आते-जाते कई लोगों ने देखा। थोड़ा घूरकर देखते है लोग... या शायद मुझे ही ऐसा लगा ! अनुराग के शब्दों ने ताकत भर दी—'रचना, डॉण्ट बी कांशस। तुम बस यूँ ही हंसती रहो। आई डॉण्ट केयर। तुम्हारी यह ड्रेस जम रही है...दिस कलर रियली गिब्स यू ए फ्रैशनैस। हंसी आ गई सुनकर। मैंने बात बदलते हुए कहा—'आप तो अच्छी टिप्पणी कर लेते हैं कविता के बारे में। कहां से सीखा है इतना सब?'—'राज की बात है...कहकर उन्होंने जुड़ाव भरी नजरें

मेरे ऊपर फेंकी फिर बोले—मेरे कुछ साहित्यिक दोस्त हैं जो चाहे-मनचाहे सुनाते रहते हैं अपना लिखा। वो जो सफेद दाढ़ी वाला अभय दुबे यहां अक्सर आता जाता है। देखा होगा शायद तुमने, वो भी सुनाता रहता है। वैसे मैं पढ़ता रहता हूँ किताबें और साहित्यिक पत्रिकाएं भी।

चुपचाप चाय पीते रहे हम। थोड़ी देर बाद अनुराग ने कुरेदा—'कैसी कटी रात? आई मीन ठीक से नींद आई? डरती तो नहीं रात में ?

होठों पर निर्ल्याज मुस्कान बैठ गई—'हूँ, नींद देर-सबेर आ ही जाती है ?'

—'अच्छा, एक बात बताओ रचना। गाने का शौक तो है न तुम्हें?

मैं एकदम से उछल पड़ी। हंसी होठों के किनारों को तोड़ती हुई जोर से छलक पड़ी—तुमसे किसने कहा? हां, गाती हूँ, खूब गाती हूँ, सुनती भी हूँ...'

—किसकी आवाज में सुनती हो? पसंदीदा गायक-गायिका बताओ न?'

—पुरानों में हेमन्त कुमार, मुकेश और तलत महमूद। नयों में जगजीत सिंह की गजलों में डूब जाती हूँ... पलकें मुंद जाती हैं खुद ब खुद... अद्भुत गाते हैं वो।

—'वो तो मैं देख रहा हूँ अभी बताने में ही पलकें मुंदने लगी तुम्हारी।' उन्होंने जोर का ठहाका लगाया फिर बोले—'आज शाम को ही मैं तुम्हें दोनों कैसेट लाकर देता हूँ बाद में बताना कौन से गाने खास पसंद आए। स्टीरियो है क्या?'

—'मकान मालकिन से लेकर सुन लूँगी या वहीं बैठकर सुन लूँगी।'

—'खरीद लो भई। अब गृहस्थी तो जमानी पड़ेगी तुम्हें धीरे-धीरे। मैं अपना लेता आऊंगा। आऊं क्या तुम्हारे घर? खैर—पहले अपनी कविता पूरी करो फिर मैं शाम को मिलता हूँ। ओ.के. ? और सुनो आज तुम सचमुच अच्छी लग रही हो ऐसे ही मुस्कान जमाए रखो होठों पर।

पता नहीं उन्होंने क्या-क्या कहा या मैंने ही कुछ सुन लिया। शायद मेरे कान बजने लगे है। हर वक्त कोई न कोई धुन सुनाई पड़ती है। ऊपर अपनी सीट पर पहुंचते-पहुंचते उमंग-उत्साह की तरंगे उठती गिरती रहीं। और वे लहरें पूरी उछाल से घुटनों तक भिगोती रहीं मुझे लगा जैसे समंदर किनारे बैठी हूँ चुपचाप। सीट पर आकर फिर उसी कविता में डूबती उतराती रही। कविता के पन्ने फड़फड़ा रहे थे। मुझे बार-बार कुछ काट-पीटकर नए सिरे से लिखने में मजा आने लगा। फिर से लिखी कुछ पंक्तियां—

'किसी की आहट से पूर्व
स्वागत की नाव पर
स्वयं को सुलाए
सुनता है कोई
बहती हवाओं की तान

मछुआरिनों के कंधे
दिनभर के थके-थके-
धोबीघाट से सुस्ताते हैं
और सूँघते हैं-
लौटते मछुआरों के जालों में पड़ी-
खामोश मछलियों के नाम!

ये थोड़ी बेहतर हो गई है। अनुराग ने कहा था—'ढोते हैं अपनी धुन पर... लौटते पंछियों के झुण्ड... यहां से शुरू करना तब कुछ सेन्स निकलेगा कि शाम है... पंछी लौट रहे है, मछुआरे सुस्ताने के मूड में हैं। चटपट फेयर करके अनुराग को फोन पर सुनाना चाहा तो पता चला वे सीट पर नहीं हैं। लिखकर पर्स में रख लीं और चल दी घर की तरफ।

रोज शाम को सब्जी-नून-तेल चीनी वगैरह लेना मेरे रुटीन में शुमार हो गया। पहले सब्जी वाला नीचे आता था लेकिन उस गली में कोई नहीं जाता। दूध का पैकेट भी लेना पड़ेगा। अनु के पसंदीदा बिस्किट्स-चाकलेट्स, ब्रैड-बटर वगैरह पैक करवाकर बच्ची को क्रैश से लिया और लगभग छः बजे घर पहुंची।

ताला खोलकर सुस्ताने के मूड में कुर्सी पर पीछे टेक लगाई ही थी कि घण्टी बज उठी...'—'कौन है...' तब तक अनु खोलने दौड़ पड़ी।

—'हूँ... तो दीदी ने यहां घर लिया है। पहले तुम्हारे ऑफिस गया। पता चला कि आप निकल चुकी हैं। वो तो आपकी किसी जूनियर सहकर्मी ने देख लिया था। वे मुझे पहचान गई थी तो टोका और ये पता लिखाया।'

भाई देर तक मेरी पूरी कहानी सुनता रहा। हूँ-हां करता रहा—'चलो, चाय पीते हैं, लेकिन मैं ही बनाता हूँ। कहकर वह किचन में घुस गया और फुर्ती से चाय बनाकर ले आया। यहां अकेले रहने की समस्याओं पर चिंताएं जताई और रजत के पास जाने की सलाह देता रहा। मैं बुला लाता हूँ सब बातें मेरे सामने साफ-साफ हो जाएं, देखें क्या कहते हैं? लेकिन मेरे मना करने पर आखिर में बोला—दीदी, आप वाकई मजबूत इच्छा शक्ति की धनी हैं लेकिन अनु का विशेष खयाल रखना पड़ेगा। नए सिरे से सब कुछ शुरू करना बहुत कठिन होता है। मैं यह सब नसीहतें इतनी बार इतने लोगों से सुन चुकी थी कि अब कुछ भी असर नहीं पड़ता था। मेरी सुनने की क्षमताएं संभवतः बढ़ती जा रही थी। भाई देर तक अनु के साथ खेलता रहा। वह भी मामा-मामा कहकर चहकती रही। भाई के साथ वह अपनी बातों का गड़ा खजाना खोलती जा रही थी। उसकी निश्छल—और भोली बातें रस भरी गगरी थी जो जहां-तहां पूरे घर में छलक पड़ती थी—'मामा, जल्दी से एक चूहा बनाओ न?

—'बनाता हूँ, बाबा बनाता हूँ परंतु चूहा नहीं चुहिया बनाऊंगा, तेरी जैसी, या बंदरिया...

—मामा...मामा ...इधर आओ... सुनो...सुनो... इस अखबार में कितना सुन्दर 'सोप' बना है ..., मेरे लिए भी ला दो..., क्या इसे फाड़कर ला सकते हैं बाजार से...' वे दोनों हंसते जा रहे थे।

भाई कभी अनु को पीठ पर बिठाता और चीनी का बोरा बनाकर—'बेचता हूँ, ले लो कोई, कहकर कंधे पर बस्ते की तरह टांग लेता। दोनों को अरसे बाद यूँ खेलते-कूदते देखा तो मन में सुकून बिछता गया। बड़े होते चले जाने की प्रक्रिया में यह सरलता और निश्छलता हमारे पास से किस कदर छिनती चली जाती है।... तब इस उछाल की जगह ले लेती है गंभीरता, कैरियर की चिंताएं। रास्ते पर अंटे पड़े है ऊबड़-खाबड़ पत्थर। गन्तव्य पाना कोई हंसी खेल है क्या?

दरवाजे की घंटी सुनकर मन में फिर वही धुकुर-पुकुर उठी-शायद अनुराग हों—लेकिन मिसेज टंडन मुस्काती हुई आई—'रचना, आज का खाना हमारे साथ खाना। कहां अकेले-अकेले क्या-क्या बनाती रहोगी?' भाई से परिचय तो पहले ही हो चुका था इसलिए थोड़ी देर तक वे भाई के साथ गपियाती रही। बात-बात पर हंसना उनकी खासियत थी और—'सुनो जरा...' यह भी वे जब-तब लगभग हर वाक्य में जोड़ देती। हां भाई की नौकरी से जुड़ी बातें और आगे कैरियर वाली बातें वे खासी दिलचस्पी से सुनती रहीं।

घर छोड़ देना यानी बना बनाया घरौंदा मिटा देना कोई छोटी बात तो नहीं है न? खासी यंत्रणा है यहां इस निर्जन संसार में। जहां कुछ अहसास धुएं जैसे होते हैं जो देखते ही देखते पता नहीं कहां लुप्त हो जाते हैं, हां जब यही धुआं सीधे आंखों में घुस जाता है तो पानी भर जाता है। चुभन भरा आभास देता है। फिर वही अहसास कभी-कभी अवसाद वाली दो बूँद आंसुओं में बदल जाता है। कितना मुश्किल होता है अकेले रहकर सारी मुश्किलों को झेलना। मेरे लिए यह समय सचमुच त्रासद है। तकलीफ तब ज्यादा होती है जब और स्त्रियां मुझे लेकर कभी पीठ पीछे तो कभी सीधे मुंह पर ही कटाक्ष करने लगती हैं। ज्यादातर का कहना था—'क्या समझती है ये खुद को। जरा-जरा सी बातों पर यूँ घर छोड़ता है कोई ? ये कौन सा मुद्दा है भई अलगाव का ? ऐसी तो कोई बड़ी वजह दिखाई नहीं देती। जो लेडीज थोड़ा ज्यादा पढ़ लिख जाती है—पता नहीं उनके दिमाग क्यों इतने चढ़े रहते हैं?' कभी कोई मेरी स्थिति पर तरस खाकर 'बेचारी रचना को देखो' यूँ बेचारी के टाइटिल से नवाज देती।

इधर अनु को संभालते-संभालते कई बार खीज होती। उसकी बेतुकी जिदों के सामने जब-तब झुकना पड़ता। यह सोचकर कि कहीं ये यह न सोचे कि हमारे पापा साथ नहीं रहते इसलिए मां इतना डांटती है। जमीन पर पसर जाएगी। फलां-फलां चीज खाकर ही जाना है या आज टिफिन में यही स्पेशल चीज बनानी है, अमूमन तो मैं उसकी मर्जी मान लेती लेकिन कभी-कभी घर-बाहर के तमाम काम करते-करते

खींझ जाती या थक जाती... लेकिन अनु को इससे भला क्या सरोकार ...? वह लगातार कुछ न कुछ डिमांड करने लगती तो मैं आपा खो देती।

उस दिन रात में बुखार आ गया। बड़ा टैन्शन हुआ उस वक्त...। क्या करती? कहां जाती? जैसे-तैसे खुद उठी..., दवा ली। बच्ची की दवा क्रोसिन पड़ी थी। उसे सीने से चिपकाए लेटी रही। लेकिन नींद नहीं आ रही थी। बेचैनी ओर हाथ-पैरों में दर्द बढ़ता जा रहा था। किससे कहें अपनी समस्या? सुबह अनु को स्कूल के लिए तैयार करने लगी और वह जिद करने लगी—'आज मम्मा, आलूवंडा ही ले जाऊंगी। प्लीज बनाओ न।' मैंने अपनी बीमारी की बात बतानी चाही लेकिन बच्चे कहां ठीक से सुनते-समझते हैं? इधर वह लगातार अड़ी हुई थी—'वरना मैं नहीं जाऊंगी...' गुस्से में तड़ाक से गाल पर चांटे जड़ दिए। बिलबिला पड़ी वो। रोने लगी, इस समय क्या करूं ? मनाना भी मुझे था। बहुत अफसोस हुआ उस दिन। देर तक अपराध-बोध घेरे रहा। अकेले बच्चा पालना कितना जानलेवा बन जाता है—इसका गहरा बोध चुभता गया भीतर तक। सारे दिन यही बातें दोहराती रही। क्यों मारा मैंने अनु को ? अनु को याद करती। यह क्या कर दिया मैंने? एक तो पापा के सुख से वैसे ही वंचित है वो। ऊपर से... ये सब..., उफ! शायद मैं अपनी कुंठा निकाल रही थी। औरतों से या किसी और से भी मैं अपने बारे में खुद ज्यादा बातें नहीं करती। इतना तय कर लिया था मैंने। जितना मैं किसी से बोलूँगी आगे वाला भी उतना ही बोलेगा। अनर्गल बातों को मैं न तो सुनती थी...और कोई कहे तो ध्यान भी नहीं देती थी। फिर भी कुछेक बातें कानों में पड़ जाती—'इस तरह का कदम नहीं उठाना चाहिए था। यदि कभी बच्चे के साथ कुछ हादसा हो जाए तो सारी अक्ल ठिकाने आ जाएगी...तो कोई कहता—इसके पीछे जरूर किसी न किसी का हाथ है... बहुत स्मार्ट बनती है ये पता नहीं लगने देती यह कुछ भी। देखना, जब अगला भी धोखा देकर भाग जाएगा तब होश ठिकाने आएंगे। कोई उम्रदराज महिला बिना कुछ कहे-सुने ही हिदायतें देने लगती—'यह बच्ची बड़ी होकर सवाल-जवाब करेगी रचना, बताए देती हूँ। यही सौ सवाल पूछेगी कि क्यों इतना बड़ा कदम उठाया? ऐसी क्या बात थी जो मुझे पापा से अलग करवाया। मैं सुनकर चुप लगा जाती। फिर वे समझाने के मूड में आ जाती—बेटी की शादी में दिक्कतें आएंगी रचना। अभी भी कुछ नहीं बिगड़ा है' वगैरह-वगैरह।'

मैं इन बातों को झटकते हुए अपने काम से काम रखती और उनसे मतलब भर की ही बातें करती। उनसे सम्पर्क बढ़ाना मुसीबतों का न्यौता देना है। वे कतई नहीं समझना-सुनना चाहती। शायद उनकी इतनी कंडीशनिंग हो गई है उसी दमघोंटू माहौल में रहते-रहते कि वे या तो ओवरलुक करना सीख गई हैं या अभ्यस्त हो गई है। फिर मैं किससे शेयर करूं?—सच बताऊं मैं अपने अकेलेपन को किसी से नहीं बांट सकती। यह दर्द सिर्फ मेरा है, मेरा अपना सहचर।

हां, कुछेक अच्छी स्त्रियां भी थी। नीचे रहने वाली मिसेज जोशी खूब प्यार करती थीं। जब भी मिलती' कहतीं—'रचना शाम को जल्दी लौट आया करो बल्कि यह नियम पक्का कर लो कि अंधेरा होने के पूर्व लौट आना है। बच्ची को अकेली न रहना पड़े—इसका खास ध्यान रखना। एक ऑफिस में मिसेज गुप्ता थी जो जब-तब कहतीं—'कोई समस्या हो तो हमें जरूर बताइए।' इन सबके बावजूद मन का अंधेरा कैसे भी दूर नहीं हो पा रहा था। ढेरों झमेले थे। सब कुछ खुद ही करना पड़ता। कहां-कहां तक क्या-क्या देखूँ? नौकरी की व्यस्तता के बावजूद जब-तब अकेले होने का अहसास कभी-कभी असहज बना देता था मुझे। मैं तब शांत चित्त से सोचती तो अपराध बोध और कुंठा से खौल उठती कि ऐसा क्यों किया मैंने? क्यों किया? कभी सामने तो कभी पीठ पीछे तमाम घरेलू स्त्रियां मुझे देखकर बोलना शुरू करने लगती हैं। उनके कटाक्ष कभी-कभी तो सीधे सिर पर पड़ते हैं सुनकर मैं ओवरलुक कर देती। लेकिन कभी-कभी तेज गुस्सा आता है। एक बार घर के पास वाली गली में रहने वाली मिसेज पांडेय ने कहा—

—'इनका क्या है... न कोई काम-धाम करना न बच्चों को देखना। बस सिर्फ सज-संवर कर चल देना ऑफिस। और अब तो हस्बैंड को भी चलता कर दिया इन्होंने। मॉडर्न जमाने की हैं भई, अपुन का क्या है, अपुन तो ठहरे पुराने जमाने की औरतें, क्या जानें, नई—नई बातें...'

पलटकर जवाब देने की बात सोची लेकिन फिर सोचा—'इनका भी क्या कुसूर? ये वही तो सोच पाएंगी। जैसा जीवन इन्होंने जिया है। पतियों की तमाम प्रताड़नाएं झेलने की अभ्यस्त हो गई हैं ये। मैं अनु को इस तरह से पाल-पोसकर बड़ा करूंगी कि इसके अंदर स्वाभिमान, स्वालंबन और स्वविवेक से लिए गए निर्णय के प्रति कमिटमेण्ट बना रहे। हमें अपने काम करने के तरीके बदलने होंगे। अब जो निर्णय लिया सो लिया, इससे पीछे नहीं हटना।

ठीक है, जिस की शुरुआत की थी मैंने, वह लंबी लड़ाई है। परिवार तोड़ने की लंबी जद्दोजहद से जूझ रही हूँ मैं। एक लड़ाई अनवरत चल रही है मेरे अंदर।

अब एक दूसरी लड़ाई भी लड़नी है मुझे अपने दम पर। यहां कोई नहीं है साथ देने वाला। यह लड़ाई पहली वाली लड़ाई से ज्यादा मुश्किल है। ज्यादा जटिल है। कई परतें हैं इस युद्ध की। कितनी बड़ी विडम्बना है कि खुद स्त्रियां मुझे लेकर ऊंटपटांग किस्म की बातें गढ़ती रहती हैं। उनका मुंह बिदकाकर रिएक्ट करना... पीछे से आरोप मढ़ना—'जैसे इन्होंने अपना जमा-जमाया घर तोड़ा, वैसेई पट्टी पढ़ाएगी अपनी बिटिया को भी। देख लेना। यदि मैं कहीं गलत निकली तो...'

तो दूसरी कहेगी—'इनका क्या है? इन्हें शादियों से फुर्सत मिले तब न बच्ची को देखेंगी, सुना है दूसरी शादी करने जा रही है...।

बीच में कोई बुजुर्ग महिला अपनी झुर्रियोंदार आंखों को बड़ा आकार देते हुए

कहती—'ई सब सांची बातें है का ? तो कोई कहेगा—'कुछ भी कहो यार मजे तो इन्हीं लोगों के हैं...ऐश काटती हैं ये ! अपनी मर्जी की मालिक हैं। जहां जी चाहा, चल पड़ी मुंह उठाए। वाकई कितनी आजाद हैं ये...तभी तो हस्बैंड को छोड़ा है।

मुझ अकेली रहती स्त्री को तकलीफों से इन्हें कोई मतलब नहीं था। मेरा सारा संघर्ष इनके लिए—'ऐश काट रही है ये...' सुनकर खदबदाहट होने लगी थी। एक मुझ जैसी स्त्री की इच्छा कि 'मैं' अपने साथ किसी भी तरह का बुरा सुलूक बर्दाश्त नहीं करूंगी। मार-पीट नहीं सहूँगी। दोयम दर्जे का व्यवहार नहीं सह सकती,' इसे ये औरतें क्यों नहीं सही तरीके से एनालाइज करती हैं ? हर वक्त क्यों पुरुष वर्चस्ववाद को संरक्षण देती रहती हैं? पतिनुमा पुरुष द्वारा पैदा किये गए स्पीडब्रेकर को लांघने का जो साहस मैंने दिखाया है, जो किसी भी स्वाभिमानी स्त्री की विकास यात्रा में जरूरी है—उसे क्यों नहीं सही तरीके से नापती-जोखती हैं ये ? अपने गतिरोधों, संघर्षो और अपने सचेत व्यक्तित्व को बनाए रखने हेतु अपने से जूझती मुझे या मेरी अस्मिता का सही मूल्यांकन क्यों नही करती ये स्त्रियां?

लेकिन मैं भी स्वीकार करती हूँ इन कष्टसाध्य, दुर्गम, उबाऊ और थकाने वाले रास्ते पर अकेले चलते रहने की चुनौती को। ठीक है कोई मेरे मन की तलहटी तक नहीं पहुंचना चाहता न कोई मेरी संवेदना के सरोकारों को बूझना चाहता है। कितनी बड़ी विडम्बना है कि इधर मैं पारिवारिक, आर्थिक, सामाजिक मोर्चों पर एक साथ जूझ रही हूँ उधर मेरी गत्यात्मकता को अमूमन लोग तयशुदा फ्रेम में फिट करके देखते हैं। क्या यह चौंकाने वाली बात नहीं है कि तमाम ऐसी स्त्रियां जो लीक से हटकर चलने का साहस करती हैं—उनसे जुड़ी हर स्थिति और घटना पर तमाम स्त्री पुरुषों की बड़ी चुस्त—चौकन्नी निगाहें जमी रहती हैं। क्यों नोटिस किया जाता है मुझे?—कभी-कभी यही सवाल मुझे परेशान किए रहता है? कितने तनावों के बीच रहती हूँ मैं? यूँ कहने-दिखाने को आजाद हूँ, लेकिन संस्कारों रामाज के अप्रत्यक्ष दबावों से किस तरह की ग्रन्थियां मेरे भीतर पनपने लगती हैं जो मुझे सहज ढंग से नहीं जीने देती। मेरे जीवन के तमाम अंशों का प्रतिबिम्ब अमूमन लोग एक ही बिंदु पर आकर एक ही खूटे से बांधकर कर देते हैं—'पक्का किसी से लफड़ा है इसका, वरना इतना खुश कैसे रहती है ये?' उफ! मेरे संभावनाशील व्यक्तित्व को यहीं लाकर स्वाहा कर दिया जाता है। सोचकर किरकिराहट होने लगती है आंखों में। ये मेरे जीवन की कितनी बड़ी विसंगति है? अकेले रहने वाली स्त्री के जीवन का कितना बड़ा अभिशाप है ये ? जो एक स्त्री को सामान्य जीवन नहीं जीने देता। मेरे संघर्ष को सही अर्थों में व्याख्यायित करना तो दूर रहा—खुद स्त्रियां तक मुझे किस ढंग से देखती हैं। उस दिन क्रैश की आया कह रही थी—'मैम साब का इतना बड़ा घर है, अच्छे खासे सामान हैं इनके घर पर, साहब भी अच्छे हैं, ऊंचे ओहदे पर हैं लेकिन ये वहां नहीं रहतीं। यहां पड़ी हैं इस दो कमरे वाले मकान में। बेचारी

ये लड़की है छोटी सी, बड़ी आफत है इन ऊंची पढ़ी-लिखी मैंमों की। भगवान जाने, क्या बात थी? क्यों घर छोड़ा ? बड़े लोगों की बातें अब हम छोटे लोग क्या जानें?'

क्यों शार्टकट के जरिए मेरे जीवन की शिनाख्त की जाती है? यदि मैं किसी से एक विशेष तरह की भावनात्मक सुरक्षा महसूस करती हूँ या किसी के साथ मेरी अंतरंगता की चाहत है तो लोग क्यों इसे एकांगी दृष्टिकोण से परखते हैं? क्यों झटपट ये 'दैहिक रिश्ते' पर आकर उछाल देते हैं मेरे संबंधों को ? अरे इन्हें मुझमें रुचि है तो मेरे जीवन से जुड़ी समस्याओं को समझें। उन सूत्रों को पकड़ें तब तो किसी निष्कर्ष तक पहुंचें, लेकिन इन्हें तो बस इसी बात को घुमा-फिराकर कहने में, या मिर्च मसाला छिड़ककर चटखारे लेकर बातें बनाने में मजा आता है। मेरे जीवन के अनुभवों को नहीं जानना चाहते ये सब? ये जो इतनी उल्टी-सीधी बातें बनाते रहते हैं... एक-पक्षीय नजरिए से मेरी हर गतिविधि की जांच-पड़ताल क्यों करते हैं, ये? पूरे संदर्भों से जोड़कर क्यों नही देखते मेरे जीवन को? क्या ये महज–'एक पुरुष समाज का मनोविज्ञान नहीं है? उनके कोण से किया गया एकांगी मूल्यांकन ? तस्वीर का सिर्फ एक ही पहलू क्यों देखते हैं ये? तस्वीर के पार दिखते मेरे जीवन के गहरे सरोकारों को मेरी संवेदना से जोड़कर देखने की कोशिश क्यों नहीं करते ये दुनिया वाले?

इन बातों को जितना झटकने की कोशिश करती वे उतनी ताकत से अपने सींगों को मुझे दिखा-दिखाकर डराते रहते। लेकिन मेरी कंडीशनिंग होती जा रही थी धीरे-धीरे। मंजकर निखरती जा रही हूँ मैं–'कोई फर्क नहीं पड़ेगा, जिसे जो कहना हो, कहता रहे' ये सोच मेरे जीवन का अनिवार्य अंग बनती जा रही है। इनकी जैसी समझ होगी, संवेदना का जितना विस्तार होगा–वैसा ही तो समझ पाएंगे मुझे। मैं क्यूँ इस चिंता में अपना खून सुखाती रहूँ? सब तो इस तरह की बातें करके मस्त रहते हैं लेकिन मैं ही क्यों आत्मपीड़ा में जिऊं? आखिर में 'हू केयर्स' कहकर झटकने में जुट जाती और भूलने की कोशिश करने लगती।

सुबह आंख खुली। आसमान ने अपनी ओढ़ी चादर फेंक दी और सफेदी छलछलाती हुई नीचे जमीन पर गिर पड़ी। सबेरे की धुंध में चांद बादलों के बीच दुबके बच्चे के समान फीकी रंगत लिए था लेकिन फड़फड़ाती चिरैया की शक्ल में सुबह इठलाती हुई हवा की गलबहियां भरती चौकड़ी भरने लगी। समां इतना मोहक था कि मैं यूँ ही ताकती रही। अरे... रे... पगड़ी बांधे सूरज महाराज अपनी सिंगार पिटारी में से सज-संवरकर चौतरफा अपनी सौन्दर्य छटा बिखेर रहे हैं। कोई इनका मोहक परिधान तो देखे जरा, न पूरा नारंगी, न पूरा गुलाबी बल्कि इनके लिये का कोई 'पीच' जैसा रंग जिसे ठीक-ठीक नाम नहीं दिया जा सकता। पलक झपकते ही उन्होंने शर्माना छोड़ इत्र की खुशबू वाला जादू फैलाना शुरू कर दिया और अपने पूरे रोब-दाब के साथ वे सबके बीच आकर्षण का केन्द्रबिन्दु बन गए। लोगों को

अपने मोहपाश में लेते हुए। अपनी अंतरंग सखी हवा को अपने आगोश में भरने के लिए सभी में होड़ मचने लगी। हवा सभी की स्वप्न सुंदरी जो थी। पेड़ों की डगालें झूम-झूमकर अपने अभिनय कौशल से इस अमूर्त बाला को अपने दामन में भरने के लिए रणक्षेत्र में भाग्य आजमाने लगी। उफ! कितना अद्‌भुत है यह नजारा ! देखते हुए मन नहीं भर रहा। जहां मरियल चांद का बच्चा दिन के बेताज बादशाह को देखकर गठरी बना पड़ा है तो वहीं सूरज महाराज बेफिक्री से दिनभर की बागडोर संभालने के लिए तैयार खड़े हैं।

अनु के रोने की आवाज सुनकर मैं अंदर वाले कमरे में गई। उसे दूध का गिलास थमाया जिसे पीकर वह फिर से सो गई। मैं चाय बनाने के लिए किचन में गई ही थी कि घंटी बज उठी—कौन आया होगा इतनी सुबह? उधेड़बुन में दरवाजा खोला...

—'आप? मिल गई फुर्सत आपको? मैं कल बेवकूफों की तरह इंतजार करती रही' उन्हें देखते ही उलाहना देना शुरू कर दिया मैंने।

—'आहिस्ते..., आहिस्ते बोलो..., बच्ची सो रही होगी... उन्होंने शांत लहजे में कहा।

—'भाई आया है कल। दूध लाने गया है अभी-अभी।' कहकर मैंने उन्हें आगाह करना चाहा लेकिन वे बड़ी सहजता से बोलते रहे—'चलो, यह अच्छा रहा कि कल तुम उसके साथ मस्त रही होगी। अच्छा ये बताओ उसकी क्या प्रतिक्रिया रही तुम्हारे निर्णय पर?'

—'कोई खास नहीं, और लोगों की तरह बार-बार वही नसीहतें सुनती रही, लेकिन चूँकि मुझे बचपन से जानता है इसलिए बोला—'दीदी, मैं बखूबी जानता हूँ आपको। एक बार जो ठान लेती है, वह करके ही चैन से बैठती हैं।'

—'अच्छा सुनो, ये रहा तुम्हारा स्टीरियो और ये है गानों के कैसेट। सुनकर बताना कौन से गाने अच्छे लगे तुम्हें। अभी चलूँगा, जल्दी में हूँ, ऑफिस में मिलते हैं, ओ.के. ?'

—'अरे, अरे, चाय तो पीते जाइए।'

अभी नहीं, फिर कभी। घर पर बड़े भाई आए हैं इसलिए कल शाम को नहीं आ पाया। उन्हीं के साथ व्यस्त रहा।' मैं उन्हें जाते-जाते देखती रही कि अनु ने पीछे से मेरा कुर्ता खींचा—'उठ गई तू? कहकर मैंने उसे पुचकारा और समेट लिया बांहों में। फिर वह थोड़ी देर बाद खेलने लगी। अब मैं जल्दी-जल्दी बिखरे कामों को समेटने लगी, लेकिन यह क्या ? सारा काम मात्र घंटे भर में खत्म। घड़ी देखी—नौ बजे थे। मैं जल्दी जल्दी ऑफिस पहुंचकर अनुराग से मिलना चाहती थी। तभी याद आया—स्टीरियो पर कैसेट्स लगाती हूँ। मुझे गाने सुनने में मजा आने लगा। धीरे-धीरे मैंने खुद को ढीला छोड़ दिया और स्वतंत्र मनःस्थिति महसूस करने लगी। हां, यह

भरोसा पुख्ता होता गया कि मैं किसी स्वच्छन्द पक्षी की तरह उन्मुक्त आकाश में विचरने की मनःस्थिति में हूँ। कोई डिप्रेशन नहीं ओढ़ा मैंने बल्कि अपने अंदर पनीली हवा का ताजा झोंका महसूसा। नथुनों में आक्सीजन सूँघती, छत पर देर तक विचरती पंछियों को निर्द्वन्द्व भाव से उड़ते देख खुद भी उड़ती रहती। बादलों के बदलते रंगीन टुकड़ों को देख-देखकर बच्चों की तरह मन उछलने—कूदने लगा। रोज-रोज सुबह जल्दी जागने लगी। सुबह के निकलते सूरज को देखने की ललक बढ़ती जाती। क्षितिज से फूटती पीली किरणें चंद सेकेण्ड्स में ही धरती पर लोटने लगती हैं, तो कभी लगता जैसे आकाश में अनायास नदी के दो किनारे बन गए हों और इन्ही के बीच में से प्रकट हो जाता नन्हा बाल सूरज। रोज-रोज वही दृश्य देखकर मन नहीं अघाता था बल्कि सच बताऊं कि हर रोज मेरे अंदर जीने की नई—नई शक्ति भरती। सांसों में नई स्फूर्ति महसूसती और खुद को अक्षुण्ण ऊर्जा से भरा-पूरा पाती। खुद को जानने-पहचानने और फिर नए सिरे से गढ़ने एवं कुछ अलहदा करने की इच्छाएं बलवती होती जा रही थी मेरे अंदर।

बचपन की एक घटना याद आने लगी। दसवीं की परीक्षा में कॉलेज में टॉप करने पर मेरे टीचर ने कहा था—'रचना, यू नो, समन्दर में ढेर जीव जंतु होते हैं, अंदर-अंदर ढेर मछलियां होती हैं लेकिन उन तमाम जीव जंतुओं के बीच में से थोड़ा सा ऊपर उठने का जोखिम कोई-कोई सीगल ही उठा पाता है। एक बार यदि वह उससे ऊपर उठकर अपने आसपास देखता है तो उसे यह सब बेहद थ्रिलिंग, नया और रोमांचक लगता है। धीरे-धीरे वह खुद को वहां से उठाने की चेष्टा में लगातार जुटा रहता है और फिर वह वाकई एक दिन उन तमाम जीव-जंतुओं को लांघता हुआ ऊपर उड़ने में कामयाब हो जाता है, तो सोचो, शुरुआत में कितना जोखिम उठाया था उसने? कितने साहस और जुझारू मनःस्थिति में गुजरता रहा होगा वह लेकिन जब एक बार उसे इसका स्वाद मिल गया तो उसने खुद को सबसे ऊंचे पायदान पर खड़ा पाया और अपनी मिसाल कायम की। तो तुम वैसी सीगल बनने के बारे में सोचो। पता है..., देखते ही देखते कई और सीगल भी सतह से ऊपर उठने का प्रयास करने लगेंगी। मतलब कि तुम्हें इस ढर्रे वाले जीवन से ऊपर उठना होगा। वैसी क्षमताएं हैं तुम्हारे अंदर। खुद को जानो, पहचानो तब मैं मंत्रमुग्ध श्रोता की तरह उनकी कही बातों को अंदर वाले गुल्लक में कहीं डालती जाती थी, ताकि जरूरत पड़ने पर वे बातें काम आ सकें। हां, बचपन के ऐसे प्रसंग जब-तब मेरे अंदर प्रेरणा फूंक देते और हौसला बढ़ाते रहते।—'तुम्हें कहीं भी ठहरना नहीं है रचना। बस चलते रहना है। तब मेरा एक और नियम बना था—सुबह उठकर थोड़ा सा योगाभ्यास करना, चाहे दस मिनट के लिए ही सही लेकिन यह मेरी आदत में शुमार था। पता नहीं कब और कैसे यह आदत लगातार बनी रही मेरी। हां, अनु के होने के बाद जरूर छूट गई यह आदत। इसे भी साधना होगा फिर से।

अभी दो दिन पूर्व रजत आया था यहां। अनु के प्रति खासा लाड़ जताया और फिर ले गया अपने साथ। पूरे समय मैं हां-हूँ में ही बात करती रही। हर बार की तरह इस बार भी 'सोशल प्रॉब्लम्स', 'फेमिली प्रॉब्लम्स' और ट्रेडीशनल हस्बैंड वाली अपेक्षाओं के पुलन्दे को एक-एक करके खोलकर दिखाता रहा। अब यह सब बातें मेरी समझ में नहीं आती सो मैंने साफ-साफ कह दिया—रजत, प्लीज डोंट वेस्ट योर टाइम। हां अनु को ले जा सकते हो...एज यू लाइक, यू आर फ्री टु डू विथ अनु। उस शांत वातावरण में हवा ठहरी थी। कहीं कोई सुरीलापन नहीं भर पा रहा था। लग रहा था जैसे हम दोनों के बीच बात करने के लिए कोई टॉपिक नहीं बचा हो। न मुझे वे तर्क कहीं से कन्विंस कर पा रहे थे और न ही मैं खुद को रजत की अपेक्षाओं के अनुरूप ढालने में रुचि ले पा रही थी। अनु वहां दिन भर रही। रात को अनु को वापस लौटाते हुए फिर वही बातें दोहराईं—'रचना, तुम खुदगर्ज होती जा रही हो... सिर्फ अपने बारे में ही सोच रही हो। कभी इसके ऐंगिल से भी देखने की कोशिश करो। यह बेचारी क्यूँ भुगते हम दोनों की गल्तियों की सजा? कब तलक चलेगा यह सब?

—'रजत, प्लीज, इसे बेचारी वगैरह मत कहो। यह मस्त है यहां और जो भी जैसी भी स्थिति में है, वह बिल्कुल साफ-साफ बता दिया है मैंने।' यह सुनकर रजत सकते में आ गया और तैश में बोला—'जैसे बच्चों में कुट्टी होती है, बड़ों में भी होती है। यही कहा था न? लेकिन यह भी सोचा है कि कितना मिस करती है ये मुझे? मुझसे बार-बार साथ चलकर रहने की जिद करती रही, तो? इसकी तरफ से क्यों नहीं सोचती तुम? कैसी मां हो तुम ? कहां गई मां की ममता? कितनी क्रूर और बेरहम मां हो तुम। बेकार ही इमोशनल बनने का ड्रामा करती रहती हो औरों के सामने?

मैं सब सुनकर चुप बनी रही, कुछ भी जबाब नहीं दिया। जबाब देकर भी क्या किया जा सकता था? इस कड़वी हकीकत से गुजर रही थी मैं। यह सच है कि अनु को लेकर जिम्मेदार थी मैं। लापरवाह कतई नहीं थी। मेरी चुप्पी देखकर रजत जाने लगा और चलते-चलते फिर वही बातें दोहराईं—'औरों की बातों में क्यों दो जिंदगियां बर्बाद करने पर तुली हो? अपने दिमाग से काम लो। क्या सारी कमाऊ औरतें यही करती है जो तुम कर रही हो? सोचो, यदि तुम नौकरी न कर रही होतीं तो भी क्या ऐसे ही पेश आती? इतनी आसानी से घर छोड़ने की हिम्मत कर पाती?'

—'बिल्कुल ठीक कह रहे तुम। हमारी तमाम हिन्दुस्तानी औरतें सह तो रही है यह सब। पुरुषों द्वारा किया गया घटिया व्यवहार झेलने को मजबूर हैं वे।'

—तो इसका क्या मतलब निकाला जाए ? रचना, यकीन करो, अब जैसे तुम रहना चाहोगी, रहना। मैं इससे ज्यादा और क्या कह सकता हूं? रजत की आवाज की लौ इस बार मद्धिम पड़ने लगी। रजत को हाथ हिलाती रही अनु। रजत के जाने

पर, जैसे डोर का दूसरा सिरा हिलता रह गया हो अनु में। मैं उसके चेहरे को पढ़ती रही फिर खुद को झटका और जल्दी-जल्दी तैयार होकर ऑफिस जाने की तैयारी करने लगी। अपनी इस अदम्य इच्छा शक्ति देखकर खुशी भी होती है और आश्चर्य भी। यह इच्छा शक्ति ऐसी अदृश्य ताकत है जिसके सहारे कैसे भी दुष्कर कार्यों को पूरा करन का जज्बा पैदा होने लगता है। उमंग से सोए अहसास अचानक फिर से जिंदा हो जाते।

मैं रुटीन काम निबटाने में लगी रही। सब्जी-परांठा टिफिन में डालते हुए पता नहीं किन-किन गुत्थियों को खोलने में मशगूल थी। किचन की खिड़की से आती धूप की तिरछी लकीरें सीधे मेरे चेहरे पर पड़ रही थी। खिड़की से बाहर बैठी चिड़ियां पता नहीं कहां टुकुर-टुकुर देखे जा रही थी। मैं उस एकाग्रता में डुबकी लगाती सोचने लगी—यह कैसा प्रवाह है? जो बंधे-बांधों को तोड़ने की कुव्वत रखता है। कभी लगता जैसे पुराने अहसास पुराने अंधकूप में पहुंचकर जाम हो गए हैं लेकिन कभी उन्हीं में से उपजता है डिप्रैशन जिसके केन्द्र में है अनु। उसके लिए यह माहौल माकूल नहीं है। वह इन दिनों थोड़ा कम बोलने लगी है। या तो चुपचाप खिलौनों से खेलती रहती या अपने—आपसे बातें किया करती। यह देखकर मुझे चिंता होने लगी। कभी तो वह सोते वक्त अपने टैडीबियर को बिल्कुल अपने सीने से सटाकर बातें करती। मुझसे कहती—'मम्मा, आप भी इसे प्यार करो न, तो कभी रैबिट के बच्चे को उठाकर अपने सिरहाने रख सोने की एक्टिंग करने लगती। उसे देखकर मैं सोच में पड़ जाती। मेरे अंदर लाल-पीली लौ छोड़ते सवाल सुलगने लगते। सिर की नसें तनाव से गर्म हो उठती। अनु अब बड़ों की तरह सब बातों को बूझने की कोशिश में लगी रहती। थोड़ी गंभीर भी होती जा रही है यह। कहीं यह मेरा भ्रम तो नहीं? क्या वाकई ये हम दोनों के बीच पनपे गैप को पढ़ना सीख गई है? भुरभुरी माटी के बीच एक गहरी लंबी दरार साफ-साफ दिखाई पड़ रही थी जो न मिट पा रही थी। न सिमट पा रही थी। एक ही वृत्त पर गोल-गोल चक्कर लगाते हुए मैं किसी निष्कर्ष तक नहीं पहुंच पा रही थी बल्कि अंदर घुसी अपराध बोध की वह फांस चुभने लगती जिसका कांटा निकाल पाना उतना ही दुष्कर था जितना पेट में पड़े मछली के अदृश्य कांटे को निकाल पाना। क्या करूं मैं? कैसे निबटूँ इससे?

धीरे-धीरे मुझे इस सचाई का बोध हुआ कि उसके साथ मुझे और ज्यादा समय देना होगा। मैं कभी उसके साथ कैरम खेलने बैठ जाती तो कभी फिल्मी गाने गुनगुनाकर सुनाती। हां, मुझे खुश देखकर वह सचमुच चहकने लगती। कभी-कभी सोते वक्त चौंकती तो मैं उसे खूब कसकर अपने से चिपटा लेती। शाम को कहीं न कहीं घूमने निकल जाना एक नियम सा बना लिया था मैंने इन लमहों में अनु खूब खिलखिलाती, मस्ती करती। तब उसे खुश देखकर मेरे मन में सुकून हवा की तरह बिछता चला जाता। मैं संतोष की गहरी सांस खींचकर अंतस में नेह और संतृप्ति की गैस भरती

जाती और अदृश्य पुलकन में गोते लगाती रहती।

अनु को स्कूल छोड़ती ऑफिस की तरफ आते-आते उसका चेहरा याद आता रहता। स्कूल में सबके पापा छोड़ने आते हैं। अनु चुपचाप उन्हें देखती, फिर मेरी तरफ देखने लगती और अनकहे सवालों की बॉल मेरी तरफ उछाल देती, जिनसे मैं बचना चाहती लेकिन नही बच पाती। विकल्प कोई किसी का नहीं बन सकता। सोचती तो आंखों में रुलाई थम नहीं पाती... फिर में बेआवाज हो जाती। कितने दिनों तक खुद को संभालती रही मैं? अंदर फैले इन सुलगते सवालों का आंच से मैं तपती रहती लेकिन अनु को खुश रखने के जतन जारी रखे।

सारे काम अब मुझे ही करने हैं, अकेले, अपनी दम पर। अपने कंधों पर ढोनी है जिम्मेदारियां—सोच-सोचकर गला भर आता। अकेलेपन का अहसास पेट में बेचैनी भरने लगता। उतरा चेहरा लिए मैं ऑफिस पहुंची लेकिन वहां भी अनु के खयाल अंदर-अंदर से काटने लगे। सीट पर बैठते ही दो गिलास पानी पिया फिर सोचा—'अब और ज्यादा मुस्तैदी से काम पर जुट जाऊंगी मैं। काम करने से कैसा परहेज?' मन के दूसरे कोने से आवाज आई—'रचना, वहां पर रजत क्या करता था? अखबार-टी. वी. में आंखें गड़ाए बैठे रहने के सिवाए और क्या किया उसने ? किस जिम्मेदारी का निर्वाह ठीक से किया? बच्ची को स्कूल भेजने की तैयारी से लेकर रात में सुलाने तक के सारे काम मैं ही करती थी। फिर आज क्यूँ हो रही है इतनी घबड़ाहट? क्यूँ है इतनी नर्वसनैस? यही सब काम मैं अब भी करती हूँ फिर क्यूँ गिल्टी फीलिंग है? क्यूँ तनाव के अंगारे दहका रहे हैं मेरे अन्तर्मन को जो बार-बार चिटचिटाकर बुझते है, मिटते हैं फिर राख बनते जाते हैं।

खुद को जस्टीफाई करती कि इन समस्याओं का कोई मुस्तकिल हल नहीं निकलने वाला। लेकिन तनाव है कि जाता नहीं बल्कि इनमें फंसकर हर बार यूँ फड़फड़ाती रह जाती हूँ गोया वे पहली बार आए हों जिंदगी में। पंखे में फंसी मकड़ी को देखते हुए एक लंबी सांस अंदर भरी फिर रजत से हुई अपनी बातचीत के टुकड़े-टुकड़े करके देखती रही—'सच तो यह है कि अब हमें एक दूसरे से बदलने की उम्मीद छोड़ देनी चाहिए! रजत..., खुद को तुम्हारे मुताबिक बदलने का उत्साह भी मैं अपने अंदर नहीं खोज पाती..., फिर आगे क्या कहूँ?'

तभी अनुराग आते दिखे...' रचना, गुड मार्निंग, क्या हुआ आज? सुबह-सुबह इतनी उदास क्यों लग रही हो ? क्या हो गया है तुम्हें?

मन में आया खूब जोर से दहाड़ें मारकर रोती रहूँ और कोई भी मेरे आंसू न पोंछे। भरी आंखों और होठों की चुप्पी देखकर अनुराग खुद ही बोल पड़े—'चलो, आज कॉफी हाउस चलकर कॉफी पिएंगे। ओ.के.? रिलैक्स यार, कम ऑन।' मैंने इधर-उधर देखा। इक्के-दुक्के लोग इधर-उधर आ जा रहे थे। मैंने आंसू पोंछे फिर हम दोनों बाहर निकल आए। तपती जमीन पर टिके हों पैर और सिर पर हो सूर्य

की आंच ऐसे में कैसे कायम रह पाएगी वह फूल सी मृदुलता और महक? तपन के बाद छांह पाने की सख्त तलब होने लगी मुझे। छांह जो जरूरी है जीने के लिए। मैं सोचती जा रही थी। बैठते ही अनुराग ने पूछा—'अच्छा पहले अपनी कविता दिखाओ, कुछ चेन्जेज किए हैं न।'

पर्स में रखे कागजातों में से कविता की पंक्तियों को निकाला। थोड़ी देर तक वे उन्हीं कागजों में खोए रहे फिर बोले—कमाल का लिखा है तुमने तो। मछुआरिनों के कंधे दिन भर के थके-धुले... धोबीघाट से सुस्ताते हैं और सूँघते है लौटते मछुआरों के जालों में पड़ी खामोश मछलियों के नाम। तुम वाकई लिख सकती हो रचना।

अनुराग के मुंह से उछलते शब्द मेंढ़कों की तरह फुदककर मेरे आंचल में बैठ गए। उनकी आवाज मन में जमी बर्फ की परतों को पिघलाने के लिए सूर्यताप का काम कर रही थी—'रचना, अब जो हो चुका, सो हो चुका। पीछे मुड़कर देखने से कुछ नहीं मिलने वाला। तुम चाहकर भी फिर से जिंदा कर सकती हो क्या बीते लमहों को?

आंसुओं के ढुलक जाने के बाद मैं थोड़ी हल्की हुई और कहने लगी—'अनुराग—सिर पर चौबीसों घंटे लदा रहता है जिम्मेदारियों का पुलन्दा। अनु को लेकर अपराध बोध दबोचता है मुझे। मेरा ध्यान हर वक्त उसी की तरफ लगा रहता है कि वह क्या-क्या करती रहती है। वह भी बात-बात पर मेरा मुंह जोहती रहती है, चुभता है यह सब...'

—'देखो रचना, तमाम चीजों को लंबे समय तक ढांक-मूंदकर जबर्दस्ती जिंदा नहीं रखा जा सकता। वरना वह अखाद्य बन जाता है। उसे थोड़ा-बहुत तो बताना ही पड़ेगा, लेकिन इससे भी जरूरी चीज है कि तुम खुद को मजबूती से पकड़े रखो यदि तुम्हीं खुद को यूँ बिखेरना शुरू कर दोगी तो बच्ची तुम्हें ऐसी हालत में देखकर और ज्यादा परेशान होगी। उसकी खुशी के लिए तुम्हें खुद को खुश रखना पड़ेगा, कैसे भी...।

सान्त्वना की स्वरलहरियां मेरी शिराओं में जमे रक्त प्रवाह को तेज करती रहीं और धड़कनों का वोल्टेज हाई हो उठा। इन अन्दरूनी हलचलों से ज्यादा देर तक अनजान नहीं रहा जा सकता था। कैसी उदात्त मनोभूमि है जहां पहुंचते ही मन में एक नया अक्स उभर कर चमकने लगता है एवं पुराने अहसास मुर्दाघर की तरफ भागने लगते हैं—'आई विल ट्राई टु डू दैट...।' थोड़ी देर चुप रहने के बाद मैं नॉर्मल मूड में आ गई और बतियाना शुरू किया—'जानते हो, कल मैंने क्या किया? मैंने अपने घर के पिछवाड़े झुंड में खेलने वाले बच्चों को इकट्ठा किया। उनके बीच दो घंटे रही। उन्हें टॉफी-बिस्किट्स दिये। देर तक गप्पें करती रही। छोटी-छोटी बातें समझाईं। थोड़ी सी बातें पढ़ाई की भी।—'क्या वे पढ़ते भी हैं?, कहां पढ़ते हैं।'

—'पास के किसी सरकारी स्कूल में जहां दोपहर को खाने को केला-दलिया मुफ्त में मिलता है उन्हें।' वे बड़े ध्यान से मेरी बातें सुनते रहे, अनु को भी मजा

आया।'

—ये वाकई अच्छा किया तुमने। देखो तो, इस बात को बताते-बताते तुम्हारे चेहरे पर आभा बैठ गई है। इनफैक्ट, ऐसे छोटे-मोटे कामों को करते हुए तुम्हें वाकई अच्छा लगेगा। अपना हर दिन ऐसे ही लाजबाव बनाओ। ऐसे ही मन को खुश रखने लायक कोई न कोई काम करती रहो।

—'रचना, एक बात बताओ तुम्हें योगासन आता है ?

—'हां, पहले करती थी एक्सरसाइज वगैरह भी

—'तो अब फिर से रिवाइव करो इसे। तुम्हें एक नई पारी खेलना है सो अपने एक्सरसाइज शेड्यूल को रिवाइव करो। अच्छे स्वास्थ्य व फिटनेस के लिए पूर्ण मनोयोग के साथ साधना की जरूरत पड़ती है। खाने पर भी ध्यान दो। तुम्हारी डाइट बैलेन्स्ड नहीं है। फल, सलाद एवं अंकुरित दाने अनिवार्य रूप से खाने में शामिल करो। रचना फिर से यही कहूँगा कि फिटनेस के लिए जरूरी है कसरत और इसके लिए आवश्यक है एक प्रफुल्लित जवां मन। उल्लास एवं बालसुलभ भोलापन। इससे तुम्हें एक नई ताजगी महसूस होगी। जिससे तुम सारे दिन फ्रैश रहोगी एवं खुश भी...

—'अनुराग, तुम्हारे कैसेट्स सुने थे मैंने... विषयांतर करते हुए कहा मैंने।

—'कौन सा गाना अच्छा लगा तुम्हें? सबसे ज्यादा।'

—'तुम बताओ, 'मैं उनकी पसंद जानने के लिए व्यग्र हो उठी।

—'नहीं, तुम बताओ पहले' उन्होंने भी जिद ठान ली किसी बच्चे की तरह...

-मुझे तो तलत महमूद के सारे गाने खूब पसंद हैं, नेक्स्ट हेमंत कुमार फिर मुकेश कहकर मैं थोड़ा गुनगुनाने लगी—'हां... हां... यही गाना है मेरा फेवरिट—'ये वादा करो चांद के सामने...'

इस बात पर हम दोनों हंस पड़े साथ-साथ। क्या इसे महज संयोग माना जाए? अनुराग की पसंद मुझसे यूँ मेल खाएगी-कौन जानता था? अचानक याद आया—कल बच्ची के स्कूल में पैरेंट्स-टीचर्स मीटिंग है... वह फिर से अपने पापा को मिस करेगी। क्या करूं? कुछ समझ में नहीं आ रहा, यही टॉर्चर है। सुबह से सोच-सोचकर परेशान हो रही हूँ...'

—'कोई बात नहीं। तुम पर्याप्त नहीं हो क्या? वैसे मैं आज शाम को आ रहा हूँ तुम्हारे पास। अनु के साथ खेलने-कूदने और गपियाने। ओ.के.? अनु की बालसुलभ चंचलता को मेंटेन करना होगा हमें...कैसे भी। संभव हुआ तो हम तीनों कहीं किसी पार्क में चलकर बैठेंगे। लेकिन जैसा कि मैंने तुम्हें समझाया—सबसे जरूरी बात। तुम एकदम से मस्त रहो उसके सामने। नॉर्मल ढंग से विहैव करो जैसे कुछ हुआ ही न हो...समझ रही हो न।'

—'हूँ... मेरे मुंह से सिर्फ यही निकला। अनुराग की बातों को पचाते हुए अंधेरे मन में एक नई रोशनी चमकी और अंतस के जकड़े दरवाजे 'चटाक' की आवाज

से खुलते गए खुद ब खुद। मुझे लगा मैं एक ऐसे वाहन को चला रही थी जिसकी हैडलाइट्स टूटी-फूटी थीं और मैं मजबूरीवश वाहन चला रही थी। उन रास्तों के घुप्प अंधेरों की वजह से कहीं भी एक्सीडेंट हो सकता था लेकिन अनुराग की धीमी चलती बस पीछे से आहिस्ते-आहिस्ते यूँ चलती रही जिससे मेरे रास्तों के अंधेरों में रोशनी फिंकती जा रही थी और मैं बड़े सुभीते से बिना हैडलाइट्स वाले अपने वाहन को निडरता से तेज रफ्तार गति से आगे बढ़ाती रही। सचमुच! अनुराग की खनखनाती बातें चौतरफा गूँज रही हैं 'इको' बनकर। मेरा उतरा हुआ जीवन धीरे-धीरे पटरी पर आने की प्रक्रिया में था। इस वक्त तो पुरानी यादों का कोई भी टुकड़ा मेरी मुट्ठी में नहीं आ पा रहा था। शायद मैं बेवजह ही अतीत की गठरी को खोलती रहती थी जो धीरे-धीरे अप्रासंगिक होती जा रही थी जिसे सड़े सेब की तरह जल्द ही फेंका जाना था। अनुराग की बातों से सारा तनाव यूँ पिघल गया पल भर में जैसे सूरज को देख जमा कोहरा पलभर में छूमंतर हो जाता है। ठंडे हाथ-पैर पुनः सक्रिय हो उठे, और अनुराग के कहे शब्दों ने रीते घट को बूँद-बूँद करके समूचा भर दिया। आजकल मुझसे कोई न कोई ऐसे सवालों की फुलझड़ियां दाग देता-

—'रजत से शादी करते वक्त तुमने क्या सोचा था? रजत में क्या देखा था तुमने ? आखिर इतना बड़ा निर्णय कैसे ले लिया? रजत को पसंद करने के पीछे कुछ तो 'बेसप्वाइंट्स' रहे होंगे। महज कैरियर का समानान्तर होना था इस आकर्षण की रीढ़?

रजत से मेरा प्यार पहली नजर का प्यार था क्या? कम उम्र का जादुई आकर्षण ? देह की तिलिस्मी दुनिया के इन्द्रधनुषी रंग थे? बहुत मुश्किल था इन सवालों के जबाब पाना। शायद नासमझी वाली उम्र में हर वह पुरुष स्त्री को लुभाता है जो उसकी तारीफ करता हो।

—अरे, नहीं यार, कतई नहीं बल्कि मैं तो चिढ़ती थी ऐसे लड़कों से। फिर...फिर... क्या देखा तुमने रजत में?

हां, असुरक्षा बोध तो बचपन से ही मेरे अंदर बैठा हुआ था। रजत का शांत, सोबर व्यक्तित्व औरों से हटकर था। और लड़के जहां भौंरे बनकर मेरे आगे-पीछे घूमते रहते थे—वहीं रजत गंभीर किस्म का अलग हटकर दिखता था। वह बेवजह मेरी तारीफ वगैरह नहीं करता था, न ही आगे-पीछे घूमता था लेकिन उसके विचारों से मैं पूरी तरह अवगत भी तो नहीं थी। सप्ताह में तो क्या हम लोग महीने-दो महीने में एकाध बार मिलते थे। ज्यादातर बातें सामाजिक, राजनीतिक मुद्दों पर होतीं। व्यक्तिगत स्तर पर तो एकाध-दो हंसी मजाक की हल्की-फुल्की बातें भर होती थी। हां, उसके द्वारा मेरे लिए, झूठ-मूठ में कही गई बातों को मैं सच मान बैठी थी...मसलन—

—'रचना..., मैं किसी भी लड़की के साथ होने वाले शोषण या अन्याय वगैरह को होते हुए नहीं देख सकता। यह मेरे बर्दाशत से बाहर होगा। यदि मेरे घर वाले

तुम्हें लेकर उल्टा-सुल्टा कुछ कहें तो..., मैं विरोध करूंगा। यकीनन मैं स्टैण्ड लेना जानता हूँ।'

—'सुनो, रात—विरात तुम अकेली कहीं मत आया-जाया करो। तुम्हारे बारे में सोचकर मुझे घबड़ाहट होने लगती है। मैं चिंता करता हूँ, रचना हंसो मत, यकीन करो, रात वाली ट्रेन से अकेले आना-जाना छोड़ दो प्लीज।

रजत की इन बातों से भावनात्मक सुरक्षा की छतरी तले छांह का लंबा घूँट पीती रहती मैं। रजत कहता—'रचना, नौकरी करना, न करना तुम्हारा अपना निर्णय है। मैं कभी तुम्हारे किसी निर्णय में बाधक नहीं बनूँगा। जो तुम्हारे मन में आए जैसा करना चाहो। करना।

फिर...फिर... कहां खोती गई रजत की कही बातें? इनके अर्थ क्योंकर धुलते-मिटते गए ? धीरे-धीरे एक स्थिति बनने लगी कि रजत भावनात्मक सुरक्षा देने के बजाए उलाहना देने लगता किसी भी बात पर। अब तो वह मुझसे कम्पटीशन महसूस करता है। हर बात में तुलना करके खुद को ऊंचा साबित करने में जान लड़ा देता जबकि अनुराग कहता है—'रचना, तुम देर रात तक पढ़ाई किया करो। जर्नल्स में अपने लेख भेजो। आजकल के इंजीनियरों को पता नहीं क्या हो गया है। नौकरी के बाद पढ़ना लिखना ही ठप्प कर देते हैं ये लोग? तुम्हें अपने कैरियर में अभी बहुत कुछ जोड़ना है।'

जबकि मेरी पढ़ाई को लेकर रजत का रवैया कतई सहयोग करने का नहीं था—'तुम नौकरी करने में इतना टाइम पहले बर्बाद कर देती हो, इसके अलावा भी क्यों बाहर रहना चाहती हो? एम.बी.ए. करके भी क्या मिल जाएगा? जर्नल्स में छपे तुम्हारे लेखों को कौन पढ़ता है ?'—वह जानबूझकर उल्टा-सीधा बोलकर मुझे डाउन करने में लगा रहता। जबकि शादी के पहले—'रचना, तुमने...तुमने लिखा था—'इंजीरियर्स इन पावर सेक्टर, वाला लेख? इंडिया टुडे में छपना मामूली बात नहीं है। मुझे सचमुच बहुत अच्छा लगा था पढ़कर। देखो इसकी कटिंग है मेरे पास। मैंने अपने दोस्तों को दिखाया था उसे। वे सभी तुम्हारी तारीफ कर रहे थे।

और शादी के बाद—'तुमसे कुछ नही हो सकता' वह बात-बेबात पर अपनी तुलना मुझसे करने बैठ जाता। सुनकर मुझे उस पर तरस भी आता-क्यों हीनता ग्रन्थि का शिकार है ये ? जिसके चलते वह इंजीरियरिंग कैरियर से सम्बन्धित बातें करना ही नहीं चाहता बल्कि उसने दो टूक शब्दों में कहा भी—'ऑफिस की कोई भी बात घर तक मत खींचा करो। नो डिस्कसंस।' कहकर पिण्ड छुड़ा लेता था। कितनी सारी बातें मैं उससे खुलकर पूछना चाहती लेकिन नहीं पूछ पाती। मेरे अंदर एक अंधड़ अक्सर मंडराता रहता, ऑफिस की बातें मैं घर पर रजत से शेयर करके हल्का हो सकती थी, लेकिन यह भी मुझे पता चल चुका था कि रजत किसी भी बात को सही सन्दर्भों में सही नजरिए से तो देखेगा नहीं। बॉस की ललचायी नजरों की चर्चा

करती तो कहता—'तुम्ही लपर-लपर बोल रही होगी। तुम्हारी गलती नहीं होगी— मैं मान ही नहीं सकता।' जबकि मैं एक-एक बात का कच्चा चिट्ठा खोलकर रख देती लेकिन रजत ओवरलुक करते हुए कहता-थोड़ी बहुत प्रॉब्लम्स तो हर जगह होती रहती हैं, खामहखां माथापच्ची करने की अपनी आदत छोड़ दो तुम, क्यों नहीं अपने काम से काम रखती ? मेरे पेट में अपनी बातें बताने का दबाव बनता रहता लेकिन रजत से कहने से कोई फायदा नहीं था सो मैंने धीरे-धीरे अनुराग से अपनी बातें शेयर करनी शुरू कीं। कही तो दबाव खोलना था, नहीं तो मेरी बेचैनी और खलबलाहट शांत होती नजर नहीं आती। कब तक ढोती फिर इन दबावों को, तनावों को?—मैं बार-बार खुद को डिफैन्ड करती रहती। कुछ मुद्दों पर जब मेरे बॉस से मेरे मतभेद होते और मैं रजत से बताने को मुंह खोलती तो वह साफ लफ्जों में कह देता—'रचना, क्यों खामहखां उलझती रही हो इन सबसे? जो भी काम दिया जाये चुपचाप उसे कर दिया करो। पॉलिसी मैटर्स में क्यों अपना सिर खपाना चाहती हो? मुझे लगता है तुम वहां भी अपनी मनमानी करना चाहती हो।'

—'तो क्या उनकी मनमानियां झेलती रहूँ? औरों की तरह हां में हां मिलाती रहूँ। यह चाटुकारिता नहीं हो सकती मुझसे...।'

—'तो जाओ... भिड़ो उनसे..., फिर कुछ प्रॉब्लम आ जाएगी तो नेताओं से मिलना। यह सब करने को रह गया है, तुम्हारे पास। और कोई काम तो है नहीं?

उसकी पलायनवादी एप्रोच से मेरे मन में गुस्सा भड़भड़ाता और मुझे लगता कि मैं उन समस्याओं से भाग रही हूँ जिनसे बखूबी निबट सकती हूँ। आखिर कब तक भागा जा सकता है? धीरे-धीरे मैंने रजत को वे सब बातें बताना ही छोड़ दिया। घर पर अक्सर प्रतियोगिता जैसा माहौल बना रहता। मैं इन दिनों अपने लिए निर्णय का विश्लेषण करने में लगी हूँ। रजत के प्रति आकर्षण क्यों उपजा मेरे मन में ? इस आकर्षण की रीढ़ क्या थी?

आज के सन्दर्भों से जोड़कर देखती हूँ तो लगता है कि उम्र के उस खास दौर में जिसमें कोई भी पढ़ा-लिखा, विवेकशील लड़का यदि किसी लड़की की प्रशंसा करता है, तो उसके लिए वह अल्लादीन का चिराग बन जाता है और उसकी हर इच्छा वह पलक झपकते ही पूरी कर देता है। क्या सचमुच ऐसा था? आखिर उस आकर्षण की क्या वजह थी? रजत का मेरे जीवन में प्रवेश...प्रथम पुरुष का आगमन भर था ? महज दैहिक खिंचाव भर ? देह की वह अपरिचित दुनियां जो पुरुष के सम्पर्क में आने के बाद किसी तिलिस्मी लोक की तरह धीरे-धीरे खुलती जाती है?

संभवतः यही कारण प्रमुखता से रहा होगा। रजत का मेरे कंधे पर हाथ रखना, चूमना और बाहों में भर लेना—इन सब बातों को खाली समय में बार-बार याद करके कितना—कितना खुश रहती थी मैं ? कितनी चहक, कितनी पुलक भरी रहती थी तन-मन में तब? उम्र का वह दौर..., जहां बुद्धि और विवेक काम नहीं करता। महज

भावनाओं की रेलमपेल और यदि कोई उन भावनाओं पर लगाम लगाने की कोशिश करता दिखे तो वह दुश्मन नम्बर एक की श्रेणी में गिना जाता था। कुछ दोस्तों और पापा ने बार-बार रजत के बारे में समझाना चाहा। उसकी पारिवारिक पृष्ठभूमि के बारे में भी, लेकिन मैंने एक नहीं सुनी। रजत के सिवाए तब कोई और सूझता ही नहीं था। रजत द्वारा दिखाए ख्वाबों को बुनने में चौबीसों घंटे मस्त रहती थी मैं। कुछ रजत की आदतें मुझे लुभाती भी थी। उसका केयरिंग व्यवहार और इन्वॉल्बमेण्ट औरों से हटकर था। यह भी एक बड़ा कारण था उसे पसंद करने का।

मेरे कैरियर की कद्र करता था वह। मेरे कैरियर को को संभालने, उसे उठान पर ले जाने की आकांक्षाएं 'दर्शाता' रहता था मसलन–'रचना, तुम्हें आई.ए.एस. तो बनना ही है–इसे मानकर चलो। 'अरे यार, तुम्हारे लिए ऐसा करना बाएं हाथ का खेल है...' सुनकर मैं मगन हो जाती। रजत से अच्छा कोई भी हो सकता है? यह खयाल दूर-दूर तक नहीं आता था उस दौर में। एक बार जब यह चर्चा चली कि दोनों की ही यदि अलग-अलग शहरों में अच्छे पदों पर पोस्टिंग हुई तो क्या करेंगे? रजत ने छूटते ही जबाब दिया–'रचना डियर, दोनों में से जिसके पास पावरफुल जॉब होगा-जाहिर है, वहीं शिफ्ट करेंगे। तुम ज्यादा बढ़िया पा जाओगी तो मैं तुम्हारे साथ वहीं रहकर किसी छोटे-मोटे जॉब से भी काम चला लूँगा...। यस यार, यकीन करो, कहो तो स्टैम्प पेपर पर लिखकर दे दूँ...'–यह बात रजत के दोस्तों के बीच हुई थी जिसे सुनकर मैं गर्वोन्मत्त हो उठी थी। मुझे अपनी किस्मत पर रश्क होने लगा था और मैं आसमान की बुलंदियों पर उड़ती हुई हवा संग इधर-उधर इतराती फिरती थी।

फिर... फिर कैसे हुआ इतना कायान्तरण ? क्या खास वजह रही होगी?–नहीं समझ पाती! सचमुच नहीं समझ पाती। तमाम मिलने वाले मेरे पास आकर अक्सर यही सवाल करते है जिनका जबाब दे पाना इन दिनों मेरे बूते से बाहर होता जा रहा है।

आखिर क्यों और कैसे रजत इतना बदलता गया? कौन से कारण जिम्मेदार हैं? मुझे लगता, यह हीनता का शिकार है या कहीं न कहीं यह भी एक कारण हो सकता है कि मैं उसे उतना मान या उतना ऊंचा स्थान नहीं दे पाती जो आम औरतें अपने पतियों को देती हैं... लेकिन बेवजह न तो मुझे खुद की तारीफ करवाना पसंद है न ही मेरी जुबान से तारीफ के बोल फूटते हैं, महज इसलिए कि अगले को खुश करना है। यदि कभी मैं ऐसा करती भी तो लगता यह मेरी आवाज नहीं है किसी और की आवाज है। मैं स्त्रियोचित व्रत-उपवासों में भरोसा नहीं करती। परंपरागत तरीकों से पति से (रजत) विहेव नहीं कर पाती, उसके पैर नहीं छूती, यह सब करने में मेरा रत्ती भर भरोसा रहीं है। करवाचौथ का व्रत नहीं रखती। नई शादी के बाद एक बार सास ने जबर्दस्ती रखवाया भी तो रात तक चक्कर आने लगे थे। उसके

बाद रजत ने खुश होते हुए कहा था—'पैर भी छुओ मेरे।'

मैं कतई नहीं सह पाती थी यह सामंती संस्कार। स्त्री खुशी से करे—बात दूसरी है। उससे 'जबर्दस्ती क्यों पुजवाना चाहता है पुरुष खुद को? सिर्फ पुरुष होने के नाते क्यों पूजा जाए उसे ? लेकिन यह बातें तो रजत पहले से जानता था। तब तो मेरे साथ मजाक उड़ाते हुए कहता था—'बेकार के ढकोसले हैं। मेरा यकीन नहीं है। फिर अब क्यों यकीन होने लगा था उसे इन सबसे?

'आज की शाम... जैसे सजी-संवरी प्रिय के इंतजार में आंखें बिछाए बैठी हो। रंग बदलते आसमान की खूबसूरती को आंखों में उतार लेने की कोशिश करती। आकाश का रंग कभी चटख नारंगी दुपट्टा बनकर लहराने लगता तो कभी लगता जैसे सफेद फर वाले भेड़ के अनगिनत रेशे छितरा गए हों। अनुराग का बोला गया एक-एक शब्द जादू की छड़ी बन गया हो जिसे छूते ही सौन्दर्य लोक की परियां आकर स्वप्नलोक की अद्भुत दुनियां की तरफ खींचे ले जा रही हों मुझे। हां, अनुराग के बोले हर शब्द का रंग है खूब-खूब चटख, चमकदार और खनखनाता हुआ। मैं रह-रहकर खो जाती हूँ अनुराग के खयालों में। हां, मैं अनुराग की प्रतीक्षा कर रही हूँ चाय पीते हुए बालकनी की ईजीचेयर पर बैठे हुए बड़ी शिद्दत से अनुराग की बातों की जुगाली करते हुए—'रचना, मैं तुम्हारा शक्तिकेन्द्र बन सकूँ, तुम्हारी ऊर्जा बन सकूँ-ऐसी मेरी अभिलाषा है। सच कह रहा हूँ तुम अपने तमाम दुख-दर्दों को अपनी पैनी बुद्धि के औजारों से काट फेंको। जानता हूँ अतीत की कड़ुवी अनुभूतियां हर वक्त पीछा करती रहती हैं लेकिन इससे भी बड़ी सचाई तुम्हारे सामने है—आगे की सफलता के लिए तुम्हें नई दृष्टि व नई सोच को कार्यरूप देने की जरूरत है। तुम्हारा पूरा भविष्य तुम्हारे सामने एक बहुत बड़ी हकीकत बनकर सामने खड़ा है इसे भला कैसे नकार सकती हो? आने वाले समय में तुम्हें एक नई लकीर खींचनी है रचना...'

—'ये बड़ी-बड़ी बातें सुनकर घबड़ाहट होती है मुझे और मैं बार-बार कमजोर पड़ने लगती हूँ। हां ये तनाव, हर वक्त मेरी नसों में लहू के संग बहता रहता है।'

—'मेरे रहते हुए तुम अवसाद में जियो—शायद यही मेरी असफलता है। सचमुच, मैं अभी तक इस कसौटी पर खरा नहीं उतर सका। यह वाकई मेरे लिए शर्म की बात है लेकिन रचना, यकीन करना सीखो कि मैं तुम्हारी इस यात्रा मे साथ हूँ जैसा भी हूँ...जो भी हूँ...कहीं न कहीं हूँ तुम्हारा सहभागी।'

—जानती हूँ। जिसे कहने के लिए शब्दों में सामर्थ्य नहीं है बल्कि उस सच को तो मैं जी रही हूँ। तुम्हारे बगैर निर्वात जैसी स्थिति में रहती हूँ।

—'बिल्कुल यही बात तो मेरे होठों तक आते-आते रुक गई थी। तुम्हारे अवसाद को उत्साह और शुष्कता को मादकता में बदलना ही अब मेरे जीवन का मकसद होगा। चाहता हूँ एक कुशल माली की तरह तुम्हारे दिल की बगिया को तमाम नायाब

फूलों से सजा दूँ कि तुम सदा चहको, दमको और महको। लोग तुमसे तुम्हारी खुशियों का राज जानने के लिए बेताब हो उठें। ईर्ष्यालु हो उठें...' तथी सफेद रंग की मारुति रुकी, सोचा मकान मालकिन का कोई गेस्ट होगा—सोचकर पूर्ववत अपने मन में चल रहे प्यार के गुनगुने अहसास में डूबने लगी। अनुराग के बोल जैसे हवा में घुली गुलाब की खुशबू बनकर ताजगी से भर देते मुझे। इस भीड़ भरी दुनियां में अनुराग के नाम से दिल की घड़कनें श्ताब्दी एक्सप्रेस जैसी रफ्तार पकड़ लेती हैं। अनुराग की चाशनी में लिपटा मन पता नहीं कहां-कहां की सैर करता रहता है। सीने में खूब गहरे तक खुदा है अनुराग... तुम्हारा नाम। तुमसे मिलते ही चेहरे का रंग महावर जैसा गुलाबी होने लगता है अंदर का सब कुछ पिघलकर बाहर छलक पड़ता है। तभी घंटी बज उठी। अनुराग के खयालों में गोता लगाती मैं पूरे आवेग में 'अनुराग होगा'—'सोचते हुए दरवाजा खोलने दौड़ पड़ी लेकिन..., नहीं...नहीं...' वहां कोई और था—रजत का दोस्त नवीन...

—'नमस्कार भाभी जी..., कैसी हैं आप? पहचान तो लिया न?' नवीन के पीछे-पीछे उसकी सुन्दर पत्नी ने भी हाथ जोड़कर अभिवादन किया। मुस्कान बिखेरते मैंने कहा—'आइए, अंदर आइए। कैसे हैं आप लोग?

—'यह सब क्या-क्या सुना मैंने रचना जी? क्या कैसे होने लगा जिंदगी में, जबकि अच्छी भली जिंदगी चल रही थी। नवीन ने आते-आते सीधे यहीं से बात करनी शुरू की। नवीन शादी के पहले से हमारे (रजत और मेरे) संबंधों के डिटेल्स जानता था इसलिए वह खुद जिज्ञासावश चला आया या रजत ने भेजा—मैं अभी कुछ तय नहीं कर पा रही थी लेकिन उसका बोलना जारी रहा—

—'रचना जी, मैं अभी भी ठीक से नहीं समझ पा रहा कि यह सब कैसे हो गया? इतना बड़ा निर्णय लेना कोई आसान बात तो नहीं लेकिन मैं यह सब आपके मुंह से सुनना-जानना चाहता हूँ...क्यों व कैसे यह सब होता गया?'

—'नवीनजी, उम्र का एक मोड़ ऐसा भी होता है जहां तमाम निर्णय कोरी भावुकता से लिए जाते हैं। बुद्धि का प्रतिशत कम होता है, शायद शुरू से ही कोई न कोई चीज अनफिट थी हमारे बीच। बरा हम सामंजस्य बिठाते रहे। समस्याएं आई लेकिन टालते रहे। फिर धीरे-धीरे बर्दाश्त से बाहर होता गया सब। शायद बेतकल्लुफी से जीने का मेरा ढंग रजत के लिए गलत रहा है तो वहीं वैसी सिस्टमेटिक, सोबर बन पाना मेरे स्वभाव में शुमार नहीं हो पाया। मैंने बिना लाग-लपेट के उगल दिये सच के टुकड़े।

—'अभी भी कुछ नहीं बिगड़ा है रचना जी। आप दोनों मिल-बैठकर तय कर लें कि कहां—किन बातों पर कैसे क्या सामंजस्य बिठाना है? जिंदगी के आसपास फैल रही छुट-पुट चिंगारियों जैसी छोटी-मोटी बातों पर पानी के छीटे मारते रहना जरूरी होता है। एक और तरीका है—उन्हें लांघकर आगे के रास्तों पर बढ़ते जाइए।'

नवीन की पत्नी के सुलझे बोल सुनकर मैं हैरान रह गई।

—'बिल्कुल ठीक सोचा आपने, लेकिन वहां रहते हुए उन चिंगारियों को न तो मैं लांघ पा रही थी, न ही पानी के छीटे मारने से वे बुझती थी बल्कि कोयले की तरह फिर से सुलगने लगती थीं।'

—'रचना जी, हमें आपकी खासी चिंता रहती है। हम यदि किसी काम आ सकें तो बेहतर रहेगा। या फिर आप दोनों को आमने सामने बिठाकर कुछ ठोस मुद्दों पर सार्थक बातें की जा सकती है। यह एक प्रस्ताव है हम दोनों की तरफ से। फिर जैसा आप निर्णय लें।' वे जल्द ही अपने मकसद पर आ गए फिर मेरे जबाब की प्रतीक्षा करने लगे।—'नवीन जी, यह भी कई बार हो चुका है। कई लोग बीच में पड़ चुके हैं लेकिन रजत पर किसी की कही बात का कोई असर नहीं पड़ता। उस घर में न तो मेरी कभी कोई हैसियत थी, न कोई इज्जत। सबके सामने मुझे बार-बार अपमानित करते हुए, पूरी तरह मेरी हैसियत को नकारते हुए अपने को आगे-आगे बढ़ाते रहना रजत का उद्‌देश्य रहा है, हमारे बीच दरार तो बहुत पहले पड़ गई थी जिसे ऊपर से पाटने की तमाम कोशिशें मैं लगातार करती रही लेकिन जब बर्दाश्त से बार हो गया तो ऐसा निर्णय लेना पड़ा। अपने दो टूक जबाब से मैं खुद भी चकित थी। तभी अनु जो मकान मालकिन की लड़की के साथ खेलने गई थी—उछलती-कूदती वहीं आ गई।

—'आप इसे लेकर भी तो सोचिए। कितना मिस करती होगी अपने पापा को...

—यही सोचकर मैंने वहां इतने दिन तक अपने आप को मारकर जिंदा रखा किसी तरह। लेकिन फिर सोचा-आखिर अब तक? तिल-तिलकर खुद को मारने से कहीं बेहतर है—एक सीधी सादी—सुकून भरी जिंदगी जीना। गलत कह रही हूँ मैं क्या?'

—इधर जब मैं रजत से मिला तो एक बात नोट की है वह भी कम दुखी नहीं है इससे, बल्कि टूटने लगा है धीरे-धीरे। बहुत टेंशन में रहता है। एक बार तो बात करते-करते बहुत भावुक हो गया था तब ठंडे पानी की बोतल एक बार में ही खाली कर दी थी। लिटरली रो रहा था वह ...' इतना बोलकर वे मेरी तरफ प्रश्नातुर मुद्रा में देखने लगे...।

—हो सकता है। सच बताऊं मुझे खुद रजत के बारे में यही सब सोचकर अफसोस होता है कि उसे अपने जीवन में वैसा सुख नहीं मिल पाया! कहीं न कहीं चूक हुई है उससे। दरअसल उसे चाहिए थी अपने प्रति सौ प्रतिशत समर्पिता ऐसी घरेलू पत्नी जिसे वह मन मुताबिक अपने सांचे-ढांचे में रूपांतरित कर सके जबकि मैं वैसी एक निष्ठा न तो हूँ, न ही उसके अनुरूप पूर्वनिर्धारित मानदण्डों पर फिट हो सकती थी। प्रयास करते-करते उम्र के इतने वर्ष यूँ ही बर्बाद हो गए। रियली, आज भी यदि रजत को ऐसी लड़की मिल जाए तो मुझसे ज्यादा खुशी किसी और

को नहीं होगी। एक सधी आवाज निकलती गई मेरे गले से...।

—'फिर क्या सोचा है आपने अपनी बच्ची के बारे में?' नवीन की पत्नी ने फिर वही सवाल हवा में लहरा दिया। काले झण्डे की मानिन्द इस वक्त रात का काला रंग सर्वत्र उड़ रहा था।

—'खूब सोचा है, आगे जो भी होगा, जैसा होगा, निबटेंगे। मेरी सोच एकदम साफ है यदि किसी एक की वजह से बाकी की जिंदगी खाक हो रही है तो...' बात पूरी होने के पहले ही दरवाजे पर घंटी बजी। इस वक्त...कौन होगा? कही भाई तो नहीं प्रकट हो गया। वही आता-जाता रहता है देर-सबेर। सोचकर खोलने उठी। देखते ही म्लान होठों पर सुर्खी बैठ गई। नवीन और उनकी पत्नी निशा से अनुराग ने हैलो किया। परिचय हुआ और मैं किचन में चाय बनाने चल दी।

—'रहने दीजिए चाय वगैरह। फिर कभी पिएंगे...' नवीन ने औपचारिकतावश मना किया तो मैंने कहा—'अरे...बैठिए न..., लाती हूँ।' अनु अभी भी अंदर वाले कमरे में मिसेज टंडन की लड़की के साथ लूडो खेल रही थी।

—'अनुराग सीधे बच्ची के पास अंदर चला गया और टॉफियों का भरा डिब्बा थमा दिया उसे। अनु एक खिलती कली की तरह मुस्कान फैलाते हुए आई, फिर वापस ठुनकते हुए लौट पड़ी मिसेज टंडन की लड़की के पास।

मैं तब तक चाय बनाकर ले आई। हम सब चाय पीनें में मशगूल हो गए। माहौल में उठती रहीं छुटपुट आवाजें, झनझनाती रहीं चाय की प्यालियां और हल्की-फुल्की बातों का शोर। नवीन की पत्नी के चेहरे पर खिली रंगत, उत्साह और आत्मविश्वास कमाल का था। कोई इतना भी खुश हो सकता है। उन्हें देखकर यकीन करना पड़ता था। किसी भी बात पर उनका दखल और कॉन्फीडेंस देखते ही बनता था। उन्होंने मुझे समझाते हुए कहा—'रचना जी, जितना इन्होंने मुझे समझा है, उतना तो आज तक किसी ने भी नहीं समझा मुझे। यही असली चीज है—पति पत्नी का एक दूसरे को सही संदर्भों में समझना। गहराई से एक दूसरे में खुद को डुबो देना। बाकी बातें तो उसके बाद की है। इन्होंने एक नई जिंदगी बख्शी है मुझे। मुझे गर्व है इन पर...' मैं उनकी बातों में भीगती जा रही थी। अंदर तक रस पहुंचता जा रहा था। वैसे भी उनके बोले शब्द नाकाफी थे। असली चीज थी दोनों की एक दूसरे के प्रति अटूट निष्ठा, ढेर भरोसा और चाहत के महकते फूल जो दोनों के चेहरे पर साफ-साफ दिख रहे थे जिसकी खुशबू उड़कर मेरे नथुनों में भरती जा रही थी। कितने खुश थे दोनों। कहां यह युगल जिनके बारे में हम किताबों में पढ़ते हैं तो कहां मेरी कही हर बात की चीर-फाड़ करता रजत? कितनी विषमता है दोनों में? मेरे मुंह से यह निकल पड़ा—इतना सुंदर जोड़ा मैंने पहली बार देखा है। पढ़ा था लेकिन देखा नहीं था। साक्षात देखकर सुखद विस्मय से रोमांचित हूँ मैं...' सुनकर दोनों खिलखिलाकर हंस पड़े।

न चाहते हुए भी रजत से जुड़े प्रसंग इन मौकों पर खुल पड़ते। उसने मेरे मन को समझने की कतई कोई कोशिश नहीं की बल्कि मेरे करने को 'टेक फॉर ग्रांटेड' लेता रहा। मुझे चुप देखकर वे दोनों जाने की बातें करने लगे–'अच्छा चलते हैं... यदि कभी कोई जरूरत समझें तो हम साथ देने को तैयार हैं। कहकर नवीन ने चलते-चलते अपना विजिटिंग कार्ड थमा दिया। होठों पर करीने से मुस्कराहट बिछाकर मैंने उन्हें विदा किया।

'हूँ... तो कैसी हैं हमारी मैडम ? क्या खाना बनाया? खैर, खाना–वाना छोड़ो। मैं इस वक्त कॉफी पिलाता हूँ तुम्हें सबसे पहले...ओ.के.? ए, रचना, क्या हुआ ? चेहरे पर फिर वही डिप्रेशन, लैट मी नो इन डिटेल...' अनुराग ने कुरेदकर पूछा।–'कुच्छ खास नहीं। इन्हीं लोगों के बारे में सोच रही थी। कितनी अच्छी समझ है दोनों के बीच। चेहरे से कितनी चमक फूट रही थीं कितना दमक रहा था व्यक्तित्व। आवाज की ठसक और खनक पर ध्यान गया तुम्हारा ?'

–'तुम क्यों नाहक जला रही हो खुद को? जो हो चुका सो हो चुका। जले हुओं पर कफन उड़ाया जा सकता है भला? ठंडी राख को दोबारा सुलगाया जा सकता है क्या? क्या तुम अभी भी सोचती हो कि किसी जादुई छड़ी से तुम उसे ठीक कर दोगी?' अनुराग ने पलटकर कहा जिसे सुनकर मैंने कुछ भी जबाब नहीं दिया। अभी भी अंतस में बच्चों की तरह किलकारी मारती निशा की खिल-खिल हंसी कानों में गूँज रही थी। उसकी आवाज में घुला स्वाभिमान, दर्प, रुतबा और रोब जमाती बातें सुनकर मेरी जुबान को अचानक लकवा मार गया था।

–'रचना, एक बात कहूँ–यह जो पैसा है न... यह तमाम लोगों की बहुतेरी अच्छी चीजों को चाट जाता है। नई चालाकियां और नए समीकरण फिट करते शातिर दिमाग में सिर्फ और सिर्फ पैसा ही अपने लिए एक बड़ी जगह बनाता चलता है। काश ! कि एक बार सिर्फ और सिर्फ एक बार ऐसे लोग अपने अंदर बैठे इंसान से तो रू-ब-रू होना सीख जाते।

उनकी बातें सुनकर आंखों के कोर भीगने लगे। कितना बड़ा सच कह गए हैं नवीन जी... काश ! कि रजत ने एक बार मेरे अंदर बैठी जज्बाती स्त्री को पहचाना होता बल्कि इसके विपरीत वह तो अपने पैरों की गर्द मेरे मुंह पर उड़ाता हुआ गाहे ब गाहे अपने रुतबे का डंके की चोट कर ऐलान करता रहा। अपने कंधे पर बिठा दिए थे रजत ने पुरुष अहं,दर्प और महत्वाकांक्षा के कौए जो चाहे-अनचाहे कांव-कांव करते रहते थे। किसी भी बात का विरोध या प्रतिरोध सुनना तो रजत को गवारा था ही नहीं। ज्यादा पैसा बनाने की धुन में इधर-उधर से तिकड़में-चालें फिट करते रहना शगल बनता गया उसका। वहां रहते हुए यूँ लगता जैसे मैं कीचड़ में लिथड़-लिथड़ कर बमुश्किल दो कदम आगे बढ़ा पा रही हूँ। पता नही क्यों मेरी सोचने की सामर्थ्य ही चुक जाती थी रजत के साथ। तभी अनुराग चाय लेते हुए आए।

—'फिर से सोचने बैठ गई तुम। चेहरा कितना लैमिनेटेड लगने लगा है। ओ, रचना वापस आ जाओ... लौट आओ। कहकर उन्होंने फिल्मी स्टायल में चुटकी बजाई फिर रेस के घोड़े की तरह दौड़ती आवाज में बोले—'रचना... मेरे बंदर को सीने से चिपटाकर मत रोओ प्लीज। तुम्हारी यह उदासी। यह बेचारगी वाला भाव देखा नहीं जाता मुझसे। देखो तो, पुराने जमाने के एलबम औंधे मुंह गिरे पड़े हैं। तमाम तस्वीरें धूल खा रही हैं।'

मैं खिड़की से आसमान पर निगाहें गड़ाए थी और अनुराग की बातें चाय के घूँट के साथ पीती जा रही थी। मैं मन के अंदर दबी परतों के बारे में सोच रही थी, कितना जटिल है मानव व्यक्तित्व, जिसे कितना कम बूझ पाते हैं हम।' खोई-खोई सी मेरी आवाज कही दूर से आती प्रतीत हो रही थी।

—'किसी को भी जानने के लिए तो एक पूरी उम्र भी कम पड़ जाएगी। रचना, अच्छा यह बताओ चाय कैसी बनी है ?'

—'बढ़िया, इनफैक्ट...खुशबू आ रही है चाय पत्ती की। कम चीनी कम चाय पत्ती और देर तक ढककर खौलाई चाय लाजबाब बनती है, लेकिन रजत को तो हर काम फटाफट चाहिए था। वह कहता—'जल्दी लाओ भई, क्या कर रही हो अभी तक ? क्यों जलाकर काढ़ा बना रही हो।'

'रचना डियर, क्यों अतीत के पर्दे को उकेरकर बार-बार देखती हो? तुम आज के बारे में सोचो जरा। अपना रास्ता खुद बनाओ। जिस पर हों तुम्हारी संवेदनाओं की पदचाप और हों समंदर सी उफान खाती भावनाएं। खूब-खूब जोश भरो अपने सूखे मन पर। नदी की तरह लहरों पर हवा संग अठखेलियां करते हुए इठलाना सीखो। अपने जीवन में से फाड़ दो उन व्यर्थ पन्नों को। रचना, तुम बन जाओ एक हुमकती नदी जिस पर बनते-बिगड़ते तुम्हारे तमाम अक्सों को मैं मुग्धभाव से निहारता रहूँ। कभी उजास फैलाती सुनहरी धूप बन जाओ तो कभी इस विशाल आकाश की दीर्घता को अपने अंदर उतार लो। अपने पास सहेज कर रख लो इन खूबियों को। खयालों में आजादी को महसूस करो और खुद को पारदर्शी बनाओ, पूरी ईमानदारी बरतो अपने साथ।' अनुराग की स्वच्छ आवाज मन में शांत हवा सी पुलक भरती जा रही थी। सोंधी खुशबू को अंतस में बिछाते हुए, मैं खोती रही खुद को।

—और तुम हवा बनकर कभी नदी के इस छोर को तो कभी उस छोर को तरंगित करते रहो, है न ? मैंने उसी लय का अनुसरण करते हुए जबाब दिया धीमे से...

—'चलो, तुमने किसी लायक तो समझा हमें। अनुराग ने हंसते हुए कहा—वैसे भी तुम्हें मेरे सान्निध्य से ज्यादा जरूरत मेरे अहसास की है जिसे तुम बड़े आराम से अपने नाजुक दिल में महसूस सकती हो। किन्ही भी पलों में तुम्हारे इस वीरान टापू पर अपने होने का बोध कराता रहूँगा मैं। कहकर उन्होंने अर्थपूर्ण निगाहों से

मेरी तरफ देखा

—'हूँ... जानती हूँ लेकिन इसे यूँ कहकर हल्का मत करिए। कुछ अहसास शब्दों में नहीं बांधे जा सकते। शब्दों की पुरजोर सामर्थ्य के बावजूद पूरा सच बाहर नही आ पाता, है कि नहीं...? मेरे हाथ अनायास अनुराग के हाथों में सिमट गए। पता नहीं कब कैसे मैंने खुद को उनके सीने से लगा पाया। अंधियारे का फायदा उठाता हुआ फीका चांद बादलों के बीच पता नहीं कहां गुम हो गया था। अलग छिटकते हुए मैंने कहा—'अनुराग—खूब गहरी नदी की तरफ मत खींचो मुझे वरना मैं डूब जाऊंगी, मुझे तैरना नहीं आता... '

—'तुम्हें तैरना आता है, आई नो, हां वर्षो से जाम हाथ-पैर इस वक्त ठीक से न चला सको—यह दीगर बात है...'

—'नहीं... नहीं... तुम्हारे आसरे हो जाऊंगी तो तैरना भूल जाऊंगी मैं। यकीन करो मेरा।' देह की दुनिया से खुद को बेरहमी से काटते हुए मैंने नपा-तुला जबाब दिया—'पागलों जैसी बातें मत करो। तुम्हारी प्रखर मेधा, तर्कशक्ति और इस गजब संयम के लिए दाद देता हूँ तुम्हारी। मुझे तो फिलहाल तुम्हीं से कुछ सीखना पड़ेगा। अकेले रहकर अपनी इस बढ़ती बेचैनी को कैसे दूर करूं?—इसकी कला तो तुमसे सीखने की जरूरत है। सचमुच तुम बहादुर हो रचना...'

मन यह सब सुनकर गोल-गोल झूमने लगा। उन्मत्त मन में तेज बहती इच्छाओं की बाढ़ तमाम तटबंधों को तोड़ने पर आमादा थी। फिर नही गड्डमगड्ड जिंदगी की नाव कैसे किनारे लगेगी? क्या यूँ ही लुढ़कती-डोलती रहूँगी? अनुराग की बातों में बौराया मन चकरघिन्नी की तरह गोल-गोल घूम रहा है। तभी सोती अनु अचानक कुनमुनाई जिसे मैंने एक गिलास दूध थमाया।

तभी अनुराग ने चलने का उपक्रम किया—'ओ.के. रचना। ऐसे ही चहकती-महकती-दमकती रहना। खूब-खूब खुश रहना ! यही तो मेरी एकमात्र आकांक्षा है, सच कह रहा हूँ।'

सुनकर लगा जैसे मेरे पैरों तले भरे सपनों की दूब उग आई हो अचानक। जिसकी नरमाई में भूल चुकी थी मैं पुरानी तपन। आंखों में तैरने लगी थी रंग-बिरंगी मछलियां। कुछ लमहे होते ही इतने हल्के हैं जिन्हें जीकर हम बस उड़ते रहते हैं। इसमें डूबकर जो जिया नहीं, वह भी कोई जीवन है भला?

आज रात तुम्हारा सपना देखा है अनुराग। तुम रुक-रुककर...आहिस्ते से मेरे पास आ रहे हो। भट्टे की धीमी आंच में पकती किसी चीज की तरह मेरे मन में अपनी छाप छोड़ते जा रह हो। मैं तो बस ठगी सी तुम्हें निहारती रहती हूँ। इस वक्त तमाम दैहिक-सामाजिक वर्जनाओं की दीवार लांघकर मैं बहुत शिद्दत से तुम्हारे पास खिंची चली आ रही हूँ किसी अदृश्य धागे में उलझी जिसका सूत्र तुम्हारे पास है। तुम्हारी रंगीन लच्छियों में उलझ गए हैं मेरे पैर...मेरे जीवन सूत्र।

हां अनुराग... तुम्हें लेकर इतने रंगीन सपने आते हैं जो किसी जिद्दी बच्चे की तरह मेरे सामने गुस्ताख सवाल व शैतान मांगें करने लगते हैं। अनुराग...तुम्हारे हाथों को अपने हाथों में लेकर मैंने बहुत इत्मीनान से देखा है तुम्हें नजर भरकर। इस बौराए मन को कैसे कोड़े मारकर सही करूं जो हर वक्त अनुराग के सान्निध्य के लिए लालची हो उठता है। वो गर्माहट, ऊष्म सांसों की आवाजाही और बांहों में समाई बांहों का स्पर्श कैसे भूल सकती हूँ भला? अनुराग के विशाल सीने में किसी पालतू खरगोश की तरह दुबक गई थी मैं उस दिन–'सब कुछ यूँ ही छोड़ दो रचना। जिंदगी जीने को बार-बार नहीं पुकारेगी।' क्या उससे भरी-पूरी हो जाओगी तुम? भरभराती इच्छाओं की बाढ़ को थाम पाना आसान है क्या? खाली घड़ा भरकर तृप्ति महसूसोगी एक बार, तो क्या-क्या बार-बार वैसी इच्छाएं सिर नहीं उठाएंगी? मैं अपने से लड़ती रही लगातार।

हां, इस वक्त कुछ लमहे एकदम हल्के-फुल्के बैलून की तरह उड़ रहे हैं मेरे आसपास। मैं उन्हीं की तरह पंख लगाकर उड़ने लगी हूँ सुदूर आकाश तक। दोनों हाथ उन्मुक्तता से फैलाए हुए हवा की स्वच्छन्द लय के भरे-पूरे अहसास को सूँघते हुए मैं ऊंचाइयों को छू रही हूँ। सचमुच इन क्षणों की मिठास को तो विरले ही चख पाते हैं। मन की इस अंदरूनी दुनियां में सर्कस की तरह चित्र-विचित्र खेल-तमाशे चलते ही रहते हैं लगातार। इस सुख की छांह में लोटते मन की उड़ान कितनी निर्द्वन्द्व होती है। हल्की हवा के संग-संग, उड़ते रहने का लुत्फ उठाते रहना कितना मजेदार अहसास है। अनिर्वचनीय अनुभूति का यह अलौकिक पल है। भिन्न-भिन्न फूलों पर बैठी रंगीन तितलियों के झुण्ड को देखने का मजा ही कुछ और है। हां, फिलहाल तो मैं खुद को वैसी ही रंगीन तितली समझ उड़ती जा रही हूँ। रूई से भी हल्की मेरी ये देह कहीं भी फुर से उड़ जाए। वाकई इस वक्त जो ऊष्मा मेरे अंदर खदबदा रही है, जो ताजगी देह में संचरित हो रही है जो नयापन हमारे अंदर पुलक रोमांच और उत्साह के गुलदस्तों को सजा रहा है, जो समन्दर हमारे तलवों के नीचे लहरों पर लहरें बनाता 'मिटाता जा रहा है, मन करता है सिर्फ और सिर्फ उसी का आस्वादन लेती रहूँ मैं। उसी को घूँट-घूँट पीती हुई शेष दुनियां से बेखबर रहकर दिन-रात की जादुई नींद में खो जाऊं।

अनुराग के सामीप्य वाले सच से बचने की कितनी तरकीबें ढूंढ़ोगी? जो होगा–देखेंगे–मन में प्रबल इच्छा ने जड़ें रोपी...। हां, रचना कोई कमजोर लड़की नहीं है। जो-जैसा होगा, निर्णायक बिंदु पर ले जाएगा मुझे। हां, पूरे होशोहवास में मैं स्वीकार कर रही हूँ यस। आई एम इन लव। इस सच के अलावा बाकी का सब-कुछ आधा-अधूरा है... अपूर्ण है। इस सच से खुद को काटकर नही जी सकती अब मैं। कतई नहीं...कैसे भी नहीं, सोचते-सोचते कब आंख लग गई, पता ही नहीं चल सका।

भोर का नजारा, चारों तरफ धुंध ही धुंध। कोहरे की मोटी-चादर से अटा पड़ा समूचा रास्ता। कोहरे की सघनता देखकर लगता है मानो सुबह की उजास रोकने के लिए कुदरत ने बर्फ की चादर बिछा दी हो। मेरे इर्द-गिर्द सफेदी ही सफेदी, पानी टपकती छोटी-छोटी बूँदें नन्हें-नन्हें मोतियों की झालर बनकर पेड़ों के पत्तों पर टंगी हुई है। पेड़ों से झरती बूँदों से इस निर्जन सड़क ने भीगने का लुत्फ उठाया और सद्यस्नाता की तरह अंतस में उजास समेटती नथुनों में ताजगी भरती निखरकर खिल उठी थी। सुबह की वह गोरी लड़की अल्हड़ भोली युवती का दुपट्टा पता नहीं हवा किस दिशा में उड़ाए ले जा रही थी। सुबह का स्फुरण सचमुच मन में आशा और नई स्फूर्ति को भरने लगा। नए रंग से जीवन शुरू हो उठा था, यानी एक और नया दिन जुड़ जाएगा...जीवन के चैप्टर में।

पहाड़ पिघलते हैं

तुम्हें इस परंपरागत सोच के दायरे को तोड़ना ही होगा हर हाल में। तुम्हें अपने अन्दर झांकने की जरूरत है। जमाना कहां से कहां पहुंच गया है लेकिन तुम्हारे अंगद पैर अपनी जगह से इंच भर भी नहीं खिसक सके। नई सदी की तरफ फर्र-फर्र कदम बढ़ाती औरतों की पदचाप को सुनना होगा। तुम्हें पहचाननी होगी उनकी बढ़ती शक्ति को। अब और ज्यादा अपनी मर्जी नहीं लाद सकते तुम उनके ऊपर बढ़ते पौधे को नहीं रोक सकते तुम कैसे भी। वह खुद ब खुद अपनी जरूरत के मुताबिक खोज लेगा अपने लिए धूप, हवा, पानी, और तापमान। जहां भी उसे ऊर्जा मिलती जायेगी, उसी की तरफ वह स्वतः मुड़ता चला जायेगा। हाँ यदि तुम जर्बदस्ती करोगे और अपने पास खड़े गमले में रोपे गए पोंधे को उखाड़ फेंकोगे तो हो सकता है वह पौधा तुम्हारे घर की शोभा न बढ़ा सके लेकिन जहां भी उसे फिर से माकूल जमीन खाद, पानी, धूप, हवा मिलेगी, वहीं फिर से अपनी जड़ें जमा लेगा बह पौधा ...

ऐसी ही नसीहतें सुननी पड़ती उसे। जितने मुंह उतनी बातें सुनना, फिर खुद से अकेले ही युद्ध करना। धीरे-धीरे पस्त पड़ने लगा था रजत। उसके चेहरे की उदासीनता को देखकर मन पिघल उठता। रचना की यादों के अदश्य टूकड़े घर के कोने-कोने में दुबके थे जो धीरे-धीरे सामने खडे होकर उसे परेशान करने लगते। हाँ शायद मैं ही कहीं न कहीं गलत रहा होऊंगा। मैं उसे आम घरेलू औरत के सांचे में फिर करने की जुगत में लगा रहा। कभी उसके मन को समझने की ठीक से कोशिश नहीं की-क्या सही है यह इल्जाम ?

उसके हर दिन की उगती सुबह शाम तक का रास्ता तय करते-करते रात की मंजिल पर आकर सिकुड़ जाती थी। किसी हांफती बेबस औरत की शक्ल में दिखता था यह घर। कभी लगता इस बैडरूम के पर्दे के पीछे से झांकती अनु दौड़कर आयेगी और रचना के गले में झूल जायेगी। रचना अनु के बीच कोई न कोई खेल चलता रहता। कभी-कभी सोचता मैंने अनु के पालन पोषण में रचना के साथ उतनी शेयरिंग नहीं की जितनी किसी कामकाजी पत्नी के साथ करनी चाहिए थी। रातों को उजाड़ने वाली यादों का पुलिन्दा विस्तर पर खुल-खुल पड़ता। कितना भी किनारे

करना चाहूँ लेकिन नहीं कर पाता।

मैं आज भी मानता हूँ कि रचना एक टेलेन्टेड लड़की है लेकिन इसका मायने यह तो नहीं कि वह किसी के भी सामने बिल्कुल सहजता से कैसे भी घुल-मिल जाये। इस तरह का अनौपचारिक सुलूक तो उसे सिर्फ मेरे साथ करना चाहिए था। कल शाम नवीन ने बताया वे दोनों वहां गये थे। रचना ठीक है अनु के साथ। बाद में वहां अनुराग भी आ गया था। साला दो कौड़ी का लुच्चा लफंगा। रचना को उसी ने बरगलाया है। वैसे भी कितनी अक्ल होती है औरतों में। इसी हरामी ने कान भरे हैं रचना के और सातवें आसमान पर पहुंचाया है उसे। उफ! क्या से क्या हो गया जिन्दगी में ? कितनी उम्मीदों, अरमानों और कितने सपने संजोकर लाया था उसे इस घर गें और आज यह रात कितनी बनैली और खौफनाक लग रही है। मेरी जिंदगी के उजले रास्तों को रोक लिया है इस अनुराग ने। साले इस कुत्ते के नाम से ही नफरत होने लगती है। लोग कहते है ये आदमी औरतों से दोस्ती करने की कला में माहिर है लेकिन रचना को क्यों कर यह सब समझ में नहीं आता ? मैं भी उसे कैसे समझाऊं ठीक से? वह सुनने को तैयार ही नहीं होती थी। रूआंसी मनःस्थिति में रचना बार-बार सामने आ खड़ी होती और सवालों के अक्स उसकी आंखों में उभरने लगते अपने दिल से पूछो रजत...क्यों इतना मिस विहेब करते रहे तुम? टेक फॉर ग्रान्टेड वाली आदत से बाज नहीं आ रहे। बोलो, कितनी शेयरिंग थी तुम्हारे-हमारे बीच? किसी से भी दोस्ती पर क्यों चिढ़ते थे? क्या सोचकर हाथ थामा था मेरा? इतने दिन भी कैसे काटे मैने तुम्हारे संग? सोचकर हैरत होती है। हाँ...हाँ जेल लगता था तुम्हारा घर। घुटन का धुआं गुटकती थी वहां मैं हर रोज।

तो क्या तमाम हिन्दुस्तानी औरतें ऐसा ही कहती हैं, अपने पति से ऐसे व्यवहार करती हैं जैसे वह खरीदा हुआ गुलाम हो। क्या चाहती हो तुम कि तुम्हें छुट्टा सांड की तरह सड़क पर छोड़ दूँ? बोलो, जवाब दो। किसी के साथ कहीं भी घूम फिरने की कैसी भी दोस्ती की छूट को आजादी कहोगी तुम? बोलो आम औरतें क्या इतनी बेशर्म होती हैं?

मुंह चिढ़ाते सवाल-जवाब की तिरछी बौछार से बचने के लिए वह अपना सिर उसी सामंती कोठरी में दुबका लेता—'यह औरत ठीक नहीं थी। इसके घर का माहौल अच्छा नहीं था। वहां सभी उच्छृंखल किस्म के लोग थे...' सोचकर कुछ समय के लिए राहत महसूस होती लेकिन अनु के बारे में सोचकर दिल बैठने लगता कि लड़की को भी बिगाड़ देगी यह औरत। अपने जैसा छुट्टा सांड़ बना देगी उसे। बर्बाद कर देगी उसे...यही सब सोचते सोचते रजत ठीक से सो नही पाता था लगता था कि जैसे कई दिनों तक निहत्था लड़ता योद्धा पस्त पड़ गया हो। पुरुष अहं के पैने औजारों से लैस होने पर भी रजत ने इस युद्ध में मुंह की खाई थी। अपने ही घर में अपनी ही पत्नी से आहत-अपमानित रजत सोचता—क्या मेरी कोई हैसियत ही नहीं थी इस

घर में ? कितनी बार सबके सामने नकारती रहती वह ?

यूँ खुद को तिल-तिल कर मारने से बेहतर है कि रचना को मना ले यार... दोस्तों के आग्रह पर वह गया तो था रचना के पास लेकिन 'रजत, नाव इट इज टू लेट। बेटर लेट दैन नैवर' सुनकर भी रचना का जमा लहू पिघलने को तैयार नहीं था। बर्फशिला की तरह अडिग बनी रही वह और मेज पर रखी कम्प्यूटर्स की किताबों को उलटती-पलटती सुनी-अनसुनी करती रही। पूछने पर बताया कि इधर किसी नए प्रोजेक्ट पर काम कर रही थी वह।...कैरियर की तमाम बातें मुझे लफ्फाजी के सिवाय कुछ नही लगती थी। पैसा कितना क्या मिलता होगा? पूछने पर वह जोरों से हंसने लगी जैसे कोई मजाक किया हो मैने। रजत, मैं ये सब पैसों के लिए नहीं करती। तो फिर महज शौक पूरा करने के लिए इतनी सरदर्दी पालने की क्या तुक थी? तुम नहीं समझोगे रजत। यह सब करने से कितना सुख-संतोष मिलता है मुझे। मन में आया—रचना कभी तुमने मेरे सुख के बारे में इतनी चिन्ता की है? इन्हीं ऊलजलूल चीजों के पीछे पड़ी रहती हो। ये साले सोशल वर्कर हुंह...सब साले लुच्चे-लफंगे और पैसाखोर! वर्ड बैंक से पैसा हड़पने की खातिर उल्टे-सीधे प्रोजैक्ट हथियाने की जुगत में रहेंगे फिर बाद में पैसा डकारने पर ये दिखावटी शोरूम की दुकानें बंद करके सोशल वर्क को अंगूठा दिखा दंगें लेकिन इसकी समझ में तो यह बात आयेगी नहीं। आग उगलते सवालों पर पानी छिड़कते हुए मैंने प्रकट रूप में इतना भर कहा ओ.के. रचना, तुम जैसा चाहो, करती रहना। मैं कोई दखल नहीं दूँगा अब अनु की खातिर प्लीज... चलो घर... तब तक अनु बाहर से दौड़कर आई और मेरी बांहों में समा गई और पिटारी भर किस्सों के संदूक को खोलकर सुनाना शुरू कर दिया—पापा पता है अनुराग अंकल टॉफियों का इतना बड़ा पैकेट लाए थे। अनु ने दोनों हाथों को फैलाते हुए कहा। पापा अनुराग अंकल के सांथ हम पिकनिक पर भी गए थे। बोटिंग भी की। झूले झूले। बहुत मजा आया पापा... सच्ची में। पता है, वहां मम्मी ने एक गाना भी सुनाया था। सुनते-सुनते दिमाग में लाल-पीली लपटें उठने लगी। तनाव से तपन होने लगी और फिर मैं वहां बैठ नहीं सका। एक झटके में बाहर निकल आया। बाहर आकर इधर-उधर देखा—पास ही में थी पान की दुकान जहां कोल्डड्रिंक दिखी। मैने वहीं से एक बोतल ली और एक सांस में गले के नीचे उतारता गया।

रचना यदि मेरे लिए न सही-कोई बात नहीं लेकिन यदि किसी और के निमित्त जिए यह सह पाना वाकई तकलीफदेह अहसास देने लगा जैसे बिच्छू ने डंक मार दिया हो वैसा ही जहर पूरे बदन में रेंगता हुआ धीरे-धीरे दिमाग की तरफ चढ़ने लगा। वह सचमुच दिनों-दिन टूटने लगा था। अपना किस्सा वह किसे सुनाए ? न ठीक से शेयर कर पाता और न खुद यह गम झेल पाता। एक यही दुख नहीं बल्कि इससे जुड़ी कई समस्याएं भी बैल के टेढ़े सींगों की तरह सीधे मुंह पर मारने वाली

मुद्रा में सामने खड़ी हो जाती। इतने सालों से जमी बातों का कब कौन सा मुंह खुल जाय ? लगता था जैसे पुराने बक्से को किसी ने एक झटके में खोल दिया हो। कभी रचना की पुरानी तस्वीरें याद आने लगती–कितनी सीधी-सादी लगती थी यह लड़की। न पहनने का शऊर था... न किसी से बातें करने का शऊर बल्कि बड़ी संकोची थी यह बोलने में। जबकि उस वक्त मैं दिल से चाहता था कि यह मेरे दोस्तों से खुल कर बातें करे। उनका लिहाज करे ! उस वक्त की शर्मीली रचना और आज की मुंहफट रचना के बीच कहीं कोई साम्य ही नहीं बिठा पा रहा हूँ मैं। घर में फैले अकेलेपन से बचने के लिए वह आफिस के कामों में ज्यादा से ज्यादा खुद को खपाता जाता लेकिन जब भी लौटता घर में फैले सूने अंधेरे को मिटाने के लिए काफी जद्दोजहद करनी पड़ती। यूँ तो एक काम वाली लड़की रख ली थी जो सुबह शाम आकर खाना बनाती, टिफिन बनाती लेकिन सबसे बड़ी समस्या थी इधर-उधर के लोगों की बातें सुनना। उनकी दर्शाई सहानुभूमि से चिढ़ होने लगती जिससे निजात पाने का आसान तरीका था खुद को उस सोशल सर्किल से धीरे-धीरे काट लेना। फिर भी कुछ एक दोस्त आते रहते...बेरोकटोक।

घर के लोग... बेशक मां ने रचना को खरी-खोटी सुनाई। उसी वक्त बड़े भइया-भाभी कहीं बाहर शिफ्ट हो गये थे–इसलिए प्रतिक्रिया पता नहीं चली-विजनिस जम नहीं पा रहा था सो वे इधर-उघर प्राइवेट नौकरी की कोशिशों में जुटे थे। ऐसे ही किसी कम्पनी में एकाउन्टेन्ट का इन्टरव्यू देने पहुंचे थे, वहां कोई पुराना सहपाठी निकल आया। सो इस तरह वे बाहर चले गये। उसमें कुछ अच्छाइयां तो थी लेकिन ऐसी समझदार व टैलैन्टेड लड़की यूँ घर छोड़ने का निर्णय ले ले–यह भारी बात पच नहीं पाती थी। बड़ा बुरा लगता है जब पीठ पीछे इस तरह के फिकरे सुनने पड़ते हैं–साले, इसी में कुछ खोट रही होगी... वरना क्या कोई यूँही छोड़ कर चला जायेगा? पीछे मुड़कर देखता तो हंसते लोगों को देख कर इतनी कोफ्त होती कि लगता कहीं चुल्लू भर पानी में डूब मरूं। आवेश में मुट्ठियां कस जाती लेकिन मैं किस-किस का मुंह बन्द कर पाता? किसे रोकता? उंगली से इशारा करते लोगों की निगाहों को झेल पाना कितना मुश्किल होता है... यह कोई मुझसे पूछो मैं क्या करूं? न ठीक से जी पा रहा हूँ, न मर पा रहा हूँ। कभी कभी तो बोलते-बोलते गला भर आता। तब सोचता कि क्यों मैं रचना को कभी भावुक नहीं लगा? दिल के दूसरे कोने से एक और प्रबल आवाज आई–हां, मैं रचना को सचमुच प्यार करता था। उसके साथ रहने की खातिर ही मैने ऐसा जॉब लिया ताकि हम दोनों एक ही जगह रह सकें। मैं रचना को अपने जैसा बनाना चाहता था। एक जैसी रूचियां क्यों नहीं हो सकती दोनों की? कभी ऐसा लगता है कि दौड़कर रचना को मना लाऊं। वह वाकई भोली–भाली है। ज्यादा अक्ल नहीं है उसमें। कोई भी बरगला सकता है उसे तो। रह-रह कर रचना के प्रति अन्दर से प्यार भर-भर कर आता। रचना के बारे

में अब भी यह लगता है—चलो, मैं कान पकड़ कर माफी मांग लूँगा उससे। रचना के बिना नहीं रहा जाता अब और। यह भुतहा घर काटने को दौड़ता है। कितने शौक से हम लोग सजाने वाले सामान लाये थे। चुन-चुन कर खरीदी थी एक-एक चीज। सोफा के ऊपर टंगी यह सीनरी, राजस्थानी गोटे की चुनरी प्रिन्ट वाली दरवाजे पर टंगी यह बन्दन बार और ये ऑयल पेन्टिग। खुद रचना का सौन्दर्य बोध कितना जबरदस्त था। पेन्टिग्स के बारे में कितना कुछ पढ़ रखा था उसने। उसकी विविध आयामी कल्पना शक्ति गजब की थी। कभी-कभी वो अनु को चित्र कला सिखाने बैठ जाती। कितनी तन्मयता से सिखाती थी। बाजार जाते वक्त कभी कभी किसी की दुकान के सामन कुछ न कुछ ध्यान से देखने लगती तो मुझे टोकना पड़ता—'चलो भई' क्या देखने लगी? वह हंसते हुए कहती—'विन्डो शॉपिंग'... लेकिन हकीकत मैं जानता था कि वह कहीं किसी एब्स्ट्रैक्ट पेंटिग्स में उलझी होगी। ऐन वक्त पर उसके भीतर का कलाकार जग जाता था तब वह उसके बारे में इंटरप्रिट करके मुझे समझाना चाहती जो मेरे पल्ले कभी नहीं पड़ता था।

सच तो यह है कि मुझे ये पेन्टर, चित्रकार, लेखक, कवि, नाटककार वगैरा सब कोरे-लफ्फाजी करने वाले लगते थे जिनके पास और कोई काम होता नहीं। ये ढंग की जिन्दगी तो जी नहीं पायेंगे और बड़ी-बड़ी बातें करते रहेंगें इधर-उधर की। डींगें हांकेंगे ऊंची-ऊंची। रचना भी बुद्धिजीवी होने के भ्रम में जीती थी। बेसिर पैर के इन ख्याली पुलाव पकाने से भला क्या होता है? दो टके की कीमत होती है इनकी, जानती हो? रचना का जवाब होता—हर चीज पैसे से नहीं तौली जाती रजत। आदमी के अन्दर की कला पहचानना सीखो। मुझे कुछ उपदेश देती—जिसे सुनकर मैं तुनक पड़ता—इन्हें दो जून की रोटी मयस्सर हो जाये तो बहुत समझो। जानती हो इनके घर पर इनके बीवी बच्चे किस कदर फटे हाल स्थिति में जी रहे होंगे? कोसते होंगे अपने दुर्भाग्य पर कि किस बेवकूफ के मत्थे मढ़ गये। अरे मैं पूछता हूँ यदि इन्हें यह सब करना था तो शादी के पचड़े में क्यों पड़े थे ये लोग? घूमें छुट्टर सांड बनकर, कौन रोकता है? जिएं या मरें। अकेले रह कर जो जी में आये सो करें।

—रजत हर इन्सान की नैसर्गिक इच्छा होती है कि उसे भावनात्मक-सामाजिक सुरक्षा की छांह मिले। आपसी चाहत का ऐसा घर बन जाये जहां पति-पत्नी दोनों एक दूसरे में अपना अक्स देख सकें। आस-पास मडराएं ढेर रंगीन तितलियां। मन्द बहती हवा हो और हों चहचहाते पंछी—बोलते-बोलते वह कविता करने लगती जिसे सुनकर मैं विस्मय-विमुग्ध बना उसे ताकता रहता लेकिन उसकी तारीफ करने के बजाय उसे चिढ़ाने में मुझे खासा रस मिलता था। अन्दर से खुश रहकर ऊपर से खींझ दिखते रहना मेरी आदत बन गई थी शायद।

मैं उसकी तारीफ में कंजूसी करता रहा यह सोचकर कि इससे रचना के दिमाग

चढ़ जाएंगे, लेकिन यहां मुझसे चूक हो गई थोड़ी सी। शायद इसे खुश करने की कला नहीं आती थी मुझे और अनुराग ने उसकी तारीफ कर-करके ही उसे पटाया होगा। मैं उसे आम औरतों से अलग सोच वाली समझकर उसके गुणों की तारीफ नहीं करता था। मुझसे वाकई गलती हो गई। अभी भी क्या बिगड़ा है—मैं उसे मनाकर माफी मांगकर कैसे भी समझा-बुझा कर ले आऊंगा। जहां तक पैसों के हिसाब रखने की बात है तो सच बात तो यह है कि फाइनेंसियल मुद्दों पर मैं ही बेहतर ढंग से मैनेज करना जानता हूँ। वह तो कहीं भी बर्बाद कर देगी। बिना सोचे-समझे किसी को भी दे देगी। या उससे कोई भी ऐंठ लेगा या कैसी भी ऊलजलूल चीजें खरीद लाएगी। दुनियादारी की बातें ये औरतें क्या जाने? रचना क्यों नहीं इसे ठीक से समझना चाहती है? कितने लोगों ने क्या-क्या सोच लिया होगा हमारे अलगाव को लेकर? कितनी बदनामी हुई मेरी? आज ही मैं उसे मनाकर वापस ले आऊंगा। ऑफिस से लौटते हुए जाऊंगा आज रचना के पास।

पूजा प्रकरण पर कितना हाय-तौबा किया था रचना ने। बेवजह इतना तूल दिया जबकि इतना हो हल्ला करने जैसी क्या खास बात थी?

ठीक है... मैं मानता हूँ पूजा के प्रति थोड़ा सा आकृष्ट था मैं। उसकी बाल सुलभ चेष्टाएं या अल्हड़ बातें मुझे अच्छी लगती थी। कम उम्र की तरफ एक सहज खिंचाव था। बस और क्या था? लेकिन पूजा के भी रचना ने ऐसे कान भरे या पता नहीं कौन सी पट्टी पढ़ाई कि उसने महीनों से मुझे कोई फोन नहीं किया। मेरे ऑफिस में मिलने भी नहीं आई बल्कि जब मैने सम्पर्क करना चाहा तो एक ही जवाब होता क्या आप सचमुच मुझे चाहते हैं? यदि हाँ, तो क्या शादी करेंगे? रचना दीदी को तलाक देंगें क्या मेरी खातिर? बोलिए जवाब क्यों नहीं दे रहे? चुप क्यों हैं? बताइये साफ-साफ। फिर क्यों...क्यों बात करना चाहते हैं मुझसे...? क्या बातें करनी हैं? सुनकर मैं हक्का-बक्का रह गया। इस लड़की के ये तेवर? मेरे लिए अकल्पनीय था उसका यह व्यवहार। मैं तो इसे कमअक्ल की कमसिन लड़की समझता था लेकिन इसके तो पर निकल आए हैं। ये तो अब उड़ना सीख गई है।

अच्छा तुम पहले मेरे ऑफिस तो आओ। तुम्हें सब बातें समझाऊंगा। इस वक्त तुम्हारा मूड ठीक नहीं है। क्या मैं आ जांऊ तुम्हारे पास? बोलो कहां मिल रही हो? रियली पूजा...आई मिस यू। तुम्हारी हंसी सुने अरसा बीत रहा है। भरोसा करो मुझ पर। मैने भरसक चेष्टा की कि उसे मना लूँ। पटा लूँ। लेकिन वह अपनी बात पर अड़ी रही—मि० रजत...मेरी तो यही समझ में नहीं आ रहा है कि आप क्या बातें करना चाह रहे हैं? मेरी-आपकी क्या कॉमन चीजें हैं? किस संबंध में बात करना चाहते हैं? बताइये। पहले मेरी बातों का साफ-साफ जवाब दीजिए तभी मैं आगे बातें करूंगी। ओ.के. कहकर उसने फोन पटक दिया। उसकी वो कड़क टोन और दो टूक लहजा सुनकर तो मैं दंग रह गया। यह क्या हो गया है इसे? यह

तो मेरी बातों को ध्यान से सुनती थी। मेरे पर आसक्त थी, ऐसा आभास देती थी। कहती भी थी—यू आर ए फैन्टैस्टिक मैन। मेरे ऊपर जान छिड़कते हुए कहती थी—रजत जी आप का रंग तो लड़कियों से भी गोरा है और ये स्किन तो बिलकुल अंग्रेजों जैसी लगती है। हां मुझे वो पसंद थी। उसका चुलबुलापन और सदाबहार हंसी मेरे तन-मन में सौ-सौ वाट के बल्ब जला देती थी। लेकिन यह भी सच है कि उसे लेकर कभी मैं इतना गंभीर नहीं रहा। उससे शादी की बात सोच लेता, सो इतना बेवकूफ भी नहीं हूँ। ऐसी लड़की से तो बस मन बहलाया जा सकता है। उससे हंसी मजाक करके मैं स्फूर्ति और रोमांच महसूस करता था। उससे फोन पर घंटों बातें करके मेरा दिन भर खुशगवार बीतता था। उसकी हंसी सुनकर मेरी देह जगने लगती। उसके प्रति मेरी चाहत में दैहिक आकर्षण इतना...इतना बढ़ता गया कि उसे पाने के लिए मैं बेताब हो जाया करता। उसे पाने के ख्वाब बुनता रहता। रचना, हुंह अपनी तरफ से जिसने शायद ही कभी पहल की हो। मुझे खुश करने की खातिर कभी कुछ नहीं किया। सच ए कोल्ड वूमैन शी इज...

लेकिन रचना के घर छोड़ने के बाद पूजा एक बार भी नहीं झांकी बल्कि जिस दिन रचना ने पूजा को मेरे साथ घर पर अकेला देखा, उसके बाद से आज तक नहीं आई। बस एक बार अनमने मन से बात की, जिसमें इसी बात पर जोर देती रही—क्या आप शादी करेंगें? इन बेवकूफ लड़कियों को शादी की इतनी जल्दी क्यों रहती है? शादी करके क्या सुख मिलता है इन्हें ? एक बला से पूरी तरह निकला नहीं, दूसरी को गले मढ़ लूँ..., नो..., नैवर। हाँ, वो ऐसे ही मेरी दोस्त बनी रहती, यहां तक तो मंजूर था लेकिन शादी तक तो मैने कभी नहीं सोचा।

लड़कियों से बातें करना और मन बहलाव के लिए थोड़ा बहुत फ्लर्ट करना किसे नहीं अच्छा लगता? उसको ड्रेस सेन्स था...। हयूमरस नेचर था। चुलबुली लड़की थी, जिसे देखकर मैं रोमांचित हो उठता था। उसे जरूर किसी ने पट्टी पढ़ा दी होगी कि विवाहित पुरुष से दोस्ती रखने से क्या फायदा? या रचना ने ही कुछ कान भरे होंगें। बहरहाल पूजा फिर कभी नहीं आई। मेरे द्वारा बार-बार बुलाने के बावजूद भी न तो वह फोन अटैंड करती... न ही मेरी बातें ठीक से सुनती। शुरू-शुरू में तो यही लगता जैसे मैंने उससे माफी मांगकर उसे बहला लिया है लेकिन हफ्ते भर बाद उसके तेवर फिर से बदल गए। इस बार तो सचमुच उसने कड़क टोन में फटकार दिया मुझे—रचना को छोड़ेंगे क्या? बोलिये हां या ना... और कोई बात नहीं करना चाहती। समझे? फिर बोली—जब आप रचना जैसी होशियार दीदी को नहीं संभाल सकते, उन्हें खुश नही रख सकते तो मुझे क्या खाक रखेंगे ? रत्ती भर भरोसा नहीं है मुझे आप पर।

और मैं अपना सा मुंह लेकर लौट आया था। अपमानित होकर शर्म से पानी-पानी होता हुआ। ऐसा लग रहा था कि कहीं अपना सिर छिपा लूँ। उसकी बात गर्म-गर्म

शोले की तरह जला रहीं थीं मुझे।

फन फैलाए विषधर जैसे सवालों से आंखें कैसे चुराई जाएं? रह-रहकर रचना के ख्याल दिमाग में आते। डूबते सूरज को देखती तो तुरन्त बोलने लगती—रजत, देखो तो जरा सूरज किस खोह में घुसता जा रहा है धीरे-धीरे। कभी हवा से झूमते पेड़ों को देखती तो कहने लगती-रजत ये पतली बेल बड़े पेड़ का सम्बल पाकर हवा में किस कदर गर्व से इतरा रही है यूँ जता रही है जैसे यह समूचा पेड़ इसी का हो। सुनकर मैं उसे झिड़क देता क्या बचकाना बातें करने लगती हो? लेकिन प्रकृति के प्रति एकाकार होने वाला उसका लगाव सचमुच कमाल का था। पता नहीं क्यों अभी भी यही लगता है जैसे रचना तो किसी की भी बातों में आ जायेगी जल्दी से आफिस से लौटते हुए अपना स्कूटर उसकी गली की तरफ मोड़ते हुए सोचने लगा—कहां किस कचरे वाली गली में मकान मिला इसे। किसने दिलाया होगा यह। उफ! क्या जिंदगी हो गई मेरी भी? दरवाजे पर घंटी बजाने के लिए हाथ उठाने वाला था लेकिन अंदर से आती तेज-तेज आवाजों ने रोक लिया मुझे। पैर जमीन पर ही चिपके रह गये और सब सुनने के लिए बेचैन कान खड़े हो गए चौकन्ने चीते की तरह।

—'रचना वीणा में तो कतई कोई गलती नही थी। तुम खामखां अच्छी भली वीणा को कुसूरवार ठहरा रही हो। यह तो बजाने वाले के ऊपर है कि वह अपने हुनर से किस्म-किस्म की धुनें निकालता रहे। बजाने वाले के अन्दर कला होनी चाहिए। समझी? वह चाहे तो वीणा के ढीले तारों को दुरूस्त कर उसमें से कोई भी मीठा सुर निकाल ले और मौलिक रच डाले।

अनुराग कभी-कभी चाहे-अनचाहे हमारे जीवन में एक गैप बनता चला जाता है जिसे यदि शुरूआत में ठीक न किया जाए या जानबूझ कर ओवर लुक किया जाता रहे तो फिर वही एक बड़ा वैक्यूम बनता चला जाता है। ऐसा वैक्यूम जिसे पाटा नहीं जा सकता। शायद उसे पाटने की कोशिश में जुटी रही मैं अब तक। अफसोस! नाकामयाबी मिली।

—'रचना प्लीज इस चैप्टर को या तो भूल जाओ या अपने जीवन से फाड़कर फेंक दो। यह क्या हो गया? क्यूँ रोने लगी? अभी तो अच्छी भली बहस कर रही थी। अनुराग ने रचना के सिर पर या पीठ पर हाथ रखा या शायद सीने से भींचकर चिपकाया-रजत को ऐसा आभास हुआ... फिर सुनाई दिया—रचना तुम अपनी अन्दरूनी शक्तियों को जानो-पहचानो। अपने को नापो तौलो और वही करो जिससे तुम्हारे मन को शांति मिले। जिस उद्देश्य को पकड़ा है पहले उसे पाने के लिए जुट जाओ पूरे मनोयोग से। आज जिस दोराहे पर तुम खड़ी हो वहां से वापस नहीं मुड़ा जा सकता अब।

—'मेरे से कुछ नहीं होगा अनुराग। मेरे अन्दर की जलती बहुतेरी चीजें बुझ

गई हैं अब आंसू से तर गले में से रूआंसी आवाज निकली फिर बातचीत में दूसरी बात आई—'तुम्हारे भीतर जलने वाली अक्षुण्ण टार्च भला कैसे बुझ सकती है? कोई भी आंधी तूफान उसे नहीं बुझा सकता। मेरी रचना... तुम हो एक अनुपम कृति एक कलाकार की आत्मा को कोई नहीं मार सकता... कहकर अनुराग ने रचना को दुलारा, सहलाया या शायद किस किया।

इससे ज्यादा नहीं देखा जायेगा मुझसे। और भला क्या देखना बाकी रह गया है अब? सब बातें सुनकर रजत को ऐसा लगा जैसे लू का गोल-गोल बवंडर मेरी आंखों के सामने उड़ रहा है जिसकी तपन झुलसाने लगी तन-मन को। अपमानित मन में गहरी बैचेनी भर गई लगा जैसे चारों तरफ से जहरीले सांप फुंफकार रहे हैं मुझे। मायूस मन में हताशा ने अंगद पैर जमा लिए। क्या सोचकर आया था और यह सब क्या देखा-सुना? अब कुछ नहीं हो सकता। कोई उम्मीद नहीं बची। अब क्या फायदा है कहने सुनने से ? रजत के मन में करीने से सहेजी गई कोमल भावनाएं उस अंधड़ में एक-एक करके उड़ चली। बस पास में रह गए सिर्फ चोट खाए कड़ुवे अहसासों के नीले निशान।

अवसन्न मन के टुकड़े-टुकड़े इधर-उधर फेंकता हुआ वह मुड़ा और हारे जुआरी की तरह अपना सब कुछ लुटाकर नुचा-तुपा मनःस्थिति में वापस लौटने लगा। क्यूँ मेरे ही हिस्से उपजने थे इसने सारे कष्ट? इस औरत के साथ कितनी बदनामी झेलनी पड़ेगी मुझे? कितनी बड़ी शिकस्त खाई है मैंने...? क्या करूं मैं अब? कौन समझ पायेगा मेरी तकलीफ को? सिर्फ भुक्तभोगी ही। कितना अभागा हूँ मैं आज? कितना सीधा-सादा समझता था मैं रचना को। लेकिन कितना बड़ा धोखा दिया है इसने मुझे? इसे खुश रखने की खातिर मैंने अपना सब कुछ स्वाहा कर दिया लेकिन बदले में कितनी दुर्गति हुई मेरी? कुछ नहीं मिल पाया मुझे। मैने वाकई मुंह की खाई है। काश कि मैने यह सब न देखा होता..., न सुना होता। उफ! कहां जाऊं? क्या करूं? कहीं का नहीं रहा मैं तो आज। काश कि कहीं मुंह छुपा लूँ या चुल्लू भर पानी में डूब मरूं।

सामने खड़ा था सूखा-उजाड़ पेड़ ऊबे और उदास रंगों से भरा। जमीन पर बिछी सूखी टहनियों को देखा और अपने विखरे-उजड़े घोंसले की चिंता गहराने लगी। सोच सोचकर मन में फ़िर से वही जहर भीतर उड़ेलते हुए स्कूटर का गियर बदला और स्पीड बढ़ाते हुए वापस चल पड़ा।

पहाड़ की ओट में बहती नदी

इन दिनों मेरे दिलो दिमाग में लगातार जंग छिड़ी रहती है... इसे खलबली कहूँ या ऊहापोह या अस्थिरता। लेकिन मैं एक छलछलाती हुई नदी बन गई हूँ जो अपनी ही धुन में तरंगित होती झूमती मदमस्त हिरणी के समान बही जा रही है। पूरे वेग से तरंग उठती है ऊपर तक और भिगोती जाती हैं तन मन को। मन करता है कि मैं ऐसे ही बैठी रहूं और पानी में भीगती रहूँ। फिर भूल जाऊं सारे जहां को। हंसी है कि होठों के किनारों पर आकर थमती ही नहीं। बल्कि नदी अपने किनारों को तोड़ते हुए उछाल मारती है पूरे वेग से जमीन को छूते हुए फिर से एक नई उछाल बनाने को तैयार है।

मेरा दिल इस बात को मानने से इंकार करता है कि आकर्षण सिर्फ एक बार हो सकता है। अब अनुराग की प्रतीक्षा में मैं हर पल आतुर बनी रहती हूँ। इन दिनों जिस छटपटाहट में मैं जी रही हूँ उसे क्या कहूँ? विकल या बौराये मन का अंधड़ जिसे थामा ही न जा सके। इंतजार में बिछी रहती आंखें हर वक्त अनुराग को देखने या बात करने की ललक को मैं सारी दुनिया से तो छिपा सकती हूँ पर अपने मन को क्या जवाब दूँ। बड़ी सहजता से मुझे पता चल गया है कि वह किस रंग के कपड़े पसंद करता है मेरे लिए? किस तरह का साहित्य पढ़ना अच्छा लगता है या कैसे गाने सुनने पंसद है उसे। आफिस में जाकर सबसे पहले उसकी सूरत देखने का मन करता है तो कैसे रोक लूँ अपने मन को? और फिर क्यों रोक लूँ?

महज सात फेरे लेने के बाद मन को साधकर रख पाने की गारंटी सिर्फ मेरी ही क्यों है? अगर पति इसी मन में हिलोरें मारती भावनाओं को लगातार कुचलता रहे और पत्नी वाली इज्जत न बख्से तो...? कितने बड़े शून्य का गोला बनता चला जाता है। वही मन आज कितनी तेजी से किसी और डगर पर एड़ी-चोटी का जोर लगाकर भागने की फिराक में क्यों है? तो क्या इसके लिए पति जिम्मेदार नहीं? क्यों नहीं इतने सालों के साथ के बाद भी उसे मेरी पसंद-नापसंद मालूम हो पाई? या क्यों नहीं कोशिश की उसने जानने की? वह क्यों नही दे पाया मुझे आज तक मेरा अपना घर आंगन? मैने सुख सुविधा के सामान खरीदवाने में अपना बैंक बैलेन्स

उसके हवाले कर दिया लेकिन उसने क्यों नहीं कभी यह कहा–'रचना, यह घर तुम्हारा है, संभालो इसे, तुम्ही हो मालकिन। हर चीज पर सिक्का जमाने वाला पुरुष आधिपत्य वाला रोब-दाब क्यों जमाता रहा वह मुझ पर? उसके साथ कार में बैठकर भी क्यों मुझे लगता है कि मैं किसी कंटीली झाड़ी में फंस गई हूँ...तब जल्दी से बाहर निकल कर मेरे लहुलुहान मन को तभी ठंडक मिलती थी जब तक कि यह न सोच लूँ कि अभी यहीं कहीं अनुराग मेरी राह देखता होगा। अनुराग के साथ सुबह 10 बजे की चाय पीने में जो पुरजोर कशिश है वह फाइव स्टार होटल में बैठकर उस पति नामक प्राणी के साथ डिनर करने में क्यों नहीं? आखिर क्यों नहीं है ऐसा?

तो क्या मेरे स्त्री सुलभ मन को हमेशा एक अधीर प्रेमी की तलाश रहती है? जिंदगी की घुड़दौड़ में या सोसाइटी में स्ट्रेटस बनाने की मारामारी में क्या पति बेचारे को इतना भी वक्त नहीं मिल पाता जो अपनी पत्नी को प्रेमिका सा दुलार दे? सोचो, जब मां अपने बच्चे को दुलारती हो तो क्या उसे कोशिश करनी पड़ती है? नही न। फिर पति के अंदर पत्नी के प्रति इतनी भी चाहत शेष क्यों नही रहती कि वह चौबीस घंटों में से दो मिनट के लिए ही सही पत्नी से प्यार के दो मीठे बोल ही बोल दे। क्यूँ नहीं इतनी सी समझ बन पाई उसके अंदर? अपने बॉस की बीबी को पार्टी में हजार बार थैंक्यू मैडम...थैंक्यू मैडम... कहने में जिसकी ज़ुबान नही थकती थी, वही रजत मुझे अकेला पाते ही पागल कुत्ते सा काटने क्यों दौड़ता था? क्या बिगाड़ा था मैंने उसका? हर जगह नुक्ताचीनी और छिद्रान्वेषण में कौन सा सुख पाता था वह?

ऐसे में यदि अनुराग का साथ जीने की ताकत देता है... अन्दरूनी खुशी देता है तो मैं क्या करूं? पति-पत्नी के बीच सात जन्मों का रिश्ता होता है इसे शिरोधार्य करते हुए आगे के जन्मों के चक्कर में इस पहले जन्म को भी बिगाड़ लूँ क्या? अगर किसी की जवान बीबी मर जाये तो उस पुरुष को लोग शादी करने की तत्काल सलाह देने लगते हैं। तब सात जन्मों के सम्बन्धों के बारे में क्यों नहीं समझाता कोई उस पुरुष को? तो क्या यह सब संस्कार महज स्त्री को ही ठगने के लिए बने हैं? स्त्री के मत्थे क्यों मढ़ दिये गए है सारे कायदे कानून? आखिर क्यों? यदि कोई पुरुष विवाहेतर संबंध रखे तो पत्नी यह सोचकर संतोष कर ले कि आज नही तो कल बैल अपने खूँटे पर जरूर वापस लौटेगा लेकिन यदि स्त्री यही करने लगे तो वह कुल्टा, कुलच्छिनी..., रंडी... और पता नहीं क्या-क्या हो जायेगी? क्यों है ऐसा? नहीं...नहीं अब मेरा मन ऐसी लचर दलीलों को मानने से साफ इंकार करता है जो कि एकतरफा हैं। जिसमें स्त्री को दोयम दर्जे का सिद्ध करना ही एक मात्र निहितार्थ है। चूँकि मैंने तो ऐसा संबंध ही ठुकरा दिया जो विवाह की मोटी-मोटी रस्सियों से बंधा था। विवाह के नाम पर बोझ था यह। हां यह स्वीकार करने में मुझे रत्ती भर गुरेज नहीं कि हमारे संबंध दिखावटी रस्म अदायगी भर रह गये थे। जहां अन्दरूनी

प्रेम की उष्मा का स्पंदन शून्य हो गया हो वहां बाकी चीजें अर्थहीन थी एवं आभाहीन भी।

यदि अनुराग के साथ मुझे अच्छा लगता है तो मैं इसे स्वीकारने में नहीं हिचकती। समाज के बने कानून तर्क की कसौटी पर खरे नहीं उतर पाते। कैसे भुला दूँ मैं सर्पदंश सरीखे पति के तानों को? कैसे भुला दूँ मैं कि इन सात फेरों के दम पर ही मेरी अच्छी-भली पर्सनेल्टी को कुचलने में किस कदर सुख महसूस करता रहा वह पति नामक जीव? इस संबंध को ठुकराकर ही तो मेरा अनुराग से नेह संबंध बना है तो वह विवाहेतर कहां रहा? जब विवाह ही निःशेष हो गया तो विवाहेतर शब्द की क्या प्रासंगिकता रह गई यहां? उफ ! कैसा विचित्र विरोधाभास है कि यह विवाह शब्द अभी तक चिपका हुआ है मुझसे जब तक कि विच्छेद वाली कानूनी मुहर न लग जाए, तब तक विवाहिता ही माना जाता रहेगा। लेकिन क्यों भला? कोई यह तो समझाये मुझे कि क्या जरूरी है यह कानूनी-कागजी विच्छेद?

इधर अनुराग को मेरे व्यक्तित्व को निखारने में जो सुख मिलता है, उसको मैं बूंद-बूँद करके गुटकती जाती हूँ। कैसे वह एक-एक बात की लच्छियों को अलग-अलग तार करके समझाता रहता है—'रचना, दफ्तर के रूटीन कामों में उलझकर मत रह जाओ। तुममें मौलिक सोच है और मौलिक सोच को सरंजाम देने की विशेष दक्षता भी। हमारी इस एक ढर्रे वाली व्यवस्था में पहल करके काम करने का हुनर सब में नहीं होता। लेकिन तुममें है। अनुराग के लिए गंभीर से गंभीर समस्या को हंसते-हंसते सुलझाना चुटकियों का काम है। उसके आत्मविश्वासी व्यक्तित्व की यही तो खासियत है। नया रास्ता पाने की खुशी से कान्फीडैन्स भी बढ़ेगा यस, डू इट... सोचो नहीं बल्कि कर डालो। वैसा करो जिससे तुम्हारे अंदर खुशियों की फसल लहलहाती रहे। यस...हिचको नहीं...कीप इट अप... रचना कीप इट अप...दफ्तर में सालों से घिसटते-रेंगते सिस्टम में बदलाव लाना आसान नहीं था लेकिन मैं जब भी कहीं कुछ नये ढंग से करना चाहती वहां-किस तरह के गतिरोध को कैसे आसानी से हटाया जाए—इसका फार्मूला अनुराग के दिमाग में फिट रहता और किसी भी जटिल गुत्थी को चुटकियों में समझा देता।

धीरे-धीरे कब मैंने उसकी बातों को आत्मसात करना सीखा-पता ही नहीं चला। मैं तो मंत्रमुग्ध हिरणी बनकर उसके पीछे-पीछे चलने में खुश होती थी। वाकई इस सुख की प्रतीति संभवतः पहली बार हुई मुझे। मैं सोचती अगर पुरुष को यह दंभ है कि वह ज्यादा बुद्धिमान है तो क्यों नहीं वह ऐसा कुछ कर पाने में समर्थ होता कि उसका अनुसरण पाने के लिए स्त्री स्वयं आगे बढ़े। बुद्धिमान पुरुष का अनुसरण करने में किसी को भी कोई ईगो प्रॉब्लम नहीं होती फिर चाहे वह स्त्री हो या पुरुष। सच तो यह है कि स्त्री तो अपने को कच्ची मिट्टी सा समझती है जिसे अनुराग जैसा कोई भी पुरुष एक अच्छा सा आकार देते हुए किसी सुन्दर सुघड़ मूर्ति में बदल

दे। मुझे यह स्वीकारने में कतई कोई शर्म नहीं कि मैं अनुराग जैसे शिल्पी के हाथों ढलने हेतु प्रस्तुत हूँ। उसकी पंसद के कपड़े पहनने में मुझे वाकई मजा आने लगा। अभी कुछ दिन पहले ही उसने बताया कि मेरे ऊपर इलैक्ट्रिक ब्लू, फिरोजी, हल्का बैंगनी, सफेद एवं गोल्डन ब्राउन कलर खूब फबते हैं। सो देखते-देखते मैंने इन्ही रंगों की साड़ियां और सूट खरीदने शुरू कर दिए। जब भी तैयार होती रजत के बोल पीछे से ढ़पर-ढ़पर सुनाई पड़ते—'रचना तुम ऊंची सोसाइटी में ले जाने लायक नहीं हो। तुम्हें तो ढंग से कपड़े पहनने की ही तमीज नहीं है। बोलने का शऊर नही हैं बेढंगी औरत। लेकिन अब जब कपड़े पहनने की तमीज अनुराग ने समझाई तो वैसे कपड़े पहनकर मैं सपनों में अनुराग के साथ दुनिया के इस पार से उस पार मीलों मील तक उनके हाथों में हाथ डाले घूमा करती थी।

अनुराग के साथ कुछ ही महीनों के सान्निध्य से मेरी विवर्ण काया सूरज सी चमकने लगी। चेहरा एक अजीब सी आभा से दीप्त हो उठा था। यह बात मैं नहीं बल्कि जो भी मुझे देखता, सब यही कहने लगे थे—'रचना को देखो कैसा निखार आ गया है। बढ़ती उम्र की रेखा हो रही है ये तो, सुनकर मैं मुस्करा देती। ऑफिस के जिस कोने में अनुराग मेरा सहगामी था, वह मेरे लिए दवा का काम कर रहा था। इस अनुभूति को कैसे भूला सकती हूँ मैं? जो मेरा सबसे अजीज दोस्त है सहचर है, अंतरंग क्षणों का साक्षी है, जिससे मेरी सबसे बढ़िया ट्यूनिंग है, उस शेयरिंग साथी को और क्या नाम दूँ मैं?

ऐसे में ख्याल उठता है कि क्यों इस दुनिया में पति दोस्ती का जज्बा नहीं रख पाते? क्यों पति पत्नी के पैरों में लिपटकर उसे आगे बढ़ने से बार-बार रोकते हैं? यदि मैं अनुराग की पत्नी बनती तो क्या वह भी मेरी ऐसी दुर्दशा करके रख देता? ऐसे सवाल कभी-कभार झिंझोड़ देते मुझे।

इधर मैं अनुराग जैसे सपेरे की बीन पर आंखें मींचे भावविभोर होकर तन्मय मुद्रा में निरन्तर नाचा करती थी। बीच-बीच में मेरे अन्दर अंदर बैठी मां मुझे बार-बार बच्ची के हितों के बारे में खबरदार करती रहती लेकिन मन में बैठी किशोरी अपने किशोर की बांहों में खोकर बेसुध सोना चाहती थी। ऊहापोह के बावजूद मुझे ये दिन सुहाने लगते थे। रातें लम्बी-चौड़ी अंधेरी न लगकर सपनों में झुलाती थी मुझे। इन हिण्डोलों में झूलती हुई मैं सारी दुनिया से बेखबर होकर सोती थी। बस सपने देखते रहने में मस्त थी, मुदित थी। जागने से मुझे डर लगने लगा था। मै कतई-कतई नहीं जागना चाहती थी, न ही कुछ और सोचना चाहती थी।

नदी और पत्थर

जितना ज्यादा मैं खुद को तमाम कार्यों में डुबोए रखती, उतनी ज्यादा, उतनी तीव्रता से याद आती अनुराग की। यह क्या हो गया है मुझे? ने कोई चिट्टी-पत्री, न फोन वगैरह। क्या इतनी जल्दी भूल गया रचना को? कुछ दिन के लिए घर जाने को बोलकर गया था लेकिन महीना पूरा होने को है। कहां हो अनुराग तुम? कहां हो?

मेरा मन अनुराग की एक झलक पाने के लिए बौराया रहता। उससे बातें करने के लिए छटपटाता रहता। मैं क्या करूं? जितनी प्रबलता से अपनी खलबलाहट को रोकती वह दुगनी ताकत से हावी हो जाती। अनुराग के मीठे बोल सुनने के लिए कान तरस गये। उसकी मोहक मुस्कान देखने के लिए आंखें फड़फड़ाने लगी। यह कैसी विकलता है? क्या इसे ही विरह में जलना करते हैं? गोपियां क्या कृष्ण की याद में अपनी सुधि-बुधि विसारे इसी तरह जला करती थी? कृष्ण के जादुई व्यक्तित्व की गिरफ्त में वे बेसुध होती थी। उनकी बांसुरी का सम्मोहन कितना जबरदस्त रहा होगा जिसे सुनकर वे जहां जिस हाल में होती थी दौड़ी भागी, उल्टी-सीधी, गिरती-पड़ती चल पड़ती थी। उन्हें तन्मय होकर निहारने के लिए ही न ? क्या ये उनका पागल पन था? जो भी हो लेकिन मेरे मन की दशा उनकी दशा से मेल खाती थी।

इन दिनों मैं बार-बार खुद को कई कोणों से समझाने में जुटी रहती। हो सकता हैं मां की तबियत ज्यादा खराब हो गई हो। हो सकता है किसी और काम में व्यस्त हो गया हो, तभी मन के दूसरे कोने से आवाज आती—अनुराग कितना भी व्यस्त रहे लेकिन इस देश में हर गली नुक्कड पर तो पी.सी.ओ. बूथ खुल गए हैं। तो वह क्या कहीं से भी एक फोन तक नहीं घुमा सकता था? इसे लापरवाही नही तो और क्या नाम दूँ? मुझे न तो कोई फोन नंबर देकर गया, न ही कोई अता-पता। बस चलते-चलते सीढ़ियों पर इतना भर कहा था—'रचना, अचानक घर जाना पड़ रहा है' मैंने छूटते ही पूछा—'कब लौटेंगे'—कुछ नहीं कह सकता, बट वैरी सून, अंतिम पंक्तियां शायद मुझे खुश करने के लिए जोड़ी गयीं थी।

लेकिन यह क्या? इतने दिन बीत चुके। अब तो एक-एक दिन काटना भारी

पड़ रहा है। मेरे लिए जैसे समय रूपी पत्थर की भारी शिला रख दी हो किसी ने नदी की छाती पर जिसे इंच भर खिसकाना भी शिव धनुष की तरह भारी पड़े और शिला भी ऐंसी स्थिर और भारी-भरकम जो हिलाए न हिले, बल्कि छूते ही पसीना छूटने लगे। मन में बैचेनी के बादल उमड़ते-घुमड़ते रहते। यहां तक कि एक दिन अनु भी कहने लगी—'मम्मा, अनुराग अंकल बहुत दिनों से नहीं आये। फोन करो न मम्मा ? मैं किसके साथ खेलूं?

—'बेटा फोन नंबर नहीं है मेरे पास', कहते हुए मन में कसक कचोटी—'माई डियर अनुराग... कहां हो तुम? कैसे ढूढूं तुम्हें? कहां से पकड़ लाऊं? कैसे कहां से खींच लाऊं अपनी नजरों के सामने? मन में ढेर चक्रवाती प्रश्न आक्रामक रूप अख्तियार करने लगते। एक-एक करके पैने बाण आते जो सीधे सिर पर पड़ते जिससे मैं बार-बार आहत होती रहती मुझे कैसे भी चैन नहीं पड़ रहा था। अनुराग के बिना जिन्दगी इतनी सूनी। इतनी बेरौनक और इतनी अर्थहीन लगने लगेगी मैंने कभी कल्पना नहीं की थी। पहली बार इस वस्तुसत्य को बूझा कि प्रिय के बिना दुनिया कितनी ऊब भरी और खाली-खाली लगने लगती है।

काम का दबाव दिन व दिन बढ़ता जा रहा था, बावजूद इसके कोई दिन ऐसा नहीं गुजरा जब अनुराग का नाम मेरे होंठों से न निकला हो। अनुराग के बिना मैं सचमुच खुद को आधा-अधूरा समझने लगी थी।

इन दिनों जिस खलबलाहट, बैचैनी और छटपटाहट को घूँट-घूँट पीते हुए जी रही हूँ उसे समूचे ढंग से कह पाने में शब्दों की सामर्थ्य नाकाफी है। इंतजार में विकल अधीर प्रेमिका की आंखें और पेट में कूदते गोलों का क्या करूं मैं? इस अन्दरूनी हलचल और धू-धू जलती आग पर पानी डालना कैसे सीख पाऊंगी मैं? क्या तरीका है? कौन सा ऐसा रास्ता है जिससे होकर मेरे पैर अनुराग के पास पहुंच जाएं और उसे अपने में बांध सकूँ। कितनी तकलीफदेह यातना है यह तो। लेकिन विवशता यह है कि संतुलन साधे नट की तरह हर रोज चलना पड़ता है मुझे इन रस्सियों पर।

जैसे लहरों पर बल खाती नदी की नियति है धीरे-धीरे शांत हो जाना या जैसे वेगवान अंधड़ भी धीरे-धीरे थमता है, ठीक उसी क्रम में मेरे अंदर जल रही ज्वालामुखी का शांत हो जाना भी नियति बन जायगा क्या? प्रकृति का यह तय विधान है कि धीरे-धीरे कैसा भी वेग हो उसे थमना ही है, यह सब सोचकर खुद को कन्विंस करती, फिर भी कई दिनों से जमा उदासी छिटकने का नाम नहीं ले रही। अकेलापन नीचे तल्ली तक जाकर पैठता जाता जिसे खुरचकर निकाल पाना मुश्किल था।

रात में दूर-दूर तक फैली काली परछाइयां कभी-कभी जानलेवा बन जाती। क्या है ये जीवन व्यापार? सिर पर लदे इस भारी बोझ को कहां पटक दूँ जिसे खुद अपने हाथों न उतार पाने की बेबसी में आंखें छलछला उठती मेरी। कितनी निरूपाय

हूँ मैं? क्या ये जीवन जीने लायक है? सोचकर एक बड़े शून्य का गोला पेट में बनने लगता और तनकर खड़े हो जाते सोए हुए सवाल। मैं क्यों अपेक्षाएं पालूँ उससे? दोस्त ही तो है न वह? आखिर ऐसी उम्मीदें भी किस काम की, जो मेरे रास्ते में पहाड़ जैसा रोड़ा बनकर खड़ी जाएं। क्या मेरे होंठों की मुस्कान उधार ली हुई थी? कपूर की तरह उड़ती ऐसी क्षणिक सुख की वांछना भला किस काम की?

अन्तर्मन से एक दूसरी आवाज भी आई—'रचना अपने पर निर्भर रहना सीखो। तुम खुद अपनी सबसे अच्छी दोस्त हो। अपने को पसीना बहाते लोगों के दुख-दर्द से जोड़ो। अपनी मेहनत से पसीना बहाते श्रम की चमक क्यूँ नही उदभासित होती तुम्हारे चेहरे पर? अपनी बुद्धि के तमाम औजारों को घिस-घिस कर पैना बना डालो। वही तुम्हारी दिशा भी तय करेगा और मंजिल भी। बस पूरे मनोयोग और धीरज से चलती रहो अपने तय रास्तों पर चाहे वे रास्ते ऊबड़-खाबड़ क्यों न हों लेकिन इत्मीनान और भरोसे की लाठी पकड़े चलती रहो। तुम्हारे उठाये कदमों से तुम्हारे लिए कोई न कोई जमीन तैयार होगी। जिस पर मजबूती से पैर जमाकर आगे बढ़ती रहोगी तुम। हाँ वह जमीन तुम्हारी ही होगी।

क्रमशः ऐसी स्थिति आने लगती है जब कि अकेलापन हमारा सबसे अच्छा दोस्त बन जाता है। तब उन्ही लमहों के संग दोस्ती होती चली जाती है, और उनके साथ रहने की आदत पड़ती जाती है। मुठ्ठी में चंद अहसास दौड़कर आते हैं और अपने होने का गुनगुना अहसास अंदर तक कराते जाते हैं। ऊपर पड़े कचरे, भारी पत्थर, कंकड़ को खोदने के बाद हासिल होता है वह जीवन दायिनी अमृत, तो यही है हमारा जीवन भी।

कमरे में पसरा एकांत। घड़ी की टिक-टिक, खिड़की से आती हवाएं और विस्तर पर लुढ़के सन्नाटे के ऊपर मैने अपने हाथ-पैर डाल दिए। फिर उन्हें करीब से सहलाया। लेटे-लेटे आने वाले दिनों के बढ़ते कामों की व्यस्तताओं के बारे में सोचा। मन में तय हुई योजनाओं को मूर्त रूप किस तरह दिया जाए? यह भी सोचती रही। काम करते रहने से प्राप्त खुशी को महसूस करके गहरा संतोष व्यापता गया। जीवन में कुछ सोद्देश्य पूर्ण कर गुजरने की लगन को कार्य रूप देती चलूँ तो उससे मिलती है खुशी। उसी कान्फीडैन्स की चमक के बलबूते आप बड़े से बड़े कष्टों से निजात पा सकते हैं। फिर कहां हो अकेली तुम? मैने उस निर्जन सन्नाटे से पूछा।

चित्त जो शांत होने का अभिनय कर रहा था एवं उदासी वाले धुएं से आंखें मिचमिचाता हुआ कुलबुला रहा था, अचानक आंखें खोलकर बोल पड़ा—'फिर कहां है वह शान्ति तुम्हारे पास? ये भी कोई जीवन है? हर वक्त का रोग पाल लिया है तुमने तो। ढोंग कर रही हो कि तुम इन रास्तों पर अकेली नहीं हो। तुम नितांत अकेली हो। उसकी झिड़की से बेखबर अंदर की लौ अचानक खूब जोर से जल पड़ी,—'हां मैं वही कर रही हूँ जो रास्ता अनुराग ने दिखाया था। उंगली दिखाकर

संकेत भर किया था कि यहां जाना है तुम्हें। उसी रास्ते पर तो भरोसे के सहारे आगे कदम बढ़ाती जा रही हूँ—'सामने की चुनौतियों से भागो नहीं, स्वीकार करो और बहादुरी से बढ़ती चलो'। अनुराग ने ही तो कहा था यह। कभी-कभी मैं अंदर की उठती-गिरती आवाजों से विचलित हो उठती। तनाव उस समय बेशर्म पौधे की तरह बढ़ता जाता, जिसे जितना भी आप काटेंगें वह उतनी तेजी से बढ़ेगा। मैं क्या करूं इन स्थितियों में? जब मेरा दिल ज्यादा घबड़ाने लगता तो मैं अनु को कसकर अपने सीने से चिपटा लेती। तभी मन में एक ख्याल कौंधा—अनुराग ने कहा था—'रचना अपने जीवन के सर्वश्रेष्ठ जिए लमहों को रिवाइव किया करो। जीवन के जो उत्कृष्ट पन्ने हैं जब भी परेशान हो तो उन्हें खोलकर पढ़ने बैठ जाया करो। सोचना कि यह भी तुम्हारा जिया जीवन था जो कभी इतना खुशगवार था। रचना, नैवर फील एलोन। मैं हर वक्त हूँ तो तुम्हारे साथ। हां मैने सबसे अच्छा पन्ना खोलकर पढ़ना चाहा लेकिन यह क्या? यहां भी तुम धड़धड़ाते चले आए अनुराग। स्मृतियों के सहेजे पन्नों में तुम्ही-तुम तो बसे हो अनुराग। एक और विचार मन में आया जरूर वह किसी उलझन में होगा अन्यथा फोन चिट्ठी जरूर लिखता। पता नहीं क्यों, चाहे अनचाहे ही हर रिश्ता कहीं न कही अपेक्षा की डोरी पकड़ लेता है। खैर, तुम जहां भी रहो, खुश रहो अनुराग। मैं जैसी भी हूँ तुम्हारे लिए हूँ, तुम्हारे में हूँ। अनुराग के बोल याद करके हृतंत्री के तार बज उठते। यह भरोसा जगा कि अनुराग की खबर मिलेगी, जरूर, जल्दी ही। कभी-कभी ऐसी स्थिति आती है जब हम खुद को सारी दुनियां से अलग-थलग खड़ा पाते हैं। ऐसे में लगता है कोई नहीं है मेरा। इस दुर्गम जंगल के बीच कितनी अकेली भटक रही हूँ मैं। जैसे झाड़ झंखाड के बीच का ऐसा कंटीला पौधा बन गई हूँ जिसके रहने न रहने का किसी पर कोई असर नही पड़ने वाला।

हां कभी-कभी रजत के बारे में उड़ते ख्याल आते—क्या था उसके पास वहां उस सुविधा सम्पन्न घर में जहां बात करने की आजादी तक मयस्सर न हो? वहां फिर क्या शेष रह जाता है?

लेकिन अपने इस मन का क्या करूं जो अगने लिए हर वक्त सुकून तलाशना चाहता है। जीवन की धूप से खुद को बचाने के लिए मन बार-बार अनुराग की छांह पकड़कर बैठना चाहता है। अनुराग जैसे वटवृक्ष की लटकती शाखों पर झूलकर प्रफुल्लित होना चाहता है..., जो नए-नए सपनो की फसल उगाना चाहता है। मन में जमा उदासी की मोटी पपड़ी कैसे भी नही हट पा रही थी। कानों को हर वक्त अनुराग की आवाज सुनने की चाह बनी रहती है। आंखें आफिस के उसी कोने को बार-बार निहारती रहती है। पैर चाहे-अनचाहे रूप में अनुराग वाली जगह से होकर गुजरना चाहते हैं। इतने दिनो से बूँद-बूँद करके जोड़ी गई इंतजार की विकलता दिनोंदिन बढ़ती जा रही है लेकिन अंदर बैठा भरोसा फिर भी नहीं चुकता। यह जो अटूट

भरोसे वाला अस्त्र है न, जिसके सहारे मन कूद-फांदकर अनुराग के पक्ष में खड़े होने की दलीलें ढूढ़ंता रहता है कि नहीं...नहीं... वह जल्दी ही आयेगा। उफ! ये जिद्दी बच्चे सा पागल मन जो अनुराग को अपने पास सहेज कर बड़ी हिफाजत से ऐसे रखना चाहता है जैस अनुराग सेफ में रखी जाने वाली कीमती ज्वैलरी हो जिसे जब पहनने का मन हुआ चाबी खोल कर उन्हें पहन लिया और उन लमहों की खूबसूरती को देखकर खुश भी हो लिए, सपने देख लिए और चैन की नीद सो लिए।

लेकिन यह चतुर सयानी बुद्धि भी कहां दामन छोड़ती है मेरा? बल्कि आने वाली कठिनाइयों और चुनौतियों से खबरदार करती रहती है। बार-बार प्रैक्टिकल बनाने वाली हिदायतों की पुर्चियों को थमाती जाती हैं मुझे। इन दोनों का द्वन्द्व युद्ध देखते ही बनता है। दोनों में से कोई भी हार मानने को तैयार नहीं। बुद्धि अपने को गुरू मान कर चलती है उसे अपनी प्रतिभा, अपने हुनर, अपनी दक्षता, अपने कौशल और बुद्धिचातुर्य पर नाज है, लेकिन मन भी कहां खुद को शिष्य मान रहा है? मन ने साफ-साफ कह दिया—रचना आज जो भी तुम कर पा रही हो उसके पीछे से अनुराग का ही तो हाथ है। उसने तुम्हारे कुम्हलाए फूल में पानी छिड़ककर तुम्हारे अंदर जीवितेष्णः को पैदा किया है। लेकिन सयानी बुद्धि पलटकर वार करने से नहीं चूकती—'रचना तुमने खुद अपनी दम पर सफलताएं हासिल की हैं। आफिस में देखो अनुराग नहीं है फिर भी तुम किस कदर तेजी से नये-नये कार्यों की शुरूआत कर रही हो अब देखो..., कम्प्यूटर क्लब खोल लिया है तुमने। कोई भी कर्मचारी थोड़े से अंशदान द्वारा कम्प्यूटर सीख सकता है। अपनी सीट पर फैले भारी भरकम काम को चुटकियों में हल्का कर सकता है। समझ पा रही हो न? इन दोनों की गुत्थमगुत्थी वाले इस खेल को मैं तटस्थ दर्शक की हैसियत से देखती रहती।

इसी उधेड़बुन से गुजरती मैं आफिस पहुंची और मेज पर पर्स रखते ही चपरासी आया—'मैडम यह चिट्ठी आई है आपकी। कल शाम जब आप मीटिंग में गई थी तब आई थी स्पीड पोस्ट से।

धड़धड़ाते ट्रेन जैसी आहट सुनी मन की। फटाफट चिट्ठी फाड़ी और अनुराग के शब्द तितली बनकर मन के फूलों पर बैठ गए—'माई लवली रचना', उफ! पढ़ते ही मन में ताकत से सुलाए सपने कुनमुनाने लगे—'माई लवली' पर निगाहें ठहर जाती, फिर जल्दी से आगे पढ़ना शुरू किया—रचना तुम जरूर नाराज हो रही होगी... मन ही मन पता नहीं कितनी बार क्या-क्या ऊंटपटांग सोच लिया होगा (कहीं यह मेरा भ्रम तो नहीं?) खैर, तुम जो भी सोचो लेकिन मेरे लिए यही महत्वपूर्ण है कि एटलीस्ट तुमने कुछ सोचने की जेहमत तो उठाई मेरे लिए। रचना यकीन करो तुम अगर गाली भी दोगी तो वह मेरे लिए गीत बन जाएगी। रचना, अभी तक तो यही मानता आ रहा हूँ कि यदि तुम डिप्रैशन में रहती हो तो यह मेरी असफलता है। यदि तुम खुश नहीं रहती तो इसकी कुछ जिम्मेदारी मेरी भी बनती है। मैं जानता हूँ तुम्हारे इस

डिप्रैशन को कैसे दूर किया जाए, लेकिन इसे कैसे कार्यान्वित किया जाए, बस इसी उधेड़बुन में खोया रहता हूँ। तुम जरूर सोचोगी कैसा है ये भी। बेकार की बातें सोचता रहता है लेकिन रचना डियर, मुझे तुम्हारी हर समय चिंता सताया करती है। अब खाने पीने को ही लो, तुम यहां बहुत लापरवाही करती हो। रोज सुबह एक गिलास दूध पीकर आफिस आना है। दफ्तर में टिफिन हर हाल में लाना है। लंच में एक सेब या एक गिलास जूस मंगा कर पीना। मैं तुम्हारी लापरवाही जानता हूँ। प्लीज रचना, मेरी खातिर ही सही तुम अपने पर ध्यान दो। आने का पूछ रही हो न? बताता हूँ धीरज मत खोना...हां मैं अभी 15-20 दिन और नहीं आ पाऊंगा। दरअसल मां की हालत जिस स्टेज पर है, उन्हें छोड़ कर कतई नही आ पाऊंगा। लेकिन यकीन करो रचना जैसे ही मैं इस जिम्मेदारी से मुक्त होऊंगा मैं उड़कर तुम्हारे पास आ जाऊंगा। मेरी अनु कैसी है? मुझे याद करती है या नहीं? उसे लाड़ देना मेरा।

और हां अंत में फिर वही बात कहूँगा—रचना यह भरोसा कभी मत खोना कि मेरी चाहत या भावनाओं में कहीं कोई कमी आई है। मै जानता हूँ तुम्हें मेरे सान्निध्य से ज्यादा जरूरत मेरे अहसास की है जिसे बेहिचक तुम अपने नाजुक दिल में कर सकती हो। रचना तुम्हें खुश देखकर मेरे मन को गहरा संतोष मिलता है। मेरी दिली ख्वाहिश है कि तुम स्वच्छन्द बहती नदी की तरह कल-कल करती रहो, और मैं पर्वत की तरह निश्चल बना अविराम तुम्हें निहारता हूँ। वैसे लिखता जांऊ तो पूरा महाकाव्य बन सकता है इसलिए फिलहाल इतना ही। जल्द ही आऊंगा तब तक खूब-खूब खुश रहना।

तुम्हारा अनुराग

उफ! ये आवेग संभाले नहीं संभल रहा मुझसे। पढ़ते-पढ़ते रचना को लगा जैसे यह पूरा पल इन्द्रधनुष में रूपांतरित हो गया है जिसमें दृश्य प्रकाश के सात रंग तो हैं ही, साथ में अल्ट्रा वायलेट, इन्फ्रारेड जैसी अदृश्य किरणें भी हैं जिनका असर बहुत गहरा होता है, परन्तु वे दिखती नहीं है। अनुराग की लिखी पंक्तियां पता नहीं कितनी बार पढ़ती जाती हूँ। यह हस्तलिपि दिमाग में गहरी खुदती जाती है जैसे रेशमी कढ़ाई टंक गई हो किसी रूमाल पर जो उधेड़ने पर भी न उधिड़े... और जर्बदस्ती करने पर कपड़ा ही फट जाये।

अनुराग सच तो यह है कि मेरी जुबान पर तुम्हारा नाम बैठा रहता है। तुम्ही तो बसते हो मेरी हर धड़कन में। आंखें तुम्हारी राह तकती रहती है। इतनी धुकधुकी और इतनी बेचैनी यह सब तुम्हारी दी हुई सौगात है अनुराग। अपनी इस व्यग्रता और तड़प को क्या नाम दूँ मैं? समूची इन्द्रियां हर पल तुम्हारे इंतजार में अधीर होने लगती है। मन जहां करता है, पैर वहीं ले जाते हैं मुझे। नदी अपने बांध तोड़ने

पर आमादा हो गई हो जैसे, वैसी अधीरता अपने अंदर पाती हूँ मैं। पत्र पढ़कर मन इतना हल्का होकर उड़ने लगा जैसे पनीली हवा के झोंकों ने मन के अंदर मस्ती भर दो अचानक। काश! कि पंख लगाकर उड़ पाती और इसी वक्त अनुराग के पास पहुंचकर समा जाती उसकी बांहों में। इस वक्त जीवन पूरे स्पंदन, धड़कन और बसंती निखार के साथ खिल उठा है। नेह के संजाल में बिछ गए है ढेर सारे रंग मेरी आंखों के सामने। इतनी संतुष्टि और ऐसा सुकून—जिसे बयान कर पाना मुश्किल हो रहा है। मन जैसे निर्मल धार बहाता पारदर्शी कांच बन गया हो जिस पर बूँद-बूँद टपकती मेह की सोंधी खुशबू मेरे नथूनों में भरकर नई ऊर्जा संचरित करने लगी हो। इस सद्यस्नाता ताजगी को महसूस तो किया जा सकता है, लेकिन ठीक-ठीक बयान नहीं किया जा सकता।

कैसा है ये जीवन भी? कभी आंखों में इतना उजास भर जाए जिससे सारे अंधेरे रास्ते अचानक जगमगा उठें। नेह का भरा प्याला छलकने लगा है इस वक्त। पैरों में इतनी ताकत भर गई है कि वे बेमतलब कूदते फांदते बच्चों की तरह फुदकना चाहते हैं। पपड़ाए होठों में अनायास मधुरस भर गया है और वे गुन-गुन करने लगे हैं। यूँ तो प्रकृति में भी इतने उतार-चढ़ाव आते रहते हैं। कभी तो वह इतनी बन उदात्त जाती है कि जब जो चाहो सेा पाओ तो कभी इतनी कंजूस कि मांगे भी कुछ न दे।

मेरे मन में इस वक्त चिट्ठी में लिखी पंक्तियां बार-बार रिवाइंड होने लगती और अनुराग की छवियां मूर्त कर जाती। अनुराग की चिट्ठी में लिखे बोल मेरी शिराओं में रक्तचाप बढ़ा देते और धड़कनें खुद-व-खुद हाई वोल्टेज पर पहुंच जाती। मैं सोचती-कैसी उदात्त संवेदनाएं हैं ये? कैसा जादुई परी लोक है ये? जहां पुराने अहसास मुर्दाघर की तरफ रूखसत कर गये है और नए अहसास की हरी-भरी दूब बिछ गई है तलुवों के नीचे। सर्वत्र एक नए जीवन का स्फुरण नया आकार लेता दिखाई पड़ रहा है। खिल-खिल उठते है मुर्झाए अहसास जैसे गमले के मुरझाए पौधों पर अनायास हुई वारिश का पानी पड़ गया हो और वे हरे-भरे हो उठें हों। पलकों के अंदर अनुराग के ख्वाब बुनने लगी मैं। अनुराग की लिखी सुंदर पंक्तियों से निगाहें हटती ही नहीं थी। लगता थी जैसे सुध-बुध विसारे मैं किसी विहंगम दृश्य को देखने में डूबी होऊं। वह चिट्ठी महज कागज की पुर्ची न होकर कोई अनमोल धरोहर बन गई हो जिसे बार-बार छूने, देखने, प्यार करने और बच्चे जैसा दुलारने का मन करे। सोई इच्छाएं जाग उठी अचानक।

दफ्तर के उस केबिन में मैने चारों तरफ निगाहें घुमाई और चुपके से उस चिट्ठी को चूमकर अपने पर्स की चोर पाकेट में रख लिया। खिड़की से उतरती धूप की आड़ी-तिरछी रेखाएं सर्वत्र सुनहरा रंग घोलती जा रही थी। यही किरणें मेरी आंखों में भी सुनहरे रंग को भरती जा रही थी। उसी समय ठंडी हवा का कोई तेज झोंका

आया और सारे वातावरण के गर्म तासीर को ठण्डा करता गया।

ख्यालों की रेलमपेल चलती रहती जिसमें पुरानी स्मृतियां भी आती जाती रही। रजत... हां रजत ने कितनी बार संदेशा भिजवाया लेकिन फिर मन नहीं हुआ पलटकर वहां जाने का... छोड़े गांव का क्या नाम लेना? उसकी बातें भाले की तरह अंतस को भेदती थी और दर्द से आंखें छलछला जाती। रह-रहकर वे कटूक्तियां याद करती, जो रजत मेरे मां बाप को लेकर सुनाता था। कभी पापा की अच्छाई की चर्चा करती और उनकी सज्जनता की तारीफ करती तो वह पलट कर वार करने में पल भर की देरी नहीं लगाता। जोरू के गुलाम थे तुम्हारे पापा तो। कभी मां को चालाक और खुदगर्ज बताने लगता। उन बातों की याद करके पेट में बेचैनी के बगूले उठने लगते। वह न मेरे लिए और न ही अपने लिए खुशी पाने के उपाय सोचता। हम एक दूसरे के प्रतिद्वन्द्वी होकर रह गये थे। जब भी याद करती तकलीफ का घूँट पीना पड़ता।

रजत के घर में चैन की सांस ले पाना दूभर था—यह कोई मुझसे पूछे। हां मैने यह लिख कर जरूर दे दिया—'रजत यदि मुझसे मुक्त होना चाहता है तो मैं तैयार हूँ मुझे इसमें कोई आपत्ति नहीं है बल्कि खुशी होगी यदि वह किसी अच्छी लड़की से शादी कर ले'।

धीरे-धीरे रजत के प्रति वीतरागी जैसी मनःस्थिति पनपती जा रही थी। जब रजत के प्रति मन में कुछ ऐसा बचा ही नही, तो फिर उसके साथ रहने का क्या औचित्य है? वैसे भी चार लोगों को दिखाने की खातिर अपनी जिंदगी काट देना मुझे गवारा नहीं था। सच तो यह है कि अभी तक तो पैर कीचड़ में सने थे, अब जाकर थोड़ी सी साबुत जमीन पर पैर टेक पाई हूँ जहां कुछ देर खड़े रहकर फिर चलकर पैरों में ताकत भरेगी, तभी मैं आगे की यात्रा पर निकल पाऊंगी...। मेरा मानना है कि जहां संबंधों में ऊष्मा न डाली जा सके या जहां किसी चिंगारी में फायर बनने की कूवत न बची हो वहां कैसे रहा जायेगा? ऐसे रहने का प्रयोजन भी क्या है?

अनुराग का कहना है—'रचना जीवन जीना सबको नहीं आता। यह भी एक कला है, सृजन है। हरेक में सीखने की तमीज नहीं होती। हमें कुदरत से कोई न कोई सबक सीखना होगा। इसके लिए खुले नील गगन जैसा खुला दिमाग होना चाहिए जो जीने की पहली शर्त है। दूसरी बात है—औरों के लिए कुछ सार्थक करके तुम्हें जो खुशी मिलेगी वह कहीं नहीं मिल सकती है। तुमने कभी मेघों से टपकती पानी की बूदों को होंठों में भरकर पीने की कोशिश की है? आंखें मींचकर नहीं, बल्कि आंखें खोलकर। बारिश में खड़े होकर तुम महसूस करोगी कुछ और ही सुख... जो अनिवर्चनीय है।

कई बार मुझे लगता है कि मैं अनुराग को ठीक से समझ नहीं पा रही और

यूँ ही हां हूँ करती जाती हूँ तब अनुराग हंसते हुए कहता—'मैं समझाता हूं। देखो..., दकियानूसी बातों को खारिज करके सोचो तभी कोई वैल्यू गढ़ो। कोई काम होता आया है, इसलिए करती रहोगी इसमे कोई तुक नहीं है। यह जो बिंदी लगाती हो न, इसे क्यों लगाती हो? इसलिए कि तुम किसी की ब्याहता हो, नो, यह गलत सोच है। हां यदि इससे तुम्हारे चेहरे की खूबसूरती बढ़ती है, तब तो ठीक है बरना बेकार है। बर्फ जब पेड़ों पर अपने आप सजती है तो कितनी खूबसूरत लगती है? ठीक इसी तरह कोई भी सुहागन स्त्री ही क्यों पहने पैरों में विछियां? क्यों? सिर्फ इसलिये कि वह किसी की व्याहता होने का सार्टिफिकेट दर्शाता है। रचना अपनी तरह से कुछ नयी और मौलिक बात सोचो। उससे संवरेगा तुम्हारा व्यक्तित्व। खुद को तमाम रूढ़ियों से मुक्त करो अपने को। ऑफकोर्स यू कैन डू ए लॉट... यस, कहकर अनुराग ने मेरे माथे को चूम लिया था। क्या ये पल कभी लौटकर आयेंगे? मै बार-बार इसी चक्रव्यूह में इधर से उधर घूमती रहती।

धूप, धुंआ और चांद

शामें ठंडक भरने लगी थीं और दिन सिकुड़ने लगे थे। आकाश जरूर शाम को तरह-तरह के कपड़ों की नुमाइश कराता रहता जिसके रंग इतने बेजोड़ कि ढूँढने पर कहीं न मिलें। आफिस से बाहर कदम बढ़ाती तब तक धुंआ खाया आसमान सूरज को लीलकर उसे नीचे धकिया चुका होता। बस बचे रह जाते थे उसके निशान जिन्हें देखकर मन में खालीपन भरता जाता। तब अकेलेपन की दीवार खड़ी हो जाती, फिर सोचती-घर पहुंचकर भी क्या करना है? शाम की चाय... उसके बाद अनु को कहीं न कहीं घुमाने ले जाना और क्या करूं?

इधर 7-8 दिनों से मेरे पास चीफ की बेटी गणित पढ़ने आने लगी थी। मैने सोचा था—अनु का खालीपन भरने के लिए ये बेहतर जरिया होगा। इसलिए मैने हामी भरी थी, इसका सुफल बढ़िया रहा। मैं स्नेहा को 1 घंटा पढ़ाती। उसके बाद वह अनु के साथ खेलने में मस्त हो जाती। दोनों मिलकर कभी कैरम खेलते तो कभी लूडो या फिर अंत्याक्षरी। उसके साथ अनु चहकती रहती। टी0वी0 देख-देख कर अनु तमाम फिल्मी गानों की धुनें बड़ी आसानी से पकड़ लेती और उल्टा-सीधा गाने की कोशिश करती जिसे सुनकर हंसी आती। कभी-कभार स्नेहा अनु को अपने साथ घर ले जाती। दरअसल मेरे चीफ की इकलौती बेटी स्नेहा उनकी शादी के पूरे 18 साल बाद पैदा हुई थी, इसलिए उसके प्रति उनका अतिरिक्त लाड़-प्यार और मोह देखते ही बनता था।

चूँकि मेरी शामें सूनी और वीरान थी इसलिए खूब सारा वक्त कांसे के खाली वर्तन जैसा टनटनाता हुआ गूंजता रहता। मैं खुद को एक बूँद मानती जो सीप में गिरकर मोती बन जाए, लेकिन लगता था मैं महासमुन्दर में गिरकर यूँ ही विलीन हो जाऊंगी। मेरा खालीपन मुझे दिन-ब-दिन बोझिल लगने लगा था। कल ही मैने अपनी सहेली रागिनी से इस समस्या को डिस्कस किया—'रागिनी तू तो डॉक्टर है, क्यूँ न गांव में चलकर आंखों का कैम्प लगाते हैं...। तमाम गरीबों की आंखों में तू रोशनी की झरोखा दिखा सकती है। कुछ कर न? शुरू में तो रागिनी बहाने बनाते हुए टरकाती रही लेकिन मेरे बार-बार आग्रह करने पर बोली—'ठीक है यार, मैं अपने

सीनियर से बात करके बताऊंगी' ।—'तो कब फोन करूं मैं?' सुनकर वह बोली—कल शाम को पक्का, ओ. के।

इन दिनों मैं लगातार इसी ऊहापोह में थी कि क्या करूं? किस तरह के कार्य करके जीवन को सही दिशा की तरफ मोड़ दूँ? कुछ दिन पूर्व मुझे आफिस के बिलिंग काम से गोमतीनगर जाना पड़ा, तो वहां समाज सुधार के नाम से खड़ी की गई स्वयंसेवी संस्थाओं को करीब से देखने का मौका मिला। संबंधित लोगों से बातें करके उनकी थाह लेने की कोशिश की लेकिन जब वहां पल रहे बच्चों को करीब से देखा तो मन म्लान हो गया। लगता था जैसे मुरझाये फूलों पर कितना भी खाद-पानी देते रहो, वे अपने पूर्व रूप में कभी नहीं खिल पाते। जब तक इन अनाथ बच्चों के जीवन में ख्वाब और रंगीन सपनों की खाद नहीं पड़ेगी, उनके लिए किए जा रहे समस्त प्रयास अकारथ चले जाएगें। श्रम-धन भी निरर्थक हो जाएगा। इनके भावी जीवन के बारे में सोचती तो लगता कि माटी के माधो बनी इन मूर्तियों को दीवारों पर भले ही सजा लो, लेकिन घरों में चहकते, कूदते-फांदते, ऊधम मचाते, आत्म विश्वास से भरे बच्चों सरीखी चमक और वैसा तेज कहां है इनके चेहरों पर?

'मम्मा... ये देखो न, आज मुझे गुड मिला है'—चहकती हुई अनु अपना स्कूल बैग उठा लाई और एक-एक किताब निकालकर दिखाने लगी। कहां अनु के चेहरे पर टपकता उत्साह... तो कहा उन बच्चियों के म्लान चेहरे? हंसने वाली बात पर भी यूँ हंस रहीं थी गोया यह अभिनय दर्शाती हंसी हो। अन्दर से निकलती हुई छलछलाती वैसी हंसी नहीं, जो रोके न रूके।—'मम्मा, देखो न... मैं उसकी साफ लिखावट देखकर मुदित होने लगी—'कितना अच्छा कलरिंग करना सीख दिया है अनु ने', कहकर मैंने उसे खूब सारा प्यार किया और वह मेरी बांहों में समा गई। थोड़ी देर बाद जैसे ही उसे कुछ याद आया तो गोदी से उछलकर बोली—'मम्मा आज पापा आए थे स्कूल में।'

—'अच्छा ! फिर क्या हुआ? क्या कह रहे थे?'

—'मम्मा आपको बुरा तो नहीं लग रहा, आपसे तो कुट्टी है न? उसकी भोली बातें सुनकर मुझे हंसी आ गई 'कुछ नहीं बेटे, मेरी अनु जिसमें खुश रहे बस वही चाहती हूँ मैं तो। हां, अब बताओ, क्या बातें हुई?'

पता नहीं अनु ने मेरी बात को कितना-क्या समझा लेकिन वह नन्हीं गौरैया की तरह फुदककर अंदर चली गई और फिर वीडियो गेम लाकर दिखाने लगी—'पापा ने दिलाया है। मम्मा, पापा अच्छे हैं न?'

'हां, अच्छे हैं।' मेरी बात पर वह मेरा मुंह ताकने लगी, तो मैने हंसते हुए पूछा—बेटू, तुम मेरा मुंह क्यों बार-बार देख रही हो?—मम्मा, 'मैं सोचती थी... आप डांटेंगी।'

'अरे नहीं बेटे... क्यूँ बेमतलब डांटूंगी अपनी गुड़िया रानी को।' मेरी स्वीटी

है ये तो 'कहकर मैने उसके गाल चूमे, बाल सहलाए फिर यूँ ही कई सारी बातें करती रही। अनु बताने लगी 'मम्मा, पापा कह रहे थे—अब तुम्हारी मां के साथ तो हम सब इकट्ठे नहीं रह पाएंगें। तुम्हारी मम्मा नहीं चाहती। बस मैं यूँ ही तुमसे मिलने आता रहूँगा। खुश रहना तुम—ऐसा भी कहा था। फिर मैं किचन में जाकर खिचड़ी बनाने की तैयारी करने लगी।—मम्मा... वहीं रहें क्या फिर से हम लोग? पीछे से अनु ने कहा—'मम्मा... प्लीज'... सुनकर मैं थोड़ी देर शांत बनी रही। फिर उसे गोदी में बिठाकर प्यार से समझाया—'बेटू... तुम अब बड़ी हो रही हो। धीरे-धीरे सब समझ जाओगी। ज्यादा बातें मत सोचा करो। ठीक है? चलो तुम्हारा होम वर्क कराते हैं। कहां है तुम्हारी नोट बुक? कहकर मैंने बातचीत का टॉपिक पलट दिया।

अनु को होम वर्क कराया फिर हम दोनों ने खिचड़ी खाई। थोड़ी देर बाद अनु को कहानी सुनाती रही फिर वह सो गई। अब मैं अपनी स्टडी टेबल पर बैठी हूँ। यह क्या? फिर उसी आश्रम वाले बच्चों के चेहरे आंखों के सामने घूमने लगे। नहीं... नहीं... ऐसे कार्यों से जुड़ने से कुछ फायदा नहीं।

कितने सारे दानदाता हैं उस लिस्ट में। सिर्फ रोटी, कपड़ा और मकान से ही किसी का व्यक्तित्व नहीं बन सकता, अस्तित्व भले ही कायम बना रहे। इनकी खुलती हुई जिंदगी पर इतनी बदिंशें, उफ? न इन्हें आजादी से कहीं घूमने की छूट है न औरों की तरह खरीददारी करने की छूट, न अपनी मर्जी से टी.वी. देख सकते हैं। दीपक को यदि हवा न मिले तो वह जलेगा कैसे? जिन्दा रहने के लिए हर एक को हवा चाहिए अन्यथा बन्द माहौल में इतनी घुटन भर जायेगी कि सांस लेना दूभर हो जायेगा। यह बच्चियां इतनी दबी सहमी हैं कि ऊपर से सब कुछ होने के बावजूद भी इनके पास कुछ नहीं है...।

कुछ और सोचेंगे..., कुछ ऐसा जिससे यदि ज्यादा न सही फिर भी रूके जीवन में ही उस चेतना की लौ जलाने में कामयाब हो सकूँ। उनके अन्दर कुछ कर गुजरने की चिंगारी सुलगा देना ज्यादा कारगर रहेगा। तब शायद ये मुट्ठी भर लोग कुछ करने लायक बन जाएं। यह ख्याल तेजी से आता गया... हां, हां... उनका मानसिक परिष्कार करना कारगर रहेगा। कैसे क्या होगा? इसके लिए जरूरी है कि अपने आस-पास रहने वाले बच्चों से ही यह प्रक्रिया शुरू की जाये। देखूँ जरा खुद को... कितना क्या कर पाती हूँ मैं? इसी उधेड़बुन में करवटें बदलती रही।

स्मृति में फिर उन्ही अनाथ बच्चों के सपाट चेहरे हांट करते रहे। लगता था जैसे वे बच्चे ए0सी0 रूम में बैठ कर उसकी पारदर्शी खिड़की से बाहर चलती हवा के झोंके देख तो पा रहे हैं लेकिन बाहर निकलकर हवा के संग-संग उड़ती पतंग को लूटने या हवा की सोंधी गंध को सूँघने से वंचित कर दिये गये हों। ऐसी ए0सी0 में दम घुटता होगा उनका। उफ! क्या करूं? कुछ करे बिना भी चैन नहीं मिलेगा मुझे। अन्दर दबाई इच्छाएं प्रबल बेग से उठने लगी जिन्हें रोक पाना मेरे बूते से

बाहर होता गया। फिर उठकर पानी पिया और सोने की कोशिश करने लगी। जिस तरह हल्की सी ठंडक दबे पांव चली आती है, ठीक उसी तरह अनुराग का ख्याल भी। संबंध निबाहना हंसी-खेल नहीं होता। व्यक्ति की मानसिक स्थिति समय की शिला पर पता नहीं क्या-क्या शेप लेती चली जाती है। जीवन ऐसी ही समय शिला है जिस पर उन्ही कदमों के निशान बने रह पाते हैं जो मजबूती से खुद को थामे रखें। धीमे-धीमे मंजता-निखरता जाए व्यक्तित्व, तो ठीक है...। जीवन में पता नहीं कितने ऐसे मोड़ आते हैं जो हमारे जीवन की दिशाएं बदल देते हैं, लेकिन जीवन अपनी गति से चलता है। हमें खुद को उसकी गति और दिशा के अनुरूप ढालना पड़ता है। जब जो सामने आता जाए उससे लड़ते-भिड़ते, फेंकते, दूर होते चलो। यदि प्रीतिकर लगे तो समेटते चलो। पता नहीं मैं खुद को क्यूँ समझा रही थी, लेकिन इन दिनों बार-बार यही कचोट रहा था कि हमारे वश में कुछ नहीं होता। जीवन हमारे हांके नहीं हंकता। इस बहते जीवन की मुख्य धारा की पहचान होनी चाहिए हमें। इधर-उधर से बचते हुए उस पर चलने की शक्ति और समय हर हाल में निकालते रहना चाहिए। हम जो चाहते है वह इस या उस वजह से नहीं हो पाता और जो होता है, वह चुटकी भर होता है,... इसे क्या कहूँ? नियति मान लूँ क्या?...।

यह जो उफनता, लहरें बनाता-मिटाता समन्दर है न... यह कितना रोमांन्चक... कितना खूबसूरत, कितना ऊर्जस्वित करने वाला है। अनुराग की चिट्ठी मेरे लिए मल्टी विटामिन्स से कम नहीं थी। उस चिट्ठी को कितनी बार पढ़ चुकी हूँ। हर शब्द हर बार एक नये अर्थ के साथ, जैसे सोने की खान बन गई थी वह चिट्ठी, जिसमें से चमकते, बेश कीमती, रत्न बन गये थे वे शब्द...। अनुराग के लिए कितना उमड़ रहा है मन। कैसे भी चैन नही पड़ रहा था...। होंठो के समन्दर में इतनी विशालता और ऐसा सम्मोहन जो टूटता ही नही था। ये दूरियां... ये अन्तराल कब भर पायेगा? भरेगा भी या यूँ ही अतृप्त रहना होगा?एक बार फिर मैंने खुद को समझा-बुझाकर दुरुस्त किया और सोने की कोशिश करने लगी। आंखें मींचे सब तरफ फैली काली छायाओं से बचने के लिए अनु को सीने से चिपकाया। बच्चे कितने भोले और मासूम होते है। जैसे खाली स्लेट पर कोई कैसी भी लकीर खींच दे। मैं इसे कर्मठ बनने की प्रेरणा दूँगी। अपने बारे में यह खुद सारे निर्णय लेगी। खुद तय करेगी कि इसे क्या-क्या, कैसे-कैसे करना है? कहां जाना है? जीने की बुनियादी शर्त है-खुद को सिपहसालार समझना। हम जैसे ही पराश्रित होने की मानसिकता में जीने लगते है हमारे इर्द-गिर्द उगने लगती है पतली-बेलें जिन्हें कहीं न कहीं टिकना पड़ता है लेकिन जब हम अपने कंधों, अपने हाथ पैरों और दिमाग पर भरोसा करना सीख जाते हैं तब हमारे अंदर जीने का नया जज्बा पैदा होने लगता है जैसे एक सींग टूटने के बाद खुद-व-खुद उगता है एक नया सींग। शायद मैं अन्दर बाहर से मजबूत होती जा रही थी धीरे धीरे।

इन दिनों ऑफिस में मेरा काम तेजी से बढ़ता जा रहा था। सबको कम्प्यूटर ट्रेनिंग की सुविधा दिलाने की बावत खोले जाने वाले 'सैल्फ हैल्प कम्प्यूटर क्लब' वाले मेरे प्रस्ताव पर मेरे बॉस ने अपनी मुहर लगा दी थी। ऑफिस के सहकर्मियों ने भी इसका जोरदार समर्थन किया था। देखते ही देखते प्रति व्यक्ति दो सौ रूपये मात्र से शुरू हुए इस क्लब में इतनी भीड़ होती जा रही थी कि शाम 5 बजे से 6 बजे तक की क्लासेज का समय 8 बजे रात तक बढ़ाना पड़ा। एक से दो फिर तीन बैच बढ़ाने पड़े। कहां तो लोग कह रहे थे—'अरे फ्लाप हो जायेगा ये आइडिया, कोई नहीं सीखेगा कम्प्यूटर... सम्प्यूटर...। 200 रुपये में कोई सीख पायेगा ढंग से। सिखाने वाले को खुद दो कौड़ी की तमीज नहीं है। इतने पैसों में तो निखट्टू लोग ही आएंगे सिखाने और जाहिर है सीखने वाले भी ऐसे ही होंगे।

लेकिन पहले बैच में 20 की जगह 50 लोगों की एप्लीकेशंस आ गई, तो सभी हैरान रह गये। शायद कुछ कुंठित और हताश किस्म के लोगों का काम ही है-आलोचना करना। यहां तक भी बुराई नहीं है, लेकिन कुछ तो चीफ तक से शिकायत कर आए-अरे साब ये सब रचना मैडम के दिमाग का फितूर है। खुद को हाईलाईट करने का जरिया बनाया है सर, डिपार्टमैन्ट अपना कम्प्यूटर भी देगा, जगह भी देगा, फिर भी लोग 200 रूपये दे रहे हैं। भला क्यों? इसमें कौन से नये झंडे गाड़ना चाहती हैं वे?' पीछे से किसी वरिष्ठ ने टिप्पणी की थी—'अरे साब... उस लेडी की बातों में मत आइये। अब इन्हें तो ऐसे उल्टे-सीधे काम करने-कराने के शौक चर्राते हैं। ये भी कोई नया शगल होगा इनका, तभी तो इनका हस्बैंड नहीं झेल पाया इनकी ये हरकतें।'

—'बकवास बन्द करो प्लीज, चीफ ने गुस्से में सबको झिड़क दिया। देखो, हमारे पास जगह की कमी नहीं है। कम्प्यूटर्स भी आ गये हैं। हमारा कुछ भी नही जा रहा, फिर भी यदि सुबह 8 से 10 एवं शाम 5 से 8 तक लोग सीखना चाहते हैं तो इस अच्छे काम को क्यों रोका जाए भाई? एण्ड लिसन... वी मस्ट नेवर कमेंट ऑन हर पर्सनल लाइफ। ओ.के.? गो एंड डू योर वर्क।'

जब चीफ ने यह दास्तान मुझे सुनाई तो मुझे यह जानकर धक्का लगा कि मेरे खिलाफ अनर्गल बातें कहने वाले लोग वे हैं जो मेरे आसपास बैठते हैं। मेरे हमदर्द बने फिरते हैं। लेकिन अंदर से कितने काले और कुंठित हैं। इसके दो मतलब हैं—पहला तो यही कि मैं तमाम लोगों को अभी तक ठीक से जांच-परख नहीं पाई, दूसरा यह कि जिन्हें हम पढ़े-लिखे होने की वजह से प्रगतिशील समझते हैं—वे वैसे नहीं हैं। वे दंभ कितना ही भरें लेकिन अंदर से वे उतने ही अहमक हैं, दकियानूसी हैं और सामंतवाद में जी रहे हैं। जिन्हें किसी महिला द्वारा उठाये गये अच्छे काम में षड़यंत्र की बू आती है, छिः छिः कितने दुर्भावनाग्रस्त हैं ये सब के सब! सोच कर तकलीफ का लावा उठता है। ये साले किसी साधारण सी बात का उल्टा अर्थ

निकालेंगे। किसी भी अच्छे काम में खोट नजर आयेगा इन्हें। पुरुष मन की इन जटिल गुप्त ग्रन्थियों का है कोई कारगर उपाय? इन्हें क्यों माना जाय कि ये पढ़े-लिखे हैं? डिग्री से नौकरी भले ही मिल जाए लेकिन समझ का विकास कहां होता है? ये तो ऐसे घोड़े हैं जिन्होंने पढ़ा-लिखा वाला लबादा पहन रखा है, जिससे वे नाक की सीध में चलते रहें बस्स, इधर-उधर मुड़कर चौतरफा देखकर ग्रो करने की तमीज नहीं है इनके अंदर। वे सदियों से यही मानते चले आ रहे हैं कि हम पुरुष हैं इसलिए श्रेष्ठ हैं। ज्यादा पढ़-लिख कर भले ही ये इंजीनियर बन जाएं लेकिन अक्ल इनमें ज्यादा है नहीं। पुरुष होने के घमंड में डूबे इन पुरुषों का अहं यदि फिर भी शांत न हो पाए तो वे व्यक्तिगत प्रसंगों को सार्वजनिक प्लेटफार्म पर लाकर बेचने लगेंगे। माने यह कि उनके लिए यह स्वीकार करना कठिन होता है कि महिलाएं शार्प होती है। उनकी शार्पनैस देख कर वे अनदेखी करते रहना चाहते हैं। अंदर-बाहर से खदबदाते रहते हैं और ज्योंही मौका मिला, वे दुलत्ती झाड़कर उन्हें पटखनी देने में कतई नहीं चूकते।

शुरूआती दौर में चीफ ने ट्रायल बेसिज पर फर्स्ट बैच चलाने की अनुमति दी लेकिन 10 दिनों में ही लोग इतने खुश और संतुष्ट नजर आए कि विरोधी मुहिम वाले अपने आप ठंडे पड़ते गए। वाकई अनुराग जैसे स्वस्थ मनोवृत्ति के लोग उंगलियों पर गिनने लायक होंगे।

याद आया महीना भर होने को है लेकिन अनुराग की खबर नहीं। शायद मुख्यालय कोई सूचना आई हो, सोचकर मैं ऑफिस की दूसरी बिल्डिंग में गई और अनुराग के चीफ से बात करने के लिए उनके चैम्बर में नॉब किया—यस..., कम इन...

—'सॉरी टू डिस्टर्ब यू सर, एक्चुली आई वांटेड टु नो एबाउट अनुराग...' मैने खड़े-खड़े ही अपनी बात कही। उन्होंने चश्मा नाक के नीचे खिसकाकर मेरी तरफ देखा फिर बैठने का इशारा किया—'हां बोलो क्या पूछना है?'

—'सर अनुराग के बारे में कोई सूचना मिली आपको...?'

—'ओ ! अनुराग, हां उसकी मां एक्सपायर कर गई...।'

—'अरे! कब..., कैसे? कब पता चला? आपके पास फोन आया होगा ना? उन्होंने बड़े आराम से जवाब दिया—फोन एंड टेलीग्राम, एप्लीकेशन भी आई है।

—'थैंक्स सर... कहकर मैं जाने के लिए खड़ी होने लगी तो उन्होंने इशारे से रोकना चाहा—कैसा चल रहा है आपका कम्प्यूटर क्लब?

—'बढ़िया चल रहा है, दो बैच चल रहे हैं।'

—'मुझे भी सीखना है रचना जी, मेरा नाम भी दर्ज करा देना किसी बैच में...'

-आप? मैं चौंकी—'हां हां भई...ये जमाना कम्प्यूटर का है। रिटायर होने के बाद यही सब करूंगा। पहले सीख तो लूँ कुछ। रियली मैं सीखना चाहता हूँ लेकिन

सीखूँगा तो आपसे ही। सिखाएंगी न? कहकर वे बेशर्मी से हंसने लगे। सुनकर थोड़ा अटपटा लगा लेकिन मैने तटस्थ लहजे में जवाब दिया–'ओ. के., सर, आप सीखिए। हमारे क्लब के इंचार्ज एस0 ई0 शर्मा हैं। वे सब देख रहे हैं। आपका नाम मैं लिखवा दूँगी। थैंक्स सर। कहकर मैं तुरन्त बाहर निकल आई। साला लुच्चा... ज्यादातर बॉस लेडी ऑफीसर को टेक फार ग्रान्टेड क्यों समझते हैं? मुझसे ही सीखेगा... हुंह कोई फालतू हूँ क्या? और काम नहीं है मेरे पास जो इन्हें सिखाऊंगी...

मन ही मन भुनभुनाती मैं बाहर निकल आई। उफ! कैसे-कैसे लोग भरे पड़े हैं इस दुनिया में। थोड़ा भारी मन लिए मैं अपनी सीट पर आ गई और हाथ से माथा टेक मेज पर सिर टिका दिया। उफ! कब खत्म हुई अम्माजी? अनुराग वाकई कितना परेशान होगा? कितना उलझा होगा? इसलिए संपर्क नहीं कर पाया मुझसे। अनुराग को अपनी मां से गहरा लगाव था। जब तब उसके मुंह से मां की बातें निकलती रहती थी–'रचना, मां को साथ नहीं रख पाया। मैं हर समय उन्हीं के बारे में सोचता रहता हूँ। जानती हो क्यों? क्योंकि उन्हें मेरी शादी को लेकर चिंता सताती रहती है। कोई भी मिलने आयेगा उसी के सामने मेरा दुखड़ा लेकर बैठ जाएंगी। रोने लगेगी पट से। मैं उन्हें कई बार कई तरीकों से समझाता रहता हूँ लेकिन...। रचना तुमसे मिलवाऊंगा तो बहुत खुश होंगी वो।

यही सब सोच कर तकलीफ का घूँट भरा। उफ! मैं तो मिल ही नहीं पाई उनसे। अनुराग, तुम वाकई इस वक्त परेशान हो रहे होगे। काश ! कि मैं उड़कर तुम तक पहुंच पाती। लेकिन तुम्हें भी कहां सुध है मेरी? तुम्हें मुझे भी तो खबर करनी चाहिए थी न?

हां, सचमुच अनुराग के नाम पर ऐसा लगता था, जैसे चुटकी भर चहक मेरी मुट्ठी में बंद होने लगी है... वैसी उत्फुल्लता और तेज कटाव वाली नदी का प्रवाह क्या कभी मेरे तट पर आया था? वो जादुई अहसास कैसे इतनी जल्दी छूमंतर हो गया? सोचती हूँ तो थोड़ा अटपटा भी लगता है। क्या सब कुछ चुक सकता है? जब अनुराग ऑफिस में खबर भेज सकता है तो मेरे पास क्यों नहीं? पता नहीं कब कौन सा धूल भरा अंधड़ आए और तमाम गडढ़ों को मूंद दे जिसमें विला जाएं स्मृतियां। क्या 'समय' सचमुच ऐसा फिलर है ?

मै अपने अंदर पड़ी स्मृतियों की उन अनमोल कौड़ियों को बार-बार हाथ से छू-छूकर देखती और देर तक निरखती-परखती। फिर एक लंबी सांस खीचते हुए खुद को इस सोच पर केन्द्रित करती–'रचना जीवन बस इतना भर नहीं है। इससे पार पाना होगा तुम्हें।

इससे आगे जाना होगा तुम्हें। तुम खुद अपने लिए महत्व पूर्ण बनो। तुम्हारी यात्रा बहुत दूर की यात्रा है। इस तरह इंतजार की आकुलता के नन्हे-नन्हे बुलबुलों को धीरे-धीरे बैठते जाने की प्रक्रिया को शांत चित्त से देखती रहो। अनुराग से अलग

होने की तड़प और विकलता जो तुम्हारे लहू में दौड़ती रहती है, इसे लेकर उद्वेलित या विचलित होने की जरूरत नहीं है। तुम्हें खुद अपने पैरों अपना रास्ता तय करना होगा। यदि कोई साथ मिल जाए तो ठीक, न मिल जाए तो ठीक। खुद के एकान्त के साथ जीने की आदत डालोगी तभी चैन से रह पाओगी।

—ऐं? ये क्या हो गया है मुझे? मैने चौंककर अपनी गर्दन ऊपर उठाई। और इशारे से पूछना चाहा—'कहिए क्या काम है।'

उसने कम्प्यूटर क्लब की नई फाइल पकड़ाई मुझे। मैने अनमने मन से उस पर अपनी निगाहें घुमाई 'अरे ! इसमे मि. माथुर का भी नाम है? इसे भी पढ़ने का शौक चर्राया इस उम्र में? हुंह... साला माथुर... चीकट आदमी। आंखें गड़ा-गड़ा कर मुझे देखने वाला। औरतों के बारे में साले के कितने गंदे विचार है? बकवासबाजी करता रहेगा। ऊपर से कितना अच्छा इम्प्रेशन बनाएगा 'मैडम जी... मैडम जी वाली चाशनी लिपटी बातें करेगा, लेकिन अंदर से उतना ही काला, जाहिल और काइयां। एकाध बार ऊलजलूल हरकत करने की कोशिश की, लेकिन जब ठीक से डांट दिया, तब से कायदे से पेश आता है। तमाम पुरुष अमूमन क्यों होते हैं, लंपट? स्त्री को देखकर लार टपकाने वाले।

—'ठीक है... तुम जाओ... मैं शाम को आऊंगी। मैने अपने बालों को समेटा... और अनु को लेने क्रैच की तरफ चल दी।

धीरे-धीरे जीवन को नए सिरे से साधने की कोशिश में जुट गई थी मैं। कभी-कभी इधर-उधर हो रहे कार्यों को देखती तो कभी महज योजनाएं ही बनाती रहती। एक बार एन0जी0ओ0 में जाकर बस्तुस्थिति को जानना चाहा। इस बाबत इधर-उधर घूम फिरकर थोड़ी सी जानकारी लेनी चाही कि देखूँ तो सही बच्चों के नाम पर क्या-क्या होता रहता है इस महादेश में?

धीरे-धीरे मैं इस नतीजे पर पहुंचती जा रही थी कि कितनी जगहों पर कितने सारे बच्चे यूँ बर्बाद होने को अभिशप्त है। यही हाल जेल में बंद उन मां-बाप के बच्चों का भी है जिनमें बच्चों का कहीं कोई कुसूर नहीं होता। या तो मां-बाप दोनों ही जेल में हैं या दोनों में से बाप को मार डाला गया। इल्जाम औरत पर आया कि उसने अपने पति का कत्ल कर डाला लेकिन उन अनाथ बच्चों का क्या कुसूर जो जेल में रहने की सजा भुगत रहे हैं या सुधार गृह के नाम पर उनके साथ क्या-क्या सूलूक किया जाता है? मां बाप तो लड़े-मरे या दोनों में से कोई एक खत्म हो गया तो दूसरा जेल में आ गया। मुझे यह जानकर अफसोस होता वे अबोध 2-3 साल के बच्चे उस दमघोंटू माहौल में रहने को मजबूर हैं, जहां न खेलने की सुविधाएं, न अपने जैसे बच्चों के संग उछल-कूद करने की आजादी। वे अंदर से कितने डरे हैं, कितनी असुरक्षा बोध के मारे हैं। इनके चेहरों पर कितनी दयनीयता वाला भाव चिपका है, जिसे हमारे थोड़े से प्रयासों द्वारा दूर किया जा सकता है। यदि इनके

अकेलेपन को बांटा जाए तो वे धीरे-धीरे खुलकर बोलने लगेंगें। इनके अंदर फैले अंधेरे को मिटाने के लिए पूरे जतन से जुटना पड़ेगा। इनके सहमे—सिकुड़े बचपन को किस तरह खिलते फूलों में बदला जाए? इस तरफ जितना ज्यादा सोचती, उतनी ज्यादा गिल्टी फीलिंग होती। मुझे कुछ करना पड़ेगा। यदि इनके लिए फण्ड्स की जरूरत पड़ी तो उसे दिलवाने के लिए पुरजोर कोशिश करूंगी। प्रशासन के लापरवाह नजरिए के लिए संबंधित व्यक्तियों से भी मिलूँगी। अपने पत्रकार भाई को लेकर जेल जाऊंगी।

इन बच्चों के लिए कुछ करने का दबाव अंदर ही अंदर बड़ा आकार लेता गया। बच्चों के लिए फल, टॉफीज, चॉकलेट्स, बिस्किट्स लेकर जाऊंगी। उनके साथ घंटे-दो घंटे सप्ताह में एक बार देना कोई मुश्किल कार्य नहीं है। जब वे हंसना, बोलना और चहचहाना सीख जाएंगे तो सप्ताह में एकाध बार उन्हें पिकनिक पर भी ले जाया जा सकता है। अक्षर-ज्ञान और चित्रात्मक किताबें देकर उनके मन में पढ़ने की ललक जगाई जा सकती है। फिर धीरे-धीरे किसी स्कूल में भेजने की व्यवस्था के बारे में भी सोचा जा सकता है लेकिन इसके लिए जरूरी है—इनकी मांओं की रजामंदी।

—चलो करूंगी जो भी होगा, करूंगी...। इनके जीवन में नयी रोशनी भरना बहुत जरूरी है। मुझे कुछ करना होगा। मैं जाऊंगी। पहल करूंगी, ऐसे ख्याल मुझे दिन-रात घेरे रहते। सोते जागते परेशान करते रहते और कुछ ठोस करने की आग अंदर धू-धू करके जलने लगती।

मैं लगातार तमाम प्रोजेक्ट्स पर काम करने की योजनाएं बनाती रही। इसी बीच कल ऑफिस छोड़ने के वक्त ठीक साढ़े पांच बजे अनुराग का फोन आया था—'रचना ठीक तो हो न? सॉरी... क्या बताऊं, कितना फंस गया हूँ मैं यहां आकर? अब आकर ही बताऊंगा। जल्द ही आऊंगा। कुछ बोलती क्यों नहीं?... नाराज हो क्या? प्लीज... कीप स्माइलिंग एंड फीलिंग ग्रेट। मैं हां हूँ करती रही। पता नहीं क्यों ऐसा लग रहा था जैसे फोन करके वह किसी औपचारिकता का निर्वाह कर रहा हो।

शायद अब तक मेरे मन में बहती शीतल निर्झरिणी बर्फ की शक्ल अख्तियार करने लगी थी। अनुराग के लिए खुद को लगातार स्थगित करते चले जाने की क्या तुक थी? मैने क्यों उसके साथ हुई मित्रता को इतनी गंभीरता से लिया? कभी न कभी तो जमीन पर पैर टेककर चलना ही पड़ेगा। आंखिर सच से कब तक आंखें चुराई जा सकती हैं? यूँ भी सच क्या कोई कहने की चीज होती है? सच को तो जिया जाता है।

उस जमाने में अनुराग के बोल मेरे तलुवों के नीचे ठंडक भरते। अनुराग की हर रंगीन लच्छी में रेशमी-चमक वाले धागों जैसे नाजुक बोल लिपटे रहते जिसके

सहारे मैं ऊंचे पायदान पर चढ़ने के ख्वाब बुनती जा रही थी। वे बोल पीछे-पीछ चलते रहते—'रचना विखरने में जो सौन्दर्य है वह बंधने में नहीं। निर्बन्ध और उन्मुक्त होकर जिओ यार। चेहरे पर नैसर्गिक चमक बनाए रखो। खुलकर जीना सीखो वगैरह-वगैरह।

यह जीवन हमेशा एक जैसा कहां रहता है? समय के क्रम में इसका मूल रूप बदलता, विरूपित होता रहता है। नए सिरे से संवरता भी है यह व्यक्तित्व। हां समय के साथ-साथ हमें खुद को बदलते रहना चाहिए। बदलना जीवन का शाश्वत नियम है। मैं बार-बार खुद को तमाम तर्कों से समझाती और मजबूत बनाती जाती। बदलने की शुरूआत मुझे ही करनी थी सो मैने खुद के प्रति बेरहमी बरतनी शुरू कर दी। डेली रूटीन को और अधिक कसना शुरू कर दिया सुबह जल्दी उठकर सैर करने जाती। लौटकर चाय पीती, तभी मकान मालकिन की लड़की मैथ्स के सवाल करवाने मेरे पास पंहुच जाती। घर आकर थोड़ी देर कसरत करती, फिर नाश्ता तैयार करती और उसके बाद अनु को जगाकर स्कूल भेजने की तैयारी शुरू हो जाती।

इस दौरान अनु ने काफी इम्प्रूव किया था। वह दिनोंदिन कॉन्फीडैंट होती जा रही थी। सबसे हंसती बोलती, मस्ती करती। स्कूल के बाद थोड़ी देर क्रेश रहती। 4 बजे डांस क्लास जाती। लौटकर मेरे साथ कम्प्यूटर स्क्रीन पर आंखें गड़ाए बैठी रहती... या किसी खेल में व्यस्त रहती। शाम को कोई न कोई मिलने बतियाने आ जाता। जैसे-जैसे सोशल वर्क वाला जुनून बढ़ता गया..., जन सम्पर्क भी बढ़ता गया। कभी कोई काम तो कभी कोई।

हालांकि अभी तक कोई सीधी लाइन नहीं पकड़ पाई थी। कई जगहों पर जाकर कई कामों को देखती, लेकिन ऐसा काम अभी तक नहीं पकड़ पाई जिसमें अपने को जुड़ा पाती। जिसमें सम्पूर्ण आत्मा का प्रतिबिम्ब नजर आता। दो दिन पूर्व लाइन्स क्लब द्वारा चलाए गए ली मेडिकल कैम्प में रागिनी के साथ गई थी। काबिल डॉक्टर्स तो थे लेकिन सबके अपने-अपने स्वार्थ थे। अधिकांश डॉक्टरों की रुचि इस बात में थी कि किस तरह मरीज को अपने नर्सिंग होम तक खींच कर लाया जा सके। डॉक्टर्स आंखें देखते, मशविरा देते और बस अगले ही पल—'मेरे नर्सिंग होम आना। इसके बारे में विस्तार से बातें वहीं करेंगे।' अमुक-अमुक दवाई ले लेना। दवाइयों के लिए वहां तमाम एम.आर. घूम रहे थे। वे भी बड़े-बड़े बैनर लगाए थे। उनका इंटरैस्ट इसमें ज्यादा रहता कि यदि डॉक्टर साहव दो में से एक दवा (बेशक सैम्पल पीस में से ही सही) दे दें लेकिन अगली दवा बाहर के मेडीकल स्टोर्स से लाने के लिए लिख दें, ताकि उस कम्पनी को फायदा पहुंच सके। नफा-नुकसान वाले इस गेम को देखकर मन कड़ुवा गया।

आज तो हर आदमी पैसों के पीछे पड़ा है। किसी तरह दो के चार और चार के आठ हो जाएं जल्दी से जल्दी। बस यही मानसिकता थी लोगों की। किसी भी

कीमत पर वे तो पैसे की चकरी पर घूमते रहना चाहते थे। पैसा,...पैसा,... हाय पैसा... तू कैसे भी हो, बस मेरे पास आ जाए।

लेकिन यहां इंसानियत जैसे गुणों की कद्र करने वाला कौन बचा है? सारी मानवता, सारे जीवन मूल्य—सारे दर्शन यहां सिरे से खारिज थे। जीवन जैसे पैसों के इर्द-गिर्द केन्द्र विन्दु बनकर घूम रहा था। सोचकर मन वितृष्णा से भर उठा।

धीरे-धीरे ठंडक ने अपने पैर फैलाने शुरू कर दिए थे। दिन अपने बढ़ते आकार को सिकोड़ने लगा। 6 बजते-बजते रात जैसी स्याह परछाइयों का आभास देने लगे। इन दिनों दफ्तर में काम का बढ़ता दबाव और कम्प्यूटर क्लब वाली व्यस्तता रहती। तो घर पर अनु की जिज्ञासाओं को शांत करने में भी समय देना पड़ता। उसकी पढ़ाई भी बड़ा आकार लेती जा रही थी। एबीसी के बाद वह चित्रकला में भी होशियार होती जा रही थी। उसका रूटीन इस ढंग से सैट था कि वह स्कूल रिक्शे से 2 बजे के बाद सीधे क्रैश आ जाती। मैं भी ठीक सवा दो पर नीचे उतरती फिर हम दोनों साथ-साथ लंच लेते। घंटे भर अनु स्कूल की मस्ती भरी बातों को तन्मयता से सुनाती जाती—'ममा, मेरे यहाँ एक लड़की है न, वो दृष्टि, जिसके लंबे बाल है..., वो बहुत बनती है... उसकी भोली आवाज से शहद घुलने लगता। 'क्या मतलब?'

—'ओफ्फो..., आप इतना भी नही समझती...? बुल्दू मम्मा हैं आप। मतलब कि वो खुद को बहुत होशियार..., बहुत चालाक समझती है...।'

—'तो क्या हुआ? मेरी अनु भी तो होशियार है।

-नहीं मम्मा..., मैं उतना तेज नहीं दौड़ पाती। कहकर वह रूंआसी हो गई तो मैंने उसका हौंसला आफजाई करते हुए कहा-अनु इज ए ब्रेव गर्ल..., स्वीट गर्ल।' कहकर मैने उसे अपने से सटाया तो वह तपाक से पूछ बैठी—'माई डियर मम्मा..., आप भी ब्रेव हैं न ?' कहकर वह मेरी तरफ ताकने लगी,—'मम्मा आज शाम को कहां चलेंगें ? सक्सेना आंटी के यहां चलें क्या?

—'ठीक है, शाम को देखा जाएगा...।' मैने अनमने मन से जबाब दिया तो अनु ने मेरा चेहरा अपने नन्हे हाथों से घुमाते हुए कहा—'ममा, आप उदास क्यों लग रही हैं ? देखो... ये माथे पर गुस्सा वाली लकीरें, फिर वह अपने हाथ से यूँ पोंछने लगी गोया वहां पानी लगा हो। यह देखकर मुझे उस पर लाड़ आया और उसे सीने में भीचते हुए चूम लिया।

इधर पिछले दिनों से मैं अपने से तमाम सारे सवालों से मुठभेड़ कर रही हूँ। क्या था मेरा अनुराग से रिश्ता ? महज औरत-मर्द का संबंध, जो देह से शुरू होकर देह में ही सिमट जाता है? क्यों अपेक्षाएं करती रही मैं अनुराग से ? मेरे सुख-दुखों को बांटने वाला सहभागी था क्या वह? क्या था वह मेरा? एक सहयात्री ? क्यों मैं अनुराग की उंगली थामे आगे का सफर तय करने की योजनाएं बनाती रही ? क्या सचमुच मैंने अपनी आँखों से दुनियां देखनी बंद कर दी थी ? क्या था सच?

कहीं मैं इस भ्रम में तो नही जी रही थी कि देर-सवेर मैं अनुराग के साथ जीवन का बाकी सफर तय करूंगी। आखिर क्यों मैं अनुराग पर इतनी आश्रित होती चली गई कि खुद को ही भूलती चली गई।

हकीकत का पलड़ा यहां आकर भारी होता। हां, मैने अनुराग से गाढ़ा प्रेम किया है। गहरी नदी में उतरकर गहराई में डूबकर चाहा है उसे लेकिन इस चाहत में अपेक्षाओं के बीज भला क्यों डाले थे मैंने? शायद यही गलती थी मेरी। यह सच है कि मेरी हर सांस में अनुराग के नाम का आवागमन होता रहता है। यह भी ठीक है कि मेरे गले से निकली आवाज में अनुराग की आवाज होती है। मेरे लिए हर आहट में अनुराग के पदचाप की आतुर प्रतीक्षा बसी है। मैं उसकी आहट सुनने के लिए विकल हूँ... अधीर हूँ। रोज दफ्तर जाते वक्त उड़ता सा ख्याल आता है-काश ! कि वह बाहर बैठा इंतजार कर रहा हो शायद वह मुझे तलाश रहा है। मेरे कान 'रचना डियर' सुनने के लिए तरस रहे थे...। मेरे ये होंठ अनुराग के नाम की माला जपते-जपते थक गए हैं...। अनुराग की छुअन और तप्त सांसों के लिए सीना आज भी धड़कता रहता है। बांहें हवा में कसमसाकर रह जाती है। मेरे वश में होता तो उड़कर चली जाती उसके पास। ये सब भी भ्रम था क्या?

मैं जितने करीने से स्मृतियों की गहरी खाई में आहिस्ते-आहिस्ते उतरकर आगे कदम बढ़ाती हूँ... अब गिरी या तब गिरी वाली फिसलन का डर मुझे सताता रहता लेकिन अब यह डर कतई नही रह गया था बल्कि सच की एक भारी चट्टान मुझे मिल गई थी जिस पर मजबूती से पैर टिकाए मैं पोखर के पानी में अपनी परछाई देख सकती थी। मुझे उसमें जो सचाई दिख रही थी उसका प्रतिबिम्ब प्रतिरूप कुछ-कुछ इस तरह से दिख रहा था—

'हां, अनुराग और मेरे स्वभाव में मूलभूत भिन्ताएं है। उसमें न तो वैसी तीब्रता है, न ही वैसी जरूरत है। जबकि मैं संवेदनशीलता की भभकती लौ में तप रही हूँ। उसकी तेज आंच में झुलसता मेरा तन-मन मुझे चैन से जीने नही दे रहा, जबकि वह सुकून से रह पा रहा है वहां, तभी तो वो संक्षिप्त चिट्ठी लिखी होगी—'रचना डियर, मेरे द्वारा किये गए तमाम वायदे और संकल्प आधे-अधूरे साबित हो रहे है, लेकिन क्या बताऊं, इतने झमेलों में उलझ गया हूँ कि कैसे सब बताऊं? तुम्हीं अपने इष्ट से दुआ करो कि मैं मुक्त होकर तुम्हारे पास आ सकूँ। सच बताऊं रचना, कर्त्तव्यपालन की व्यस्तताओं में बुरी तरह उलझा पड़ा हूँ। कब से तुम्हें देखा नहीं... कैसी हो तुम? इधर मैं हफ्ते भर के लिए राजस्थान टूर पर गया था...। घूमा फिरा, खाया पिया..., लेकिन तुम्हारे बगैर सब कुछ फीका-फीका। खैर देखते हैं इस कर्तव्य निर्वहन से कब तक मुक्त हो पाता हूँ? जैसे ही मुक्त हुआ, यह पंछी उड़ चला तुम्हारे पास... तुम्हारी बांहों में। अपना ध्यान रखना, खुश रहना...। तुम्हारा-अनुराग।

बार-बार आँखों के सामने वही पंक्तियां मोती बनकर कौंध जाती। क्या विडम्बना

है कि इधर मैं संवेदना के भंवर में गोल-गोल डूब उतरा रही हूँ, वहीं अनुराग राजस्थान भ्रमण पर है। भई वाह। क्या कहने? सोच-सोच कर मन में उद्विग्नता के बादल उमड़ते-घुमड़ते रहते। गलती तो मेरी थी...। मैने ही खुद को ज्यादा आश्रित बनाया उस पर। जो बात उसके लिए सहज और नॉर्मल है, वही मेरी छटपटाहट का खौलता आवेग है। उसे मेरी जरूरत उतनी नहीं है तभी तो वह मेरे बगैर वहां चैन से रह पाता है। हां, यह सच है सबके सोचने-विचारने का अलग-अलग तरीका होता है। महसूस करने, कहने और संप्रेषण का भी अपना निजी ढंग होता है। जितनी तीव्रता से मैं उसे फील करती हूँ-जितनी शिद्दत से अनुराग की कशिश मुझे है उसे वैसा अहसास नहीं होता। वजह साफ है–

उसके पास है दिनों दिन बढ़ते कामों का बोझ, जिम्मेदारियों की गठरी, जिसे हर हाल में उसे ढ़ोना है। दूसरी बात है-पुरुष के सोचने का ढंग अपेक्षाकृत ज्यादा व्यावहारिक, ज्यादा सुलझा हुआ होता है। यह सच है कि मैं उसकी जरूरत नहीं हूँ लेकिन यह भी सच है कि मैं उसे काटकर भी तो नहीं फेंक पा रही किसी। फिर मैं क्या करूं? कैसे जिऊं उसके बगैर?

तभी किसी लेखक की लिखी पंक्तियां याद आई–यदि कोई तुम्हें छोड़कर चला जाए तो समझ लो कि वह जितना तुम्हारा एकांत भरे हुए था, वह वापस तुम्हें सौंपकर चला गया–"हां यही है सच। यही है हकीकत। जितना एकांत-जितना सूनापन मैं जी रही थी... वही वापस मिल गया मुझे। न वो मुझसे कुछ ले गया... न मुझे कुछ दे गया।

अंदर से एक दूसरी आवाज आई–'रचना, सोचो जरा, हर चीज क्षण भंगुर है। किसी भी संबंध का कितना जीवन होता है? ज्यादातर संबधों की जमीन अंदर से भुरभुरी होती है। ऊपर से सब हरा-भरा दिखेगा लेकिन जैसे ही गहराई में जाने की कोशिश करोगी तो तुम्हें खुद भी यही लगेगा। इतना लंबा रास्ता जब अकेले ही तय करना है तो क्यों न शुरू करूं अभी से?

हां, तो यही है आत्मसाक्षात्कार। आत्ममंथन से उपजा बोध, कि हमारा सच्चा हमराज है-अकेलापन। यही है सच्चा साथी। एकमात्र ऐसा प्यारा मीत जिसे मैने खूब प्यार से सहलाया, फुसलाया फिर बड़े जतन से चूमकर गोदी में दुबका किया। ठीक है यदि तुम्ही को मेरे साथ लंबे समय तक रहना है तो क्यों न प्यार से रहा जाए? हम दोनों ने एक दूसरे को मुस्कराकर देखा फिर तकिये से खुद को सटाया। दूसरी तरफ लेटी अनु के माथे पर आए बालों को पीछे किया और प्यार किया। फिर उसे चादर ठीक से ओढ़ा दी।

सुबह हो चुकी थी। सर्वत्र सफेदी पुत गई। हवा मद्धिम थी। पंछियों की किचिर-विचिर, स्कूल जाते बच्चे, रिक्शे वालों की घंटियां, बच्चों को बसों तक छोड़ते पैरेंटस... और ट्रांजिस्टर से आते मीठे-मीठे गाने और आसपास उड़ता धुआं तब तक

सैर को जाते लोग वापस लौटने लगे थे। मैने बालकनी में पड़े अखबार को उठाया और खबरों की खुशबू नथुनों में भरने लगी।

ऑफिस में पहुंचते ही फाइलों का ढ़ेर लग जाता मेज पर। अभी मैं फाइल में डूबी कोई जरूरी नोट बना रही थी कि इंटरकॉम आया—'मैडम, फोन है आपका। ओ. के. आती हूँ।

—'हैलो... क्या बहुत नाराज हो? बहुत गुस्से में हो?,

—हूँ भी और नहीं भी..., अनुराग की आवाज पहचानने में पल भर की देरी नहीं लगी।—कैसी हो? आवाज सुनकर फिर वहीं सम्मोहन होने लगा। अंदर से नॉर्मल बने रहने की कोशिश करते हुए कहा—'ठीक हूँ।' 'पेट में बड़ी-बड़ी मछलियां कूद रही थी उस वक्त।

—'रचना, मैं तुम्हें कैसे ठीक से समझाऊं कि यहां आकर फिर से एक नई मुसीबत में फंस गया हूँ... कुछ जमीन-जायदाद के झगड़े हैं... हफ्ते भर पूर्व बड़े ताऊ जी की आंखों का आप्रेशन कराया है सुन रही हो न।—हूँ, सुन रही हूँ..., बोलते जाओ...' मैने तटस्थता से जबाब दिया।—'देखो, इस महीने के अंत तक आ पाऊंगा। ओ. के? तुमने चिट्ठी क्यों नही लिखी? मन में जवाब आया, लेकिन खुद को रोकते हुए सामान्य टोन में जवाब देती रही।

—'और बाकी सब ठीक है... रचना? अनुराग के शब्द मन के समंदर में तैरते जा रहे थे—'रचना डियर, खुश-खुश रहना..., हैव ए मार्निंग वाक..., अपने खाने-पीने पर ध्यान दे रही हो न? प्लीज, मैंटेन दैट... मेरी खातिर..., कीप स्माइलिंग टिल आई एम देयर..., ओ.के...? बाय...।

और फोन कट गया। शांत कदमों से मैं ऊपर चली आई। अरे ! यह क्या हो गया है मुझे आज? अनुराग से बातें करने भी उतनी स्फूर्ति, वैसा जोश या वैसी चहक क्यों नही भर रहीं कंठ में? पता नहीं क्यों ऐसा लग रहा है जैसे मैं अनुराग के बगैर ठाठ से जीने में कामयाब हो गई हूँ। मेरा पराश्रित होना कम हुआ है। यह सचमुच सुखद स्थिति है। हालांकि अनुराग का चेहरा, अनुराग की आवाज अंदर बसी हुई है—जैसे ताजमहल हो कोई, जिसे ये अंतराल, ये दूरियां भी गायब न कर सकें।

अंधड़ को दिशा बदलने में कितनी देर लगती है? जिस तरह हवा अपनी मर्जी से रूख बदलती है, वैसे ही होता है स्वभाव भी। आज ऐसा क्यों है कि चरम बिंदु पर पहुंची वे भावाकुल मनः स्थितियां नहीं रहीं। उन करिश्माई शब्दों में से वैसा अर्थ, वैसी धुन नहीं निकल पा रही जिसे सुनकर मैं उन्मन्त हाथियों की तरह झूमने लगती थी। धीरे-धीरे हम दूसरी सचाई को जीने लगते हैं। जब हमने उस अवसाद को घूँट-घूँट करके हलक के नीचे उतारने की कला सीख लीं, तभी हमने आत्मनिर्भरता का पाठ भी सीख लिया।यह दीगर बात है कि पुराने सन्दर्भो को कितना भी काटकर फेंक

दिया जाए लेकिन वे अहसास रह-रहकर हमारा पीछा करते हैं। धीरे-धीरे उनके प्रति हमारी कशिश फीकी पड़ने लगती है फिर हम अपने बल पर जीना सीख लेते हैं। जैसे अंधड़ के बाद हुई वारिश से हरे-भरे वातावरण में शांति-सुकून विछता जाता है, वैसे ही हमारे अंतस में भी वह हलचल, वह उथल-पुथल गुजर जाने के बाद विछती जाती है शांति। शायद धरती जानती है कि यह अंधड़, यह आवेग क्षणिक है इसलिए इसे वह अपने सीने से गुजरने देती है। उस तीव्र आवेग के चुक जाने के बाद मैंने खुद के ऊपर विजय हासिल कर ली। हाँ, आज मैं कितनी आजाद महसूस कर रहीं हूँ। अब मेरे सामने खुलते जा रहे हैं नए-नए कोने।

कभी-कभी लगता है कि हर संबंध का एक विशिष्ट रोल होता है जिसका सिरा कभी दायित्व से बंधा होता है तो कभी कर्त्तव्य से। इस तरह कोई भी संबंध निर्बन्ध नही रहने देते हम लोग। ये बेनाम संबंध किसी अदृश्य डोर से बंधे होते है जिनका बनना-मिटना किसी और को नहीं बल्कि हमें ही दिखता है तो क्या इनमें इसीलिए ज्यादा आकर्षण है कि इसके दोनों सिरे स्वतंत्र हैं ?—क्यों इन संबंधों में जो ऊष्मा है, जो तीव्रता है, जो आवेग है, जो थरथराहट है, जो कशिश है, वह उन स्थायी संबंधों में क्यों नही है? हमीं क्यों हर संबंध पर स्थायी मुहर का ठप्पा लगाने के पीछे पड़े रहते हैं? कुदरत ने हरेक को स्वतंत्रता और निजता बख्शी है फिर हमीं क्यों भावनात्मक-सामाजिक सुरक्षा की चहारदीवारी खड़ी करने के लिए लालायित हो उठते हैं? हम क्यों पजेसिव होकर किसी व्यक्ति को वस्तु की तरह सहेजने के पीछे पड़ जाते हैं? यह सोच बुनियादी तौर पर ही गलत है। हमें हरेक की स्वतंत्रता व निजता की रक्षा करनी चाहिए। जैसे-जैसे मेरा संपर्क क्षेत्र बढता गया..., दायरा भी बढ़ता चला गया। कहीं न कहीं रोज निकल जाना पड़ता। शाम को अनु ने जूडो-कराटे की कक्षाएं ज्वाइन कर ली थी। उसने कई कालिज में एडमीशन टैस्ट के लिए फार्म जमा कर दिए गए थे। जीवन व्यस्तताओं तले इधर-उधर करवटें लेता रहा। ऑफिस के बाद कम्प्यूटर क्लासेज करके घर लौटती तब तक सामने वाली पड़ोसन के बच्चे अनु के साथ बैठे मिलते। वे दरअसल कोई न कोई प्रॉब्लम पूछने आया करते थे। कभी-कभी चौराहे वाले मंदिर के पुजारी के दोनों बच्चे भी कुछ न कुछ पूछने-पाछने मेरे पास आ जाते।

एक निश्चित समय बाद शब्द अपना अभिप्रेत अर्थ वहन करना भूल जाते हैं। उन शब्दों से हम फिर दोबारा उन्ही अर्थों को नही निकाल पाते क्योंकि वे हमसे छिटककर अपना अलग रास्ता तय करने लगते हैं। यूँ धीरे-धीरे हमें भी उस सच्चाई को जीने का अभ्यास होता जाता है। यूँ हम देखते हैं कि किस तरह शब्दों के भीतर खुलने लगती है अर्थ की नई-नई परतें। अर्थ की वह ऐसी अनदेखी परत होती है जो पुराने संदर्भों को करीने से किनारे फेंक देती है। पुराने सन्दर्भ और अर्थ रह-रहकर हमारा पीछा करने की कोशिश करते है लेकिन धीरे-धीरे हमें यह महसूस होने लगता

है कि उनके प्रति हमारी कशिश खुद ब खुद कम होने लगती है। जिस पल हम अपने ऊपर कुछ कठोर फैसलों को लागू करने की ठान लेते हैं, उस दिन के बाद हमारे अंदर गजब का आत्मविश्वास पनपता है, और हम अपने साथ रहकर जीना सीख जाते हैं।

उस इंटेन्स अनुभूति का अंधड़ जिस क्षण शांत बयार में तब्दील होता नजर आता है, बस तभी बिछती है सुकून की चादर और फिर हमारे सामने खुलता जाता है एक नया आकाश। शांत बयार के शीतल झोंके घुटन के माहौल में अंधड़ के बाद जब चलते हैं, तो कितने प्यारे लगते हैं...। इसमें कोई संदेह नही कि लक्ष्य पाने के लंबे रास्ते में यदि मनचाहा 'सहयात्री' मिल जाए तो यह यात्रा बहुत हल्की-फुल्की लगने लगती है लेकिन इसके लिए सबसे जरूरी शर्त है–'साथ' चुनने की कला हमें आती हो। वैसा 'साथ' जो सचमुच 'साथ' बने रहने की तरंगित अनुभूति दे सके हमें। हां, सवाल यह भी है कि अभी तक हमने कोई तयशुदा लक्ष्य लेकर चलने की योजना तो बनाई नहीं। बल्कि जो भी काम हाथ में आता गया, दिखता गया, बस उसे करते चले गए। सामने की जिम्मेदारी से मुंह नहीं चुराना है, बस, जैसे भी हो, करना है। अमूमन कोई भी किसी के लिए कुछ करने के लफड़े में नहीं पड़ना चाहता। किसी के मन में कुछ भी अलग हटकर करने का माद्दा बचा नही, सोचकर एक गहरी सांस अंदर खीचती हूँ। बचपन की एक छोटी सी बात याद आ गई–'रचना, यदि तुम एक बार अपने निर्धारित लक्ष्य पर सीधे-सीधे चल पड़ी तो उसके बाद तुम्हें पीछे मुड़कर नहीं देखना है। याद रखना इसे। यह थे हमारे गांव के मास्साब दीवान जी...। नानी का वह छोटा सा गांव जहां था बस 2 कमरे वाला स्कूल जो मिट्टी-धूल, कंकड़-पत्थर से अंटा पड़ा था। उसके बाद पहुंची जूनियर हाईस्कूल में। वहां एक दूसरी समस्या आन खड़ी हुई-पूरी क्लास में एकलौती लड़की मैं थी। तब डरी-सहमी रहती तो एक दिन मास्साब ने समझाया था–'रचना, जिस रास्ते को पकड़कर तुम्हें आगे बढ़ना है, वहां सिर्फ और सिर्फ अकेले तुम्हें ही जाना पड़ेगा। यदि कोई तुम्हें घूर-घूरकर देखता है–देखने दो लेकिन तुम नहीं देखना। समझ गई? एक दिन दुनिया तुम्हारी पीठ देखकर पीछे-पीछे आएगी। तुम्हें तो अपनी निगाहें बस अपने लक्ष्य की तरफ गड़ाकर रखनी है। हमेशा याद रखो, जो फैसला एक बार ले लो, उसके बाद उससे मुकरना नहीं है, फिर नतीजा चाहे जो निकले। शायद तभी से ऐसा स्वभाव बन गया है कि चाहे कुछ भी हो जाए, जो फैसला एक बार ले लेती हूँ उससे पीछे पैर नहीं हटाती।

रजत कितनी बार आया-गया, याद नहीं पड़ता। बस याद रह जाती है उससे जुड़ी चन्द अच्छी-बुरी यादें। उसका पैसा पकड़ूँ रवैया देखकर खासी कुढ़न होती। हर वक्त उसे अपनी स्वार्थसिद्धि से मतलब रहता। इसके अलावा दुनियां की किसी भी चीज से उसका कोई लेना-देना नहीं था। जनसंपर्क साधना तो दूर की कौड़ी

है। अपने में ही सिमटे-सिकुड़े रहो। नानी होती हो कहती—अपना पेट हाऊ... हम न दैहे काऊ। दूसरों की सोच और टीका-टिप्पणी पर केन्द्रित उसकी सोच का पहिया किसी और दिशा में मुड़ने को तैयार ही नही था—'रचना', तुम जो सोकाल्ड सोशल वर्क वाला पाठ मुझे पढ़ा रही हो, ये सब बचकानी बातें हैं। जानती हो कुछ? आंखें तरेरकर वह डपटते हुए यूँ कहता कि मैं डर-सहम जाती। कभी ठीक से समझा मुझे? हर वक्त बस हंकाता रहता—'जानती हो लोग क्या कहते है? मारूति में चलकर समाज सेवा हो रही है। अरे, इन पढ़ी-लिखी औरतों को तो मीडिया में चमकने का शौक चर्राता है। इसलिए ये सब खुराफातें सूझती हैं।' इससे आगे मैं और नही सुन सकी। दोनों हाथ कानों पर रखकर बस इतना ही कहा था—'रजत, मुझे जो ठीक समझ में आता है, करती हूँ। 'यदि मैं किसी की छोटी सी जरूरत के लिए निमित्त बन जाती हूँ, तो क्यों न करूं मैं? एक बार जो तय कर लिया सो कर लिया। अब मेरे निश्चय से मुझे कोई नही डिगा सकता। तुम भी नहीं।

जुबान पर कैसे इतना साहस कब बैठ गया,—कह नही सकती। लेकिन मुझे इस बात का शिद्दत से अहसास हो चुका था कि जैसे बांसुरी बजाने के लिए छिद्र (सांसें) चाहिए उसी तरह अपने तय रास्ते को पकड़कर पैर जमाते हुए आगे कदम बढ़ाने हैं मुझे। यह सच है कि कोई भी काम हो कैसे भी हालात हों लेकिन यदि हम स्थितियों को अपने अनुकूल मोड़ पाने में समर्थ नहीं है तो हमारे अंदर या तो दिशाबोध नहीं है या कान्फीडैन्स नहीं है।

जहां जिस गांव में मैं पली-बढ़ी हूँ—वहां साल में 2-4 दफै मैं जरूर जाती और अपने गांव में रहने वाली महिलाओं से (काकियों, अम्माओं, भाभियों से मिलने) बतियाने में मुझे खूब मजा आता लेकिन रजत को इससे बेहद चिढ़न-कुढ़न होती। वह अक्सर इस बात पर चीखता-चिल्लाता भी लेकिन मैं जो ठान लेती सो करके ही चैन लेती। चाहे नतीजा जो भी निकले।

खैर, मैं क्यूँ अब फिर से रजत प्रसंग छेड़ने बैठ गई ? हमारे समाज में घर की इज्जत-आबरू ढ़कने के प्रयास में औरतें कितना सहती-झेलती हैं? कितनी चोट पहुंचायी जाती उन्हें ? मानसिक-शारीरिक यंत्रणा के कितने कठिन दौर से गुजरना पड़ता है उन्हें? इससे बड़ी विडम्बना भला और क्या हो सकती है कि ऐसी स्त्रियां जिन्होंने कभी कोई अपराध किया ही नहीं लेकिन अपने सगों को बचाने की खातिर वे जेल में सड़ने को अभिशप्त हैं। उनकी सजा पूरी हो चुकी है लेकिन उन्हें वापस ले जाने के लिए कोई तैयार नही हैं, यहां तक कि उनके घर वाले भी भूल चुके हैं उन्हें। शुरू-शुरू में तो उन्हें देखने से सब आते रहे लेकिन बाद में कोई खबर लेने वाला नही रहा। यह कैसी अमानवीयता है? सोचकर दिल दहल उठता। फिर एक दिन मैंने निश्चय किया। मैं पहल करके कुछ करूंगी इन महिलाओं के लिए।

हमारे पुराने परिचित वकील साहब महेन्द्र अवस्थी ने इस दिशा में हमारी काफी

मदद की, बल्कि सच कहूँ तो यह आइडिया उन्हीं का था—'रचना, बहुत दिनों से एक बात दिमाग में उमड़-घुमड़ रही है, काम है तो चुनौतीपूर्ण लेकिन तुम कर सकती हो। चश्मा चढ़ाते हुए वे बोले। सीधे-सज्जन अवस्थी जी की पत्नी से भी हमारी परिवारिक मित्रता हो गई थी। उनकी बच्ची दृष्टि अनु के साथ एक ही स्कूल में पढ़ती थी। हमारी दोस्ती की शुरूआत बच्चों के बीच हुई दोस्ती के बाद ही बढ़ी थी। घर पर फोन लगवाए 3-4 महीने हो चुके थे जिसका सर्वाधिक प्रयोग दोनों बच्चियां करती थीं। मुझे चुप देखकर बोले—रचना, हमारी जेलों में रह-रही जिन निर्दोष और नेक महिलाओं की चर्चा हम लोग एक दिन कर रहे थे... याद है न ? तब तुम्हारा भाई बीच में आ गया था और हमारी बात अधूरी छूट गई थी।

हंसते हुए मैंने कहा—'हाँ, याद आ गया। आप पहले पूरी बात तो समझाइए, फिर जो बन पड़ेगा, करूंगी। मेरे अंदर से आती मजबूत आवाज सुनकर वकील साहब को थोड़ा बल मिला और वे बोले—हाँ, तो मैं बताना चाह रहा था कि जेल में रहती उन स्त्रियों की सजा खत्म हो चुकी है लेकिन वे बाहर नहीं आ सकती। जानती हो क्यों?

—क्यों?...

—इसलिए कि कोई भी उन्हें लेने नहीं आता... उनका कोई गार्जियन नहीं है। बड़ी विचित्र सी स्थिति है यह तो, लेकिन क्या करें? नियम इतने जटिल हैं कि... कहते-कहते वे रूक गए।

—क्या कोई ऐसा नियम नहीं है जिसके तहत उन्हें वहां से हटाया जा सके...?

—हां, वही बात तो मैं तुम्हें बताना चाहता था कि यदि कोई गार्जियनशिप लेने को तैयार हो जाए तो उन्हें वहां से हटाया जा सकता है। इसकी पूरी प्रक्रिया है कानूनी कार्यवाही की, उन्होंने लंबी सांस खींचते हुए कहा—'रचना, उन औरतों की असलियत जानती हो। यही कि यदि भाई फंस रहा हो तो अपने ऊपर सजा ओढ़ ली। बेटा फंस रहा हो तो खुद के ऊपर सजा ले ली लेकिन कितनी अमानवीयता वाली बात है कि जिनके लिए इन्होंने इतने लंबे सालों की सजा काटी है, वही लोग इन्हें लेने नहीं आते। ज्यादा से ज्यादा 2-3 साल कोई मिलने-जुलने आता रहा लेकिन उसके बाद सब अपनी-अपनी दुनिया में व्यस्त होकर गुमनाम हो जाते हैं। रचना कितनी विचित्र बात है कि इन्होंने हत्या, जघन्य अपराध यहां तक़ कि डकैती वाली झूठी सजाएं काटी हैं। जबकि सच बात तो यह है कि इन्होंने कभी कुछ किया ही नहीं...

—'डकैत क्यों मान लिया गया इन्हें?'

—'इसलिए कि डाकुओं के गिरोह के साथ पकड़ी गईं... लेकिन यह जांच-पड़ताल कोई नहीं करेगा कि क्या ये वाकई डकैत हैं। पुलिस ने डकैत मानकर वैसा ही ट्रीटमैंट किया जबकि उस औरत का कहीं कोई कुसूर नही था। मैं जानता

हूँ उसे। जब उसकी उम्र 13-14 साल की रही होगी तभी डकैत उसे शादी के मंडप से उठा ले गए थे। रोजाना उसके साथ उन डाकुओं ने क्या-क्या नहीं किया होगा? पूरे 15 साल की सजा काट चुकी है वो लेकिन अभी भी सड़ रही है वहीं।

—'मैं चलूँगी उससे मिलने, बल्कि कल ही चलूँगी। मैं इस दिशा में जरूर कुछ करूंगी। इसके लिए जो भी कानूनी कार्यवाही करनी जरूरी है, वह आप करिए और बस अब देर नही। मैने अपने अंदर से उमड़ते जोश और स्फूर्ति से लबरेज आवाज सुनी। क्या यह मेरी ही आवाज थी?

—'रचना पता है, मैने यह बात तमाम सोकाल्ड सोशल वर्कर्स से भी की थी लेकिन सुनकर वे चुप्पी साध गए। यदि वाकई तुमने मन बना लिया है तो हम लोग करते हैं कुछ न कुछ..., रास्ता निकालते है कोई न कोई।

—'अवस्थी जी, इस बात को तो मीडिया में भी जाना चाहिए ताकि पब्लिक को पता तो चले कि उन निर्दोष बंदी स्त्रियों का कौन-सा ऐसा घर हो जहां वे मेहनत करके चार पैसा कमाकर अपना गुजारा कर सकें। लोगों के बीच इन स्त्रियों की हकीकत पहुंचनी चाहिए। मैं अपने भाई से आज ही फोन पर बात करूंगी। अमृत प्रभात में है वह लेकिन तमाम अखबारों से संपर्क रहता है उसका। प्रचार-प्रसार की जिम्मेदारी उसकी रहेगी।

—'रचना, यदि तुम वाकई यह काम करने को उत्सुक हो तो इससे बढ़िया काम कुछ और हो नहीं सकता।. कहते-कहते अवस्थी जी की आवाज भावुक होने लगी—'रचना मेरे दिल पर यह बहुत बड़ा बोझ रखा था जिसे तुमसे शेयर करके मैं खुद को बहुत हल्का-फुल्का महसूस कर रहा हूँ... यकीनन। मैं आज ही डिटेल्स पता करूंगा, फिर जल्द ही कागजी कार्रवाई पूरी करवानी है चलता हूँ', कहकर वे उठ पड़े।

किसी फिल्मी सीन की तरह बार-बार वहीं दृश्य मेरे जेहन में कौंध रहा है जो हटाए नही हटता था। उस निर्दोष रामरती का चेहरा कितना मासूम था जिसने एक कमरे में कैद रहकर अपनी जिंदगी के सुनहरे पल यूँ ही गंवा दिए। वह बेचारी जिंदगी के बारे में क्या जाने? कितनी समझ थी उसकी? वहां जेल में रहती स्त्रियों की छवि मेरे अंदर कैद हो गई है। कोई क्यारियों में पानी दे रही थी तो कुछ बच्चों की देखभाल कर रही थी। क्या जानें ये जीवन का अर्थ? इनकी जिंदगी तो यहीं थम गई। वर्षो से ठहरी है। ये तो 15-20 सालों से यहां के एक कमरे में कैद होकर रह गई,। क्या देखा जीवन को? जिन्हें 16-17 साल में भाग्य की क्रूर विडम्बना ने यहां पर लाकर पटक दिया। तब से इनकी 'सोच' ही विकसित नही हो पाई होगी। कितनी समझ होगी इनके अंदर? जो भी जाना-बूझा होगा इन्ही चहारदीवारों से या आसपास के कुछ लोगों से। इनकी जिंदगी का पहिया तो तभी से जाम पड़ा हैं' सोच-सोच कर अंतस में ऐंठन होने लगी। रह-रहकर रामरती की निर्दोष-निश्छल आंखें

मुझे हान्ट करने लगी...। मैंने उसी क्षण निश्चय कर लिया था कि रामरती को मैं एडॉप्ट करूंगी। उसकी गार्जियनशिप मैं ले लूँगी। मैने अवस्थी जी को अपने निर्णय से अवगत कराया कि वे गार्जियनशिप वाली कागजी औपचारिकताओं को निबटा लें। मैं एडॉप्ट करूंगी उसे।

भाई ठीक समय अपनी रिपोर्टिंग टीम के साथ आ गया था।—बड़ा विचित्र सीन था वह भी। कुछ लोगों ने मुझे समझाया, चेताया भी—'क्यों इसके चक्कर में पड़ती हैं आप? आपको क्या मिलेगा इससे?...नहीं नहीं 100⁄ निर्दोष नहीं होंगीं, कुछ न कुछ तो करा-धरा होगा वरना ऐसे-कैसे पुलिस किसी को जेल में डाल देगी? समाज में लोग क्या कहेंगे? वगैरह-वगैरह बातों की पट्टी पढ़ाई गई मुझे लेकिन बिना विचलित हुए मैने कह दिया—'हमें तो ऐसे ही काम करने में दिलचस्पी होती है। जोखिमों से भिड़ने में मजा आता है मुझे। कैसे भी हो, इनके ठहरे जीवन में ताजी हवा का झोंका लाना है मुझे।

समस्या मुंह बाए सामने खड़ी थी—तमाम औरतों को जेल से निकालकर किसी न किसी कामधंधे पर लगाना। गार्जियनशिप संभवतः इसलिए मांगी जाती है कि यदि इन्हें यूँ ही छोड़ दिया जाएगा तो कहीं ये वेश्यावृत्ति जैसे गलत काम धंधों में न फंस जाएं। समाज में बदनामी हो जाएगी सोचकर लोग इन मामलों में हाथ डालने से डरते हैं। यूँ लोग तो जेल के नाम से डरते हैं फिर इन्हें जेल से निकालने का रिस्क भला कौन लेता?

मैं जल्दी से जल्दी रामरती को अपने घर में देखना चाहती थी। उफ! किस तरह इन स्त्रियों से खाना बनवाया जाता है वहां। नियमानुसार सुबह से शाम तक सब काम तय रहते हैं इनके। जबकि जिंदगी कहीं तयशुदा रास्तों पर चल पाती है भला? शाम को झुण्ड बनाकर प्रार्थना करती उन स्त्रियों के चेहरे रह-रहकर स्मृतियों में आते जाते रहते। उन्हीं चेहरों के बीच उग आता वह मासूम चेहरा, जो भुलाए नहीं भूलता था!

यह क्या? सामने रखे थे ढेर सारे अखबार। हर अखबार में छपी थी रामरती की फोटो... मेरे साथ। नीचे खबरें छपी थी—'एक नई पहल, समाज को दिशा दिखाने वाला क्रान्तिकारी काम। समाज में यूँ संभव हो सकते हैं बदलाव। स्त्री द्वारा स्त्री का उद्धार। समूचे बदलाव के लिए स्त्रियों की शक्ति पहचानें'..., पता नहीं किन-किन शीर्षकों से अखबार रंगे पड़े थे। अभियंता रचना ने रामरती को एडॉप्ट करके एक नई पहल की है। 'माई पोजीशन इज ए बून फॉर ट्रांसफर्मिंग दिस सोसाइटी'..., अंग्रेजी अखबार में भी खबर को छापा गया था। मैने कहा कुछ और था, संदर्भ कुछ और थे लेकिन अर्थ कुछ और निकाले जा रहे थे। शब्दों के नीचे छिपे अर्थों को निकालने की फुर्सत कहां होती है रिपोर्टरों को? हाँ, 'राष्ट्रीय सरोकार' नामक अखबार ने बढ़िया ढंग से छापा था। यह अखबार देश के सुदूर गांवों तक खबरें ले जाता

था। शीर्षक भी मौजूँ दिया था—'दासता से मुक्ति तक की कहानी—रामरती की जुबानी।' रामरती केन्द्रित खबरें पढ़कर अच्छा लगा मुझे। संकोच, शर्म और लाज से सिकुड़ी-सहमी रामरती की दबी-हंसी वाली फोटो अखबार में छपी थी। साड़ी के पल्लू से मुंह छिपाए हंसी दबाने का प्रयास करती रामरती की आंखों से खुशी छलक पड़ने को आतुर थी। उन फोटो को देखकर एवं खबरें पढ़कर सचमुच मैने गहरे इत्मीनान की सांस खीची और अपने होने को महसूस किया।

तभी अनुराग की याद का झोंका इस उमस में भी सहला गया तन-मन को। क्या पता... शायद उसने भी खबर पढ़ी हो अखबार में। पिछले हफ्ते उसके चीफ ने बताया था—'रचना, अनुराग को देहरादून ट्रेनिंग कालेज में डेपुटेशन पर भेजा जा रहा है। अभी उसकी तरफ से ज्वाइनिंग रिपोर्ट तो नही मिली लेकिन एप्लीकेशन तो उसने पहले ही दे दी थी।

—'कब दी थी एप्लीकेशन? पूछने से न रोक सकी खुद को बल्कि स्वचालित ढंग से सवाल उछल गया।

—एप्लीकेशन तो बहुत पहले मांगी गई थी। साल भर से ऊपर हो गया होगा। बाद में कुछ लोगों ने एप्लीकेशन वापस भी ले ली थी। अंत में 2-3 एप्लीकेशन बची थी। इसी बीच हमारे पास अचानक जापानी सरकार से ऑफर आ गया कि फटाफट 25-30 लोगों को ट्रेनिंग दिलवायी जाए, तभी हम आपके संस्थान में तकनीकी तौर पर किसी नई चीज को इंट्रोड्युस कर सकते हैं। केवल अनुराग और नवीन के पास एम.बी.ए. की डिग्री थी। नवीन ने यहीं नियामक आयोग में ज्वाइन कर लिया जबकि अनुराग को नोएडा या देहरादून भेजे जाने की बातें चल रही थी। बाद में देहरादून फाइनल हो गया। पूछने पर पता चला कि चूँकि वहां पर ट्रेनिंग कालेज यू.पी. के दूरस्थ इलाकों को कवर करता हैं, जबकि नोएडा में अभी हाल ही में खुला हैं ट्रेनिंग कॉलेज।

सुनकर मैं, भौंचक्की बनी रह गई। पेट में खौलन मचने लगी। ईश्वर, यह कैसी परीक्षा ले रहा है मेरी ? अनुराग के बिना यहां मैं कैसे रह पाऊंगी अकेले? उसी के भरोसे की लाठी पकड़े तो मैं इतना उछल-कूद करके अपने पांवों पर चलना सीख पाई थी। खबर सुनकर यूँ लगा जैसे किसी ने अचानक मेरे हाथों से लाठी छीन ली हो और मैं धम्म से उल्टे मुंह जमीन पर गिर पड़ी होऊं। उफ! कैसा भाग्य है मेरा? कहां तो मेरे अंदर की ऊर्जा का एकमात्र स्रोत बन गया था अनुराग। मेरी खुशियों का एकलौता स्तंभ था वह। लेकिन अब? अचानक यूँ लगा जैसे मेरे हाथों से सब-कुछ उड़ गया हो एक ही अंधड़ में। तभी दरवाजे पर घंटी की आवाज सुनाई दी—'कौन हो सकता है?' बेमन से पैरों पर पड़ी चादर को हटाकर दरवाजा खोलने उठी—'हम लोग महिला संगठनों की तरफ से आए हैं, आपने जेल की सजायाफता महिलाओं को बाहर निकालने में पहल की है। यू आर रचना शाश्वत.? अचानक

कई कैमरों में से एक साथ रोशनी मेरे मुंह पर फिंकी और मैं आश्चर्य से उन्हें ताकती रह गई। देखते ही देखते सवालों की बौछार शुरू हो गई—'रचना जी, इन महिलाओं के पैरेंट्स क्यों नही आए इन्हें लेने? माँ-बाप, भाई बहिन होते हुए भी वर्षों इन्हें भुला दिया उन्होंने ? मान लीजिए, बाहर निकलकर फिर से ये स्त्रियां वहीं काम करने लगें, तो फिर क्या होगा? कहीं ऐसा न हो कि फिर किसी वजह से इन्हें जेल में सड़ना पड़े। इस बात की क्या गारंटी है कि इनका बाकी जीवन सुख-शांति से बीतेगा? क्या ये बाद में समाज की मुख्य धारा से जुड़ पाएंगी भला? जब एक बार इनके माथे जेल से सजायाफ्ता औरत वाली मुहर चस्पां हो गई तो दुनिया वाले क्या इन्हें काम पर रखेंगे? बोलिए? सवाल ही सवाल मेरे इर्द-गिर्द उड़ रहे थे मधुमक्खियों की शक्लों में। थोड़ी देर बाद कुछ और पत्रकार भी घर में आ गए।

इस कालोनी के लोगों के लिए मैं कोई अजूबा बन गई थी। मैने अभी 3 माह पूर्व ही अपनी विभागीय कालोनी में शिफ्ट किया था। इसलिए किसी से ज्यादा मेलजोल नहीं बढ़ा था। महिला संगठनों व कुछ एन.जी.ओ. से आए प्रतिनिधियों में से किसी ने प्रस्ताव रखा—'मैडम, कुछ महिलाओं को हम लोग भी एडॉप्ट करना चाहते हैं। हम उन्हें काम देंगे। रोजगार देंगे। इस बाबत हम लिखित आश्वासन देने को तैयार हैं। हम वाकई उन्हें एडॉप्ट करना चाहते हैं। यह सचमुच अच्छी बात है कि आप सब लोग उनके लिए कुछ करना चाहते हैं। अखबार वालों से मैं देर तक सब बातें करती रही। तभी कुछेक वर्किंग कपल्स भी आ गए—'रचना जी, यू आर ग्रेट... रियली डन ए मार्बलस जॉब।' हम सबों के लिए नया रास्ता दिखाया है आपने। हमें भी ऐसी महिलाओं की जरूरत है जो दिन भर हमारे घर में रह सकें, बच्चों की देखभाल करें ताकि हम लोग आराम से काम पर जा कर सकें।'

मैं इन सबको चाय पिलवाने की व्यवस्था के बारे में सोच ही रही थी कि मेरी पड़ोसन जो 5 मिनट पहले सिर्फ यह देखने आई थी कि रचना के यहां इतनी भीड़ क्यों है, वे 10-12 खाली कप और चाय भरी केटली ट्रे में रखे मेरे यहां चली आ रही थी—'चाय पीजिए... आप लोग। हम रचना के पड़ोसी हैं। हमें फख्र है कि हमारी रचना ने इतने शानदार काम की शुरूआत की है, उन हाशिए पर फेंक दी गई औरतों के लिए नया दरवाजा खोला है। हम सबके लिए यह एक सबक है कि किस तरह हम छोटे-छोटे काम करके बदलाव ला सकते हैं।' पड़ोसन स्कूल टीचर नीता की आवाज में जोश भी था और उत्साह भी।

'अरे ! यह क्या? अभी इन लोगों को गए आधा घंटा भी नही बीता होगा कि दरवाजे पर फिर से घंटी बज उठी—'रामरती, ओ रामरती, खोलो।'

कौन है? किसकी आवाज है? मैने खिड़की से झांका। फिर दरवाजा खोलते ही—'अरे रामरती बिटिया..., कहां चली गई थी तू? अम्मा तो तोहरी याद में बिलख-बिलख कर दिन-दिन भर रोउन रत ती। कां गई थी मोरी बिन्नू, तेरी याद

में रोउत-रोउत अम्मा की तो आँखेंई चली गई। हओ... उनै कछू नई सूझत आंखन सै..., ना मोय कछू सूझत...।'

—'दादा... कहते हुए रामरती उनकी बांहों में समा गई। दोनों का मिलन देखकर मेरी आंखें छलक पड़ी। मैने उस पल यही महसूस किया कि एक छोटी सी चिंगारी भी अंधेरों में रोशनी भर सकती है। जिन माँ-बाप ने वर्षो अपनी बच्ची की सुधि नही ली जिन्होंने समाज के डर से अपनी ममता का गला बेरहमी से रेत डाला, उन्होंने जब अपनी बच्ची का फोटो अखबार में देखा होगा, चार लोगों के मुंह से चर्चाएं सुनी होंगी। समाज की मूक स्वीकृति की टोह ली होगी, तो झटपट चल पड़े रामरती से मिलने। इतने सालों बाद कैसे आई याद? अभी तक कहां छिपे थे तुम लोग?— रामरती को यह सब पूछना चाहिए था। मेरे गले में बैठे तमाम सवाल खड़े होकर बाहर निकलना चाहते थे लेकिन तभी उसका बाप मेरे पैरों पर गिर पड़ा और रोते-रोते बोला—'बहिन जी, माफी चाहत हम। माफी दै दियो हमें। हम तौ नीच है, पापी हैं, अपनी कोख से जायी खों भूल गए ते। आपने बाकौ उद्धार कर दव। देवी हैं आप तो...साच्छात देवी। हमाई गल्ती माफी लायक भी नइयां। बहिन जी, मगर हम का करते, मजबूर हते हम तौ कैसे जुबान खोलते कै रामरती कौ कौनऊ कसूर नई हतौ जेल जाबे में। हमाई कली है जा तौ। बिल्कुल नैक सी हती जा मौड़ी। रामधई बिल्कुल नैक सी—इत्ती सी, अनु को देखकर बोले—जासै थोड़ेई बड़ी हती रामरती और अब कितेक बड़ी हो गई। कित्ती ऊंची निकर गई मताई जैसी लंबी। कैसी फूल सी मौड़ी हती जा, कितेक कष्ट देखे जानै। बोलते-बोलते वह फफक-फफक कर रो पड़ा। फिर मैने ढ़ाढ़स बंधाते हुए कहा—'चाचाजी, कोई बात नही। लड़की आपकी है। यदि आप ले जाना चाहें, तो बेशक ले जा सकते हैं। हम नहीं रोकेंगे। मां-बाप से बड़ा हितैषू भला कौन होगा दूसरा?

—'मोरी बिटिया, साच्छात देवी कौ रूप, 'कहकर उसने हाथ जोड़ दिए उस क्षण को ऐसा लगा जैसे वह सचमुच मुझे देवी समझकर पूजने लगा है। रामरती मेरी तरफ जुड़ाव की नजरों से देखती रही फिर बोली—'जब भी आपको जरूरत पड़े, हम हाजिर हो जैहै। आप हमारे लिए दुनियां में सबसे बढ़कर हैं। जिन्होंने हमें पैदा किया, वे भूल गए थे लेकिन नई जिंदगानी तो आपने हमें दई है। आप सबसे ऊंची है।' 'कहकर वह आंसू पोंछने लगी तो मैने उससे कहा—'रामरती तुम हमारी तरफ से बिल्कुल निश्चिंत रहो। अब तुम एकदम आजाद हो गई हो। बस खुश रहो और हंसी-खुशी अपने मां-बाप के साथ जाओ।'

मैने मां-बाप का नाम-पता नोट किया। वकील से सलाह मांगी। कुछ कागजात पर दस्तखत कराए। अंगूठा लगवाए। फिर भीगी आंखों के साथ दोनों ने मेरी तरफ देखा—'भूले-चूक की माफी दै दियो बहिन जी।'—अरे, नहीं...नहीं, रूको एक मिनट, कहकर मैं अंदर गई और रामरती के लिए खरीदे कपड़े उसे देते हुए कहा—'इसे

रख लो अपने पास। ये हमारे काम के नहीं है। तुम्हारे लिए लाई थी। तुम्ही पहनना इन्हें। जिंदगी में बस एक बात याद रखो कि—काम करना है मेहनत करके खाना है। कोई अच्छा साथी कभी टकरा जाए, तो नई जिंदगानी शुरू कर सकती हो। समझ गई न?...बस जाओ अब। खुश-खुश रहना। मैं उन्हें जाते हुए निगाहों में भरती रही।

ऑफिस में कदम रखते ही लोगों ने घेर लिया—'रचना मैडम, बढ़िया काम किया है आपने। जो काम बड़े-बड़े नहीं कर पाए उसे चुटकियों में कर दिखाया। मेरी जूनियर सहकर्मी दिव्या ने मुझे गले लगाते हुए कहा—रचना, मुझे नाज है तुम्हारे ऊपर। चलते-चलते सीट तक पहुंची... कि इंटरकॉम घनघना उठा—'रचना मैडम को चीफ साहब ने बुलाया है।' सधे कदमों से ग्यारहवीं मंजिल तक जाने के लिए लिफ्ट तक पहुंची तो वहां खड़े चंद लोगों ने आँखें फाड़-फाड़कर मुझे देखा। एक सीनियर एक्स.ई.एन. की आंखों में मेरे प्रति सराहना की हिलोरें उठती दिखीं। मैने आंखों ही आंखों में उन्हें विश करना चाहा तो उन्होंने मुस्कराकर स्वागत किया। लिफ्ट में चढ़ना और यंत्रचालित सा उतरना मुझे पता नहीं चल पाया।

—'यस,... कम इन...'चीफ ने मुझे दूर से ही आते देख लिया था—'बैठो, क्या लोगी? चाय...कॉफी...

—'थैंक्स सर... कुछ नहीं।' मैने टालना चाहा तो उन्होंने जिद करते हुए कहा—'नहीं... नहीं, कुछ न कुछ तो लेना ही पड़ेगा। चलो कॉफी पीते हैं।' कहते हुए उन्होंने घंटी—बजाई—'दो कॉफी तुरंत।' थोड़े सांवले एवं ऊंची कद-काठी के चुस्त-दिखने वाले मि. डी.पी.सिंह विभाग में जल्दी काम कराने एवं अनुशासन कायम रखने में विख्यात रहे हैं, लेकिन आमने-सामने वालों से यूँ बातें करेंगे, इतनी नर्मी से पेश आएंगें, कि उन्हें देखकर कोई भी अनुमान नहीं लगा सकता कि ये काम लेने में इतने कड़क हो सकते हैं। अधीनस्थ लोगों से काम लेने की कला है उनके पास, लेकिन सबसे बड़ी खूबी जो उनमें है—वह है व्यवहार कुशलता। अपने काम के प्रति लगन और अनुशासन के चलते इनकी समय-समय पर पदोन्नति होती रही।

'हाँ तो रचना जी, क्या सोच रही हैं आप?'

—'कुछ खास नहीं सर...'

—'यस रचना..., कांग्रेचुलेशन। मैं थोड़े संकोच में गड़ गई। मैने—'थैंक्स' कहा। तभी चीफ के कमरे में कुछ और लोगों ने अंदर आने की अनुमति चाही। कुछ आवाजें तो बिल्कुल साफ-साफ सुनाई पड़ रही थी—'रचना शाश्वत जी, यहां किस विभाग में काम करती है? हम लोग 'आज तक' से आए है। उनसे 2-3 मिनट की बातचीत रिकार्ड करनी हैं।'

चीफ के कानों में भी यहीं आवाजें पड़ी और वे तुरंत मुझे लेकर बाहर निकले।—'रचना जी, लैट्स मूव फ्राम हियर। कम ऑन। कॉन्फरेन्स हॉल में चलते हैं। बाहर निकलते ही मुझे 'आज तक' की टीम ने घेर लिया।

—'आइए..., आइए... कान्फरेन्स हॉल में बैठते हैं... वहीं बातचीत होगी।

यह महज संयोग था कि उस दिन मैं साड़ी पहनकर आई थी वरना हमेशा यूँ ही उल्टा-सीधा लपेटा और कैसी भी मुद्रा में चल पड़ी दफ्तर। पीछे से किसी का कमेंट सुनाई पड़ा—यंग एण्ड स्मार्ट लेडी'।

सुनकर मन उछलती-कूदती बॉल बन गया। ऐसी बॉल जो जमीन को छूते ही फिर एक नई उछाल लगाने को तैयार हो जाए, जमीन पर ठहरना ही न चाहे। तरंगों की लहरें उठती हैं। वेग से ऊपर तक आती है और घुटनों तक भिगोती हुई वापस लौट जाती है।

—हां तो रचना जी, कैसे यह आइडिया आया कि जेल में सजा काट चुकी लेकिन फिर वहां रहने को मजबूर औरतों के लिए कुछ किया जाना चाहिए।

—'देखिए..., एक बात मैं सबसे पहले साफ-साफ बता दूँ कि मैने खुद को प्रोजेक्ट करने या मीडिया में चमकने या सोशलवर्क का तमगा पहनने के लिए यह सब कतई नही किया। सच बता दूँ तो यहां तक सोचा भी नहीं था कि इतना हो-हल्ला मच जाएगा। यह सब तो अचानक होता गया हमारे वकील साहब ने जरूर यह समस्या हमारे साथ बैठकर डिस्कस की थी, फिर हम सबने बैठकर उस दिशा में आगे बढ़ने की बातें सोचीं। उन्ही के साथ जेल भी गए उन से मिलने। वे सब वाकई निर्दोष है। आप उनके चेहरे देखिए—कितनी मासूमियत और कितना भोलापन टपक रहा है उनके चेहरे से। कुछ तो बेचारी 15-16 साल से जेल में बंद है लेकिन 20-25 साल की सजा पूरी करके भी उन्हें कोई वापस अपने घर नहीं ले जाना चाहता। कितनी बड़ी तकलीफ की बात है यह तो। कितनी बड़ी विडम्बना है? मुझे बीच में इशारे से रोककर उन्होंने पूछा—'यह आपकी नई पहल थी। बेशक शांनदार रही। अब आगे और क्या करने की प्लानिंग है?

—'देखिए, पहले से लंबी-चौड़ी योजनाएं बनाकर काम करने में ज्यादा भरोसा नही है मेरा। पता नहीं जिंदगी में कब-क्या, कौन सा नया मोड़ आ जाए और जिंदगी हमें क्या दे जाए, क्या छीन ले जाए? यह सब तो प्रिफिक्सड नहीं हो सकता न? हां, जीवन की आंच और ताप तले जो अनुभव हासिल हुए है—उस आधार पर इतना जरूर कहूँगी कि मेरी आंखों के सामने यदि कोई गलत काम हो रहा हो तो मैं उसका डटकर मुकाबला करूंगी। तब जो भी बन पड़ेगा अपनी सीमाएं लांघकर करूंगी।, मेरी आंखें कतई नहीं देख सकती ढोंग, पाखण्ड और स्त्री के साथ होने वाला दोयम दर्जे का सुलूक। इसे तो मैं सह ही नहीं सकती, किसी कीमत पर नहीं। यदि हमारी जरा सी शुरूआत से समाज में एक नया बदलाव आ सकता है तो ऐसे तमाम काम करके मुझे सचमुच खुशी मिलेगी...' कहकर मैं चुप हो गई।

—'बहुत-बहुत शुक्रिया रचना जी, एक बार फिर से आपको बधाई दे दूँ—ए न्यू ट्रान्सफर्मशन इज पॉसिबल..., आलवेज पॉसिबल... कहकर उस दाढ़ी वाले सज्जन

ने मेरी तरफ प्रशंसात्मक निगाहें फेंकी और इधर-उधर फैला सामान पैक करने लगा।

'लीजिए—कॉफी लीजिए।' तब तक सबके लिए कॉफी मंगवा दी गई थी। एक खुशनुमा सा खूबसूरत लमहा आंखों के सामने से गुजरता रहा। बहुत अच्छा लगा उस दिन। लेकिन इन खुशियों के बीच भी तुम क्यों चले आए अनुराग? किसने बुलाया था तुम्हें? तुम सुन रहे हो न मेरी आवाज? मैं कितना-कितना मिस कर रही हूँ तुम्हें? मेरे मीत, काश! कि तुम चुपके-चुपके से यह सब देख रहे होते आसमान के किसी सुराख में से। तुम्हारी रचना कान्फीडैंट होती जा रही है। तुम यही तो चाहते थे न? ठीक है? वैल्डन..., तुमने यही कहा था न? तो अब तो खुश हो रहे हो। माई स्वीट अनुराग..., मन ही मन मैंने अनुराग-स्मृति को कई बार नमन किया।

अलग रास्ता बनाती नदी

एक फव्वारा है... चारों दिशाओं में समगति से फुहारें बनती है। लयात्मक मुद्रा में नृत्य कर रही है। दूसरी स्थिति है उसके तमाम छिद्रों में से सिर्फ एक ही छिद्र खोलिए फिर देखिए... उस रंध्र में से कितनी ताकत से बहता है पानी। समूची ताकत से एक ही दिशा में फिकेगा। ऊर्जा के अपरिमित भंडार को एक रंध्र विशेष से जोड़ दो तो वह दूर तक फिकेगा। एक साथ सभी रंध्रों में से बहने वाले पानी से हम शायद दिल्ली कभी नही पहुंच पाएंगे। हम तमाम जगहों की यात्राएं तो कर सकते हैं लेकिन किसी निश्चित बिंदु तक पहुंचकर देर तक थमकर। ठहर नहीं पाएंगें। जीवन के उद्देश्य को चैनलाइज्ड करने की जरूरत है, मैं उस फव्वारे को देखते हुए सोचती रही।

यह सच है कि जब हम एक कदम आगे बढ़ाने का हौसला जुटा लेते हैं तो आगे के रास्तों पर चलने के लिए पैरों में ताकत खुद-ब-खुद आती जाती है। लेकिन कितनी बड़ी विडम्बना है कि आजादी के 54 साल बाद भी हम सरकारी सहायता की कमी का रोना रोते रहते हैं, ज्यादा से ज्यादा पाने की चाहत दिनों-दिन बढ़ती जा रही है। सब इसी जोड़-तोड़ में लगे रहते है कि येन-केन प्रकारेण ज़ुगाड़ बिठाकर ऐसी चाल चलें कि बैठे-बिठाए जादुई छड़ी से सारे काम होते चले जाएं लेकिन कही-कुछ अचानक नही होता। देश को आजादी दिलवाने में हमारे पूर्वजों में किस हद तक जुनून था... दीवानगी थी लेकिन आज के दौर में लोगों के अंदर से तमाम चीजें मरती जा रही हैं, चाहे वो मेरे विभाग की बात हो या किसी दूसरे विभाग की, हम आज भी बिट्रिश सिस्टम में जी रहे हैं।

किसी भी गलती, कमी या स्थितियों की विसंगति देखकर हम या तो राजनीतिज्ञों को कोसने बैठ जाएंगे (साले ये दो टके के लोग..., देश को नोंच डाला इन्होंने...हर जगह कुण्डली मारे बैठे हैं) या व्यूरोक्रेसी की खाल उधेड़ने लगेंगे (सारे आई.ए.एस. कामचोर हैं, सब साले भ्रष्ट हैं..., ऐयाश हैं...) इन्होंने हम इंजीनियरों की रेड़ पीट दी है। हमें कही का नहीं रहने दिया... दो टके का बना दिया... जहां देखो, वहीं इनका कब्जा है। हमारे पावर-सेक्टर तक में सरकार ने आई.ए.एस. को बिठा दिया।

क्या जरूरत थी यहां एक व्यूरोक्रेट को लाने की? अरे हम इंजीनियर्स क्या किसी से कम हैं? हम ये सब बातें तो कहते रहेंगें लेकिन या किसी जटिल समस्या के आने पर हम खुद को तमाम दबावों तले लाचार बताकर चोर दरवाजे से निकल भागेंगे लेकिन क्या कभी हमने अपने अंदर झांककर देखा है? किस तरह हम खुद को और आसपास को बेहतर बना सकते हैं? कभी इस दिशा में भी सोचने की जेहमत उठाई हमने? यदि हम अपने अंदर झांकें, और खुद को ताकतवर समझते हुए आगे का रास्ता पकड़ें तो हमारी छोटी-मोटी समस्याएं बिना आर्थिक संसाधनों के केवल सहभागिता द्वारा सॉल्व हो सकती है। मौजूदा बिगड़ते हालात को बदलने के लिए जरूरत इस बात की है कि लोगों की सुप्त चेतना को जगाया जाए... उन्हें अहसास दिलाया जाए कि उठो..., जागो और खुद ही फैसला करो कि तुम्हें खुद को और अपने आसपास के जड़ माहौल को किस तरह बदलकर अपने अनुकूल बनाना है।

माना कि नेताओं जैसे बड़बोलेपन पर लोगों को निराशा हुई है लेकिन हमें अपने अंदर धड़कते संघर्ष की आंच को अपने जैसे कईयों के बीच फैलानी होगी। अनदेखे अंधेरों के बीच रोशनी तभी पहुंच सकती है जब हम अपने अंदर जलती संघर्ष की लौ को औरों के दिलों में भी जला दें ताकि वे भी हमारे संग इस मुहिम में साथ-साथ चल पड़ें। इस मुहिम में कभी तो हमें प्रशासन को झकझोरने की जरूरत पड़ती है, तो कभी इस व्यवस्था से पस्त पड़े लोगों के अंदर यह आग फूँकनी पड़ती है—'अब बहुत हो गया यह खटराग'। हमें खुद सामूहिक रूप से सजग होना पड़ेगा, तभी हम स्वार्थी तत्वों से लड़-भिड़कर उन्हें दूर फेंकने में कामयाब हो पाएंगे।

लेकिन यह भी तो सच है कि बहुत कम लोग सामने आते हैं। ज्यादातर लोग तो किसी भी काम में हाथ ही नही डालना चाहते। कुछेक यथास्थितिवादी तो सीधे-सीधे यहां तक कह देते हैं—'हमें नहीं पड़ना किसी पचड़े में। जरूर इसमें कोई न कोई राजनीति होगी। सब अपने-अपने फायदे की गोटियां खेलते हैं। यह वाकई बड़ी विडम्बना है कि अब तक किसी ने भी कोई ऐसा सफल मॉडल पेश नही किया जिसका अनुकरण किया जा सके। कितने दुख की बात है कि हम लोगों के अंदर चेतना नही जगा पाते। उन्हें झकझोर नहीं पाते। हमारे बीच लीक से हटकर कितने काम हुए है? जो हुए भी है वे इतने अचीन्हे-अनदेखे रह गए हैं कि लोगों को यकीन दिलाना भगीरथ प्रयास जैसा हो गया है। साझे प्रयासों से कुछ किया जा सकता है। क्यों न हम अपने-अपने स्तर पर मिल-जुलकर एक नई क्रान्ति का बिगुल बजा दें? इसके लिए सबसे जरूरी है हमारी सोच और कार्य प्रणाली में बदलाव। कथनी-करनी के बीच के फासले को पाटना होगा हमें ...

यही सब बातें मैने सिलसिलेवार ढंग से अपने विभागीय लोगों को समझाई और इस तरह हुआ था—'संबर्धन क्लब का जन्म जिसका लक्ष्य था—विभागीय कर्मचारियों के लिए निःशुल्क कम्प्यूटर प्रशिक्षण। संबर्धन में पावर कारपोरेशन, जल

विद्युत निगम, विद्युत उत्पादन निगम से आए हुए सदस्य हैं। हमने यह शिद्दत से महसूस किया है कि हमारे यहां के लोगों को अपने-अपने कार्यो में दक्षता, सुधार और तेजी की जरूरत है और इसके लिए इस बात की सख्त जरूरत है कि उन्हें इस जैट युग में नए संसाधनों और सूचनाओं की नई तकनीक का प्रशिक्षण दिलाया जाए। विभागीय तौर पर सबसे पहले संबर्धन का ध्यान बैलगाड़ी की गति से हो रहे कम्युनिकेशन सिस्टम की तरफ गया। आज के इस तेज रफ्तार दौर में जहां एक तरफ कई संस्थाएं देश में तो क्या, विदेशों में भी एक सेकेंड में बातचीत करवा रही हैं, ऐसे में हमारे यहां एक चिट्ठी को एक जगह से दूसरी जगह पहुंचने में हफ्ते क्या बल्कि कई बार तो महीनों लग जाते हैं। इस गतिहीन और जड़ व्यवस्था में जान फूँकने के लिए इन्फॉरमेशन टैक्नोलॉजी एवं कम्प्यूटर हमारी खासी मदद कर सकती है, इसी जरूरत के मद्देनजर हमने मिल-जुलकर कम्प्यूटर क्लब की स्थापना की जो अब तक 200 से ज्यादा लोगों को प्रशिक्षित कर चुका है।

हाँ, इस क्लब की स्थापना के पीछे हमारे बीच के कई साथियों की सोच है। उनकी प्रेरणा एवं प्रोत्साहन के बलबूते 'संबर्धन' की नींव पड़ी। हमें इसका अहसास है कि यूँ तो तमाम दीगर चीजें हमारा दामन कभी नही छोड़ेंगी, लेकिन इसके बावजूद संसाधनों की कमी और धनाभाव के चलते समस्या यह थी कि हमारे पास पी.सी. नहीं है यह कहां से कैसे उपलब्ध हो? यह वाकई गंभीर समस्या थी। शुरू-शुरू में तो एकाध किसी ने अपना कम्प्यूटर दे भी दिया। एकाध ने बैंक गारंटी भी दे दी ताकि बैंक लोन से कम्प्यूटर खरीदा जा सके लेकिन आगे की समस्या मुंह बाए खड़ी थी कि और पी.सी. खरीदने के लिए कैसे क्या किया जाए? चलो यहां तक तो ठीक है कि सी.एम.डी. ने हमारी संबंर्धन 'संस्था के लिए जगह दे दी एवं तमाम लोगों को कम्प्यूटर संस्था की सार्थक भूमिका समझाते हुए सख्त निर्देश जारी किए कि यहां पर लोगों को ट्रेनिंग के लिए भेजा जाए। उन्होंने हमारा मनोबल बढ़ाया ताकि हम कुछ खास ढंग से साफ्टवेयर विकसित करके संस्थान को भेंट करने की कोशिश में जुट जाएं। सचमुच, स्ट्रांग विल पावर से कैसे भी दुर्गम रास्तों पर बड़ी सहजता से आगे बढ़ा जा सकता है। यूँ चुटकियों में इस समस्या का हल ढूँढ लिया जाएगा? ऐसा सोचा नहीं था। हमारे सामने प्रस्ताव आया कि 'संबर्धन' की ओर से एक सांस्कृतिक संध्या का आयोजन किया जाए। टिकटें बेचकर एवं प्रायोजक ढूढ़कर पैसों का बंदोबस्त किया जा सकता है।

कलाकारों को ढूढ़ने के लिए जरा भी मशक्कत नहीं करनी पड़ी। मुफ्त में काम करने के लिए संस्थान में से ही 15-20 कलाकार निकल आए जिनमें से कुछ ने तो राष्ट्रीय स्तर पर प्रोग्राम दिए थे। कर्मचारियों की बच्चियों ने सहर्ष नृत्य प्रोग्राम की पेशकश की तो वहीं कुछ बड़े कलाकार, गीतकार और नर्तक भी सामने आते गए। इन छुपी प्रतिभाओं से मैं पहली-बार रू-ब-रू हुई जिन्होंने अखिल भारतीय स्तर

पर कई जगह 'स्टेज शो' भी किए थे। इस तरह जो सोचा था, जैसी योजना थी, उससे कई गुना ज्यादा अच्छा कार्यक्रम बन पड़ा था। 'संवर्धन' का उद्देश्य सुनकर हमारे विभाग के और बाहर के भी चीफ इंजीनियरों ने प्रायोजक ढूढ़कर मदद की। सारी टिकटें हाथोंहाथ बिकती गई। यहां तक कि शहर के कुछ पत्रकार तो 'संबर्धन' विषयक विस्तृत जानकारी मांगने सीधे मेरे पास आये थे। प्रोग्राम के ठीक एक दिन पूर्व राष्ट्रीय स्तर के सभी अखबारों में 'संबर्धन' और इससे जुड़े साथियों के नाम एवं तमाम खबरें प्रमुखता के साथ छापी गई।

उस दिन को सांस्कृतिक संध्या का आयोजन भव्य रहा। हमारी आशाओं से ज्यादा खरा उतरा। धीरे-धीरे यह सबके विश्वास, प्रेरणा और भरोसे का केन्द्र-बिंदु बनता गया। कार्यक्रम का उद्घाटन हमारे सी.एम.डी. ने किया था।

यूँ हमारा हौसला बढ़ता चला गया। देखते ही देखते आर्थिक अभावों का रोना खत्म हुआ और कार्यक्रम से उगाहे गए पैसों से पी.सी. खरीदने की समस्या सुलझी। गहरे विषाद के बादल देखते-देखते छट गए। धीरे-धीरे 'संबर्धन' का नाम अखबार की सुर्खियों में आता रहा। निष्कर्ष यह था कि तकनीकी शिक्षा से लैस होंने के वावजूद यदि हमने खुद को औरों से बेहतर नही बनाया तो इसमें कहीं न कहीं हमारा भी कुसूर था। क्यों हमने अपने गिरेबान में झांककर नहीं देखा? हम चाहें तो अपने सीमित संसाधनों को बेहतर ढंग से इस्तेमाल कर सकते हैं। चाहें तो बदहाल नियति का रूख अपनी तरफ मोड़ सकते हैं बशर्ते कि हमारे प्रयासों में ईमानदारी हो। मेहनत के साथ पक्का इरादा हो, तो कैसी भी दुर्गम मुश्किलों से निबटने की क्षमता अपने आप अपने अंदर से आती है। तब हमारे पास यह रोना कतई नहीं रहेगा कि क्या करें? हमारा विभाग तो कंगाल है, कहां से कम्प्यूटर खरीदेगा? कैसे सिखाएं?

मेरे इस फैसले में देखते-ही देखते कई लोग साथ हो लिए। अंततः रास्ते निकालना हमने सीख लिया। शुरू-शुरू में कोई भी काम आसान नहीं होता लेकिन कर गुजरने की ललक हो तो रास्ते अपने आप बनने लगते हैं। हमारी इस जोरदार शुरूआत से हमारी यात्रा मंजिल की तरफ चल निकली। फिर हमने पीछे मुड़कर कभी नहीं देखा। अपनी स्थिति, अपने भाग्य और अपने हालातों में सुधार लाने के लिए लोगों के कान में सक्रियता का मंत्र फूँक दीजिए। काम करने का जज्बा भर दीजिए फिर देखते ही देखते व्यापक जन जागृति का माहौल खुद ब खुद बनने लगता है। हमें यह साबित करना होता है कि रोजगार पाने के लिए करोड़ों रूपए वाले सरकारी तामझाम की जरूरत नहीं होती बल्कि यदि हमारे अंदर वैसी 'नजर' हो जो हमारे आसपास की विषम परिस्थितियों से जूझने के लिए हमारे अंदर चेतना झंकृत कर दे और फिर हम जुट जाएं किसी सार्थक दिशा में नई पहल करने के लिए, लेकिन बस कमी है तो सिर्फ एक बात की अगुवाई करने वाले सामने नहीं आते। क्यों है ऐसा? आपको बस एक बार पहल करके खिसकानी है उस भारी भरकम चट्टान

को... फिर और लोग हाथ लगाने अपने आप चले आएंगे। उन्हें एक बार भरोसा भर हो जाए फिर तो वे उल्टे पैर दौड़े चले आते हैं..., वाकई सामूहिक कोशिशों से क्या कुछ मुमकिन नहीं होता?

इस सांस्कृतिक संध्या में मेरी बेटी 'अनु' ने भी अपना मोहक नृत्य प्रस्तुत किया और लोगों ने तारीफ की। तालियों की गड़गड़ाहट से अनु के अंदर तो उत्साह जागा ही, मैने भी खुद पर भरोसा किया और इत्मीनान की गहरी सांस भरी—'एकाकी पैरेण्ट्स के बच्चों का विकास बेहतर ढंग से नहीं हो सकता। वे जिंदगी की दौड़ में आधे-अधूरे साबित होते है—'ऐसे गढ़े हुए अर्धसत्य को परे छिटका और अनु को सीने से लिपटाकर एक अजीब से सुख, शांति, संतोष और सामर्थ्य की नदी अंदर-अंदर बहने लगी। खुद के ऊपर मगन होने का मन किया। मैं सचमुच उड़ने लगी थी आसमान में लेकिन तुम यहां भी चले आए अनुराग बिन बुलाए मेहमान की तरह। क्यों आते हो बार-बार ??

'सहीं दिशा एवं ठोस धरातल पर निर्णयों को लागू किया जाए, तो गुस्से को सृजनशीलता में बदला जा सकता है'., अखबार में चमकती इन पंक्तियों पर मेरी निगाहें अटकी रह गई। यह सही है कि तमाम विसंगतियों विषम परिस्थितियों को देखकर मैं गुस्से से थर-थर कांपने लगती थी आक्रोश से मुट्ठियां भिचने लगती थी लेकिन थोड़ी देर बाद जब में ठंडेमन से यह सब सोचती तो कुछ और ही निर्णय लेती।

रह-रहकर रजत के रिश्तेदारों की बातें एवं उनके समझाने के तर्क याद आते रहे। अचानक जैसे तमाम रिश्तेदार पता नहीं कैसे एक-एक करके फट पड़े थे जमीन से। जिन्हें मैंने एक बार से अधिक कभी नहीं देखा होगा। वे भी कभी-कभार टपक पड़ते थे। मौसेरे भाई, ताऊ या पता नहीं कौन-कौन से लोग थे। हां, जिनका मैं आज भी सम्मान करती हूँ अंदर से, उनके प्रति आदर के भाव अपने-आप जगते हैं—वे थे रजत के मौसा जी एक सुलझे हुए नेक इंसान जिन्होंने रजत के पिताजी के सामने मेरा पक्ष ठीक से सामने रखा था—'मान लीजिए, ये दोनों साथ-साथ रहने भी लगें, या चुप-चुप बने रहें, झगड़ा न करें लेकिन इस तरह से दो लोगों के अजनबी बनकर रहने से भी क्या फायदा होगा? दोनों ही घुटन में रहेंगे। साथ-साथ रहने के लिए बुनियादी शर्त है—एक दूसरे के प्रति प्यार और इज्जत। जहां एक दूसरे को समझने की चाहत हो और आपसी लगाव हो, वहां पनपती है संबंधों में सरसता। खुले मन से दोनों एक दूसरे के प्रति समझौता करने की चाहत रखें तभी तो तनाव के बादल छंट पाएंगे वरना...

—'क्यों घुमा-फिराकर बातें कर रहे हैं आप? सीधी-सीधी बात क्यों नही कहते कि गृहस्थी में चार बर्तन तो खटकते ही है। हर कोई एडजस्ट करके चलता है। रजत का मुंह देख रहे हैं आप, पत्ते सा मुरझा गया है इसका चेहरा, दुर्भाग्य का

मारा है। पिताजी के मन में पुरुष दंभ उठ खड़ा हुआ—'हां, औरतों को थोड़ा ज्यादा झुकना पड़ता है, वे झुकती आई हैं। चूँकि रचना पढ़ी लिखी कमाऊ बीवी हैं, बस सारी अड़चनें इसीलिए आ रही हैं...

लेकिन मौसा जी बीच में बोल पड़े—'आप अपने लड़के को देखकर ऐसा कह रहे हैं लेकिन जरा रचना के ऐंगिल से सोचकर देखो। इसका क्या कहना है, जरा यह भी जानने की कोशिश करो। झगड़े का कारण क्या है? इस पर पिताजी ने सीधे-साफ लहजे में बात की—'देखो, मैं तो एक बात जानता हूँ—झगड़े किस घर में नहीं होते ? लेकिन इस नई बात का चलन अब बढ़ने लगा है कि औरतें घर छोड़कर अलग रहने लगी है क्योंकि वे कमाऊ हैं। सोचो यदि यही चलता रहा तो क्या होगा इस समाज का ?

—'आप बात को दूसरी दिशा की तरफ मोड़ने लगते हैं पिता जी ...'अब तक चुप बैठी मुझे भी आखिरकार बोलना पड़ा—समाज को बुरा न लगे, इस चक्कर में कोई व्यक्ति मर खप जाए, यह कहां का कानून है? जरा आप यह बताइए—क्या इसी समाज में औरतें मरती नहीं हैं? मुझे यह कहने में जरा भी संकोच नही कि तमाम झगड़ों के बावजूद उसी पुरुष के साथ बने रहने की मजबूरी की वजह से ही तमाम स्त्रियों को आत्महत्या करनी पड़ती है। हाँ, जबरन वहीं रहने की विवशता के चलते वे बेमौत मारी जाती हैं वरना क्यों रहेंगी वे वहां उस नरक में, जहां रोज-रोज प्रताड़ना झेलनी पड़ें, गाली-गलौज, मार पीट यहां तक कि क्या-क्या नहीं होता है उनके साथ ? 'चार लोग सुनेंगे तो क्या कहेंगें?—समाज के लोगों का यही डर तो उनके मन में आतंक पैदा करता रहता है। इसी समाज के लोगों ने धीरे-धीरे फायदा नुक्सान की बातें करना शुरू कर दिया हैं। आप खुद देख रहे हैं इसी समाज के लोगों को अब इंटरकास्ट शादी के फायदे नजर आने लगे तो वे इसे मानने लग गए। इसलिए न कि दहेज की मांगें अभी भी थमती नजर नहीं आती, तो कैसे होगी नई शुरूआत?

—हां, ये तो है कि जब भी कोई नया चैप्टर खुलता है तो धीरे-धीरे लोग इसके अभ्यस्त होते चले जाते हैं लेकिन रचना जानती हो समाज क्यों रोड़े लगाता है इन अनजान रास्तों पर जाने से..., मौसा जी ने मेरी तरफ सवालिया निगाहें फेंकी तो मैंने चटपट जबाब दे दिया—'इसीलिए कि समाज को अभी अभ्यास नही है इन अनजान रास्तों पर चलने का। मैं मानती हूँ कि आप लोग मेरे शुभचिंतक हैं लेकिन मेरे अंदर अब एक नई रचना का जन्म हो चुका है। जब से मैंने खुद को एक्सप्लोर करना शुरू किया है, मेरे अंदर एक नया कान्फीडैन्स भर गया है। यह सच है कि अकेले रहने की सैकड़ों-परेशानियां है लेकिन रजत के साथ वाले तनावों से फिर भी कम हैं। उन तनावों को झेलते रहने की कूबत अब नहीं रही मुझमें।

—'क्या तुम्हारी सारी स्त्री सुलभ भावनाएं खत्म हो गई?' पिताजी ने सीधे-सीधे

पूछा।

—'साफ बात बता दूँ। रजत के मन में मुझे लेकर वैसी इंटेंस फीलिंग्स कभी रही नहीं। मैं खाना खाकर ऑफिस जा रही हूँ या भूखे पेट जा रही हूँ,—पूछिए अपने बेटे से, कभी इस बात से कोई मतलब रहा है इन्हें? अनु को सुबह उठाने से लेकर रात को सुलाने तक के सारे कामों में क्यों उसका रत्ती भर दखल नहीं रहा कभी? जबकि हर माह वेतन के सारे पैसे बैंक से निकालने में कभी कोई चूक नहीं हुई उससे। क्यों था ऐसा? कब मेरे प्रति संवेदना को महसूसा ? मेरी तबियत की चिंता करना तो दूर की बात है उसे तो इस बात की चिन्ता थी कि मेरा एक बेटा हो जाए लेकिन क्या गारंटी है कि दूसरा बच्चा सिर्फ और सिर्फ लड़का ही हो? ऐसी सोच कहां तक ठीक है कि लड़की होगी तो एबॉर्शन करवा देंगे। कहाँ तक क्या-क्या सुनाऊं ? मैं अब और टेन्शन में नहीं जी सकती। यदि मुझे लगातार इन्हीं तनावों-दबावों में जीना पड़े और मैं किसी दिन मर गई तो कौन देखेगा मेरी बच्ची को? बोलते-बोलते मैं भरभराकर रो पड़ी।

—'ठीक हैं रचना, अब और नही सहना पड़ेगा तुम्हें।' मौसा जी ने मेरे सिर पर स्नेह से हाथ रखा और पिताजी की तरफ देखते हुए अपना अंतिम निर्णय सुना दिया—'आप इसे एक एक्सीडेंट समझकर भूल जाइए। रहा रजत का सवाल कि वह आगे कैसे रहेगा? तो उसके लिए एक नया चैप्टर शुरू करने में अभी भी उतनी देर नहीं हुई है। उसके जीवन में खुलने दो ताजी हवा का नया झरोखा। बल्कि दोनों के जीवन में अभी भी नए-अध्याय खोले जा सकते हैं। गुड थिंग्स आर नैवर टू लेट'—कहकर वे जाने लगे। उस दिन मन सचमुच बहुत उदास था जबकि सामने अस्त हो रहा था सूरज। आकाश में छितरे बादलों के टुकड़े सूरज को नीचे ही नहीं जाने दे रहे थे लेकिन देखते ही देखते भूरे-नीले, बैंगनी, नारंगी और स्याह रंग की आकाश रूपी चादर पर अठखेलियां करते बादल अब और नहीं ढ़क पा रहे थे सूरज को। सब पस्त पड़ते गए। अस्ताचल का कोना बिल्कुल तालाब बनता गया फिर नीचे सरकता सूरज पेड़ों की ओट में छिप गया। बस बचे रह गए रंगों के टुकड़े छितरे हुए।

एक औरत यदि वह अकेले रहने का फैसला करे, तो इसी समाज के लोग उस पर किस कदर मेहरबान हो उठते हैं। कितना कठिन होता है उसका अकेले जीवन जीना। कितनी मुश्किलों भरा है वहां सिर घुसेड़ना। कह देना कितना आसान होता है—'यदि प्रॉब्लम असहनीय हो रही है तो लौट आओ लेकिन लौटकर आ पाना कितना तकलीफदेह होता है। हम बाहर से कितनी ही नारेबाजी करते रहें, कितने ही जजमैण्ट गढ़ते रहें, लेकिन अपने कंधों पर बोझ उठाते हुए असल जिंदगी जीना कितनी मुश्किलों भरा होता है। तब समझ में आता है कि वो तमाम दावे हकीकत की जमीन पर उतरते ही कितने खोखले और बनावटी साबित होते हैं। हमें अपने

पैर टिकाने के लिए जमीन खुद ही तलाशनी पड़ती है। चार कदम चलने के लिए पैरों में ताकत खुद को ही भरनी होती है। यूँ अचानक क्रान्ति वगैरह कहीं नहीं होती। सिर्फ कहने के लिए ख्याली पुलाव पकाना या बड़ी-बड़ी बातें कर लेना और बात है अमल में लाना और बात है।

जिस्मानी जरूरतों पर लोगों की टीका-टिप्पणी सुनकर मन उचाट हो जाता। ये थे हमारे समाज के नीति नियामक तत्व ? परंपरा के महाभाष्य ? हमारे लिए गढ़े सिद्धांतों में स्त्री को हमेशा हाशिए पर धकेल दिया गया। दरअसल परंपरा के वाहक और सिद्धांतों के सृजनकर्ता भी तो पुरुष ही थे न ? इनको गढ़ने वाला आखिर कौन था ? कहीं किसी स्त्री का नाम सुना गया? उसकी भूमिका नियामकों में न होकर पालनहारों में थी। वे प्रजा थी..., रही हैं... और रहेंगी भी। आज भी पुरुषों के बनाए दड़बों में रहने की मजबूरी ढो रही है। कुसुर उनका भी क्या है ? अर्थसत्ता समाज का नियामक तत्व रहा है, हंकाने वाली लाठी सदा से पुरुषों के हाथों में रही है जिन्हें वे अपनी मर्जी से घुमाते रहें। कोई भी क्या कर सकता है ? अकेलापन और उदासी ने चारों तरफ से लपेट लिया था मुझे।

इस घटना के कुछ महीनों बाद रजत द्वारा भेजे गए कागजातों पर हस्ताक्षर कर दिए थे मैंने। उसके भेजे संदेश मेरे लिए अर्थहीन हो चले थे। कागजातों पर साइन के बाद कुछ लड़की वाले भी मुझसे मिलने आए जिनसे मैंने साफ शब्दों में यही कहा 'रजत अच्छा लड़का है, कोई बुराई नहीं है उसमें।' आप लोग सहर्ष अपनी लड़की की शादी उससे कर सकते हैं। मेरी तरफ से कोई ऐतराज नहीं। यह मेरी अपनी प्रॉब्लम थी कि मैं ही रजत के साथ तालमेल नही बिठा पाई।'

उन्होंने जितनी बार भी कुरेदकर पूछना चाहा, मैं उतनी ही तटस्थता से जबाव देती गई बल्कि मैंने अपनी तरफ से उन्हें यह भी कन्विंस करने की कोशिश की कि मैं खुद उससे मुक्त होना चाहती थी। मेरा अपना कैरियर था जिसकी वजह से मतभेद हुए। रजत जल्दी से शादी कर ले, इससे बड़ी राहत मेरे लिए सचमुच कोई और नही हो सकती थी।

ढलती हुई शाम... ढलता शांत चित्त। उदासी से धुएं खाए पीले-भूरे, नीले बादलों की गोल-गोल घेराबंदी से मुक्त होने को छटपटाता आकाश और कुम्हलाया लेटा था चांद। डूबते सूरज को देखकर लगता, मैं भी डूब रही हूँ इसके संग-संग समंदर में नीचे। क्षितिज पर उठखेलियां करता सूरज। आधा नीचे... आधा ऊपर। लग रहा है आकाश रूपी नदी पर आधा प्रतिबिम्ब खिंच गया हो सूरज का। जिसकी सुनहरी किरणों ने लगभग मीटर भर का स्थान सोने जैसी चमक से भर दिया। जिसे जाना है सो जाना है, जाने वाले को कौन रोक सकता है? सो सूरज के जाने के बाद वहां कुछ नही बचा सिवाए उस नारंगी रंग के।

हाँ, मैं भी कहां बची हूँ पुरानी वाली रचना? वीरानगी मेरे कंधों पर हर वक्त

बैठी रहती है। जितना ज्यादा संबंधों के बारे में सोचती हूँ उतनी ज्यादा दुश्चिंताएं जकड़ लेती हैं। हर कदम पर बिछे है स्पीड ब्रेकर्स। आप चाहकर भी तेज भाग नही सकते। फिर क्या करूं मैं ? लगता है– कोई नहीं है मेरा। मैं खुद को वियावने जंगल में एकदम अकेला खड़ा पाती हूँ जैसे झाड़-झंखाड़ के बीच खड़ा हो कोई कंटीला पौधा। याद आया, अनुराग ने किसी संदर्भ में कहा था–'या तो फूँक-फूँक कर चौकस बने चलते रहिए या वह रास्ता ही छोड़ दीजिए। रास्ता छोड़ना आसान है। सारी दुनियां जैसे चल रही है, वैसे ही चलना है सो वह सबसे आसान है लेकिन चौकसी वाले रास्तों पर ज्यादा खतरे हैं, ज्यादा थपेड़े हैं लेकिन उसी में है ताजगी, जीवन का धड़कता स्पंदन और नयी सोंधी महक। मानता हूँ चैन नहीं मिलेगा वहां, बेचैनी से दोस्ती हो जाएगी तुम्हारी। बोलो, क्या चाहती हो ?'

सुनकर मुझे हंसी आ गई थी। मैंने कहा था–भरोसे की लाठी के सहारे मैं अब इतने आगे निकल आई हूँ जहां से वापस नही लौटा जा सकता। चूँकि आगे का रास्ता नापना ही मैने जीवन का उद्देश्य बना लिया है, सो अब तो बस यही देखना बाकी है कि और कितना रास्ता बचा है ?

–'अब तुम एकदम सही जा रही हो डियर। पुराना जब ढह जाता है तभी तो नया आबाद होता है। यही तो प्रक्रिया है जीवन के बनने-बिगड़ने की।' अनुराग की वह खुलती आवाज सुनकर मैं वैसे ही तरंगित हो उठी। जैसे सरसराती नदी को पवन के झोकों ने तरंगित कर दिया हो। अंदर तक भीग गई थी मैं।

हाँ, इस घुटन भरे माहौल में अनुराग के बोल शीतल झोंके बनकर मन में सुकून बिछाने लगते। जैसे-जैसे समय-परिस्थितियां बदलती हैं, हमारा अन्तर्मन भी बदलने लगता है। हर चीज हमेशा पूर्ववत कैसे रह सकती है ? जो जन्मी है उसे मिटना ही है। यह पराश्रयता तो संबंधों की प्रकृति व स्वभाव में अन्तर्निहित है। सो इसके पीछे भागना वेवकूफी है। निचोड़ यही कि हमारा लक्ष्य साबुत रहे, हमें उसी सचाई को समूचे रूप में जीना होगा। इसका अभ्यास करते रहना होगा जैसे कि कोहरे को पार करते ही पूरा भ्रम, धुंधलापन क्षणभर में गायब हो जाता है, फिर लगता है वहां तो कुछ था ही नही, लेकिन गर्दन मोड़कर पीछे देखो तो फिर वही कोहरा। तो क्या रहस्य है ? जीवन का सच क्या है ? इन्हीं धुंधले रास्तों के बीच गुजरकर ही हमें आगे का रास्ता तय करना है तो इस सचाई से आंखें क्यों चुराई जाएं ?

लाइनें कटी-पिटी क्यों हैं?

जब घर में सर्वत्र शांति पसरी हो। हवा धीमी गति से बह रही हो और निःस्तब्धता में सांय-सांय सुनाई पड़ रही हो, लेकिन मैं सो नही पा रही। थकान के बावजूद नींद नहीं आ रही।। कुत्तों के भूँकने की आवाजों के बीच कहीं से झीगुंरों की आवाजें भी सुनाई पड़ रही हैं। कमरे में चल रहा है पंखा जिसकी हवा अपनी उपस्थिति दर्ज करा रही है।

लेकिन मन है कि कही नहीं लगता। 2-3 घंटे से जाग रही हूँ कुछ पढ़ते हैं सोचकर मैने अलमारी में रखी किताबों को उल्टा-पुल्टा। पढ़कर उन्हें वापस रख दिया। कुछ भी पढ़ने की इच्छा नहीं जगी। लेकिन मेज की ड्राअर में रखी डायरियां दिख गई. जिन्हें मैं कई दफै उलट-पुलट चुकी हूँ। डायरी के पन्नों को हवा में उड़ते हुए यूँ ही देखती रही। पन्नों पर आखें घुमाती रही। अरे ! यह क्या? ये लाइनें कटी पिटी क्यों हैं? ऐसा क्या हो सकता है जिसे मैंने लिख कर काट डाला। मैं फिर से खुद का लिखा उस कटे भाग को पढ़ने की कोशिश करने लगी थी। जिज्ञासावश मैने कुछ और पन्ने पलटने शुरू किए तो पता चला कि आगे के कुछ और पन्ने फाड़ दिये गये हैं। ओ... नो...? तो यहां कुछ ऐसा-वैसा लिख दिया होगा मैंने जिसे इस डर से फाड़ दिया गया कि कहीं अनुराग न पढ़ ले। इस घर में अनुराग के सिवा ऐसा कौन आता है जो इतनी बेतकल्लुफी से घर की हर चीज को उलट-पुलट सके। कभी कभार भाई आता है लेकिन वो कभी किसी चीज को हाथ नहीं लगाता।

मेरा दिमाग रह-रहकर फिर उन्हीं पंक्तियों पर ठहर जाता जिन्हें मैंने बेरहमी से दसियों बार पेन चलाकर काटा था। क्या हुआ था उस दिन? मैं सोचती जा रही हूँ डूबती जा रही हूँ कहीं।

याद आ रहा है उस दिन मैं ऑफिस से जल्दी घर आ गई थी। अनु अभी स्कूल में ही थी कि मि. अनुपम श्रीवास्तव का फोन आया। मैंने पूछा—क्या बात है? मैं अभी तो आफिस से आई हूँ, कोई खास काम?

—'अरे मैडम, आप क्यूँ इतनी बेरूखी से बात करती हैं? मैने कितनी बार आपसे बात करने की कोशिश की लेकिन आप है कि लिफ्ट ही नहीं देती मैं जानना

चाहता था कि...

—मि. श्रीवास्तव... कम टू दा प्वाइंट'... मैने भरसक तटस्थता बरतते हुए जवाब दिया। घुमा फिराकर बातें करना मेरे स्वभाव में नहीं है।

—बस आपके दीदार हो जाएं, धन्य भाग हमारे। आपकी सेवा में हाजिर होना चाहता हूँ... उसने पूरी उद्दंडता दर्शाते हुए कहा।

—मि. अनुपम जी मैं आपकी और भाभी जी की कद्र करती हूँ। आपको ऐसी बातें शोभा नहीं देती। व्हाट डू यू मीन...?

—'मैडम,... खामहखां नाराज हो रही हैं आप तो। बंदा तो आपके साथ बस एक कप चाय पीना चाहता है। वो भी आपके हाथ की बनी। तो क्या मैं घर आ जाऊं अभी इसी वक्त?'

—सुनकर दिमाग भन्ना गया था मेरा। साला दो कौड़ी का टुच्चा—घटिया आदमी। क्या समझता है खुद को? गुस्से की ज्यादती में एकदम से आक्रोश उमड़ पड़ा—'मि. अनुपम जी, आई डोंट हैव टाइम फार यू। अंडरस्टैंड। आप अपनी पत्नी के हाथों की बनी चाय पीजिये। कहकर मैंने फोन पटक दिया था।

उफ ! क्या-क्या नहीं सुनना पड़ता था मुझे इस अकेली यात्रा में? कभी कोई ऑफिस में फोन घुमाकर कहता—चलिए मैडम, क्यों न आपको एक ट्रीट दे दूँ तो कभी कोई सीधे-सीधे घर धमक जाता। हमारे एसोसिएशन के महासचिव बुजुर्ग मि. रामकुमार तो एक बार सीधे-सीधे घर आ धमके थे।

—रचना जी, बस यूँ ही यहां से गुजर रहा था फिर सोचा चलिए आपके दर्शन भी कर लूँ। उनके चेहरे के हाव भाव ऐसे थे जैसे वे मुझे कच्चे चबा डालेंगे। आंखों में लाल डोरे तैर रहे थे और मुंह से शराब की बदबू आ रही थी।

—'साला, बुड्ढा खूसट। दो-दो बीबियों से इसका पेट नहीं भरता जो सीधे-सीधे मेरे पास मुंह उठाकर चला आया। मुंह में पान की गिलौरियां चबाते हुए मुझे गंदी निगाहों से देखते हुए बोला—'रचना,... कितनी खूबसूरत हैं आप...? बेकार में उस दो टके के रजत के साथ जिंदगी बर्बाद हो रही थी आपकी। आपने सचमुच बहादुरी का काम किया है। आपने तो मिसाल कायम की है।

बात को बीच में काटते हुए मैं बोल पड़ी थी—'स्टॉप दिस नॉनसेंसक। मेरी पर्सनल लाइफ के बारे में प्लीज, डॉण्ट टॉक एट आल।'

शायद वे शराब के नशे में थे। वे मेरे पास आते हुए लड़खड़ाती जुबान से बोले—'रचना जी, मुझे निराश मत कीजिए प्लीज। मैं आपको कितनी शिददत से चाहता हूँ वर्षों से आपका प्रशंसक हूँ, आप जैसी महान हस्ती की पूजा करना चाहता हूँ। कहकर उन्होंने अपना दायां हाथ मेरे कंधे पर टिकाया जिसे मैंने पूरी ताकत से परे छिटक दिया—'यू प्लीज गो फ्राम हियर, मैं आपसे बात भी नहीं करना चाहती, समझे? कहकर मैंने जाने का दरवाजा खोल कर बाहर का रास्ता दिखा दिया उन्हें।

—'कैसे-कैसे लोग पड़े हैं हमारे इस समाज में? एक महिला यदि अकेले रहने का निर्णय ले ले तो जीना कितना दूभर कर देते हैं ये साले, गंदी नाली के कीड़े, कुत्ते, कमीने मेरे मुंह से लगातार गालियां छर्रे की तरह निकलने लगी थी। तभी याद आया तो इसी के फोन्स आते होंगे मेरे घर में देर रात को। बिना नाम बताए ऊटपंटाग गंदी-गंदी बातें करने लगेगा। क्यों ये अकेली स्त्री को 'टेक फॉर ग्रांटेड' समझ लेते हैं ?

यदि किसी से थोड़ा सा हंस-बोल लिया तो क्यों ये इतना बड़ा ताना बाना बुन लेते हैं? तो क्या सहजता से बोलना इतना बड़ा गुनाह है? आखिर क्या कसूर है मेरा? सिर्फ यही कि मैं मुस्कराकर सबसे बोलती हूँ। कि मैं थोड़ी अनौपचारिकता से बातें कर लेती हूँ, कि मैं हंसती रहती हूँ। अखिर क्यों ये मुंह उठाए चले आते हैं और अपनी उम्र, सामाजिक प्रतिष्ठा वगैरह का लिहाज किए वगैर एक अकेली स्त्री को देख कर उसमें बैडरूम सीन की कल्पनाएं करने लग जाते हैं ?

आखिर क्यों ?... क्यों ?

एक बार घर के सामने रहने वाला सुदर्शन व्यक्ति जो ऑफिस में मुझसे 2 साल जूनियर है रास्ते में स्कूटर खराब होने पर एक बार मेरी मदद क्या कर दी तभी से मेरे पीछे पड़ गया—रचना जी यू आर लुकिंग स्मार्ट... यू आर रियली चार्मफुल...। मैं शुरू-शुरू में हंसकर थैंक्स कह देती लेकिन धीरे-धीरे उसकी हिम्मत बढ़ती गई। एक बार किसी बहाने से घर आया—आपके टी.वी. में सब चैनल आते हैं न? मुझे कुछ चैक करना है।

और घर में बैठते ही अपना हाथ बढ़ा दिया मुझसे मिलाने। बोला—ये रहा मेरा फोन नंबर। कभी फोन कर लिया करो। मैंने भरसक तटस्थता बरतते हुए कहा—'मिस्टर श्रीवास्तव मेरे पास इतना टाइम नहीं रहता कि मैं फोन मिलाती फिरूं। समझे? वैसे भी मुझे कहीं जाना है अभी इसी वक्त, सो आप चले जाइए यहां से।' मैं बेरहमी से फटकार देती हूँ ऐसों को। तो ये सब क्यों हो रहा है? क्यों लोग घूरते रहते हैं मुझे? मैं कोई इतनी सुन्दर भी नहीं हूँ फिर क्यों ये गली के आवारा कुत्ते की तरह दुम हिलाते इधर से उधर दौड़ते रहते हैं? क्यों भला? मैं सवालों के चक्रव्यूह में फंस जाती। मन में पसरा एकान्त और सघन होने लगता। उदासी और ज्यादा बढ़ जाती। चारों तरफ खाली पीली निगाहें घुमाती और ऐन उसी वक्त..., हां, अनुराग..., तुम्हारी याद आ रही है इस समय। तुमने कितना सही आकलन किया था—'रचना अब तुम्हें और ज्यादा सेफ्टीवाल्व की जरूरत पड़ेगी, लेकिन मुझे भरोसा है कि तुम सक्षम हो। बेशक दोस्ती किसी से भी करो लेकिन अपने प्राइवेट जोन को बचाते हुए। वरना जीना मुश्किल कर देंगें ये तमाम राहगीर। रचना, इससे तुम्हारा आत्मविश्वास तो बढ़ेगा ही साथ में शेष दुनिया की नजर में भी तुम सम्मान की पात्रा बनोगी। वैसे तुम्हें लेकर पजैटिव फीलिंग आती है। कभी-कभी सोचता हूँ संबंधों

की प्रगाढ़ता के लिए किसी हद तक यह प्रवृति आवश्यक भी है। तुम क्या कहोगी इसे लेकर?

पता नहीं क्यों अनुराग की चिट्ठी पढ़ते हुए एक ख्याल तेजी से आया कि एक हंसती-हंसाती चहकती-फुदकती पढ़ी-लिखी विवेकशील एवं सुन्दर स्त्री हर पुरुष की आकांक्षा होती है। हर पुरुष उसे अपना बनाना चाहता है लेकिन विरोधाभास यह है कि अपना बना लेने के बाद उस स्त्री का वही दोस्ताना अंदाज अधिकांश पुरुषों को खटकने लगता है। स्त्री के व्यक्तित्व के विस्तार को बहुत कम लोग ही हजम कर पाते हैं। रजत ही कहां हजम कर पाया था मुझे? मेरे व्यक्तित्व का अभिन्न भाग है हंसना हंसाना। शायद इसी से लोगों को गलतफहमी होती हो। किसी से हंस-बोलकर चार बातें क्या कर ली कि उसका दिमाग चढ़ जाएगा सातवें आसमान पर। मुझे काटना होगा ऐसों से खुद को करीने से। मुझे ऐसे लोग छिछोरे लगने लगते है। इनमें से अधिकांश उबाऊ भी होते हैं जो किसी न किसी ग्रन्थि के शिकार होते हैं, इसके लिए यह भी जरूरी है कि बोलने में अनुशासन बरता जाए तभी जीवन में भी अनुशासन आयेगा।

हमें अपने औजारों से खुद ही लड़ना होगा अपना युद्ध। व्यस्तता के बावजूद अनुराग का सम्मोहन थमता नहीं। वे मीठी बातें जैसे खजाना हों शहद का लेकिन जिसके इर्द-गिर्द बैठी बर्रे रखवाली कर रही हों इस मिठास की। यह मीठापन उसी को मिल पाता है जिसमें बर्रो को हटाने की कुव्वत हो... हां यही है सच्चाई। अनुराग के बारे में सोचते-सोचते लगा जैसे उड़ते-उड़ते दूर पंहुच गई हूँ... मीलों दूर, जहां है मेरा मीत जिसकी आंखों में है मेरा प्रतिरूप। जिसके रोम-रोम में बसी हूँ मैं। जिसके प्रति मेरी आतुरता कैसी भी स्थिति में घटती नहीं।

अनुराग ! जो स्रोत तुम्हारे प्रसंग मात्र से फूट पड़ते हैं, उन्हें कोई तो रास्ता चाहिए बहने के लिए... सो तुम्हारे इस खत को पढ़ते-पढ़ते महसूस होता है जैसे तुम मेरे सामने आकर खड़े हो गये हो। तुमने मुझे अपनी बांहो में थाम लिया है। मिस तो तुम्हें हर वक्त करती हूँ कभी-कभी सुनसान रात में कितना जुनून सा हो जाता है और मैं तुममें खो जाती हूँ लेकिन तुम मुझे सोने नहीं देते और मैं सारी रात करवटें बदलती रहती हूँ।

बारिश का वो टुकड़ा

स्वच्छ नीला आसमान, स्कूल जाते बच्चों की यूनिफार्म जैसा सफेद-नीले दो टुकड़ों में बंटा हुआ। आज सुबह से ही मन बड़ा उचाट था। कहीं बाहर निकलने का मन नहीं कर रहा था। लेकिन घर पर यूँ ही उदास पड़े-पड़े भी क्या करूंगी? सोच कर खुद को लगभग ढेलते हुए मैने इस देह को ऑफिस पहुंचा दिया। किसी तरह 11 बजे तक मेरे पस्त कदम अपनी सीट तक पहुंचे कि सामने से हाथ हिलाते हुए अनुराग का खिलता-उजला चेहरा दिख गया। कहीं यह स्वप्न तो नहीं, मैंने खुद को जगाया और दौड़ती लपकती मुद्रा में अनुराग के सामने पहुंच गई।

'कैसी हो?'

'कैसी दिख रही हूँ?'

जैसे हजार वाट का बल्ब जल उठा हो निगाहों के सामने... समवेत हंसी के ढेर फव्वारे एक साथ चल पड़े। फिर बोला—अच्छा सुनो तुम घर चलो मैं बस तुरन्त आ रहा हूँ। वहीं सब विस्तार से समझाऊंगा।

—कैसे फुर्सत मिल गई तुम्हें ? आवाज में न चाहते हुए ही उलाहना भर गई।

—'यहां नहीं, तुम घर चलो न? जस्ट डॉन्ट वेस्ट माई टाइम। मैं तुरन्त घर पहुंच रहा हूँ चलो भी डियर।' वहीं मान मनुहार के मीठे बोल जिन्हें सुनकर मैं सुध-बुध बिसार देती थी। मैं यंत्रवत सीढ़ियां लांघते हुए नीचे उतरी, बॉस को सूचित किया और फटाफट घर की तरफ चल पड़ी। मुझे याद नहीं रास्ते में कौन-कौन आ जा रहे थे। मुझे होश ही नहीं था कि किस तरह उछलती-कूदती, फांदती मैं घर पहुंच गई थी।

घर आकर 2-3 गिलास पानी पिया। यूँ अचानक अनुराग का आना, जरूर कोई न कोई काम रहा होगा। दिमाग एक साथ कई दिशाओं में तेजी से दौड़ रहा था। तभी दरवाजे की घंटी बज उठी। एक हाथ में पालिथिन लिए, दूसरे हाथ में ब्रीफकेस थामे अनुराग का खिलता चेहरा कैसे भी अंधेरों में दीप्ति भरने में सक्षम था। उसे देखकर मेरे अंदर के सारे नन्हे-नन्हे बल्ब एक साथ जल उठे। कितना तिलिस्म...कितना जादू...कितना सम्मोहन है इस व्यक्तित्व में? देखते ही पेट में

नन्हे-नन्हे बादल इधर-उधर दौड़ने लगे। सामान जमीन पर टिकाते हुए अनुराग सीधे मेरी तरफ ताकता रहा फिर थोड़ी देर रुककर बोला—'रचना, बहुत-बहुत मिस किया है तुम्हें—

पता नहीं कब और कैसे मैने खुद को अनुराग से लगा हुआ पाया और फूट-फूटकर रो पड़ी।

—रचना... रचना... मैं हूँ तो तुम्हारे पास ही न ? आ गया हूँ न? लेकिन मेरी रूलाई थमने का नाम ही नहीं ले रही थी।

—अनुराग, मैंने बहुत सहा है इस अकेली यात्रा में। मैं वाकई बहुत अकेली पड़ गई हूँ। मैं बहुत थक गई हूँ। अब आगे और नहीं चला जाता।'

—'रचना, मैं जानता हूँ सब समझता हूँ। तुम अपनी सारी तकलीफों को उड़ेल दो न मेरे कंधों पर। मैं उन्हें उठाने की कूवत रखता हूँ। अपना सारा दर्द दे दो मुझे। सारा बोझ अकेले मत उठाओ। अनुराग की बलिष्ठ बांहों और विशाल सीने में दुबक गई थी मैं। काश ! कि ये पल... यहीं थम जाएं। समय का धड़कना बन्द हो जाए। यह राग यह अनुराग मेरे अंदर पैठता चला जाए इतना गहरा कि कोई थाह न ले सके।

—'रचना' मेरे चेहरे को अपने चेहरे के नजदीक ले जाते हुए अनुराग ने कहा—रचना, मेरे पर भरोसा रखो प्लीज। मेरे गले में अनुराग की बांहें थी और मुझे पता नहीं चल पा रहा था कि मैं कहां हूँ। सुध-बुध बिसारे मैं अनुराग में लिपटी-दुबकती समाती जा रही थी। तुम्हारे बिना सब कुछ कितना सूना, कितना उजड़ा, कितना निरर्थक था मेरे मीत। यहां-वहां से छेड़ना, गुदगुदाता बाहों का घेरा बनाता, ताबड़तोड़ किस करता अनुराग बिलकुल जंगली बनकर प्यार का तरन्नुम बांध रहा था। उफ ! इतनी ऊष्मा, इतनी शक्ति सामर्थ्य पहली बार देखा और लगा जैसे ईश्वर ने किसी संपूर्ण पुरुष को मेरे सामने खड़ा कर दिया हो कि लो देखो इसे, सूँघो इसे और गदमस्त हाथी की तरह झूम जाओ इसके नशे में। बिन पिये मदिरा सी झूमने लगी मैं। वो गर्माहट, चिटचिटाने वाली ऊष्मा, वो उफान और गर्मागर्म सांसों की आवाजाही, बांहों में कैद बांहें, होठों को निचोड़ते होंठ...लगता था जैसे वर्जनाओं की दीवार अचानक ढह गई हो जिसके नीचे धूल-धूसरित है मेरा तन-मन। हाथों को छूते हाथ और कंधों को थामे कंधे। इधर-उधर से अपना अहसास कराता अनुराग। थोड़ी देर शांति पसरी रही। इस मौन और व्यक्त शब्दों के बीच फैला गैप अपना एक अलग ही अर्थ ध्वनित कर रहा था—'रचना... मुझे महसूस होने दो कि तुम हो मेरे भीतर, मेरी पलकों में, मेरे सीने में, मेरी सांसों में। तुम्हारी कोमलता जाने दो मेरे भीतर। लैट मी फील यू... यू एण्ड ओनली यू...। सुनते ही मेरे आंसू निकल आए। अनुराग ने मेरे आंसू पोंछते हुए कहा—रचना क्यों ऐसा फील करती हो कि तुम अकेली हो? मैं अगर उलझा भी हूँ घर-बाहर। दुनियादारी के झमेलों में लेकिन तुम्हें तो मेरे पर भरोसा

होना चाहिए। मैं तुमसे दूर हो भी कैसे सकता हूँ ? मेरी रचना, क्यों असुरक्षा बोध में जीती हो? प्रेम यदि सच्चा हो तो क्या हर वक्त इसका अहसास कराते रहना जरूरी होता है? अच्छा तुम्ही बताओ—ऐसा क्या कर डालूँ जिससे तुम्हारे अंदर हर वक्त वैसी सुरीली धुन गूंजती रहे, जिससे मुझे इत्मीनान रहे कि तुम खुश हो।

मैं उसे देखते उसके बोलो को घूँट-घूँट गुटकती रही। अपना खाली घट भरती रही। मुंह से एक भी बोल नहीं फूट रहा था। दोनों हाथों से मुझे फूल की तरह उठाते हुए अनुराग ने मेरे चेहरे को ढांपते हुए कहा—रचना तुम यह मानती हो न कि देह तो प्रेम को व्यक्त करने का माध्यम भर है।

'हूँ—' अनुराग ने मुझे चारों तरफ से घेर लिया है और मैं लजाकर आंखें मूंद लेती हूँ। 'फिर भी क्यूँ तुम इतनी ठंडी शिला की तरह स्थिर बनी रहती हो। सच-सच बताओ कहीं कोई गिल्ट तो नहीं है? बिलकुल ईमानदारी से बताओ।

—कतई नही, कोई सवाल ही नहीं उठता, लेकिन यह मेरे वश में नहीं है अनुराग। यह जो मेरी शिला है न, नदी के बीचोंबीच काइयों से अंटी पड़ी... ठंडी मृतप्राय, जानते हो दरअसल यह वर्षों से उपेक्षित रही है, इसे किसी ने तबज्जों ही नहीं दिया। पानी पड़ता रहा मोटी काई बनती गई। हां, तुम्हारे सान्निध्य ने काई को खुरेचना चाहा लेकिन...

'लेकिन क्या?

—'फिर तुम दूर चले गए'...

'मेरी पगली, मैं तुमसे दूर जा सकता हूँ कभी क्या? नैवर...नैवर... कहते हुए उसने फिर से मुझे बांहों में भींच लिया। पल भर के लिए लगा जैसे मेरी सांसें थम गई हैं वहीं। तभी मेरे गले से एक खिंची सी आवाज आई—'अनुराग, ये देह इतनी लालची क्यों हो उठती हैं? ये बांछाएं क्यों सिर उठाती है? क्या कहोगे इसे ? मेरी सुप्त इच्छायें आकार लेना चाहती लेकिन संकोच-संस्कार रोक लेते।

जैसे घ्यान में डूबे किसी जोगी को हिला-डुलाकर अचानक जगा दिया गया हो किसी ने।

अनुराग ध्यानस्थ मुद्रा में चौंका और सजग होते हुए बोला—रचना... इसे यूँ मत कहो इट मीन्स यू हैव गिल्ट। मुझे पूरी तरह ढीला छोड़ते हुए बोला—रचना जब तक तुम खुद को इस बात के लिए पूरी तरह तैयार नही कर लेती कि मैं तुम्हारा हूँ तुम मेरी तब तक यह देह जैसे औजारों का इस्तेमाल भी भला क्या दे पायेगा तुम्हें? वह लगातार बोलता रहा—हां यह मेरा स्वप्न है कि मैं तुम्हें प्रेम की उन ऊंचाइयों तक ले जाना चाहता हूँ जहां देह-आत्मा मन जैसे भेद-भाव खत्म होकर एक ऐसे समबिन्दु पर पहुंच जाएं, तब तुम अपना आपा विसारकर सुध-बुध खो बैठोगी और बिलकुल एक नई दुनिया में विचरोगी। मेरा भरोसा है कि ऐसा होगा एक दिन। अवश्य होगा, तब तक मैं प्रतीक्षा करता रहूँगा।

'चाहे वर्षों लग जाएं इस स्थिति में आने के लिए?' मैंने पूछा।

—'हां, मंजूर है मुझे...'। मुझे पूरी तरह से मुक्त करते हुए अनुराग ने शास्त्रार्थ छेड़ दिया था...।

—'रचना जानती हो न, तुम मेरी साधना हो और हो उतनी ही पवित्र जितना कोई हो सकता है।'

—'बुद्धू हो बिलकुल सीधा-साधा भोला बच्चा जैसा'... मैंने उसकी नाक पकड़ते हुए कहा।

—'प्रेम सीधे लोग ही करते हैं। सयाने लोग प्यार नहीं कर सकते। हां, प्रेम के नाम पर व्यापार जरूर कर सकते हैं या सौदेबाजी कर सकते हैं। वह गंभीर बन गया बोलते-बोलते।

—'अनुराग आई एम लकी टू गेट यू'... कहकर मैंने उसके सिर को हिलाया-डुलाया और मैं हंस पड़ी।

—'रचना जब दो एक प्रकृति के लोग होते हैं, तो कुदरत भी उन्हें देर-सवेर मिलाती है यही तो कुदरत का करिश्मा है। कब-क्या, कैसे-कैसे करना होता है—वह अपने ढंग से तय करती है। एवरीथिंग इज प्रिडिसाइडेड, अनुराग से दुबकी मैं उसे सुनती जा रही थी। कितना सुखद... कितना प्रीतिकर अहसास था वह? कह नहीं सकती ठीक-ठीक।

—'अच्छा बताओ, तुम्हारा अध्ययन क्या कहता है? तुमने तो बहुतेरी किताबें पढ़ी हैं ?'

—बताऊंगी बाद में, पहले ये बताओ तुमने मेरा टी.वी. प्रोग्राम देखा था क्या?

—बिलकुल भई... क्यों नहीं देखूँगा? फख्र हुआ तुम पर। सचमुच उस दिन एक गहरे संतोष की अनुभूति हुई और ऐसा लगा जैसे मेरी मेहनत सफल हुई है। तुम्हें गढ़ने या रचने में किया गया श्रम सार्थक हुआ। रचना यह मेरे लिए गहरे इत्मीनान का प्रस्थान बिंदु है कि मेरी रचना ने एक नई दुनियां में प्रवेश करना सीख लिया है। पूरी लगन और मेहनत से सही दिशा की तरफ बढ़ना कितनों को आता है? तुम्हारी जीवटता देख मैं सचमुच मुग्ध हो उठता हूँ, कहते हुए उसने मेरे बालों को इधर-उधर छितरा दिया। मैं फिर से दुबक गई किसी विशाल वट वृक्ष तले।

—'रचना जैसे इस वक्त खिल रही हो न...मेरी दिली ख्वाहिश है कि तुम सदैव यूँ ही खिली-खिली रहना, बिलकुल ताजे खिले गुलाब की तरह।'

—बहुत सुन्दर डायलाग्स सीख लिये हैं तुमने। भई वाह, क्या कहने ? कहते हुए मैं उसे चिढ़ाने लगी तो उसने पलटकर कहा—'हमेशा यूँ ही हंसते रहना। बस यही तो ख्वाहिश है मेरी एकमात्र।' उल्लास में डूबी बातें और कभी न खत्म होने वाले प्रसंग।' यू लग रहा था जैसे मैं यूँ ही बाथ टब में लेटी रहूँ अनंत समय तक।

अनुराग, अच्छा एक बात बताओ, तुम महीनों से बाहर हो, कितना ध्यान रखा

मेरा? मैं कैसी हूँ, इसकी कोई खोज-खबर ली तुमने?'

—सब समझाऊंगा तुम्हें विस्तार से। धीरज रखो। अच्छा पहले मुझे कुछ खिलाओ-पिलाओ, बहुत तेज भूख लग रही है।

अंदर जाकर मैं नमकीन और मिठाई का डिब्बा उठा लाई। अनुराग ने आधा खाकर बाकी मेरे मुंह में डालते हुए कहा—'माई, स्वीट गर्ल... अंदर की सारी कुड़वाहट को थूक दो। अपने तकलीफों की गठरी मेरे कंधे पर रख दो और खुद को मुक्त कर दो। इसकी मिठास को अपने अंदर घोलती रहो और मुंह से निकलते रहें मीठे-मीठे बोल, मैं तो बस यही चाहता हूँ।

मैं विमुग्ध होकर खोती जा रही थी खुद को। अनुराग के बोलों को गुटकती हुई मैं पता नहीं किस लोक में थी? मुझे अपना ही होश नहीं था।

मैं नहीं जानती उन ऊंचाइयों को, उन गहराइयों को... लेकिन अनुराग की छुअन अंदर तक भिगोती रही मुझे। मैं मगन थी। मेरे अंदर खुशियों का समंदर उछाल मार रहा था। बाहर निकलने का मन नहीं था मेरा। जल्दी से अपनी बात कहकर चुप लगा जाना, फिर उस मौन को घूँट-घूँट करके पीते हुए उसे अपने अंदर की गहराइयों तक उतार ले जाना, मैं अपने इस स्वभाव से परेशान थी लेकिन इससे मुक्त होने के लिए की गई तमाम कोशिशें नाकाम साबित होती रही। सिर्फ दो घंटे का साथ था मेरा-अनुराग का, लेकिन कितना-कितना भर गया वह मुझे।

—'रचना अपने तय लक्ष्यों को हासिल करना ही है तुम्हें। यही तुम्हारी नियति है... इससे तुम्हें कोई नहीं रोक सकता। आफकोर्स, मैं भी नहीं...'

मै कुछ नहीं बोली सिर्फ सुनती रही। वही बोलता रहा—'यू आर माई रचना... तो ये जो फूल हैं न देखो कितने खिल गये हैं। इन्हें यूँ ही खिलाए रखना मेरी खातिर।'

फिर मेरी रूलाई फूट पड़ी—अनुराग, तुम्हें तो घंटे भर बाद चले जाना है और मुझे यहीं रहना है... इसी माहौल में... फिर से अपने उसी अकेलेपन के साथ। कैसे जिऊंगी मैं इस निर्जन दुनिया में ? मैं फिर से पिघलने लगी बूँद-बूँद मोम की तरह।

अनुराग ने फिर से भींच लिया मुझे अपनी बांहों में। वह तप्त अहसास इस वक्त, इस अंधेरे में भी मेरे सीने में धड़धड़ा रहा है—'मेरी बहादुर रचना, भरोसा करना सीखो। मै हर वक्त हूँ न तुम्हारे ही साथ। कैसे अलग हो सकता हूँ तुमसे? कही भी रहे यह देह पर आत्मा तो तुममें ही रची बसी है। मेरी सांसों में। मेरे पोर-पोर में बस तुम्हीं तुम रहती हो। अब तो तुम मेरे मरने के बाद ही अलग हो पाओगी मुझसे। इससे पहले तो कतई नहीं।' अनुराग की आंखों में डूबने वाले भाव चमके और फिर-फिर लपेटता-कसता गया वह मुझे।

—'कब आओगे फिर?' मैने अपने को छुड़ाते हुए पूछा।

—'जल्दी ही...'

—'जानती हूँ जल्दी ही का क्या मतलब होता है? जब भी अनिश्चित प्रोग्राम

हो उसे जल्दी ही कहकर पिण्ड छुडा लेते हो। है न?'

—'चलो कुछ काम की बातें करते हैं सुबह को दूध, दुपहर को जूस एवं शाम को हल्का पौष्टिक खाना खाती हो कि नहीं? खाने में सलाद और फल को कम्पलसरी सप्लीमेंन्ट बनाया या नहीं ?'

—'जल्दी—जल्दी मास्टर जी की तरह क्यों बोल रहे हो ?' मैने चुटकी ली।

—'तुम बातों को टाल रही हो इससे कन्फर्म हो रहा है कि तुम कुछ भी नहीं करती। बोलो, क्यों करती हो ऐसा? क्यों अपने को सजा देती हो? जब इतने सारे काम हाथ में लिए हैं तो अपने को दुरूस्त तो रखना ही होगा तुम्हें। प्लीज डू इट फार मी।' उसने स्नेहासिक्त आंखों से पूछा।

उस अनायास बारिश में भीगने लगी थी मैं। अनुराग ने चेहरे पर आंखें टिकाते हुए जवाब चाहा तो फिर से आंसू निकल आये—माई स्वीट हार्ट, खुद को मजबूत बनाती चलो। अपनी इस लंबी यात्रा को इस सूखी देह के साथ कैसे आगे तक ले जा पाओगी भला? जिन्हें खुश देखने के लिए तुम्हें तपना है उन्हीं के लिए खुद को बचाकर रखो।

रोते-रोते मैं हंस पड़ी और दुबक गई अनुराग की बांहों में—अनुराग, मैं मिस करती रहूँगी तुम्हें हमेशा। लेकिन यह भी जानती हूँ कि तुम हो हवा का झोंका जो पता नहीं कब किस तरफ चल पड़े—खुद हवा को नहीं पता यह सब, है न?

—'लेकिन तुम जो कर रही हो, मुझे वह सब देख कर मुझे गहरा संतोष होता है। आई फील प्राउड आफ यू'... अनुराग के बोल तेज बहाव वाली नदी बन जाते हैं। डर लगता है कि डूब न जाऊं इसमें।

कितना कुछ दे जाती है जिंदगी का वो एक टुकड़ा सच। वो पुलक, वो सिहरन और खुशी से दमकता वो चेहरा। पेड़ों से झूमती हवा की लहरें, पत्तों पर पड़ती फुहारें, बारिश से नहाते पेड़ों की मस्ती और सड़क पर पड़ती फुहारों के बीच मन कर रहा है कि फुर्र से उड़ जांऊ तुम्हारे पास। अनुराग तुम्हारा साथ कितना सुरीला था। पता नहीं कितनी बार माला जप चुकी हूँ अनुराग की। सोचते-सोचते मन टूटने लगता और देह चिटचिटाने लगती लेकिन ऐसा क्यों होता है कि जब अनुराग आता है तो यह देह निष्प्राण हो जाती है, शिला बन जाती है, और अब अनुराग नहीं है तो यह बौराए जा रही है अनुराग के सान्निध्य के लिए। अनुराग के ख्यालों में खोई मैं उसके साथ को हर वक्त गुनती-बुनती-गूँथती रहती। वाकई अनुराग है तो ताजगी है, हरियाली है, तरन्नुम है, संगीत है, महफिलें है, और जिंदगी चारों तरफ से मुस्करा उठी है। मुझे खुद को मजबूती से थामना पड़ेगा। यूँ भीगे बदन बाहर निकलने पर उसके छींटे इधर-उधर फैल जाएंगे, उससे क्या फायदा? इसलिए इस गीलेपन को अपने अंदर तक सोख लेना है हमें। ध्यान रहे कि भीगे अंतस का छोर किसी को भी नहीं दिखे। मुझे ऐसा स्याही सोख्ता बनाना है खुद को कि बाहर किसी को रत्ती भर अहसास

न हो कि मैं अंदर से भीगी हूँ। यूँ मैं समझती रही खुद को।

अपने को कर्त्तव्य निर्वहन की खूबसूरती में ट्रेन्ड करती रहो। निर्मोही बनकर जीने की कोशिश करो। सारी वांछनाएं, चाहत, लगाव और आसक्ति को ऊंचे स्थान पर सजाकर आरूढ़ करने की जरूरत नहीं है बस जरूरत है तो इसी बात की कि हमें खुद को हमेशा देते रहने की स्थिति में रखना है। कैसी भी स्थितियां आएं-जाएं लेकिन एक समय ऐसा आएगा जब देने में ही खुशी की आदत पड़ जायेगी। हर वक्त मैं खुद से जूझती रहती। खुद को साक्षी बनाकर निरखती-परखती और सोचती कि कर्म करते रहने में मजा महसूसना जीने की अनिवार्य शर्त है। मन की उदासी के भीतर पैठती तो कितने आकाश खुलते चले जाते हैं? क्यों भागूँ मैं इससे?

देखते ही आसमान से फेंके गये सफेद रंग को सोखती रही धरती। चाय पीकर अखबार पर निगाहें फेंकी तभी सूरज ने अपनी पीली धार फेंकना शुरू कर दिया। इस धरती को भी पता नहीं क्या-क्या सहना पड़ता है? क्या नियति है इसकी? कैसे भी मौसम की मार सहना धरती का धर्म है... जाड़ा गर्मी, धूप, बरसात, ओलों की मार भी सहनी पड़ेगी। इन्हीं के वीच वह अपने लिए चंद लमहे ढूँढ़कर खुश भी हो लेती है। कितनी-कितनी बहुमूल्य खानें ये अपने अंदर छुपाये है। कभी उगलते ज्वालामुखी तो कभी फुहारें। बदलते मौसम से प्रभावित जीवजंतु, प्राणी, पेड़-पौधे, पंछी सभी ठंड की ठिठुरन से खुद को बचाने के लिए धूप की ओट ले रहे हैं तो आश्रय देती है प्रकृति। वह कैसे दरकिनार कर दे शरणागतों को?

भोर का बढ़ता उजाला... चमचमाते सोने के सिक्के जैसा प्रतिबिम्बत पीला आवरण सर्वत्र स्वर्णिम आभा विखेरता हुआ नयापन भर रहा है और ताजगी भी। रचना, अपने को स्थगित मत करो बल्कि अपने को साथ लेकर मजबूती से आगे बढ़ो। कर्म से बड़ा दोस्त कोई और नहीं हो सकता। देखो तो, तुम जीत रही हो। जिसे अपनी यात्रा पर मजबूती से चलना आता है वह कभी हारता नहीं। थकता नहीं बल्कि चलते रहने में ही मजा आता है उसे। यही उद्देश्य है तुम्हारा। यही गंतव्य है...। पता नहीं ये मेरे बोल थे या अनुराग के? पूरे आत्मविश्वास और निडरता से काम करना है, तुम्हें अपनी शर्तों पर जीना है। हर जगह हमेशा खुश और शांत नजर आया करो।

कहीं और...कुछ और...

जीवन की उठती गिरती लहरें तट पर कोई न कोई छाप तो छोड़ती हैं यह दीगर बात है कि लहरों के वे निशान औरों को नहीं दिखते लेकिन मैं अपनी समूची देह को भीगते हुए देखा करती। साक्षी भाव से खुद को नापती-तौलती। अनुराग के देहरादून प्रवास की मैं धीरे-धीरे अभ्यस्त होती जा रही थी और उसके लापरवाह व्यक्तित्व की भी जो हवा के किसी झोंके की तरह आता तो ताजगी के फूल दामन में चिपका जाता लेकिन चले जाने पर कुछ भी याद क्यों नहीं रखता?

जाने के महीने भर बाद आई चिट्ठी की चंद पंक्तियां जैसे खूब हड़बड़ी में लिखी गई हों जैसे किसी फौजी ने समय न मिलने पर जल्दी-जल्दी कुछ उल्टी-सीधी बातें बनाकर पत्र में ठूँसकर लिख भेजी हों—माई रचना—तुमसे इतने दिनों बाद हुई बस इतनी सी मुलाकात... उफ ! व्हाट ए फेट? तुम यकीनन बहादुर हो जो यह सब झेलते हुए भी अपनी नैसर्गिक ऊर्जा और प्राकृतिक गुणों को सहेजे हुए हो। परेशान मत होना, मैं जल्दी ही आऊंगा और अपने इस आधे-अधूरे मिलन को पूर्णता प्रदान करूंगा। तब तक बस प्रतीक्षा करना।

मुझे लगता मेरा जीवन रफ्ता-रफ्ता बहती नाव की तरह है जिसमें मेरा कोई दखल नहीं है वह जिस आवेग से चल रही है उसमें भी मैं कुछ नहीं कर सकती। इस जीवन को यूँ ही ऐसा ही रहने दो न यार। अंदर से प्रबल आवज आई तुम बस अपना काम करती रहो जो तुम्हें देता है आत्मतुष्टि। अपने किए कार्यों के बारे में सोचती तो वे अंतहीन नजर आते।

अपने छोटे-छोटे अनुभवों को मैं सोशलवर्क कतई-कतई नहीं मानती बल्कि सोशलवर्क के नाम पर ही खड़ी की गई तमाम दुकानों को देखकर मेरा खून खौलता है। ये छद्म है, पाखंड है। सच बताऊं तो जो भी मेरे सामने में छोटे-मोटे काम आते जाते हैं उन्हें करके मुझे वाकई मजा आता था। इसे कहने में क्यों झिझकूँ मैं? हां इससे आत्मतुष्टि मिलती है मुझे। इसी बहाने आसपास के लोगों से जुड़ी रहती हूँ बस, इससे ज्यादा और क्या चाहिए मुझे? और क्यों चाहूँ मैं?

इसी तरह का अनुभव मुझे तब हुआ था। जब मैं राष्ट्रीय सेवा योजना के

अन्तर्गत लगने वाले कैम्प में गांव का सर्वेक्षण करने गई थी। उन ऊटपटांग गति अवरोधक वाले रास्तों पर पैरों का सन्तुलन साधकर चल पाना बहुत मुश्किल था। दस दिवसीय कैम्प में गांव से जुड़े तमाम लोगों को कई तरह की हिदायतें दी जानी थी लेकिन एक चीज मैंने साफ-साफ नोट की कि गांव वालों को इस तरह के कार्यक्रमों में कतई कोई रूचि नहीं थी। चाहे सरकारी स्तर पर किये जा रहे प्रयास हों या गैर सरकारी स्तर पर चलने वाली स्वयंसेवी संस्था हो या धार्मिक अनुदान प्राप्त संस्थाओं द्वारा चलाई जा रही योजनायें हों गांव वाले तो बस किसी तमाशबीन की तरह आंखें फाड़े उनकी चार बातें सुनने खड़े हो जाते और खेल खत्म होने के बाद हाथ झाड़ते हुए हो-हो करते हुए अपने-अपने घरों को लौट जाते।

ग्रामीण विकास परियोजनाओं के नाम पर लाखों के वारे-न्यारे और नतीजा बूँद भर नहीं। विकास और सुधार के नाम पर करोड़ों रूपये डकार जाने वाली ये परियोजनाएं कहां ले जा रही है हमारे गांवों को ? कोई दिशा बोध ही नहीं हैं इन्हें। इन रास्तों पर सारी जिंदगी ये योजनाएं यूँ ही कागजों पर दौड़ती रहेगीं और होता रहेगा देश का विकास।

मैंने अपनी नानी के गांव जाने का प्रोग्राम बनाया, लगभग 20 वर्षों बाद अपने उसी गांव में जहां मैने बचपन बिताया। वही जाने-पहचाने रास्ते, वही गलियां, वही कुएं और कुएं के पास वाला वही शंकर जी का मन्दिर जहाँ नहाने के तुरन्त बाद जल चढ़ाते थे हम लोग। गांव पहुंचते ही मन अद्‌भुत किस्म के रोमांच से भर उठा। यूँ लगा जैसे वर्षो से विछुड़े मीत से मिल रही होऊं। पेट में उत्साह और स्फूर्ति के बुलबुले उठ रहे थे। वे गलियां जहां दाहिने पैर से टंगड़ी खेलते हुए पूरी गली पार करते थे। आज भी वहां पड़ी धूल वैसी ही है। कुएं पर पानी भरती औरतों ने मुझे अचरज से देखा। चमरौटी की गलियां पक्की बन चुकी थी। वहां चट्टानें डाल दी गई थी। उन गलियों की खुशबू नथुनों में घुस रही थी। मैं सोच रही थी—स्मृति में टंकी ये गलियां पहले कितनी बड़ी लगती थी लेकिन अब सामने से देखने पर सब कुछ कितना छोटा-छोटा सा दिख रहा है। गलियां पार करके मैं अपने घर पहुंची जो बिक चुका था। वहाँ पर दरवाजे अमूमन खुले ही रहते। बाहर चबूतरे पर बैठी स्त्री मेरी तरफ प्रश्नातुर देखने लगी—'मैं, रचना... शहर से आई हूँ भूदयाल कक्का हैं क्या ? या उनका बेटा..., या कोई भी...'

थोड़ी देर विटर-विटर ताकने के बाद वे आगे आई और मेरे पैर छूने लगी—'अन्दर आव विटिया। तभी भूदयाल का बेटा गयादीन आ गया था—'अरे जिज्जी... तुम..., भौत दिनन में खबर लई हमाई। गरीबन के घरै चरण धरै आपने..., बड़े भाग्य है हमाय...'

—'कक्का नहीं है क्या ?' मैने फिर से पूछा। मेरी आंखें उन्ही को तलाश रही थीं जिनकी गोदी में बैठे-बैठे मैं ताश खेला करती. या चपेटा (पत्थरों का खेल)

खेला करती।

—'बिटिया, वो तो सिधार गए भगवान के घरै। साल गुजर गए।'

'अरे ? कक्का से मिलने की बड़ी साध थी मेरी। दसियों सालों से नही देखा था उन्हें।'

—'वो भी बिटिया तुमाई खूब याद करत ते। मोरी रचना ऐन ऊंची निकर गई...इंजीनियर बन गई। उनई से कछू सीखो तुम लोग। मेरा ध्यान इस बात पर गया कि गयादीन जमीन पर बैठा है। अरे...तुम उपर बैठो, खटिया पर।

—'काय खौ बिन्नू पाप में डार गई। आपके उन्ना (कपड़ा) खराब हो जै है। कितेक बड़ी पोस्ट पर काम कर रई जिज्जी। 7-8 साल की हती जब इतै खेलत रत ती...'

—कक्का कितने ध्यान से ट्रांजिस्टर से आती खबरें सुना करते। खबरें सुनने के बाद हमारे यहां नियम से आते थे। नानाजी के संग बैठकर अखबार पढ़ते थे। चाय पीते थे और दुनिया जहान की कितनी सारी बातें करते थे। मुझे याद है जब हिन्दुस्तान-पाकिस्तान के बीच जंग छिड़ी थी, कक्का रात-रात भर मेरे घर नाना के संग बैठे रहते। हर वक्त लड़ाई-लड़ाई या हारने-जीतने की बातें होती थी उस वक्त। जब देश जीता तो उस स्कूल से शुरू हुई लंबी रैली पूरे गांव में घूमी थी। हर बच्चे के हाथ में झंडा था। हम लोग चिल्ला रहे थे—पाकिस्तान मुर्दाबाद..., इंदिरा गांधी जिंदाबाद...। कक्का की यादों की परत एक-एक करके खुलती जा रही थी।

—'बिन्नू, खौ सब याद है..., कितेक पुरानी बातें हैं..., लड़का-बिटिया मजे में ?

—'हां, एक लड़की है..., कहकर मैंने दरवाजे से आती बहू को देखा जो ट्रे में दो कपों में चाय रखकर ला रही थी। मैंने कप उठाकर एक घूंट भरा। चाय पीने की वाकई इच्छा होने लगी थी। गयादीन से बातें करते-करते स्कूल की चर्चा चल पड़ी। उसी प्राइमरी स्कूल की जहां मैंने पढ़ाई की थी। गांव के आखिरी छोर पर बने उस स्कूल को देखने के लिए मैं लालायित हो उठी। गयादीन मेरी इच्छा देख वहां चलने के लिए चटपट तैयार हो गया और मैं जल्दी-जल्दी कदम बढ़ाती स्कूल की तरफ बढ़ती गई। छुट्टियों की वजह से स्कूल बंद था लेकिन बंद दरवाजे को देखकर छूने का मन किया। अचानक मेरे सामने तमाम पुराने दिनों के करीने से सजाए पन्ने धड़धड़ाकर उड़ने लगे। नानी स्कूल जाते वक्त कहती—'बिटिया..., नौंने जइयो..., दौड़बे की जरूरत नइय्या। मौड़ी हमेसा जल्दी करत रत। नीली फ्रॉक यूनिफार्म थी। दो चोटियां आगे-पीछे झुलाते और बैग कंधे पर लटकाए मैं तेज-तेज साइकिल चलाती स्कूल जाती। मुझे साइकिल चलाते देखकर गांव वाले और आसपास के लड़के भौंचक निगाहों से देखते रहते। हालांकि कड़क मिजाज वाले नाना को मेरा साइकिल चलाना फूटी आंखों नही सुहाता था लेकिन नानी जी की वात्सल्य भरी आंखों तले

जीती रहती मैं। उन दोनों की एकलौती संतान मेरी मां थी, सो वे लोग अकेले रहते थे और मैं उनके साथ रहती थी।

—'अरे..., रचना बहनजी..., आप? इते कबै आई ? कछू काम हतौ का ? कक्षा 6 का मेरा सहपाठी पुरुषोत्तम दुबे ने मुझे देखकर अपनी साइकिल रोक दी। मैं स्कूल की दीवारों को छूते-सूँघते हुए कहीं खोई थी... । उस वक्त जाड़े की उतरती धूप स्कूल विल्डिंग के बुर्ज पर बैठी थी। मैं वहां से लौटने को मुड़ी कि पुरुषोत्तम (जो मेरे क्लास टीचर का लड़का था) ने मुझे देख कर, तुरन्त पहचान लिया.—'कैसी है आप ? कहां पर है ? यहां कोई काम रहा होगा...'

—'नहीं... कोई काम नहीं। बस यूँ ही पुरानी यादों ने खींच लिया मुझे। वैसे आप क्या कर रहे हैं ?

—कोई खास नहीं। एक एन.जी.ओ. के प्रोजेक्ट पर काम मिला है..., उसी में हिलगा हूँ। बी-एस.सी. करके 2-3 साल खाली बैठा इधर-उधर भाग्य आजमाता रहा। क्लर्की तक नहीं मिली तो फिर बड़े भइया ने यहां लगवा दिया। यह 5 साल तक है उसके बाद देखा जाएगा। खैर, जा कहां रही हो ? घर चलो, कब से नहीं आई हो इस गांव में ? आई हो तो बिना घर गए वापस चली भी जाओगी क्या ? पता नहीं उसकी बातों में ऐसा क्या आग्रह था या कौन सा दबाव था कि मैं उसके साथ चल पड़ी—'चलो भई..., इतना कह रहे हो तो चलना ही पड़ेगा, लेकिन बस एकाध घंटे ही रूक पाऊंगी।

—'हमारे लिए यही बहुत बड़ा प्रसाद है। आपने इतनी दूर से आने का कष्ट तो किया।

मैंने हंसते हुए कहा—'अरे, इस तरह मत बोलो। मैं फिर कभी आ जाऊंगी। उसके साथ-साथ मैं उसके घर की तरफ चल पड़ी। घरों से बाहर खड़ी औरतें हमें किसी अजूबे की तरह देख रही थी, तो कुछ औरतें सिर पर पानी का घड़ा रखकर चली आ रही थी। गांव का जीवन कितना कठिन होता है। जबकि शहरी लोग अपने ड्राइंगरूमों में बैठकर गांव के बारे में कितने बनावटी स्टेटमैंट देते रहते हैं,. वह है कोरी लफ्फाजी जैसे किसी राजनेता ने चलते-फिरते बयान दे दिया हो कोई।

पुरुषोत्तम के घर पहुंचकर मुझे सबसे पहले पहचाना उसकी मां ने—'अरे रचना बिटिया..., कितेक दिनन बाद देखबे खौ मिली जा सूरत। कहकर उन्होंने अपनी छाती में भींच लिया मुझे। उनके उस स्नेह में कितनी मिठास थी। कितनी आत्मीयता थी ! उनकी धोती से आती वह मटमैली महक मेरे लिए तमाम इत्रों की महक से कई गुना बढ़कर थी। फिर सिर पर हाथ फेरते हुए बोली—'बिन्नू, कितेक मौड़ी-मौड़ा है ?

—'एक लड़की है बस।'

—'बस एकई? मौड़ा तो जरूर हौय चइए। बिन्नू कितेक आगे बढ़ गई तुम तौ। हम तौ सब सुनत रत। मोरी रचना... भूली नइय्या हमें। तब तक पुरुषोत्तम

खाने-पीने की तैयारी में भाग-दौड़ करता दिखा तो मैंने इशारे से रोक दिया—'पुरुषोत्तम, मैं रूकूँगी नहीं ज्यादा। बच्ची को छोडकर आई हूँ इसलिए जल्दी निकलूँगी। हां एक कप चाय पी लूँगी।

—'नमस्ते आंटी जी, अचानक एक बड़ी लड़की हमारे बीच आई। नमस्ते बेटा...' उसके बोलने की शिष्टता और चेहरे की सौम्यता मेरे अंदर तक उतरती गई। मैने उसे अपने पास बुलाकर पूछा—किस क्लास में पढ़ती हो ? क्या नाम है ?

—'हाईस्कूल पास कर लिया है, उसकी बुझी आवाज में परेशानी झलक रही थी।

—'क्या प्रतिशत रहा।'—'आंटी, सेवेंटी परसेंट, फिर से वही चक्की में पिसती महीन आवाज आई।

—'रचना, जा मौड़ी भौत हुशियार है, रात भर जगत रत..., पढ़ाई करत रत।' अम्मा जी ने उसकी तारीफ की। मैंने लड़की के चेहरे पर बिछी मलीनता को ताड़ते हुए पूछा—'अच्छा, ये बताओ, आगे क्या विषय लेकर पढ़ना चाहती हो ? क्या प्लानिंग है ?

लड़की चुप, जैसे आधी रात की अभेध चुप्पी तन गई हो। तब तक पुरुषोत्तम की पत्नी चाय लेकर पास रखे स्टूल पर रखकर मुड़ने लगी तो मैंने उन्हें रोका—'आप यहीं बैठिए, मेरे पास। मैं तो आप सबसे मिलने-बतियाने आई हूँ। पुरुषोत्तम कहां है ? बुलाओ जरा।

—आप लोगों ने इस बच्ची के बारे में क्या सोचा है ? 'मैंने पुरुषोत्तम की पत्नी से पूछा तो उसका सीधा-साधा नपा तुला जबाव था—'यहां के स्कूल में साइन्स साइड हैई नैइय्या... और मौड़ी की जिद कि पढ़है तो साइन्स साइड सै।—'यहां पास में है तो साइन्स कालेज, वहाँ क्यों नहीं पढ़ाती ?

—'पास में कहां? 4 किलोमीटर दूर है। बहिन जी, इत्ती दूर कैसै भेजै? उतै लड़का-लड़की साथ में पढ़त, उतै... पुरुषोत्तम की बात को दबाती अम्माजी बोल पड़ी—'भौत पढ़ लव अब। अब तौ हाथ पीले करबे को टैम आ गव। सासरे में पढ़हैं जौ भी पढ़नै होय।

—'हमें नहीं करानी शादी-फादी। जर्बदस्ती करहौ तो छत से कूद जैहै, हओ... लड़की पैर पटकते हुए बिफर पड़ी तो मैंने पुचकारती आवाज में कहा—'सुनो, कुछ अच्छा करने के लिए रास्ते तो खुद ही तलाशने पड़ते हैं। कहीं अचानक कुछ नही होता। तुम्हें खुद अपने अंदर से फैसला लेने की कूबत पैदा करनी होगी, समझी? वहीं कोने पर पड़े गेहूं के बोरे पर बैठी लड़की का चेहरा बहुत उदास था। मैंने दोबारा पूछा—'तुम कहां पढ़ना चाहती हो ? क्या सोचा है? लड़की की मासूम इच्छाएं, स्वप्न और महत्वाकांक्षाओं के बुलबुले जल्द ही उसकी आंखों में तैरने लगे। वह रोने लगी। आंसू पोंछती लड़की की इच्छाएं घर की दीवारों में दबती जा रही थी। उसे देखकर

मैं उबल पड़ी। पुरुषोत्तम को सामने देखकर मैंने कहा—'पुरुषोत्तम, तुम तो पढ़े-लिखे हो। जानते हो कि बांसुरी में से धुनें निकालने के लिए छिद्र होने कितने जरूरी होते हैं, वैसी ही सांसें जरूरी है जीने के लिए। जबकि तुमने इसकी सांसों की आवाजाही के तमाम रास्ते मूंद दिए हैं। फिर कैसे यह सांस ले पाएगी खुली हवा में ? इस तरह घुट-घुटकर जीने को मजबूर कर रहे हो तुम इसे। यदि अभी से तुमने इसकी इच्छाओं को इतनी बेरहमी से रोंदा तो आगे शादी करके भी कौन सा सुख-चैन नसीब होगा इसे ? इसकी क्या गारंटी है ? जब तुम सगे मां-बाप होकर इसकी इच्छा रौंद सकते हो तो ससुराल वालों की सीमाएं तो उनकी जरूरतों से तय होती हैं, न कि इस बच्ची की जरूरतों से ? बोलो ?

—'यदि अच्छा घर-वर मिल गया तो आगे भी पढ़ सकती है ये...'

—'यदि न 'यानी यहीं से शुरू होती है शर्ते। देखो, ज्यादातर ससुराल वाले बहू पाने का सपना संजोते ही इसलिए है ताकि उन्हें आराम हो जाए। बहू से कितनी सारी अपेक्षाएं होती है उन्हें ? बहू आने के पहले ही सपने सजने शुरू हो जाते है कि बहू आएगी तो ऐसा करेगी... वैसा करेगी। बोलो, गलत कह रही हूँ मैं ? क्यों अम्मा जी, बताइए। कहकर मैं चुप हो गई। यह बेचारी लड़की पिस रही है इनके बीच, फिर अपने बारे में मैने उनकी राय जाननी चाही—

—'मैं आज जिस पोस्ट पर हूँ यही से निकलकर गई थी। 15-20 हजार रूपए महीने कमाती हूँ। लड़की को अपने पैरों खड़ा करना कौन सा गुनाह है ? यह अपना भला तो करेगी ही, आप सबका नाम भी रोशन करेगी। फिर अम्मा की तरफ मुखातिब होते हुए उन्हें समझाया तो बात बदलते हुए वे बोल पड़ी—'सब तेरी तरह नई होते...' मैंने तुरन्त जबाब दिया—'उसे मौका दिए बगैर आप उस पर शक कर रही है।...अरे ! जो लड़की यहां इस माहौल में रहकर अपने दम पर 70 प्रतिशत ला रही है। वह, आगे जाकर जरूर कुछ न कुछ करेगी। क्यों पुरुषोत्तम ? अच्छा एक बात बताओ या तो मेरी बातों को तुम लोग सच नहीं मान रहे हो या सही बातों को जानबूझकर स्वीकार नहीं करना चाहते। बोलो? क्या बात है ?

सभी चुप्पी साध गए। किसी से जबाब देते नही बना। फिर मैंने ही बात आगे बढ़ाई—'पुरुषोत्तम, इसका एडमीशन पास वाले एस.पी.आई. कालेज में क्यों नही करवाते ? मैं गारंटी लेती हूँ कि मिड सैशन में भी एक टैस्ट दिलवा कर इसका एडमीशन हो जाएगा। होशियार तो है ही ये। बाद में जरूरत पड़ी तो एकाध ट्यूशन करवा देना। क्यों ? है कोई परेशानी? वरना एक काम करती हूँ। मैं इसे अपनेपास रख लेती हूँ। बोलो, है मंजूर ? मैं उनका दो टूक जबाब सुनना चाहती थी। वहीं पुरुषोत्तम नीचे निगाहें किए निरुत्तर रहा। फिर अम्मा जी बोली—'इतै सै अकेली कैसे जैहै मोड़ी रोज-रोज? फिर लड़कन कौ स्कूल है, कही कुछ ऊंच-नीच बात हो—हवा गयी तो कही मुंह दिखाने लायक नहीं रहेंगे हम लोग। ऊपर से वौ कॉंलेज है 4 कोस की

दूरी पै। कौनऊ साधन वगैरह भी नइय्या सीधौ सीधौ—'साइकिल सै जैहै जैसे मीनाक्षी जाती है' इस बार बच्ची बोल पड़ी। पहली बार उसका मौन टूटा।

—'वे है बड़े घर की मौंड़ी। उनकी देखा-देखी कैसे कर सकत अपुन लोग?'

—'साईकिल से भेजबे में कौनऊ हर्जा नई अम्माजी। फिर पढ़ने-लिखने वाली लड़कियों से कोई जानबूझकर पंगा नहीं लेता। यदि हम अच्छे तो जग भलौ मैं तर्क पर तर्क देती जा रही थी।

—'लेकिन बेटा हम लोग बदनामी सै भौत डरात। नैक कछू हो जैहै तौ आफत धरी...'

—'अम्माजी, कुच्छ नही होगा। सच्ची कै रय/मौड़ी तुमाव नाव उल्छारे जई है सई बात। बेकार में घबड़ा रई। जमानों कितेक आगै निकर गव। मैंने अम्माजी के हाथ की लटकती खाल को झुलाते-गुदगुदाते हुए कहा।

मेरी खड़ी बोली मिश्रित बुंदेली सुनकर वहां बैठे सभी लोग हंस पड़े।—'ठीक है अम्मा जी। चलो एकाध—दो साल और पढ़ा दैहे, इण्टर करवा कै देख लैं, कै आगै निकर पा रई कै नई। और 2 साल नहीं करेंगे शादी। कछू ज्यादा उम्र नई भई अबै। यह पुरुषोत्तम की आवाज थी लेकिन उसी समय हिदायतों की पोटली खुल पड़ी—'घर से सीधे कॉलेज। कॉलेज से सीधे घर आनै समझी ? मैंने इस बीच लड़की की मां को देखा जो दो विचारधाराओं के बीच में फंसी घुट रही थी। वे बड़ी दुविधा में थी कि बुजुर्गो की बात कैसे टालें या अपनी कोख जायी की इच्छाओं को कैसे रेत दें ? लेकिन बात को सधते देखकर वे मेरे पास आई और खुशी के अतिरेक में मेरे हाथ पकड़ लिए। लड़की जब मेरी तरफ आई तो मैंने उसके सिर पर हाथ रखते हुए कहा—'बेटा, कभी किसी का भरोसा मत तोड़ना चाहे जो हो जाए लेकिन इन सभी का दिल कभी मत दुखाना। कुछ पाने के लिए जी-जान से जुटना पड़ेगा। हमें अपना रास्ता बनाने के लिए अपने अंदर बैसा जुनून, और अंदरूनी ताकत जगानी पड़ेगी तभी कुछ कर पाने में समर्थ होगी।

मैं जाने के लिए खड़ी होने लगी तो लड़की अंदर जाकर फिर मेरे पास दौड़ते हुए आई और बोली—'आप इसमें अपना पता लिख दीजिए। मैं आपको चिट्ठी लिखूँगी। आप जबाब तो देंगी न ?

—हां-हाँ, क्यों नही ? जरूर दूँगी। बेटा जिस डगर पर तुम्हारे पैर एक बार मजबूती से टिक जाएं, वहीं से कई रास्ते खुद-ब-खुद निकल जाते हैं बशर्ते तुम्हारे अंदर पैरों को टिकाए रखने की कूवत हो। समझ रही हो न ? उसने अपना पता भी लिखकर मुझे दे दिया।

पुरुषोत्तम आगे-आगे और मैं पीछे-पीछे चल रही थी। मेरे साथ थी नीरजा... जो लगातार मुझसे बोलती जारही थी। उसकी माँ ने मुझे जाते हुए देखा फिर पता नहीं क्या सोचकर हाथ जोड़ दिए। मैने भी मुस्कराते हुए हाथ हिलाया। अम्मा की

खुशी से चमकती बूढ़ी आंखों की कौंध मेरे अंदर अभी भी दीप्ति भर रही थी। उन खस्ताहाल गलियों, बेरौनक घरों और गांववासियों के चेहरों पर बिछे दीनता के भाव देखकर मन विचलित होने लगा। वे बुजुर्ग जिनकी खाल चिपक गई हैं, आंखों की चमक कुम्हला गई है। जिनकी युवावस्था में मैं उनकी गोद में खेल-कूदकर बड़ी हुई थी, उन्हीं के चेहरों पर बैठी थी थकान, हताशा और अंतहीन तकलीफें। अपनी गली से गुजरते हुए बचे-खुचे चंद लोगों ने मुझे पहचान लिया और सिर पर हाथ फेरा। पड़ोस में रहने वाली बऊ अपने को खचोरते हुए मेरे पास आई—'बेटा, एक-एक दिना गिन-गिनकै काट रय। तुमाय दरसन हो गया। अब कौनऊ अभिलासा नई बची। कितेक जिन्दगानी बची अब... बोलते-बोलते वे सुबक पड़ी—'बिन्नू, इन आंखन से कछू नई सूझत... का करै, सब तरफ अंधियारौ है...

—डाक्टर को दिखाया था ?

—हव, मोतियाबिंद बताव। अपरेशन होनै। वाके लानै पइसा नइय्या इतेक। कमर झुकाए अस्तव्यस्त बेश भूषा वाली बऊ की निरीहता देखकर मैं द्रवित हो उठी।

—'बऊ, अपरेशन सरकारी अस्पताल में होउत। तुम हमाय पास आ जइयो, हम करवा दैहें। कहकर मैंने अपने पते का कार्ड उन्हें थमा दिया।

टी.वी., फोन, बिजली-पंखे, कूलर जैसी आधुनिक सुविधाओं के बावजूद इन गांवों में कुछ ठोस विकास नहीं दिखा। इन खंडहरनुमा गांवों की दास्तां को कहां से शुरू करें? जीर्णशीर्ण हालत में थे मकान..., मंदिर..., गलियां और ...घर। हैंडपम्पों में से पानी नहीं आता था। कीचड़ भरे रास्ते थे। कच्चे घरों की खपरैल से उड़ता धुआँ, आंख मिचौली करती बिजली और जगह-जगह बने थे कूड़ों के ढ़ेर जो एक ही बारिश में पूरे गांव में बीमारियां फैला दें। उसी गोबर-मैला वाली जगहों पर नंग-धड़ंग खेलते हर साइज के बच्चे, जो बड़े कौतुहल से हमें जाते हुए देखते जा रहे थे। मैंने उनकी तरफ मुस्कराकर देखा तो उनके चेहरों पर निर्दोष सी हंसी बैठने लगी। उनकी आंखों में सतरंगे बिम्बों की कौंध चमकी जैसे बादलों के बीच अनायास हल्की सी बिजली चमक गई हो लेकिन अगले पल वो छूमंतर हो गई।

अपनी बचपन की सहेलियां मालती कुशवाहा, पुष्पा कोरी, निर्मला दुबे के घर से गुजरते हुए फिर से पुरानी स्मृतियों ने जोरदार थपथपाहट के साथ दस्तक दी और 20 साल पुराने दिन बूँद-बूँद टपकते मेह की तरह पहाड़ी बारिश बनकर झरने लगे। वाकई, हमारे गांवों की शक्ल सूरत नहीं बदल पाई। हम भले ही 21 वीं सदीं में गांवों को लेकर बड़े-बड़े बदलावों की बातें करते रहें, सेमीनार कराएं, मीटिंग में रणनीतियां बनाते रहें लेकिन स्थितियां वहीं ठहरी हैं। समय बदलता-बीतता है। वहां रहते लोगों के चेहरों पर बदलते हाव-भाव और ठण्डे अहसास संकेत देते हैं कि स्वार्थ और खुदगर्जी ने यहां भी पैर पसारना शुरू कर दिया है। भ्रष्टाचार यहां भी दिनों-दिन पल-बढ़ रहा है। हालात सब जगह बेकाबू हैं। जांत-पांत की दीवारें बन रही है।

गुटबंदियां और छुटभैये नेताओं की गुंडागर्दी यहां भी पनपने लगी है। पैसे वाले यहां भी वैसेई शोषण करते हैं गरीबों का। कहीं कुछ अच्छा होने का संकेत नही दिखता। मुख्य सड़क पर आते ही पुरुषोत्तम ने विदाई के टोन में कहा–'बहिन जी, यहां कभी-कभी चक्कर लगा जाव करे। हमाय जा गांव की शान बढ़त है आपके आय सै। जीबे कौ हौसला बढ़ जात। सांची कै रय।

–'जरूर आती रहूँगी बल्कि जल्दी ही आऊंगी... कहते हुए मैंने पुरुषोत्तम के चेहरे को देखा। सरकती उम्र और चुकता समय कितने अहिस्ते से छीन लेता है किसी सुंदर से व्यक्तित्व को जैसे मोम पिघलती जा रही हो, बूँद बूँद। तभी बस आती दिखी तो मैंने हाथ हिलाकर रोकना चाहा। पुरुषोत्तम ने कहा–इतनी भीड़ है, बैठ पाएंगी आप ?

–'कोई बात नहीं, एक बार बस में चढ़ जाऊं तो सब ठीक हो जाएगा। कंडक्टर ने मेरे बैठने की व्यवस्था की। बैठते ही एक अजीब तरह की उदासी का अहसास गहराने लगा 'अनुराग... तुम फिर चले आए... यहां भी...।'

अनुराग के बोल बिना छेड़े हुए भी दूर से गूँजती धुन की तरह कानों में बज उठते जिन्हें भुलाते हुए मैंने खुद को इधर-उधर के कामों में झोंप दिया। कैसा है वह व्यक्तित्व? क्यों है इतनी लापरवाही ?

मैं अपनी तकलीफ और उफनते आवेग को घूँट-घूँट पीने की अभ्यस्त होती जा रही थी। रोज-रोज बढ़ते कामों की व्यस्तताओं के बावजूद समय का कोई छोटा सा टुकड़ा चुपके से मेरे पास घुस आता और अनुराग की स्मृति की लहर पैदा कर देता। अंदर से समन्दर में फेंका गया वो छोटा सा टुकड़ा थोड़ी देर तक ढ़ेर सारे बुलबुले बनाता रहता फिर गायब हो जाता। अनुराग ने देह के बारे में कहा था–रचना, सुर, लय, ताल को साधकर चलने वाला संगीत का पिटारा है यह। जब तक आप इसके समूचे तारों को ठीक से नही छेड़ेंगे...तब तक इसमें कोई धुन नहीं निकल सकती, चाहकर भी। मुझे देखकर अफसोस होता है कि दरअसल तुम जानती ही नहीं हो कि इस देह से किस कदर ऐसी मीठी धुन निकाली जा सकती है जिसे सुनकर तुम्हारे हाथ-पैर थिरकने लगें। मन उड़ता हुआ किसी दूसरे लोक की सैर करने लगे और सुनो वह दिन आएगा..., यह मेरा कॉन्फीडैन्स है...

–'कॉन्फीडैन्स, कहीं ओवर कॉन्फीडैन्स तो नही ?'

–'तुम जो चाहो कह लो, लेकिन एक दिन ऐसा जरूर आएगा। जिसे धुन निकालने की कला आती हो वह वर्षों प्रैक्टिस करके उसे और ज्यादा बेहतर ढंग से निकालेगा। थोड़ा पेशैन्स..., थोड़ी प्रैक्टिस... और लंबी साधना की जरूरत है बस।

कैसा है ये अनुराग जिसे दिनों, महीनों और वर्षो तक इंतजार करने का धीरज है और कैसा था रजत जो हड़बड़ी में फास्ट फूड समझकर काम निबटाता था। अपनी इस लंबी यात्रा के ऊबड़-खाबड़ रास्तों के बीच कहीं दूर से दिखती छोटी सी लेन

मुझे अनुराग की तरफ खींच ले जाती। कभी लगता, इस ठिठरती ठण्ड में अनुराग एक दूर से जलती मशाल में कन्वर्ट हो गया है जिसे पास से छूने के लिए मैं कितना भी लंबा रास्ता पार कर सकती हूँ लेकिन जैसे-जैसे मैं पास बढ़ती जाती हूँ., ऊष्मा और रोशनी का कतरा और-और दूर होता चला जाता है। लेकिन उसे महसूसकर पाने की ललक कमतर नहीं होती, बल्कि हमारे भीतर लंबी दूरी तक चलते रहने का धीरज संकल्प और ताकत बख्सती है, वह पुरजोर कशिश। हमें जहां से रोशनी का वो कतरा दिखेगा, हम उसी तरफ मुखातिब होते जाएंगे। क्यों है ऐसा भरभराता आवेग ? जो स्थिर पड़े शिलाखण्ड से टकरा-टकरा कर वापस लौटने की मजबूरी ढोता है। नदी की उफनती लहरों का बार-बार आना और मुड़ जाना क्या यही है उसकी प्रकृति या नियति ? लहरें उस अविचल शिलाखंड को समूचा भिगोती रहती। भिगोकर चिकना बनाती। लहरों के संसर्ग से उस स्थिर शिलाखंड में काई बनती जाती, तो क्या यही है नदी की प्रकृति या कार्य ?

आंखों के सामने लहलहाते-झूमते पेड़ों से आती ठण्डी हवाएं सूँघकर मन अनंत आकाश की ऊंचाइयों को छूने के लिए मचल उठा। उल्लास की हिलोरें पूरे तन-मन में उठने लगी। अपरिभाषित प्रेम अपने लिए शब्दों का आसरा नही खोजता, बल्कि प्रफुल्लित मन के तार-तार बज उठते है। वाह! क्या दिलकश हवाएं हैं ? किसी उन्मत्त भौंरे के समान झूमती-इठलाती पेड़ों की डालियां अपनी मतवाली चाल-ढ़ाल से माहौल को रंगीन बना रही है। लगता है इन पर पैर टेककर हिंडोलों की तरह झूलते रहें नीलगगन के ओर-छोर तक। कितना तीव्र आवेग भर देता है ये खुशनुमा मौसम। सड़कों पर चलते लोग इस रिमझिमी मौसम में हिलते पेड़ों और बादलों के इधर-उधर दौड़ते टुकड़ों को देखकर मगन हो उठे हैं। ये नन्हे-नन्हे बादलों के टुकड़े नीले आसमान की गोद में दुबके मासूम बच्चे जैसे पवित्र लग रहे हैं, तभी अचानक तेज हो गई बूँदा...बांदी। भीगते-धुलते पेड़ों के पत्ते मस्ती में एक दूसरे को छूने की बेचैनी में और-ज्यादा तीव्र आवेग से चलने लगे। वे आपस में एक दूसरे को छू-छूकर ऊंची उड़ान भरने को अकुला रहे थे।

मेरे पेड़...। मेरे बादल! मेरी वारिश! मेरी धरती! मेरे आकाश ! और मेरी ये हवाएं! तुम सब ऐसे ही हरे-भरे बने रहना, खूब-खूब खुश-खुश रहना। मौज मस्ती में इठलाते-झूमते... सुरीली तान छेड़ते... इश्क की चुहलवाजियां करते हुए मगन रहो अपनी निराली दुनियां में। ऐसे ही चूमते रहो रंगीनियां भरे इन लमहों को। बादलो ! उड़ते रहो ऊंचाइयों की टोह लेते। बस यूँ ही विजयी भाव धारण किए घूमते रहो...! ओ मेरे मेघ! तुम इतने गरजो कि तुम्हारे नाद से सारा संसार तुम्हारी पुकार सुन ले। तुम्हारी वांछा जान ले। ओ मेरी बिजली ! तुम्हारी कौंध यूँ ही रोशन करती रहे तुम्हारे पिया के अंतस को। किसी की नजर न लग जाए तुम्हें..., शाबास! मेरे दोस्तो ! ऐसे ही खुश-खुश रहना... हमेशा...हमेशा।

कतरनें

माई स्वीट हार्ट रचना,

लंबे समय बाद तुम्हें लिखने का मौका निकाल पाया हूँ। जानता हूँ तुम नाराज होगी। लेकिन तुम्हारे जैसे सहृदय दोस्त से माफी की याचना तो मैं कर ही सकता हूँ। रचना, मेरा जीवन कुछ विचित्र किस्म के विरोधाभासों से घिरा हुआ है। मैं तंग आ गया हूँ इससे। मैं सचमुच खुद की इस बेतरतीब जिंदगी से बड़ा खफा हूँ। सोच और क्रिया में साम्य नहीं बिठा पा रहा। हर दिन निश्चय करता हूँ अब ऐसा नहीं होने दूँगा बल्कि वैसा ही करूंगा, जैसा मैं चाहता हूँ लेकिन उसे अंजाम नहीं दे पाता। यह मेरे व्यक्तित्व की बहुत बड़ी कमी है रचना, लेकिन यह भी मेरा दृढ़निश्चय है कि मैं अपनी इस कमी को दूर करके ही रहूँगा। इस कार्य में मेरी मदद करोगी न तुम भी ?

जिसे मैं चाहूँ जो मेरे दिल की मलिका हो उसके होठों पर तो सदैव मुस्कान और चेहरे पर चमक रहनी चाहिए। रचना, वादा करता हूँ, तुम्हारे सारे अवसाद को उत्साह और शुष्कता को मादकता में बदलना ही अब से मेरे जीवन का एक मात्र मकसद होगा। यकीन कर रही हो न ? चाहता हूँ, तुम्हें आंखों से ओझल न होने दूँ। एक कुशल माली की तरह तुम्हारे दिल की बगिया को तमाम नायाब फूलों से सजा दूँ। तुम सदा चहको, दमको और महको। इतनी खुश रहो कि तुम से लोग ईर्ष्या करने लग जाएं। तुम्हारी खुशियों का राज जानने के लिए बेताब हो उठें। तुम्हारी तरोताजगी और जिंदादिली कायम रहे। रचना—'मैं तुम्हें खूब-खूब खुश देखना चाहता हूँ। तुम सदैव मुस्कराती रहना। सर्वत्र तृप्ति का सुख और अतृप्ति के अहसास के साथ काम करती रहना। बैचेन दिल और शांत दिमाग से काम में जुटी रहो-, मैं तो बस यही चाहता हूँ। रचना, प्लीज मुझ पर अपना भरोसा कभी मत खोना। मैं फिर वहीं कहूँगा, कि जो करता हूँ, वही करने की कोशिश करता रहूँगा। जल्द ही आऊंगा। तुम प्रतीक्षा करना। सपने बुनना। मैं उन्हें साकार करूंगा।—'

चिट्ठी लिखकर भी राहत नहीं महसूस कर पा रहा हूँ मैं। ऐसा क्यों है? जितना ही रचना की यादों को अपने पास से दूर छिटकना चाहता हूँ, वे उससे भी दुगुनी

ताकत से मेरा दरवाजा भड़भड़ाने लगती हैं। मेरा जीवन कितनी दुविधाओं, जंजालों और जिम्मेदारियों से लदा-फदा है। मैं कभी भी स्वतंत्र नही रह पाया। अपनी तरह की जिंदगी जीना चाहता हूँ लेकिन घर-बाहर की ऊंटपटांग जिम्मेदारियाँ चैन की सांस नही लेने देती। सारे लोग धीरे-धीरे मुझ पर निर्भर होते चले गए! कैसे उन्हें नकारकर सीधे-सीधे कह दूँ कि नहीं..., अब बहुत हो चुका यह सब...। अब मैं रचना के साथ रहना चाहता हूँ फिर इसके लिए चाहे जो भी करना पड़े, करूंगा..., हर हाल में करूंगा।

एक बार रचना के सामने मैंने अपने जीवन का कच्चा चिट्ठा बांचा था। उसने कोई टिप्पणी नहीं की थी। बस चुपचाप सुनती रही। कभी-कभी व्यक्ति किस तरह के संकल्प कर लेता है... लेकिन एक दिन स्थिति ऐसी आ जाएगी कि मेरे ही तय किए वायदे और संकल्प यूँ टूटने के कगार पर होंगे, यह तो मैंने सोचा ही नही था। मेरी इच्छा के विपरीत शादी तय कर दी गई। लड़की की फोटो देखकर मैने हां कर दिया था कि चलो ठीक है। रूप-रंग अच्छा है फिर यूँ नुमाइश लगवाकर लड़की को देखभर लेने से भी क्या फायदा ? सोचकर हामी भर दी। पूरी शादी के दौरान लड़की की अन्यमनस्कता और उदासीनता मुझे गहरे तक छू गई। क्या बात है ? लड़कियां तो शादी के नाम पर कितनी खुश रहती है ? चहकती-मटकती धूमती फिरती हैं लेकिन ये लड़की इतनी गुमसुम क्यों है, जैसे कि मूर्ति की तरह सजा संवार कर मंडप में बैठा दिया गया हो। मैं परेशान हो उठा। बीच-बीच में लड़की के चेहरे को देखा। उसकी आंखें बार-बार भर आती थी। देखकर मैं सचमुच घबड़ा गया था। अपने दोस्त को बताया तो वह बोला—'कुछ लड़कियां शादी के नाम पर नर्वस होती है। माँ-बाप के घर को छोड़कर जाना कोई आसान है क्या ? बहुत कठिन होता है अपनी जड़ों को छोड़कर दूसरी जगह जाना। भावुक ज्यादा होगी। सोचकर मैं शांत बना रहा। अगले दिन घर आने पर भी वही हाल रहा। चेहरे पर कोई भाव नहीं। वही गुमसुम बनी मुंह लटकाए बैठी रहती। फिर मेरे पास आने की घड़ी आई। मैंने बहुतेरी कोशिश की। खूब सारा लाड़-दुलार जताया, यहां तक कि आश्वासन दिया कि—'तुम जो चाहोगी वही मैं करूंगा, बस किसी तरह खुश हो जाओ। मैं तुम्हारा सबसे बड़ा हितैषी हूँ शायद तुम्हारे मां-बाप से भी ज्यादा। यकीन करो..., मैं तब तक तुम्हें छुऊंगा भी नहीं जब तक कि तुम अपने बारे में डिटेल्स नही बताओगी कि आखिर ऐसी क्या बात है जो तुम इतनी गुमसुम हो, तुम्हें मेरी कसम...।

पता नही मेरे आश्वासन, मेरी दिलासा या मेरे भरोसे का असर था या मेरे प्रति उसका मन पिघल उठा था, जो भी हो, वह अचानक भरभराकर रोने लगी, जैसे वर्षों पुराना बांध ढह गया हो। वह रोती रही, मेरे सीने से लिपट-चिपटकर रोती रही। जब हिचकी थमी तो अपने बारे में बताना शुरू किया। जिसे सुनकर गाड़ी का एक पहिया तो जोरदार आवाज के साथ उसी समय धम्म से बैठ गया। उसकी पूरी हवा

निकल चुकी थी। मेरे पास बचा रह गया था सिर्फ मैं और मेरा अकेलापन। मेरी दुनिया उजड़ चुकी थी। वह किसी और को चाहती थी किसी मुस्लिम लड़के को, जिसके साथ उसके मां-बाप शादी करने को तैयार नही थे। तो जबर्दस्ती मेरे गले मढ़ दिया। उसने एक और जटिल बात बताई कि चूँकि वह लड़का शादीशुदा था इसलिए उसके मां-बाप उसकी शादी उससे नहीं करना चाहते थे। 'तो फिर आगे कैसे चलेगी तुम्हारी जिंदगी ?' सवाल पर वह पहली बार मुस्करायी आप तो सचमुच बहुत भोले-भंडारी हैं। वह मुझे अभी भी अपनाने को तैयार है। मुस्लिमों में दो शादियां कानूनन चल सकती हैं...। मैंने उससे पूछना चाहा—'तुम क्यों अपनी जिंदगी ऐसे आदमी के नाम कुर्बान कर रही हो ? क्या मिलेगा इससे तुम्हें ? लेकिन मैंने कुछ भी नही पूछा, क्या फायदा ? वह किसी और को चाहती है और मैं भला क्या चाहूँगा उससे ? वह लड़का क्या करता है, कैसा है, वगैरह में भी मेरी दिलचस्पी नही रह गई थी। मैंने फिर उससे पूछा—'तो तुम क्या चाहती हो मुझसे ? मैं तुम्हें आजाद कर दूँ ?

—'कहने-सुनने को हम पति-पत्नी की तरह रह सकते हैं लेकिन मैं उसे नहीं भुला पाऊंगी। कभी भी नही, ताउम्र नहीं...' कहकर वह फिर से रोने लगी। मैने भावावेश में उसी क्षण निर्णय ले लिया कि मैं इसे आजाद कर दूँगा फिर नतीजा चाहे जैसा रहे।

लड़की को आजाद करने का निर्णय मैं ले चुका था। क्या करता ? मेरे पास और दूसरा कोई रास्ता नही बचा था। घर-बाहर वालों की कटूक्तियां झेली। ताने-फिकरे सुनता रहा, लेकिन मेरा मन नहीं हुआ उसके साथ रहने का किसी भी सूरत में। मैं भला उसे कैसे चाह सकता था जिसका मन किसी और के पास गिरवी रखा हो। वो मेरी हो ही नहीं सकती थी। प्यार का फूल तो वैसे भी जर्बदस्ती की जमीन पर उगाया नहीं जा सकता। इसकी लहलहाती फसल ओर खिलते फूलों की रंगत के लिए तो ताजी माटी ही चाहिए। इसके बाद भी घर वालों का दबाव बढ़ता गया मेरी दूसरी शादी को लेकर, लेकिन मैं मानसिक रूप से तैयार नही कर पा रहा था खुद को। इसी चक्कर में उम्र के इतने साल कैसे निकल गए? मैं कहां-कहां भटकता रहा ? कब मेरी जिंदगी यहां तक आ गई, मुझे खुद भी पता नहीं चल सका। तभी मेरे बड़े भैया-भाभी की सड़क दुर्घटना में अचानक मौत हो गई। उस वक्त मैं ही सबसे बड़ा था। भाई के दो बच्चे थे। सारी जिम्मेदारी मेरे कंधों पर थी क्योंकि मैं ही एक मात्र कमाने वाला था। पापा रिटायर हो चुके थे, बहिनों की शादियां हो चुकी थी, अब क्या करता मैं ? बच्चों को अपने साथ शहर लेता आया और उनकी जिम्मेदारियां पूरी करते-करते कब खुद मेरी जिंदगी उम्र के 40 मोड़ पार कर चुकी, मुझे वाकई इसका अहसास नहीं हुआ। उसी वक्त भाई की मौत के बाद रोते-बिलखते पैरेंट्स के सामने मैंने संकल्प ले लिया था 'अब इन्ही का भरण-पोषण करता रहूँगा।

फिर से शादी नहीं करूंगा...। मां ने उस वक्त भी रोते हुए कहा था.–'बेटा, ऐसी प्रतिज्ञा नहीं करते। ये भी पलते रहेंगे और तू भी अपनी जिंदगी जीता रहेगा। लेकिन मैं नहीं माना सो नहीं माना। पता नहीं क्यों और किस भावावेश के तहत मैंने वो भीष्म प्रतिज्ञा कर डाली ?

लखनऊ शहर में मेरा स्थानांतरण हुआ। भैया के बच्चे बड़े होते गए और उन्हें बोर्डिंग में डालकर मैं थोड़ा निश्चिंत हुआ तभी रचना से धीरे-धीरे दोस्ती बढ़ती गई। हाँ-मुझे उससे सहानुभूति थी। इतनी अच्छी... इतनी तेज बुद्धि वाली पढ़ी-लिखी समझदार लड़की का रोता-बिलखता चेहरा मैं नही देख पाता था। मैं उसे खुश करने के उपाय ढूढ़ा करता। सीदी-सादी लड़की। कोई मेकअप नही। साधारण कपड़े। कोई दिखावे वाली बातें नहीं, लेकिन बुद्धि की तेज थी वह। मैने उसे एक्टिव देखा। चार लोगों के मुंह से उसकी तारीफ सुनी। उसके काम की तारीफ, व्यक्तित्व की और व्यवहार की भी। मैं सोचता–यह लड़की इतनी सुस्त, इतनी उदास क्यों रहती है ? ऐसा मैं क्या कर डालूँ कि इसके होठों पर हंसी आती रहे। मैंने धीरे-धीरे उससे दोस्ती का हाथ बढ़ाने हेतु पहल की। मैं सचमुच उससे दोस्ती करना चाहता था। पढ़ी-लिखी लड़कियों से बातें करना भला किसे नही सुहाता ? धीरे-धीरे रचना के व्यक्तिगत जीवन के गूढ़ रहस्यों को जानता गया। उसकी तकलीफों को सुनकर उन्हें दूर करने की तरकीबें उसे सुझाता। कैसे भी हो, उसे उस भंवर से बाहर निकालना चाहता था लेकिन वह लगातार उसी दुष्चक्र में फंसती गई। मैं देहरादून चला आया ट्रेनिंग में, उधर उसने घर छोड़ने का निर्णय ले लिया। अब मैं क्या करता ? कैसे वह अकेली रहेगी ? मुझे सचमुच चिंता होने लगी। मैने किसी तरह उससे मिलने का टाइम निकाला। घर सुरक्षित स्थान पर देखा। उसे कई सारे फ्रण्ट पर काम करते देखकर अन्दरूनी खुशी हुई। रचना का व्यक्तित्व टूटा नहीं था। वह पहले से ज्यादा मजबूत होने लगी थी। यह मेरे लिए प्रसन्न्नता की ही नहीं बल्कि गर्व और संतोष की बात थी। मैं सचमुच रचना से प्यार करने लगा था। 'आई एम इन लव...' अब इतने सालों बाद मैं अपने घर वालों से किस मुंह से शादी के लिए बात करूं ? घर वाले क्या-क्या नहीं कहेंगें ? एक बच्ची की मां के संग शादी कर रहा है उन्हें इस बात की ज्यादा चिंता रहेगी। इतने सालों तक इतने अच्छे-अच्छे रिश्ते ठुकराए और पसंद भी आई तो एक तलाकशुदा औरत ने गांव वाले रचना को किन निगाहों से देखेंगे ? अनु को प्यार दे पाएंगे वो लोग ? छोड़ी हुई औरत से शादी की..., ऐसा कहकर ताने देगें ? दूसरी वजह..., मुझे इतने सालों से अकेले रहने की आदत पड़ गई है। कब किस तरह उठकर कही भी चल देना है। मुझे किसी से हिसाब-किताब नही लेना-देना है। मैं क्या किसी के साथ बंधकर रह पाऊंगा ? लेकिन नहीं, रचना और किस्म की है। स्त्री स्वतंत्रता का पक्षधर तो मैं भी हूँ लेकिन परंपरागत मोह से मुक्त हो पाना बहुत आसान नही होता। क्या रचना मुझे तवज्जो देगी ? उसके इतने मित्र

हैं। खूब फैली-फैली उन्मुक्त जीवन-शैली है..., क्या वो मुझे अपेक्षित प्यार दे पाएगी ? मैं शादी करके उसे थोड़ा सा तो बांधूँगा। शायद कुछेक जरूरी बंदिशें भी लगानी पड़ें, क्या वो सह पाएगी ? आखिर रचना को भी तो अकेले रहने की आदत पड़ गई हैं। कहीं हम दोनों के बीच ईगो या विरोधाभास तो पैदा नही हो जाएंगे ? मुझे रचना के बारे में सोच-सोचकर डर लगने लगता। स्त्री स्वतंत्रता की प्रबल पक्षधर है वो तो, फिर कैसे क्या होगा ?

मैं जानता हूँ, वह मुझे प्यार करती है। मेरे लिए कुछ भी करने को तैयार हो जाएगी। लेकिन एक दिन तो यह ज्वार थमेगा ही। फिर... ? क्या रचना हमारे घरवालों का दिल जीत पाएगी ? परंपरागत बहुओं जैसी उनकी अपेक्षाओं पर खरी उतर पाएगी ? मेरी जो डैमोक्रेटिक छवि उसने बना रखी है, क्या मैं उतना डैमोक्रेटिक हो पाऊंगा ? कथनी-करनी में गैप होता है। हो सकता है, व्यावहारिक जीवन में उतनी आजादी मैं न दे पाऊं। सोशल वर्क करना और बात है, घर-परिवार संभालना और बात है। आखिर रजत के साथ यही परेशानियां तो थी कि वह रचना से घरेलू पत्नी की अपेक्षाएं करता रहा जिसे वह पूरी करने में असमर्थ रही। तो क्या रचना मेरी अपेक्षाओं पर खरी नही उतर पाएगी ? मेरे घर वाले रचना से उल्टा-सीधा बोल सकते हैं... पता नहीं वह सह भी जाएगी कि नहीं ? प्रगतिशील बातें करना और बात है, जीवन में उन्हें हू-ब-हू उतार पाना और बात है। मैं इन अन्तर्विरोधों को बखूबी जानता हूँ इसलिए डर लग रहा है कि क्या—कैसे प्लान करके जीना है कहाँ-कहाँ कठिनाइयां आ सकती है ? रचना को मुझसे वैसी अपेक्षाएं होंगी जैसा मैं बोलता रहता हूँ, क्या मैं सचमुच उन्हें निभा पाऊंगा या हू-ब-हू वैसा कर पाऊंगा ?

कुछेक संस्कार हमेशा तंग करते हैं। पुरुष अहं कह-कहकर रचना जिन बातों का मजाक उड़ाती है। मैं उसके साथ-साथ मजाक में हंसता रहा हूँ लेकिन वही बातें कड़वी हकीकत भी हैं। मैं इतनी उन्मुक्तता का पक्षधर शायद प्रैक्टिकली न हो पाऊं। रचना के प्रति पजैसिव तो आज भी हूँ लेकिन कहता नहीं हूँ। यह सोचकर कि इसे बुरा लगेगा। बाद में क्या मैं अपने को इतना जज्ब कर पाऊंगा ? बाहर से कुछेक बातें अच्छी न लगते हुए भी मैं रचना की हां में हां मिला देता हूँ। उसे खुश रखने के लिए झूठ-मूठ में तारीफ कर देता हूँ। क्या वो चीजें बाद में शेष रहती है ? स्त्री को घर संभालते हुए या घरेलू कार्य करने वाली छवि जो मेरे मन में भी कही गहरे खुदी हुई है, क्या मैं उससे मुक्त हो पाऊंगा ? मैं रचना से थोड़ी बहुत अपेक्षाएं तो करूंगा ही। क्या उन्हें वो पूरा कर पाएगी ? ठीक से ढंग से घर रखना या कायदे से सब चीजें यथास्थान रखना और संभालना मेरी भी हॉबी है। मेरे घर वालों का उचित सम्मान करना और तमाम घरेलू स्त्रियों वाले काम वो कर पाएगी ? पता नहीं क्यों मैं उतना आश्वस्त नहीं हो पा रहा हूँ। मन में अनजान किस्म का डर और तनाव छाया रहता है। रचना पता नही किस तरह कैसे रह पाएगी मेरे संग ?

बावजूद इन सवालों की बौछार के मैं रचना को तहेदिल से चाहता हूँ। उसकी चिट्‌टी पढ़कर लग रहा है जैसे वो अपने पूरे सौन्दर्य, विस्तार और वजूद के साथ सामने खड़ी है। उसे आगे बढ़ते देखकर खुशी होती है। उसकी तेज बुद्धि का कायल भी हूँ मैं। उसकी जीवटता, जिंदादिली और हंसमुख स्वभाव देखकर मैं मुग्ध हो उठता हूँ। रचना मेरे लिए कुछ भी करेगी। यह सोच गलत नही है मेरी। वह भी मुझे उतनी ही गहराई से डूबकर प्यार करती है फिर जो इतने बाहरी लोगों के लिए इतना सब कर सकती है, क्या वह मेरे घर वालों के प्रति नही कर पाएगी ? करेगी, जरूर करेगी। बल्कि मैं उस पर शक करके यानी उसकी क्षमता पर शक करके कहीं न कहीं गलत सोच रहा हूँ। अपने प्रति भी गलत कर रहा हूँ। मैं खुद कहां रह पा रहा हूँ ठीक से उसके बगैर ? वह मेरा अभिन्न अंग बन गई है। रचना, आई मिस यू डेली। यह आवाज मेरे गले से सुबह उठते ही निकलती है। मेरी स्फूर्ति ओर ताजगी का स्रोत है वो। उसकी चिट्‌टी मेरे लिए मल्टी विटामिन्स से कम नही है। माई ओनली लाइफ लाइन... माई रचना। उसके बगैर मैं कितना अकेला हूँ। कितनी आधी–अधूरी जिंदगी जी रहा हूँ।

मेरा देहरादून प्रवास रचना को समझने और महसूस करने के लिए भारी पड़ा मेरे लिए। उसके बगैर जीवन में सब कुछ खाली-पीला लगता है। इस घुटन में रचना से बातें करके मेरा पूरा दिन खिल उठता है। मेरी संजीवनी शक्ति है वो। जो होना है सो हो जाने दो लेकिन रचना मेरे लिए सबसे जरूरी है। उसकी आवाज सुनकर लगता है जैसे मेरे मन के तमाम बंद कोनों को या जाम तालों को किसी ने एक झटके से खोल दिया हो। लगता है जैसे कानों के पास चहचहाती चिड़ियां सुबह होने का संकेत दे रही हो, वैसी सुरीली आवाज है रचना की जो रस घोलती है मेरे कानों में।

रजत ने उसे तोते की तरह पिंजड़े में पाल रखा था...। उसका भला क्या कुसूर था ? आज वह अपने नैसर्गिक गुणों का विकास कर रही है। मूर्ति बनाने वाले को श्रेय देती है रचना तो। लेकिन मेरा मानना है कि वैसी लगन और एकाग्र तन्मयता हो कि दुनिया देखती रह जाए, भई वाह! क्या मूर्ति है ? मुंह से बरबस यही शब्द निकल पड़ें और दुनिया उसके पीछे चल पड़े। मैं रचना को उन्हीं ऊंचाइयों पर देखना चाहता हूँ। मेरा सपना है यह जो जरूर साकार होगा। मैं रचना का इन्तजार करता रहूँगा। हां, मैं उसे चाहता रहूँगा... हमेशा... हमेशा...।

पहाड़ी बारिश

जीवन बड़ा रहस्यपूर्ण लगता है धुएं जैसा जो देखते ही देखते पता नहीं कहां विलुप्त हो जाता है। कुछ ऊष्मावान अहसास पता नही कहां से प्रकट होते है। कहां गायब होने लगते हैं 'हम नहीं जान पाते।' कभी-कभी यही धुआं जब सीधे-सीधे आंखों में घुस जाता है तो थोड़ा सा आभास होता हैं आंखों को लेकिन हमारे पास तक आते-आते वह धुआं बीच में ही किसी और दिशा में रूखसत कर जाता है। हम उसे ताकते ही रह जाते हैं... सोचते है कि काश! उसे पकड़ पाते... किसी तरह तो वह मुझे छूता हुआ निकलता लेकिन अमूर्त हवा हो या धुआं या कोहरा पास जाने पर शिद्‌दत से यही बात कचोटती है कि अरे! कहीं कुछ पकड़ में नहीं आता मुट्‌टी खाली की खाली रह जाती है। वे अहसास घनीभूत नन्हीं ओसों की बूँदों में बदल जाते हैं और कुहरे को भेदने पर भी हमारे हाथ कुछ नहीं आता। क्यों है ऐसा ?

तारीखें दर तारीखें निकलती चली जाती है। समय अपनी गति से अपना रास्ता नापता रहता है...। हमारे लिए कब-कौन सा लमहा खुशी विछा जाए—यह भी एक रहस्य है। हमारे वश में तो कुछ है भी नहीं ? ज्यादा से ज्यादा यही कि काम करते रहो। चले चलो इस यात्रा में ये जहां भी ले जाए। बिना किसी ख्वाहिश को दामन में बांधे आगे बढ़ते चलो। इस सुदूर यात्रा में कई राहगीर आएंगे-जाएंगे मिलेंगे-विछुड़ेंगे किसी नये साथ जैसा भ्रम देंगे लेकिन हमें उनकी उंगली पकड़कर पराश्रित नही होना है। फिर भी जीवन जो देता है, लेना पड़ता है चाहे-अनचाहे दोनों रूप में जिंदगी की खबर रखनी पड़ती है।

दिनोंदिन सघन होते कुहरे की दीवारों में पूरी ताकत से सिर घुसेड़ने पर भी मुट्‌ठी में कुछ नहीं आता बल्कि अपने सिर में अवसाद की गोल-गोल बूँदों को भिगोने के सिवाए और भला क्या मिलेगा मुझे ? बार-बार हकीकत के बड़े-बड़े काले बादल आकर चिंघाड़ने लगते—'रचना-, अपनेबारे में सोचो। इस पहलू पर ध्यान दो कि यदि नदी के दोनों किनारों की तीव्रता में एक जैसा आवेग नहीं है तो एक किनारे को तो देर-सवेर सूखना ही है। धार बनने के लिए दोनों किनारों की तीव्रता जरूरी है। जमीनी हकीकतों से रू-ब-रू होना सीखो। सूरज की पहली आंख लगते ही कैसी

भी गीली जमीन पल भर में सूखने लगती है। बावजूद इसके पुराने संदर्भो को कितना भी काटकर फेंकना चाहूँ लेकिन वे रह-रहकर मुंह उठाकर चिढ़ाने की कोशिश करते रहते हैं।

आज अचानक रजत को उसकी नवविवाहिता के संग देखा और न चाहते हुए भी पेट में खौलन उठी। मन में अंधड़ चलने लगा। रह-रहकर वही सीन किसी पुरानी फिल्म की तरह बार-बार आँखों के सामने रिवाइंड होता जा रहा है। मैंने खुद को समझाना शुरू किया—'रचना, अपने द्वारा लिए गए निर्णय को अपनी आंखों से जीते हुए देखने में क्यों हो रही है इतनी तकलीफ ? जिस क्षण तुमने उस हलाहल को घूँट-घूँट करके गले से नीचे उतारकर शिव की तरह अमृत मानकर धारण कर लिया और अपने ऊपर विजय हासिल की फिर वही सब देखकर काहे का अफसोस ? कैसी खरौंच ? और भला क्यों ?

सच को सोचने और जीने में फर्क होता है दोस्त, अंदर से एक मिमियाती सी आवाज उभरी जिसे मैने सहलाकर गोदी में विठाया और उसके सिर पर हाथ फेरते हुए पुचकारा—'हम सच को जान-बूझकर स्थगित करते रहते हैं लेकिन सच को दूर रखने की हमारी तमाम कोशिशें एक दिन भरभराकर जमीन पर गिर पड़ती है। सच्चाई ने जता दिया कि हम लंबे समय तक छुपे नही रह सकते। बाहर निकलकर सारी दुनियां को अपना मुंह दिखाकर ही चैन से बेठेंगे।'

ओफ! क्या जिंदगी है... एक लंबी सांस खीचती हूँ... धीरे-धीरे रगों में फैलते दर्द को महसूस करते हुए सोचा—'जीवन में सबकी अलग-अलग भूमिकाएं होती है हम तो निमित्त भर है प्रकृति के हाथों खेलने वाले खिलाड़ी है हम, और क्या?

अनुराग, हां तुमसे सीखी थी मैने जीने की कला—'रचना अपनी नैसर्गिक ऊर्जा और प्रकृति को बनाए रखना हमेशा। तुम्हें पढ़ते हुए एक पल के लिए तो ऐसा लगने लगता है जैसे तुम पूरे विस्तार के साथ मेरे सामने प्रस्तुत हो। रचना, तुम्हें शालीन भी बनना है और सशक्त भी। तुम लिखती हो—सूखी तपती जमीन पर मजबूती से पैर जमाकर चलने वाले मेरे जैसे इंसान के साथ कहां तक चलेगी तुम्हारी कोमलता, अधीरता और भावुकता ? तो माई डियर रचना, इतना टची मत बनो प्लीज। मेरी खातिर थोड़ा सा व्यावहारिक भी बनना पड़ेगा तुम्हें।

पढ़ते-पढ़ते मन उछलने-कूदने लगता है लेकिन पैर तो जमीन पर टिकाने है—यह भी मैं जानती हूँ। मेरे मन में अनुराग की जो इमेज है वह उससे जरा भी मेल नही खाता बल्कि कभी-कभी तो विपरीत पड़ता हैं सचमुच ऐसा बेहद-बेहद कम होता है कि वह मेरी चाहतों के अनुसार रहे। विल्कुल वैसा हो पर हम करें तो क्या करें ? किसी उददेश्य के लिए जीना हां यही है मेरा पाथेय। अचानक याद आया कल ही एक लंबा आलेख पढ़ा था किसी पत्रिका में कि किस तरह अपनीमौजूदा स्थितियों को अपने हाथों अपने अनुसार मोड़ने में जुटे हैं सैकड़ों लोग। बात चाहे महाराष्ट्र

की हो या कर्नाटक की, राजस्थान के सुदूर गांव में कार्यरत मीणा हो या बिहार के विश्वकर्मा—इन तमाम लोगों ने मिसालें कायम की है बेमिसाल ढंग से। ये लोग अपने अंदर धड़धड़ाते उस नन्हे अहसास को किस कदर बड़ा आकार देते चले गए थे। मैं यह देखकर खौल उठती कि लोग अमूमन सरकारी सहायता की कमी का रोना रोते है और ज्यादा से ज्यादा ग्रांट पाने के लिए किसी के भी सामने अपना हाथ पसारने में नही हिचकते लेकिन उन्हीं हाथों द्वारा कुछ कर गुजरने का माद्दा क्यों नही खदबदाता इनके अंदर ? हम तमाम दबावों के आगे लाचारी का रोना रोते फिरते हैं, बेबसी में फंसे कांव-कांव करते फड़फड़ाते रहते हैं। हमारे दिलो-दिमाग में शिकायतों का अंबार भरता जाता है लेकिन यदि हम अपने अन्तर्मन में झांकें तो पाएंगे कि हम वाकई कितने आलसी हैं, ऐसे सवाल मैं बार-बार खुद से करती रहती। इस मौजूदा व्यवस्था से उबरने के लिए चाहिए हौसला। जो सबसे बड़ी ताकत है वह है—सामूहिक प्रयास। यदि हम अपने साथ औरों को जोड़कर किसी भी काम को करने का बीड़ा उठाएं एवं स्थानीय स्तर पर उपलब्ध संसाधनों एवं एकजुटता की सामुदायिक भावना से लोगों की जरूरतों को पूरा करने का ठान लें, तो तकदीर बदलना बहुत मुश्किल नही होता।

कुछ स्वयं-सेवी संस्थाओं की धाक तो दूर-दूर तक है मनीषा की संस्था 'मासूम'में तमाम कार्य हो रहे हैं, जैसे घरेलू हिंसा और शराबखोरी के खिलाफ आंदोलन छेड़ना, बच्चों की शिक्षा और महिलाओं के लिए व्यावसायिक प्रशिक्षण की व्यवस्था करना विशेष रूप से उनके लिए बचत और ऋण कार्यक्रमों के जरिएं 'स्त्री धन' मुहैया कराना ताकि वे स्त्रियां अपने पैरों खड़ी हो सकें। योजनाएं लागू कराना हमारा नही-इनका काम हैं—'मनीषा मुस्कराते हुए जबाब देती है। उनके चेहरे पर काम की चमक और आत्मविश्वास देखकर मेरे मन में कौंध भर उठती है।

वाकई इस संघर्ष को जन-आंदोलन में बदलने की जरूरत है गांव से लौटकर बार-बार ऐसे प्रसंग मुझे विचलित करते रहते। गांव के उन बूढ़े लोगों की निरीह आंखों से झांकती लाचारी और बेबसी की स्मृति से आंदोलित होती रहती मैं। चाहकर भी वे चेहरे स्मृतिपटल से गायब नहीं हो पा रहे थे खास तौर पर वे बच्चे जिनके मन को बूझने की कोशिश ही नहीं की गई। सरकार से गांवों की प्रगति के बारे में उम्मीद करना बेकार है। राजनीति द्वारा यदि बुनियादी स्तर पर किसी भी तरह के बदलाव के बारे में सोचा भी जाए तो इसके मौके बहुत ज्यादा बचे नही हैं। राजनीति मायने चुनाव और चुनाव मायने बहुमत जुटाने का घिनौना खेल।

जबकि आज की सबसे बड़ी जरूरत है सामुदायिक स्तर पर साझे-प्रयास शुरू किए जाएं। सरकार और जन प्रयासों के बीच की जद्दो जेहद में कौन जीतता है ? यह सवाल ही थोड़ा बचकाना जान पड़ता है, क्योंकि स्थानीय स्तर पर साझी संस्कृति, साझे प्रयास, एवं जन संगठनों द्वारा किए गए तमाम संघर्षो से नई जमीन मिलती

है जहां खड़े होकर हम अपनी आवाज उठा सकते हैं। तो ऐसा क्या किया जाए, कैसे किस स्तर से किया जाए जिससे मेरा यह जीवन अर्थवान बन सके। कैसे हो यह सब? किस दिशा की तरफ बढ़ूं ?

संवर्धन के माध्यम से कुछ और कार्य शुरू किए जा सकते हैं। चल रहे कार्यों में कुछ नए काम जोड़कर नया मोड़ दिया जा सकता है, खास तौर पर गांव की स्त्रियों और बच्चों के लिए तत्काल कुछ करने की जरूरत है। सोचती हूँ तो रह-रहकर मनीषा का चेहरा आंखों के सामने घूम जाता। आई.आई.टी की मेधावी इंजीनियर ने बैंगलोर की विप्रो कंपनी की नौकरी छोड़कर 'मासूम' संस्था स्थापित की। उनकी पहचान अब 'मासूम' से जुड़ गई है।

हालात बदलते हैं, घटनाएं बदलती है, संदर्भ बदलते हैं तो हमारी मनःस्थिति भी बदलती जाती है। चाहे-अनचाहे पुराने रास्ते छोड़कर हमें नए रास्ते पकड़ने पड़ते हैं। जिन पर चलते-चलते महसूस होता हैं कि अरे! यह तो व्यक्तित्व को ऊर्जस्वित करने वाला रास्ता है। नयेपन की यह सौंधी गंध मीठी छुअन बनकर हमारी रगों में दौड़ने लगती है फिर धीरे-धीरे वहीं रास्ते हमें मंजिल की तरफ पहुंचाते हैं।

यह तुम्हारे राग... तुम्हारी संवेदना... तुम्हारी इच्छा... तुम्हारी शक्ति का विस्तार है अनुराग कि रचना की, सुप्त मनोदशा करवट बदलकर सुदूर रास्तों का संस्पर्श करने लगी है। जीवन एक रेखीय, द्विरेखीय या त्रिभुजाकार ही नही बल्कि वर्गाकार वृत्त भी होता जा रहा है। बहुत दिनों बाद कुछ स्कैचैज बनाने का मन किया। जितनी बार पेन्सिल से कुछ रेखाएं खीचने की कोशिश करती, हर बार गांव के वे झुर्रियोंदार चेहरे याद आने लगते। फिर सोचा, चलो यदि अचानक से कोई नया चैप्टर जीवन में खुल रहा है तो उसे यूँ जर्बदस्ती बंद करना भी ठीक नही। पुराने संदर्भों को एक झटके से काटकर फेंक देना बहुत मुश्किल होता है। इन दिनों मैं महसूस करती एक गहरी उदासी और खूब सारा अकेलापन मेरे इर्द-गिर्द बैठा रहा। मैं चाहे कितने सारे नए-नए कामों में खुद को झोंक दूँ लेकिन नींद फिर भी नही आती रात-रात भर।

क्यों होता है ऐसा ? मन में लहरें उठती-गिरती है। समंदर का धड़धड़ाता आवेग पूरी ताकत से किनारों तक आता लेकिन मुड़ने के लिए अभिशप्त है वह भी, तो क्या है मेरा जीवन भी ? जिसके चारों और बैठी है दूर-दूर तक बिखरी ऐसी धूप जिसकी छांह का कोई भी कतरा नजर नहीं आ रहा है और पेड़ हैं इतनी दूर और इतने ऊंचे कि वे अपनी छांह जमीन तक पहुंचा नहीं पाते। मैं बार-बार इन्हीं भूल भुलैयों में भटकते रह जाने को अपनी नियति मानकर जी रही हूँ। इस धरती की छटपटाहट को कोई बूझ पाया है ठीक से? बुद्धि के पैने औजारों के वावजूद भावनाओं का ज्वार थमता नही बल्कि और वेग से उमड़ता है लेकिन एक बार यदि हमने खुद पर विजय पाना सीख लिया तो यकीनन हमने जीने की कला सीख ली जीना यानी अपने बलबूते जीने की आदत डालना।

भावनाओं के वावजूद हमें जीना पड़ता है अपने अस्तित्व की उठापटक के साथ। कितना बड़ा सच है कि किसी भी व्यक्ति का कही कोई विकल्प होता ही नही है, हो भी नही सकता, क्योंकि विकल्प दरअसल होते ही नही है। बस हम है कि अपनी सुविधानुसार विकल्प जैसे शब्द गढ़ लेते हैं। वैसे भी प्रेम सबके जीवन का लक्ष्य नही हो सकता क्योंकि हर व्यक्ति के जीवन की मांगें अलग-अलग होती है जिन्हें उसी ढंग से पूरा भी करना पड़ता है।

कभी-कभी सोचती मेरे अंदर बसे इस रेगिस्तान में बादलों का दिखना भी मेरे लिए प्रीतिकर अहसास है। मेरे अंदर बसा है इतना बंजर कि दूर से दिखता पानी का नन्हा सोता भी सुहाताहै मन को। हल्के-हल्के छिटके भी सरसता भर देते हैं मेरे अंदर। तो क्या अनुराग के बोल पानी के हल्के छींटे भर है मेरे लिए ?

एक जरा सा फैसला हमारे पूरे जीवन की सीरत और सूरत बदल डालता है। मगर सवाल यह भी है कि कभी के लिए फैसले बाद में गलत साबित नही होते क्या ? अगर आज ऐसा-ऐसा फैसला लिया होता तो वर्तमान जीवन ज्यादा सुन्दर होता--इसकी भी क्या गारंटी है ? जिसे जब सही मानती गई..., करती गई। यूँ भी जीवन मैं कोई साइन्स जैसा फार्मूला तो होता नही कि ऐसा-ऐसा करने से ऐसा-ऐसा होगा ही। बल्कि जब जैसी परिस्थितियॉ सामने आती जाएं वैसा-वैसा करना पड़ता है।

एक रजत जो परंपरा के वर्षो पुराने पौधे को खाद-पानी धूप दिखा-दिखा कर पालने-पोसने वाला यथास्थितिवादी... इंसान जिसके लिए स्त्री-पुरुष संबंध पेरैंटस-चाइल्ड रिलेशनशिप जैसा था। स्त्री को बच्चा समझकर अपने को श्रेष्ठता और बड़प्पन के भावों को धारण किए रहता और अक्सर खुद किसी अड़ियल बच्चे की तरह अपनी बात पर डटा रहता था जैसे एक खिलौना तोड़ने के बाद भी बच्चा यहीं कहता रहे कि नहीं..., नहीं..., मैने कहां तोड़ा था इसे ? इसे तो टूटना ही था। वह किसी भी सूरत में हार मानने को तैयार नही था।

दूसरा अनुराग जैसा मस्तमौला-फक्कड़ इंसान जिसके लिए मेरा व्यक्तित्व हमेशा पहेली की तरह अबूझ बना रहा। जब भी उससे किसी भी तरह की छोटी-सी भी अपेक्षा पाली--(चाहे वह जन्मदिन या नव वर्ष पर शुभकामना संदेश ही क्यों न हो)--हमेशा दुख उठाना पड़ा। ऐसा बेफिक्र व्यक्तित्व जो जहां भी रहेगा, वहीं का होकर रह जाएगा। कितनी तकलीफ उठानी पड़ती थी जब मैं उससे अपेक्षाएं रखती थी क्योंकि वे कतई पूरी नहीं होती थी। ...फिर मैंने एक दिन तय किया क्यों न उस पेड़ से हिलगी अपेक्षाओं के पत्तों को हिला-डुलाकर झाड़ दें जिन्हें देर सवेर झड़ना ही था क्योंकि वे पत्ते उस पेड़ का अभिन्न हिस्सा थे ही नहीं। चूँकि जड़ों में से निकलने वाले पत्ते तो वे थे नही तो भला कैसे टहनियों-शाखाओं, प्रशाखाओं तक पहुंच कर विस्तार पा सकते थे ? हां कुछ लमहे यूँ ही अनायास आते है जो होते

है बेहद जानदार। तब जिंदगी हल्की फुल्की लगने लगती है। लगता है जैसे बादलों के नन्हे-नन्हे टुकड़े मेरी गोदी में आ गिरे है कि हमें छूकर महसूसो और मुट्ठी में पकड़कर छितराती चलो नील गगन के ओनों-कोनों तक। सुबह के सघन कुहरे में से टपकता बूँद-बूंद पानी और चलती ठण्डी हवाएं जैसे कोहरे में किसी ने सुराख कर दिया हो और बढ़ती जाती ठण्डी झकोरें अंतस में। लगता हैं बांहें फैलाकर मांग लूं ढेर सारी खुशियां कुदरत से..., ईश्वर से, और अपने हिस्से की खुशी को बांट दूँ सबके बीच। देने और देते रहने में कितना अद्भुत सुख है लेकिन कितने जान पाते है इसे ?

संबर्धन

कुछ नन्हे-नन्हे पौधे पनप रहे हैं मेरे इर्द-गिर्द। जिसे मैं तटस्थ होकर देख रही हूँ! इन छोटे-छोटे पौधों को हवा में लहराते हुए देखकर लगता है जैसे मैं आसमान में तैर रही हूँ दोनों हाथ-पैरों को उन्मुक्तता से फैलाए हुए। मन में खुशियों के छींटे पड़ते हैं। नन्ही बूँदें मन के तपते रेगिस्तान में राहत के फूल बिछाने लगती है। धीरे-धीरे खुद के अकेले पड़ते चले जाने का उदासी को परे छिटककर मैं दूसरे धरातलों पर पूर्ण संलग्नता के साथ जुटती जा रही हूँ।

'संबर्धन' क्लब को संस्था का रूप दिए जाने की प्रक्रिया धीरे-धीरे विस्तार लेती गई। छुटपुट कागजी कार्यवाईयां हुई। रजिस्ट्रेशन का मुहूर्त निकाला गया और हम सब 10 लोगों ने सक्रिय भूमिका निभाई। संबर्धन की जगह 'नया प्रयास' नाम भी किसी ने सुझाया था, लेकिन फिर सबको संबर्धन ही पसंद आया। शुरू में 8-10 सदस्य थे। 4 महिलाएं 6 पुरुष फिर एक सप्ताह के अंदर 4 सदस्य और बन गए। संबर्धन से जुड़े कानूनी पचड़ों वाले काम संभाल लिए मि. अवस्थी ने, जिन्होंने पहले भी जेल से बाहर निकालने वाली महिलाओं के लिए कानूनी औपचारिकताओं वाले लफड़े निबटाए थे। दूसरे कर्मठ सदस्य थे मि. वी. पी. सिंह जिन्होंने सपत्नीक मेरी संस्था के आजीवन सदस्य का ही नही बल्कि सचिव पद को भी सहर्ष स्वीकार कर लिया। वे मेरे इंजीनियरिंग कालेज के मित्र थे जो संयोगवश मेरे शहर में स्थानांतरित हो कर हाल ही में आए थे। ब्रजेन्द्र ने न केवल मेरे इर्द-गिर्द फैले भारी-भरकम अवरोधों को हटाने की अन्दरूनी ताकत दी बल्कि लगातार ऐसे काम करते रहने हेतु मेरा हौसला भी बढ़ाया—'रचना हम सब साथ है तुम्हारे, तुम बस पूरी ताकत से अपने चुने रास्तों पर आगे बढ़ती रहो। तुम लगन से काम में जुटी रहो... बस।

'संबर्धन' के वैनर तले कुछ जरूरी कार्यो को पूरा किया जाना है मसलन—गांव में मेडिकल कैम्प लगाना, गर्ल एजूकेशन और पतियों से प्रताड़ित अकेली अलग रहती सतायी महिलाओं से जुड़े सुधार कार्य। लेकिन सबसे पहले हमने सर्वसम्मति से मेडिकल कैम्प लगाने का फैसला लिया। जगह के लिए मैंने सबसे पहले अपने ही गांव को चुना जहां मेरा घर (नानी वाला) था। हमने मिल-बैठकर तय किया कि 2000 रुपये महीने ऐसे डाक्टर को देगें जो बी.ए.एम.एस. या होम्यापैथी करके खाली बैठा हो या कही प्रैक्टिस भी करता हो जो हर शनिवार को गांव में जाए सुबह 8 से 2 तक।

मरीजों की फीस 5 रूपए मात्र जिसमें दवा भी शामिल होगी। यदि 100 रूपये भी शुरू में मिल गए तो कुछ नहीं तो दवा का खर्च निकल आएगा। हममे से प्रत्येक सदस्य ने 10-10 हजार रूपये इकट्ठे करके एक लाख रूपए फंड में जमा कर दिए जिससे मिलने वाले ब्याज से संस्था का खर्च निकलेगा। डॉक्टर 2000 रूपये में तैयार हो गया जिसे महीने में सिर्फ 4 बार गांव जाना पड़ता था। कार्यक्रम के उद्घाटन की व्यवस्था की गई। इधर 2-3 माह से मेरा फोटोग्राफी शौक बढ़ता जा रहा था। सो कैमरा ले जाना मैं कतई नही भूली।

मेडिकल कैम्प की शुरूआत उत्साहबर्धक रही। डॉंक्टर शकील अहमद बेग जो पास के हैल्थ सेण्टर में काम करते थे, वे सप्ताह में 2 बार 6 घंटे गांव में देने के लिए तैयार हो गए। गांव उनके कस्बे से मात्र 4 किलोमीटर की दूरी पर स्थित था। उस दिन वे अपने स्कूटर से ठीक समय पर गांव पहुंच गए थे। मैं ब्रजेन्द्र-मीता, अवस्थी जी, सुरेश-चंद्रभूषण वगैरह 6-7 लोग तो सुबह से ही वहीं पर थे चूँकि मैने वहां के लोगों से मेडिकल कैम्प लगवाने की चर्चा की थी। उन लोगों को एक दिन पहले ही खबर कर दी गई थी। उद्घाटन के लिए हमने गांव प्रधान को सपत्नीक बुलाया था। 2-4 बूढ़े-बुजुर्ग लोग अपने-आप चले आए थे दुबेजी, संरपंच रह चुके मैथिली कक्का, नरेश चौबे चाचा और आस पड़ोस वाले सभी लोग वहां पहुंच गए थे। चाय-नाश्ते का प्रबंध मेरी मुंह बोली चाची ने किया था जिनकी लाड़ली के साथ मैं छुटपन में खेलती थी। मेरी नानी की सहेली जिया जिन्होंने मुझे बचपन में पाला-पोसा-उनकी एकलौती संतान की बहू उर्मिला भाभी ने भी खूब भाग-दौड़ की। उन्होंने ही नानी वाले घर की सफाई करवाकर सबको बिठाने की व्यवस्था की। दो तख्त मंगवाए जिन पर जाजिम विछवाए गए। नाश्ते में सूखे आलू की सब्जी और पूड़ियां तलने के लिए उर्मिला भाभी की मदद के लिए 2-3 औरतें अपने आप आ गई थी।

समाज के विकास और उत्थान के लिए क्या-क्या किया जाना है और कैसे किया जाना है ? किस तरह विकास की पहली सीढ़ी है हमारे गांव... बोलते हुए सरपंच ने मेरी तारीफों के पुल बांधने शुरू किए जिसे मैंने इशारे से रोकना चाहा लेकिन वे नही रूके। बिना माइक के भी उनकी आवाज दूर-दूर तक साफ-साफ सुनाई पड़ रही थी। वकील अवस्थी जी ने 'संबर्धन' के उद्देश्यों पर प्रकाश डाला और बुंदेली लोकोक्ति सुनाई—'जितनौ गहरौ कुइयां हुइयौ, पानी उतनौ मीठौ हुइयै। हमारे प्रयास आपके सहयोग से ही आगे बढ़ सकते हैं, हमें तो आपका भरोसा चाहिए बस्स...। गांव का कोई भी बूढ़ा, बच्चा, स्त्री-पुरुष जो भी बीमारी से परेशान हो लेकिन आर्थिक रूप से कमजोर हो—उनके लिए 'संबर्धन' कार्य करेगा। हमारी फीस है मात्र 5 रूपए जिसमें दवा भी दी जाएगी। जो भी छोटी-मोटी तकलीफें हों, आप लोग डॉक्टर साहब को बताएं। बाकी चीजें हमें फोन पर या चिट्टी लिखकर बता सकते हैं। हम वे

चीजें समय-समय पर भेजते रहेंगे। मोतियाबिंद का कैम्प एकाध माह बाद लगाएंगे, तब तक रचना की डॉक्टर सहेली आ जाएगी। इसके बाद वकील साब ने जब मेरा नाम पुकारा तो मैं तख्त पर खड़ी न होकर नीचे खड़ी होकर ही बोलने लगी।

—'जो काम हम करना चाहते हैं, एक बात साफ-साफ बता दें—उसमें हमारा कोई स्वार्थ नही है। सो एक बात आप लोग दिमाग से निकाल दियो कै हम कौनऊ मतलब के लानै जौ सब कर रये। पहले जब हम गांव आय ते तो समथर वाली कक्की खूब देर तक रोई ती कै बिन्नू तुम इतेक ऊंची पढ़-लिख गई तो हमाय लानै कछू तौ कर जाव। देखौ तौ हमाई आंखें फूट गई... कछू नई दिखात, कहकर वे बहुत देर तक फफक-फफक कर रोती रही। सो वई दिना हमने निश्चय कर लव कै गांव में इलाज के वास्ते कछू न कछू तो जरूर करनै। फिर हम 4-6 लोगों ने मिल-बैंठकर प्लानिंग करी और जो तरीका निकालो। जासै फायदा जरूर हुइहै। आप सब लोगन खौं इलाज के लानै इतैई आनै। हम भी 10-15 दिनन में एकाध चक्कर लगात रैहै। देखो, अबै तौ शुरूआत है सो थोड़ी-भौत दिक्कतें आहे लेकिन जब आप साथ दैहे तौ धीरे-धीरे सब ठीक हो जै। एक बात है जैसे आप फसल के लानै जमीन की निराई-गुड़ाई करत हौ..., खाद-पानी के बाद बीज बोत...वई तरीका सै जा काम के लानै मेहनत करनै हमें। भौत वार ऐसौ भी होत कै जमीन की अच्छी तैयारी करी फिर भी बीज नई फूट रव तौ आप लोग फिर सै कौनऊ दूसरी तरकीब निकारत और फिर सै उतेकई मिहनत करत, सो हमाई आप सबसे जई विनती है कि आप जा मेडिकल सेंटर की जमीन में अपने भरोसे की खाद-पानी किंछ कै ऐसौ तैयार करौ कै जाकी फसल हर हाल में तैयार हो जावै। कितेकऊ ओले-पानी की बेमौसम मार बर्दाश्त करके भी खड़ी रवै तौ बस्स ? हमें इतेकई बात करनै हती। ये डाक्टर साहब है—सनिचर, इतवार खौ आहे इतै। आप निसफिकर होकै अपनी-अपनी दुख-तकलीफ इन्हें बताइयो। 2-4 महीना देख लो आप लोग। वाके बाद गोतियाविंद अपरेसन कौ इन्तजाम करिहै। फिर बाद में एक नर्सरी खोलबे कौ भी विचार है, काम तौ भौत पकरें अब जितेक होत जाए धीरे... धीरे..., हम इतेकई सहारौ चात आप सबकौ।

बीच में ही लोगों ने तालियां बजानी शुरू कर दी। हमारे पड़ोस में रहने वाली धीरज की बहू भीड़ में से रास्ता चीरती हुई सीधे-सीधे मेरे पास आने लगी। थोड़े से घूँघट में से उन्होंने मुझे डबडबाती आंखों से देखा और बोली 'बिन्नू, जौ तौ हम लोगन को भाग है, कै आपके दर्शन हो गया। नई तौ, का धरे ते जे दरसन बहिन जी, हमाई तरफ से कौनऊ कमी नई रैहै आपके जा काम में। जौ तौ बड़े पुन्य कौ काम है बिन्नू। कितेक लोग कर पात जौ। सब तौ स्वार्थी होत जा रय...'

उस समय जो कम उम्र की भाभियां थी, वे सभी अब बुजुर्ग हो चली थी। सो 2-4 को तो मैं पहचान नही पाई उन्होंने मुझे गले से लगा लिया। इतना स्नेह

और इतना मान पाकर मैं निहाल हो उठी थी।

रास्तों पर जगह-जगह उतरती धूप के नजारे मनोरम थे। याद आते गए बचपन के वे सुहाने दिन जब घर से 2 किलोमीटर दूर स्कूल पढ़ने जाती...तो कभी-कभी पैदल चलने का मन करता था और किसी चलती बैलगाड़ी के पीछे बनी पट्‌टी पर बैठ जाती। पता नहीं कितनी देर वैसे ही लटकी रहती और बैलगाड़ी वाले को पता ही नही चल पाता था। आश्चर्य होता है कि 20 साल पुरानी जगहों में कही कोई बदलाव के चिन्ह नही दिखते। बस फर्क है तो सिर्फ इतना कि जगह-जगह एंटीना के तार लटक गए है। बिजली और टेलीफोन की लाइनें झूल रही है। आबादी बढ़ने से दिनोंदिन नए मकान बनते जा रहे हैं और सबसे तकलीफदेह तो यह बात थी कि जो खुले-खुले मैदान थे जिन्हें बड़ा चबूतरा (चौंतरा) कहा जाता था, वे तेजी से खत्म होते जा रहे थे। बस्तियां दिनों दिन घनी होती जा रही थी।

'क्या सोच रही हो रचना ?' वकील साहब ने मुझे चुप देखकर कुरेदना चाहा।

—'अवस्थी जी, कितनी चीजें वक्त के साथ-साथ धुंधली पड़ती जाती है। कोई भी चीज हमेशा नही रह सकती न ? जो आज का सच है, उसे भी तो एक न एक दिन चुकना ही है।'

—'क्यों पुरानी चीजों को सोचने में वक्त जाया करती है आप? हमारे सामने है आने वाले समय की तस्वीर। देखना एक दिन हमारी यह संस्था आत्मनिर्भर बनेगी। यस... द डे विल कम सून..., उनकी खनकती आवाज में आत्मविश्वास की चमक गूँज रही थी।

वापस लौटते हुए डूबते सूरज को नीचे खिसकते देखती जा रही हूँ जिसके आसपास बैठे थे बादलों के टुकड़े। चंद पंछी वापस अपने-अपने घरों की तरफ रूखसत कर रहे थे। ठण्डी-ठण्डी शांत हवाएं मन में ताजगी भरने लगी। यूँ ही कभी-कभी अच्छे लमहे आते हैं जिन्हें सूँघकर अपने अंतस में भरती हूँ ताजी हवा की सुरीली गंध। थोड़ी देर बाद मैं बोली—'हूँ..., 'संवर्धन' से जुड़े कामों को धीरे-धीरे और बढ़ाते रहना है। धीरज की बहू चिट्‌ठी लिखकर सब ब्यौरा लिखेगी। लिखना-पढ़ना जानती है वो। कक्षा पांच पास है...,

—'यह तो अच्छी बात है...। अवस्थी जी ने गाड़ी चलाते-चलाते एक यू टर्न दिया। दिनोंदिन बढ़ती ठिठुरन से बचने के लिए हमने अपने-अपनी जेबों में हाथ डाल लिए थे। शहर आने वाला था। रोशनियों का ढ़ेर संजाल शहर होने की पुख्ता दस्तक जो देने लगा था।

जब से मैने गांवों की डगर पकड़ी थी शायद तभी से फोटोग्राफी का शौक भी दिनों दिन बढ़ता गया। गांव वासियों के चेहरों, उन गलियों, मुहल्लों, सड़कों की दशा जिनमें हमारे गांवों की जिदंगी अपनी संपूर्णता के साथ धड़क रही है, उन चित्रों को तस्वीरों में कैद करने में मुझे मजा आने लगा। चाहे वे गोल घेरे में बैठे धूल

में सने बच्चों के मलीन चेहरे हों या कुएं से पानी भरती स्त्रियां हो या गोद में बच्चा चिपकाए खड़ी लड़की हो या सिर पर गोबर की डलिया रखे कंडा थापने जा रही महिलाएं—मैं सबको अपने कैमरे में भर लेती। कम उम्र की वे लड़कियां जिन्हें स्कूल भेजने की बजाए ससुराल भेजने की ट्रेनिंग देना शुरू करवाया जाना हो। जिनके अल्हड़ चेहरों पर सपनों की परतें अंधरों में चमकते जुगनू की तरह पल भर के लिए कौंधती, फिर पता नहीं कहां गायब हो जाती, उन्हें भी मैं कैद करती जाती कैमरे में। मुझे उस प्रायमरी स्कूल का फोटो खीचना दिलचस्प लगा—दीवारों से झड़ती धूल, जर्जरित होती छत और आगे-पीछे चारों तरफ उगते झाड़ झंखाड़। उस स्कूल में पानी पीने की कहीं कोई सुविधा नहीं थी तो बच्चों को पानी पीने आधे घंटे के लिए बाहर जाना पड़ता और इतनी ही देर लगती लौटने में। 2-4 बच्चे घर से भी पानी भरकर लाने लगे थे। मरियल कद-काठी के सांवले से मास्साब अन्दर से ऊंची आवाज में चिल्लाते रहते थे। पता नहीं क्या होता होगा पढ़ाई के नाम पर यहां? सोचकर मैं अंदर गई तो देखा-बच्चे इधर-उधर खेलने मे मस्त हैं और मास्साब टूटी कुर्सी पर अधलेटी अवस्था में झपकियां ले रहे हैं। मैंने वैसे ही पोज में फोटो खीच ली।

जाड़े की धूप की सिलवटें दीवारों पर सिकुड़ कर बैठ गई थी और वहीं बैठा था सोता हुआ कौआ। जमीन पर विछाए फटे-पुराने बोरों पर बैठे बच्चे स्लेट पर कुछ आड़ी तिरछी लाइनें खीच रहे थे। इस तेज रफ्तार समय में क्या पढ़-लिख पायेंगे ये बच्चे? कुछ बच्चे उजबक की तरह मुझे घूरे जा रहे थे। उनकी कौतूहल पूर्ण गोल-गोल आंखों की तस्वीर भर ली मैंने। झटपट 3-4 पोज खींच लिये। मास्साब की झपकी टूटी तो मैंने नमस्ते किया। वे मुझे देख कर खड़े हो गये—'बहिन जी, फोटू खेंच रई ती। खेंच लो। का बताएं इन बच्चन खों पीबे कौ पानी तक नइय्या इतै। न कौनऊ सरकारी फंड है, बस अकेली तनखा है, बिटिया का बताएं? तुम तौ सब जानती।'

—'हूँ...सो तो है। मैं तो गुजर रही थी यहां से तो जाते-जाते सोचा चलो यहां की याददाश्त बनी रहे, यही सोचकर खैंची फोटो।'

—'ऐन अच्छी बात है आजकल की पढ़ी लिखी लड़कियां इतेक ख्याल रखती हमाव जौ बड़ी अच्छी बात है।' वे मिमियाती आवाज में बोलते जा रहे थे।

वहां जगह-जगह बने छोटे-छोटे गड्ढों में जमा पानी देखा लेकिन सुखद आश्चर्य कि एक सुन्दर चिड़ियां बड़े इत्मीनान से गड्ढे में जमा पानी में चोंच डालकर अपनी प्यास बुझा रही थी। मुझे यह फोटो खीचनें में अद्‌भुत आनन्द आया। रास्ते में कुछ और चेहरे दिखे। मैं जगह-जगह रूककर फोटो खीचती जाती। उस जीवन को साकार रूप में देखने की इच्छा जोर पकड़ती गई। फिर मैने फोटो ग्राफी से संबंधित तमाम लिटरेचर पढ़ डाला और उसका तकनीकी ज्ञान।

अब मुझे फोटोग्राफी में मजा आने लगा था। कुदरत के विखरे चमत्कारों को

अपने नजरिये से पकड़ने की कला दिनोंदिन विस्तार पाती गयी। अंतहीन सिलसिला बन गया था यह जो थमने की जगह बढ़ता जा रहा था। कभी किसी की आंख में उगते सपने को उतारने की आतुरता घेरती तो कभी कुदरत के विलक्षण सौन्दर्य को समेटकर उन लमहों को एक यादगार स्मृति का टुकड़ा बनाकर रख लेती। आसमान कभी नील लगे कपड़े की तरह दिखता तो कभी गुलाबी रंग वाला थान बन जाता जिसमें बादलों की गोल-गोल छींट वाले टुकड़े यहां वहां से उड़ते रहते तो कभी किसी बच्चे की लहरिया प्रिण्ट की झलक देता। विविधवर्णी आकाश को देखकर लगता जैसे किसी नन्हीं बच्ची की खील जैसी धवल हंसी विखर गई हो आकाशनुमा फर्श पर।

उस दिन शाम को आसमान मिनट-मिनट पर अपने कपड़े बदल रहा था जैसे मॉडलिंग करती लड़कियां पलक झपकते ही टी.वी. स्क्रीन पर अलग-अलग रंगों-डिजाइनों की ड्रेस पहनकर सज-संवरकर अपनी मुद्राएं प्रदर्शित कर रही हों। कभी हल्के पीले कलर के ऊपर नारंगीं रंग का टीला बन जाता जिसके नीचे बहती दरिया में सफेद बतखें तैरते-तैरते खरगोश बन जाती, फिर देखते ही देखते सुनहरे गोटे वाले रंग की साड़ी को सिर पर ढांपे लाज से दोहरी होती किसी अल्हड़ युवती के होंठों से फिसलती सरल हंसी खुल पड़ती तो कभी बच्ची की चोटी पर बंधा हल्के पीले रंग का फीता हवा संग लहराता दिखता। तब उस समय रंग बदलते आसमॉ के दृश्यों का भर लेने की अकुलाहट बढ़ने लगी आंखें है कि देखते थकती नहीं थी।

छज्जे से नीचे उतरती सीढ़ियों से आहिस्ते को छूती हुई धूप को देखा तो क्लिक करने की सूझी। अचानक आकाश में इन्द्रधनुष बनता दिखा जिसे देखकर बच्चे किलक रहे थे। मैं भी मुग्ध होकर उसे बनते-विगड़ते देखती रही, जिसमें थे दृश्य रंगों के साथ-साथ अदृश्य किरणें भी। उफ ! यह तो बनते-बनते ही मिट गया। पता नहीं क्यों इसे देखकर अनुराग का ख्याल आ गया। अरे, तुम फिर से याद आ गए अनुराग।

धीरे-धीरे ढलती शाम की रौनक सिमटने लगी और मन में धुंआ खाए बादलों जैसी उदासी भरती गई। जल्दी ही अकेलापन पकड़ने लगता मुझे। नहीं, मैं अकेली नहीं हूँ। आत्मविश्वास रूपी नन्हा पौधा पनपता जा रहा है। चेहरे पर बैठी है कर्म की चमक और होंठो पर है अपनी ही मुस्कान। पैरो तले है न मेरी अपनी जमीन? तो जीवन को बस उस ढंग से लेना है जैसे वह सामने आता जा रहा है। क्या बिडम्बना है कि तमाम तकलीफों के रास्तों से गुजरने के बाद ही आती है अन्दर से मजबूती और तमाम अच्छाइयां भी।

रात को बूँद-बूंद पिघलते हुए देखना, बरामदे में रखे फ्रिज से उठती-गिरती आवाजें सुनना और बेसुध नीद में सोई अनु की सांसों का आरोह-अवरोह देखना सब कुछ देखती रहती हूँ। लेटे-लेटे खिड़की पर टंगे पर्दे की झिर्रियों से आती रोशनी का एक नन्हा सा टुकड़ा कमरे में एक वृत्त बनाने की कोशिश में जुटा है लेकिन

अंधेरा चीरने में कामयाब नहीं हो पा रहा है। क्यों उगते हैं ऐसे अहसास जो बेशर्म पौधे की तरह बार-बार काटने पर भी खत्म नहीं होते। सजग सोच के बावजूद मैं उसी गर्त में बार-बार गिर पड़ती हूँ फिर-फिर सिर बाहर निकालती हूँ लेकिन फिर से बेचैनी हावी होने लगती है। चारों तरफ खाली दुनिया दिखाई देती है जीव-जन्तु पेड़-पौधे, हवा-पानी, चांद-सूरज। सर्वत्र एक खालीपन नजर आता है। अनुराग को गए कई महीने हो गये। उसे चीख-चीखकर पुकारने का मन करता है। लेकिन आवाज है कि गले में ही घुट कर रह जाती है... तुम कहां हो मेरे मीत?

फोटोग्राफी की कला में रस आने लगा था मुझे। 100 एम.एम. के जूम लेंस में किस एंगिल से किस तरह शार्प फोटो खींची जा सके। ऑफिस के एकाध-दो प्रोफेशनल एवं शौकीन लोगों से इस कला के गुर सीखती जा रही हूँ। यह क्या? जब भी कोई फोटो खीचंना चाहती हूँ सबसे पहले तुम्हारा चेहरा उस लेन्स में दिखाई देता है। मुस्कुराता हुआ लेकिन अगले ही पल वह तेजी से गायब भी हो जाता है। फिर मुझे दिखती है घने कोहरे की टपकती बूँदें जो पत्तों के किनारों पर बड़े इत्मीनान से बैठी रहती है, कभी कोहरे को चीरते सूरज के पीले शेड्स जो चारों तरफ पीलापन बिखेर देते। क्या करिश्मा है? इतना पीलापन जैसे जलती आग की नारंगी-पीली लौ धू-धू करके ऊंची-ऊंची उठने लगी हो। फटाफट मैंने कई फोटो खींच लिए।

पिछले महीने हमारे इंजीनियरिंग कालेज के मि. नरेन्द्र हफ्ते भर के लिए इंडिया आये थे और मुझसे मुलाकात हुई। यूँ तो वे कैलिफोर्निया में बस गए थे और 2-4 साल में एकाध बार ही भारत आते थे लेकिन इस बार उन्होंने हमारे साथ काफी टाइम बिताया। सबसे महत्वपूर्ण था—उन्होंने हमारी संस्था के लिए पचास हजार रूपये डोनेट कर दिए। उनका कहना था--रचना इस ठिठुरन भरे मौसम में कभी रात को 1-2 बजे निकलकर ठंड से सिकुड़ते लोगों के बीच मेरी तरफ से कंबल बंटवा देना। प्लीज यू डू इट सून। जब भी मैं स्टेशन के बाहर कदम रखता हूँ और ठंड से कुड़कुड़ाते लोगों के कांपते बदन को देखता हूँ तो अंदर से हिल उठता हूँ। तुम्हें यह काम करना होगा कैसे भी।

तो एक दिन मैं वकील साहब अवस्थी जी के साथ निकल पड़ी इस काम के लिए। 15-20 कम्बल रखे और रात के 12 बजे शहर की बस्तियों की तरफ निकल पड़ी। कैमरा तो साथ में था ही। मैने देखा—अलाव जलाकर देह को गर्माते लोग जो थोड़ी सी ओट में बैठे थे, जहां-तहां से मिले फटे-पुराने कपड़ों यहां तक कि गंदे बोरों से बदन ढांपते लोगों को देखा। टूटे-फूटे मकान की भुरभुराती माटी के नीचे बैठे उन लोगों को देखा जो एक दूसरे से सटे येन-केन प्रकारेण खुद को ठण्ड से बचाने के लिए सिर ढांपने की खातिर यहां दुबके पड़े हैं। कूड़ों के ढेर में से बीने गए कागजों की पुर्चियों को वे बड़े आहिस्ते से सुलगाते जाते कि कहीं वे जल्दी खत्म न हो जाए। इन ठिठुरते लोगों के बीच 6-7 कंबल मैंने बांट दिये। उन

सहमे चेहरों पर छाए खौफ के मंजर को देखकर मन उद्वेलित हो उठा। मैंने इन चेहरों को भर लिया कैमरे में। जितनी देर उन चेहरों के अंदर घुसने की कोशिश करती उतने ही रंग बार-बार दिखाई देते। एक बच्चे को छाती से चिपकाए उस स्त्री के चेहरे पर बैठा था सहमापन और आंखों में था दर्द का समन्दर। कम्बल को बार-बार छूते सहेजते हुए वह किस कदर भावुक हो उठी थी।

हवा के जोर से पेड़ों से झर रहे थे पत्ते। पत्तों पर बैठी थी ओस की बूदें। सांय-सांय की आवाजें। रात्रि की निस्तब्धता को भर रही थी। एकाध—दो ठूँठ पेड़ भी दिखे। भूदृश्यों के तमाम शेड्स देखे। कही पर गहरे भूरे रंगों वाली बादल की घटाएँ तो कहीं नींद में बेखबर सोए बच्चे तो कहीं अखबारों को उठाते-धरते हॉकर्स। कितने मूड्स और शेड्स थे उस रात के जहां कुछ तो अंधेरों से घिरे बैठे थे तो कुछ स्ट्रीट लाईट्स के दूसरे छोर पर किसी ओट में बैठे आग से सेंक रहे थे देह को। इन चेहरों की विभिन्न मुद्राओं को अलग-अलग कोणों के साथ कैमरे में बंद कर लिया।

अवस्थी जी की पत्नी मेरे घर पर अनु को संभालने रूक गई थी। हम लोग राम 1 बजे तक लौट आए। तब तक उनकी पत्नी ने खाना बना दिया था। खाना खाते-खाते अवस्थी जी ने ऐसे ही पूछ लिया—रचना इतने फोटोज का क्या करोगी ?

—कुछ खास सोचा नहीं। शायद एलबम बनाती जाऊंगी।

—और कुछ नहीं?

—नहीं तो, आप बताइए... क्या किया जा सकता है?

वे जैसे जवाब सोचकर आए थे। उन्होंने तुरन्त जेब से कटिंग निकाली और बोले—टाइम्स ऑफ इंण्डिया अखबार में फोटोग्राफ प्रतियोगिता हो रही है खींची गई तस्वीरों में से 3-4 तस्वीरें भेज देना। तीन सर्वश्रेष्ठ फोटोज को पुरस्कृत किया जायेगा। डिटेल्स बाद में पता चलेंगे। मुझे भरोसा है यू कैन गैट इट। मैं ये कटिंग इसी परपज से लाया था।

—पर मैंने तो उस ऐंगिल से कुछ भी ध्यान नहीं दिया।

-सो व्हाट? तुम्हारी खीची फोटोज में जान है रचना... जीवन है... हमारे हिंदुस्तान की घड़कती सांसें हैं। सब कुछ है, यूँ अण्डर इस्टीमेट मत करो खुद को, अवस्थी जी ने हौसला आफजाई करते हुए कहा।

चलो देखते हैं। सोचूँगी कुछ। वर्फ के अंदर से बैठी मछलियां मुदित होने लगी। अब मैं उन तस्वीरों को जल्दी से धुलवाकर देखना चाहती थी। देखती हूँ कैसा संस्पर्श है गांवों का? कितना छू पाई हूँ मैं उस जीवन को? मन ही मन मैं फोटो भेजने की प्लानिंग करने लगी।

मेरी जिन्दगी का यह खूबसूरत दिन है। पुराने जमाने की भाषा में कहूँ जो मन बल्लियों ऊपर उछल रहा है। इतना उछाल, इतना आवेग और उमंग की लहरें

मन में उठ रही हैं। जिसे ठीक से बयान कर पाना मुश्किल है। मैं एक ऐसी दुनिया में उड़ती जा रही हूँ जहां है खुशबू विखेरते पुष्पगुच्छ और तिलिस्मी अहसास जहां घूमते हुए मेरे पैरों में थकान नही भर रही बल्कि उफनती नदी बनकर मैं बहती जा रही हूँ। पता नही किस तरफ? फोन पर खबर सुन कर मुझे लगा जैसे मेरे कानों में बूँद-बूंद शहद का रस टपकता जा रहा हो। जो कान, नाक, जीभ से चलकर धीरे-धीरे पूरी देह में मिठास घोल रहा है। आंखों में पनीले बादलों के अक्स बनने लगते हैं। सूर्य किरणों के साथ मिलकर आकाश में एक नया इन्द्रधनुष तन गया है। ढेर तितलियां मेरी देह में चिपक गई हैं। झरबेरी के छोटे-छोटे मीठे बेर खाने के लालच में मेरे कपड़े कंटीली झाड़ियों में फंस गये हैं और कांटों के बीच में से बेर निकालने की प्रक्रिया में चुभी उंगली से रिसते खून की परवाह किए बगैर बेर खाते रहने में मगन हूँ मैं। मेरे सिर पर हाथ रखते हुए अनुराग ने कहा था—अपने को ढूढकर दोबारा हांसिल करना है तुम्हें कैसे भी। करोगी न? मै हूँ न तुम्हारे साथ हर पल।

तो अनुराग देखा तुमने? तुम्हारी रचना को टाइम्स ऑफ इंडिया की फोटोग्राफ प्रतियोगिता में तृतीय पुरस्कार मिला है। टाइटल था थर्स्ट यानी प्यास। फोटो छपी है अखबार में और नीचे छपा है संक्षिप्त परिचय। सड़कों पर चारों तरफ गंदगी का ढेर लगा है, तेज गर्मी से पसीना चुआता रिक्शाचालक पेड़ की छांह में बैठा-बैठा ऊंघ रहा है लेकिन वह नन्ही चिड़िया बडे मजे से गंदे पानी की छोटी नाली में चोंच डालकर पानी पीती जा रही है। घरों में लगे सरकारी नलों में पानी की एक बूँद नहीं है लेकिन स्टेशन के बाहर लगे हैंडपम्प को लोग खुला छोड़ कर गायब हो गए हैं। कुछ एक तस्वीरों के बारे में विस्तार से छपा है, पुरस्कार राशि है मात्र दस हजार।

अखबार हाथ में पकड़े उस सुबह की ताजी खबर को गुटकते हुए मन किया कि सबसे पहले अनुराग को सूचित कर दूँ। बाहर छाये घने कुहरे में किसी को किसी का चेहरा दो फीट की दूरी पर भी नजर नहीं आ रहा था। लेकिन मुझे दिख रहा था सब-कुछ। मुझे लगा काश कि अनुराग आज यहीं होता। इसी वक्त होता। मन कर रहा है फुर्र से उड़ जाऊं उसके पास। हाथ-पैरों को उन्मुक्तता से फैलाए हुए तैरती जा रही हूँ मैं नील गगन जैसे विशाल समन्दर में।

उसी समय ट्रिंडिंग सुनाई दी—हैलो, हां भई, बधाई हो। देखा, मैंने कहा था न? तुम्हारे फोटोग्राफ में एक समूचा जीता-जागता संसार है। कितना जीवंत लग रहा है फोटो। अवस्थी जी के बोले गऐ शब्द अंदर घुलते जा रहे हैं फोन रखते ही फिर दूसरा फोन—दीदी आपकी फोटो को थर्ड प्राइज मिला है। पता है आल इंडिया में सर्कुलेट हो गया है आपका नाम? फ्रंट पेज पर कार्नर में जरूर है लेकिन फिर भी गुडन्यूज। आप खुश है न? झरने जैसे भरभराते शब्द मेरे पांवों तले बुलबुलों की शक्ल में बैठते गये। आवाज की हिलोरें सुनकर मुर्दा तन-मन फड़फड़ाने लगा। फिर तो एक-एक करके 3-4 फोन आते रहे और मैं यांत्रिक गति से थैंक्स कहकर फोन

रखती जाती। उस दिन महीनों पुरानी उदासी छिटककर दूर जा बैठी और अंदर के खाली कोनों में तमाम आवाजें बजने लगी।

बावजूद इन औपचारिक किस्म के फोनों के मैं क्यों अनुराग को मिस कर रही हूँ। काश ! कि इस वक्त तुम यहां होते मेरी आंखो के सामने। कितने नए कार्यों और कितने बंद कपाटों को खोला था तुमने अनुराग। सचमुच, तुमने गढ़ा है मुझे इस नए सांचे में। क्या तुम वाकई याद करते हो मुझे? पता नहीं क्यों भरोसे की मजबूत दीवार कभी नहीं ढहती। कुछ और परिचितों के फोन ऑफिस में भी आते रहे। शाम ढलते-ढलते मैंने सोच लिया कि नहीं अब अनुराग का कोई फोन नहीं आएगा। मैने खुद को बार-बार चेताया--सोते को कोंचकर जगाने से भी क्या मिलेगा तुम्हें? थोड़ी देर के लिए तुम्हारी खातिर जागकर वह फिर सो जायेगा। बैल को कितनी देर कोंचकर चला पाओगी? किसी दिन वह कहीं धम्म से बैठ जायेगा और हिलाने से भी नहीं हिलेगा। तुम्हें खुद अपनी जिंदगी की डोर थामनी होगी। खुद ही फैसला करता है। खुद से पूछो क्या चाहती हो तुम जीवन से।

इन दिनों दिन ढलने का पता नहीं चल पाता और रात घिर जाती थी जल्दी से। अंधेरों के बीच पसरी निस्तब्धता के बीच मैं बार-बार अनु के बारे में सोचती--बच्ची ने खुद को माहौल के साथ ढाल लिया है। स्कूल, डांस क्लास, जूडो सीखने जाना और शाम ढ़ले पड़ोसी के बच्चों के संग खेल-कूद फिर दिन भर की समूची बातों को सिलसिलेवार ढंग से बताते रहना और अंत में गले में हाथ डालकर सो जाना। संवर्धन की शहर में पहचान बनती जा रही है। कई लोगों ने मुझसे संपर्क किया है। संस्था अब नये फार्म में कम्प्यूटर प्रणाली से जुड़कर अपने नेटवर्क को दिनों दिन फैलाती जा रही है। अब एक और काम शुरू करना है--मंदबुद्धि बच्चों के लिए कुछ अलग ढंग की ट्रेनिंग दिलवाना और उनके शिक्षा--व्यवसाय सुनिश्चित करने के लिए कुछ और कारगर कार्य योजनाएं बनाना। संभवतः अगले महीने से इस पर कार्य शुरू हो जाए।

गांव से इण्टर पास करके नीरजा मेरे पास आई थी। वह सी.पी.एम.टी. के लिए खूब मेहनत कर रही है। मैं तो सिर्फ मार्ग दिखाती हूँ कि--देखो ये है तुम्हारा रास्ता, उस पर कैसे चलकर कहां पहुंचना है। कैसे कामयाब होना है? यह तुम्हें खुद तय करना होगा। जिसमें मेहनत, लगन और जूझने का माद्‌दा होता है--वह देर-सवेर लक्ष्य को पाने में कामयाब होगा ही।

रात को देर तक पढ़ना, सोचना और फिर पढ़ना। क्यों नींद में बेखबर सोयी बच्ची की तरह नैसर्गिक नींद नही आती मुझे? हां यह जरूर है कि कुछ संकल्प लेने होंगे मुझे। आत्मानुशासन और अपनी प्राथमिकताएं तय करना सबसे जरूरी है बाकी चीजें तो अपने आप चली आएंगी। कभी-कभी सोचती हूँ मेरी इस यात्रा में छुटपुट उपलब्धियों को क्या सचमुच आंका जा सकता है? फिर मैंने तो ऐसा कुछ

भी तय नहीं किया था। जो यह इतना सब फैलता गया है। वह कुछ भी तो पूर्व निर्धारित नहीं था। बस जो सामने आता गया, उसे पूरे समर्पण से करती चली गई। जीवन क्या है ये? नियतिबद्ध ढंग से चलने वाला या अपने प्रयासों द्वारा चलाए जाने वाला? मुझे जहां सहज ढंग से कुछ करने का रास्ता मिला मैं करती गई। ऐसा करते रहने में धीरे-धीरे रस आने लगा मुझे तो फिर ऊर्जा को झोंक दिया उस तरफ। यूँ जीने के प्रति जोश और संलग्नता बढ़ती गयी। आस्थाएं मजबूत होती गई। शायद खुद को व्यस्त रखने का जरिया था यह और यहीं से जीवितेष्णा को आधार मिलता गया।

सोचते हुए कब सो गई पता नही। सुबह की चाय पीते-पीते अखबार पलट रही थी कि फोन की ट्रिंग। सोचा शायद संस्था का कोई काम होगा, वही सुबह-सुबह फोन करते हैं। हैलो... रचना... कैसी हो?

—'फुर्सत कैसे मिल गई?' कंठ में अचानक मिट्ठू वाली चह-चहाहट भर गई।

—'फुर्सत ही फुर्सत है, तुम्हारे लिए।' बोलो क्या कर रही थी इस वक्त?

—'फिर वही डायलाग्स। वाकई अच्छी नहीं लगती ये बातें।'

—बहुत नाराज हो न? वैसे मेरी गलती है मैं सचमुच गुनहगार हूँ प्लीज मुझे माफ कर दो। संवर्धन की अध्यक्षा और फिर वही हंसी।

ऊपर से वर्फ जमे पानी के नीचे बैठी मछलियां कूदफांद करने की व्यग्रता दिखाने लगीं। उनकी बेताबी दबाते हुए मैंने पूछा—'कैसे याद किया?'

—'याद तो उसे करते हैं जिसे भूल गये हों। फिर तुम कोई भूलने वाली चीज हो क्या? अच्छा बताओ, कैसा चल रहा है तुम्हारे संवर्धन का काम-धाम?'

बड़े इत्मीनान से बातचीत का धागा लंबा खिचता गया। बात कहां से शुरू होकर, कहां तक पहुंचती जा रही थी। याद नही पड़ रहा। चंद बातें याद हैं—

—'रचना, तुम्हारी हिस्टरी जियोग्राफी के क्या हाल हैं ? सुन कर जोरदार हंसी तमाम बांध को तोड़ देती है। मैंने जवाब न देकर दूसरा सवाल किया।

—'पेपर पढ़ते हो क्या?'

—'हां बिलकुल, लेकिन पेपर की बात बीच में कहां से आ टपकी? क्यों विषयांतर कर लेती हो?'

—'कुछ नहीं बस ऐसे ही पूछा था। और नौकरी वगरेह के क्या हाल हैं? कब आना है।'

—'रचना, एक गुडन्यूज देनी थी। मैं जल्दी ही आ रहा हूँ तुम्हारे पास, फील्ड-पोस्टिंग मिल रही है। फिर वही तरंगित करती हंसी, जो कानों के रास्ते पूरी देह को उल्लसित करने लगती थी।

—रचना बोलो न। खैर टेक केयर डियर। अगले सप्ताह आने की प्लानिंग है मेरी। फिर देखिए क्या कहती है व्यस्तताएं, ओ.के.।

सुनते-सुनते सुकून बिछता गया अंतस में जैसे मंद वयार के संतुलित झोंके हों। कही कोई धूल भरा अंधड़ नहीं था। कोई तूफानी आवेग नही था। जो था सब शांत ढंग से धीरे-धीरे बैठता गया तल्ली में। अनुराग क्या सचमुच तुम्हें पता नहीं था कि मुझे फोटोग्राफी में कोई पुरस्कार मिला है? तुम्हारे मुंह से बधाई सुनने की प्रतीक्षा मैं कब से कर रही हूँ मेरे मीत ?

सचमुच! औरों का दर्द बांटने, उनके चेहरों पर खुशी भरने का जज्बा यदि एक बार मन में पैदा हो जाए तो वह जुनून की हद तक पहुंच सकता है, बस हमारा नजरिया सकारात्मक हो। मैं धीरे-धीरे इस सच्चाई को जीने लगी थी। काम करने में साहसी होना ही काफी नहीं होता बल्कि लोगों के बीच किसी भी नए काम को विस्तारित करने के लिए उन्हें समझाने के लिए तर्कशक्ति के अलावा खुद को भी उदाहरण के रूप में पेश करना जरूरी होता है। हां, यह सच है कि उड़ान भरने के लिए उम्र जैसे कोई भी व्यवधान आड़े नहीं आते। गुणवत्ता और ईमानदारी की कद्र करना लोगों को आता हैं लेकिन पहल करके नेतृत्व की बागडोर अपने हाथों में लेने का बूता सबमें नहीं होता। इसके लिए सबसे जरूरी शर्त है—काम के प्रति संपूर्ण समर्पण और दृढ इच्छा शक्ति। अंदर धधकती हुई आग का होना सबसे अनिवार्य शर्त है। काम करने में रस मिलते रहने का जो सुख संतोष है, वह सचमुच अनिर्वचनीय है।

लोगों के अंदर लगी जंग को छुटाने में जो मजा आता है उसकी कोई सीमा नहीं होती। यह तो ऊर्जस्वित करने वाला रास्ता है। हमारे आगे की यात्रा को खुशगवार बनाने के लिए इस मौजूदा यात्रा में नए रंग भरने होंगें तभी इसकी मीठी छुअन और महक हमारी रगों में दौड़ पायेगी। इसका कोई भी मूल्य आंका जा सकता है भला? कोई भी प्रतिदान हो सकता है क्या?

धीरे-धीरे हालात और परिस्थितियां यूँ बदलती चली गई कि मेरी मनःस्थिति भी बदलती गई। औरों के चेहरों पर खुशी देखने में जो मजा महसूस किया वह अब तक कहीं नहीं मिला था मुझे। इन कामों को करते हुए खुशी की जो लौ मेरे अंदर जल रही थी उसे व्यक्त करने के लिए तमाम शब्दकोष नाकाफी पड़ने लगे। सबसे बड़ा वरदान तो मेरे लिए यह था कि मैंने औरों के चेहरों में खुद को ढूँढना शुरू कर दिया था। दूसरों के दर्पण में जब चाहा खुद को देख लिया महसूस कर लिया खुद को। ढूँढ लिया खुद को जहां मेरे होने का अर्थ स्वच्छ झरने की तरह साफ-साफ नजर आता था। यह मेरे लिए एक नए क्षितिज के छू लेने जैसा नायाब अहसास था। मैं अपनी इस नई दुनियां में मस्त और बेखबर थी चैन की नींद सोती थी। दिन भर व्यस्त रहती और रात को योजनाएं बनाती रहती।

मैं जानती हूँ मेरे छुटपुट कामों से दुनिया नहीं बदली जा सकती कहीं कोई खास बदलाव भी शायद नजर न आए लेकिन मेरे द्वारा किया गया एक छोटा सा

प्रयास चाहे वह कितना मामूली क्यों न हो लेकिन उससे चंद लोगों की सोच में सकारात्मक फर्क तो साफ दिखाई पड़ता है। यह मेरी यात्रा का एक छोटा सा पड़ाव था—जेल की सजायाफ्ता महिलाओं की बेहतरी के लिए कारगर काम करना लेकिन वहीं से महिला सुधार कार्यक्रमों की पृष्ठभूमि बनती चली गयी यही वो टर्निंग प्वाईंट था जहां से मैने आगे की यात्राओं पर चलना शुरू किया। जब जो जैसा काम सामने आता गया—उसे करने में अपनी समूची ऊर्जा झोंकते रहने में मुझे वाकई मजा आने लगा। 'संबर्धन' धीरे-धीरे महिला उत्थान कार्यक्रमों से जुड़ता गया। पियक्क्ड़ पति की मारपीट से त्रस्त महिलाओं की खोई-खोई सी वीरान आंखें देखकर मेरे चेहरे पर रोष तारी होने लगता और उनकी बातों की तल्ली में झांकती तो आंखें आश्चर्य से फटी रह जाती कि पिटना इनके लिए कितनी मामूली बात है? बेरोजगार पियक्कड़ पति का पत्नी पर हाथ उठाना तो रोजमर्रा का काम है। प्रेम पिपासु ये स्त्रियां अपनी मुक्ति के लिए छटपटा रही हैं। तमाम ऐसी स्त्रियां अपने पतियों से छुटकारा पाना चाहती हैं। लेकिन कैसे? तलाक की पेंचें इतनी जटिल हैं कि वे इस बारे में सोच ही नहीं पाती। ऊपर से तमाम सामाजिक-आर्थिक दबावों के चलते वे अपने पति के साथ उसी नारकीय जिंदगी में मरने-खपने और घुटने को मजबूर हैं। इनमें से जो दबंग हैं वे अपनी जान बचाकर भाग लेती हैं। संबर्धन को इस दिशा में अभी काफी कुछ कार्य करने हैं। जेल वाली स्त्रियों के सुधार कार्य भी अभी अधूरे पड़े हैं। भाई मेरी सब बातें सुनता रहा बड़े धीरज के साथ। फिर बोला—दीदी पता है भारत सरकार इन पिछड़े गांवों में काम करने वाली संस्थाओं और उनसे जुड़े लोगों को पुरस्कार देती है।

—देती होगी, मुझे तो बस अपने संबर्धन को और अधिक मजबूत बनाना है। मैं चाहती हूँ कि कम्प्यूटर जैसी आधुनिक तकनीक के अलावा भी बहुतेरे कार्य स्त्रियों को वहां सिखाये जाने हैं जिनके जरिए वे मौजूदा दौर में अपनी बढ़ती जरूरतें पूरी कर सकें।

—हां वाकई यह सब सुनकर मुझे बहुत खुशी हो रही है। दीदी, वैसे मैं वो फार्म ले आया हूँ एवार्ड वाला। भरने में क्या हर्जा है?

-रीतेश—एक बात तुझे मैं साफ-साफ बता दूँ। इन सबसे भावनात्मक रूप से जुड़े रहने का मेरा ये जज्बा बना रहे। बस यही चाहती हूँ मैं। वैसे तुझे भरना है तो भर दे। अगर कभी कुछ मिला भी तो वह मेरा नही 'संर्बधन' का होगा। उस निर्लिप्त सी आवाज में कहीं कोई आवेग नहीं था। हां दिमाग में फिर उन्हीं स्त्रियों के चेहरे घूम गये जिन्हें आयेदिन उनके पति परेशान करते थे या जिन्हें दहेज न लाने पर प्रताड़ित किया जाता था। उफ ! नौकरों से भी ज्यादा बदतर सलूक किया जाता उनके साथ।

रास्ते के पेड़ पीले रंग में चमक रहे हैं

महीनों बाद छू रही हूँ डायरी समझ में नहीं आ रहा कि क्या लिखूँ? लेकिन लिखने का दबाव इतना जबरदस्त है कि लिखे बिना भी नहीं रहा जा रहा।

इधर कुछ घटनाएं बहुत तेजी से हुई। दोबारा लखनऊ ट्रांसफर होकर अनुराग को फील्ड पोस्टिंग मिल गई—सुनकर सचमुच खुशी हुई लेकिन अब पहले वाली बात नहीं रही। अनुराग के जाने के बाद खालीपन का एक मैदान पसरा था मेरे इर्द-गिर्द... जिसे भरने के लिए शुरू किए मैंने ये छोटे-मोटे काम। लेकिन धीरे-धीरे 'संबर्धन' का इतना विकास और विस्तार होता गया कि आज शहर में इसकी पहचान बन चुकी है। जड़ों को मजबूत आधार देते हुए जो पौंधा मैने रोपा था तो क्या यही प्राप्य था मेरा? यही वांछना थी? सोचती हूँ तो बड़ा अजीब लगता है। अभी भी ऐसा नहीं लगता कि यही, यही, हां यही पाना था मुझे। खुद को ऐसे घेरों के बीच खड़ा पाती हूँ जहां से और बड़े वृत्त दिखाई दे रहे हैं। करने को इतने सारे कार्य पड़े हैं जिन्हें करते हुए पूरा जीवन बह जाए और फिर भी अपेक्षित बिन्दु तक वे कार्य पूरे होते न दिखाई दें लेकिन जितनी तेजी से मैं तमाम जिम्मेदारियों के खूँटों से खुद को बंधा पाती हूँ—सपनों की उड़ान उतनी ही ऊंची व गहरी उछाल मारती है। सपने हैं कि नए-नए उगते रहते हैं। मूल रूप से क्या सोचकर शुरू की थी यह यात्रा ठीक से याद नहीं सिवाय इसके कि जो लोग अपनी सामर्थ्य के बूते अपनी खोई जमीन तलाशने में सक्षम थे उनकी वह जमीन उन्हें मयस्सर हो जाए जिस पर वे आसानी से दौड़ सकें। तो क्या यही अभिप्रेत था मेरा? लेकिन जीवन में कुछ भी वैसा कहां हो पाता है जैसा तय किया जाता है, हू-ब-हू वैसा हो पाना हमारे वश में है क्या?

विचार विद्युत रफ्तार से आते जाते हैं। जानती हूँ मेरे काम तो महज एकबूँद हैं लेकिन घट तो बूँद-बूँद करके ही भरेगा। हो सकता हैं जब तक घट को पूरा भरने की संतोषानुभूति हो तब तक कई सारे घट खाली लुढकते दिख जाएं तो क्या करोगी? यानी अंतहीन है यह प्रक्रिया तो जो चलती रहेगी जैसे कि जीवन चलता रहता है अनंत काल तक।

कितने तीव्र आवेग से भावनाओं की लहरें उठती गिरती हैं स्मृतियों की समूची रेलगाड़ी है यह जीवन। तमाम चेहरे आते-जाते हैं। किसी को कहीं उतरना है तो किसी को कहीं के लिए चढ़ना है फिर पता नहीं किसे कहां खो जाना है? कब किस काल खंड का टुकड़ा कहां गायब हो जाए... कोई नहीं जान पाता। कितनी रहस्यपूर्ण यात्रा होती है जीवन की? तमाम चीन्हे चेहरे कब अचीन्हे बनकर रास्ता बदल लें और अचीन्हे चेहरे कैसे इतने चीन्हे लगने लगें—नही जान पाती। नित नए-नए रास्ते बनते जाते हैं। कभी-कभी पुराने और नए रास्ते एक साथ टकराते भी हैं। तो कभी दोनों के बीच एक विभाजक रेखा खिंच जाती है कि हां अब ये रास्ता है इसी पर जाना है तुम्हें। फिर वे पुराने रास्ते अपने-आप अप्रासंगिक होने लगते हैं।

अनुराग की मादक आंखे मेरी देह को भेदती डुए आर-पार होने लगती हैं। मेरी बढ़ती व्यस्तता से परेशान हो उठता है वह—क्यों इतना पेन लेती हो तुम? तुम्हारी ये बात ठीक नही। रचना फलां आदमी का कैरेक्टर ठीक नहीं है। फलां तुम्हारे बारे में ऐसा-वैसा सोचता है। कहता-फिरता है। मुझे वह अपने तक सीमित करके चारों तरफ से लपेट लेना चाहता हैं। उस दिन घर आया। अनु के सामने मेरे कंधे पर दोनों हाथों से गोल घेरा बनाया फिर इधर-उधर चूमने लगा। अनु ने चुभती नजरों से देखा तो मैं परे हट गई। अनुराग की उत्तप्त सांसों और चढ़ी आंखों में चाहत के बादल भरे थे। मैंने उससे कहा—फिर कभी, तो उसने पलटकर कहा 'अनु को तुरन्त कहीं भेज दो।' 'नहीं' कहकर मैने देह की इच्छा को परे झटक दिया। शायद उसे बुरा लगा हो तभी हफ्ते भर से कोई संपर्क नहीं किया। इधर मैं अपने 'संबर्धन' से जुड़ी स्त्रियों के कामों में दिनों दिन व्यस्त होती जा रही हूँ।

कभी-कभी सोचती हूँ अनुराग जैसा है, ठीक है। मैं उस दौर में एक कमजोर पौधा थी जिसे डंडी लगाकर अनुराग ने खड़ा किया था। बाद में वही पौधा बड़ा होता गया और डंडी अप्रासंगिक होती गई, तो क्या इतना भर रोल था उसका? कौन जाने?

कल अनुराग ऑफिस में आया था मिलने। तमाम बातें हो रही थी, तभी मेरे लगातार 3-4 फोन काल्स आये जिन्हें वो ध्यान से सुनता रहा। फोन रखते ही—'कौन था?' उसकी टोन में फिर वही जासूसी बैठ गई। किसके साथ हँस रही थी इतना? सुनकर पता नहीं क्यों अनुराग के पुरुषवादी चेहरे पर लगा प्रगतिशीलता का चेहरा दरकने लगता है। क्यों मैं इतनी सशंकित हो रही हूँ उसे लेकर? क्यों है स्त्री-पुरुष के बीच इतनी गांठें ? यह भी तो उन्ही सामाजिक दबावों के निकलकर आया है अन्यथा क्योंकर वह मुझे लेकर दिनों दिन पजैसिव होता जा रहा है—'रचना, अवस्थी जी क्या अकेले ही तुम्हारे घर आते-जाते हैं? थोड़ा सा ध्यान रखा करो भई। चार लोग देखेंगे-सुनेंगे, तो क्या सोचेंगे?

फिर वही चार लोग यहां भी चले आये। मैं देखती हूँ कि रजत और अनुराग

के चेहरे धीरे-धीरे एक दूसरे में रूपांतरित होते जा रहे हैं। किसी बात पर रिएक्ट करना अनुराग को भी आता है। बस फर्क है तो सिर्फ इतना कि अनुराग गुस्से में रिएक्ट नहीं करता। अमूमन हंसकर ही रिएक्ट करता है। मेरे कामों से खुश तो होता है लेकिन रोका-टोकी भी कम नहीं—रचना इतनी देर से नीचे क्या कर रही थी? उस वर्मा से कितनी देर तक गप्पें छानती रहोगी? अरे मैडम... यह बंदा तुम्हारे दरबार में कब से हाजरी लगाने खड़ा है,' सुनकर मैं हंस पड़ती और कैन्टीन तक चली आती साथ-साथ खाने-पीने।

बेशक उसे लगाव है मुझसे। मेरे पहनावे, ओढ़ावे से लेकर होंठो पर बिछी खुशियों से भी सरोकार है उसे। अब भी उसकी आंखों में वैसा ही आमंत्रण है, मनुहार है, लाड़ है, कशिश है और समूचे रूप में पाने की ललक भी। तभी तो उसने सोच-समझकर पूरे होशोहवास के साथ हमेशा के लिए 'साथ' चाहा है—'रचना, यस द राइट टाइम हैज कम नाव। मेरा हाथ थामने का उसका प्रस्ताव पंख फड़फड़ा रहा है मेरे इर्द-गिर्द।

—हूँ—मैं चुप्पी पहन लेती हूँ। मुंह से 'हां' 'न' कुछ भी नहीं निकलता। इतना बड़ा निर्णय कैसे इतनी जल्दी ले लूँ सोचकर ही घबड़ाहट होने लगती है।

ऐसा बहुत बार होता है कि हम देह का बार-बार इस्तेमाल कर अपने प्रेम का इजहार करना चाहते हैं या प्रेम को पूर्णता देना चाहते हैं। लेकिन कभी-कभी ऐसा भी होता है कि देह वैसी धुन नहीं निकाल पाती, फिर क्या करूं? ठीक है, अनुराग के साथ विकसित हमारे संबंध मन में दीप्ति भरते हैं। लेकिन उसी वक्त तमाम सवाल डराने लगते हैं। सोचती हूँ रजत के साथ जिस दौर में जी रही थी मैं, तब मेरे पास खूब सारा समय था जिसे मैने अपनी घर-गृहस्थी में झोंक देना चाहा था लेकिन तब भी मैं इस विवाह संस्था के साथ न्याय नहीं कर पाई और आज, आज मेरे पास न तो उतना समय ही है, न ही वैसी मनःस्थिति रही। नौकरी, बच्ची की बढ़ती पढ़ाई और संबर्धन के बढ़ते कामों का सिलसिला तो थमता नजर नहीं आता।

अनुराग से जुड़ी घटनाओं को सिलसिलेवार उधेड़कर देखती हूँ तो कहीं भी एकसूत्रता नहीं खोज पाती। कभी तो वह प्रेम की अनंत फुहारें बरसाने वाला बादल बन जाएगा और इस सूखी देह के पोर-पोर में मीठी वारिश का अहसास भर देगा तो कभी तमाम वायदे भूल जाएगा और फिर अचानक से सारे कमिटमैट पता नहीं किस बिल में दुबक जाएंगे? अनुराग के साथ अपने संबंधों को यदि मैं मजबूत जमीन पर स्थाई आधार देना चाहूँ तो क्या मैं इस रिश्ते के साथ न्याय कर पाऊंगी? क्योंकि हर रिश्ता मांगों और अपेक्षाओं की पिटारी खोलने लगता है धीरे-धीरे। पता नही क्यों मैं खुद के प्रति आज उतनी आश्वस्त नहीं हो पा रही हूँ? बेचैनी के बगूले उठ रहे हैं मेरे भीतर।

आज जबकि मेरा सर्किल इतना बढ़ गया है। मेरे जीवन के दूसरे दरवाजे तेजी से खुलते जा रहे हैं। जीवन में नये आस्वाद विकसित होने लगे हैं ऐसे में अनुराग का 'साथ' क्या सचमुच भर पायेगा मुझे या मेरे संवर्धन को? आज तो इस अकेलेपन के साथ रहते-रहते मैं इसकी आदी हो गई हूँ। यह मेरा दोस्त बन गया है। अब कहीं कोई घबड़ाहट बगैरह नहीं होती। छत पर बैठी हुई हूँ मैं। मुद्दतों बाद देख रही हूँ घने अंधेरे में टिमटिमाते जुगनू। काले आकाश को दीप्त करते तारे और हंसिया बने चांद को देखते हुए मन में मटमैली छाया भरने लगी। सड़क पर स्ट्रीट लाइट्स की पीली रोशनी से रास्ते के पेड़ पीले रंग में चमक रहे हैं।

मेरी जिदगी पता नहीं कब कौन सा मोड़ ले ले? कल कैसी परिस्थितियां क्या करवट ले लें, नहीं जानती तो मैं खुद को वक्त के हाथों सोंपती हूँ। समय और हालात जब जैसी इजाजत देंगें—करूंगी। अभी से तय करके कैसे क्या कह सकती हूँ आने वाले कल के बारे में या अनुराग के साथ के बारे में।

बेशक इन तमाम कामों को हाथ में लेने से मेरे अपने तनाव हल्के हुए है लेकिन अभी भी मैं छटपटाहट में जी रही हूँ। अभी भी मेरी तलाश जारी है। विचित्र किस्म का संत्रास मेरे पेट में गोल-गोल दबाव बनाता रहता है और अंदर बैठ जाता हैं अकेलापन अपने हाथ-पांव फैलाकर। पता नहीं किस सुराख से छनकर चुपके से आ जाता है खालीपन और तब मैं अपनी ही मदद नहीं कर पाती। बीच-बीच में दर्द का ऐसा सैलाब आता है जो बहा ले जाता है हमें अंजान रास्तों की तरफ। हम बहने लगते हैं दरिया में और कोई हमें बचाने नहीं आता। पता नहीं हम कहां पहुंच जाएं बहते-बहते?

समंदर के नीचे पड़ी हैं तमाम अल्लम-गल्लम चीजें। उसकी अतल गहराइयों को बूझ पाना पहेली सा बनता जाता है। ऐसी गांठ जिसे पूरा खोलकर भी आपको अंदर से खुलते जाने की संतुष्टि न मिले बल्कि अंदर से यही शब्द कानों गें घनघनाते हैं ए लांग वे टू गो अहेड। सचमुच कितना लंबा रास्ता पड़ा है आंखों के सामने और अभी तो आधा भी पार नहीं किया। चारों तरफ छाए धुंध को चीरती हुई पूरे हौसलों के साथ आगे बढ़ती हूँ लेकिन कोहरे की पहली परत पार करते ही फिर से घिर जाती हूँ किसी दूसरे कोहरे में। लगता है जैसे कोहरे की एक बहुत बड़ी घाटी है जहां खुद को कहीं भी फेंक दो, साबुत नहीं बचेगी देह, एक कदम भी आगे बढ़ाऊं तो लुढ़क पडूँगी घाटी में। लेकिन बावजूद इसके मैंने खुद को वहां जाने दिया। आश्चर्य कि मैं खुद को साबुत पाती हूँ। भीग जाती है देह ओस से। बूँद-बूंद टपकते पानी को होठों से पीते हुए मैं फिर से चल पड़ती हूँ आगे के रास्तों पर। बस चलते रहना, चलने में अपने को झोंक देना, पूरे श्रम और जतन से। चलते रहने में मस्त रहने लगी हूँ मैं अब तो। और यही ध्येय बना लिया है जीवन का।

क्या है ये समय भी? बार-बार अच्छे-बुरे लमहे आते-जाते हैं जैसे खेल हो

गया हो यह जीवन। कभी हम जिंदगी के साथ खेलते हैं तो कभी जिंदगी हमारे साथ। कभी लगेगा उड़ रही हूँ मैं निर्द्वन्द्व, बांहें फैलाए अनंत आकाश के छोरों तक तो कभी लगेगा मेरे पैरों को किसी ने जकड़ लिया है पूरी ताकत से और मैं वच्छन्दता पूर्वक उड़ नही पा रही। कितना जबरदस्त अंधेरा है मेरे अंदर-बाहर। कभी कुछ शब्द अंतस को भिगोते हुए तंरगित करने लगते हैं तो कभी वही शब्द कितनी बेचैनी, कितनी खौलन भर देते हैं जीवन में, जिसका कहीं कोई इलाज हो ही नहीं सकता।

तो इस समय फिलहाल इतना ही...। शेष फिर कभी...।

●●●